BASTEI
LÜBBE

HEDWIG COURTHS-MAHLER

Die Tochter der zweiten Frau

Sag, wo weiltest du so lange?

BASTEI LÜBBE

BASTEI LÜBBE TASCHENBUCH
Band 14521

1. Auflage: November 2000

Bastei Lübbe Taschenbücher ist ein Imprint
der Verlagsgruppe Lübbe

Umschlaggestaltung: Martinez Produktions-Agentur, Köln
Titelfoto: R. Hackenberg, Archiv Martinez
Satz: hanseatenSatz-bremen, Bremen
Druck und Verarbeitung: AIT Trondheim, AS
Printed in Norway
ISBN 3-404-14521-6

Sie finden uns im Internet unter
http://www.luebbe.de

Der Preis dieses Bandes versteht sich einschließlich
der gesetzlichen Mehrwertsteuer.

Hedwig Courths-Mahler

Die Tochter der zweiten Frau

BASTEI LÜBBE

1

Gonda Ruthart verabschiedete sich mit herzlichem Kuß und inniger Umarmung von ihrem Vater, der auf der breiten Veranda stand, die den großen Wohnbungalow von allen Seiten umgab. Klaus Ruthart und seine Tochter bewohnten seit dem Tod von Gondas Mutter diesen Bungalow allein, denn die zahlreiche Dienerschaft wohnte abseits des Hauses in ihren Hütten. Vor der breiten Treppe, die zu der Veranda hinaufging, führte ein malaiischer Diener Gondas gesatteltes Reitpferd auf und ab.

»Also, du kommst zurück, ehe es dunkel wird, Gonda«, sagte der Vater, seine Tochter mit stolzen, zärtlichen Blicken betrachtend. Sie war eine reizende Erscheinung und trug ein beigefarbenes Reitkostüm aus Baumwollstoff, das aus einer langschößigen Jacke, knappen Reithosen, einer hauchfeinen weißen Bluse, hohen braunen Stiefeln und einem Tropenhut bestand. Das in kurzen Locken frisierte Haar, das einen satten Goldton hatte, war bis auf einige widerspenstige Strähnen unter dem Tropenhut versteckt.

Lächelnd nickte sie dem Vater zu.

»Unbesorgt, Vater, du weißt, daß ich gleich nach der Teestunde wieder von Ramova fortreite. Bis Mittag bin ich dort, dann labe ich mich mit Strassers an der Reistafel und habe dann bis zur Teestunde Zeit, mit Georg zu plaudern. Kannst dir doch denken, wie sehr er sich nach Gesellschaft sehnt, da er noch immer nicht soweit hergestellt ist, daß er uns besuchen kann.«

»Gewiß kann ich mir das denken, der arme Bursche wird die Minuten zählen, bis du kommst; grüße ihn herzlich von mir.«

»Will ich tun, Vater. Du fährst ja doch auf die Plantagen hinunter und wirst mich nicht vermissen.«

Er nickte ihr noch einmal zu. »Hast du auch eine Pistole bei dir?«

»Wie immer, Vater«, antwortete sie, auf ihre Satteltasche zeigend. »Ich werde sie kaum brauchen; seit du im vorigen Jahr die beiden Leoparden erlegt hast, haben wir weder Leoparden noch Panther im Distrikt gehabt, außerdem fliehen sie die Menschen eher als anzugreifen.«

»Trotzdem weiß man nie, wie man die Waffe brauchen kann. Immerhin reitest du über eine Stunde durch den Tropenwald.«

»Ist ja so schön, Vater! Ich freue mich schon darauf.«

Klaus Ruthart kam mit herab von der Veranda und half seiner Tochter beim Aufsteigen, nachdem er den Sattelgurt geprüft hatte. Gonda nickte ihm noch einmal zärtlich zu und ritt davon. Klaus Ruthart sah ihr nach, bis sie zwischen den schlank aufstrebenden Palmen verschwunden war. Dann ließ er sein Auto vorfahren und fuhr gleich darauf in entgegengesetzter Richtung ins Tal, wo sich seine Plantagen ausbreiteten, sein Dahomy. Der Wohnbungalow stand an höchster Stelle des Besitzes, wo die Luft am gesündesten war; im Tal drohte das Fieber.

Klaus Ruthart hatte Dahomy von seinem Vater als Abfindung für sein Erbe erhalten. Der Vater hatte diese

Pflanzungen von einem Vetter geerbt, der in jungen Jahren nach den Sundainseln ausgewandert war. Dieser Vetter hatte Dahomy zuerst sehr in die Höhe gebracht, aber dann war er jahrelang krank gewesen und mußte viel abwesend sein, um allerhand Kuren gebrauchen zu können. Dabei war die Besitzung ziemlich heruntergewirtschaftet worden. Als er dann in Deutschland in einem Kurort gestorben war und seinen Besitz, da er keine leiblichen Erben hatte, seinem Vetter hinterließ, hatte Klaus Ruthart seinen Vater gebeten, ihm Dahomy zur Bewirtschaftung zu überlassen.

Als er auf Dahomy ankam, fand er es ziemlich verlottert. Seitdem waren fast zwanzig Jahre vergangen, und in dieser Zeit war es ihm gelungen, Dahomy wieder in die Höhe zu bringen und durch Ankauf benachbarter Ländereien zu vergrößern. Jetzt war es ein gut fundierter, ertragreicher Plantagenbesitz. Aber Klaus Ruthart war auch der Mann, sich im fremden Land durchzusetzen, wie es nicht vielen an seiner Stelle gelungen wäre.

Während er jetzt nach seinen Plantagenfeldern fuhr, seine Leute kontrollierte und überall selber nach dem Rechten sah, ritt seine Tochter Gonda durch den tropischen Urwald nach der Nachbarplantage Ramova hinüber.

Ramova gehörte auch einem Deutschen, mit dem Klaus Ruthart gute Nachbarschaft hielt, wenn auch bei der großen Verschiedenheit der Charaktere und Lebensanschauungen kein sehr inniges Freundschaftsverhältnis zwischen ihnen aufkommen konnte. Es gab sonst weit und breit keine anderen Nachbarn, sie waren wirklich nur aufeinander angewiesen, und deshalb bestand immerhin ein reger Verkehr zwischen den Bewohnern von Ramova und Dahomy.

Der Weg nach dem Urwald war recht primitiv, aber Gondas Pferd kannte ihn genau. Es mußte allerdings zum großen Teil im Schritt gehen, denn die schnell wuchernden Zweige hingen tief herab, und die Luftwurzeln der Waringinbäume, die von oben wieder nach dem fetten Boden strebten, bildeten oft ein starkes Hindernis. Gonda war es gewöhnt, daß sie die Augen aufmerksam nach allen Seiten schweifen lassen mußte, damit sie etwaige nahende Gefahren beizeiten erkannte, um sich schützen zu können. Als Kind dieser weltabgelegenen Wildnis war sie immer gewappnet. Sie hätte Ramova ebenso schnell erreichen können, wenn sie mit dem Auto durch das Tal auf der Autostraße gefahren wäre, die allerdings einen großen Umweg um den ganzen Bergkoloß machen mußte.

Sie ritt lieber durch den Wald, als auf der staubigen Straße dahinzufahren. Sie kannte jeden Baum, jeden Strauch in diesem Urwaldstück, wenn die üppige Vegetation sich auch immer wieder rasch veränderte. Ritt sie doch jede Woche einige Male diesen Weg, um ihren Jugendfreund Georg Strasser zu besuchen. Denn im Grunde galten ihre Besuche auf Ramova nur ihm. Mit seinen Angehörigen stand sie nicht sehr gut, nur Georg war ihr lieb und teuer, wie ihrem Vater auch.

Hermann Strasser, Georgs Vater, war wie ihr Vater ein Mann Ende der Vierzig. Wenn er auch ein recht ansehnlicher, ja, sogar hübscher Mann war, so empfand Gonda doch instinktiv, daß etwas Unedles, Niedriges in seinem Wesen ausgeprägt war. Lilli Strasser, Georgs Stiefmutter, gefiel Gonda noch weniger, sie hatte etwas Falsches, Unechtes in ihrer Art, unbedingt etwas Gewöhnliches, wenn sie auch noch immer Spuren einstiger Schönheit zeigte. Ihr Sohn Kurt Gartner, aus erster Ehe, den sie mit in ihre zweite Ehe mit Hermann Strasser gebracht hatte, war im Gegensatz zu seinem Stiefbruder Georg ein ziemlich roher, brutaler Mensch, der Gonda zuweilen mit seinen ordinären Späßen verletzte. Sie konnte auch nicht leiden, daß er die malaiischen Diener sehr schlecht behandelte, und sie wußte, daß er den Dienerinnen in seiner brutalen Art nachstellte.

Georg Strasser, der Sohn aus Hermann Strassers erster Ehe, war aus ganz anderem Holz geschnitzt, und Gonda wie ihr Vater wußten, daß er gar nicht in diese Familie paßte, und sehr unter ihr zu leiden hatte. Er war ein vornehm empfindender, stiller Mensch, ganz nach seiner verstorbenen Mutter geartet, die ein Martyrium an der Seite ihres gefühlsrohen, berechnenden Mannes erduldet hatte. Leider war Georg von sehr zarter Gesundheit, auch ein Erbteil seiner Mutter, und mußte es sich daher versagen, auf allerlei Kraftproben einzugehen, die sein Stiefbruder Kurt vor seinen Augen mit der höhnischen Aufforderung, es ihm gleichzutun, ablegte.

Gonda stand Kurt hauptsächlich deshalb fast feindlich gegenüber und fand es widerlich, daß er ihr in neuester Zeit in seiner derben Art den Hof machte. Georg tat das nie. Er sah in Gonda nur die herzlich geliebte Jugendfreundin, mit der zusammen er gelernt und gespielt hatte, als sie noch Kinder waren.

Gondas verstorbene Mutter war als Erzieherin und Lehrerin für Georg Strasser engagiert gewesen und in dieser Eigenschaft nach Sumatra gekommen. Damals waren noch bessere Verhältnisse auf Ramova gewesen, und Georgs Mutter hatte noch gelebt. Auf dem Dampfer, den Gondas Mutter von Deutschland aus benutzt hatte, war sie mit Klaus Ruthart zusammengetroffen, der zur selben Zeit nach Sumatra ging, um die Bewirtschaftung von Dahomy zu übernehmen. So hatten sie sich kennen- und liebengelernt.

Leise summte Gonda ein Liedchen vor sich hin, während sie durch den wundervollen Tropenwald dahinritt; es war ein deutsches Volkslied, das die Mutter sie gelehrt hatte und das sie daheim oft zur Laute sang.

Immer wieder mußte sie sich mit ihrem Pferd einen andern Durchgang bahnen, wenn die üppige Vegetation den Weg versperrte. Riesige farbenprächtige Schmetterlinge umgaukelten sie, wo sich der Sonnenschein zuweilen durch das Blättergewirr Bahn brach. Pfauen stolzierten unbekümmert über ihren Weg, und schlanke Fasanen schlüpften durch die auf den Boden hängenden Zweige. Zuweilen turnten kleine Affen dicht vor ihrem Gesicht vorüber durch das Baumgewirr. Es raschelte auch einmal im Gestrüpp. Gonda wußte dann, daß Schlangen oder Eidechsen am Wege waren. Aber die flohen vor den Menschen, wenn sie nicht angegriffen wurden. Wuchernde Lianen rankten sich an den schlanken Stämmen der Kanaris empor, die wie Raketen emporschossen, wo sie einen Weg fanden. Bis zu ihren Gipfeln rankten sich die Lianen in ihrer lodernden Farbenpracht.

Es war kein Wunder, daß Gonda am liebsten diesen Weg benutzte, um Ramova zu erreichen.

Weiter ritt sie durch diesen Wunderwald, und als sie ihn passiert hatte und wieder ins Freie kam, sah sie den Bungalow von Ramova etwas höher, auch auf der höchsten Stelle des Bergrückens, liegen.

Zu Ramova gehörte nicht ein so großer Plantagenbesitz wie zu Dahomy. Anfangs war es wohl größer gewesen, aber im Lauf der Jahre hatte Gondas Vater immer wieder Grund und Boden von Hermann Strasser gekauft. So wurde Dahomy größer und Ramova kleiner. Hermann Strasser war kein so fleißiger Mann wie Klaus Ruthart. Obwohl er seine Söhne bei der Arbeit hatte, während Klaus Ruthart allein war, kam er nicht voran, sondern immer weiter zurück. Er war auch nicht so energisch und zielbewußt wie Gondas Vater und liebte es, mit seiner Frau und seinem Stiefsohn die Vergnügungslokale der nächstgelegenen Städte aufzusuchen und dabei viel Geld auszugeben. Am schlimmsten aber war, daß er auch ein Spieler war, und leider fand er bei diesen Ausflügen immer Gelegenheit zu spielen – und zu verlieren, worin ihm sein Stiefsohn Kurt treulich nacheiferte. Lilli, seine Frau, war auch sehr verschwenderisch veranlagt. Solange Georgs Mutter noch gelebt hatte, war alles noch gutgegangen, denn diese feine, stille Frau hatte nach Kräften zusammengehalten, was sie ihrem Mann zugebracht hatte. Im Grunde genommen gehörte ganz Ramova Georg Strasser, denn es war von dem Vermögen seiner Mutter gekauft worden, aber niemand kehrte sich daran. Hermann Strasser dachte nicht daran, seinem Sohn Georg irgendwelche Rechte einzuräumen.

Es gab jetzt auf Ramova oft sehr knappe Zeiten, denn es fehlte dann am Nötigsten, weil das Geld für Unnötiges ausgegeben worden war. Das wußte Gonda so gut wie ihr Vater. Sie sprachen beide oft darüber und waren sich einig, daß Georg Strasser in unerhörter Weise von seinen Angehörigen ausgenutzt wurde.

Daß Georg unter den haltlosen Zuständen um so mehr litt, weil seine zarte Gesundheit es nicht zuließ, daß er sich gegen diese verlotterten Verhältnisse zur Wehr setzen konnte, wußten Vater und Tochter auch; und sie bedauerten Georg sehr.

Zu Hermann Strassers Entschuldigung hätte man vielleicht anführen können, daß die tropischen Verhältnisse die Europäer entnerven, wenn sie sich nicht in strenger Selbstzucht halten, aber er war nie ein zuverlässiger und tüchtiger Mensch gewesen. Strasser hatte es immer verstanden, auf Kosten anderer zu leben, ohne sich selbst anzustrengen, und gehörte zu denen, die immer darauf warten, daß ihnen die gebratenen Tauben in den Mund fliegen, und die dann sehr ungehalten darüber sind, wenn sie vorbeifliegen und anderen zuteil werden. So behauptete er immer mißgünstig in seiner derben, brutalen Art, sein Nachbar Ruthart habe ein »schweinemäßiges Glück«, wenn dieser durch Fleiß und Ausdauer wieder ein Stück vorangekommen war. Nie suchte er die Schuld an der Zerrüttung seiner Verhältnisse bei sich. Immer klagte er nur das Schicksal an und beneidete mißgünstig die Menschen, denen es besser ging.

Gonda legte nun, auf der Höhe angekommen, das letzte Stück Weg in schnellem Tempo zurück und hielt gleich darauf vor dem Bungalow der Familie Strasser. Er war etwas kleiner als der auf Dahomy und zeigte vor allen Dingen starke Spuren der Vernachlässigung, während Klaus Rutharts Haus bis zum letzten Nagel intakt und sauber war.

Auch hier zog sich rund um das Haus eine breite Veranda, so daß man zu jeder Tageszeit im Schatten darauf sitzen konnte. Die Veranda war ebenfalls überdacht und wurde von buntbemalten, viereckigen Holzsäulen getragen, die an der Brüstung befestigt waren.

Auf dieser Veranda erblickte Gonda im Schatten ihren Jugendfreund Georg in einem Liegestuhl. Er hatte die Augen geschlossen, und sein ebenmäßiges Gesicht zeigte eine fahle Blässe und nicht die gesunde Bräune der in den Tropen lebenden Weißen. Als Gonda vom Pferd sprang, schrak er hoch und erhob sich mühsam, um die Freundin zu begrüßen. Seine Augen leuchteten froh. Er wollte ihr entgegenkommen, aber sie drohte mit dem Finger.

»Willst du wohl ruhig liegenbleiben! Soll ich gleich mit dir zanken, wenn ich komme?« rief sie ihm zu.

Georg setzte ein silbernes Pfeifchen an den Mund und rief dadurch einen malaiischen Diener herbei, der von den Ställen herüberkam und Gondas Pferd in Empfang nahm.

Gonda nickte dem Diener freundlich zu und ging dann zu Georg hinauf auf die Veranda. Er streckte ihr beide Hände entgegen.

»Wie lieb von dir, Gonda, ich habe dich sehnsüchtig erwartet, denn leider fühle ich mich noch nicht wohl genug, um das Pferd zu besteigen. Das Auto brauchen aber Vater und Kurt, wenn sie hinunter zu den Plantagen fahren. So muß ich schon warten, bis du zu mir kommst.«

Mit einer fast mütterlichen Sorgfalt führte Gonda den Freund zu seinem Liegestuhl zurück und drückte ihn hinein.

»So, erst strecke dich wieder behaglich aus, eher rede ich kein Wort mit dir!« sagte sie energisch und doch mit einer geschwisterlichen Zärtlichkeit.

Gehorsam legte er sich zurück und sah mit einem frohen Lächeln zu ihr empor.

»Wie gut, daß du da bist! Die Luft auf Ramova ist reiner, wenn ich in dein Gesicht sehen kann, Gonda.«

Sie sah besorgt auf seine überschlanke Gestalt herab, in sein schmales Gesicht, das sich vor Freude gerötet hatte. Sie warf die Reitpeitsche auf den Tisch, den Tropenhut daneben und legte die lange Reitjacke ab. Forschend sah sie sich um.

»Du bist doch nicht etwa allein zu Hause, Georg?«

»Mutter ist drinnen. Vater und Kurt sind in den Plantagen.«

»Dann will ich deiner Mutter erst guten Tag sagen und mich bei ihr für die Reistafel einladen. Ich bleibe nämlich bis zum Tee.«

»Herrlich, Gonda!«

»Also gleich bin ich wieder bei dir, drinnen werde ich ja doch überflüssig sein.«

Sie nickte ihm lächelnd zu, und er sah hinter der schlanken Gestalt her, die in der engen Reithose und der weißen Hemdbluse wie die eines Knaben wirkte. Er atmete tief auf, wie befreit von einem quälenden Druck. Wo Gonda war, da war es licht und klar und rein. Das tat so wohl, wenn man an der Unreinheit ringsumher zu ersticken drohte ...

Gonda trat durch eine der Türen, die von der Veranda ins Haus führten, und betrat die große Diele. Von hier führten ringsum Türen in die Zimmer. Die meisten Türen waren offen und nur mit einem leichten Vorhang verhängt. Nur die Schlafräume und das Arbeitszimmer des Hausherrn hatten verschließbare Türen. So war es auch auf Dahomy. Genauso waren auch hier die Räume angeordnet, nur waren es dort einige Zimmer mehr.

Gonda klatschte laut in die Hände; darauf erschien eine malaiische Dienerin, nur mit einem bunten Sarong bekleidet, der über die Brust geschlungen war und Arme und Schultern frei ließ.

»Wo ist die Herrin, Sunlah?« fragte Gonda, der Dienerin freundlich zunickend.

Sunlah sah sie mit ihren sanften braunen Augen lächelnd an, hob einen der bunten, aber nicht sehr sauberen Türvorhänge empor und machte eine einladende Bewegung.

»Tritt ein, Herrin!«

»Kommen Sie herein, Gonda, ich höre schon, daß Sie es sind!« rief eine etwas scharfe, helle Frauenstimme aus dem Innern des Zimmers.

Gonda trat ein. Lilli Strasser lag, wegen der Hitze ebenfalls nur mit einem Sarong bekleidet, der ihre üppigen Formen allerdings weniger gut umhüllte als die schlanken Glieder der Dienerin, auf einem mit Kissen belegten Rohrliegestuhl. Sie hatte anscheinend in einem Buch gelesen, das ihr entfallen war und auf dem Fußboden lag.

»Guten Tag, Frau Strasser! Hoffentlich störe ich nicht?«

»Lieber Gott, dieses langweilige Buch verträgt sehr gut eine Störung. Guten Tag, Gonda, nett von Ihnen, mal wieder nach uns zu sehen. Sie sind beneidenswert, sehen so frisch und munter aus und haben doch einen langen Ritt hinter sich.«

»Mein Weg führt ja fast immer durch den Wald. Da ist es schattig. Warum plagen Sie sich mit einem langweiligen Buch, es gibt doch auch andere.«

Frau Lilli unterdrückte ein Gähnen.

»Ich habe nichts mehr im Haus, ich muß erst wieder an den Buchhändler in Palembang schreiben, daß er mir eine Sendung neuer Bücher schickt. Denn in den Kambongs hier herum oder in den kleinen Städten, die näher liegen, bekommt man doch nur die ältesten Ladenhüter. Ihre Bibliothek habe ich auch schon durchgelesen. Zeitungen gibt es erst morgen wieder. Es ist ein Jammertal, dieses Ramova.«

»Es liegt doch auf dem Berg, Frau Strasser«, meinte Gonda lachend.

»Oder im Mond! Da kann es auch nicht langweiliger sein.«

»Warum lesen Sie so viel?«

»Was soll ich denn sonst tun?«

Gonda dachte, daß hier für die Hausfrau sehr viel zu tun war, aber sie sprach es nicht aus.

»Man hat doch eine Menge anderes zu tun.«

»Außer Lesen wüßte ich nichts, womit ich mir hier die Zeit vertreiben könnte. Lesen Sie nicht auch sehr viel?«

»Des Abends immer, aber am Tag komme ich wenig dazu«, sagte Gonda, die ihrem Vater seit dem Tod der Mutter eine tüchtige Hausfrau geworden war und nicht den ganzen Tag für ihre Bücher Zeit hatte. Lilli dagegen war keine gute Hausfrau, sie überließ alles der Dienerschaft und kümmerte sich nicht viel um den Haushalt. Da eine Dienerschaft aber überall auf der Welt eine Leitung und Beaufsichtigung braucht, schlichen sich natürlich viele Nachlässigkeiten ein.

»Ich möchte nur wissen, womit Sie dann am Tag Ihre Zeit verbringen?«

Gonda lachte.

»Mit tausend Dingen, die ich Ihnen unmöglich aufzählen kann. Die Tage sind immer viel zu kurz, um alles tun zu können.«

»Wie gesagt, Sie sind beneidenswert. Jedenfalls ist es sehr nett, daß Sie auch noch Zeit finden, uns zu besuchen.«

»Werden Sie das auch nett finden, wenn ich Ihnen sage, daß ich mich nicht nur zur Reistafel, sondern auch gleich noch zum Tee bei Ihnen einlade? Vater hat mir so lange Urlaub gegeben, damit ich dem armen Georg ein wenig die Zeit vertreiben kann.«

»Oh, das ist gut. Der arme Junge langweilt sich natürlich ebensosehr wie ich, da er noch nicht genesen ist. Da merkt er wenigstens einmal, wie bedauernswert wir Frauen sind, die immer an das Haus gefesselt sind. Die Männer haben es viel besser als wir, immer haben sie etwas vor.«

Gonda preßte schnell die Lippen zusammen, es wäre ihr sonst eine Bemerkung darüber entflohen, daß die Frauen hierzulande auch immer etwas vorhaben sollten – wenn sie nur wollten. Sie mochte sich mit Lilli Strasser nicht länger einlassen, als unbedingt notwendig war, denn sie wußte, wie sehnlich Georg auf sie wartete.

»Also, ich will Sie nicht länger von Ihrem Buch abhalten, Frau Strasser. Ich gehe hinaus zu Georg, nachdem ich mich eingeladen habe. Sie sind mir deshalb hoffentlich nicht böse?«

»Aber im Gegenteil. Bitte, schicken Sie mir nur Sunlah herein, damit ich die nötigen Befehle geben kann.«

»Aber bitte, keine Umstände meinetwegen!«

»Gibt es doch unter so guten Nachbarn gar nicht, Gonda, ich sage nur Bescheid, daß ein Gedeck mehr aufgelegt wird.«

»Gut, ich schicke Ihnen Sunlah herein. Und nun störe ich nicht länger.«

»Später komme ich auch hinaus auf die Veranda. Vorläufig entschuldigen Sie mich noch. Ich möchte so lange wie möglich im Sarong bleiben, und herumlaufen kann ich darin nicht.«

»Oh, ich gehe in der heißen Zeit ungeniert auch im Sarong im Hause umher.«

Lilli lachte. Mit einem neidischen Blick musterte sie Gondas schlanke Gestalt.

»Ja, Sie! Das ist auch ein Unterschied. Für mich sind leider die Zeiten vorbei, wo ich mich ungeniert im Sarong sehen lassen konnte.«

Gonda warf einen verlegenen Blick auf Frau Lillis üppige Reize und ging dann schnell hinaus. Lilli Strasser gähnte herzhaft, rekelte sich faul, steckte sich eine Zigarette an und hob das Buch wieder auf, um weiterzulesen.

Gonda schickte Sunlah zu ihrer Herrin und ging dann wieder hinaus auf die Veranda, wo ihr Georg sehnsüchtig entgegensah.

Das Zimmer, in dem Lilli lag, ging nach der Westseite hinaus, Georg befand sich auf der Nordseite. So waren die beiden ganz ungestört und konnten plaudern, ohne fürchten zu müssen, daß sie belauscht werden konnten.

»Da hat Sunlah schon eine Erfrischung für dich gebracht, Gonda«, sagte Georg, auf ein Tablett mit Früchten und Limonade deutend, das auf dem Tisch stand. Auch einige Keks waren dabei.

»Hast dich um mich bemüht, guter Georg?«

Er schüttelte lächelnd den Kopf.

»Sunlah hat es ohne Aufforderung gebracht. Sie ist, glaube ich, unsere tüchtigste Dienerin, und sie vergöttert dich, wie es eure Diener in Dahomy auch tun. Ich merke oft, wie sie dir jeden Wunsch von den Augen ablesen.«

»Unsere Diener sind alle gute Menschen, Georg, und Sunlah ist es auch. Ich habe sie kürzlich gebeten, sie möge nach dir sehen und sich ein wenig um dich kümmern, weil es sonst kaum jemand tut.«

»Ah, also dir danke ich es, daß Sunlah mir unaufgefordert mancherlei Dienst tut. Ich danke dir, Gonda, du denkst doch an alles.«

Gonda nahm einen Schluck von der Limonade.

»Soll ich dir eine Frucht zurechtmachen, Georg?«

»Danke, nein, ich habe erst vor einer halben Stunde gefrühstückt. Ich fand erst gegen Morgen Ruhe und habe dann faul bis in den Tag hinein geschlafen.«

»Recht so, das mußt du auch tun! Das heißt, ich meine nicht, daß du erst so spät einschlafen sollst, das will ich gar nicht hören. Du sollst doch viel Schlaf haben. Wie fühlst du dich heute?«

»Es geht langsam besser, aber leider sehr langsam.«

»Du darfst nicht ungeduldig werden.«

Er lächelte froh. »Wenn du bei mir bist, ist es leicht, geduldig zu sein. Wenn man dich ansieht, meint man, es könnte gar keine Krankheit auf der Welt geben. Immer hast du etwas so Frisches, Gesundes, Lebensbejahendes an dir.«

»So nimm dir ein Beispiel an mir und werde schnell gesund.«

Er seufzte ein wenig, und seine blauen Augen sahen in weite Fernen.

»Manchmal denke ich, daß ich überhaupt nie wieder ganz gesund werde. Der malaiische Arzt, der zuweilen nach mir sieht, hüllt sich ja über das Wesen meiner Krankheit in Stillschweigen, vielleicht, weil er nicht ergründen kann, was mir eigentlich fehlt, aber ich habe das Gefühl, daß es keine Heilung dafür gibt.«

Sie verbarg ihre Sorge hinter einem Kopfschütteln.

»Was sind das für törichte Gedanken, Georg! Es wird nicht lange dauern, dann reiten wir beide wieder um die Wette, wie wir es früher so oft getan haben. War das nicht schön?«

Seine Augen strahlten.

»Wunderschön, Gonda! Schilt mich nur aus, das tut gut. Ich bin vielleicht durch meine lange Krankheit ein wenig schwarzseherisch geworden.«

»Nun ja, wenn man krank ist, sieht man alles grau in grau. Aber laß noch acht Tage vergehen, dann lachst du über deine törichten Gedanken und bist wieder frisch und gesund.«

Er wollte sie nicht betrüben und lenkte ab: »Hast du Mutter begrüßt?«

»Ja, sie langweilt sich schrecklich über einem uninteressanten Buch.«

Er zog die Stirn zusammen.

»Sie ist gesund und kräftig und mag doch nicht arbeiten. Wie froh die Arbeit machen kann, ahnt sie nicht. Und im Hause geht alles drunter und drüber. Wie wundervoll blank und sauber ist alles bei euch in Dahomy. Und du bist noch so jung.«

Sie streichelte seine Hand.

»Nimm es nicht so schwer, Georg, es quält dich nur.«

Er nickte ihr zu.

»Hast recht, man sollte sich über Unabänderliches nicht immer wieder ärgern. Aber es ist nicht schön, wenn man tatenlos zusehen muß, wie es immer weiter bergab geht. Leider kann ich es nicht ändern. Auch wenn ich gesund wäre, fehlten mir die Kräfte, mich gegen den Untergang zu stemmen. Und zuweilen überkommt mich die Sehnsucht, irgendwohin zu fliehen, um das alles nicht länger mitansehen zu müssen. Aber in der ganzen weiten Welt weiß ich kein Fleckchen, wo es Ruhe und Frieden gibt für einen armseligen Kerl, wie ich einer bin.«

»Ich wüßte so ein Fleckchen, Georg.«

Er sah sie fragend an.

»Da bin ich neugierig.«

»Bei deinem Großvater in Deutschland, dahin müßtest du gehen.«

Ein bitteres Lächeln huschte um seinen schmallippigen Mund.

»Um mich von ihm vor die Tür jagen zu lassen? Du weißt doch, daß er nicht ein Wort von sich hören ließ, sondern es mich auch entgelten läßt, daß Vater und Mutter seinen Zorn erregten, als mein Vater meine Mutter entführte.«

Gonda sah ihn mit großen Augen an.

»Vielleicht wartet er nur darauf, daß du ihm einmal schreibst, Georg.«

Er schüttelte den Kopf.

»Ich habe ihm vor einigen Jahren geschrieben, habe ihm zu Neujahr gratuliert und ihn gefragt, ob er mir erlauben würde, daß ich zuweilen an ihn schreibe. Darauf hat er mir durch seine Bank antworten lassen, er wünsche mit Briefen verschont zu werden.«

»Wie leid mir das für dich tut! Willst du es nicht trotzdem noch einmal versuchen?«

»Nein Gonda, es ist für mich schon sehr demütigend, daß Vater das Erziehungsgeld annimmt, das mein Großvater jedes Vierteljahr durch die Bank überweisen läßt. Das ist ja das einzige Lebenszeichen, das wir von ihm erhalten.«

»Das kommt aber pünktlich, nicht wahr?«

»Ja, fabelhaft pünktlich!«

»Das ist doch immerhin ein Zeichen, daß er an dich denkt.«

»Wahrscheinlich hat er der Bank einen Dauerauftrag gegeben, daß der Betrag an uns überwiesen wird, er selbst kümmert sich gewiß nicht darum. An die Bank schickt Vater auch jedesmal die Quittung. Er will eben nichts mit uns zu tun haben. Wenn du wüßtest, Gonda, wie es mich demütigt, daß Vater dies Geld immer wieder annimmt. Es wäre mir eine Erlösung, wenn ich es zurückschicken dürfte, aber da würde Vater mich für verrückt erklären. Er wartet ja immer schon auf das Geld, um das meiste davon verspielen zu können.«

Seine letzten Worte klangen wie ein Stöhnen.

Mitleidig sah ihn Gonda an.

»Dein Großvater kann doch aber nur auf deinen Vater böse sein.«

»Ja, aber so böse, daß er diesen Groll auch auf mich überträgt, weil ich eben sein Sohn bin. Das Erziehungsgeld für mich schickt er ja erst seit meiner Mutter Tod, der ihm doch wohl nahegegangen ist. Er muß sie sehr geliebt haben, und gerade deshalb hat er ihr auch sehr gezürnt, weil sie mit dem Mann, dem er ihre Hand verweigert hatte, aus dem Elternhaus floh. Es muß ihm sehr weh getan haben.«

»Warum hat er deinem Vater die Hand seiner Tochter verweigert?«

»Weil – nun, weil er ihm wohl nicht genug Garantie für das Glück meiner Mutter bot. Und damit hat er doch leider recht gehabt. Du weißt doch so gut wie ich, Gonda, daß meine Mutter sehr unglücklich geworden ist an der Seite meines Vaters. Er hat es ihr nie vergeben, daß ihr Vater ihr unversöhnlich zürnte, obwohl nur er daran schuld war. Ich weiß, Vater hat meine arme Mutter nur aus Berechnung geheiratet, weil ihr Vater ein sehr reicher Mann war. Er hat geglaubt, daß Großvater sich mit den Tatsachen abfinden würde, wenn die Heirat erst einmal stattgefunden hätte. Das hat er einmal meiner Stiefmutter erzählt, ohne daß er wußte, daß ich es hören mußte. Nur aus Berechnung, nicht aus Liebe hat er meine Mutter dazu gebracht, daß sie mit ihm floh. Aber er hatte sich verrechnet, mein Großvater brach sofort jede Verbindung ab, verstieß seine Tochter und ließ ihr nur das kleine mütterliche Erbe auszahlen, das er ihr nicht verweigern konnte. Mit diesem Kapital meiner Mutter ging Vater dann mit ihr hierher nach Sumatra, weil er hier sein Glück zu machen hoffte, und kaufte Ramova. Er fragte nicht danach, ob meiner Mutter das Tropenklima bekam. Sie verlor bedeutend an Wert für ihn, als alle ihre Briefe an ihren Vater ungeöffnet zurückkamen, nachdem er auf den ersten geantwortet hatte: ›Nur dann verzeihe ich Dir und nehme Dich wieder bei mir auf, wenn Du Dich von dem Mann trennst, der Dich bestimmt nur ins Unglück führen wird. Mit ihm sind Dir mein Haus und mein Herz verschlossen.‹ Das hat meine Mutter natürlich nicht getan, zumal meine Geburt schon bevorstand. Sie wollte ihrem Kind den Vater erhalten, auch dann noch, als sie schon einsehen mußte, daß er sie wirklich ins Unglück gestürzt hatte. Sie hatte schwer darunter gelitten, daß ihr Vater unversöhnlich blieb, nicht weil er sie enterben wollte, sondern weil sie ihn liebte und wußte, wie sehr sie ihn gekränkt hatte. Kurz vor ihrem Tod hat meine Mutter noch einen letzten Brief an meinen Großvater geschrieben, ihn um Verzeihung gebeten und ihm mitgeteilt, daß sie vor ihrem Ende stehe. Diesen letzten Brief mußte mein Vater, auf meiner Mutter Wunsch, mit der Anzeige von ihrem Tod an meinen Großvater schicken, und dieser Brief ist nie zurückgekommen. Kurz darauf sandte mein Großvater die erste Rate des Erziehungsbeitrages für mich mit dem Bemerken, daß dieser Betrag in Zukunft jedes Vierteljahr für mich eingehen würde, und daß die Quittungen an die Bank zu richten seien. Aber ein persönliches Wort für mich hat er auch dann nicht gehabt.«

Gonda seufzte tief. Sie hatte nachdenklich zugehört.

»Wie schade, Georg! Ich habe das Gefühl, daß du dir

die Liebe deines Großvaters schnell gewinnen könntest, wenn er dich nur kennen würde. Und du würdest dich bei ihm so viel glücklicher fühlen als hier.«

Mit einem schwermütigen Blick sah Georg ins Weite. Dann sagte er aufatmend: »Laß uns nicht mehr darüber sprechen, Gonda, es führt zu nichts. Erzähle mir, was du in den letzten Tagen, seit wir uns nicht gesehen haben, getan hast.«

Sie berichtete ihm allerlei, wovon sie glaubte, daß es ihn interessieren würde. Er fragte noch dies und das. Dann saßen sie einander eine Weile schweigend gegenüber. Es war ein Schweigen, wie es nur zwischen ganz guten Freunden möglich ist, die sich auch ohne Worte verstehen.

Georg sah Gonda mit brüderlichem Stolz an. Es gefiel ihm, daß sie so gut aussah, daß der rosige Ton ihrer Haut so zart durch den schleierartigen, weißen Stoff der Bluse schimmerte, daß sie den reizenden Kopf so anmutig auf den schönen Schultern trug und daß die kurzen Locken einen so metallischen, satten Goldton hatten. Eine Wohltat war das alles für seine schönheitsdurstigen Augen.

An der Gewandung seiner Stiefmutter war immer irgend etwas nicht in Ordnung; es fehlte immer irgendwo ein Band oder ein Knopf, und Sicherheitsnadeln mußten manches zusammenhalten. An Gonda war alles in Ordnung, alles sauber, korrekt und geschmackvoll. Und außerdem war sie ein vollkommenes Werk der Schöpfung. Das war so schön! Nichts regte sich in Georgs Herzen für Gonda, was er nicht auch für eine geliebte Schwester hätte empfinden dürfen. Sie waren wie Geschwister aufgewachsen.

Georg war vier Jahre älter als Gonda. Ihre Mutter war seine Erzieherin und später die getreue Freundin seiner Mutter gewesen. Nur etwa ein Jahr hatte Gondas Mutter ihre Stellung als Erzieherin Georgs auf Ramova innegehabt, dann hatte Klaus Ruthart sie nach Dahomy geholt. Aber sie hatte weiterhin Georgs Erziehung übernommen, weil so leicht kein Ersatz für sie gefunden werden konnte und weil sie inzwischen so innige Freundschaft mit Georgs Mutter geschlossen hatte, daß sie dieser den Liebesdienst gern erwies. Auch als dann Gonda geboren wurde, setzte ihre Mutter den Unterricht noch fort, und Georg hatte gejauchzt über das kleine Schwesterchen, wie er Gonda nannte. Andächtig hatte er das kleine Wunder angestaunt und hatte sich von Anfang an eifrig mit ihr befaßt.

Gondas Mutter hatte nicht nur Georg die nötige erste Schulweisheit beigebracht, sondern auch ihre Tochter Gonda später in allen Fächern unterrichtet. Da sie in Deutschland das Lehrerinnenexamen bestanden hatte, war sie vollkommen in der Lage dazu. Als Georgs Mutter starb, war Georg dreizehn Jahre alt, und Gondas Mutter wollte nun Hermann Strasser veranlassen, Georg für einige Jahre nach Deutschland zu schicken, um seine Erziehung zu beenden. Sie bezweckte vor allem damit, Georg einen gründlichen Klimawechsel zu verschaffen, denn seine zarte Gesundheit, die er von seiner Mutter geerbt hatte, war dem Tropenklima nicht gewachsen.

Hermann Strasser jedoch erklärte kaltblütig, er habe kein überflüssiges Geld, um seinem Sohn einen Aufenthalt in Deutschland zu finanzieren, wie er ja auch vorgegeben hatte, kein Geld zu haben, um seine Frau einige

Male, wie es nötig gewesen wäre, zur Erholung nach Europa zu schicken.

So hatte Georg in dem für ihn so ungesunden Klima ausharren müssen. Als sein Großvater dann einen Erziehungsbeitrag schickte, wäre es Hermann Strassers erste Pflicht gewesen, diesen zu benutzen, Georg nach Deutschland zur Erholung zu schicken, aber er hatte das Geld eben für sich verwendet, und das einzige, was er für Georg tat, war, daß er ihm noch für zwei Jahre einen Hauslehrer engagierte. Daß er seine Frau zu einem frühen Tod verdammt hatte dadurch, daß er sie zwang, in den Tropen zu leben, kümmerte Hermann Strasser ebensowenig, wie daß sein Sohn jetzt anscheinend auch unter diesem Klima dahinsiechen mußte. Er besaß eine so robuste Gesundheit, und seine zweite Frau und sein Stiefsohn ebenfalls, daß er nicht begreifen wollte, daß das Tropenklima einen Menschen umbringen konnte.

Schon während Helena Strasser, Georgs Mutter, sehr krank war, hatte Hermann Strasser Beziehungen zu der Witwe eines deutschen Geschäftsfreundes angeknüpft. Frau Lilli wohnte damals mit ihrem Sohn Kurt in Palembang, und Hermann Strasser besuchte sie, so oft er in Palembang zu tun hatte, was immer öfter geschah, je hinfälliger seine Frau wurde. Und schon ein halbes Jahr nach dem Tod seiner ersten Frau verlobte er sich mit Lilli Gartner und heiratete sie bald darauf. Statt eines Vermögens brachte sie nur ihren Sohn, Kurt Gartner, mit in die Ehe, der im gleichen Alter mit Georg stand. Sie waren jetzt beide zweiundzwanzig Jahre alt.

Für seine zweite Frau empfand Hermann Strasser eine große Leidenschaft; die schöne, vollerblühte Frau war der strikte Gegensatz zu der zarten, empfindlichen Helena. Und Frau Lilli verstand es besser, sich Geltung zu verschaffen, als es Helena je gekonnt hatte. Daß Lilli viel ärmer als Helena war, daran hatte Hermann Strasser in seiner leidenschaftlichen Liebe nicht gedacht. Sie konnte alles bei ihm durchsetzen, wandte nur leider ihren Einfluß nicht in segensreicher Weise an. Noch heute war er verliebt in diese Frau, wenn sie sich auch zuweilen stritten und es zu allerlei unliebsamen Szenen zwischen ihnen kam, in denen sie sich, unbekümmert um die Gegenwart der beiden erwachsenen Söhne, mit Vorwürfen überhäuften und sich ordinäre Schimpfworte an den Kopf warfen. Kurt lachte dann schadenfroh und machte zynische Bemerkungen darüber, aber dem feinfühlenden Georg waren diese Szenen unerträglich und quälend.

Nachdem seine Stiefmutter ihren Einzug auf Ramova gehalten hatte, war Georg noch viel stiller und zurückhaltender geworden. Um so inniger schloß er sich der Familie Ruthart an. Jede freie Stunde verbrachte er auf Dahomy. Man ließ ihn auch gewähren, er hatte nur noch Wert und einige Bedeutung für seine Angehörigen, weil sein Großvater einen ansehnlichen Erziehungsbeitrag für ihn leistete. Dieser Betrag wurde auch ohne weiteres weitergezahlt, als Georgs Erziehung längst beendet war. Nach wie vor verwendete sein Vater das Geld für sich, Georg bekam nur selten einen verschwindenden Bruchteil dieser Beträge. Er war so anspruchslos, daß er fast nichts für sich verbrauchte, was man von seinem Stiefbruder nicht behaupten konnte. Der streckte immer begehrlich die Hand aus, wenn einmal Geld im Hause war.

Es wäre für Georg ein Trost gewesen, wenn dieses Geld wenigstens dazu verwendet worden wäre, um Ramova zu renovieren. Es hätte so not getan, daß etwas in die Bewirtschaftung gesteckt würde, aber dazu kam es fast nie. Sobald das Geld am Quartalsende eintraf, fuhren Vater, Stiefmutter und Stiefbruder nach Palembang oder Padang, um sich zu vergnügen. Und gewöhnlich kamen sie alle drei nicht eher wieder nach Hause, bis alles ausgegeben war. Kurt und der Vater verspielten und vertranken es, Lilli schaffte sich unnütze Dinge dafür an.

So entfremdete sich Georg seinen Angehörigen immer mehr. Er fühlte auch, daß er ihnen nichts galt, nicht einmal dem Vater. Klaus Ruthart hatte ihm verschiedene Male zugeredet, er möge das Erziehungsgeld energisch für sich fordern, damit er wenigstens für einige Monate nach Deutschland oder nach der Schweiz reisen und seine Gesundheit kräftigen konnte, aber Georg schüttelte den Kopf. Wenn er an die Szene dachte, die ein solches Verlangen heraufbeschwören würde, dann graute ihm davor.

Als er nun kürzlich kraftlos zusammengebrochen war und lange Wochen krank lag, da hatten seine Angehörigen freilich sorgenvoll um sein Bett gestanden. Lilli hatte ihn gepflegt, aber er wußte, das geschah alles nur, weil, wenn er sterben würde, der Erziehungsbeitrag ausbleiben würde.

Als vor zwei Jahren Gondas Mutter gestorben war, hatte auch Georg sie betrauert, als sei seine eigene Mutter noch einmal gestorben, denn sie hatte ihm die Mutter ersetzt. Und an Klaus Ruthart hing er viel mehr als an seinem Vater. Gonda aber liebte er zärtlich wie eine Schwester, und sie brachte ihm die gleichen Gefühle entgegen. Wenn Georg gesund war, fand er täglich wenigstens eine Stunde, um in Dahomy bei seinen Freunden zu weilen. Dort schien für ihn die eigentliche Heimat zu sein. –

Während Georg seinen Gedanken nachhing, hatte Gonda ihre Augen über das herrliche Landschaftsbild schweifen lassen, das sich vor ihren Augen ausbreitete. Nach Osten hinüber streckte sich weit die Ebene aus mit ihren Reisfeldern, Tee-, Zucker- und Baumwollplantagen, die ab und zu von kleinen Palmenwäldern unterbrochen wurden. Im Westen aber erhoben sich die zum großen Teil vulkanischen Gebirgszüge mit ihren oft grotesken Formationen. Sie verschwanden schattenhaft in blauem Dunst. Hinter diesen Bergen, das wußte Gonda, lag das Meer. Da fielen die Felsen steil ins Meer hinab, zerklüftet und zerrissen von Eruptionen der Vorzeit. Ab und zu ragten sie noch wie starre Inseln aus dem Meer heraus. Sie war zuweilen mit Vater und Mutter an dieser Westküste Sumatras gewesen, um auf einige Wochen in dieser oder jener Hafenstadt am geselligen Verkehr teilzunehmen, den sie sonst entbehren mußten. Auch im Osten, über die Ebene hinweg, waren sie zuweilen nach Palembang gefahren, um dort mit Europäern gesellig zusammenzutreffen. Und jedes vierte Jahr war Klaus Ruthart gewissenhaft mit seiner Familie zu dem nötigen Klimawechsel nach Europa gereist. Dort nahmen sie Aufenthalt in der Schweiz oder in Deutschland an der Nordsee. Und jedesmal, wenn sie in Deutschland waren, verließ Klaus Ruthart seine Familie auf einige Wochen, um, wie er Gonda sagte, Geschäfte zu erledigen. Seit dem Tod seiner Frau war er nicht mehr in Europa gewesen, und es nahte nun bald wieder der Zeitpunkt, daß sie einen Klimawechsel vornehmen mußten.

Gonda schrak endlich aus ihren Gedanken auf und lachte Georg an.

»Du, Georg, jetzt haben wir uns fast eine halbe Stunde lang angeschwiegen.«

Er nickte ihr lächelnd zu.

»Und trotzdem hatte ich das Gefühl, als hätten wir uns prächtig unterhalten. Woran hast du eigentlich so intensiv gedacht?«

Sie hob die Augen zu ihm empor, diese wunderschönen samtbraunen Sterne mit den goldenen Lichtern darin.

»Oh, ich glaube, ich war in Gedanken ein wenig nach Deutschland spaziert und mir war, als hätte ich mich mit dir darüber unterhalten.«

»Weil wir uns auch im Schweigen verstehen. Also in Deutschland warst du mit deinen Gedanken?«

»Ja, ich dachte daran, daß wir wohl bald wieder einen Klimawechsel vornehmen müssen. Für dich ist es übrigens die allerhöchste Zeit, daß du das auch einmal tust. Es ist unverantwortlich von deinem Vater, daß er dich noch nie fortgeschickt hat.«

Er seufzte tief: »Wir haben kein Geld für solche Erholungsreisen.«

»Aber gerade für dich ist es unbedingt nötig, das hat doch deine Krankheit gezeigt. Es muß jetzt endlich möglich gemacht werden, daß du reist, und ich muß wie mein Vater sagen, das Geld, das dein Großvater schickt, muß am nötigsten dazu verwendet werden«, entgegnete sie energisch.

Ein bitteres Lächeln spielte um seinen Mund.

»Dies Geld wird schon sehnlichst wieder für andere Zwecke erwartet.«

Kampfbereit richtete sich Gonda auf.

»Deine Gesundheit geht vor! Weder dein Vater noch deine Mutter und dein Bruder brauchen eine Erholung so nötig wie du. Sie alle haben eine robuste Gesundheit. Du mußt endlich energisch verlangen, daß dir das Geld zu einer Erholungsreise zur Verfügung gestellt wird.«

Er schüttelte den Kopf.

»Nein, das tue ich nicht!«

»Oh, so werde ich mit deinem Vater darüber sprechen und werde ihm sagen, daß er sich an dir versündigt, wenn er dich nicht endlich zu einem Klimawechsel nach Europa schickt. Er – ja – er hat sich schon an deiner Mutter dadurch versündigt, daß er sie so lange in den Tropen festgehalten hat.«

Er faßte ihre Hand und sah sie bittend an. »Tue es nicht, Gonda, es hätte keinen Zweck, und ich will nicht, daß man dich barsch zurückweist, was ganz sicher geschehen würde.«

Sie erhob sich, strich ihm liebevoll das Haar aus der Stirn und sah ihn ehrlich besorgt an.

»Aber es wäre so sehr nötig für dich!«

Er lachte ein wenig, griff nach ihrer Hand und legte seine Wange daran. »Laß nur, ich werde mich schon wieder herauskrabbeln.«

Mitleidig sah sie ihn an.

»Georg, ich habe eine große Bitte an dich.«

»Was kann ich für dich tun?«

»Sage mir, welche Bank das Geld von deinem Großvater anweist – ich meine, wohin dein Vater die Quittungen schickt?«

Er zog die Stirn zusammen.

»Warum mußt du das wissen?«

»Ich – ich möchte an deinen Großvater schreiben. Du sollst es nicht selbst tun, aber ich will ihm alles schreiben, was ihn endlich veranlassen soll, damit er sich deiner annimmt. Ganz ausführlich will ich ihm deine Lage schildern und will ihn bitten, dich zu sich zu nehmen oder dir anders zu helfen, weil du sonst zugrunde gehen wirst. Vater und ich, wir sind der Ansicht, daß du für immer von hier fort müßtest, daß du nur in Deutschland wieder ganz gesund wirst. Wenn wir dich dann auch verlieren würden – du weißt, wie schmerzlich uns das wäre –, so wüßten wir dich doch in Deutschland geborgen. Ich weiß, daß du noch viel mehr im Gemüt krank bist als am Körper, alles lastet hier auf dir. Alles drückt dich nieder, du kannst ja hier gar nicht gesund und froh werden. Uns willst du auch nicht gestatten, daß wir dir forthelfen, Vater würde dir das Geld so gern geben, das du brauchst. Wie sollen wir dir also helfen? Gib mir die Erlaubnis, an deinen Großvater zu schreiben, ich bitte dich.«

Georg drückte sein Gesicht fest auf ihre Hand, und sie merkte, wie tief er bewegt war. Aber dann richtete er sich mit einem Ruck empor und sah sie mit tiefernsten Augen an.

»Nein, Gonda, um gar keinen Preis! Nie darfst du das tun, ich will es nicht. Du sollst nicht betteln für mich. Begreife doch, ein Betteln um Almosen wäre das! Viel lieber würde ich sterben! Ich danke dir – es tut mir so wohl, daß du das für mich tun wolltest, aber es kann, es darf nicht sein. Mein Stolz läßt das nicht zu, und mein Stolz ist das einzige, was mich noch aufrecht erhält. Den darfst du mir nicht nehmen, so gut du es auch meinst.«

Seufzend sank sie neben ihn in einen Sessel.

»Ich möchte dir so gern helfen, Vater auch! Wir wissen, daß du hier nicht am rechten Platz bist, du reibst dich auf. Vater hat mir schon oft gesagt, er möchte dich gern für immer zu uns nehmen. Wie schön wäre das für dich und mich! Aber darein würden natürlich deine Eltern nicht willigen, und wir haben kein Recht, dich ihnen wegzunehmen.«

»Nein, sie würden nicht darein willigen, aus Furcht, daß dann das Geld von Großvater nicht mehr in ihre Taschen fließt. Sie rechnen ja so bestimmt mit diesem Geld. Es ist ja alles so – so unwürdig hier! Wie schön könnte alles für mich sein, wenn ich nach Dahomy dürfte, für immer! Das will ich mir lieber gar nicht ausmalen.«

Sie streichelte seine Hand. »Armer Georg!«

Er biß die Zähne aufeinander.

»Nur kein Mitleid, Gonda! Ich ertrage es so schlecht! Laß uns von etwas anderem plaudern.«

»Nur noch eins laß mich fragen, Georg. Würdest du Vater auch nicht gestatten, daß er dich einladet, mit uns nach Europa zu gehen, wenn wir nächstens wieder einen Klimawechsel vornehmen müssen?«

Er kämpfte seine Bewegung nieder und riß sich zusammen.

»Heute setzt du mir aber arg zu, Gonda! Daran darf ich gar nicht denken, wie schön das sein würde, mit euch zu reisen. Nein, führe mich nicht in Versuchung, es darf nicht sein, das kann ich auch von deinem Vater nicht annehmen. Es gibt Dinge, die einem unmöglich sind. Das ist ja das Quälende, daß ich armer Schlucker noch einen so unbändigen Stolz habe. Hätte ich ihn aber nicht, siehst du, dann fehlte mir mein letzter Halt, dann müßte ich zusammenklappen. Und – das willst du doch nicht?«

Sie schluckte tapfer die Tränen hinunter. Und da sie einsah, daß sie ihn nur quälte, wenn sie weiter in ihn dringen würde, gab sie es auf und begann von anderen Dingen zu reden. Sie zwang sich, heiter und vergnügt mit ihm zu plaudern, und es machte sie froh, daß sie ihn zum Lachen brachte.

Gonda Ruthart hatte viel Sinn für Humor. Es kam ihr zum Bewußtsein, daß sie Georg keinen größeren Gefallen tun konnte, nach allem, als daß sie ihn aufheiterte. Und das tat sie dann auch, so gut sie konnte.

So waren sie beide in ganz vergnügter Stimmung, als Hermann Strasser mit seinem Stiefsohn Kurt angefahren kam. Auch das Auto zeigte Spuren von Vernachlässigung, und Hermann Strasser und Kurt sahen ziemlich verwildert aus, woran nicht nur der Staub schuld war. Kurt blieb vor Gonda und Georg stehen, die Hände in den Hosentaschen und die Pfeife im Mund.

»Ah, ihr habt es gut, ihr beiden, ihr sitzt hier auf der schattigen Veranda, während wir uns in Hitze und Staub abrackern müssen.«

Georg sah ihn mit einem unbeschreiblichen Blick an. »Wie gern tauschte ich mit dir, Kurt!«

Dieser wiegte seine kraftvolle, etwas untersetzte Gestalt lässig hin und her und sah Gonda mit einem herausfordernden Blick an.

»Na, ich weiß nicht, ob du dabei gut wegkommen würdest.«

»Willst du nicht die Hände aus den Taschen nehmen und die Pfeife aus dem Mund, wenn du mit Gonda sprichst«, sagte Georg scharf, als Kurt sich jetzt mit einer derben, scherzartigen Begrüßung an Gonda wandte.

Kurt drehte sich langsam nach ihm um.

»Ich brauche keinen Erzieher. Gonda wird ja nicht gleich eine Perle aus der Krone fallen, wenn man sie nicht mit Glacéhandschuhen anfaßt, was, Gonda?«

Sie zuckte mit den Schultern.

»Ich erwarte keine Artigkeiten von dir, Kurt.«

Inzwischen war Hermann Strasser herbeigekommen. Er reichte Gonda die Hand.

»Tag, Gonda! Fein, daß Sie hier sind und Georg Gesellschaft leisten. Wie geht es dem Vater?«

»Danke, gut, er läßt schön grüßen.«

»Wird auch in den Plantagen schwitzen?«

»Ohne das geht es nun einmal nicht, Herr Strasser.«

Dieser wandte sich seinem Sohn zu:

»Wie geht es dir, Georg?«

»Ich danke, Vater, es geht wieder etwas besser, und Gonda hat mich fast gesund geplaudert.«

»Heute früh schliefst du noch, als wir fortfuhren.«

»Ja, ich hoffe aber, daß ich nächste Woche wieder mitarbeiten kann.«

»Das eilt ja nicht, werde nur erst gesund. Wo ist denn Mutter?«

»In ihrem Zimmer.«

»Nein, sie ist hier!« ertönte Lillis Stimme, und sie trat heraus auf die Veranda. Sie hatte ein ehemals elegant gewesenes Kleid aus gemusterter Seide angezogen, das schon einige Schäden aufwies, die möglichst geschickt verborgen wurden. Immerhin sah sie, trotz ihrer üppigen Erscheinung, noch immer sehr hübsch aus und lachte ihren Mann und ihren Sohn mit ihren gesunden, weißen Zähnen an.

»Einen Bärenhunger haben wir, Mutter!« rief Kurt ungeduldig.

»Wir können gleich essen, macht euch nur schnell ein bißchen hübsch, Gonda zu Ehren.«

Kurt verbeugte sich übertrieben höflich, seine Pfeife aus dem Mund nehmend, vor Gonda.

»Ich werde mich schön machen und hoffe dann, mehr Gnade vor deinen Augen zu finden, schöne Nachbarin.«

Dabei warf er ihr wieder einen eroberungslustigen Blick zu. Sie nahm keine Notiz davon und sagte ruhig:

»Meinetwegen brauchst du dich nicht in Umstände zu stürzen, ich muß ja auch so, wie ich bin, zu Tisch kommen.«

Er maß ihre Gestalt, die in dem Reitanzug so knabenhaft schlank wirkte, mit einem begehrlichen Blick.

»Siehst, wie immer, entzückend aus, Gonda!«

Sie winkte ab.

»Geschenkt, Kurt. Komplimente nehme ich schon deshalb nicht an, weil ich sie nicht erwidern kann.«

»Warum denn nicht? Ich würde mir sehr gern von dir ein Kompliment machen lassen.«

»Das wirst du nicht erleben«, sagte sie mit einem harten Auflachen. Und sie wandte sich von ihm ab, weil sein Blick sie beleidigte.

Kurt schob den Tropenhut aus dem Gesicht.

»Vielleicht doch, schöne Nachbarin«, meinte er gönnerhaft.

Dann ging er mit seinem Vater ins Haus, um zu baden und sich umzukleiden. Das ging sehr schnell auf Sumatra. Das Badezimmer war ein Raum mit einem zementierten Fußboden, der Abflüsse hatte. Man stellte sich auf den Fußboden und goß sich mit kleinen, dazu bestimmten Eimern Wasser, das sich in einem großen Bottich befand, über den Körper, bis man sich erfrischt hatte. Das Wasser floß nach allen Seiten ab. Der Anzug der Herren bestand aus weißen Hosen, weißem Blusenhemd, von dem der Kragen zurückgeschlagen wurde, und, wenn es hoch kam, aus einer leichten Jacke aus weißem Baumwollstoff. So dauerte das Umkleiden kaum zehn Minuten.

Die Reistafel wurde inzwischen im Speisezimmer aufgetragen. Sie bestand aus einer großen Schüssel Reis, die dampfend auf einer Platte stand, wo sie immer warm gehalten wurde, und verschiedenen kleineren Schüsseln mit Zuspeisen, die zu dem duftigen, aufgequollenen Reis gehörten. Meist gab es irgendein Fleischragout dazu, verschiedene Soßen und Früchte. Diese mittägliche Reistafel war nicht die Hauptmahlzeit des Tages, in den Tropen wird am Abend die Hauptmahlzeit eingenommen.

Es ging ziemlich laut und lebhaft zu bei Tisch. Kurt machte seine etwas rohen und derben Späße, Hermann Strasser erzählte allerlei Witze und Anekdoten, die ihm ein Händler, der auf den Plantagen Geschäfte machte, mitgebracht hatte, und Frau Lilli lachte dazu mit ihrem etwas schrillen Organ.

Georg und Gonda waren ziemlich still. Gonda sah, wie es immer wieder in Georgs Zügen fast schmerzhaft zuckte, sie allein wußte, daß er unter dem Ton, der im Hause seines Vaters herrschte, das eigentlich das seine war, litt.

Auch Gonda war durch diesen Ton angewidert, obwohl sie durchaus nicht zimperlich war und über die manchmal auch etwas derben Scherze der Eingeborenen herzhaft lachen konnte. Sie verstand, daß es Georg peinlich war, daß Vater und Bruder so wenig Rücksicht auf ihre Anwesenheit nahmen.

Es wäre natürlich Lillis Sache gewesen, die derben Späße der beiden Herren einzudämmen, aber sie amüsierte sich selbst köstlich darüber und nahm an, daß dies bei Gonda auch der Fall war.

Gonda und Georg waren froh, als die Tafel zu Ende war und Lilli und die beiden Herren verschwanden, um Mittagsruhe zu halten. Sie begaben sich wieder hinaus auf die Veranda, und Georg sagte leise: »Ich muß dich wieder einmal um Entschuldigung bitten, daß man sich in deiner Gesellschaft so gehen ließ. Leider kann ich dir das nicht ersparen, denn wenn ich etwas sage, wird Kurt nur noch ausfallender.«

»Mach dir nur darüber keine Sorge, Georg, ich höre nicht, was ich nicht hören will. Du weißt ja, daß mein Besuch nur dir gilt.«

Sie sprach dann gleich wieder über ein anderes Thema. Um Georgs willen versuchte sie heiter und vergnügt zu sein, und er lebte förmlich auf in dieser Unterhaltung mit ihr, die anregender und geistvoller war, als er es hier im Hause gewohnt war. Seine Augen wurden immer klarer und frischer, und Gonda freute sich herzlich darüber. Aus dieser Unterhaltung ging hervor, daß diese beiden jungen Menschen eine ausgezeichnete Erziehung genossen und daß beide viel mehr gelernt hatten, als man es hätte annehmen sollen bei ihrem abgeschiedenen Leben. Aber das war der Einfluß von Gondas und Georgs Mutter und von Klaus Ruthart, der auch ein gebildeter Mann war.

Nur zu schnell vergingen ihnen die wenigen Stunden. Zur Teestunde wurden die anderen wieder sichtbar, und gleich danach brach Gonda auf. Sie mußte am hellen Tag nach Hause kommen, sonst sorgte sich der Vater.

Kurt traf Anstalten, Gonda ein Stück zu begleiten. Aber ehe er die Absicht aussprechen konnte, sagte Georg:

»Ich bringe dich bis zum Diattiwald, Gonda.«

»Wirst du dich nicht zu sehr anstrengen, Georg?« fragte sie besorgt und doch froh, daß sich Kurt nun wieder faul in seinem Sessel rekelte.

»Nein, nein, so weit war ich gestern schon, und es ist mir gut bekommen.«

»So komm, Georg, ich führe mein Pferd am Zügel, bis wir uns trennen.«

Langsam gingen sie nebeneinander her. Kurt sah ihnen mit hämischen Blicken nach, er mißgönnte es dem Bruder, daß Gonda liebenswürdiger zu ihm war und seine Gesellschaft suchte, während sie der seinen auswich, wo es anging. Da sich seine Gefühle für Gonda in den letzten Monaten sehr gewandelt hatten und er sie immer begehrlich umschlich, glaubte er, daß auch Georg ihr nicht mehr so geschwisterlich gegenüberstand.

Langsam gingen die beiden nach dem Diattiwald hinunter. Georg hielt sich noch ein wenig müde in den Schultern, aber es wurde bei jedem Schritt besser. Gonda merkte, daß er alle Energie aufbot, um sich eine bessere Haltung zu geben und den Eindruck zu machen, daß er sich wohler fühle, als es in Wahrheit der Fall war. Aber wie sehr er sich anstrengen mußte, das ahnte sie nicht, sonst hätte sie ihn zurückgeschickt.

Als sie am Diattiwald ankamen, stieg Gonda wieder in den Sattel. Georg wollte ihr helfen, aber sie wehrte energisch ab.

»Du sollst nicht! Spare deine Kraft für den Heimweg, jetzt mußt du ein Stück bergauf gehen.«

Und schnell hatte sie sich in den Sattel geschwungen und reichte ihm die Hand.

»Auf Wiedersehen, Georg!«

»Auf Wiedersehen, Gonda! Spätestens am Sonntag komme ich nach Dahomy.«

»Aber nur, wenn du dich ganz wohl fühlst, hörst du? Wenn du am Sonntag nicht kommen kannst, dann komme ich am Montag wieder nach Ramova.«

»Ich werde schon kommen!«

»Mach keine Dummheiten, erzwinge es nicht, wenn es noch nicht geht, du schadest dir sonst.«

»Oh, ich habe es so satt, ewig Rücksicht auf meine Gesundheit zu nehmen«, sagte er, sich straff aufrichtend.

Sie drohte ihm mit dem Finger.

»Vernünftig sein, Georg, mach mir keinen Kummer.«

Er lehnte seine Wange einen Augenblick an ihr Knie und lachte zu ihr empor.

»Ja doch, ich bin schon so vernünftig, daß ich nächstens graue Haare bekommen werde.«

Sie lachten einander an, und dann ritt Gonda davon. Georg sah ihr nach, bis sie seinem Blick entschwunden war. Dann seufzte er auf und wandte sich um. Es war, als sei die Sonne mit ihr verschwunden. Langsam trat er den

Heimweg an. Er mußte mehrmals stehenbleiben und verschnaufen, weil es bergan ging. Das Herz klopfte ihm laut und schwer dabei.

2

Am nächsten Morgen saß Gonda ihrem Vater auf der Veranda am Frühstückstisch gegenüber. Ein eingeborener Diener servierte frisch gerösteten Toast, ein anderer füllte die Tassen. Gonda entließ sie dann beide und bediente den Vater selbst weiter, weil sie mit ihm allein sein wollte. Sie trug heute ein entzückendes weißes Kleid von ganz schlichter, aber sehr kleidsamer Machart, und sah darin so jugendlich aus, daß man es Klaus Ruthart nicht verdenken konnte, wenn er sie mit väterlichem Stolz betrachtete.

»Wann fährst du heute in die Plantagen, Vater?«

»Heute vormittag nicht, Gonda, ich habe noch allerlei zu Hause zu ordnen, und morgen will ich nach Palembang fahren.«

»Oh, darf ich mitkommen?«

»Gern, wenn du willst.«

Ihre Augen leuchteten.

»Dazu bin ich doch immer gern bereit. Hast du Geschäfte in Palembang?«

»Ja!«

»Und bis wann werden wir zurück sein?«

»Ich denke – Freitag bis Sonnabend.«

»Gut! Sonntag wollte Georg kommen. Wären wir bis Sonntag nicht zurück, hätte ich ihm Botschaft geschickt. Umsonst soll er den Weg nicht machen, er wird ohnedies noch recht anstrengend für ihn sein.«

»Nein, nein, du brauchst ihm nicht abzusagen. Spätestens Sonnabend kommen wir zurück.«

Gonda sah den Vater forschend an. Irgend etwas an ihm erschien ihr fremd. Er versank gleich wieder in tiefe Gedanken. Nach einer Weile rief sie ihn ein wenig besorgt an.

»Vater!«

Er schrak aus seinem Sinnen hoch. Mit großen Augen sah er sie an.

»Was willst du Gonda?«

»Vater, du gefällst mir nicht. Du willst doch nicht krank werden? Du siehst so blaß aus.«

»Nein, nein, ich bin ganz wohl.«

»Dann hast du irgend etwas auf dem Herzen, was dich drückt. Sorgenvoll siehst du aus, ja, das ist es. Hast du Sorgen, Vater?«

Er lächelte ein wenig.

»Was du für scharfe Augen hast; wie deine liebe Mutter. Die spürte auch immer die kleinste Unstimmigkeit, wenn einmal nicht alles klipp und klar war.«

»Also ist etwas nicht klipp und klar, Vater? Nun schnell heraus damit, daß ich dir tragen helfe.«

»Genau so energisch forderte Mutter immer ihr Teil an meinen Sorgen.«

»Ich will dir doch Mutter ersetzen, so gut ich kann.«

Er sah sie nachdenklich an.

»Sorgen habe ich nicht, Gonda, aber – ich wollte dir

heute eine Beichte ablegen, was ich immer wieder verschoben habe. Nun ist es aber mit einemmal höchste Zeit dafür geworden. Jetzt zwingen mich die Verhältnisse dazu.«

Ein wenig unruhig, aber tapfer sah sie ihn an.

»Eine Beichte? Das klingt seltsam, Vater. Aber jedenfalls habe ich schon gestern abend, als ich nach Hause kam, etwas gespürt, als seiest du mit deinen Gedanken weit von mir.«

»Oder sehr nahe bei dir. Jedenfalls hast du recht, es ging etwas nicht ganz glatt. Du weißt, gestern gab es Post aus Deutschland.«

»Hattest du schlechte Nachrichten?«

»Nichts, was mich sehr tief berührte, aber immerhin etwas, das einen schon längst gehegten Plan etwas plötzlicher zur Ausführung bringen wird als es sein sollte. Doch nun will ich dich nicht mehr mit langen Vorbereitungen quälen und beunruhigen, sondern ich werde gleich mit der Tür ins Haus fallen.«

Sie nickte energisch.

»Ja, Vater, wenn ich irgend etwas schlucken muß, dann schnell heraus damit; ich gestehe, daß ich schon ein bißchen unruhig bin.«

Er lachte ein wenig.

»Nun, so arg bitter wird es nicht sein, was du schlucken mußt. Also, wir reisen nach Deutschland!«

Sie sah ihn lachend, mit strahlenden Augen an.

»Oh, das schlucke ich mit Wonne. Lag es mir doch schon so im Gefühl! Ich habe schon zu oft gedacht, es wird bald Zeit, daß wir wieder einen Klimawechsel vornehmen.«

Besorgt sah er sie an.

»Du fühlst dich doch nicht schlecht?«

Lächelnd schüttelte sie den Kopf und streckte kraftvoll die Arme aus.

»Ich fühle mich frisch und munter, Vater, meinetwegen brauchen wir den Klimawechsel noch nicht, aber für dich wird es Zeit.«

Er seufzte ein wenig.

»Ja, man fühlt doch, daß man in wenig Wochen die Fünfzig erreichen wird. Ich sage dir ganz offen, Kind, daß ich mich nach Deutschland sehne.«

»Ich auch, Vater, und ich freue mich sehr auf die Monate, die wir drüben verleben werden.«

»Diesmal gehen wir nicht für Monate hinüber, es soll für immer sein.«

Die goldenen Lichter in ihren Augen glänzten vor Überraschung.

»Vater!«

Sie sprang auf, trat an seine Seite und legte die Arme um seinen Hals.

»Ja, Kind, ich plane das schon lange, wollte nur noch nicht mit dir darüber sprechen, weil sich noch nicht alles so schicken wollte, wie es nötig ist. Du begreifst, ich müßte unseren Besitz verkaufen, wenn wir ganz nach Deutschland übersiedeln wollen, und – schlecht möchte ich doch nicht abschneiden. Daß es eines Tages der Fall sein würde, stand schon lange bei mir fest. Ich will dich nicht länger in den Tropen lassen als es unbedingt sein muß. Manchmal sage ich mir, daß deine liebe Mutter vielleicht nicht so früh von uns gegangen wäre, wenn wir schon früher hätten übersiedeln können. Und du sollst nicht für immer in dieser Einöde leben. Du hast ein Recht auf deine Jugend. Auch ich möchte gern den Rest meines Lebens in der Heimat verleben. Vor allem ist mir durch den Kopf gegangen, was einmal mit den Plantagen werden soll, wenn ich nicht mehr am Leben sein werde. Die Plantagenwirtschaft kostet eines Menschen ganze Kraft und ungeteilte Energie, und für eine Frau ist das überhaupt nichts. Wird es doch schon mir selbst zuweilen ein wenig schwer. So habe ich schon seit Jahresfrist meine Fühler nach einem Käufer ausgestreckt. Bisher wollte es nicht klappen, aber gestern habe ich ein Angebot erhalten – gerade zur rechten Zeit. Es ist noch nicht so, daß es mich ganz befriedigen könnte, aber es ist doch günstiger als ich zu hoffen wagte. Und mit derselben Post, die mir von Palembang dies Angebot brachte, bekam ich auch einen Brief aus Deutschland, der mir alles Zaudern aus der Hand nimmt. Jetzt ruft mich die Pflicht heim, mein liebes Kind.«

Fragend sah ihn seine Tochter an.

»Die Pflicht, Vater?«

Er erhob sich, drückte sie in ihren Sessel zurück und strich ihr leicht über die fragenden Augen.

»Ja, Gonda – meine Vaterpflicht! Nun muß es heraus – du hast eine Schwester.«

Ganz blaß wurde Gondas Gesicht vor Erregung. Mit großer Beklommenheit sah sie in das tiefernste Gesicht des Vaters.

»Eine Schwester? Ich habe eine Schwester? Wie kann das sein, lieber Vater?«

Er setzte sich ihr gegenüber in einen Sessel und faßte ihre Hand.

»Nicht wahr, das klingt wie ein Märchen? Aber es ist die volle Wahrheit. Deine liebe Mutter und ich, wir verschwiegen es dir, um dich nicht zu beunruhigen, um dir allerlei Grübeleien zu ersparen. Aber nun mußt du alles wissen. Bist ja inzwischen auch ein verständiges Mädchen geworden, das auch Ungewöhnliches verstehen und begreifen wird. Also: Ich war schon einmal verheiratet, ehe ich deine liebe Mutter zu meiner Frau machte. Meine erste Frau starb kurz nach der Geburt eines kleinen Mädchens, das Helga getauft wurde. Es blieb bei seiner Großmutter, der Mutter meiner ersten Frau, zurück, als ich Deutschland verließ, um die Plantagen zu bewirtschaften.«

Gonda zitterte ein wenig, aber dann richtete sie sich auf und strich sich über die Stirn.

»Und warum habt ihr mir das verheimlicht, Mutter und du?«

»Weil du nicht fragen und forschen solltest, weil du dich vielleicht nach deiner Schwester gesehnt hättest, und weil ich ein Geheimnis hüten mußte gegen meine Leute daheim. Sie wissen nicht, daß ich mich auf Sumatra ein zweites Mal verheiratet habe. Helga weiß so wenig etwas von deiner Existenz, als du bisher von der ihren eine Ahnung hattest. Kannst du dich erinnern, daß ich dich und deine Mutter immer auf einige Wochen verließ, wenn wir in Deutschland waren?«

Sie nickte leise. »Ja, du sagtest, daß du Geschäfte zu erledigen hättest.«

»Das war ein Vorwand, um dich nicht zu beunruhigen. Deine liebe Mutter wußte aber, daß ich dann immer nach Schloß Santen ging, daß ich diese Wochen, die ich euch entzog, meine Tochter Helga besuchte. In all den Jahren konnte ich immer nur diese wenigen Wochen in ihrer Gesellschaft verbringen. Und nie hat sie erfahren, daß ich eine zweite Frau und eine zweite Tochter besitze.«

Gonda preßte die Handflächen zusammen.

»Aber – warum dies alles, warum mußte das Geheimnis bestehen bleiben?«

»Das will ich dir jetzt offenbaren, mein Kind. Es wird eine lange Geschichte, und du mußt Geduld haben, wenn ich etwas weit aushole. Ich war fast achtundzwanzig Jahre alt und arbeitete schon seit Jahren in der Fabrik meines Vaters, als ich eines Sonntagmorgens Ellen von Santen auf eine etwas ungewöhnliche Art kennenlernte. Ich hatte einen Ausflug in die Wälder gemacht, die nahe meiner Vaterstadt lagen. Ganz allein war ich und schritt eben über eine Wiese, als eine Dame auf einem Reitpferd plötzlich aus dem Wald herauskam. Das Pferd galoppierte über die Wiese nach einem Steinbruch hinüber. Ich merkte sofort, daß es scheu geworden war und daß die Dame die Herrschaft über das Tier völlig verloren hatte. Sie hing halb ohnmächtig im Sattel. Schnell übersah ich die Situation, und es gelang mir, das Pferd dicht vor dem Steinbruch aufzuhalten und so Ellen von Santens Leben zu retten. Sie fiel mir ohnmächtig in die Arme, als ich das Pferd zum Stehen gebracht hatte. Es gelang mir, sie wieder zu sich zu bringen. Ich habe sie dann nach Schloß Santen begleitet, da sie sich nicht stark genug fühlte, den Heimritt anzutreten. Ich habe ihr Pferd den ganzen Weg am Zügel führen müssen, weil sie sehr schreckhaft geworden war. Schloß Santen liegt gut zwei Stunden von meiner Vaterstadt Kassel entfernt, und wir befanden uns etwa eine halbe Stunde davon entfernt.

So war unsere erste Bekanntschaft gemacht, wir hatten uns nie vorher gesehen, denn sie gehörte ganz anderen Gesellschaftskreisen an als ich. Aber schon an diesem Tag hatte ich, ohne es zu wissen und zu wollen, Ellens Herz gewonnen. Sie war ein wenig überspannt, ziemlich launenhaft und maßlos verwöhnt von ihrer Mutter, deren einziges Kind sie war. Und sie sah in mir ihren Lebensretter, was ja auch nicht abzuleugnen war. Von diesem Sonntag an suchte sie meine Gesellschaft, so oft es anging, zuweilen in sehr auffälliger Weise, so daß man darüber zu reden begann. Leider konnte ich ihre Liebe nicht erwidern, sie war durchaus nicht die Frau, die meinem Herzen hätte teuer werden können. Mein Mitleid konnte ich ihr nicht versagen, aber ich hielt mich soviel wie möglich zurück. Es war mir unangenehm, daß man annehmen konnte, daß ich mich um die reiche Erbin bemühe. Ellen wurde immer deutlicher, ich wußte kaum noch, was ich beginnen sollte, um sie schonungsvoll abzuweisen. Ich hätte direkt unritterlich werden müssen, um ihr klarzumachen, daß ich nicht daran denke, sie zu meiner Frau zu machen. Nie war sie gewohnt gewesen, auf etwas zu verzichten. Sie dachte überhaupt nicht daran, daß es mir unangenehm sein könnte, wie sie mir entgegenkam. Ihre Mutter, die mir erst überschwenglich gedankt hatte, daß ich das Leben ihrer Tochter rettete, merkte wohl, daß ich Ellens Liebe nicht erwiderte, und da sie ihre Tochter abgöttisch liebte, erwachte in jenen Tagen ein intensiver Haß gegen mich, den ich wahrlich nicht verdient hatte.

Ellen war nicht schön, nicht anmutig, aber sehr eitel,

weil sie viele Freunde besaß, die sich um ihren Reichtum bewarben, was sie natürlich nicht erkannte. Die abgöttische Liebe ihrer Mutter verstärkte diese Eitelkeit noch und machte sie zu dem launischen Geschöpf, das alles für sich beanspruchte, was ihr wünschenswert erschien. Sie liebte mich gewiß, aber es war die Liebe eines eigensinnigen, verwöhnten Kindes, das alles haben muß, was es begehrt. Ich konnte mir aus dieser Klemme nicht anders helfen, als daß ich beschloß, eine längere Reise zu unternehmen, um ihr aus den Augen zu kommen. Ich bat meinen Vater um längeren Urlaub und sagte ihm ganz offen, daß ich vor Ellen von Santens Liebe floh. Sie hatte es durchgesetzt, die Bekanntschaft meiner Schwester Käthe zu machen und so in unser Haus zu kommen, unbeirrt durch alles Gerede, das dadurch entstand. Mein Vater hörte mich sehr erschrocken an und beichtete mir in jener Stunde, daß er dem Ruin gegenüberstehe, wenn es ihm nicht gelingen würde, eine größere Summe zu leihen. Und zu meinem Schrecken vernahm ich, daß sich mein Vater ausgerechnet an Frau von Santen, Ellens Mutter, mit der Bitte um dieses Darlehen gewandt hatte.

›Wenn du uns alle retten willst, Klaus, dann reise nicht. Wehre dich nicht gegen Ellen von Santens Liebe, sondern wirb um sie. Sonst wird Frau von Santen mir dies Darlehen versagen, und wir sind ruiniert ...‹, sagte mein Vater.

Ich stand wie gelähmt und wußte nicht, was ich tun sollte. In diesem Augenblick wurde Frau von Santen gemeldet. Meine Schwester Käthe hatte leider Ellen verraten, daß ich abzureisen gedenke. Diese war wie von Sinnen nach Hause gerast und hatte ihrer Mutter gesagt, daß sie sterben müsse, wenn ich sie nicht zu meiner Frau mache ...

Die geängstigte Mutter war also zu meinem Vater geeilt und fand mich bei ihm. Und sie teilte uns mit, was Ellen ihr gesagt, und bat mich, ihre Tochter nicht in den Tod zu treiben, nachdem ich ihr das Leben gerettet habe; sie würde es nicht ertragen, wenn ich abreiste. Sie stellte meinem Vater jede Hilfe in Aussicht, wenn ich mich bereit erklären würde, ihre Tochter zu heiraten. Was sollte ich tun? Ich wußte, was für ein unerhörtes Opfer Frau von Santen ihrem Stolz abgerungen hatte. Sie, die stolze, hochmütige Frau, mußte sich so weit demütigen, einen Bürgerlichen zu bitten, ihre Tochter zu heiraten. Sie tat mir leid, und so sehr ich später unter ihrem Haß zu leiden hatte, vergaß ich nie, jene Stunde als Milderungsgrund anzusehen. Obwohl sie mich bat, haßte sie mich, daß sie sich so demütigen mußte. Genug, ich willigte ein, Helga Liebe vorzutäuschen und sie nie wissen zu lassen, daß ihre Mutter mich gebeten hatte, sie zu meiner Frau zu machen. Ich dachte an meinen Vater, meine Mutter und meine Schwester, ich wollte sie vor dem Untergang retten und konnte einfach nicht anders handeln. Wenn ich Ellen auch nicht liebte, so hatte ich doch auch keiner anderen Frau mein Herz geschenkt. Ich war nicht egoistisch genug, nur an mich zu denken. Erlaß es mir, die Kämpfe zu schildern, die ich dennoch erst mit mir auszustehen hatte, ehe ich mich entschließen konnte, nach Schloß Santen zu fahren, Ellen meine Liebe zu gestehen und um ihre Hand anzuhalten. Sie war überglücklich, jauchzte und lachte und war ganz so wie ein Kind, dem man seinen Willen erfüllt hatte. Ihre Mutter gab uns ihren Segen, aber – in ihren

Augen brannte der Haß gegen mich. Sie hat es mir nie verziehen, daß ich ihre Tochter nicht lieben konnte, und daß sie sich hatte vor mir demütigen müssen.

Ich gab mir alle Mühe, Ellen glücklich zu machen, denn da ich sie zu meiner Frau gemacht hatte, hielt ich das für meine Pflicht. Sie hat auch nie erfahren, daß ich nicht aus Liebe um sie geworben hatte, das zu glauben hätte schon ihre Eitelkeit nicht zugelassen. Ihre Mutter hatte die Bedingung gestellt, daß wir bei ihr in Schloß Santen wohnen sollten.

Auch mußte ich meinen kaufmännischen Beruf aufgeben, sollte mich als Landwirt einarbeiten, da ich nach Frau von Santens Tod doch die Bewirtschaftung des großen Landbesitzes, der zu Schloß Santen gehörte, übernehmen sollte. Das erschien mir vernünftig genug, so daß ich einwilligte. Ich weiß aber jetzt, daß es ihr nur darauf ankam, mich unter ihrer Aufsicht zu halten, denn meine ganze Tätigkeit als Landwirt bestand schließlich darin, daß ich mich überall überflüssig fühlen mußte, obgleich ich von dem besten Willen beseelt war, mich nützlich zu machen. Frau von Santen behielt die Oberleitung ihrer Geschäfte – sie war allerdings sehr tüchtig –, und ihr langjähriger Verwalter führte alle ihre Befehle aus. Für mich blieb fast nichts zu tun.

Vielleicht wäre meine Ehe mit Ellen nicht so drückend und quälend verlaufen, wenn ich mit ihr hätte allein sein und meine Tage mit anstrengender Tätigkeit hätte ausfüllen können. Denn ich habe jegliche Arbeit immer geliebt. Mein Vater hatte das gewünschte Darlehen von meiner Schwiegermutter erhalten, und diesen Umstand benutzte sie, um mir alle Demütigungen zurückzugeben. Auch bestärkte sie Ellen immer mehr in ihren Launen und Torheiten. So kam es, daß Ellen bei kleinen Szenen, die bei ihrem Charakter nicht ausblieben, mir gegenüber ihren Reichtum hochspielte, wozu sie von ihrer Mutter aufgestachelt wurde. Wenn ich ihr dann sagte, daß sie mich damit zwinge, ihr fremd gegenüberzustehen, weinte und klagte sie so lange, bis ich das zurücknahm. Obwohl sie mich noch immer glühend liebte, konnte sie mich immer wieder durch solche Szenen tief verletzen. Mein Stolz bäumte sich auf, ich litt unsagbar in diesem furchtbaren Jahr, fühlte mich abhängig von diesen beiden Frauen, die meiner ganzen Wesensart so fremd waren, und wußte doch nicht, wie ich diesem Zustand ein Ende bereiten könnte.

Natürlich erleichterte es meine Lage auch nicht, daß ich merkte, daß Frau von Santen jeden meiner Schritte mißtrauisch verfolgte, was sie wahrhaftig nicht nötig gehabt hätte. Weil ich aber ihrer Ansicht nach ihrer Tochter nicht genug Liebesbeweise gab, machte sie mir das Leben zur Hölle. Schließlich hatte sie es durch ihr törichtes Verhalten so weit gebracht, daß Ellen anfing, eifersüchtig zu werden auf jedes weibliche Wesen, das in meine Nähe kam. Ihre Mutter bestärkte sie darin, obwohl ich mir nie etwas zuschulden kommen ließ. Wie gesagt, es war ein martervolles Leben, das ich in jener Zeit führte, ich fühlte mich wie ein Gefangener auf Schloß Santen, denn selbst auf meine Schwester Käthe, die ich sehr liebte, war Ellen schließlich eifersüchtig, so daß ich sie bitten mußte, ihre Besuche auf Schloß Santen einzustellen.

Ellens krankhafte Eifersucht steigerte sich noch mehr, als sie sich Mutter fühlte. In dieser Zeit war sie geradezu unausstehlich in ihren Launen. Sie plagte sich mit Todesgedanken, und dann quälte sie mich, ich möge ihr versprechen, daß ich, wenn sie sterben müsse, niemals eine andere Frau heiraten werde. Ich suchte sie zu beruhigen, glaubte ich doch nicht an die Möglichkeit ihrer Befürchtung. Als ihre Mutter das eines Tages hörte, daß sie mich darum bat, ihr mein Wort zu geben, daß ich nie wieder heiraten würde, falls sie sterben werde, sagte sie, mir einen haßerfüllten Blick zuwerfend: ›Das wenigstens können Sie doch für Ellen tun, daß Sie ihr dies Versprechen geben, damit sie sich beruhigt. Ihre Aufregung schadet doch ihrer Gesundheit, ich begreife nicht, wie Sie nur eine Minute zögern können. Die Hauptsache ist doch, daß Ellen Ruhe bekommt.‹

Du kannst mir glauben, Gonda, ich dachte in jenen Tagen nicht daran, daß ich mich jemals wiederverheiraten würde, selbst wenn Ellen wirklich sterben sollte. Es war mir alles so gleichgültig, ich wollte nur Ruhe haben, und so gab ich, gezwungen durch Mutter und Tochter, dies Wort, ohne mir dabei etwas zu denken.

Wie froh war ich, als danach Ellen etwas ruhiger wurde. Ich dachte gar nicht mehr daran, was ich ihr versprochen hatte, war nur froh, daß sie mich nicht mehr quälte.

Helga wurde geboren – und es kam nun wirklich so, wie Ellen gefürchtet hatte. Einige Tage nach Helgas Geburt regte sich Ellen maßlos über eine kleine Nachlässigkeit der Pflegerin auf, die ihre Mutter ins Haus genommen hatte. Sie schrie und tobte und ließ sich lange nicht beruhigen. Danach bekam sie Fieber – und am nächsten Tag starb sie in den Armen ihrer unglücklichen Mutter.

Ich war so zermürbt von all den Kämpfen, daß ich nicht einmal das Gefühl der Befreiung hatte. Ellen tat mir so leid und ihre Mutter auch, aber ändern konnte ich nichts. Und es war auch keine Befreiung für mich, mein Schicksal hatte sich durchaus nicht gebessert. Statt Ellen war nun die kleine Helga die Erbin ihrer Großmutter, und dieses winzige Persönchen regierte nun das ganze Schloß, weil Frau von Santen ihr Herz mit noch größerer Inbrunst an ihre Enkelin hängte.

Mir setzte meine Schwiegermutter in einer sehr verletzenden Weise eine Rente aus, die aber erlöschen sollte, wenn ich je das Schloß verlassen würde. Ich rührte nichts von diesem Geld an, aber ich konnte auch Schloß Santen nicht verlassen, wie ich gern getan hätte, weil meine Schwiegermutter mir mit kaltem Hohn sagte: ›Sobald Ihr Vater mir die Summe zurückgezahlt hat, die ich ihm geliehen habe, können Sie Schloß Santen verlassen, solange haften Sie mir als Bürge.‹

Sie wollte mich in ihrer Nähe behalten, um mich immer von neuem demütigen zu können, um mich immer wieder mit ihrem Haß zu verfolgen. Im übrigen betrachtete sie mich nur noch als lästiges Anhängsel ihrer kleinen Enkelin, die doch nun einmal zu ihrem Leidwesen meine Tochter war. Daß ich ein Recht an dieser meiner Tochter hatte, kam ihr gar nicht in den Sinn. Vom ersten Tag an wurde ich Helga ferngehalten, ihre Großmutter nahm ihre Pflege und Erziehung ganz in ihre Hände. Sie gönnte mir kaum einmal den Anblick des Kindes, und ich sah, wie ähnlich es seiner Mutter wurde, und gestehe, daß ich nicht viel Liebe für das Kind empfinden konnte. Auch fühlte ich, wie Helga mir systematisch entfremdet wurde. Aber ich war auch nicht hartherzig genug, Frau von Santen den Trost zu nehmen, der ihr Helga geworden war, sonst hätte ich mir das nicht gefallen lassen. Weil ich Helga nicht so lieben konnte, wie es in anderen Verhältnissen wohl der Fall gewesen wäre, fühlte ich mich auch nicht berechtigt, sie ihr streitig zu machen.

Du kannst dir denken, Gonda, was für ein entsetzliches Leben das für mich war. Ich war ein tatkräftiger, energischer Mann, der sich nach Arbeit und ernster Betätigung seiner Kräfte sehnte, und konnte doch nicht gegen diese Frau aufkommen, deren Haß mich knebelte. Ich durfte mich absolut nicht mehr um die Geschäfte kümmern, wurde der Bewirtschaftung des Gutes ganz ferngehalten; wahrscheinlich darum, weil sie fühlte, daß sie mich am härtesten treffen konnte, indem sie mich zur Untätigkeit verdammte.

Aber endlich sollte mir doch Erlösung kommen. Meine Schwester hatte einen ernsten Bewerber gefunden, den sie von Herzen liebte. Er war ein vermögender Mann und bereit, in die Fabrik meines Vaters als Teilhaber einzutreten. Mein Vater ahnte wohl, was für ein Martyrium ich zu ertragen hatte, wenn ich mich auch nie bei ihm beklagte, um ihn nicht zu betrüben. Er bat meinen Schwager, ihm das Kapital zu geben, das er von Frau von Santen geliehen hatte, und das damals geholfen hatte, ihn wieder flott zu machen. Mein Schwager war sofort bereit, meinem Vater das Geld zu geben, er steckte auch noch mehr in den Betrieb, so daß er wieder in alter Weise florierte. Ich habe meinem Schwager von Herzen gedankt, denn er machte mich frei von der unwürdigen Sklaverei des Hasses. Du kannst dir denken, wie glücklich ich war, als mein Vater mir das Geld aushändigte, das ich meiner Schwiegermutter zurückzahlen sollte.

Ein Zufall fügte es, daß gerade in jener Zeit ein Vetter meines Vaters starb, der ihm, da er keine anderen Erben hatte, Dahomy hinterließ. Wir erfuhren, daß Dahomy ein sehr ertragreiches Plantagengut gewesen sei, aber durch die Krankheit des verstorbenen Besitzers ziemlich heruntergewirtschaftet war. Das war etwas für meinen so lange geknebelten Tatendurst. Ich bat meinen Vater, mir als Erbteil Dahomy zu überlassen, dafür sollte meiner Schwester später als Erbteil die Fabrik zufallen, soweit ihr Mann nicht schon Mitbesitzer derselben war. Wir einigten uns in friedlicher Weise; mein Schwager drang darauf, daß ich noch eine kleine Summe von ihm als Ausgleich annahm, damit ich hier nicht mit leeren Händen anfangen mußte. Durch meines Schwagers Hilfe wurde ich also frei, und die Fabrik meines Vaters kam wieder auf die Höhe. Mir war, als habe sich mir ein Gefängnis geöffnet. Mit Sehnsucht dachte ich daran, daß ich hier in Dahomy Arbeit finden würde, soviel ich nur wollte. Es war eine Wohltat für mich, als ich meiner Schwiegermutter das geliehene Kapital zurückzahlen und ihr mitteilen konnte, daß ich nach Sumatra gehen würde. Dahin konnte mich ihr Haß nicht verfolgen. Sie sah mich voller Abscheu an und sagte hart und laut: ›Aber ohne das Kind! Helga bleibt bei mir!‹

Ich wußte, daß Helga nirgends so gut aufgehoben sein würde wie bei ihrer Großmutter, wollte diese auch ihres Trostes nicht berauben, trotzdem sie mich so oft gedemütigt hatte. Ich hätte Helga ja doch damals nicht mit nach Sumatra nehmen können, was sollte ich in der fremden Umgebung mit einem kleinen Kind anfangen! Ich willigte also darein, daß Helga bei der Großmutter blieb, bedang mir aber aus, daß ich, so oft ich nach Deutschland kommen würde, mein Kind so lange bei mir haben könne, wie ich wolle. Da sagte mir Frau von Santen: ›Dann werden Sie auf Schloß Santen wohnen müssen, denn meine Enkelin soll nicht in eine andere Umgebung kommen.‹ Ich war viel zu glücklich, frei zu sein, und sagte ihr lachend: ›Gut, Frau Schwiegermutter, dann werden Sie sich meine Gesellschaft immer für diese Zeit gefallen lassen müssen, wie ich auch die Ihre ertragen muß. Helgas wegen werden wir also immer einige Wochen miteinander auskommen müssen. Jetzt, da ich frei bin, soll es mich nicht stören.‹

Die Rente, die sie mir ausgesetzt hatte, von der ich aber nie einen Pfennig verbrauchte, konnte ich ihr nun auch mit einem Gefühl der Genugtuung wieder zur Verfügung stellen. Sie sah mich dafür mit einem haßerfüllten Blick an, der mich aber nicht mehr treffen konnte. Aber als ich mich darauf von ihr verabschiedete, sagte sie hart und laut: ›Vergessen Sie nicht, daß Sie meiner Tochter Ihr Wort gegeben haben, sich nie wieder zu verheiraten.‹

Ich zuckte mit den Achseln und erwiderte ruhig, daß mich nach den Erfahrungen meiner Ehe nach einer zweiten nicht gelüsten würde. Es erschien mir lächerlich, daß sie mich so feierlich daran erinnerte; es war gewissermaßen der letzte Pfeil, den ihr Haß auf mich abschoß, aber er traf ins Leere. Sie wußte ja so gut wie ich, daß dies Versprechen mir nur abgezwungen wurde, und daß ich es freiwillig nie gegeben hätte.

Der Abschied von meiner kleinen Tochter wurde mir nicht eben schwer, war sie mir doch schon ganz entfremdet worden von der Großmutter, so daß sie zu weinen anfing, wenn ich mich nur in ihrer Nähe sehen ließ. Ich wußte nicht, womit sie die Kleine schreckte, sobald ich in die Nähe kam, aber irgendwie mußte sie dem Kind den Begriff beigebracht haben, daß ich ein Wesen war, das man zu fürchten hatte. Ich sah voraus, daß die Entfremdung noch größer werde, wenn Helga heranwachsen würde, und darin habe ich mich leider auch nicht getäuscht. Viermal bin ich in all den Jahren in Deutschland gewesen und habe, nach unserer Abmachung, jedesmal einige Wochen auf Schloß Santen gewohnt, um mich wenigstens immer wieder ein wenig meiner kleinen Tochter nähern zu können; aber das ist mir nur sehr wenig gelungen. Es war jedesmal ein stummer, erbitterter Kampf meiner Schwiegermutter um das alleinige Besitzrecht an dem Kind. Aber ich hatte gottlob den nötigen Humor, um darüber hinwegzukommen. War ich doch inzwischen ein sehr glücklicher Ehemann und Vater geworden, wovon sie natürlich keine Ahnung hatte.

Nach einem herzlichen Abschied von meinen Angehörigen, wobei mir meine Schwester Käthe das Versprechen gab, immer einmal nach Helga zu sehen, reiste ich ab und schiffte mich nach Sumatra ein. Schon auf dem Dampfer, der mich dahin bringen sollte, lernte ich die echte und rechte Liebe kennen. Du weißt, ich fand deine liebe Mutter. In dem reichen Glück, das mir ihre Liebe brachte, dachte ich zuerst gar nicht daran, daß ich mein Wort hatte geben müssen, mich nicht wieder zu verheiraten. Als ich später wieder an dies abgezwungene Versprechen dachte, war es zu spät, da hatte ich schon das Jawort deiner Mutter erhalten, und es wäre mir nicht eingefallen, mein lebendiges Glück eines so sinnlosen Versprechens wegen aufzugeben. Ich beichtete deiner Mutter, quälte mich aber nie mit Gewissensbissen, daß ich dies Versprechen nicht als bindend betrachtete. Mir ist mein Wort, das weißt du, allezeit heilig gewesen, aber hier konnte ich mich nicht gebunden fühlen. Um aber etwaige Feindseligkeiten gegen deine Mutter und mich von seiten meiner Schwiegermutter zu verhüten, schrieb ich von meiner zweiten Heirat nichts nach Hause. Auch meine Angehörigen erfuhren nichts davon, denn ich wollte sie nicht in Verlegenheit bringen, Frau von Santen etwas verheimlichen oder ihr gar Lügen auftischen zu müssen. Sumatra war so weit, und deine liebe Mutter und ich waren uns so genug, daß wir niemand brauchten, der an unserem Glück teilnahm, das vollkommen wurde, als du, meine Gonda, uns geboren wurdest. Da lernte ich dann auch kennen, wie einem glücklichen Vater zumute ist.

Wir hatten es die erste Zeit nicht leicht hier. Es herrschten hier unglaublich verlotterte Zustände, so daß ich froh war, daß deine Mutter erst noch ein Jahr auf Ramova bleiben konnte als Georgs Erzieherin. Aber es hatte sich bei mir so viel überschüssige Kraft aufgespeichert, daß ich wieder Ordnung schaffen konnte. Ich hatte ein herrliches Betätigungsfeld gefunden und schwelgte geradezu im Genuß der Arbeit. Als ich leidlich für Ordnung gesorgt hatte, was immerhin fast ein Jahr dauerte, holte ich mir deine Mutter heim, und nun begann ein herrliches Leben voll Glück, voll segensreichen Schaffens, voll inniger Harmonie. Ich vergaß die Qualen meiner ersten Ehe, deine Mutter entschädigte mich für alles, was ich hatte entbehren müssen. Und du, meine Gonda, hast mich gelehrt, wie schön es ist, Vater zu sein.

Du weißt nun, weshalb ich deine Mutter und dich immer auf einige Wochen verließ, wenn wir in Deutschland waren. Ich reiste dann in meine Vaterstadt, begrüßte meine Angehörigen und lebte in dieser Zeit auf Schloß Santen. Meine Schwiegermutter begegnete mir dann stets mit dem alten Haß, aber die Angst, daß ich meine Vaterrechte geltend machen und Helga mit mir nehmen würde, ließ diesen Haß doch in gewissen Grenzen bleiben. Wir verkehrten streng förmlich miteinander, sahen uns nur bei den Mahlzeiten, und ich glaube, sie hat namenlos gelitten in den Stunden, da ich meine kleine Tochter bei mir hatte. Ihre eifersüchtige Zärtlichkeit stand dann Wache. Ich konnte natürlich in den kurzen Wochen nicht beiseite räumen, was sie zwischen Helga und mir trennend aufgebaut hatte. Ich merkte, daß Helga mich, genau wie in ihrer Kinderzeit, für eine Schreckensgestalt hielt, die man nicht reizen dürfe. Ich habe mir immer wieder sagen müssen, daß Frau von Santen mich nur aus übergroßer Mutterliebe mit ihrem Haß beehrte, und nur so konnte ich ihn mit Humor ertragen. Jedesmal, wenn ich mich nach so einem wochenlangen Besuch verabschiedete, sagte sie: ›Vergessen Sie nicht, was Sie meiner Tochter versprochen haben!‹ Wenn sie gewußt hätte, daß ich längst wieder verheiratet war, hätte es eine böse Szene gegeben! Das wollte ich ihr und mir ersparen. Ich antwortete nie darauf.

Jedenfalls kehrte ich immer, froh wie ein Schuljunge, der Ferien hat, zu dir und deiner Mutter zurück, wenn ich meiner Pflicht genügt und mich nach Helga umgesehen hatte. Als ich das letztemal in der Heimat war, fand ich Vater und Mutter nicht mehr am Leben, und vor zwei Jahren bekam ich von meiner Schwester Käthe die Nachricht, daß ihr Mann gestorben sei; er war auf einer

Bergwanderung verunglückt. Sie ist nun Witwe, hat die Firma Ruthart dem jüngeren Bruder ihres Mannes übergeben, der schon gleich nach meines Vaters Tod eingetreten war, und hat sich ganz in der Nähe von Schloß Santen ein Landhaus bauen lassen, wo sie ihr Leben beschließen will. Sie wollte Helga nahe sein, hat all die Jahre versucht, auf sie günstig einzuwirken, um die Fehler, die ihre Großmutter in ihrer Erziehung machte, auszugleichen. Da sie selbst keine Kinder hat, würde sie Helga so gern zu sich nehmen, aber Helgas Großmutter ließ sie nie viel Einfluß gewinnen. Sie gönnte niemand Helgas Liebe. So standen die Dinge bis vor kurzer Zeit. Aber nun sollst du auch noch erfahren, weshalb mich jetzt meine Pflicht nach Hause ruft. Ich bekam gestern durch meine Schwester die Nachricht vom Tod meiner Schwiegermutter, und Käthe schrieb mir, daß Helga ziemlich hilflos der Bewirtschaftung des von der Großmutter geerbten Gutes gegenüberstehe. Frau von Santen war eben so tüchtig, daß sie immer die Oberleitung in der Hand gehabt hat, und ihre Beamten haben eben nur ihre Befehle ausgeführt, ohne zu lernen, selbst die Leitung zu übernehmen. Helga ist jetzt fast einundzwanzig Jahre alt, also zwei Jahre älter als du. Es ist selbstverständlich, daß ich ihr jetzt zur Seite stehe und pflichtgemäß ihr Erbe verwalte. Meine eigenen Angelegenheiten müßten zurückstehen, auch wenn ich nicht ohnedies geplant hätte, in absehbarer Zeit nach Deutschland zurückzukehren. Bis sich Helga eines Tages verheiratet und ihr künftiger Mann ihre Geschäfte erledigt, will ich mich ihr zur Verfügung stellen.

Und nun soll und muß Helga auch erfahren, daß ich

mich wieder verheiratet habe und daß sie eine Schwester besitzt. Ich werde daher Dahomy verkaufen und das Angebot, das man mir gemacht hat, annehmen. Das wird sich hoffentlich alles schnell abwickeln lassen, und wir werden dann nach Deutschland reisen und auf Schloß Santen Wohnung nehmen. Helga kann nicht allein dort leben, sie braucht mich, und ich freue mich, endlich etwas für sie tun zu dürfen. Hoffentlich gelingt es dir, ihre Liebe zu erringen, wenn sie auch mir zunächst keine Liebe entgegenbringen wird. Vielleicht wird es aber auch mir endlich glücken, nachdem sie nicht mehr unter dem Einfluß ihrer Großmutter steht, mir ein wenig ihr Herz zu erschließen. Immerhin ist sie mein Fleisch und Blut. Jedenfalls soll sie nicht einsam sein. Sie wird die Liebe ihrer Großmutter schmerzlich entbehren, und wenn du, meine Gonda, ihr näherkommen kannst, soll es mich herzlich freuen. Daß Tante Käthe, meine Schwester, sehr glücklich sein wird, noch eine zweite Nichte zu besitzen, davon bin ich überzeugt, sie hat ein liebevolles Herz und ist unglücklich, daß sie keine Kinder hat. Natürlich wird sie nun auch erfahren, daß ich mich zum zweitenmal verheiratet habe; ich werde es ihr persönlich sagen. Ich bringe dich zuerst zu ihr und werde dann erst nach Schloß Santen gehen, um Helga über alles aufzuklären. Danach werden wir sehen, wie sich alles entwickeln wird. Die Kaufsumme, die ich für Dahomy erhalte, wird uns ein sorgenloses Leben in Deutschland ermöglichen, es ist heute fast das Doppelte wert als damals, als ich es übernahm. Was ich später beginne, wenn Helga meiner Hilfe nicht mehr bedarf, weiß ich noch nicht. Auf die faule Haut will ich mich noch lange nicht legen, dazu fühle ich mich gottlob noch zu kräftig. Vielleicht kaufe ich mir später in Deutschland eine Besitzung, das wird die Zeit mit sich bringen.

So, meine Gonda, nun weißt du alles, und nun mußt du mir sagen, ob du mich freudigen Herzens nach Deutschland begleiten willst – ob du dich dort für immer wirst einleben können?«

Aufatmend schwieg Klaus Ruthart still und sah seine Tochter erwartungsvoll an.

3

Gonda hatte mit atemlosem Interesse dem Bericht des Vaters gelauscht. Daran, daß er mehrmals die Farbe dabei wechselte, sah sie, daß er nicht so ruhig war, als er scheinen wollte. Als er nun zu Ende war, sprang sie auf und umarmte ihn lebhaft.

»Mein lieber Vater, mein armer lieber Vater, was hast du alles erdulden müssen! Und ich habe nichts davon gewußt. Ob ich dich mit freudigem Herzen begleiten will? Wie kannst du daran zweifeln! Wo du hingehst, da will ich auch hingehen! Weißt du, wie oft Mutter uns das vorgesungen hat? Ich würde mich doch nirgends glücklich fühlen, wo du nicht bei mir sein könntest. Und nie würde ich es dir schwer machen, deine Pflicht zu erfüllen, das weißt du auch. Daß deine Pflicht dich jetzt an die Seite meiner Schwester ruft, ist selbstverständlich, und auch, wenn ich nicht gern mit nach Deutschland gehen würde, sähe ich ein, daß es sein muß. Aber ich gehe doch gern mit. Was du mir da alles erzählt hast, kann ich nicht so schnell verwinden, ich werde dich noch mancherlei fragen müssen. Zu unerwartet ist das alles für mich gekommen. Nur eins hebt sich klar und leuchtend von allem ab: Ich habe eine Schwester! Und sie hat all die Jahre deine Liebe entbehren müssen, da du sie mir in so reichem Maß zuteil werden ließest. Wie will ich sie liebhaben! Gelt, Vater, wir wollen ihr die liebevollste Großmutter ersetzen, nicht wahr?«

Er strich ihr gerührt über das Haar.

»Wenn sie es sich nur gefallen lassen will.«

»Oh, wir werden um ihre Liebe werben, auch wenn sie uns nicht gleich mit offenem Herzen entgegenkommt. Ich werde ihr so viel Liebes und Gutes von dir berichten, daß sie bald lernen soll, dich zu lieben, ob sie will oder nicht.«

Mit einem ernsten Blick sah Klaus Ruthart über den Kopf seiner Tochter hinweg ins Weite. Wie viele Enttäuschungen seine liebevolle, warmherzige Gonda wohl erleben würde? Ehe sich ihr das Herz ihrer Schwester erschloß, würde lange Zeit vergehen, wenn es überhaupt möglich war. Hatte er doch leider nie ein warmes, großes Gefühl in Helgas Herz entdecken können. Sie war eben unter dem steten Einfluß ihrer hochmütigen, stolzen Großmutter aufgewachsen, und diese hatte sie gelehrt, ihren Vater zu hassen. Jedenfalls war sie ihm planmäßig entfremdet worden, und bei den seltenen und kurzen Zusammentreffen hatte er nicht genug diesem Einfluß entgegenarbeiten können. Helga war auch anderen Menschen gegenüber zurückhaltend gewesen. Sie war zwar nicht so launisch und eigenartig wie ihre Mutter, aber diese hatte bei aller Verzogenheit einige Menschen wenigstens sehr lieb gehabt, zum Beispiel ihren Mann und ihre Mutter. Helga schien aber nicht einmal ihre Großmutter zu lieben, die sie doch vergötterte und ihr jeden Wunsch an den Augen absah. Er fragte sich in dieser Stunde, ob das lastend auf dem Leben seiner Tochter Helga gelegen hatte, daß sie nicht, wie Gonda, ein Kind der Liebe gewesen war? Hatte das vielleicht ihr Blut erstarren lassen, noch ehe sie das Licht der Welt erblickt hatte?

Von diesem Gedanken verriet er aber Gonda nichts. Er wußte nur, wenn es einem Menschen gelingen würde, Helgas Herz aufzutauen, dann mußte es Gonda können. Gonda würde so viel von ihrem Liebesreichtum auf die Schwester ausströmen, daß sich auch diese dem Zauber nicht entziehen konnte, den Gonda auf alle ausübte.

Und nun fing Gonda an zu fragen und zu forschen. So viel mußte er ihr noch berichten. Wie Helga aussah, was sie für Augen und für eine Haarfarbe hatte, ob sie groß oder klein sei. Wie Tante Käthe aussah, was Schloß Santen für ein Gebäude war, ob es in der Ebene oder auf einem Berg lag, und was sie noch alles wissen wollte. Am meisten interessierte sie aber die Schwester. Und der Vater sagte ihr, daß Helga sehr groß und schlank sei, daß sie dunkles Haar und blaue Augen habe, und daß sie wohl schwerlich eine Schönheit geworden sei, daß sie aber sehr vornehm und stolz wirke. Er habe sie nun fast vier Jahre nicht gesehen, und in vier Jahren verändere sich eine junge Dame zuweilen sehr. Sie sei noch nicht siebzehn Jahre alt gewesen, als er sie zuletzt gesehen habe, habe aber schon damals den Eindruck der fertigen großen Dame gemacht, habe älter gewirkt, als sie gewesen sei – sehr ernst und still. Sie habe ein etwas helles und scharfes Organ, wie es ihre Mutter besessen habe, aber sie dämpfe es immer, sie habe fast nie laut gesprochen. Und sie sei sehr gewählt in ihrer Ausdrucksweise und sehr klug und belesen, wenn sie auch schwerlich soviel positives Wissen besitze wie Gonda.

»So lebhaft, wie du bist, ist sie nicht, Gonda, ich glaube, daß ihr so leicht kein vorschnelles Wort entschlüpfen wird. Und natürlich beherrscht sie den guten Ton in allen Lebenslagen. Aber sie ist sich zu sehr bewußt, daß sie eine reiche Erbin und Herrin von Schloß Santen ist. Als solche fühlte sie sich schon damals. Und sie versteht es, zu befehlen und ihren Befehlen Geltung zu verschaffen. Das verstehst du ja auch, meine kleine Gonda, aber welch ein Unterschied, wie du deine Befehle erteilst und wie sie es tut! Du vergißt nie, daß unsere Diener auch fühlende Menschen sind, Helga aber betrachtet ihre Dienerschaft als Wesen einer niedereren Gattung. Sie kann natürlich nichts dafür, das hat ihre Großmutter ihr anerzogen.«

Gonda lachte sich ihre Beklommenheit bei diesem Bericht des Vaters fort.

»Ach, lieber Vater, das wollen wir ihr schon abgewöhnen, sie soll schnell merken, wieviel schöner es auf der Welt ist, wenn man allen Menschen mit warmem Herzen gegenübersteht. Wie leid kann sie mir tun, daß sie das nicht weiß! Aber – ich freue mich so sehr, besonders darüber, daß ich eine Schwester habe.«

Er küßte sie innig.

»So wollen wir hoffen und wünschen, daß dir diese Freude nie getrübt wird, mein Kind.«

»Und du glaubst, daß Tante Käthe mich lieb haben wird?«

»Ganz bestimmt, das kann ich dir versprechen.«

»Oh, wie freue ich mich nun auf Deutschland, aber – ach, Vater – da fällt mir Georg ein! Wie weh wird es ihm tun, daß wir fortgehen«, sagte sie und wurde ganz blaß bei diesem Gedanken.

Klaus Ruthart nickte ebenfalls bekümmert.

»Ja, Gonda, ihm wird es weh tun. Aber ich hoffe, wir werden ihn doch bald in Deutschland wiedersehen. Er muß unbedingt endlich einen Klimawechsel vornehmen. Weißt du, was ich mir ausgedacht habe?«

»Nun?«

»Ich werde versuchen, ihn mit seinem Großvater zusammenzubringen.«

Sie drückte die Hand aufs Herz.

»Ach, wäre das schön, wenn dir das gelingen würde! Aber behutsam müssen wir da vorgehen, Vater. Georg ist sehr stolz, und daß sein Großvater so gar nichts von ihm wissen will, verletzt ihn sehr. Ich sprach gestern mit ihm darüber und wollte von ihm die Bank wissen, von der er immer das Geld erhält. Ich wollte an seinen Großvater schreiben, weil er es nicht tun will, und hoffte, daß ein Brief von mir in seine Hände kommt, wenn ich ihn an die Bank adressiere. Aber Georg hat heftig abgewehrt, mir die Bank nicht verraten und wollte nichts davon hören. Er dränge sich nicht auf, sagte er. Und von seinem Vater werden wir natürlich die Bank auch nicht erfahren, der würde gleich merken, daß wir in Georgs Interesse etwas unternehmen wollen, und er will sicher nicht, daß Georg zu seinem Großvater kommt, weil doch dann die Geldsendungen aufhören würden.«

»Ja, es ist bedauerlich, daß Hermann Strasser so wenig an seinen Sohn und so viel an sich selbst denkt. Aber es hat auch gar keinen Zweck, an Georgs Großvater zu schreiben; man muß ihn aufsuchen und Auge in Auge mit ihm sprechen. Und das werde ich tun. Irgendwie werde ich schon in Erfahrung bringen, wie Georgs Großvater heißt und wo er wohnt. Schade, daß ich nie Georgs Mutter nach ihrem Mädchennamen gefragt habe und danach, woher sie stammt, aus welcher deutschen Stadt. Da könnte man doch nachforschen. Ich weiß nur, daß sie in Frankfurt mit ihrem Mann getraut wurde.«

»Georgs Mutter ist wohl sehr unglücklich an der Seite Strassers gewesen. Ich weiß, sie war eine feine, stille Frau, die gewiß nicht zu ihm paßte.«

»Sie ist sehr unglücklich gewesen, hat aber mit keinem Menschen darüber gesprochen als zuweilen mit deiner Mutter, mit der sie ja innig befreundet war. Sie hat deiner Mutter anvertraut, daß sie selbst nicht mehr begreifen könne, wie ihr Mann soviel Macht über sie bekommen hatte, daß sie ihrem geliebten Vater das Leid angetan hat, mit ihm zu fliehen. Sie hat keinen eigenen Willen mehr gehabt, seit sie ihn kennen- und liebenlernte. Er hat sich ihr natürlich erst von einer ganz anderen Seite gezeigt und ihr eingeredet, der Vater werde schon verzeihen, wenn sie ihm nur mit der vollendeten Tatsache kommen würden. Und da ist sie wie unter einem Bann gewesen und ist mit ihm gegangen, um sich heimlich mit ihm trauen zu lassen. Ihr Vater hatte ja vorher Hermann Strasser abgewiesen, als er um seine

Tochter angehalten hatte, weil er ihm keine Garantie für ihr Glück hatte bieten können. Das ist eine sehr traurige Geschichte. Die arme Frau hätte mit ihrer zarten Gesundheit gar nicht in die Tropen kommen dürfen, aber Hermann Strasser hat sich nicht darum gekümmert. Er hat geglaubt, hier sein Glück zu machen, als er sich mit dem mütterlichen Erbe seiner Frau Ramova gekauft hatte, aber Menschen seiner Art sind nirgends am rechten Platz. Er ist untüchtig, zügellos und unzuverlässig. Daß er außerdem seiner ersten Frau gegenüber brutal und roh war, nachdem er hatte einsehen müssen, daß er sich mit ihrem reichen Erbe verrechnet hatte, hat sie erst zu spät erkennen müssen. Und da war Georg schon auf der Welt, und sie hatte nicht mehr die Kraft, sich von ihrem Mann zu lösen. Sie hat ein schweres Leben ertragen müssen.«

»Oh, die Ärmste! Und der arme Georg ist nicht viel besser daran als seine Mutter. Er verzehrt sich vor Gram über die Untüchtigkeit und den Leichtsinn seines Vaters und über die ganzen Verhältnisse in Ramova. Er hat wirklich niemand, der ihn versteht, außer uns. Und es wird ihn hart treffen, daß wir fortgehen.«

»Deshalb müssen wir ihm zu helfen suchen, auch gegen seinen Willen. Ich habe fest beschlossen, daß ich seinen Großvater aufsuchen werde, sobald unsere eigenen Verhältnisse drüben geregelt sind.«

»Wenn dir das gelingen würde! Aber du darfst ihm nichts von deiner Absicht verraten. Ihn bedrückt es schon sehr, daß sein Vater noch immer das Geld von seinem Großvater annimmt. Er möchte es am liebsten zurückschicken. Und deshalb fordert er es auch nicht zu einer Erholungsreise nach Deutschland.«

Klaus Ruthart zuckte mit den Schultern.

»Es würde ihm auch nichts nützen. Hermann Strasser braucht dies Geld zu nötig, um es am Spieltisch zu verjubeln, und nur sein Stiefsohn und seine Frau wissen ihm einen Teil davon abzulocken. Mir ist manchmal der Zorn aufgestiegen, wenn ich das habe beobachten müssen, aber man darf sich da nicht einmischen. Es tut mir schrecklich leid, daß wir Georg zurücklassen müssen. Wie gern nähme ich ihn auf meine Kosten mit! Aber dagegen sträubt er sich auch in seinem Stolz, den ich ja verstehen kann. Wenn er nicht von so zarter Gesundheit wäre, würde ich ihm raten, von zu Hause fortzugehen, sich freizumachen und sich auf eigene Füße zu stellen. Aber das kann er leider nicht.«

Vater und Tochter sprachen noch lange über dieses Thema, kamen aber zu keinem anderen Ergebnis. Und dann mußte sich Gonda zurückziehen, um im Haushalt für ihre Abwesenheit während der nächsten Tage Anweisungen zu geben und ihren Koffer zu packen für den Aufenthalt in Palembang. Während sie das letztere tat, blieb sie immer wieder mit verträumten Augen stehen und lächelte vor sich hin.

»Schwester! Schwester Helga!« So sagte sie immer wieder, und ihr Herz öffnete sich der unbekannten Schwester, die sie sehr liebhaben wollte.

4

In Palembang hatte Klaus Ruthart schnell seine Geschäfte erledigt. Der Käufer seiner Plantagen war zugleich Inhaber einer großen Exportfirma und war immer bereit, Plantagenland zu kaufen, damit er eigene Erzeugnisse in den Handel bringen konnte. Er besaß schon große Ländereien, und Dahomy lag gerade sehr günstig, um seine Besitzungen abzurunden. Klaus Ruthart gelang es, geschäftstüchtig wie er war, den gebotenen Kaufpreis noch etwas in die Höhe zu treiben; er hatte Belege für die Ertragsfähigkeit von Dahomy mitgebracht. So wurde der Kauf schnell abgeschlossen, und der Käufer sagte seinen Besuch für nächste Woche zu, um alles Weitere mit ihm zu vereinbaren.

Gonda hatte inzwischen einige Einkäufe getätigt, aber sie war diesmal nicht mit so großer Freude in dieser Hafenstadt, weil sie doch wußte, daß sie nun bald für immer nach Deutschland reisen würde, wo sie viel größere und prächtigere Städte zu sehen bekommen würde.

Als Klaus Ruthart mit dem Käufer von Dahomy einig geworden war, gab er zuerst ein Telegramm an seine Tochter Helga auf:

»Herzliches Beileid. Eintreffe, so schnell ich kann. Brief folgt. Herzlichen Gruß. Vater.«

Und noch vom Hotel in Palembang aus schrieb er sowohl an Helga wie auch an seine Schwester, damit diese Briefe gleich mit dem morgen abgehenden Dampfer befördert werden konnten. Er teilte ihnen mit, daß er Dahomy sogleich verkauft habe und nach schnellster Abwicklung der Übergabe sofort nach Deutschland kommen würde, um Helga beizustehen. Er werde den Tag seiner Ankunft noch mitteilen, sobald er ihn festlegen könne.

Danach erkundigte er sich auch, welchen Dampfer er mit Gonda benützen konnte, damit er seinen Reiseweg bestimmen könne.

Er speiste dann mit Gonda im Hotel zu Abend und suchte später mit ihr ein Kino auf.

Schon am nächsten Tag reisten sie wieder nach Dahomy zurück, sie hatten beide keine Lust, diesmal ihren Aufenthalt länger auszudehnen. Wußten sie doch, daß ihnen noch eine Menge Arbeit bevorstand, ehe sie den Hausstand aufgelöst und alle Vorbereitungen zur Abreise getroffen hatten. Und beiden klopfte doch das Herz zuweilen recht bang in der Brust, trotz aller Freude auf die deutsche Heimat. Dahomy war ihnen doch so lange eine liebe Heimat gewesen, als daß sie sich leichten Herzens für immer davon trennen konnten.

Mit großer Unruhe sah Gonda nun zunächst Georgs Besuch am Sonntag entgegen. Würde er überhaupt kommen, würden seine Kräfte ausreichen zu dem langen Ritt? Und was würde er sagen, wenn er erfuhr, daß sie mit dem Vater für immer nach Deutschland ging?

Georg kam wirklich am Sonntagvormittag an; er sah verhältnismäßig wohl aus und sprang ganz behend aus dem Sattel. Die Freude auf das Wiedersehen hatte ihn aufgemuntert. Klaus Ruthart begrüßte ihn herzlich.

Und Gonda fragte besorgt: »War dir der Weg nicht zu beschwerlich, Georg?«

Er reckte sich aufatmend in den Schultern und sah sie lachend an.

»Man muß sich nur etwas zutrauen, Gonda. Es ging sehr gut. Und der Gedanke, endlich wieder einmal bei euch in Dahomy sein zu können, hat mich vollends gesund gemacht.«

Gonda hängte sich in seinen Arm und führte ihn auf die Veranda. Sie trug wieder ein duftiges weißes Kleid und sah neben ihm wie das blühende Leben aus. Auf der Veranda ließen sie sich im Schatten nieder, und eine Dienerin brachte eine Erfrischung für den Gast. Klaus Ruthart verabschiedete sich dann unter einem Vorwand. Gonda hatte ihn gebeten, es ihr zu überlassen, Georg die Mitteilung von ihrer Übersiedlung nach Deutschland zu machen.

»Ich darf ihm doch sagen, daß ich eine Schwester habe, Vater?« hatte sie gefragt.

Und er hatte lächelnd geantwortet: »Da du es nun weißt, Gonda, braucht es kein Geheimnis mehr zu bleiben.«

Und nun saßen Gonda und Georg sich allein gegenüber, und Georg labte sich an eisgekühlter Limonade. Dann lehnte er sich mit einem frohen Aufatmen zurück und sah sich mit strahlenden Augen um.

»Ah, hier ist Frieden und Ruhe, Gonda! Und Reinheit und Behagen! Mir ist, als könnte ich mich in der Luft von Dahomy reinwaschen von allem, was mich in Ramova drückt und quält.«

Mitleidig sah sie zu ihm hinüber, und das Herz war ihr sehr schwer, weil sie wußte, daß sie ihm nun sehr weh tun mußte. Sie suchte nach einer Form, in der es möglichst schonend geschehen konnte.

»Ich bin so froh, Georg, daß du wieder gesund bist.«

»Ich auch, Gonda, jetzt bin ich doch wenigstens nicht

mehr an das Haus gefesselt. Und ich werde wieder arbeiten können!«

»Du darfst dich aber nicht überanstrengen.«

»Nein, ich möchte nicht wieder krank werden. Aber weißt du, Gonda, ich habe das bestimmte Gefühl, daß ich nicht alt werde.«

Sie erblaßte.

»Aber, Georg!« rief sie erschrocken.

Er lächelte.

»Der Gedanke schreckt mich nicht. Mag es drum sein. Vor dem Tod fürchte ich mich nicht, auch nicht vor einem frühen Tod, nur lange hinsiechen möchte ich nicht. Ich wünsche mir, daß ich sterben könnte von heute auf morgen, ohne ein vorheriges Krankenlager.«

Sie faßte seine Hand und sah ihn mit feuchten Augen an.

»Sprich doch nicht so, das tut mir weh. Junge Menschen sollen vom Leben sprechen, nicht vom Tod.«

Er atmete tief auf.

»Hast recht, es ist ein Unfug, daß ich dir damit die Stimmung verderbe. Gerade heute, da ich dich so gern froh und heiter sehen möchte. Ich höre dich so gern lachen, und es ist doch so schön, daß ich nun wieder bei euch sein kann.«

Gonda mußte erst die Tränen, die ihr im Hals saßen, hinunterschlucken, ehe sie, sich zu einem Lächeln zwingend, sagen konnte: »Ich weiß schon, Georg, in nicht allzu langer Zeit werden wir zusammen irgendwo in Deutschland sitzen. Ich – ich will es dir nur gleich sagen: Vater will sehr bald mit mir reisen.«

Ein Schatten flog über sein Gesicht. Ihm war, als müsse

er sagen: »Wenn du wiederkommst, wirst du mich nicht mehr finden.« Aber er richtete sich, ärgerlich über sich selbst, auf und zwang ein Lächeln in sein Gesicht.

»Ich freue mich für dich, Gonda.«

»Könntest du nur mit uns gehen!« stieß sie mit bebender Stimme hervor.

Er schüttelte den Kopf.

»Du weißt es, das kann nicht sein! Aber du wirst mir alles erzählen, was du gesehen und erlebt hast.«

»Ich werde dir darüber schreiben, Georg.«

»Nun ja, wenn du Zeit hast. Aber schöner wird es sein, wenn du mir dann alles erzählen kannst.«

Sie preßte die Hände zusammen.

»Das wird nur geschehen können, wenn du selbst nach Deutschland kommst. Wir werden voll Sehnsucht auf dich warten.«

»Da müßtet ihr wohl lange warten.«

Sie legte einen Augenblick ihre Wange auf seine Hand, dann sagte sie leise, mit bebender Stimme: »Georg, es tut mir so leid, weil ich weiß, daß ich dir weh tun muß, aber es muß nun gesagt sein – du darfst dich aber nicht aufregen – wir – wir werden für immer nach Deutschland gehen.«

Seine Augen weiteten sich wie in jähem Erschrecken, dann sank sein Kopf mit geschlossenen Augen zurück, und seine Zähne bissen wie im Krampf aufeinander.

Sie beugte sich erschrocken über ihn.

»Georg, lieber Georg, du solltest mit uns kommen. Willst du das nicht tun?«

Er hatte alle Kraft nötig, um seine Fassung nicht zu verlieren, aber in seinem schwachen Körper lebte ein starker

Wille. Er öffnete die Augen wieder und sah sie mit einem erzwungenen Lächeln an, wußte er doch, daß es ihr weh tun würde, ihn leiden zu sehen.

»Siehst du, wieviel Kraft ich schon wieder habe, Gonda; daß mich diese Nachricht nicht umgeworfen hat, ist dennoch erstaunlich«, sagte er heiser.

»Ich habe dir weh tun müssen«, sagte sie bang.

Er streichelte ihre Hand.

»Du kannst mir doch nicht weh tun, das Schicksal tut es, wenn es dich von mir für immer führt.«

»Nicht für immer! Du folgst uns bald. Oder – komm doch mit – als Vaters Gast.«

Er schüttelte heftig den Kopf.

»Kein Wort davon, Gonda, wenn du mich lieb hast.«

»Aber so gib mir doch wenigstens die Adresse deines Großvaters. Vater will ihn aufsuchen, ihm alles klarlegen und ihn versöhnen. Er wird dich dann bestimmt zu sich kommen lassen«, sagte Gonda, nun doch ihre Absicht verratend.

Das junge, schmale Gesicht Georg Strassers nahm einen harten, stolzen Ausdruck an.

»Nein! Sprich nie mehr davon, ich bitte dich, wenn du mir nicht zeigen willst, daß du mich für einen verächtlichen Schwächling hältst, der auf die Gnade und Barmherzigkeit anderer Menschen angewiesen ist.«

»Mein lieber Georg, du mir verächtlich scheinen? Was redest du da für einen Unsinn? Wir meinen es doch nur gut mir dir, Vater und ich.«

»Ich weiß, oh, ich weiß! Und heißen Dank dafür. Aber es geht nicht, darf und soll nicht sein. Ich dränge mich keinem Menschen auf. Laß dies Thema ruhen, wenn du mich nicht quälen willst; sage auch deinem Vater, daß er es ruhen lassen soll.«

Sie preßte die Lippen zusammen und dachte: So muß es eben gegen deinen Willen geschehn, mein lieber Georg, irgendwie werden wir die Adresse deines Großvaters schon erforschen. Aber das sprach sie nicht aus, sondern sagte nur: »Also gut, wie du willst! Wenn es mir auch weh tut, daß du dir nicht helfen lassen willst. Vater nähme dich so gern mit, du könntest mit uns leben, als wärest du mein Bruder. Aber du willst auch das nicht.«

»Nun laß uns schnell von etwas anderem reden«, sagte er hastig. »Erzähle mir, wie ist es so schnell gekommen, daß ihr für immer nach Deutschland übersiedeln wollt?«

»Da muß ich dir eine lange Geschichte erzählen. Es gibt so viel Wunderliches auf der Welt! Denke dir, Georg, ich habe eine Schwester!«

Er sah sie fassungslos an.

»Eine Schwester? Du? Wie ist denn das möglich?«

Sie berichtete ihm nun in kurzen Worten, was sie von ihrem Vater erfahren hatte. Aufmerksam hörte er zu, während er sich mühte, den Schmerz über die bevorstehende Trennung in seinem Herzen niederzuzwingen. Er wußte und fühlte, daß es ein Scheiden für immer sein würde. Aber dabei verlor er keines ihrer Worte und sah sie an, als müsse er sich ihr liebes Bild für alle Zeiten einprägen, damit es ihm nie verloren gehe.

Als Gonda zu Ende war, sagte er aufatmend: »So will ich dir nun wünschen, Gonda, daß du dich mit deiner Schwester gut verstehen lernst und dich in Deutschland mindestens ebenso glücklich fühlen kannst wie hier. Ist dir nicht ein wenig bange vor dem Wechsel?«

Sie seufzte.

»Jeder Wechsel schreckt! Ein wenig bange ist mir schon, Georg, aber Vater darf es nicht merken. Er freut sich auf seine Heimat, und wo er ist, da wird es mir auch gefallen. Nur daß ich dich zurücklassen muß, betrübt mich so sehr!«

Er faßte ihre Hand. »Dank dafür, Gonda!«

»Wird dir die Trennung von uns sehr schwer werden?« fragte sie, zaghaft in seine Augen sehend.

Er vermochte zu lächeln.

»Du läßt mir von dir eine gute fotografische Aufnahme in Deutschland machen, recht bald, und deinen Vater bitte ich auch darum. Dann habe ich zum Trost eure Bilder.«

»Ganz gewiß, Georg, sofort nach unserer Ankunft soll das geschehen. Und so schnell wie möglich schicken wir die Aufnahmen.«

»Und dann schreibst du mir oft, alles, was du erlebst.«

»Das verspreche ich dir. Mindestens jede Woche wirst du einen Brief erhalten.«

Er lächelte leise.

»Nein, keine solchen Versprechungen! Du sollst mir immer dann schreiben, wenn es dir nicht zur Last wird. Aber freuen werde ich mich an jedem deiner Briefe, als kämst du damit jedesmal selbst zu mir, um mit mir zu plaudern.«

»Und auch du wirst mir schreiben, ja?«

»Wie gern, nur werde ich dir wenig Interessantes und wenig Erfreuliches berichten können.«

»Alles, was dich betrifft, ist mir interessant und wissenswert. Und meinem Vater auch.«

»Ich weiß, ihr werdet mich nie vergessen.«

»Nein, das ist sicher.«

Und sie sprachen nun weiter über alles, was ihre Herzen bewegte. Mit schmerzlichen Gefühlen lauschte er ihrer weichen, dunklen Stimme, die immer so viel Beruhigendes für ihn hatte. Wie öde würde die Welt für ihn sein, wenn er diese Stimme nicht mehr hören konnte! Und aus diesem schmerzlichen Gedanken heraus fragte er plötzlich heiser: »Wie lange noch?«

Sie erschrak.

»Was meinst du, Georg?«

»Wie lange werdet ihr noch in Dahomy bleiben?«

»Ungefähr vier Wochen noch.«

»Vier Wochen? Das sind achtundzwanzig Tage, und jeder Tag hat vierundzwanzig Stunden, und in jeder Stunde kann sich ein Erleben spiegeln. Das will ich mir zum Trost sagen in all diesen Stunden.«

Ihre Augen wurden feucht. So sehr er sich auch beherrschte, sie wußte doch, wie schwer ihm die Trennung sein würde.

»Es ist leider nur noch eine sehr kurze Frist, mein armer Georg.«

Seine Augen blickten trübte, aber sein Mund lächelte.

»Wir werden uns in diesen Wochen noch recht oft sehen; wenn es sein kann, täglich, nicht wahr?«

Mit einem raschen Entschluß sah sie ihn an.

»Bleib doch bei uns in diesen Wochen, Georg. Wir schicken einen Boten nach Ramova, der deinen Angehörigen meldet, daß du bei uns bleibst.«

Es leuchtete einen Augenblick verlangend in seinen Augen, aber dann schüttelte er den Kopf.

»Nein, das geht nicht. Wenn man vier Wochen im

Himmel gelebt hat, erscheint einem dann die Hölle um so unerträglicher. Wie öde und leer würde mir Ramova erscheinen, wenn ich zuvor vier Wochen hier mit euch zusammen gewesen wäre. Begreifst du das, Gonda? Nein, nein, ich darf mich nicht daran gewöhnen ...«

Sie verstand ihn und streichelte liebevoll und mitleidig seine Hand. Er mußte die Zähne zusammenbeißen und sagte, sich aufraffend: »Jetzt wollen wir aber vergnügt sein und vorläufig ganz vergessen, daß wir uns trennen müssen. Laß mich dein Lachen hören, Gonda, ich will es einsammeln, wie ein Geizhals seine Schätze, es soll mir lange noch in den Ohren klingen, wenn du nicht mehr bei mir bist. Ich weiß schon, wie ich mir über die Trennung hinweghelfen werde. Wenn ich dann allein drüben in Ramova bin, dann werde ich mir einbilden, daß ihr noch hier in Dahomy seid, und daß ich, wenn ich nur ernstlich wollte, schnell zu euch hinüberreiten könnte. Dann wird es schon gehen. Laß uns fröhlich sein, Gonda!«

Sie hätte am liebsten laut geweint, weil sie wußte, wie es in seinem Herzen aussah, und daß er es ihr nur leichtmachen wollte. Sie zwang sich aber zur Heiterkeit, und wenn auch durch ihr Lachen die Tränen zitterten, er trank es doch in sich hinein wie eine Himmelsgabe. Auch er zwang sich zur Heiterkeit, erinnerte sie an allerlei Torheiten, die sie als Kinder begangen hatten, und so kamen sie schließlich doch wirklich in eine heitere Stimmung hinein. So fand sie Klaus Ruthart, als er endlich wieder zu ihnen heraustrat.

»Es freut mich, Kinder, daß ihr so heiter seid«, sagte er.

Gonda sah ihn mit einem Blick an, der ihm verriet, daß die frohe Stimmung nicht ganz echt war.

»Es ist Georg hart angekommen, Vater, und wir müssen ihm helfen, darüber hinwegzukommen. Bitte, sei auch du fröhlich mit uns, damit er noch etwas von unserer Gesellschaft hat.«

Klaus Ruthart setzte sich zu ihnen, und sie plauderten sich alle drei in eine Heiterkeit hinein, die sie nicht empfanden.

Dann gingen sie zusammen zu Tisch. Georg blieb noch bis zur Teestunde, dann begleiteten ihn Vater und Tochter zu Pferd durch den Wald. Sie versprachen ihm, am nächsten Tag nach Ramova zu kommen. Klaus Ruthart wollte Hermann Strasser und seiner Familie Mitteilung davon machen, daß er Dahomy verkauft habe und nach Deutschland übersiedeln wolle.

Am Rand des Waldes trennten sie sich. Georg ritt allein weiter und seine überschlanke Gestalt war bald den Blikken von Vater und Tochter entschwunden. Daß er diese beiden Menschen verlieren mußte, war so hart für ihn, daß nur er selbst es begreifen konnte. Ohne sie, das wußte er, würde er ganz einsam und verlassen sein. Niemanden würde er mehr haben, der ihn verstand, der zu ihm gehörte und Art von seiner Art war.

Gramvoll erblickte er nun Ramova. Das sollte seine Heimat sein – und im Grunde war es für ihn die Hölle. Die Menschen, die dort mit ihm wohnten und seine Angehörigen sein sollten, waren ihm so wesensfremd, und ihre Art, sich zu geben, war eine Qual für ihn, der er nicht entrinnen konnte. Ach, daß er einen gesunden Körper hätte, um sich freimachen zu können!

Nur einen Trost hatte er; er wußte und fühlte, daß sein Leben gewiß nicht mehr von langer Dauer sein würde, und das war ihm wirklich ein Trost. Er wußte, daß er schon diesmal bei seiner Krankheit dicht vor der Pforte des Todes gestanden hatte. Nur scheinbar war er noch einmal gesund geworden. Es war wohl ein letztes Aufbäumen seiner Jugend gegen die drohende Vernichtung. Für ihn würde es die Erlösung bedeuten, wenn er mit seiner Kraft zu Ende war. Er erinnerte sich an die letzten Tage seiner Mutter. Sie war verlöscht wie ein Licht, das keine Kraft mehr zum Brennen hat. So würde auch er auslöschen, zumal er keinen Willen zum Leben mehr haben würde, wenn Gonda und ihr Vater ihn verlassen hatten. Er war ein kraftloser Zweig am Lebensbaum, solche Zweige müssen jung absterben. Es fiel ihm nun nicht einmal mehr schwer, daß er wehrlos dieser Naturnotwendigkeit preisgegeben war. Er wußte auch, daß es ihm jetzt nichts mehr helfen würde, wenn er den schon lange notwendigen Klimawechsel hätte vornehmen können. Dazu war es längst zu spät, allein, das sollten Gonda und ihr Vater nicht erfahren. Wenn er nur noch so lange leben konnte, bis sie von ihm gingen – nachher mochte das Ende kommen. Er würde es gefaßt erwarten.

5

Erbarmungslos schnell vergingen die nächsten vier Wochen für Georg Strasser. Fast jeden Tag machte er es möglich, Gonda und ihren Vater zu sehen. Und in diese Stunden des Beisammenseins drängte er alles hinein, was ihm im Leben noch Freude machen konnte. Je näher der Tag der Abreise herbeikam, desto stärker genoß er diese letzten gemeinsamen Stunden noch. Scheinbar erholte er sich immer mehr. Gonda freute sich von Herzen darüber und ahnte nicht, daß nur Georgs beispiellose Energie dieses Wohlbefinden vortäuschte. Er wollte eben seine letzten Kräfte in diesen Wochen verausgaben, unbekümmert darum, ob dann noch etwas übrigbleiben würde. Nur ausreichen sollten sie, solange diese beiden geliebten Menschen noch bei ihm sein konnten.

Georgs Eltern hatten mit Staunen gehört, daß Klaus Ruthart Dahomy verkauft und welche Summe er dafür erzielt hatte.

»Sie sind ein Glückspilz, Ruthart! Wenn mir einer mein Ramova für eine solche hübsche runde Summe abkaufen würde –, lieber heute als morgen würde ich es hingeben und auch mein Bündel schnüren«, sagte Hermann Strasser.

Ruthart dachte, daß Strasser erstens nicht davon sprechen dürfe, daß Ramova sein Ramova war, da es doch vielmehr Georg als Erbe seiner Mutter gehörte, und daß zweitens kein Mensch auf den Einfall kommen würde, solch eine Stumme für das verlotterte Ramova zu zahlen. Und was Hermann Strasser vielleicht für Ramova als Kaufsumme erhalten würde, das würde kaum ausreichen, um die darauf lastenden Schulden zu tilgen. Er sprach das aber nicht aus.

Auch Lilli Strasser jammerte, daß sie es nicht so gut haben könne wie Gonda. Selbst Kurt hatte ein mürrisches Gesicht gezeigt. Wie sollte er nun noch dazu kommen, Gonda einen Heiratsantrag zu machen? Mit diesem Gedanken hatte er zuweilen gespielt, weil er sich gesagt hatte, die Erbin von Dahomy sei, wie die Dinge lagen, die einzige erstrebenswerte Partie für ihn. Nun sie nach Deutschland ging, würde sie sich lieber dort einen Mann suchen. Er ging Gonda in diesen letzten Wochen möglichst aus dem Weg, weil er einsah, daß jetzt nichts mehr zu machen sei.

Gerade in den letzten Tagen vor der Abreise von Vater und Tochter ging abermals eine Zahlung für Georg von seinem Großvater ein, und mit einer bei Georg seltenen Bestimmtheit teilte er seinem Vater mit, daß er diesmal einen Teil dieses Geldes haben müsse.

»Ich will Rutharts nach Palembang begleiten und einige Tage dort bleiben, dazu brauche ich das Geld«, sagte er energisch.

Sein Vater war verdutzt. Georg hatte sonst nie Ansprüche, und so war es ihm zur Gewohnheit geworden, nicht an ihn zu denken, wenn einmal Geld im Hause war. Lilli aber und Kurt waren sehr verdrießlich, daß Georg Geld verlangte, denn sie rechneten sich aus, daß dann für sie noch weniger als sonst abfallen würde.

Hermann Strasser mochte aber fühlen, daß er Georgs Wunsch nicht unerfüllt lassen durfte. Es kam ihm jetzt erst zum Bewußtsein, daß dies Geld doch eigentlich Georg gehöre. Denn dafür, daß er Kost und Wohnung im Hause bekam, arbeitete er doch immerhin genug.

Und so gab er ihm, wenn auch widerwillig, die Summe, die er verlangte.

Georg steckte sie aufatmend ein. Es war das erstemal, daß er etwas von diesem Geld verlangte und für sich verbrauchen wollte. Und er hatte es nur getan, damit er einige Tage in Palembang allein bleiben konnte, wenn Gonda und ihr Vater abgereist sein würden. Er hätte es nicht ertragen, den Angehörigen in seinem Schmerz gegenüberzusitzen und dabei Kurts und seines Vaters derbe Späße und Frau Lillis schrilles Lachen mitanzuhören. Das wäre über seine Kraft gegangen.

Gonda und ihr Vater freuten sich, daß Georg sich frisch genug fühlte, um sie nach Palembang zu begleiten. Sie ahnten nicht, daß dieser alle seine Kräfte dabei verausgaben würde, und daß er nur so verschwenderisch damit umging, weil er später doch keine Verwendung mehr dafür hatte. Was hinter der Trennung von Gonda und ihrem Vater lag, war für Georg völlig wesenslos. Für ihn hörte gewissermaßen das Dasein mit dem Zeitpunkt, da er sich von diesen beiden Menschen trennen mußte, ganz auf.

Soviel Gonda und ihr Vater auch in diesen letzten Wochen zu tun gehabt, so hatten sie doch täglich einige Stunden für Georg erübrigt, und es stand fest bei ihnen, daß sie alles versuchen würden, was in ihren Kräften stand, um Georgs Großvater zu veranlassen, ihn zu sich kommen zu lassen. Klaus Ruthart wußte, in welcher Frankfurter Kirche Hermann Strasser mit seiner Frau getraut worden war. Im Kirchenbuch mußte sich feststellen lassen, welchen Mädchennamen Helena Strasser gehabt hatte. Auch im standesamtlichen Register mußte das zu ermitteln sein, und darin mußte auch Name und Stand ihres Vaters nachgeschlagen werden können. Dann konnte man weitere Nachforschungen anstellen. Vater und Tochter waren jedenfalls voller Hoffnung, daß sie auch gegen Georgs Willen dessen Schicksal günstig beeinflussen konnten.

Am Tag der Abreise von Dahomy war Georg ganz früh herübergekommen. Er wollte die Fahrt nach Palembang mit Vater und Tochter im Auto zurücklegen. Klaus Ruthart benutzte sein Auto dazu zum letztenmal; in Palembang hatte er bereits einen Käufer für den Wagen gefunden, der ihn dort in Empfang nehmen sollte.

Der Abschied von Dahomy fiel Gonda so schwer wie ihrem Vater. Sie konnte die Tränen nicht zurückhalten, und Georg hatte alle Kraft nötig, um nicht ebenfalls nasse Augen zu bekommen. Ohne Herzweh geht so ein Abschied nicht vonstatten, wenn ihn Menschen dieser Wesensart nehmen müssen. Die gesamte Dienerschaft, die der neue Besitzer übernommen hatte, war versammelt. Sie hatten es alle sehr gut gehabt und wußten nicht, ob dies unter dem neuen Herrn auch so sein würde. Sie winkten dem guten Herrn und der verehrten jungen Herrin traurig nach.

Gonda blickte zurück, so lange sie konnte. Sie sah den Bungalow inmitten des blumenreichen Gartens ein letztes Mal liegen, sah die in bunte Sarongs bekleideten Dienerinnen und die nur mit weißen Hosen bekleideten Diener unter den hohen Palmen stehen und winken. Dann war nur noch das Dach des Bungalows zwischen den Palmenstämmen zu sehen, und nun fuhren sie durch das Dorf, in dem die meisten Plantagenarbeiter wohnten. Die Frauen und Kinder, die nicht in den Plantagen zu tun hatten, kamen aus den Hütten gelaufen und winkten ihnen zu.

Dann ging es noch eine lange Zeit zwischen Reisfeldern und Plantagen dahin, die Klaus Ruthart gehört hatten und in denen die Arbeiter einen Augenblick die Arbeit niederlegten und ihnen nachschauten, als sie vorüberfuhren.

Dann lag alles, was zu Dahomy gehörte, hinter ihnen. Jetzt ging es durch fremdes Gebiet, durch andere malaiische Dörfer mit ihren niederen Hütten. Zuweilen lag ein großes Gebäude darunter und daneben die Reisscheunen in verschiedenen Größen. Der Reichtum der Besitzer dieser Anwesen ließ sich nach der Größe der Reisscheunen beurteilen; je größer die Scheunen, desto vermögender waren die Besitzer.

Rechts und links breiteten sich die riesigen Reisfelder aus, dazwischen Kaffee- und Baumwollplantagen und hie und da ein Palmenwald. Wenn sie durch die Dörfer fuhren, sahen sie meist nur Frauen bei der Arbeit, die damit beschäftigt waren, den Reis von seinen Hüllen zu befreien, was zuweilen noch auf sehr primitive Art geschah. Kinder, die sich halb oder ganz nackt vor den Hütten herumbalgten, starrten mit ihren dunklen Augen lachend dem Auto nach.

Das Auto kam auch an Diattiwäldern vorüber, die jetzt nur noch die grüne Farbe der Blätter zeigten. Dann mußten sie lange Zeit durch den dichten Tropenwald fahren, der sich am Ufer eines Flusses rechts und links ausbreitete. Hier war der Weg ziemlich schlecht, weil die üppige Vegetation immer wieder die mühsam gebahnten Wege überwucherte. Da hier der Wagen langsam fahren mußte, wußten die Insassen, daß sie auf der Hut sein mußten, denn hier gab es noch Panther und Leoparden. Gonda hielt ihre Waffe schußbereit in der Hand, wie die Herren auch. Und wirklich sprang plötzlich ein mächtiger Panther dicht vor dem Auto über den Weg, er wäre fast von dem Auto gestreift worden. Er zeigte beim Sprung fauchend sein furchtbares Gebiß, verschwand aber sofort im Dunkel des Waldes.

Wahrscheinlich war er durch das Knattern des Motors aus seiner beschaulichen Ruhe gestört worden; er wagte aber nicht, das knatternde Auto anzugreifen, zumal der Chauffeur die Hupe dauernd ertönen ließ, um die Wildkatze zu verscheuchen. Sie sahen das Tier nicht wieder und konnten die bewaffneten Hände sinken lassen. Es schaukelte nur noch eine Herde kleiner Affen über ihnen auf den Zweigen, die aber auch die Flucht ergriffen, als die Hupe ertönte.

Die Insassen des Autos waren nicht sehr erschrocken durch den Sprung des Panthers, zu sehr waren sie daran gewöhnt, sich sofort in den Verteidigungszustand zu versetzen, wenn Gefahr drohte.

Gonda nahm mit wachen Sinnen alles in sich auf. Sie wußte, daß sie zum letztenmal durch einen Tropenwald fuhr. Zum letztenmal sah sie die rankenden Lianen mit ihrer Blütenpracht, zum letztenmal die mächtigen Waringinbäume, zum letztenmal die schwankenden Bambusrohre und das üppig wuchernde Grün des Tropenwaldes.

Nachdem der Wald durchfahren war, ging es unentwegt durch die Ebene weiter, die sich nun weit vor ihren Blicken ausbreitete. Es ging weiter am Fluß entlang, auf dem sie jetzt allerlei Fahrzeuge erblickten, auch kleine Dampfer oder größere Frachtkähne, schwer mit Warenballen beladen. Die Gegend wurde langsam zivilisierter. Georg und Gonda saßen Hand in Hand wie gute Freunde, die sich zum letztenmal beisammen wußten.

Für lange Zeit, fühlte Gonda.

Für immer, dachte Georg.

Sie mußten unterwegs mehrmals Station machen, um sich zu erfrischen und einen Imbiß einzunehmen. Die Reise dauerte den ganzen Tag, und Vater und Tochter sahen immer wieder besorgt Georg an, um zu prüfen, ob die Fahrt nicht zu anstrengend für ihn sei. Aber er zeigte keinerlei Ermüdung oder vielmehr: Er wollte sie nicht zeigen. Er wollte den Freunden so frisch und kräftig wie möglich in Erinnerung bleiben.

Es dunkelte schon, als sie in Palembang ankamen und im Hotel abstiegen. Einen letzten Abend verbrachten Vater und Tochter in Gesellschaft Georg Strassers. Sie speisten zusammen und saßen nach Tisch noch lange bei einem Glas Sekt beieinander.

Am nächsten Morgen begleitete Georg Vater und Tochter an Bord des Dampfers, der nach Deutschland fahren sollte. Inmitten einer großen Menschenmenge nahmen sie Abschied. Das war gut so, es half, die Beherrschung nicht zu verlieren. Eigentlich waren ja die letzten vier Wochen schon ein immerwährendes Abschiednehmen gewesen. Nun wollten sie es beiderseitig so kurz wie möglich machen. Georg hielt sich nicht mehr lange auf, er fühlte, daß er am Ende seiner Kraft war. Innig, aber wortlos umarmte er Klaus Ruthart, und ebenso wortlos nahm er Gonda in seine Arme und küßte ihre Augen und ihre Wange. Dann ging er schnell davon. Seine große schlanke Gestalt neigte sich wie unter einer schweren Last. Nur noch einmal sah er nach ihnen zurück, ehe er ihren Augen ganz entschwunden, aber doch fern genug war, daß sie sein qualzerrissenes Gesicht nicht mehr erkennen konnten. Er winkte ihnen noch einmal zu.

Gonda weinte herzbrechend. Wie gern hätte sie den treuen, geliebten Freund ihrer Jugend mitgenommen. Sie wußte, wie weh ihm ums Herz war und daß er nun in ein freudloses, einsames Dasein zurück mußte. Das beunruhigte sie am meisten.

Auch Klaus Ruthart hatte feuchte Augen, er sah die schlanke Freundesgestalt nur wie durch einen Schleier.

Dann war Georg ihren Blicken entschwunden.

Er ging sofort ins Hotel zurück, suchte sein Zimmer auf und schloß sich ein. Dann warf er sich halt- und kraftlos auf das Ruhebett, barg das Gesicht in den Armen und lag stundenlang wie ein Toter, mit dem Schmerz in seinem Innern kämpfend. Todunglücklich fühlte er sich, weil ihn die beiden einzigen Menschen verlassen hatten, die er liebte und die ihn gern hatten. Sein treues Herz war zerrissen von der Qual dieses Schmerzes, und es wäre ihm eine Wohltat gewesen, wenn er jetzt hätte verlöschen können wie ein Licht.

So lag er den ganzen Tag und die ganze Nacht, ohne Schlaf zu finden. Daß er allein sein konnte mit seinem Schmerz, das war die Wohltat, die er sich mit dem Geld seines Großvaters erkaufen wollte. Auf andere Weise hätte er sich dies Alleinsein nicht verschaffen können. Es wäre ihm unerträglich gewesen, in dieser Verfassung neugierigen, teilnahmslosen Augen standhalten oder gar rohe Scherzworte seines Bruders anhören zu müssen.

Er verließ das Hotelzimmer auch am nächsten Tag nicht und schickte die Bedienung fort, die Ordnung schaffen wollte. Es war nichts zu ordnen. Er hatte ja nicht einmal das Bett benutzt. Nur einen Imbiß ließ er sich bringen und etwas Tee. Er zwang sich, etwas zu essen, damit er nicht kraftlos zusammenbrach. In der folgenden Nacht fand er endlich Schlaf, einen schweren, bleiernen Schlaf, der ihm aber wenigstens auf Stunden Vergessen brachte. Am nächsten Morgen kleidete er sich an, frühstückte pflichtgemäß und verließ dann das Hotel, um sich zu der Stelle zu begeben, wo vorgestern morgen der Dampfer mit Gonda und ihrem Vater abgefahren war. Wieder überfiel ihn der Schmerz von neuem, und er irrte durch die belebten Straßen, ohne zu wissen, wohin er ging. Niemand kannte ihn hier, und das war eine Wohltat. Keine Fragen über sich ergehen lassen müssen, keine Frage beantworten müssen, das war gut. Es war das Beste, was ihm jetzt geschehen konnte.

Zwei Tage blieb er noch in Palembang und suchte mit seinem Trennungsweh fertig zu werden. Dann kehrte er nach Ramova zurück; er fuhr diesmal mit der Bahn bis zu dem Dorf, das Ramova am nächsten lag. Hier blieb er, bis sein Vater ihm das Auto herunterschickte. Er hatte das so mit ihm verabredet. Und mit einem scheinbar ruhigen, unbewegten Gesicht kam er in Ramova an, das seine Heimat sein sollte, es aber seit dem Tod seiner Mutter nie mehr recht gewesen war.

Gonda und ihr Vater hatten eine recht angenehme Seereise, von keinerlei unliebsamen Zwischenfällen getrübt. Als sie in Hamburg ankamen, suchten sie ein Hotel auf. Sie wollten erst einige Tage in Hamburg bleiben, weil sie sich nach europäischer Mode neu einkleiden mußten. Die Mode von Palembang, die bisher für sie maßgebend gewesen war, schien ihnen längst überholt, und Klaus Ruthart wollte auf keinen Fall, daß seine Tochter Gonda etwa durch ihre unmoderne Ausstattung auffiel.

Gonda hatte sich mit ihrer lebensbejahenden Frische über die Trennung von der alten Heimat und ihrem Freund Georg hinweggeholfen. Unabänderliches ertrug sie immer mit großer Tapferkeit, und die vielen neuen Eindrücke lenkten sie ab. Bei einer Trennung hat es immer der Teil am besten, der in eine neue Umgebung gelangt, weil er dadurch auf andere Gedanken kommt. Ihr Vater sah mit großer Freude, daß sie sich tapfer mit dem neuen Leben abfinden wollte und mit aller Energie daranging, sich den neuen Verhältnissen anzupassen. Ihr Humor und ihre natürliche Frische halfen ihr, auch das zu überstehen, was ihr fremd oder gar lächerlich erschien.

Es kam ihr zustatten, daß sie schon einige Male mit den Eltern in Deutschland gewesen war. Beim letzten Besuch war sie freilich erst fünfzehn Jahre alt, und inzwischen hatten sich ihre Lebensanschauungen doch sehr geändert. In den Tropen reifen die Menschen schneller, und das von mancherlei Gefahren bedrohte Leben in Dahomy hatte einen sehr selbständigen Menschen aus ihr gemacht, wenn sie auch wiederum in manchen Dingen, in denen junge Mädchen ihres Alters in zivilisierten Großstädten schon sehr genau Bescheid wissen, noch ganz unerfahren war.

Sie hatte allerdings schon auf dem Dampfer allerlei kleine Erfahrungen gemacht, die ihr zu denken gaben, denn es hatte da auch Flirt und Tanz gegeben. Und ihren klugen, offenen Augen entging so leicht nichts. Aber trotzdem war sie noch ein ganz unberührtes Geschöpf, dem die Liebe und ihre Begleiterscheinungen nur dem Namen nach und aus Büchern bekannt waren.

Sie war in ihrem jungen Leben außer mit Georg und Kurt nur mit wenig jungen Herren zusammengekommen, hatte höchstens in Palembang oder in den Küstenstädten der Westküste Sumatras einen kleinen Begriff von Geselligkeit bekommen, wenn sie vorübergehend mit ihren Eltern dort war. Ihre Mutter hatte ihr beigebracht, was guter Ton war, und so war sie von dem Benehmen der jungen Damen an Bord nicht sehr erbaut gewesen. Noch weniger konnte sie sich zurechtfinden in den Umgangsformen der jungen Damen und Herren in Deutschland, von denen sie in Hamburg einige Proben bekam. Oft sah sie ihren Vater ganz entsetzt an, wenn sie hörte, in welchem Ton sich die jungen Damen mit den Herren unterhielten. Sie hatte dazu Gelegenheit im Speisesaal des Hotels, in Cafés und Kinos und anderen Vergnügungsstätten, die sie mit ihrem Vater besuchte. Mit Absicht führte Klaus Ruthart seine Tochter erst ein wenig in Hamburg umher, damit sie Sicherheit im Auftreten bekäme, ehe er sie seiner Tochter Helga vorstellte.

Er freute sich aber sehr, als er merkte, mit welcher Sicherheit und welch gutem Geschmack Gonda die nötigen Kleider für sich auswählte und wie anmutig sie diese zu tragen wußte. In wenigen Tagen war sie eine ganz andere geworden. Niemand konnte ihr jetzt mehr anmerken, daß sie bisher im Ausland gelebt hatte.

Die beiden waren auch in ein Fotogeschäft gegangen, um eine Kamera zu kaufen, denn Gonda hatte ihr Versprechen an Georg nicht vergessen, ihm aus Deutschland einige Aufnahmen zu schicken. So knipsten Vater und Tochter verschiedene Motive und ließen die Aufnahmen entwickeln, um möglichst noch aus Hamburg einen Brief mit den Fotos nach Sumatra zu schicken. Sie wußten, wie sehnsuchtsvoll Georg auf ein Lebenszeichen warten würde.

Von jeder Hafenstadt hatten sie ihm Grüße geschickt, und bei ihrer Ankunft in Hamburg hatte Klaus Ruthart ein Telegramm an Georg aufgegeben: »Innige Grüße aus Hamburg. Gonda und Klaus Ruthart.«

»Er wird sich freuen, daß wir an ihn denken, Vater«, hatte Gonda gesagt.

Noch ehe sie von Hamburg abreisten, sollten die Fotos mit einem ausführlichen Brief von Gonda an Georg abgehen.

Klaus Ruthart hatte telegrafisch seiner Schwester und seiner Tochter Helga die Ankunft in Hamburg gemeldet und mitgeteilt, daß er noch einige Tage in Hamburg festgehalten werde. Er wollte keine genauen Ankunftszeiten angeben, denn auf Bahnhöfen konnte er nicht so ohne weiteres die Erklärung abgeben, daß er mit seiner Tochter ankam, von deren Existenz noch niemand daheim eine Ahnung hatte.

Eines Abends saßen Vater und Tochter im großen Speisesaal des Hotels. Gonda trug ein neues, sehr elegantes und geschmackvolles Kleid aus weicher königsblauer Seide, die mit kleinen Silberperlen bestickt war, dazu einen Abendumhang aus etwas dunkler getöntem Brokat. Klaus Ruthart sah in seinem neuen Smoking ebenfalls sehr elegant aus, er trug ihn mit der Selbstverständlichkeit des Herrn aus besten Gesellschaftskreisen. Vater und Tochter zogen alle Blicke auf sich, denn sie sahen apart und interessant aus. Ohne sich darum zu kümmern, bestellten sie ihr Souper und plauderten unbefangen miteinander. Kurze Zeit, nachdem sie Platz genommen hatten, erschien ein schlanker großer junger Mann, etwa Beginn der Dreißig alt, und nahm an dem noch unbesetzten Nebentisch Platz. Sein markantes Profil fiel Gonda sogleich auf, und auch Klaus Ruthart sah mit unauffälligem Interesse zu ihm hinüber. Der junge Herr erteilte dem Kellner, der zu ihm herantrat, in ruhiger, bestimmter Art seine Aufträge. Erst dann sah er sich im Speisesaal um, in dem viele Menschen Platz genommen hatten, um zu speisen.

Ohne sonderliches Interesse ließ er seinen Blick umherschweifen. Erst ganz zuletzt fiel sein Auge auf Gonda Ruthart, trotzdem sie ihm am Nebentisch direkt gegenübersaß. Er stutzte ein wenig, seine Augen weiteten sich, und es blitzte sehr bewußt ein stärkeres Interesse in ihnen auf, als seine Augen mit denen Gondas einen Augenblick zusammentrafen. Etwas in diesen großen samtbraunen Augen fesselte ihn sogleich, aber er starrte sie nun nicht etwa in ungezogener Weise an, sondern warf nur sehr taktvoll ab und zu einen raschen Blick zu ihr hinüber. Und es war ihm nicht entgangen, daß in das entzückende Gesicht der jungen Dame sogleich eine leichte Röte gestiegen war, als ihre Augen sich das erstemal begegneten.

Er merkte auch, daß sie, als ihre Augen zufällig noch einige Male zusammentrafen, was nicht zu umgehen war, da sie sich direkt gegenübersaßen, immer sehr befangen zur Seite sah. Er konnte es nicht lassen, immer wieder verstohlen zu ihr hinüberzusehen. Ihr ganzes Verhalten erschien ihm so wenig gefallsüchtig, daß sie ihn immer stärker interessierte. Ihre Augen waren so schön, daß er immer wieder versuchte, ihnen zu begegnen. Dann wandte er sein Interesse auch ihrem Begleiter zu, und auch dessen Erscheinung fesselte ihn. Er hielt Vater und Tochter für Ausländer, sagte sich aber, daß dies zwei Menschen waren, an denen man nicht gleichgültig vorübergehen konnte. Da er bemerkte, wie ritterlich und aufmerksam sich der ältere Herr um die junge Dame bemühte, fragte er sich, ob das Vater und Tochter sein könnten oder ob es ein im Alter etwas unterschiedliches Ehepaar war. Er kam zu keinem Resultat, neigte aber immer mehr der Ansicht zu, daß die junge Dame unmöglich schon verheiratet sein könne. Sie hatte etwas so Mädchenhaftes an sich, wie es nur ganz junge Frauen haben, vielleicht nicht einmal diese mehr in heutiger Zeit.

Jedenfalls galt sein ungeteiltes Interesse diesen beiden Tischnachbarn.

Er hatte vielleicht zehn Minuten allein an seinem Tisch gesessen, als ein etwas älterer Herr den Speisesaal betrat und schnell auf den jungen Herrn zuging, der sich artig erhob und den Ankommenden begrüßte.

Gonda und ihr Vater hörten, wie der Ältere sagte: »Verzeihen Sie, Herr Doktor, wenn ich Sie warten ließ, ich habe mich gegen meinen Willen verspätet.«

Darauf hörten sie den jungen Herrn antworten:

»Es tut nichts, Herr Ranzow, ich bin auch erst einige Minuten hier und bin sehr froh, daß ich Sie nicht habe warten lassen.«

Bernd Ranzow nahm nun dem jungen Herrn gegenüber Platz und bestellte bei dem herbeikommenden Kellner gleichfalls seine Mahlzeit. Die beiden Herren hatten anscheinend geschäftlich miteinander zu verhandeln, denn Vater und Tochter fingen zuweilen einige Worte aus ihrem Gespräch auf, ohne es zu wollen. Es war die Rede von Eisenbahnschienen, von Bauplänen, Maschinen und ähnlichen Dingen. Lächelnd sah Klaus Ruthart zu seiner Tochter hinüber.

»Nun, liebe Gonda, zeige deinen Scharfblick! Wofür hältst du die beiden Herren am Nebentisch?«

Sie erschrak ein wenig, denn gerade hatte der junge Herr wieder zu ihr herübergeblickt, und das machte sie, ohne daß sie wußte, warum, etwas befangen und unruhig.

Sie bezwang diese Befangenheit und erwiderte lächelnd: »Da sie von Maschinen und Eisenbahnstrecken sprechen, sind es vielleicht Maschinenfabrikanten.«

»Ich halte den älteren Herrn allerdings für einen Fabrikanten aus der Eisenbranche, aber der jüngere ist entschieden Ingenieur.«

»Woraus schließt du das?«

»Weil er von dem anderen mit Doktor angeredet wurde und von der Hochschule in Berlin-Charlottenburg sprach. Diese Hochschule besuchen junge Männer, die Ingenieure werden wollen.«

»Dann wirst du wohl recht haben, Vater.«

»Der jüngere Herr sieht übrigens recht sympathisch aus.«

»Das fand ich auch, Vater, ich habe ihn immer wieder ansehen müssen«, sagte sie offen und ehrlich, wie sie sich immer ihrem Vater gegenüber gab. Es wäre ihr nicht eingefallen abzuleugnen, daß der junge Herr ihr gefiel.

Ihr Vater sah nach diesen Worten Gondas abermals mit Interesse hinüber zu dem jungen Herrn, und diesmal trafen seine Augen mit ihm zusammen. Eine Weile sahen sich die beiden Herren groß und forschend an, und Gonda wußte nicht, warum sie sich freute, daß sowohl in den Augen des Vaters wie in denen des jungen Herrn ein sympathisches Interesse zu erkennen war.

Jetzt brachte der Kellner die Suppe für Vater und Tochter, und gleich darauf auch für die beiden Herren am Nebentisch. Gonda zwang sich nun, ihre Aufmerksamkeit nur noch der Mahlzeit zuzuwenden. Sie unterhielt sich halblaut mit dem Vater und gab sich den Anschein, als sei ihr ganz gleichgültig, was da drüben am Nebentisch für Menschen saßen.

Die Kultur fing schon an, dieses unverbildete Naturkind mit ihren Formen zu umstricken. Aber trotz allem Zwang, den sich Gonda auferlegte, irrte doch zuweilen ihr Blick flüchtig zum Nebentisch hinüber, und sie erschrak jedesmal bis ins Herz hinein, wenn ihre Augen mit denen des jungen Herrn zusammentrafen.

Warum erschrak sie so? Das war ihr doch noch nie geschehen! Warum konnte sie dem Blick dieses jungen Herrn nicht standhalten? Warum sah sie immer wieder scheu zur Seite, wenn ihre Blicke sich begegneten?

Sie fand keine Antwort darauf, aber sie brach nur ungern mit dem Vater auf, als sie ihre Mahlzeit beendet hatten. Es tat ihr leid, daß sie den jungen Herrn nicht wiedersehen sollte.

Der Vater hatte ihr den Umhang um die Schultern gelegt, und als sie zwischen den beiden Tischen hindurchgehen wollte, blieb der Umhang an der Lehne des einen leeren Sessels hängen, der an dem Tisch der beiden Herren stand. Sofort erhob sich der junge Herr artig und löste den Brokat mit einer Verbeugung. Klaus Ruthart dankte ihm auf dieselbe Weise, auch Gonda nickte ihm dankend zu. Vater und Tochter nahmen nun in der Halle des Hotels Platz, wo eine Band musizierte. Sie plauderten noch ein wenig und sahen zu, wie einige Paare zu der Musik tanzten. Gonda hätte kein junges Mädchen sein müssen, wenn es ihr nicht Vergnügen gemacht hätte, den Tanzenden zuzuschauen.

Bald darauf traten auch die beiden Herren vom Nebentisch aus dem Speisesaal und gingen direkt auf den Ausgang des Hotels zu. Hier verabschiedete sich der ältere Herr und ging fort, während der jüngere nun nach dem Fahrstuhl hinüberschritt, wohl um sich in sein Zimmer zu begeben. Aber auf halbem Weg zu dem Fahrstuhl erblickte er plötzlich Vater und Tochter und blieb stehen, um nun gleichfalls in einem Sessel Platz zu nehmen. Er gab sich den Anschein, auch den Tanzenden zuzusehen, setzte sich aber so, daß er Gonda beobachten konnte, ohne aufzufallen. Sie wagte nun nicht mehr, nach ihm hinüberzusehen, aber es war etwas wie eine stille Freude in ihr, daß sie wußte, er saß da drüben und schaute zu ihr hinüber.

Als sie eine halbe Stunde später mit ihrem Vater aufbrach, um ihre Zimmer aufzusuchen, sah sie gerade noch, als sie den Aufzug bestieg, daß der junge Mann sich ebenfalls erhoben hatte. Oben, vor ihren Zimmern angekommen, plauderten Vater und Tochter noch einige Minuten und verabschiedeten sich dann für die Nacht. In diesem Augenblick kam der Fahrstuhl abermals herauf, und in demselben Stockwerk stieg der junge Herr vom Nebentisch aus. Er wechselte artig einen stummen Gruß mit Klaus Ruthart und Gonda sah noch, daß der junge Herr in dem Zimmer verschwand, das neben dem ihres Vaters lag.

Ein wenig aus ihrem seelischen Gleichgewicht gebracht, schloß Gonda schnell ihre Tür hinter sich ab und blieb eine Weile stehen, als sei sie einer Gefahr glücklich entronnen. Dann warf sie, unmutig über sich selbst, den Kopf zurück und machte sich zur Nachtruhe fertig. Als sie aber dann ihr Lager aufgesucht hatte und die Augen schloß, sah sie ganz deutlich wieder das markante, energische Gesicht des jungen Herrn vor sich. Jeder Zug des gebräunten Gesichts stand vor ihren geistigen Augen, sie sah die hohe Stirn, die tiefliegenden grauen Augen und den schmallippigen, ausdrucksvollen Mund. Und die Augen sahen sie an, als fragten sie: »Wer bist du?«

Das Herz klopfte ihr so unruhig dabei, daß sie nicht wußte, was eigentlich mit ihr vorging. Fast war ihr zumute, als habe sie ein Unrecht begangen, und doch war das, was sie empfand, so seltsam und so schön, daß ihr war, als habe sie ein Erlebnis gehabt, so bezaubernd, wie nie zuvor ein ähnliches ihr begegnet war.

Endlich schlief sie ein, und noch in ihre Träume verfolgten sie die grauen Augen des jungen Herrn.

Am nächsten Tag sah sie ihn nicht wieder und nahm an, daß er abgereist sei. Das tat ihr leid, und sie wußte nicht, warum ihre Augen immer wieder suchend im Frühstücksraum umherblickten, als müsse er wieder auftauchen und sie mit seinen grauen Augen so seltsam zwingend und fragend ansehen wie am Vorabend.

Es war der letzte Tag, den sie mit ihrem Vater in Hamburg verbringen wollte. Am Morgen holten sie die Fotografien, die sehr nett geworden waren. Gonda schrieb einen ausführlichen Brief an Georg, während ihr Vater auf der Bank zu tun hatte. Sie berichtete ihm, wie ihr Hamburg gefiel und was sie sonst noch für interessant hielt, aber davon, was ihr den nachhaltigsten Eindruck gemacht hatte, nämlich die Begegnung mit dem jungen Herrn vom Nebentisch, davon schrieb sie nichts. Sie machte den Brief mit den Bildern postfertig, und als ihr Vater ins Hotel zurückkam, übergab sie ihm die Sendung an Georg zur Besorgung. Sie wußte, wie sehr sich dieser darüber freuen würde. Und sie versuchte, nur noch an Georg zu denken, aber ihre Gedanken irrten immer wieder ab. Zwei graue Männeraugen beschäftigten sie zu sehr.

Wenn sie im Lauf des Tages über den Korridor vor ihrem Zimmer ging, sah sie immer wieder fragend die geschlossene Tür zu dem Zimmer an, das neben dem ihres Vaters lag. Aber nichts verriet ihr, ob der Fremde noch da wohnte oder schon abgereist sei. Daß sie das bei dem Zimmermädchen hätte erfragen können, daran dachte die unerfahrene Gonda nicht.

Als sie am anderen Morgen mit ihrem Vater zum Bahnhof fuhr, sagte sie sich, daß die Begegnung mit dem jungen Herrn vom Nebentisch nur eine flüchtige Episode in ihrem Leben bleiben würde. Und das tat ihr leid. Sie hätte ihn sehr gern wiedergesehen.

6

Etwas zerstreut ließ Gonda sich von ihrem Vater am Zug entlang führen, als sie den Bahnsteig erreicht hatten. Sie bestiegen ihr Abteil, und ihr Vater machte es ihr in einer Ecke des Abteils bequem. Er versorgte sie mit Lesestoff, legte ihr ein Kissen zurecht und zog dann seinen Mantel aus, um es sich ihr gegenüber behaglich zu machen. Es befand sich kein anderer Mitreisender in ihrem Abteil.

Kurz vor Abgang des Zuges kam noch schnell ein Gepäckträger in ihr Abteil, warf schnell einen kleinen Koffer in das Gepäcknetz und entfernte sich wieder. An der Tür stieß er mit einem Herrn zusammen, der ihn entlohnte und ihm lachend einige Worte nachrief, da der Kofferträger sich beeilen mußte. Der Zug begann sich schon zu bewegen. Gleich darauf betrat der Herr, dem der Koffer gehörte, das Abteil und zog artig grüßend den Hut.

Aber sein und Gondas Blicke trafen mit einem jähen Aufblitzen ineinander – es war der junge Herr vom Nebentisch!

Er legte seinen Mantel ab, hängte seinen Hut auf und ließ sich an der Tür nieder, auf der anderen Seite, Gonda schräg gegenüber. Niemand stieg mehr in das Abteil ein, die drei blieben während der Fahrt allein.

Klaus Ruthart hatte ebenfalls den jungen Herrn wiedererkannt und seinen Gruß mit einer stummen Verbeugung erwidert. Der junge Herr konnte nun Gonda nach Herzenslust beobachten, während er sich den Anschein gab, durch das Fenster zu schauen. Auch er hatte bedauert, daß er die junge Dame und ihren älteren Begleiter nicht mehr im Hotel gesehen hatte, und er dankte im stillen dem Kofferträger, daß er seinen Koffer gerade in dieses Abteil gebracht hatte. Mit einem Gefühl der Freude betrachtete er immer wieder unauffällig das reizende Gesicht der jungen Dame.

Er studierte die feinen Züge, den schönen blaßroten Mund, die wundervollen samtbraunen Augen, in denen goldene Lichter spielten, das lockige Haar, dessen satter Goldton unbedingt echt war, und den klaren, reinen Teint, der allerdings durch den leicht bräunlichen Ton verriet, daß diese junge Dame unter heißer Sonne gelebt haben mußte. Auch das fast bronzefarbene Gesicht ihres Begleiters verriet das zur Genüge. Er kam wieder zu dem Resultat, daß diese beiden Ausländer sein müßten. Aber als er nach einer Weile einige Worte vernahm, die Vater und Tochter wechselten, hörte er aber doch, daß sie sich in einem ganz reinen Deutsch unterhielten.

Gern hätte er eine Unterhaltung mit ihnen angeknüpft, aber er wagte es nicht, weil er nicht lästig und aufdringlich erscheinen wollte. Er konnte ja nicht ahnen, daß es die beiden sehr gern gesehen hätten, wenn sich eine Unterhaltung zwischen ihnen entwickelt hätte.

Einige Stationen waren schon vorüber, als der junge Herr sich erhob und auf den Gang hinaustrat, um dort eine Zigarette zu rauchen. Gonda hatte auf dem Koffer des jungen Herrn, der über seinem Platz im Gepäcknetz lag, ein Hoteletikett erblickt, und sie machte jetzt ihren Vater darauf aufmerksam.

»Hotel Schirmer, Kassel.« Klaus Ruthart lächelte Gonda zu. Kassel war seine Vaterstadt.

»Kennst du das Hotel, Vater?« fragte Gonda halblaut.

»Ja, Gonda, ich habe schon selbst darin gewohnt, wenn ich in Kassel ankam und bis zum nächsten Morgen bleiben mußte, ehe ich nach Schloß Santen weiterfahren konnte.«

»Ob dieser Herr auch nach Kassel reist?«

»Möglich!«

Vater und Tochter sahen nun mit gesteigertem Interesse den jungen Herrn im Gang an. Nach einer Weile erhob sich Klaus Ruthart und nickte seiner Tochter lächelnd zu.

»Ich will auch eine Zigarette rauchen.«

Er trat auch in den Gang hinaus und bemühte sich, neben dem jungen Herrn stehend, eine Zigarette anzuzünden. Der starke Zugwind, der im Gang herrschte, löschte jedoch immer wieder sein Streichholz aus.

»Darf ich behilflich sein, mein Herr?« fragte der junge Herr artig, Klaus Ruthart seine brennende Zigarette hinhaltend. Dieser nahm sie dankend an, und nun fing seine Zigarette schnell Feuer. Eine Weile standen die beiden Herren rauchend nebeneinander, ohne ein Wort zu reden, dann sagte Klaus Ruthart:

»Verzeihen Sie, mein Herr, wenn ich neugierig erscheine. Zufällig sah ich auf Ihrem Koffer eine Kasseler Hotelmarke kleben. Reisen Sie auch nach Kassel?«

»Ja, mein Herr, ich baue eine Zweigbahn nördlich von Kassel und muß dort längeren Aufenthalt nehmen.«

»So, eine Zweigbahn wird gebaut?«

»Ja, sie soll einigen nach Norden gelegenen Dörfern Anschluß an das große Bahnnetz ermöglichen.«

»Das ist interessant. Wird vielleicht auch das Dorf Santen eine Station erhalten?«

»Sie kennen Kassel und Umgebung?«

Klaus Ruthart lächelte.

»So ziemlich, ich bin dort geboren.«

»Ich lebte allerdings lange im Ausland. Vor vier Jahren war ich das letztemal in Kassel. Und Sie verstehen, daß mich alles interessiert, was mit Kassel zusammenhängt. Deshalb meine neugierige Frage.«

»Ich freue mich, daß sie Ihnen Veranlassung gab, ein Gespräch mit mir zu beginnen. Ich hätte mich schon längst gern mit Ihnen und der Dame unterhalten, wollte aber nicht lästig fallen.«

»Wohnt man im Hotel Schirmer noch gut?«

»Ich weiß nicht, was Sie für Ansprüche stellen. Ich war zufrieden, als ich dort wohnte. Jetzt liegt aber meine Arbeitsstätte zu weit von Kassel entfernt, als daß ich noch dort wohnen könnte. Wir sind jetzt zwischen Dorf und Schloß Santen angelangt. Santen bekommt natürlich auch eine Station. Mir wurde sehr liebenswürdig eine Unterkunft in Schloß Santen angeboten, aber gerade in dieser Zeit starb Frau von Santen, die Besitzerin des Schlosses, und ihre Enkelin und Erbin lebt nun allein in Schloß Santen. Da verbot es sich, daß ich dort Wohnung nahm. Aber die Tante der jungen Schloßherrin bot mir ein Unterkommen in ihrem Landhaus an, und so wohne ich nun schon seit einigen Wochen dort.«

»Bei Frau Käthe Laßwitz?« entfuhr es Klaus Ruthart.

Der junge Herr stutzte, sah ihn scharf und prüfend an und warf dann einen fragenden Blick hinein in das Abteil, wo die junge Dame saß.

»Sie kennen Frau Laßwitz?«

Klaus Ruthart lächelte.

»O ja, sehr gut, sie ist meine Schwester. Und die junge Herrin von Schloß Santen ist meine Tochter.«

Etwas betroffen blickte der junge Mann wieder in das Abteil hinein und sagte dann etwas unsicher:

»Dann kommen Sie aus Sumatra?«

»So ist es!«

»Ich hätte vielleicht selber darauf kommen können, daß Sie der von Frau Laßwitz sehnlichst erwartete Bruder sind – wenn Sie allein gewesen wären. Ich glaube, von Frau Laßwitz gehört zu haben, daß Sie allein kommen würden. Und – Sie sind doch in Gesellschaft einer jungen Dame.«

Wieder lachte Klaus Ruthart ein wenig.

»Ja, meine Schwester weiß noch nicht, daß ich in Gesellschaft einer jungen Dame komme.«

Der junge Herr sah zum drittenmal hinein in das Abteil, wo Gonda mit brennendem Interesse beide Herren beobachtete.

»Ihre Frau Gemahlin?« fragte er etwas beklommen, obwohl er sich sagte, daß diese Frage etwas unbescheiden war. Aber er mußte Klarheit darüber haben.

»Nein, meine Tochter. Bitte, verraten Sie meiner Schwester nicht, wenn Sie früher als ich mit ihr zusammentreffen sollten, daß ich in Gesellschaft meiner Tochter komme. Das soll eine Überraschung sein.«

Der junge Herr atmete verstohlen auf, ohne daß er sich Rechenschaft darüber ablegte, weshalb es ihn so sehr erleichterte, daß die reizende junge Dame da drinnen die Tochter des Herrn war, der übrigens noch gar nicht den Eindruck eines älteren Herrn machte. Man hätte ihn sehr wohl für den etwas reiferen Ehemann dieser jungen Dame halten können.

»Wenn Sie wünschen, werde ich ganz über unsere Begegnung schweigen.«

»Das wäre mir das liebste.«

»Nun ich weiß, daß Sie Herr Ruthart sind, gestatten Sie mir, daß ich mich Ihnen vorstelle. Ich heiße Leyden.«

Wohlgefällig sah Klaus Ruthart ihn an.

»Doktor Leyden, nicht wahr? Ich hörte wenigstens, daß Sie vorgestern im Hotelspeisesaal so angeredet wurden.«

»Allerdings, ich bin Ingenieur.«

»Da mich nun ein glücklicher Zufall mit Ihnen zusammengeführt hat, Herr Doktor, gestatten Sie mir wohl, daß ich Sie nach meinen Angehörigen ein wenig ausfrage.«

»Ich stehe mit allem zu Diensten, was ich selbst weiß.«

»Werde ich meine Schwester und meine Tochter gesund antreffen? Ich nehme an, daß Sie vor nicht allzu langer Zeit mit ihnen zusammen waren.«

»Vor drei Tagen, Herr Ruthart, habe ich die Damen bei bestem Befinden verlassen. Ich mußte eine kleine Geschäftsreise unternehmen und dabei meinen Onkel in einem Sanatorium besuchen. Außer, daß Fräulein Helga Ruthart in Trauer um ihre Großmutter ist, wird sie sich auch wohl befinden.«

»Der Tod meiner Schwiegermutter ist wohl sehr unerwartet gekommen?«

»Ja, für alle. Frau von Santen hat einen Schlaganfall erlitten.«

»Und meine Schwester und meine Tochter Helga haben mit Ihnen von meiner Ankunft gesprochen?«

»Nur Ihre Frau Schwester. Sie war so liebenswürdig, wie ich schon sagte, mir eine Unterkunft in ihrem reizenden Landhaus zu bieten, das, wie Sie wohl wissen, knapp eine halbe Stunde vom Schloß entfernt liegt. In den Dörfern ringsum gibt es nur sehr primitive Gasthöfe, und ich hatte mich in einem solchen Gasthaus im Dorf Santen einquartiert. Es war eine sehr schwierige Angelegenheit, und Ihre großherzige Frau Schwester erbarmte sich meiner, weil ich doch nicht im Schloß wohnen konnte, und stellte mir zwei behagliche Zimmer in ihrem Haus zur Verfügung. Ja, sie ging so weit, mich auch an ihrer Tafel teilnehmen zu lassen, und nun lebe ich wie im Himmel, zumal ich auch die liebenswürdige Gesellschaft Ihrer Frau Schwester genießen darf. Wir sitzen oft des Abends ein Stündchen zusammen und plaudern sehr angeregt miteinander. Dabei erfuhr ich dann auch von Ihrer bevorstehenden Heimkehr. Ich wollte sofort meine Zimmer zur Verfügung stellen, aber Frau Laßwitz sagte mir, daß käme nicht in Frage. Es sei wahrscheinlich, daß Sie im Schloß wohnen würden, aber wenn das auch nicht der Fall wäre, würde noch genau Platz in ihrem Haus sein. Da Sie aber nun Ihr Fräulein Tochter mitbringen, werde ich doch wohl an eine Umsiedlung denken müssen.«

Klaus Ruthart schüttelte den Kopf.

»Ich sage wie meine Schwester, das kann nicht in Frage kommen. Wir werden höchstens ganz vorübergehend bei meiner Schwester wohnen. Dann werden wir sicher nach Schloß Santen übersiedeln. Als ich vom Tod der Frau von Santen hörte, habe ich sofort meine Besitzung auf Sumatra verkauft, was ich ohnehin im Sinn hatte, um dauernd mit meiner jüngsten Tochter nach Deutschland zu gehen. Nun wurde es dringend, denn ich muß meiner Tochter

Helga unbedingt zu Hilfe kommen, solange sie meiner bedarf.«

»Das wird sehr gut sein! Ich glaube, es geht jetzt alles ein wenig drunter und drüber. Frau von Santen war eine ungemein energische und zielbewußte Dame, die straffe Zügel führte und die Oberleitung der Besitzung voll in den Händen hatte. Nach ihrem Tod steht ihre Enkelin ziemlich hilflos den Ereignissen gegenüber, denn der Verwalter ist auch schon ein sehr alter Herr und ist nie gewohnt gewesen, selbständig Anordnungen zu treffen. Er ist absolut nicht mehr leistungsfähig, wenn er es je gewesen ist.«

»So werde ich die Zügel in die Hand nehmen, die Frau von Santen entfallen sind. Ich habe bisher leider für meine älteste Tochter nicht viel tun können, da meine Schwiegermutter nicht nur alle Rechte, sondern auch alle Pflichten eifersüchtig für sich in Anspruch nahm.«

»Ich weiß, Frau Laßwitz hat mich mit ihrem Vertrauen beehrt und mir, wenn wir abends zusammensaßen, mancherlei erzählt. Wir plaudern dann von allem, was uns gegenseitig betrifft, und da sie mit ihrem ganzen Herzen an Ihnen hängt, lief ihr zuweilen die Galle über, wenn Frau von Santen ihren Gefühlen Ihnen gegenüber Luft gemacht hat. Bitte, wundem Sie sich nicht, daß Ihre Frau Schwester mir so viel Vertrauen schenkte, sie kennt mich nämlich nicht erst seit der kurzen Zeit, da ich an dem Bahnbau beschäftigt bin, sondern ich verkehre schon seit der Zeit in ihrem Haus, als sie es bezogen hat. Mein Onkel hat sich, seit er sich von seinen Geschäften zurückzog, in derselben Gegend angekauft und mich zuweilen für einige Wochen zu sich eingeladen. Und wenn er auch wie ein alter Sonderling sehr zurückgezogen lebt und mit niemand verkehrt, so hat er es mir doch nie verwehrt, in der Nachbarschaft meine Besuche zu machen. So kam ich auch nach Schloß Santen, wo ich die beiden Damen kennenlernte, und auch in das Haus Ihrer Frau Schwester, mit der ich mich sehr gut verstand. Als man mir den Bahnbau übertragen hatte, wollte ich Wohnung im Hause meines Onkels nehmen, aber gerade in der Zeit wurde er schwer krank und mußte für lange Zeit ein Sanatorium aufsuchen, wo er sich einer Operation unterziehen mußte. Sein Inspektor verwaltete seinen nicht großen Landbesitz, er wollte ja nur nach seinem arbeitsreichen Leben ein wenig Beschäftigung in freier Luft haben, und deshalb hält er sich einen Inspektor, der die Leute beaufsichtigt. Sein Landhaus ist vorläufig zugeschlossen worden, nur die Dienerschaft blieb, die unbedingt zur Instandhaltung des Hauses nötig ist. Und wie gesagt, mein Onkel ist ein menschenscheuer Sonderling und gegen alle Menschen sehr mißtrauisch. Ich möchte nicht gern die Probe machen, ob sein Mißtrauen sich auch auf mich erstreckt, und deshalb habe ich ihn gar nicht gebeten, mir den Aufenthalt in seinem Haus während seiner Abwesenheit zu gestatten. Ich zog es vor, in dem primitiven Gasthof zu wohnen, bis Frau Laßwitz mich liebenswürdig eingeladen hat, in ihr Haus überzusiedeln.«

»Nun, jedenfalls sind Sie jetzt genau mit den Verhältnissen der ganzen Umgegend von Schloß Santen bekannt.«

Doktor Hans Leyden lachte. Es war ein frisches, warmes Lachen, das Klaus Ruthart sehr gefiel.

»So ziemlich! Und so hat mir Ihre Frau Schwester dann auch eines Abends erzählt, wie wenig Glück Sie in Schloß Santen gefunden haben. Ich weiß, weshalb Sie vor vielen Jahren nach Sumatra gegangen sind. Wir kamen darauf, als ich Frau Laßwitz einmal meine Verwunderung darüber aussprach, daß Fräulein Helga Ruthart niemals von ihrem Vater sprach. Ich hatte erst angenommen, daß dieser gar nicht mehr am Leben sei.«

Klaus Ruthart nickte ernst und versonnen.

»Ja, ja, ich habe bisher sehr wenig im Leben meiner Tochter Helga gegolten. Doch daran war nur ihre Großmutter schuld. Ich will hoffen, daß es jetzt etwas anders wird.«

Doktor Leyden wollte etwas sagen, preßte aber die Lippen aufeinander, als dürften seine Worte nicht heraus. Mit einer starken und warmen Sympathie sah er in Klaus Rutharts energisches Gesicht. Dann sagte er, schnell ein anderes Thema ergreifend:

»Frau Laßwitz hat mir übrigens nie davon erzählt, daß Sie noch eine zweite Tochter haben.«

Eine Weile sah Klaus Ruthart wie forschend und prüfend in Doktor Leydens Gesicht, dann richtete er sich entschlossen auf und sagte ruhig:

»Da Sie schon so viel über mich wissen, will ich Ihnen auch darüber Aufschluß geben. Meine Schwester weiß gar nicht, daß ich mich ein zweitesmal verheiratet habe und eine Tochter aus zweiter Ehe besitze. Auch meine Tochter Helga weiß davon nichts. Ich will Ihnen damit nicht meine Familienverhältnisse aufdrängen, sondern Ihnen nur klarmachen, daß mir viel daran liegt, daß Sie weder meiner Schwester noch meiner Tochter Helga vorzeitig verraten, daß ich in Gesellschaft einer jungen Dame reise, die meine Tochter ist. Ich möchte begreiflicherweise den beiden Damen meine Erklärung selbst abgeben. Das werden Sie verstehen, nicht wahr?«

Doktor Leyden verbeugte sich.

»Vollkommen! Und ich gebe Ihnen mein Wort, daß ich nichts darüber verlauten lasse, daß ich überhaupt mit Ihnen zusammengetroffen bin. Da wir unsere Zigarette fertig geraucht haben und ich mich Ihnen als guter Freund und Bekannter Ihrer Schwester vorgestellt habe, darf ich wohl höflich bitten, mich auch mit Ihrem jüngsten Fräulein Tochter bekannt zu machen.« Klaus Ruthart nickte lächelnd. Der Zug lief gerade in eine Station ein, und die beiden Herren begaben sich in das Abteil, in dem Gonda nicht wenig gespannt darauf wartete, was ihr Vater mit dem Fremden zu sprechen gehabt hatte. Erwartungsvoll blickte sie ihren Vater an.

»Du gestattest, liebe Gonda, daß ich dir Herrn Doktor Leyden vorstelle. Die Welt ist klein! Doktor Leyden baut als Ingenieur eine Bahn, die auch über Schloß Santen führen wird, und er kennt deine Tante Käthe und deine Schwester Helga. Er wohnt während des Eisenbahnbaues sogar im Haus von Tante Käthe. Ist das nicht ein seltsames Zusammentreffen?«

Hans Leyden verbeugte sich vor Gonda, und diese reichte ihm mit einem frohen Lächeln die Hand.

»Ich weiß nicht, Herr Doktor, ob es deutscher guter Umgang ist, wenn ich Ihnen meine Hand reiche. Bei uns in Dahomy war es so der Brauch, wenn wir jemand kennenlernten«, sagte Gonda mit einem schelmischen Ausdruck.

»Ich betrachte es als eine hohe Auszeichnung, gnädiges Fräulein, wenn eine Dame bei solcher Gelegenheit die Hand reicht. Ich bin so anmaßend, es mir so auszulegen«, scherzte Hans Leyden.

»Oh, das dürfen Sie! Jetzt weiß ich doch, weshalb Sie mir gleich so gut gefallen haben, ich konnte mir das nicht erklären.«

Er war von ihrer natürlichen Frische entzückt und verneigte sich dankend. Ihr Vater lachte und meinte:

»Bitte, wundern Sie sich nicht, Herr Doktor, wenn meine Tochter zuweilen etwas offenherzig ist, sie ist nicht gewöhnt, ihre Empfindungen zu verbergen.«

»War es nicht richtig, was ich sagte, lieber Vater?«

»Mach dir darüber keine Kopfschmerzen, Gonda, das wird dir noch öfter passieren.«

Sie sah ein wenig verlegen zu Hans Leyden hoch, fragte dann aber neugierig:

»Sie kennen also meine Schwester und meine Tante?«

»Ja, mein gnädiges Fräulein«, erwiderte er und berichtete in kurzen Worten, was er ihrem Vater bereits erzählt hatte. Er hatte neben Klaus Ruthart Platz genommen, saß also Gonda schräg gegenüber und sah mit seinen grauen Augen so warm und strahlend in die ihren, daß ihr war, als leuchte ihr dieser Blick bis ins Herz.

»Doktor Leyden wird also, wenigstens für kurze Zeit, dein Hausgenosse sein, Gonda, denn ich muß dich bei Tante Käthe zurücklassen, bis ich Helga beigebracht habe, daß ich ihr eine Schwester mitbringe.«

Ein wenig unruhig blickte Gonda ihren Vater an.

»Weiß Doktor Leyden, daß Helga von mir noch nichts ahnt?«

»Ja, Kind, ich hielt es für besser, ihn einzuweihen, damit er uns nicht vorzeitig verrät.«

Lebhaft sah Gonda in Doktor Leydens Gesicht.

»Wird sich Helga auch so sehr freuen, eine Schwester zu haben, wie ich mich freute, als ich von ihrer Existenz erfuhr, kurz bevor wir nach Deutschland fuhren?«

Hans Leyden zögerte einen Augenblick. Soviel er Helga kannte, erschien sie ihm als ein hochmütiges und kaltherziges Geschöpf, wenn sie auch ihm gegenüber liebenswürdig gewesen war. Er hielt sie keines tiefen Gefühls fähig, keinesfalls war sie so lebhaft wie ihre jüngere Schwester. Ob sie sich über deren Ankunft freuen würde, war fraglich. Aber das wollte er Gonda nicht sagen. Ihren erwartungsvollen Augen gegenüber wollten diese Zweifel nicht über seine Lippen.

»Ich kann mir nicht denken, daß sich ein Mensch nicht freuen würde, wenn er Sie zur Schwester bekommt«, sagte er lächelnd.

Sie atmete tief und beklommen auf.

»Denken Sie, ich habe ein wenig Angst, daß sie mir nicht gut sein könnte. Und ich liebe sie doch schon, noch ehe ich sie gesehen habe. Sie wohnen also im Hause Tante Käthes?«

»Ja, sie war so gütig, mich für die Dauer des Bahnbaues zu sich einzuladen.«

»Werden Sie sehr lange in dieser Gegend zu tun haben?«

»Es kann noch Monate dauern, wir müssen eine Brükke bauen und einen allerdings sehr kurzen Tunnel sprengen. Das alles nimmt Zeit in Anspruch.«

Gonda hörte das mit freudigem Herzklopfen. Es erschien ihr sehr erfreulich, daß er so lange in ihrer Nähe bleiben würde.

»Ist meine Schwester sehr betrübt, daß ihre Großmutter gestorben ist?«

»Ich sah sie seither wenig«, antwortete er ausweichend.

»Mögen Sie meine Schwester gut leiden?« fragte Gonda weiter, während sich der Zug wieder in Bewegung setzte.

Es zuckte ein wenig um seinen Mund.

»Sie ist eine sehr vornehme, elegante und stolze junge Dame, die viele Verehrer und Bewunderer hat«, erklärte er abermals ausweichend.

Gonda holte tief Atem und sah ihren Vater mit frohem Ausdruck an. Es freute sie, daß Doktor Leyden so anerkennend von ihrer Schwester sprach. Sie merkte nicht, wie es der Vater tat, daß er ihr ausweichende Antworten gegeben hatte.

»Wie seltsam es doch war, daß wir in Hamburg im Hotel nebeneinander an zwei Tischen saßen und nun hier in einem Abteil zusammentreffen.«

Seine Augen leuchteten.

»Sie erinnern sich also, daß wir uns im Hotel schon gesehen haben?«

»Aber gewiß. Sie halfen mir doch, meinen Umhang zu lösen, als er hängen blieb.«

»Trotzdem hätten Sie mich nicht wiedererkennen können.«

»Doch, sofort! Ich hatte doch schon gestern den ganzen Tag darüber nachdenken müssen, ob Sie wohl schon abgereist wären. Wie schade, daß wir nicht schon an demselben Abend, als Sie im Speisesaal neben uns saßen, wußten, daß Sie in Tante Käthes Haus wohnen. Wir hätten da schon zusammen plaudern können. Erkannten Sie uns gleich, als Sie heute in unser Abteil kamen?«

»Selbstverständlich! Einen so ausgeprägten Charakterkopf wie den Ihres Herrn Vaters und eine so reizende junge Dame vergißt man nicht so leicht.«

Sie wurde ein wenig rot, lachte aber schelmisch.

»Bin ich eine reizende junge Dame?«

»Wenn ich es sagen darf – gewiß«, erwiderte er mit einem etwas unsicheren Blick auf ihren Vater.

»Warum sollen Sie mir das nicht sagen dürfen?«

»Sie könnten darüber böse sein.«

»O nein, das ist doch nichts, worüber man böse sein könnte. Ich freue mich doch, daß Sie mich reizend finden.«

Er war entzückt über ihre köstliche Naivität, die so gar nichts von der berechnenden Gefallsucht der heutigen jungen Damen hatte. So frisch und ungekünstelt erschien sie ihm, daß er gern weiter in dieser Art mit ihr geplaudert hätte. Aber ihr Vater sagte nun entschuldigend:

»Sie müssen ein wenig nachsichtig sein, Herr Doktor, und meine Tochter nicht mit demselben Maß messen wie andere junge Damen, die in der Zivilisation aufgewachsen sind. Meine Tochter hat von Kind auf in großer Weltabgeschiedenheit gelebt, wir hatten nur Verkehr mit unserer malaiischen Dienerschaft und wenigen, ebenso abgeschieden lebenden Nachbarn. Wenn sie auch in ihrer Mutter ein vollkommenes Vorbild hatte, so wird sie doch noch manchen kleinen Formfehler begehen, ehe sie sich an den Ton der sogenannten zivilisierten Gesellschaft gewöhnt hat. Das wollen Sie bitte in Betracht ziehen, wenn sie in ihrer unbekümmerten Art etwas sagt oder tut, was Ihnen ungewöhnlich erscheint.«

Gonda sah ihn ein wenig betreten an.

»Habe ich etwas Dummes gesagt, Vater?«

Mit einem warmen Aufleuchten seiner Augen erwiderte Hans Leyden schnell, ehe ihr Vater antworten konnte:

»Nein, ganz gewiß nicht, mein gnädiges Fräulein, ich habe bisher nur bemerkt, daß Sie bewundernswert frisch und natürlich sind, wie wir es bei unseren jungen Damen leider immer seltener finden. Hoffentlich verlieren Sie diese unbekümmerte und ehrliche Frische nie, es wäre schade darum. Man freut sich so sehr daran.«

Gonda atmete auf, sah aber doch fragend zu dem Vater hinüber. Der nickte ihr nur lächelnd zu.

»Es war nicht so schlimm, du kannst unbesorgt sein«, sagte er in seiner ruhigen und gütigen Art.

Da war sie zufrieden und plauderte wieder froh und unbekümmert.

Hans Leyden ging das Herz auf. Gondas natürlicher Humor und die leise Schelmerei, mit der sie über ihr eigenes Ungeschick sprach, das sie hier und da Fehler machen ließ, entzückte ihn immer mehr. So etwas rührendes Unschuldiges und Unerfahrenes, gepaart mit soviel Anmut und Klugheit, hatte er noch nie bei einer jungen Dame gefunden. Er pries den Zufall, der ihn mit diesen beiden Menschen zusammengeführt hatte.

Sie blieben in angeregter Unterhaltung zusammen. Vertrauter, als es sonst nach so kurzer Bekanntschaft möglich ist, berichteten sie einander mancherlei aus ihrem Leben. Voll Interesse lauschte Hans Leyden den Schilderungen Klaus Rutharts über das Leben und Treiben auf einer

Plantage auf Sumatra. Und er erzählte, daß er seine Eltern schon sehr früh durch einen Unglücksfall verloren hätte, er sei damals erst fünfzehn Jahre alt gewesen. Sein Onkel, der Bruder seiner Mutter, der schon damals ein verbitterter Sonderling gewesen war, wurde zu seinem Vormund bestimmt. Er schickte ihn in eine Anstalt, bis er die Hochschule besuchte. Der Onkel hatte sein geringes Vermögen, das ihm Vater hinterlassen hatte, verwaltet, und es ermöglichte ihm gerade das Studium.

»Ich glaube, mein Onkel hat heimlich noch zugeschossen, damit ich nicht gar zu krumm liegen mußte, aber er hat mir das nie gesagt, um mich nicht zu demütigen. Er ist, bis auf seine Menschenfeindlichkeit, ein ganz famoser alter Herr. Nach Beendigung meines Studiums bekam ich zum Glück gleich eine feste Anstellung, und nun ist mir mit dem Bahnbau zum erstenmal eine größere Aufgabe übertragen worden«, berichtete er weiter.

»Und Ihr Onkel gehört also zu den Nachbarn meiner Tochter?« fragte Klaus Ruthart.

»Ja! Wie gesagt, er hat einige Morgen Land gekauft und ein schönes Landhaus mit großem Park, in dem er ungestört seine Spaziergänge machen kann. Von allen kaufmännischen Geschäften hat er sich zurückgezogen, hat seine große Fabrik verkauft und führt hier ein ganz zurückgezogenes Leben. Ich bin der einzige Mensch, den er außer seiner Dienerschaft zuweilen in seiner Nähe duldet. Ich kann mich nicht über ihn beklagen, er hat mir manchen Beweis seines Wohlwollens gegeben. Unglückliche Familienverhältnisse haben ihn verbittert und zum Sonderling gemacht. Nun liegt er leider krank im Sanatorium. Die Operation ist glücklich verlaufen, aber damit ist sein

Leiden noch nicht für immer behoben. Als ich ihn jetzt besuchte, sagte er mir, daß er wohl noch monatelang in dieser klinischen Anstalt bleiben müsse, er muß noch unter ärztlicher Aufsicht leben. Er tut mir sehr leid. Trotzdem er einen so herrlichen Besitz sein eigen nennt, hat er nichts von seinem Leben. Wenn er auch keine große Freude an den Tag legt, wenn ich ihn besuche, so weiß ich doch, daß es ihm wohltut. Gott sei Dank war ich immer in der Lage, für mich selbst sorgen zu können, und so braucht er nicht mißtrauisch zu sein, daß ich etwas von ihm will. Deshalb will ich auch nicht in seinem Haus wohnen, wenn er nicht daheim ist, obwohl er es mir angeboten hat. Sein tiefgründiges Mißtrauen gegen alle Menschen würde ihn dann doch vielleicht auch mir gegenüber mißtrauisch machen, und das will ich weder seinet- noch meinetwegen.«

»Solche Menschen sind zu bedauern«, sagte Klaus Ruthart.

»Ganz gewiß! Ich möchte ihm gern helfen, aber das ist nicht möglich. Hoffentlich wird er wieder gesund, so daß er sich an seinem schönen Besitz noch freuen kann. Er ist freilich schon fast siebzig Jahre alt. Und wenn er stirbt, wird sein einziger Enkel, der Sohn seiner einzigen Tochter, die bereits gestorben ist, sein Erbe.«

»Sonst hat er keine Familie mehr?«

»Nein.«

»Aber sein Enkel lebt wohl nicht in seinem Hause?«

»Nein, dessen Vater lebt noch, und mit ihm steht mein Onkel auf feindlichem Fuß. Er spricht nie über diese Menschen, die ihm doch am nächsten stehen müßten, und ich weiß nicht einmal, wo sie wohnen. Als meine Eltern starben, war er schon so mit seinem Schwiegersohn verfeindet, daß weder von diesem noch von seiner Tochter in seiner Gegenwart gesprochen werden durfte. Ich selbst weiß das wenige nur von seinem alten Diener, der ihn auch in das Sanatorium begleitet hat. Aber das sind sehr unerfreuliche Dinge, und ich muß um Verzeihung bitten, daß ich Sie damit belästigt habe.«

»Davon kann keine Rede sein, wir haben Ihnen mit Interesse zugehört. Schließlich wird Ihr Herr Onkel ja in Zukunft auch unser Nachbar sein.«

»Sie werden also auf Schloß Santen dauernd wohnen?«

»Solange meine Tochter meiner bedarf, gewiß! Wenn sie sich aber eines Tages verheiratet und die Geschäfte in die Hände ihres Mannes legen kann, werde ich mich wohl selbst irgendwo im deutschen Vaterland ankaufen. Nach Sumatra gehen wir nicht zurück. Und für einen anderen Beruf als den eines Landwirtes bin ich nicht mehr geeignet; ich muß in Licht und Sonne leben. Auch meine Tochter Gonda würde sich in ein Leben in der Stadt kaum finden können. Sie würde sich beengt und unfrei fühlen nach all den Jahren ungebundener Freiheit.«

Hans Leyden sah rasch zu Gonda hinüber.

»Ihr Fräulein Tochter macht freilich den Eindruck, als könne sie sich in alle Lagen des Lebens fügen.«

»Ja, das würde sie auch ohne Murren tun, aber es wird nicht nötig sein. Warum soll ich sie und auch mich quälen? Nicht war, Gonda, wir beide brauchen Licht, Luft und Freiheit?«

Sie nickte ihm lächelnd zu.

»Um mich sollst du dich nicht sorgen, Vater, ich werde mich in alles schicken, wenn ich nur bei dir sein kann«, sagte sie herzlich, und ihre schönen Augen sahen den Vater so liebevoll an, daß Hans Leyden ihn für einen sehr beneidenswerten Vater hielt.

Die Reise verging den dreien sehr schnell, so daß sie verwundert aufsahen, als Schloß Wilhelmshöhe bei Kassel sichtbar wurde. Sie trafen nun ihre Vorbereitungen zum Aussteigen, und Hans Leyden sagte lächelnd:

»Ich möchte mich schon hier im Zug von Ihnen verabschieden, falls Frau Laßwitz Sie auf dem Bahnhof erwartet.«

»Das ist sicher nicht der Fall, da ich ihr meine Ankunft nicht genau mitgeteilt habe. Ich werde mit meiner Tochter zunächst im Hotel Schirmer Wohnung nehmen, und erst morgen früh allein zu meiner Schwester hinausfahren, um sie auf das Kommen meiner zweiten Tochter vorzubereiten. Dann werde ich ihr meine Gonda bringen und erst danach meine Tochter Helga in Schloß Santen aufsuchen.« Sie verabschiedeten sich aber doch für alle Fälle voneinander in sehr herzlicher Weise, und als Hans Leyden Gonda die Hand hinstreckte, fragte er warm:

»Ich darf doch auf Wiedersehen sagen, gnädiges Fräulein?«

Sie nickte ihm lebhaft zu.

»Oh ja, wir werden uns wiedersehen, bald, und ich freue mich darauf«, sagte sie in ihrer ehrlichen, offenen Art, die nicht gewohnt war, Gefühle zu verstecken. Mit festem Händedruck verabschiedete sich Leyden von ihrem Vater.

7

Klaus Ruthart hatte sich im Hotel für den nächsten Morgen einen Leihwagen bestellt. Gleich nach dem Frühstück verabschiedete er sich von Gonda und sagte lächelnd: »Ich werde dich nicht lange allein lassen, Kind, Tante Käthe wird sehr begierig sein, ihre Nichte zu umarmen. Ich würde dich gleich mitnehmen, aber es ist besser, ich erkläre ihr erst alles in Ruhe. Ein bißchen wird sie das doch durcheinanderbringen.«

Tapfer sah sie ihn an.

»Geh nur unbesorgt, Vater, ich bleibe im Hotel, bis du zurückkommst. Glück auf den Weg!«

Klaus Ruthart fuhr nun mit dem Auto davon. Die Fahrt dauerte ungefähr eine Stunde. Als der Wagen vor dem Landhaus seiner Schwester vorfuhr, das inmitten eines blühenden Gartens lag, hörte er von einem der Fenster den Aufschrei einer weiblichen Stimme, und gleich darauf kam seine Schwester aus dem Portal und flog ihm um den Hals.

»Klaus, lieber Klaus! So lange ersehnt und nun doch überraschend! Weshalb gabst du mir nicht genauen Bescheid über deine Ankunft?«

»Ich wollte nicht am Bahnhof von dir begrüßt werden, Käthe, du weißt, dagegen habe ich eine Aversion.«

»Ach, daß du nur da bist, Klaus, mein lieber Klaus! Wie freue ich mich!«

Er hielt sie, nachdem er sie herzlich geküßt hatte, von sich ab und sah ihr forschend ins Gesicht. Sie war noch immer eine sehr hübsche Frau, noch sehr jugendlich mit ihren vierzig Jahren. Die Frauen von heute altern nicht so schnell. Ein wenig rundlich war sie wohl, aber doch noch eine elegante Erscheinung. Nur lag in ihren Augen ein Ausdruck, den er vor vier Jahren noch nicht gesehen hatte, und um den Mund ahnte man vergangene Schmerzen, die ihre Zeichen hinterlassen hatten. Sie hatte ja inzwischen ein großes Leid erfahren und war Witwe geworden.

»Wie geht es dir, Käthe?« fragte er liebevoll, während er ihr über das Haar strich. Sie zog ihn mit sich in ihr reizendes, behaglich eingerichtetes Wohnzimmer, wobei sie dem herbeigeeilten Mädchen, das Klaus Hut und Mantel abgenommen hatte, einige Weisungen erteilte.

»Es geht mir gut, Klaus, man überwindet schließlich das Schwerste, wenn man es auch kaum fassen kann, daß die Zeit über alle Schmerzen hinweggeht, Als ich meinen geliebten Mann auf so traurige Art verlor, dachte ich freilich nicht, daß ich den Verlust je verwinden könne. Aber die Zeit ist eine Wundertäterin, und ich bin nun schon so weit, daß ich wieder ein bißchen Freude am Leben finden kann, obwohl ich meinen lieben Toten nie vergessen werde. Und ich habe dich, Klaus! Ist es wirklich wahr, daß du nicht mehr nach Sumatra zurückkehren wirst?«

»Ja, Käthe, ich bleibe in Deutschland. Da ich Helga allein wußte, trieb mich meine Vaterpflicht noch eher nach Hause, als ich schon geplant hatte. Jetzt, da Frau von Santen nicht mehr lebt, muß es mir doch endlich gelingen, meiner Tochter etwas näherzukommen.«

Über Frau Käthes Gesicht flog ein Schatten.

»Klaus, das sage ich dir, leicht wird es nicht werden.«

Er lächelte bitter. »Das erwarte ich auch nicht, Käthe,

ich weiß doch, daß ihre Großmutter mit allen Mitteln gearbeitet hat, mich meinem Kind zu entfremden. Aber ich werde diesem Umstand Rechnung tragen und nicht zu viel von ihr verlangen. Wenn sie es nur zuläßt, daß ich ihr helfen kann ...«

»Daran brauchst du nicht zu zweifeln. Sie wartet schon auf dich und deine Hilfe. Seit Frau von Santen tot ist, hapert es an allen Ecken und Enden. Sie sind alle kopflos, weil die alte Dame nicht mehr alles zusammenhält. Fabelhaft tüchtig war sie ja unbedingt. Der Verwalter ist zu alt und unfähig, etwas aus eigenem Antrieb zu tun. Er hat ja immer nur ausgerührt, was seine Herrin ihm befohlen hat. Ein selbständiger Arbeiter war er nie. Er freut sich, daß du kommst und ihm die Verantwortung abnimmst. Und Helga ist wenigstens davon überzeugt, daß du die verwirrte Lage wieder in Ordnung bringst. Sie selbst hat ja keine Ahnung von der Bewirtschaftung. Ihre Großmutter hat sie maßlos verwöhnt und nicht daran gedacht, daß sie einmal so schnell sterben könnte.«

»Nun, es ist mehr, als ich erwarte, daß Helga wenigstens soviel Vertrauen in mich setzt. Ich denke, daß ich bald alles wieder in Ordnung haben werde. Aber, sag mir, wie steht Helga zu dir? Ist es dir gelungen, ein wenig Einfluß auf sie zu bekommen? Du hast mir wenig darüber geschrieben.«

Betrübt sah ihn die Schwester an.

»Ach, Klaus, wie habe ich mich bemüht, Einlaß in dies junge Herz zu finden! Es war ziemlich vergebens. Seit dem Tod der Großmutter ist sie zwar viel öfter als sonst und ganz freiwillig zu mir herübergekommen, sie vertraut mir ihre Hilflosigkeit in geschäftlichen Dingen an, aber sonst bin ich ihr nicht nähergekommen. Sie hat immer noch die alte Art, sich abzukapseln und hochmütig über den Dingen zu stehen. Und ich hätte mich doch so sehr gefreut, wenn sie sich nur ein wenig von mir hätte liebhaben lassen. Ich sehne mich doch so sehr nach einem Menschen, dem ich etwas sein kann, der zu mir gehört. Nun –, jetzt habe ich dich, Klaus!«

Er faßte über den kleinen, runden Tisch hinweg ihre Hände.

»Käthe, ich bringe dir noch jemand mit, der sich danach sehnt, dich liebhaben zu dürfen und von dir geliebt zu werden.«

Erstaunt sah sie ihn an. Ihre blauen Augen forschten in seinem Gesicht.

»Wen meinst du denn, Klaus?«

»Das will ich dir jetzt ohne lange Umschweife berichten. Jetzt ist es an der Zeit, Käthe, dir ein Geständnis zu machen. Du weißt, wie meine Schwiegermutter mich immer wieder daran gemahnt hat, daß ich Ellen, weil sie mich dazu zwang, das Versprechen gab, mich nicht wieder zu verheiraten.«

»Ja, Klaus, darüber war ich immer sehr böse. So ein Unsinn, daß Frau von Santen dich immer noch an dieses erzwungene Versprechen binden wollte. Ich habe dir doch so oft gesagt, du sollst dich nicht daran kehren. Du warst doch schließlich noch nicht dreißig Jahre alt, als Ellen starb.«

»Nun wohl, Käthe, ich habe mich auch nicht daran gehalten. Ich habe mich ein Jahr nach meiner Abreise nach Sumatra bereits wieder verheiratet und bin in meiner zweiten Ehe namenlos glücklich geworden.«

Sie schrie in ihrer temperamentvollen Art auf und preßte seine Hand in der ihren.

»O Klaus! Und das wußte ich nicht, wir alle wußten das nicht! Es hätte uns doch so sehr gefreut!«

»Aber ihr wärt gezwungen gewesen, um des lieben Friedens willen Frau von Santen eine Komödie vorzuspielen. Das wollte ich euch ersparen. Ihr hättet ja dauernd Vorwürfe anhören müssen. Ich war ja immer nur einige Wochen hier und konnte diese Komödie vorführen, aber ihr hättet ihren ganzen Zorn ausbaden oder ewig heucheln müssen. Das wollte ich euch nicht aufbürden.«

»Und wo ist deine Frau, Klaus?«

Er seufzte tief.

»Vor zwei Jahren, wenige Wochen, bevor dein Mann gestorben ist, habe ich sie hergeben müssen. Aber sie hat eine Tochter hinterlassen, Käthe, und diese Tochter, die jetzt neunzehn Jahre alt ist, habe ich mitgebracht, die kannst du liebhaben, sie wartet darauf. In ihr Herz wirst du schnell gelangen, sie ist warmherzig und liebevoll, wie ihre Mutter war. Sie wird dir schon gefallen, meine Gonda.«

Frau Käthe hatte glühende Wangen vor Erregung.

»Wo ist sie denn, Klaus, wo hast du sie gelassen, warum hast du sie nicht gleich mitgebracht?«

»Sie ist in Kassel, im Hotel Schirmer. Ich wollte dich doch erst vorbereiten. Aber wenn du gestattest, werde ich sie gleich holen, ich habe darum ein Auto gemietet. Das Gepäck, das ich mitgebracht habe, wird inzwischen ins Haus geschafft worden sein. Wir haben aber noch einige Koffer im Hotel, bei einem solchen Ortswechsel muß man eine Menge mit sich schleppen. Also, ich fahre gleich noch einmal zurück und hole Gonda und die anderen Koffer. Alles andere erzählen wir dir dann später.«

Frau Käthe sprang auf.

»Ich fahre natürlich mit, Klaus! Meinst du, ich sitze ruhig hier und warte, wo ich weiß, in Kassel ist eine neue Nichte, die mich liebhaben will? O Klaus, mir wirbelt von alledem der Kopf! Ich möchte dich auszanken, daß du mir das so lange verschwiegen hast, aber es ist viel zu wundervoll, was du sagst, als daß ich zum Zanken noch Lust hätte. Wie hast du mir leid getan, daß du so allein in Dahomy gesessen hast, und nun ist es gar nicht wahr, hast mein Mitleid gar nicht verdient, du schrecklicher, lieber Kerl! Warte nur fünf Minuten, ich will nur noch Bescheid sagen, daß auch für Gonda ein Zimmer gerichtet und ein Festmahl bereitet wird. Solche Feste muß man doch feiern. Dann fahren wir zusammen nach Kassel.«

Sie küßte ihren Bruder, lachte ihn an, weinte auch ein wenig und lachte dann wieder. Sie war so froh und so glücklich. Und zehn Minuten später saß sie mit ihrem Bruder in ihrem eigenen eleganten Auto. Das Mietauto hatten sie mit einem Burschen nach Kassel zurückgeschickt, das sollte nur die übrigen Koffer holen.

Während der Fahrt berichtete Klaus Ruthart seiner Schwester noch allerlei, was sie wissen mußte, und auch sie hatte ihm viel zu erzählen. Sie waren mit dem Austauschen ihrer Erlebnisse noch lange nicht fertig, als sie vor dem Hotel Schirmer ankamen. Klaus führte seine Schwester sogleich hinauf in Gondas Zimmer. Diese hatte erwartungsvoll am Fenster gestanden, als sie das Auto vorfahren und den Vater mit einer Dame aussteigen sah. Nun stand sie mit klopfendem Herzen mitten im Zimmer und sah mit großen Augen nach der Tür.

Und da wirbelte eine hübsche, elegante und rundliche Dame herein, sah sie mit halb lachenden, halb weinenden Augen an und streckte die Arme nach ihr aus.

»Tante Käthe? O ja, du mußt Tante Käthe sein, wenn du auch viel jünger bist, als ich glaubte«, sagte Gonda und warf sich in ihre Arme.

»Natürlich bin ich deine Tante Käthe! Herrgott, du liebes, goldiges Ding! So eine reizende Nichte habe ich und wußte es nicht!«

Sie küßten und herzten sich, als müßten sie in Windeseile nachholen, was sie in langen Jahren versäumt hatten. Klaus Ruthart stand dabei, und seine Augen wurden ein wenig feucht. Dann gab es ein Fragen und Berichten, ein Lachen und Weinen und ein Herzen und Küssen. Die lebhafte Tante Käthe konnte sich nicht genug tun. Sie war von Gonda restlos entzückt und erklärte immer wieder, daß sie sehr stolz auf ihre schöne Nichte und sehr glücklich sei, daß sie nun jemand zum Liebhaben hätte.

Gonda kam gar nicht recht zur Besinnung, sie mußte sich schnell zur Fahrt fertigmachen, während ihr Vater das Gepäck in das Mietauto schaffen ließ und die Hotelrechnung bezahlte. Dann gingen die beiden Damen mit ihm hinunter, aber Tante Käthe hielt Gonda fest, als könne sie ihr noch entführt werden.

Es ging nun in schneller Fahrt wieder nach Käthes Landhaus zurück, und unterwegs brauchte Klaus Ruthart kein Wort mehr zu reden, das besorgten Tochter und Schwester. Die beiden umfaßten sich immer wieder in inniger Freude und fühlten, daß sie von gleicher Art waren.

Tante Käthes lebhaftes Wesen, ihre weiche, schmiegsame Art, die von goldenem Humor durchleuchtet war, paßte wundervoll zu Gondas herzenswarmem Humor. Sie öffneten für einander in dieser ersten Stunde die Herzen weit.

Es war nicht, als sähen sie sich heute zum erstenmal, sie waren gleich so vertraut miteinander, als hätten sie schon viele Jahre miteinander gelebt. Immer wieder umarmten und küßten sie sich mitten in ihren Erzählungen.

Klaus Ruthart war beruhigt. Was auch kommen mochte, Gonda würde immer ein warmes Plätzchen haben im Haus und Herzen ihrer Tante, mochte sich Helga nun zu ihr stellen, wie sie wollte. Als sie in Frau Käthes Heim wieder ankamen, da war schon alles zum Empfang der Gäste bereit.

»Ihr müßt mit diesen Räumen vorliebnehmen; ich habe nämlich einen jungen Hausgenossen, einen Ingenieur, der hier eine Bahn baut. Der arme Mensch war im Dorfgasthof so primitiv untergebracht, daß ich das nicht mitansehen konnte. Ich habe ihm zwei Zimmer abgelassen, aber wir haben alle genug Platz«, erklärte Tante Käthe.

»Sorge dich nicht, Käthe, wir siedeln ja doch bald nach Schloß Santen über«, erwiderte Klaus Ruthart.

»Nun, ja ich werde mich wohl darein fügen müssen. Wenn Helga und Gonda einander nahekommen sollen, müssen sie zusammen sein. Und du, Klaus, wohnst am besten auch im Schloß, wenn du die Geschäfte übernimmst. Aber ein paar Tage mußt du mir Gonda lassen, Helga kann sich dann erst an den Gedanken gewöhnen, daß sie eine Schwester hat. Und daß ich euch jeden Tag ein paar Stunden für mich haben muß, das ist selbstverständlich. Also, nun kommt hinauf in eure Zimmer, damit ihr euch ein bißchen erfrischen könnt. In einer halben Stunde essen wir.«

Als sie dann dreißig Minuten später wieder im Wohnzimmer beisammen saßen, erschien Doktor Leyden, der von seiner Arbeitsstätte herübergekommen war und sich schnell umgezogen hatte.

»Herr Doktor, kommen Sie schnell, sehen und staunen Sie, was ich für Besuch bekommen habe. Raten Sie einmal, wer das ist?« rief ihm Frau Käthe temperamentvoll entgegen.

Mit einem Lächeln verbeugte sich Hans Leyden erst vor ihr und küßte ihre Hand.

»Das kann ich Ihnen ganz genau sagen, verehrte, gnädige Frau«, antwortete er mit einem beziehungsvollen Lächeln zu Klaus Ruthart hin, »dieser Herr ist Ihr Bruder, und diese junge Dame ist seine Tochter Gonda.«

Sie sah ihn eine Weile sprachlos an. Dann betrachtete sie ihren Bruder und ihre Nichte kopfschüttelnd.

»An der Nase konnten Sie das meinem Besuch doch nicht ansehen. Nun möchte ich nur wissen, wie Sie das herausgefunden haben. Hat mein Mädchen etwa geschwatzt?«

»Sie sollten mich zu gut kennen, gnädige Frau, als daß Sie mir zutrauen dürften, daß ich meine Informationen von ihr hole. Ich will Ihnen nun schnell das Rätsel lösen, daß Sie sich nicht weiter den Kopfzerbrechen müssen. Ich darf doch jetzt sprechen. Herr Ruthart?«

»Gewiß, Herr Doktor!« erwiderte Klaus Ruthart lächelnd.

»Jetzt weißt du auch schon, wie mein Gast heißt, Klaus?«

»Wir haben nämlich im Eisenbahnzug Bekanntschaft geschlossen, nachdem wir uns schon in Hamburg im Hotel getroffen hatten. Mein Gepäckträger war ein sehr genialer Mensch, er brachte meinen Koffer, als ich gerade in letzter Minute zum Zug kam, in das Gepäcknetz des Abteils, in dem die Herrschaften bereits Platz genommen hatten.«

»Und davon haben Sie mir kein Wort gesagt?«

»Strenger Befehl, gnädige Frau. Ich hatte mich zum Schweigen verpflichtet.«

»Na, nun verstehe ich wenigstens, ich glaubte schon, Sie seien Hellseher geworden. Habe ich nicht eine reizende Nichte bekommen?«

Hans Leyden sah mit seinen grauen Augen lächelnd zu Gonda hinüber.

»Ich kann Ihre Freude und Ihr Entzücken vollauf verstehen! Aber ich wollte die Herrschaften nur schnell begrüßen, nun will ich nicht länger stören. Ich werde heute in meinem Zimmer speisen.«

»Davon kann gar keine Rede sein, Herr Doktor! Wenn es Sie nicht stört, daß ich zuweilen meinem stürmischen Entzücken über meine neue Nichte Luft mache, dann können Sie ruhig mit uns essen, nicht wahr, Klaus?«

»Es ist selbstverständlich, daß wir Sie in Ihren Gewohnheiten nicht stören werden, Herr Doktor.«

»Es ist mir freilich zur lieben Gewohnheit geworden, mit Frau Laßwitz zusammen zu speisen, daß ich schwach genug bin, mich halten zu lassen. Es ist sehr großmütig von Ihnen, daß Sie mich nicht fortschicken.«

»Nun ja, Herr Doktor, so großmütig sind wir nun mal. Sie haben sich lange genug mit meiner Gesellschaft begnügen müssen, nun sollen Sie auch an der meiner Verwandten teilnehmen.«

»Das ist wirklich großartig, aber ich muß energisch dagegen protestieren, daß Sie sagen, ich habe mich begnügen müssen. Es kann sich jeder Mensch glücklich preisen, der Ihre liebenswürdige Gesellschaft genießen darf.«

»Höre dir das an, Gonda, solche Komplimente machen junge Herren in Deutschland ehrwürdigen alten Tanten. Da kannst du dir ausrechnen, was dann für junge Damen herauskommt. Du kannst dich auf allerhand gefaßt machen«, scherzte Frau Käthe.

»O Tante Käthe, du bist eine sehr junge und hübsche Tante, und Doktor Leyden hat ganz recht, jeder kann sich glücklich schätzen, der deine Gesellschaft genießen darf. Ich bin jedenfalls sehr glücklich darüber.«

Frau Käthe küßte Gonda lachend auf den Mund.

»Liebste Gonda, ich bin in deiner Gesellschaft auch sehr glücklich!«

Doktor Leyden fand, daß er noch viel glücklicher sein konnte, da er nicht nur Frau Käthes, sondern auch Gondas Gesellschaft genießen konnte, ganz abgesehen von der Klaus Rutharts, die auch nicht zu verachten war.

Man ging zu Tisch hinüber in das schöne altdeutsche Speisezimmer, wo die Tafel heute besonders festlich gedeckt war. Es stand auch Sekt im Eiskübel bereit.

»Heute geht es hoch her, Herr Doktor, heute ärgere ich Sie nicht mit meinem sauren Mosel, denn heute ist ein Festtag für mich«, erzählte Frau Käthe lachend.

»Ich preise mich glücklich, daß ich daran teilnehmen

darf, gnädige Frau, und weiß nicht, womit ich das verdient habe.«

»Nun, nehmen wir an, dadurch, daß Sie mir nicht verraten haben, daß ich eine so reizende Nichte besitze.«

Lachend nahmen sie Platz. Es herrschte eine sehr angeregte Unterhaltung bei Tisch. Hans Leyden lauschte mit Entzücken Gondas warmem, klarem Lachen. Sie sprühte vor Übermut und Lebenslust. Gegen seine Gewohnheit ging er heute sehr unpünktlich zu seiner Arbeit zurück, am liebsten wäre er überhaupt nicht wieder fortgegangen. Aber er tröstete sich damit, daß Gonda Ruthart jetzt einige Tage mit ihm unter einem Dach wohnen würde, er konnte sie also mittags und abends zu sehen bekommen. Das löste ein Gefühl heißer Freude in ihm aus. Sie würde ja überhaupt jetzt in seiner Nähe bleiben; auch wenn sie nach Schloß Santen übersiedelte, konnte er sie doch zuweilen sehen. Welch großer Gewinn für ihn, daß er diese beiden Menschen hatte kennenlernen dürfen!

Gleich nachdem Dr. Leyden sich verabschiedet hatte, machte sich Klaus Ruthart auf den Weg nach Schloß Santen. Seine Schwester ließ ihr Auto für ihn vorfahren und fragte an, ob er sich telefonisch bei Helga anmelden wollte. Er schüttelte den Kopf.

»Nein, Käthe! Sie weiß, daß ich in diesen Tagen komme, aber ich möchte vor ihr stehen, ohne daß sie sich vorher zurechtlegen kann, mit was für herkömmlichen Worten sie mich begrüßen soll. Vielleicht gelingt es mir durch Überraschung, sie ein wenig aus ihrer Zurückhaltung herauszulocken.«

Käthe Laßwitz sah dem Bruder mit mitleidigen Blicken nach, als er davonfuhr.

Er wird eine Enttäuschung erleben, dachte sie.

Aber sie schüttelte dies Gefühl von sich ab. Jetzt wußte sie ja einen herrlichen Trost für ihn, er hatte Gonda. Die würde ihn für alles entschädigen.

Sie zog Gonda mit sich in ihren kleinen Salon, und nun ging es wieder munter ans Fragen und Berichten. So viel hatten sie sich noch immer zu erzählen, der Stoff ging ihnen nicht aus. Zwischendurch führte Tante Käthe Gonda durch das ganze Haus, das von unten bis oben reizend eingerichtet war. Gonda bewunderte die schönen, geschmackvoll ausgestatteten Räume.

»Wunderschön ist dein Haus ausgestattet, Tante Käthe.«

Diese schob ihre Hand in Gondas Arm.

»Ja, siehst du, Gonda, ich bin doch noch nicht alt genug, um ohne Wünsche zu sein. Da mir das Leben nach dem Tod meines geliebten Mannes nichts anderes mehr zu bieten hatte, wollte ich wenigstens ein hübsches idyllisches Heim inmitten einer schönen Landschaft haben. Und hier hoffte ich doch auch Helga näherzukommen, wenn ich in ihrer Nähe lebte.«

»Und ist dir das gelungen?«

Käthe Laßwitz seufzte ein wenig und drückte Gonda erst wieder einmal an ihr liebevolles Herz, bevor sie erwiderte:

»Ach, weißt du, Gonda, mit Helga ist das eine schwierige Sache. Sie hat so unbedingt unter dem Einfluß ihrer Großmutter gelebt, daß ein anderer Mensch gar nicht auf sie einwirken konnte. Die alte Dame war in dieser Beziehung unklug und hat Helga zu einer sehr egoistischen, eigenwilligen Person erzogen. Jeder Wunsch wurde ihr erfüllt, noch ehe er ausgesprochen war. Die Großmutter brachte ihr die Meinung bei, daß ihre ganze Umgebung ihr tributpflichtig sei. Einen noch größeren Fehler hat die alte Dame dadurch gemacht, daß sie in Helgas Herz systematisch jedes warme Gefühl für andere Menschen erstickte, vor allem gegen ihren Vater. Dadurch hat sie nur erreicht, daß Helga nicht einmal sie selbst so recht von Herzen lieben konnte. Alles das wurde aus dem Haß geboren, den Frau von Santen gegen deinen Vater hegte, nur, weil er ihre Tochter nicht so lieben konnte, wie diese das verlangte. Dabei war sie selber schuld, daß Ellen niemand lieben konnte, denn auch sie hatte sie ganz verkehrt erzogen und einen kleinen Gewaltmenschen aus ihr gemacht. Ich will ja nichts gegen Tote sagen, aber Ellen sowohl als ihre Tochter Helga wären viel glücklichere, bessere und liebenswertere Menschen geworden, wenn die alte Frau von Santen sich nicht so sehr in ihrer Erziehung vergriffen hätte.«

»Wie sehr ist dann Helga zu bedauern, Tante Käthe! Ich will nicht nachlassen, sie zu lieben und sie zu lehren, wie liebenswert unser Vater ist. Sie muß das eines Tages einsehen, zumal ihre Großmutter jetzt nicht mehr auf sie einwirken kann.«

Zärtlich sah Frau Käthe Gonda an und drückte ihren Arm an sich.

»Du – ja du bringst vielleicht dies Kunststück fertig. Wir wollen es hoffen. Aber wappne dich mit Geduld, von heute auf morgen wird das unmöglich sein.«

»Um so schöner, wenn es dann doch gelingt. Ich möchte es Vater zuliebe gern fertigbringen. Und ich bin sehr ausdauernd. Die arme Helga ist ja unschuldig daran, daß sie falsch erzogen wurde. Sie mußte Vater und Mutter entbehren. Sieh, ich bin auch verwöhnt worden, aber auf andere Art. Meine Eltern haben mich immer fühlen lassen, wie lieb sie mich hatten, aber sie haben mir auch die Erkenntnis beigebracht, daß man gut und liebevoll sein muß, wenn man sich Liebe erringen will. Meine Mutter war eine so wundervolle Frau, oh, wie haben wir sie geliebt, Vater und ich! Als sie starb, hatte sie nur die eine große Sorge, daß sie uns damit weh tun mußte. Nie hat sie egoistisch an sich gedacht, nie für sich etwas vom Schicksal erfleht, immer nur sollte alles Gute, Schöne und Liebe uns gehören, Vater und mir. Und durch ihr Beispiel sind auch wir zu allem Guten bereit gewesen. Wie haben wir miteinander gewetteifert, wer dem anderen mehr zuliebe tun durfte! Das alles hat Helga nie kennengelernt. Vaters Liebe gehörte solange ungeteilt mir, er hat mir selbst gesagt, daß er Helga nicht so lieben konnte, wie er mich geliebt hat. Glaubst du nicht, daß er Helgas Herz trotz allem gewonnen hätte, wenn er sie nur so recht von Herzen geliebt haben würde?«

Frau Käthe hatte fast andächtig zugehört. Sie freute sich, daß ihr Bruder ein so inniges Familienleben geführt hatte. Und ganz gerührt war sie über Gondas Gerechtigkeitswillen der Schwester gegenüber. Sie küßte sie auf die Augen.

»Du liebes Kind! Du hast ja so recht, man muß das auch von dieser Seite ansehen, wenn man nicht ungerecht sein will. Ich sage es ja, wenn es jemand gelingt, Helga aufzutauen, dann nur dir. Und deshalb will ich dich auch nicht, wie ich gern möchte, bei mir festhalten. Ihr müßt euch räumlich nahe sein, damit du auf Helga einwirken kannst. Ich bin nur sehr gespannt, wie Helga es aufnehmen wird, daß sie eine Schwester und daß sich dein Vater zum zweitenmal verheiratet hat. So leicht wird ihr das nicht eingehen. Dazu hat sie zu oft mit anhören müssen, wie ihre Großmutter darauf bestanden hat, daß dein Vater nicht wieder heiraten dürfe.«

Gonda seufzte tief. »Es war ein schweres Unrecht, daß man Vater zu diesem Versprechen zwang. Wie konnte man ihn zu einer solchen Herzenseinsamkeit verdammen, das war doch sehr grausam, zumal er seine erste Frau nicht geliebt hat, nicht wahr, Tante Käthe?«

»Das ist meine Meinung auch, und ich bin sehr froh, daß er sich darüber hinweggesetzt hat. Er hat sich damals nur für die Familie geopfert, als er in die Heirat mit Ellen willigte. Und Frau von Santen wußte das, und eben darum haßte sie ihn. Sie konnte nicht verstehen, daß ein Mann, für den sich ihre vergötterte Tochter so brennend interessierte, sie nicht lieben konnte. Aber nun wollen wir uns damit das Herz nicht mehr beschweren. Gottlob, daß dein Vater in deiner lieben Mutter sein Glück gefunden hat. Jetzt erzähle mir noch ein wenig von Dahomy. Ich bin bisher immer nur auf das angewiesen gewesen, was dein Vater mir berichtet hat, und Männer sind fast alle schlechte Schilderer.«

»Vater hatte auch sehr wenig Zeit, Tante Käthe. Hätte ich gewußt, daß ich eine so liebe Tante habe, dann hätte ich dir gern ausführliche Briefe geschrieben. Ich tue es gern. Jetzt werde ich meinem Freund Georg Strasser lange ausführliche Briefe schreiben über alles, was ich hier erlebe.«

Forschend sah Frau Käthe in Gondas Augen.

»Dein Freund Georg Strasser? Wer ist das?«

Gonda erzählte, und die Tante hörte aufmerksam zu.

»Also, ein Jugendfreund von dir?«

»Ja, mein bester, einziger Freund, dem die Trennung von uns sehr schwer geworden ist. Wir haben uns so gut verstanden, waren wie Bruder und Schwester miteinander aufgewachsen. Meine Mutter war doch als seine Erzieherin nach Sumatra gegangen.«

Und wieder gab es viel zu erzählen, aber Tante Käthe fühlte bald heraus, daß dieser Georg wirklich nur ein guter Freund von Gonda gewesen war. Daß hinter dieser Jugendfreundschaft kein anderes Gefühl verborgen lag, wenigstens von Gondas Seite nicht, fühlte die erfahrene Frau deutlich.

Sie merkte überhaupt, wie fremd und unerfahren Gonda noch allen Dingen gegenüberstand, die mit Liebe zusammenhingen, und wunderte sich über ihre Unschuld und Unerfahrenheit, die sie bei der sonstigen Lebensklugheit und Lebenskenntnis der Nichte um so erstaunlicher fand.

Aber noch mehr staunte sie, mit was für einem sicheren Taktgefühl Gonda sich in die für sie fremden Verhältnisse fügte, wie freimütig sie fragte, ob sie etwas falsch gemacht habe, wenn nur ein leises Zucken im Gesicht der Tante ahnen ließ, daß sie einen Fehler gemacht hatte. Sie bat dann ruhig und lieb, daß sie ihr sagen möge, wie es richtig gemacht werden müsse. Im ganzen hatte sie eine sehr sichere Art, sich zu benehmen, und kleine Fehler wirkten mehr reizvoll als störend.

Tante Käthe war jedenfalls begeistert von ihrer neuen Nichte. Und daß Gonda schön war, erfüllte sie mit Stolz. Helga war nichts weniger als schön, war auch leider nicht liebenswert, aber Gonda war beides in hohem Maße. Und dabei war sie so bescheiden, während Helga stolz und hochmütig und sehr selbstbewußt war. Das war eine schlimme Mischung für ein junges Mädchen. Das konnte auch nicht dadurch ausgeglichen werden, daß Helga eine reiche Erbin war. Wie sehr verschieden waren die beiden Schwestern! Tante Käthe konnte nicht anders, sie mußte ihr liebevolles Herz ohne jeden Rückhalt der schönen und guten Nichte schenken. Nur für den Bruder blieb noch in diesem guten Herzen der angestammte Platz, von dem ihn nichts und niemand vertreiben konnte.

Wen Frau Käthe Laßwitz einmal in ihr Herz geschlossen hatte, der blieb darin für alle Zeit.

8

Klaus Ruthart war inzwischen nach Schloß Santen gefahren. Vom Hause seiner Schwester konnte man es nicht liegen sehen, es lag ein Stück Wald dazwischen. In der Ferne sah Ruthart die Arbeiter, die bei dem Bahnbau beschäftigt waren, und er glaubte unter ihnen die Gestalt Doktor Leydens zu erkennen. Dieser hatte seine volle Sympathie erworben, und er freute sich dieser Bekanntschaft. Dann fuhr er durch den schönen, dichten Wald, der im ersten jungen Frühlingsgrün prangte. Lang entbehrter deutscher Wald! Er sog die Luft mit vollen Lungen ein, und ihm war, als ströme neue Kraft durch seine

Adern. Wie gut und herrlich, daß er wieder würzige Waldesluft atmen konnte.

Er lehnte sich im Wagen zurück und überlegte nun, wie er seiner Tochter Helga gegenübertreten, wie er ihr sagen sollte, daß er sich zum zweitenmal verheiratet und ihr eine neunzehnjährige Schwester mitgebracht habe. Wenn er sich daran erinnerte, wie stolz und selbstbewußt Helga ihm schon als kaum siebzehnjähriges Mädchen gegenübergetreten war, dann konnte er sich ungefähr ausmalen, wie sie ihm heute, als Einundzwanzigjährige, begegnen würde. Je weiter er fuhr, desto deutlicher überfielen ihn Erinnerungen an die Jahre, die er hier mit seiner ersten Frau verlebt hatte. Unerfreuliche, quälende Erinnerungen waren das jetzt noch. Wie sehr war er gedemütigt worden von seiner Frau und seiner Schwiegermutter! Er richtete sich auf, als müsse er eine schwere Last von sich werfen. Nicht mehr daran denken, das war alles vorbei, war lange vergessen. Gondas Mutter hatte alles gutgemacht, hatte ihn entschädigt für diese qualvolle Zeit, für alles, was er erdulden mußte.

Jetzt fuhr der Wagen aus dem Wald heraus, und nun lag Schloß Santen vor seinen Augen, ein stolzes, malerisches Gebäude auf einer kleinen Anhöhe. Es wirkte sehr stattlich mit dem großen, viereckigen Mittelturm und den vier kleinen Ecktürmen, von denen jeder eine andere Form hatte. Eine breite Terrasse lag vor der Hauptfront des Schlosses, und von dieser Terrasse führte eine breite Sandsteintreppe mit sehr flachen Stufen bis an den allmählich abfallenden Abhang heran. Der Fahrweg zum Schloß stieg seitlich empor. Schnell hatte das Auto die Steigung genommen und hielt vor dem Portal an der

Seite, das durch mächtige Säulen gestützt wurde. Über dem Portal war das Wappen der Santens in Sandstein gehauen. Zwei gekreuzte Schwerter über einer aufrecht stehenden Rose. Die Santens hatten es verstanden, ihren Reichtum zusammenzuhalten, hatten ihn freilich auch verschiedentlich durch reiche Heiraten mit bürgerlichen Frauen vergrößert, wobei auch ihr Blut aufgefrischt worden war. Und so war auch das Blut tüchtiger Kaufleute mit dem adeligen Blut der Santens gemischt worden und hatte dafür gesorgt, daß der Besitz nicht verpraßt und verschleudert, sondern klug zusammengehalten wurde.

Klaus Ruthart war gern bereit, seiner Schwiegermutter Gerechtigkeit widerfahren zu lassen, eine tüchtige Wirtschafterin war sie allezeit gewesen.

Ein Diener in schlichter, aber vornehmer Livree stand auf dem Podest unter dem Portal. Er kam schnell herunter an den Wagenschlag.

»Ist Fräulein Ruthart zu sprechen?« fragte Klaus Ruthart aussteigend.

Der Diener verneigte sich.

»Wen darf ich dem gnädigen Fräulein melden?« fragte er sehr förmlich.

Klaus Ruthart musterte ihn belustigt.

»Kennen Sie mich nicht mehr, Franz? Ich kenne Sie noch sehr genau«, sagte er ruhig.

Darauf geruhte dieser stolze Diener seiner ebenso stolzen verstorbenen Herrin, ihn zu erkennen. Er wußte ganz genau, daß dieser Herr Ruthart, obwohl er der Vater vom gnädigen Fräulein war, nicht die geringste Geltung in Schloß Santen gehabt hatte, denn Frau von Santen hatte nicht einmal der Dienerschaft gegenüber ein Hehl daraus gemacht, daß sie ihren Schwiegersohn verachtete.

»Ah, wenn ich nicht irre, Herr Ruthart«, sagte Franz, vornehm lispelnd.

Klaus Ruthart sah ihn scharf an.

»Sie irren nicht, Verehrtester. Also vorwärts, melden Sie mich meiner Tochter oder sagen Sie mir, wo ich sie finde.«

Dieser herrische Ton, den Klaus Ruthart sonst nie für Untergebene hatte, erschien ihm hier notwendig, und er hatte auch den Erfolg, daß Franz eine einladende Handbewegung machte und fragte:

»Wollen Sie nicht eintreten, Herr Ruthart – Verzeihung, gnädiger Herr!«

»Natürlich will ich eintreten, also los, tun Sie, was Ihres Amtes ist, und halten Sie mich nicht lange auf.«

Der Diener beeilte sich nun wirklich, ihn anzumelden. Klaus Ruthart stieg die Treppe hinauf und betrat die große Vorhalle des Schlosses. Wie im Frost schauerte er zusammen in dieser kalten, nüchternen Halle, die er mit ihren dicken, steinernen Trägern und den klosterähnlichen Wölbungen der Decke nie geliebt hatte. Es war alles grau in grau gehalten, keine Farbe milderte diese nüchterne Eintönigkeit, kein Teppich lag auf den großen Steinquadern des Fußbodens. Nur um den riesigen Kamin in der einen Ecke stand eine Gruppe lederbezogener Sitzmöbel um einen schweren runden Tisch.

Langsam legte Klaus Ruthart Hut und Mantel ab, auf die Hilfe des Dieners verzichtend. Dieser kam nach einer Weile zurück, wieder bedeutend vornehmer und förmlicher, da er aus der Haltung der jungen Schloßherrin seine Schlüsse gezogen hatte.

»Das gnädige Fräulein lassen bitten!«

Es zuckte um Klaus Rutharts Mund. Das gnädige Fräulein lassen bitten? Sie erwartete ihn in ihrem Salon wie einen fremden Besuch. Es fiel ihr nicht ein, dem Vater entgegenzukommen.

Er sah den Diener mit einem durchbohrenden Blick an, worauf dieser doch wieder etwas höflicher wurde. Er führte ihn nun durch einige Räume, die Klaus Ruthart alle sehr bekannt waren. Dann öffnete er ihm eine Tür, durch die er ihn eintreten ließ. Ein mäßig großer Raum mit schwarzgebeizten Eichenmöbeln, die mit purpurrotem Samt bezogen waren, an den Fenstern und Türen purpurne Samtvorhänge, nahm ihn auf. In diesem Raum saß eine schlanke junge Dame im schwarzen Kleid in einem der hohen Prunksessel aus der flämischen Barockzeit. Sie legte ein Buch beiseite, in dem sie gelesen hatte, und erhob sich, um dem Vater einige Schritte entgegenzugehen. Er sah, daß sie überschlank und noch größer geworden war. Gemessenen Schrittes trat sie auf ihn zu und reichte ihm eine schlanke, weiße, wohlgepflegte Hand, die aus dem Spitzengeriesel ihres Kleides hervorkam.

»Guten Tag, Papa, du kommst nun doch unerwartet. Sei herzlich willkommen!«

Er ergriff ihre Hand und hielt sie mit warmem Druck fest.

»Wirklich herzlich willkommen, Helga?«

Sie richtete sich zu ihrer ganzen Höhe empor.

»Wie kannst du fragen!«

»Nun, mein Kind, zu dieser Frage bin ich leider berechtigt, aber lassen wir das. Ich bin gekommen, um dir zu helfen, habe sofort mein Dahomy verkauft, als ich hörte, daß deine Großmutter gestorben ist und du der Bewirtschaftung deines Besitzes hilflos gegenüberstehst. Da bin ich und frage dich: Willst du, daß ich dir helfen soll?«

Sie hatte ihre Hand zurückgezogen und deutete mit der Geste der ganz großen Dame auf einen Sessel, der dem ihren gegenüberstand.

»Bitte, nimm Platz, Papa, ich freue mich wirklich, dich nach so langer Zeit wiederzusehen. Und ob ich will, daß du mir helfen sollst? Ja, Papa, ich gestehe ganz offen, daß ich durch Großmamas Tod in eine sehr bedrängte Lage gekommen bin. Sie war so tüchtig, hatte alle Fäden in der Hand und stellte jeden Diener und jeden Beamten an seinen Platz. Sie war nie zuvor krank, alles lief wie von selbst, aber seit sie gestorben ist, weiß kein Mensch mehr, was er tun soll. Auch der Verwalter weiß keinen Rat, aus Gewohnheit lief ja alles noch ein Weilchen weiter, aber nun ist es höchste Zeit, daß wieder jemand die Zügel in die Hand nimmt, und ich bin sehr froh, daß du es tun willst.«

Er sah ihr mit einem guten Blick in die Augen.

»Sei unbesorgt, es soll schnell geregelt werden. Es freut mich, daß ich dir mit meinen Erfahrungen behilflich sein kann. Unverzüglich werde ich die Zügel in die Hand nehmen, die deiner Großmutter so plötzlich entfallen sind. Sie starb, wie ich hörte, ganz unerwartet?«

»Ja, an einem Schlaganfall. Deshalb konnte sie auch gar keine Anordnungen treffen. Ihr Testament, das schon vor Jahren gemacht wurde, setzt mich als ihre unumschränkte Erbin ein, aber, wie gesagt, ich verstehe nichts von Geschäften.«

Klaus Ruthart mußte denken, daß seine Schwiegermutter, wenn sie vor ihrem Tod Zeit dazu gehabt hätte, sicher angeordnet haben würde, daß er nicht das Recht haben solle, die Geschäfte auf Santen zu führen. Aber er sprach nicht darüber, und dieser Gedanke durfte ihn auch nicht beirren, seiner Tochter nach besten Kräften beizustehen. Er war hier, um seine Pflicht zu tun.

»Du kannst beruhigt sein, ich werde von morgen ab die Geschäfte für dich führen, und ich hoffe, du wirst mit meiner Vertretung zufrieden sein. Ich werde morgen nach Schloß Santen übersiedeln.«

Sie sah ihn fragend an.

»Warum morgen erst? Bleibst du nicht gleich hier?« fragte sie höflich.

»Ich bin vorläufig bei Tante Käthe abgestiegen.«

»Sie hat sich sicher sehr gefreut?«

»O ja, sie hat sich gefreut.«

Helga überhörte diese Betonung.

»Ist es dir nicht schwergefallen, Dahomy zu verkaufen und deinen Wirkungskreis dort aufzugeben?«

»Danach habe ich nicht gefragt, Helga, ich habe bisher so wenig für dich tun können, tun dürfen, daß mich danach verlangte, mich dir zur Verfügung zu stellen. Durch Zufall habe ich Dahomy sehr gut verkaufen können, und wenn du mich einmal nicht mehr brauchen wirst, ich meine, wenn du dich eines Tages verheiratest und dein Mann dann deine Geschäfte verwaltet, dann werde ich mir in Deutschland etwas Passendes kaufen. Du sollst das gleich wissen, damit du keine Angst zu haben brauchst, daß ich mich in Schloß Santen bis ans Ende meiner Tage festsetzen werde. Ich bin wirklich nur gekommen, um dir zu helfen, und werde verschwinden, wenn du mich nicht mehr brauchen kannst.«

Sie sah ihn etwas unsicher an. Das, was der Vater sagte, stimmte nicht zusammen mit dem Bild, das ihr die Großmutter von ihm gezeichnet hatte. Sein Verhalten erschien ihr großmütig und gar nicht berechnend. Und als einen berechnenden Menschen hatte die Großmutter ihn immer hingestellt ...

»Es ist doch selbstverständlich, daß dir Santen offensteht, solange du bleiben willst.«

In diesen Worten lag aber kein Hauch von Wärme, nur kalte Höflichkeit. Er fühlte das, war aber gerecht genug, sich zu sagen, daß dies junge Geschöpf, obwohl es Blut von seinem Blut war, nach der Lage der Dinge nicht anders für ihn empfinden konnte.

»Dann wäre also dieser Teil unserer Unterredung beendet. Nun muß ich dir aber eine Eröffnung machen, die ich aus Rücksicht auf deine Großmutter bisher unterlassen habe. Ich – komme nicht allein.«

Sie gab sich einen kleinen Ruck und sah ihn mit großen, forschenden Augen an. Es waren blaßblaue, kalte Augen, sie wirkten um so heller im Gegensatz zu dem dunkelbraunen Haar, das sich, der Mode entsprechend, in einer Art Pagenfrisur um den feinen Kopf schmiegte. Ihre Züge waren unregelmäßig und reizlos. Sie hatte einen ziemlich großen, geradlinigen Mund, einen farblosen Teint, aber sehr schöne Zähne, die beim Sprechen zu sehen waren. Alles in allem keine schöne, aber eine sehr vornehm wirkende, stolze Erscheinung – sehr elegant und gewählt auch in der Kleidung. Wenn der Mangel an Schönheit durch Wärme und Liebenswürdigkeit ausgeglichen worden wäre, hätte sie immerhin sympathisch wirken können.

»Du hast vermutlich deine Dienerschaft mitgebracht. Hoffentlich keine Malaien.«

Er schüttelte den Kopf.

»Nein, meine Diener sind alle in ihrer Heimat geblieben, ich hatte nicht den Mut, den einen oder anderen, den ich gern behalten hätte, in fremden Boden zu verpflanzen. Wenn ich sage, ich komme nicht allein, so soll das heißen, daß eine Person in meiner Begleitung ist, die zu mir gehört.«

Mit einem kalten, unruhigen Forschen sah sie ihm in die Augen.

»Wie soll ich das verstehen, Papa?«

»Kurz heraus, Helga, ich muß dir heute mitteilen, daß ich mich zum zweitenmal verheiratet habe.«

Sie fuhr empor und stand kerzengerade vor ihm. Ihre Miene drückte eisige Abwehr aus.

»Das konntest du tun? Trotzdem du meiner sterbenden Mutter dein Wort gabst, nicht wieder zu heiraten?«

Er blieb ruhig sitzen und sah zu ihr auf.

»Rege dich nicht unnötig auf und nimm ruhig wieder Platz. Deiner sterbenden Mutter gab ich mein Wort nicht; als ich ihr versprach, nicht wieder zu heiraten, war sie noch ganz gesund und munter. Aber wir erwarteten dich, und in solcher Zeit sind alle Frauen etwas nervös und gereizt. Deine Mutter verlangte wieder und wieder dieses Versprechen, ohne daß ich es ihr gegeben hätte, weil ich gar nicht daran dachte, daß sie sterben könne. Als sie mich wieder einmal damit quälte und deine Großmutter dazukam, wie sie weinend und schmollend dies Versprechen von mir verlangte, sagte deine Großmutter, dies Versprechen könne ich meiner Frau doch wenigstens geben, damit sie vor Aufregung nicht krank werde. Nun gut, ich gab also, gezwungenermaßen, dies Versprechen, das ich aber nie für bindend angesehen habe. Ich konnte nicht an ihren Tod glauben und gab dies Versprechen nur, um sie zu beruhigen.«

»Ein Mann von Ehre hält sein Wort unter allen Umständen«, sagte Helga scharf und schneidend.

»Ich halte mich, trotzdem ich mich wieder verheiratet habe, für einen Mann von Ehre und rate keinem, daran zu zweifeln. Ein solches erzwungenes Versprechen kann und darf nicht bindend sein. Ich gab es nicht freiwillig, man erzwang es von mir. Bedenke, daß ich damals ein Mann von noch nicht dreißig Jahren war, als deine Mutter starb. Es wäre Unnatur gewesen, hätte ich unverheiratet bleiben müssen.«

»Und warum verschwiegst du es vor Großmama und mir?«

»Ich habe es nicht nur euch beiden verschwiegen, sondern auch meinen Angehörigen, weil ich sie nicht in die Lage bringen wollte, vor euch etwas verbergen zu müssen. Und weshalb ich es deiner Großmutter und dir verschwieg? Weil ich sie schonen wollte. Sie hätte sich maßlos darüber aufgeregt.«

»Und mit Recht, Papa! Du hattest meine Mutter aus schnöder Berechnung geheiratet, also hättest du ihr wenigstens im Tod die Treue halten sollen.«

Er sprang plötzlich auf und trat dicht an sie heran. Seine Augen blitzten vor Zorn.

»So, so, das ist die Lesart, die dir beigebracht wurde, damit dir dein Vater nur recht verächtlich erscheinen soll? Nun, mein Kind, so gern ich die Toten schonen möchte, aber hier geht es um die Achtung meines Kindes. Da kann ich nicht schweigen, da muß die Wahrheit heraus. Nichts lag mir ferner als Berechnung, als ich deine Mutter fragte, ob sie meine Frau werden wollte. Hat man dir erzählt, daß ich sie kennenlernte, als ich ihr das Leben rettete?«

Sie sah etwas unsicher und betreten in sein flammendes Auge. »Nein!«

Er lachte rauh auf.

»Das konnte ich mir denken, so etwas hat deine Großmutter dir klugerweise vorenthalten, es hätte ja zu meinen Gunsten sprechen können. Also, ich hielt das durchgehende Reitpferd deiner Mutter auf, als es mit ihr in den Steinbruch hinabstürzen wollte. So lernte ich sie kennen. Und unglücklicherweise verliebte sich deine Mutter in mich. Als ich das merkte und ihr nicht begreiflich machen konnte, daß ich sie nicht wiederlieben könne, wollte ich auf Reisen gehen, damit sie mich vergessen sollte. Es kam nicht dazu. Sie hatte das von Tante Käthe erfahren und war nach Hause geeilt, um deiner Großmutter zu sagen, daß sie sterben müsse, wenn sie nicht meine Frau werden könne. Leider hörte ich von meinem Vater, als ich um Reiseurlaub bat, daß er dem Ruin nahestehe und daß er Frau von Santen um ein Darlehen gebeten habe, um den Zusammenbruch abwenden zu können. Als ich diese Unterredung mit meinem Vater hatte, kam deine Großmutter dazu. Und diese stolze Frau bat mich, von ihrer Mutterliebe bezwungen, ich möge ihre Tochter heiraten, da sie sonst sterben werde. Sie wollte dann auch meinem Vater das gewünschte Darlehen geben. Nicht aus schnöder Berechnung, sondern um eine Familie vor dem Ruin zu retten und um deiner Großmutter ihr vergöttertes Kind zu erhalten, willigte ich schließlich ein, um deine Mutter zu werben. Sie hat nie erfahren, daß ich sie nicht liebte. Aber deine Großmutter wußte es, und weil sie sich hatte vor mir demütigen müssen und weil ich ihr Kind nicht lieben konnte, deshalb haßte mich diese stolze Frau. Ich wußte, was sie dieser Schritt kostete, ich wußte, daß sie ihn nur aus Liebe zu ihrer Tochter getan hatte, und konnte sie verstehen, daß sie mich hassen mußte. Was ich in dieser Ehe gelitten habe – unter der eigenwilligen Liebe einer Frau, die ich nicht liebte, und unter dem vernichtenden Haß deiner Großmutter, das kannst du nicht verstehen. Ich will dich auch mit diesen Einzelheiten verschonen. Nur soviel, der Haß deiner Großmutter vergiftete mir jeden Atemzug, auch dann noch, oder dann erst recht, als meine Ehe durch den Tod deiner Mutter aufgelöst war. Als ich mich dann von der Fessel befreien konnte, die sie mir durch das Darlehen an meinen Vater übergestreift hatte, war sie sehr enttäuscht und es gefiel ihr gar nicht, daß ich mich vor diesem Haß nach Sumatra flüchten konnte. Aber sie hat mir aus Haß die Seele meines Kindes entfremdet. Und nun kannst du vielleicht verstehen, daß ich mich an das erzwungene Versprechen nicht gebunden hielt. Diese Heirat war eine erzwungene, und durch dies erpreßte Versprechen sollte ich für mein ganzes Leben einsam und glücklos gemacht werden. Und ich hatte doch nichts getan, um das zu verdienen. So, mein Kind, das ist die reine Wahrheit. So sieht in Wirklichkeit meine schnöde Berechnung aus. Es tut mir leid, daß ich dir das alles enthüllen mußte, aber wenn man mir auch dein Herz entfremdet hat, deine Achtung muß ich mir wenigstens zu erhalten suchen.«

Helga saß ihm eine Weile stumm gegenüber. Sie fühlte unwillkürlich, daß er die Wahrheit sprach, fühlte vielleicht zum erstenmal etwas in sich aufsteigen, das für ihren Vater sprach. Aber sie wehrte dies Gefühl von sich ab, weil eine dunkle Angst in ihr war, und dieser Angst gab sie endlich Worte:

»Du kannst aber doch unmöglich verlangen, daß ich deine zweite Frau in meinem Haus aufnehmen soll! Das kann ich nicht, niemals!«

»Nein Helga, das würde ich dir auch niemals zugemutet haben. Nicht meine Frau ist in meiner Begleitung – sie ist bereits vor zwei Jahren gestorben. Aber eine Schwester bringe ich dir, eine junge Schwester, die nur zwei Jahre jünger ist als du, und die auch erst seit einigen Wochen weiß, daß sie eine Schwester hat. Seit sie es aber weiß, sehnt sie sich voll Liebe nach dir, und ich hoffe, daß du sie wenigstens ohne Groll aufnehmen wirst.«

Helga war leise zusammengezuckt. Eine Schwester? Sie sollte eine Schwester haben? Eine Schwester, die sich nach ihr sehnte? Konnte das sein? Sie strich sich über die Stirn.

»Nun, das ist etwas anderes! Freilich, immerhin ist deine zweite Tochter das Kind einer anderen Frau, aber sie ist daran unschuldig. Sie – ja – sie soll mir willkommen sein. Wie du mir die Dinge geschildert hast, muß ich milder über deinen Wortbruch denken, ich – ich glaube dir.«

Er faßte ihre Hand und drückte sie warm.

»Das danke ich dir, Helga. Und sei überzeugt, trotz dieses Wortbruches bin ich stets ein Mann von Ehre gewesen. Kein vernünftiger Mensch würde dies Versprechen für bindend gehalten haben. Daß meine Tochter Gonda mit nach Schloß Santen kommt, wenn ich hier wohnen soll, ist selbstverständlich, sie muß bleiben, wo ich bleibe. Tante Käthe würde sie gern bei sich behalten, aber wie gesagt, wir bleiben zusammen. Willst du also, daß ich deine Geschäfte führe, so mußt du uns beide aufnehmen. Es ist aber selbstverständlich, daß wir, Gonda und ich, auf eigene Rechnung leben. Wenn ich dir auch Kost und Wohnung nicht bezahlen kann – dafür werde ich ja in deinem Interesse arbeiten –, so werde ich doch sonst alle anderen Ausgaben für Gonda und mich aus eigenen Mitteln bestreiten.«

Helga errötete. »Aber, lieber Papa, das sind doch Dinge, die wirklich nicht wichtig sind.«

»Mir sind sie wichtig, ich will meine Unabhängigkeit wahren.«

»Selbstverständlich werde ich nie Rechenschaft über die Geschäfte verlangen, die du für mich abschließest.«

»Trotzdem werde ich dir Rechenschaft ablegen, auf Heller und Pfennig, das ist selbstverständlich.«

Es zuckte in ihrem Gesicht. Sie sah ihn mit großen, ernsten Augen an.

»Ich – ich habe es vielleicht verdient, daß du das für nötig hältst. Wir wollen nicht mehr davon sprechen. Daß mir meine Schwester willkommen ist, brauche ich dir also nicht mehr zu versichern. Ich werde dich dann zu Tante Käthe begleiten, um Gonda selbst zu bitten, daß sie mit dir nach Schloß Santen übersiedelt. Was sollten denn auch die Leute dazu sagen, wenn sie nicht mit dir in meinem Hause wohnte?«

Er lächelte gutmütig überlegen.

»Nun, was die Leute denken, das soll mir wenig Kopfschmerzen machen. Aber ich freue mich sehr, daß du Gonda aufsuchen und in dein Haus bitten willst. Es wird ihr gutes Herz rühren. Sie wird dich sehr liebhaben wollen, darauf mache dich gefaßt.«

Helga lauschte dem Klang dieser Worte nach. Sie wird dich sehr liebhaben wollen? Was war nur in ihr aufgewacht, seit sie wußte, daß sie eine Schwester hatte?

So kalt und unnahbar, so stolz und hochmütig Helga Ruthart auch war, ein niedriger Charakter war sie trotzdem nicht. Und sie hatte schon seit einiger Zeit an sich bemerkt, daß man mit einem kalten, gefühllosen Herzen nicht glücklich sein kann. Oft hatte sie sich danach gesehnt, glücklich zu sein, und dieses Gefühl war in ihr aufgewacht, seit sie Doktor Hans Leyden kennengelernt hatte.

Sie hatte sich nicht Rechenschaft darüber gegeben, warum sie in letzter Zeit so oft freiwillig Tante Käthe besucht hatte, was sonst nie geschehen war. Tante Käthe irrte sich, wenn sie glaubte, daß Helga kam, weil sie nicht mehr unter dem Einfluß der Großmutter stand. Nein, einzig und allein deshalb, weil Doktor Leyden im Hause Tante Käthes wohnte, deshalb hatte sie so oft den Weg dahin gefunden. Und sie fühlte jetzt, was sie für Hans Leyden empfand, das konnte sie gut und weich machen, wenn – ja – wenn er ihre Gefühle erwiderte. Ach, wenn er das doch tun möchte, dann würde sie sich auch ihrer Schwester freuen können, dann würde sich manches in ihr lösen, was unter der Großmutter Einfluß ihr Herz verhärtet hatte. Und wenn er ahnte, was sie für ihn empfand, wenn er nur merken würde, daß die Erbin von Schloß Santen immer an ihn dachte, dann mußte er doch kommen und um ihre Hand anhalten.

Sie wäre vielleicht nicht so leicht dazu bereit gewesen, mit zu Tante Käthe zu gehen, wenn sie nicht gehofft hätte, Hans Leyden dort zu treffen.

Sie liebte ihn, so weit Helga Ruthart fähig war, zu lieben. Aber vielleicht war sie gar nicht so gefühlskalt, wie sie sich immer zeigte, vielleicht hatte sie nur noch niemand gefunden, der ihr Herz wärmen konnte. Denn sie hatte wirklich nicht einmal ihre Großmutter lieben können, trotzdem diese sie vergötterte. Die Großmutter hatte nur immer gegen alle Menschen Haß und Hochmut in ihr Herz gesät, weil sie niemand die Liebe ihrer Enkelin gegönnt hatte. Ganz allein wollte sie diese Liebe besitzen, deshalb säte sie Haß gegen alle, die ihr nahekommen konnten. Dadurch hatte sie Helgas Herz verkümmern lassen.

Aber die Liebe brach sich nun doch Bahn, die Liebe zu Hans Leyden. Und die hatte schon so viel heimliche Wärme in ihr Herz gezaubert, daß sie es auch ein wenig der fremden Schwester auftun, ja, daß sie es auch ein ganz klein wenig dem Vater öffnen wollte.

Ein leises Rot war in ihr sonst so blasses Gesicht gestiegen.

»Ich werde dich also gleich zu Tante Käthe begleiten, Papa.«

Klaus Ruthart war froh, wenigstens das erreicht zu haben, und in einem Aufwallen seines väterlichen Empfindens zog er Helga in seine Arme und küßte sie auf die Stirn. Er fühlte aber, daß sie sogleich in seinen Armen steif und leblos wurde; sie war Liebkosungen nicht gewöhnt, und es kam ein Ausdruck in ihr Gesicht, der ihm sagte, daß er noch weit davon entfernt war, von ihr als Vater voll anerkannt zu werden. So gab er sie schnell wieder frei, er sagte sich, daß er Geduld haben und sich ihre Liebe erst verdienen müsse.

Während Helga sich dann anzog und der Dienerschaft die nötigen Weisungen gab, erledigte Klaus Ruthart einige Telefongespräche im ehemaligen Arbeitszimmer seiner verstorbenen Schwiegermutter.

Er rief zuerst den Verwalter an und teilte ihm mit, daß er ihn am nächsten Morgen zu sprechen wünsche. Der Verwalter atmete erlöst auf. Er war eine ehrliche Haut, aber eben nur eine Maschine, die aufgezogen werden mußte.

Dann klingelte er seine Schwester an. Sie meldete sich selbst.

»Käthe, bist du da?«

»Ja, Klaus!«

»Also ich komme sofort mit Helga zu dir hinüber.«

»Oh, wirklich? Wie ist es gegangen, Klaus?«

Er lachte ein wenig.

»Erst ziemlich stürmisch, aber nun will Helga ihre Schwester kennenlernen und sie selbst bitten, in Schloß Santen zu wohnen.«

»Gottlob, das ist mehr, als ich erwartete. Offen gestanden, Klaus, ich fürchtete, daß es nicht gutgehen würde.«

»Nun, so sehr gut ging es auch nicht. Ich mußte mir erst sagen lassen, daß ein Mann sein Wort unter allen Umständen zu halten hat und daß ich ihre Mutter aus schnöder Berechnung geheiratet habe. Ich habe ihr einige Aufklärungen geben müssen, daß die Dinge doch etwas anders liegen, und nun ist vorläufig wenigstens oberflächlich der Friede wiederhergestellt. Man muß nicht zu viel auf einmal verlangen.«

»Armer Klaus! Aber du hast recht. Bei Helgas Charakter ist es schon sehr viel, daß sie kommen will, um Gonda als Schwester zu sich einzuladen. Alles übrige können wir aber, glaube ich, Gonda überlassen, ihr wird Helga so leicht nicht widerstehen.«

»Hoffen wir es, Käthe. Bitte, sage Gonda nur, daß die Schwester sie kennenlernen und einladen will. Das andere, was ihr gutes Herz belasten würde, verschweigen wir ihr. Einverstanden, Käthe?«

»Aber selbstverständlich, Klaus, ich werde ihr doch nicht weh tun. Auf Wiedersehen. Wie froh bin ich, daß es so leidlich abging.«

9

Frau Käthes Auto parkte vor dem Portal von Schloß Santen. Der Diener Franz betrachtete es mit ironischem Lächeln. Dieser Herr Ruthart mochte vielleicht denken, daß er sich jetzt, da die alte Gnädige tot war, hier würde festsetzen können. Daß daran nicht zu denken war, das hatte Franz aus der kühlen, förmlichen Haltung des gnädigen Fräuleins geschlossen. Jedoch nun wurde er grausam enttäuscht. Er hörte, daß der Vater für immer bleiben würde und daß ihm eine Reihe der besten Zimmer eingeräumt werden sollte. Und plötzlich befahl die junge

Herrin auch noch, daß andere Zimmer für eine »Schwester« bereitgehalten werden mußten. Der dünkelhafte Franz verwandelte sich mit Blitzesschnelle in einen sehr verblüfften und dann ebenso plötzlich in einen sehr dienstbeflissenen Diener, als Klaus Ruthart ihm ohne weiteres einige Weisungen in Gegenwart seiner Tochter erteilte.

Helga nahm mit ihrem Vater in Tante Käthes Auto Platz, und ihr Vater rief Franz zu, daß das Auto seiner Tochter zu einer gewissen Zeit vor das Landhaus von Frau Laßwitz hinüberkommen solle. Franz dienerte und blieb mit bestürztem Gesicht zurück, um dann unten im Dienstbotenzimmer den Überlegenen zu spielen, der alles wußte, obwohl er gar nichts erfahren hatte.

Vater und Tochter sprachen auf der Fahrt wenig zusammen. Helga war schon wieder in ihre alte Unnahbarkeit zurückgefallen, als schäme sie sich der guten Regung, die sie empfunden hatte. Ihr Vater ließ ihr Zeit, sie sollte nicht bedrängt werden, sich anders zu ihm einzustellen, es würde schon mit der Zeit besser werden. Er erwies ihr kleine, ritterliche Artigkeiten, und sie mußte sich im stillen eingestehen, daß ihr Vater doch eine Persönlichkeit war, die man nicht übersehen konnte.

Als der Wagen vor Tante Käthes Haus hielt, half er ihr artig aus dem Wagen, und sie hatte plötzlich das Gefühl, daß es doch ganz schön sei, einen Vater zu haben, unter dessen Schutz man sicher, ruhig und geborgen leben konnte.

Er führte sie ins Haus.

Gonda hatte neben Tante Käthe am Fenster gestanden und den Wagen kommen sehen. Lebhaft wollte sie hinauseilen, der Schwester entgegen, aber Tante Käthe hielt sie lachend fest.

»Halt, mein kleiner Wildfang, du willst doch nicht gleich in den Augen deiner stolzen, formvollendeten Schwester einen Verstoß begehen? Es würde sie verletzen, wenn du sie in Gegenwart der Dienerschaft begrüßen würdest.«

Gonda lachte unbefangen mit.

»Oh, Tante Käthe, was werde ich noch alles anrichten, was vor den strengen Augen meiner Schwester nicht bestehen wird! Wenn das Herz mit mir durchgeht, dann kann ich nicht erst lange überlegen, ob es auf die richtige Art geschieht. Aber ich danke dir, daß du mich zurückgehalten hast, ich möchte doch nicht gleich einen schlechten Eindruck auf Helga machen.«

Jetzt öffnete sich die Tür, und Helga trat mit ihrem Vater ein. Gonda sah mit großen Augen hinüber auf die schwarzgekleidete schlanke Gestalt, und sie fühlte, wie eine große Beklommenheit in ihr aufstieg. Unwillkürlich flüchtete sie sich in die Arme ihres Vaters.

»Lieber Vater!« rief sie ein wenig ängstlich.

Dieser küßte sie herzlich, nahm sie dann an beiden Schultern und schob sie vor Helga hin.

»Das ist deine Schwester Helga, mein Kind!«

Tapfer, aber mit vor Erregung feuchten Augen sah Gonda zu Helga empor, die etwas größer war als sie.

»Liebe, liebe Helga, darf ich dich umarmen?« fragte sie zaghaft.

Da ereignete sich etwas, was Helga noch nie geschehen war. Sie vergaß ihren Stolz, ihren Hochmut und ihre Herzenskälte. Die flehenden, feuchten Augen und die bebende, bittende Stimme rührten an ihr Herz, und sie umschlang Gonda mit beiden Armen, küßte sie und sah mit einem blassen, verlegenen Lächeln in ihre Augen.

»Ja, Gonda, umarme mich, ich will auch versuchen, dich liebzuhaben«, sagte sie, ein wenig über sich selbst erschreckend.

Gonda erwiderte den Kuß, dann sah sie halb lachend, halb weinend zu ihrem Vater hinüber.

»Oh, Vater, lieber Vater, nun habe ich wirklich eine Schwester! Wie will ich sie liebhaben!«

Und Helga mußte sich gefallen lassen, daß Gonda sie wieder stürmisch umarmte und küßte, so daß ihr Hut etwas verrutschte. Helga war ein wenig beklommen, ließ es sich aber ruhig gefallen und rückte dann nur an ihrem Hut, legte ihn aber schließlich ab, weil sie nicht wußte, ob Gonda sie noch einmal so stürmisch umhalsen würde.

Ihr war so wunderlich zumute, wie noch nie in ihrem Leben. Und um ihr Gleichgewicht wiederzufinden, begrüßte sie nun erst einmal Tante Käthe in ihrer sonstigen höflich förmlichen Art.

Man nahm Platz um den runden Tisch, und zunächst entstand nun eine kleine, verlegene Pause, die Frau Käthe damit beendete, daß sie sagte:

»Du bleibst doch zum Abendessen, Helga?«

Und zu ihrem freudigen Erstaunen sagte diese ohne weiteres zu. Tante Käthe ahnte freilich nicht, daß Helga nur deshalb zusagte, weil sie hoffte, Doktor Leyden bei Tisch zu sehen. Sie wußte ja, daß dieser seine Mahlzeiten im Hause der Tante einnahm. Helga fragte dann auch:

»Ist Doktor Leyden schon von Hamburg zurück?«

»Ja, schon gestern.«

Gonda war froh, einen Gesprächsstoff zu haben, und sagte schnell:

»Denke dir, Helga, Doktor Leyden hat zufällig im gleichen Hotel in Hamburg gewohnt wie wir, an einem Abend saß er im Speisesaal am Nebentisch, und wir ahnten doch nicht, daß er bei Tante Käthe wohnte. Und als wir dann im Zug saßen, stieg er zufällig in unser Abteil ein. Vater kam mit ihm ins Gespräch, als die beiden Herren im Gang Zigaretten rauchten, und dabei kam es dann heraus, daß er hier die Bahn baut und euch kennt. Da haben wir eifrig Erkundigungen eingezogen.«

Helga hörte das mit einer unliebsamen Überraschung. Plötzlich fiel ihr auf, daß Gonda ein sehr schönes Mädchen war. So eitel und selbstbewußt sie auch war, überkam sie doch sofort ein Gefühl der Eifersucht. War es wirklich nur Zufall gewesen, daß Doktor Leyden im selben Abteil Platz genommen hatte, oder hatte ihn ihre neue Schwester Gonda angezogen?

Diese eifersüchtige Regung verlöschte plötzlich alles, was in ihrem Herzen schüchtern für die Schwester aufgekeimt war. Das seltsam warme, wohlige Gefühl, das ihr Inneres unter Gondas Küssen und Umarmungen bewegt hatte, war verflogen, als sei es nie dagewesen. Wenn Gonda Doktor Leydens Wohlgefallen erregt hatte, dann – ja – dann würde sie sie hassen müssen! Leyden gehörte ihr, sie liebte ihn und wollte ihn besitzen. Er war der einzige Mensch, der in ihrem Innern Saiten anzuschlagen verstand. Und er durfte ihr nicht genommen werden! Sie hatte ihn früher gekannt als Gonda, er hatte ihr ritterliche Artigkeiten erwiesen, er durfte ihr nicht durch diese plötzlich aufgetauchte Schwester entfremdet werden.

Helga war so sehr gewöhnt, daß ihr jeder Wunsch erfüllt wurde und sie alles bekam, was sie haben wollte, so daß sie nun auch gleichsam schon Besitzerrechte an Doktor Leyden geltend machte, trotzdem er ihr durchaus nicht anders begegnet war als jeder anderen jungen Dame. Schon der Gedanke, Gonda könne Doktor Leydens Aufmerksamkeit auf sich gelenkt haben, erschien ihr wie eine Beeinträchtigung ihrer Rechte, so unsinnig das auch war. Für Helga Ruthart gab es andere Gesetze als für gewöhnliche Sterbliche, sie war so maßlos eitel und verwöhnt, daß sie annahm, jeder Mann müsse sich glücklich preisen, dem sie ihre Gunst schenken wollte. Diese törichte Ansicht – ein Erbteil ihrer Mutter – hatte die Großmutter noch genährt.

Mit kalten, kritischen Blicken beobachtete sie Gondas reizendes Gesicht.

»So, ihr habt Doktor Leyden auch nach mir gefragt?« forschte sie.

Gonda nickte, ahnungslos, was im Herzen der Schwester vorging. »Natürlich, das kannst du dir doch denken. Ich fragte ihn, nachdem er uns alles mögliche berichtet hatte, ob er dich leiden möge.«

Helga richtete sich empor und fragte anscheinend gleichgültig:

»Und was hat er dir auf diese Frage geantwortet?«

»Er sagte, du seiest eine sehr vornehme, elegante und stolze junge Dame, die viele Verehrer und Bewunderer habe.«

Eine leichte Röte überzog Helgas Gesicht. Aber sie fragte scheinbar ruhig und gleichmütig weiter:

»Ihr habt euch also gut mit ihm unterhalten?«

Gondas Augen strahlten. »Sehr gut! Er ist recht liebenswürdig. Ich mag ihn gut leiden.«

Helgas Miene wurde starr und eisig. Tante Käthe fürchtete, daß sie Gonda eine Zurechtweisung erteilen könne. Sie legte lächelnd den Arm um Gonda und sagte scherzend:

»Du, kleine Insulanerin, es ist nur gut, daß kein fremder Mensch zugegen ist. Eine junge Dame darf nicht so frei heraus sagen, daß sie einen jungen Herrn gut leiden mag.«

Erstaunt sah Gonda die Tante an.

»Ist das unrecht bei euch?«

»Es ist ein Verstoß gegen die guten Sitten«, erwiderte statt der Tante Helga mit scharfer Stimme.

Unter diesem harten Klang zuckte Gonda erschrocken zusammen.

»Oh, das habe ich nicht gewußt! Ich werde noch viel lernen müssen. Nie hätte ich geglaubt, daß es ein Verstoß gegen die guten Sitten sein könne, wenn man einen Menschen gut leiden mag oder ihn lieb gewinnt«, sagte sie sehr verzagt.

Frau Käthe streichelte sie.

»So schlimm ist es ja nicht, Gonda, es hat ja niemand außer uns zugehört. Du mußt dir keine Gedanken darüber machen.«

»Ihr müßt mir nur immer gleich sagen, wenn ich etwas nicht richtig mache. Ich werde mir alles ganz genau merken, und so etwas also nicht wieder sagen. Nicht wahr, Helga, du hilfst mir auch ein wenig, du mußt bedenken, daß ich in der Wildnis aufgewachsen bin. Dort gelten andere Gesetze und Sitten.«

Sie sah so rührend und reizend bei diesen Worten aus, daß Tante Käthe sie küssen mußte, Helga aber von neuem Eifersucht im Herzen aufsteigen fühlte.

Klaus Ruthart hatte stumm dabeigesessen. Nun sagte er ruhig und bestimmt: »Helga hat sich da ein wenig zu schroff ausgedrückt, Gonda, du brauchst keine Angst zu haben, daß du jemals wirklich einen Verstoß gegen die guten Sitten begehst, wenn du auch ein wenig lebhaft bist. Auch mir ist Doktor Leyden vom ersten Augenblick an sehr sympathisch gewesen, und ich muß wie Gonda sagen, ich mag ihn gut leiden. Aber vielleicht ist er dir unsympathisch, Helga, da du so scharf urteiltest?«

Helga schoß das Blut ins Gesicht.

»Nein, gewiß nicht! Ich habe Gonda nur gesagt, was ich für richtig finde. Eben, weil sie sich erst hier eingewöhnen muß, ist es nötig, daß man sie auf solche Verstöße aufmerksam macht.«

»Ich danke dir auch dafür, Helga, und bitte dich, das immer zu tun«, sage Gonda und faßte Helgas Hand mit warmem Druck.

»Ich fragte nur, ob er dir unsympathisch ist, Helga, weil er heute abend bei uns sein wird. Ich möchte dich nicht in Gesellschaft unsympathischer Menschen bringen. Es ist mir bekannt, wie peinlich man in Schloß Santen immer bezüglich des geselligen Umgangs war.«

»Da kannst du ganz ruhig sein, Papa. Doktor Leyden hat schon zu Großmamas Zeiten in Schloß Santen verkehrt. Sein Onkel hat einen Landsitz in der Nähe, und er hat schon Besuche bei uns gemacht, ehe ihm der Bahnbau übergeben wurde. Wenn er nicht gesellschaftlich ganz einwandfrei gewesen wäre, hätte ihn Großmama gewiß nicht empfangen. Auch Tante Käthe hätte ihn dann doch nicht bei sich aufgenommen.«

Es zuckte ein wenig um Klaus Rutharts Mund.

»Ich habe auch gar nicht in Zweifel gezogen, daß er gesellschaftlich einwandfrei ist. Daß er sogar Gnade vor den Augen deiner Großmutter gefunden hat, wird ihm hier alle Türen geöffnet haben.«

»Er kann es auch als eine große Auszeichnung betrachten, daß Großmama ihn empfangen hat«, erwiderte Helga mit dem ganzen ihr angezüchteten Hochmut.

Gonda hatte ein Gefühl, als friere sie bei den hochmütigen Worten ihrer Schwester. So gern wollte sie Helga lieben, wenn sie es ihr nur nicht gar so schwermachen würde ...

Die Unterhaltung schleppte sich nun eine Weile hin, trotzdem sich alle Mühe gaben, sie in Gang zu halten. Helga beobachtete die Schwester unentwegt mit eifersüchtigen Augen, noch ehe sie sicher wußte, ob sie Grund zur Eifersucht haben würde. Sie gab sich Mühe, allerlei an ihr auszusetzen zu finden, sagte sich aber, es sei jedenfalls gefährlich, Gonda hier im Hause zu lassen, wo sie so frei mit Hans Leyden verkehren konnte. Und, sich aufrichtend, sagte sie mitten in die Unterhaltung hinein: »Du begleitest Papa und mich natürlich gleich nach Tisch nach Schloß Santen hinüber, Gonda.«

Tante Käthe machte große, betrübte Augen.

»So schnell willst du mir Gonda entführen? Daß dein Vater gleich mit dir geht, ist notwendig, das verstehe ich, da er die Geschäfte so schnell wie möglich in die Hände nehmen muß. Aber Gonda könntest du mir doch noch ein Weilchen hier lassen.«

Helga verzog die Stirn. Sie wollte Gonda unbedingt unter ihren Augen behalten.

»Ich habe schon Anweisung gegeben, daß Gondas Zimmer gerichtet werden, Tante Käthe. Du kannst sie ja sehen, soviel und sooft du willst, wirst uns doch immer willkommen sein, das weißt du. Du kannst doch verstehen, daß ich meine Schwester möglichst oft bei mir haben möchte.«

»Ja doch, Helga, sehr gut kann ich das verstehen, und ich freue mich viel zu sehr darüber, daß du diesen Wunsch aussprichst, als daß ich egoistisch sein könnte.«

»Du kannst doch jeden Tag nach Schloß Santen hinüberkommen, Tante Käthe.«

»Das werde ich auch sicher tun, da ich nun gleich zwei Nichten drüben habe. Nur muß ich auch an meinen jungen Gast denken, er hat so treulich durch seine Gesellschaft meine einsamen Abende und meine Mahlzeiten belebt, daß ich ihn nun jetzt nicht undankbar seinem Schicksal überlassen möchte.«

Helga überlegte. Das war eine Gelegenheit, Hans Leyden öfter in ihre Nähe zu ziehen. Freilich würde er dann auch in Gondas Gesellschaft sein, aber immerhin war das besser, als wenn er Gondas Gesellschaft ohne sie genoß. Und so sagte sie schnell:

»Auch das ist sehr einfach, Tante Käthe, du bringst eben Doktor Leyden mit nach Schloß Santen hinüber. Wir können abends dann alle zusammensein. Ich habe doch jetzt Papa zu meinem Schutz im Hause und kann also, zumal in deiner Gegenwart, unbedenklich junge Herren empfangen, was ich seit Großmamas Tod nicht tun konnte. Es war einsam genug für mich in diesen Wochen, und ich bin sehr froh, daß Papa jetzt in Schloß Santen wohnen wird.«

»Es freut mich, daß ich dir auch in dieser Beziehung von Nutzen sein kann, Helga«, meinte Ruthart lachend.

Tante Käthe nickte heiter.

»Sehr schön, Helga, dann ist uns allen geholfen. Du kannst dich also darauf gefaßt machen, daß ich sehr oft hinüberkommen werde, und Doktor Leyden wird sich auch sehr freuen, außer mir noch andere Gesellschaft genießen zu können. Du kannst ihm das nachher bei Tisch gleich selbst sagen.«

»Das will ich gern tun.«

»Aber zuweilen mußt du mir auch Gondas Besuche gönnen.«

Helga zögerte einen Augenblick, dann sagte sie rasch:

»Gewiß, vormittags habe ich allerlei Abhaltung und kann Gondas Gesellschaft ohnedies nicht so genießen, wie ich möchte, dann kann sie ja zu dir herüberfahren. Aber zu Tisch muß sie immer wieder bei uns sein, bei Papa und mir.«

Sie hatte überlegt, daß Leyden vormittags doch immer bei seinem Bahnbau zu tun hatte; da war keine Gefahr, daß Gonda mit ihm zusammentreffen konnte. Die harmlose Tante Käthe hatte keine Ahnung, weshalb Helga ihr die Schwester nur an den Vormittagen schicken wollte. Sie hörte aus Helgas Worten nur, daß sie möglichst viel in Gesellschaft ihrer Schwester sein wollte, und das freute ihr gutes Herz.

Auch Gonda freute sich unbefangen darüber. Ihre Augen strahlten zur Schwester hinüber, und sie sagte sich, es müsse doch gar nicht zu schwer sein, ihre Liebe zu erringen. Sie hatte es sich jedenfalls viel schwerer vorgestellt. Wie schwer es in Wahrheit sein würde, dies Ziel zu erreichen, davon hatte sie noch keine Ahnung. Ihr Vater spürte das viel deutlicher, er fühlte, daß Helga vorläufig ihrer Schwester gegenüber nur die Form wahrte. Nur in den wenigen Minuten, da sich Helga und Gonda zuerst begrüßt hatten, da hatte er etwas wie Wärme aus Helgas Verhalten gespürt, da war unbedingt einen Augenblick lang ein warmes Empfinden in ihr aufgestiegen, als sie die Schwester in die Arme gezogen hatte. Und das tröstete ihn und machte ihm Hoffnung, daß es Gonda gelingen würde, sich nach und nach in Helgas Herz einzuschmeicheln. Wenn diese auch schnell wieder den Panzer der Unnahbarkeit um sich gebreitet hatte, eine leichte Bresche war unbedingt in diesen Panzer geschlagen worden. So sagte er sich.

Er ahnte nicht, daß Helgas augenblickliche Zuneigung schon wieder vollständig erloschen war, ahnte nicht, daß jetzt alles darauf ankam, ob Doktor Leyden durch sein Verhalten beweisen würde, daß sein Interesse sich Gonda zugewandt habe. Wußte er doch nicht, was in Helgas Herzen für Hans Leyden erwacht war.

Der Vater mußte sich nur immer wieder sagen, während er Helga beobachtete, wie sehr sie ihrer Mutter glich, äußerlich und auch innerlich. Nur war ihre Mutter nicht ganz so kalt und unnahbar gewesen, wie sich Helga gab, sie hatte wenigstens ihre Mutter und ihn geliebt. Vielleicht würde aber eines Tages die Liebe Helga verwandeln. Möchte sie dann glücklicher werden als ihre Mutter. Möge Gott sie bewahren vor deren Schicksal, die ungeliebte Frau eines Mannes zu werden. Er machte sich Gewissensbisse, daß er Helga nicht so lieben konnte, wie er Gonda liebte. Aber Helga war eben die Tochter der Frau, die er nie geliebt, und Gonda war das Kind der Frau, die er über alles gern gehabt hatte. Soviel er sich Mühe gab, Helga gerecht zu werden, er konnte sie in seinem Herzen Gonda nicht gleichstellen.

Alle atmeten heimlich auf, als Doktor Leyden nach Hause kam. Er hatte sich schnell umgekleidet und trat in das Wohnzimmer, wo die Familie beisammen war.

Helga schlug das Herz in dumpfen, schweren Schlägen bis zum Hals hinauf, als sie ihn erblickte. Dann jagte ihr die Röte ins Gesicht, als er sie mit frohen, aufleuchtenden Augen begrüßte. Sie ahnte nicht, daß er sich nur Gonda und ihres Vaters wegen freute, daß sie hier war; sie spürte nur, daß er sich freute, und das machte ihr Herz warm und weit. Sie reichte ihm lächelnd die Hand.

Er verneigte sich artig.

»Wie freue ich mich, Sie hier zu sehen, mein gnädiges Fräulein.«

»Ich hörte, daß Sie mit meinem Vater und meiner Schwester von Hamburg aus zusammen in einem Abteil gefahren sind«, sagte sie liebenswürdig, wie sie es nur selten sein konnte.

»Ja, mein gnädiges Fräulein, der Umstand, daß ich fast zu spät meinen Zug erreichte und daß ein kluger Kofferträger meinen Koffer in das Gepäcknetz des Abteils beförderte, in dem Ihr Herr Vater und Ihre Schwester saßen, verhalf mir zu dieser Gunst«, erwiderte er unbefangen.

Sie hörte daraus, daß er wenigstens nicht absichtlich, durch Gonda angezogen, dies Abteil gewählt hatte, und atmete erleichtert auf.

»Das hörte ich schon, Herr Doktor! Auch, daß Sie in demselben Hotel mit Papa und meiner Schwester wohnten.«

»Ja, ich hatte eben Glück!« rief er, einen aufstrahlenden Blick zu Gonda hinüberwerfend, die diesen Blick ohne jede Verstellung freudestrahlend zurückgab. Das bemerkte Helga, und ihre Lippen preßten sich wie im Schmerz aufeinander. Alles, was zugunsten ihrer Schwester in ihrem Herzen hatte sprechen wollen, war ausgelöscht, durch diesen Blick vernichtet.

Sie wäre am liebsten aufgesprungen und hätte sich zwischen Hans Leyden und Gonda gestellt, damit sie sich nur nicht mehr ansehen sollten.

Durch Leydens Eintritt belebte sich das Gespräch, und in ohnmächtiger Qual merkte Helga, wie vertraut er schon mit Gonda war. Er war es mit ihrem Vater freilich auch, aber das zählte nicht in ihren Augen.

Nach einer Weile wurde zu Tisch gebeten. Auch während der Mahlzeit mußte Helga zu ihrem eifersüchtigen Schmerz immer wieder sehen, wie Hans Leyden fast zärtlich zu Gonda hinüberblickte. Und was alle Menschen entzückte, mit denen Gonda in Berührung kam, ihr ungezwungener Liebreiz, das erschien Helga wie raffinierte, berechnende Koketterie. Wie eine Kränkung ihrer eigenen Person faßte sie es auf. Wie konnte Gonda so schamlos wohlgefällig in Doktor Leydens Augen sehen, wie konnte sie ihm so zutraulich zunicken und ihn anlächeln, als seien sie miteinander außerordentlich vertraut? Sie fand Gondas Benehmen unerhört.

Immer gewohnt, streng förmlich zu sein, mußte ihr Gondas ungezwungenes Wesen schon unverständlich erscheinen, ohne daß sie durch Eifersucht aufgestachelt war, wieviel mehr, da sie eben eifersüchtig war! Und in ihrem Innern wünschte sie, die Schwester nie kennengelernt zu haben. Nur ihr zum Unglück war sie erschienen, ihr zum Herzeleid, das fühlte sie. Es tröstete sie wenig, daß Doktor Leyden auch ihr gegenüber sehr ritterlich und aufmerksam war, sie wollte nicht mit einer anderen teilen, er sollte nur für sie Augen haben.

So suchte sie ihn von Gonda abzulenken und meinte:

»Herr Doktor, ich habe Tante Käthe schon gesagt, daß ich mich freuen würde, wenn Sie jetzt wieder recht oft nach Schloß Santen hinüberkämen. Tante Käthe hat sich bereit erklärt, Sie des Abends in ihrem Auto mitzubringen.«

Hans Leyden lachte ein wenig.

»Mein gnädiges Fräulein, führen Sie mich nicht in Versuchung, ich mache Sie darauf aufmerksam, daß ich dann auch die Freiheit besitzen werde, wirklich zu kommen, wenn Sie mich einladen.«

»Das sollen Sie doch auch!«

»Aber wird es Ihnen und Ihren Angehörigen nicht lästig werden, mich immerfort ins Schlepptau nehmen zu müssen?«

»Ganz gewiß nicht, wir werden uns alle freuen. Sie wissen, daß ich seit Großmamas Tod sehr einsam habe leben müssen, weil ich allein keine Besuche empfangen konnte. Und mein Vater und meine Schwester haben in großer Weltabgeschiedenheit gelebt, so daß auch sie sich an Ihrer Gesellschaft freuen werden. Bei Tante Käthe ist das nun vollends selbstverständlich, da Sie sich ja ihrer besonderen Gunst erfreuen.«

Er verneigte sich.

»Das macht mich sehr glücklich. Ich bin auch nicht gern einsam und freue mich, daß Sie mir erlauben wollen, an Ihren Gesellschaften teilzunehmen. Es ist beinahe zu schön, um wahr zu sein, und deshalb greife ich schnell mit beiden Händen zu, ehe es Sie gereut.«

»Das wird gewiß nie der Fall sein.«

»Jedenfalls danke ich Ihnen sehr für diese Erlaubnis.«

»Da Sie doch gewissermaßen Tante Käthes Pflegesohn geworden sind, ist es doch selbstverständlich, daß Sie mit zur Familie gehören«, sagte sie mit einem bei ihr ungewöhnlichen Anflug zur Schelmerei.

Er faßte ihre Hand und neigte sich darüber, sie mit seinen Lippen leicht berührend.

»Ich bemerke zum erstenmal, gnädiges Fräulein, daß Sie auch Anlage zur Schelmerei haben, und – das steht Ihnen sehr gut«, sagte er artig.

Ein helles Rot stieg in ihr Gesicht, das sie seltsam verschönte, und er dachte bei sich: Sollte dies Steinbild doch rotes, warmes Blut in den Adern haben?

Aber er blieb mit seinen Gedanken nicht lange bei ihr, seine Augen flogen wieder zu Gonda hinüber. Hauptsächlich Gondas wegen freute er sich, daß Helga Ruthart ihn eingeladen hatte. Er ahnte nicht, daß er selbst es war, der das Steinbild mit rotem, warmem Blut erfüllte. Nie wäre er darauf gekommen, sich ihr in irgendwelcher Absicht zu nähern. Sie war eine von den Frauen, die überhaupt nicht auf ihn wirkten.

Helga hatte die aufsteigende Erregung bezwungen und war nicht willens, die Unterhaltung mit ihm aufzugeben. Sie wollte ihn um jeden Preis von Gonda ablenken.

»Wie geht es Ihrem lieben Onkel, Herr Doktor? Wie ich weiß, haben Sie ihn doch im Sanatorium besucht.«

»Ja, gnädiges Fräulein, das ist geschehen. Aber leider geht es ihm noch immer nicht gut, wenn die Operation auch zufriedenstellend verlaufen ist. Er will noch immer nicht so recht zu Kräften kommen. Ich sprach mit dem Chefarzt, und dieser sagte mir, daß mein Onkel sehr vorsichtig und diät leben müsse und daß das eigentlich nur möglich sei, wenn er sich dauernd unter ärztlicher Aufsicht befände. Die kleinsten Diätfehler könnten das Leiden verschlimmern. Und so ist mein Onkel auch willens, noch längere Zeit im Sanatorium zu bleiben. Das Bett kann er schon verlassen, und das Haus liegt landschaftlich so schön, daß er sich wohl dort fühlt.«

»Wie kommt er nun dort, wo so viele Menschen beisammen sind, mit seiner Menschenscheu zurecht?«

»Oh, er lebt auch dort ganz für sich, nimmt seine Mahlzeiten auf seinem Zimmer ein und sucht für seine Spaziergänge einsame Teile des großen Parkes auf, wo ihm niemand außer den Ärzten und den Schwestern und seinem alter Diener zu nahe kommt.«

»Der arme Mann, es muß doch trostlos ein, so einsam zu leben. Sicher ist ihm einmal von den Menschen sehr weh getan worden, daß er sich so sehr in diese Menschenfeindlichkeit hineingelebt hat«, warf Tante Käthe in das Gespräch.

»Nun, jedenfalls ist er sehr zu bedauern«, meinte Helga.

»Das gewiß! Und weil ich das fühle, lasse ich mich auch durch Sonderheiten nicht abschrecken und suche ihn immer wieder auf. Er ist mein einziger Verwandter. Was ich tun kann, um ihn ein wenig aufzuheitern, tue ich gern.«

»Schade, daß sein schöner Besitz so lange leer und verlassen steht.«

»Allerdings ist das schade, gnädige Frau. Er hat mir übrigens auch jetzt wieder angeboten, daß ich in seinem Haus wohnen soll. Aber ich habe abgelehnt. Ich kenne ihn, das Mißtrauen würde ihm die Ruhe rauben, und er würde bedauern, mir das Anerbieten gemacht zu haben. Ich glaube, er hat es mir nur gemacht, weil er mich zu genau kennt, um zu wissen, daß ich es nicht annehme.«

Bei den letzten Worten lachte Hans Leyden gutmütig.

»Vielleicht beurteilen Sie ihn doch zu scharf?« fragte Käthe Laßwitz lächelnd.

»Verehrte gnädige Frau, ich kenne ihn, er würde bestimmt Angst haben, daß ich in seinem Haus irgend etwas anstellen würde, was ihm nicht angenehm wäre. Nein, nein, ich werde um keinen Preis in seinem Haus wohnen, damit er sich nicht auch noch mit mir verfeindet. Wenn Sie mich aber los sein wollen, dann sagen Sie es mir ganz offen, dann ziehe ich wieder in den komfortablen Dorfgasthof.«

Frau Käthe lachte. »Fällt mir gar nicht ein, freiwillig auf einen so angenehmen Hausgenossen zu verzichten, der mir außerdem noch männlichen Schutz gewährt. Ich wüßte jetzt wahrlich kaum, wie ich ohne Sie auskommen sollte, und mag gar nicht daran denken, wie das werden soll, wenn Sie mit Ihrer Bahn fertig sind.«

»Sie wollen mir in Ihrer Güte nur einreden, daß Sie mich entbehren würden.«

Frau Käthe lachte ihn schelmisch an.

»Jetzt soll ich Ihnen wohl noch schwarz auf weiß geben, daß es so ist? Sie können es schon glauben, mein lieber Doktor.«

So war das Gespräch wieder allgemein geworden, und es gelang Helga nicht mehr, Hans Leyden abzusondern. Gleich nach Tisch drängte sie zum Aufbruch, und erst jetzt hörte Doktor Leyden, daß Gonda schon heute abend mit nach Schloß Santen hinüberfahren sollte. Das tat ihm sehr leid, und er konnte sich nur damit trösten, daß er sie oft besuchen durfte.

Gonda mußte schnell das nötigste Nachtzeug zusammenpacken. Das andere Gepäck sollte morgen früh abgeholt werden. So benutzte weder Klaus Ruthart noch seine Tochter die freundlichen Gastzimmer in Tante Käthes Haus, und sie war sehr traurig darüber.

Gonda verabschiedete sich herzlich innig von Tante Käthe.

»Du kommst bald, recht bald nach Schloß Santen, liebe Tante Käthe«, sagte Gonda leise, als sie in den Armen der Tante lag.

»Aber freilich, Gonda, morgen schon, ich will dich doch jeden Tag sehen. Alles Glück zu deinem Einzug in Schloß Santen!«

»Tausend Dank, liebe Tante Käthe!«

Klaus Ruthart hatte sich von seiner Schwester und von Hans Leyden verabschiedet. Nun sagte auch Gonda Doktor Leyden Lebewohl, aber Helga kürzte diese Verabschiedung hastig ab, indem sie den Arm um Gonda legte und sie schnell davonführte. Ihre Augen trafen noch mit einem brennenden Blick in die des jungen Mannes, aber der achtete nicht darauf. Er sah nur Gonda nach ...

10

Einige Wochen waren vergangen. Gonda hatte sich schnell in Schloß Santen eingelebt, trotzdem sie zu Anfang von einer quälenden Beklommenheit befallen wurde. Schon als sie die Halle betreten hatte, war ihr zumute gewesen, als müsse sie gleich wieder umkehren und sich zu Tante Käthe flüchten. Die kalte Luft in dieser Halle benahm ihr fast den Atem. Es war, als wehe sie der feindliche Geist der verstorbenen Frau von Santen wie einen unerwünschten Eindringling an. Aber sie hatte dieses Gefühl ihrem Vater zuliebe tapfer niedergekämpft. Er durfte nicht merken, wie schrecklich dieses alte, große Schloß mit seinen zahllosen Zimmern und den weiten, hallenden Gängen auf sie wirkte. Die Mauern waren dick und kalt, die Steinquader des Fußbodens in der Halle strömten Kälte aus. Gonda konnte sich nicht erinnern, je so gefroren zu haben, wie an dem Abend ihres Einzuges im Schloß Santen.

Aber in ihren Zimmern war es dann schon gemütlicher gewesen. Helga hatte sie selbst dorthin geleitet. Hier gab es schöne alte Parkettfußböden, und die Einrichtung dieser Zimmer erschien Gonda märchenhaft. Sie waren hervorragend ausgestattet, mit schweren Brokatvorhängen an Fenstern und Türen und mit einem mächtigen breiten Himmelbett, das auch mit Brokatvorhängen behangen war. Es waren Möbel aus dem achtzehnten Jahrhundert, und Gonda bestaunte sie. Noch nie hatte sie solche Möbel gesehen. Aber an den Fenstern hingen unter den Brokatvorhängen auch lichte Tüllgardinen.

»Ich hoffe, daß du dich hier wohl fühlst, Gonda«, hatte Helga in ihrer höflichen Kühle gesagt.

Gonda hatte sich ein wenig beklommen umgesehen.

»Oh, ich werde mich schon eingewöhnen, Helga, die Zimmer sind so schön, viel zu schön für mich! So etwas bin ich nicht gewöhnt, die Pracht in diesem Schloß erdrückt mich fast. Aber darüber komme ich schon hinweg. Weißt du, Helga, du tust mir leid, daß du so lange allein in diesem großen Schloß wohnen mußtest.«

»Warum tue ich dir leid?« hatte Helga ein wenig von oben herab gefragt.

»Ich weiß nicht. Ich würde mich hier so ganz allein fürchten. Und ich bin keine furchtsame Natur, ich bin ohne Furcht ganz allein durch den Urwald geritten, wo mich jeden Augenblick irgendein wildes Tier anfallen konnte, und habe nicht die geringste Furcht empfunden. Hier hätte ich mich gefürchtet.«

Sie hatte noch hinzufügen wollen: ›Kein Wunder, daß dir hier das Herz einfriert.‹ Aber sie wußte nun schon, daß man nicht alles sagen durfte, was einem durch den Kopf schoß. Und so behielt Gonda das lieber bei sich, weil es Helga vielleicht mißfallen konnte.

Helga hatte sich aufgerichtet.

»Wie sollte ich mich hier fürchten, wo meine Vorfahren gelebt haben? Ich bin diese Umgebung eben von Kind auf gewöhnt, dir ist sie neu.«

»Hast du dich hier nicht sehr einsam gefühlt?«

»Nein, niemals.«

»Man verliert sich aber doch fast in all den vielen Räumen. Ich glaube, allein finde ich den Weg in die Halle nicht mehr zurück. Unser Bungalow in Dahomy hatte nur ein einziges Stockwerk, alle Zimmer lagen um eine große Sala – eine Diele – herum. Wir hatten vierzehn Zimmer; das ist für ein Plantagenhaus sehr viel. In Ramova hatten sie nur zehn Zimmer. Und außer dem Steinfundament war alles aus Holz gebaut und alles licht und warm. Das hätte dir sicher auch gefallen.«

»Das bezweifle ich.«

»Nun, ich werde mich hier schon eingewöhnen, mit gutem Willen kann man viel«, sagte Gonda tapfer.

»Das hoffe ich auch. Und nun lasse ich dich allein. Schlaf gut!«

Gonda hatte die Schwester umarmt und geküßt, aber sie fühlte, daß diese weder Umarmung noch Kuß zurückgab. Da wurde sie sehr traurig.

Aber nun hatte sie sich schon eingewöhnt und hatte tapfer alle Beklommenheit besiegt. Gleich am nächsten Tag hatte sie sich von Helga durch das ganze Schloß führen lassen, und sie trat fest auf, um sich an den hallenden Klang ihrer Schritte zu gewöhnen. Im Anfang war sie oft erschrocken, wenn sie gelacht hatte und es wie ein Echo von den Wänden zurückhallte, aber auch das war nun verschwunden. Herrlich fand sie die Landschaft rings um das Schloß, von den Fenstern ihrer Zimmer aus war die Aussicht am schönsten. Der Blick konnte über Wiesen und Wälder schweifen, und wenn sie ihr gutes Fernglas zu Hilfe nahm, dann konnte sie drüben bei dem Bahnbau wohl Leydens Figur unter seinen Arbeitern erkennen. Dann wurde ihr das Herz immer warm, und alle Scheu vor der neuen Heimat war verflogen.

Es kamen nun auch wieder Gäste nach Schloß Santen, da man wußte, daß die junge Herrin wieder empfing. Und alle waren von Gonda entzückt, worüber sich Helga im stillen nicht wenig ärgerte. Tante Käthe war natürlich täglich gekommen, und auch Doktor Leyden war fast jeden Abend da, und das erschien Gonda herrlich.

Der Vater hatte hier fast noch weniger Zeit für sie als in Dahomy. Er hatte alle Hände voll zu tun, um alles wieder in Ordnung zu bringen. Gonda sah ihn nur bei den Mahlzeiten und am Abend. Sie vermißte ihre geregelte Tätigkeit sehr und hatte Helga gebeten, sie möge ihr gestatten, sich im Haus nützlich zu machen; aber Helga hatte sie ironisch angesehen.

»Dafür sind die Dienstboten da. Was sollen die Leute denken, wenn ich meine Schwester Hausarbeit tun lasse? Man soll dich wohl für ein Aschenbrödel und mich für die böse Stiefschwester ansehen?«

Das war nun wieder etwas, was Gonda nicht begriff, daß Arbeit jemand in der Achtung der Menschen herabsetzen konnte. Aber sie fügte sich, wie in alles, was man von ihr verlangte. Und schließlich fand sie doch dies und das, womit sie ihre Zeit ausfüllen konnte. Mit Helga war sie am meisten zusammen, aber soviel sie sich auch Mühe gab, ihr innerlich näherzukommen, immer war es, als stehe eine unsichtbare Mauer zwischen ihnen, die das unmöglich machte. Gonda mußte sich immer wieder Mut zusprechen, mußte sich vorhalten, wie liebeleer und einsam Helga aufgewachsen war, immer nur mit der stolzen, hochmütigen Großmutter zusammen, die sie zwar vergöttert und verwöhnt, aber immer die Form über alles gestellt hatte.

Wenn Gonda Mut und Zuspruch brauchte, dann fuhr sie zu Tante Käthe hinüber. Daß dies immer nur vormittags geschah, dafür sorgte Helga. In Tante Käthes Nähe fielen alle Schatten von Gonda ab, da war sie heiter und mutwillig, scherzte und lachte und ließ sich ein bißchen von der liebevollen Tante verwöhnen. Aber nie beschwerte sie sich über Helga. Kein Wort der Klage, daß diese oft verletzend hochmütig war und sie mit ihrer stolzen Überheblichkeit demütigte, kam über ihre Lippen, noch weniger dem Vater gegenüber. Sie wollte verhüten, daß der Vater Helga Vorwürfe machte oder ihr gar wieder fremder wurde. Was sie tun konnte, um den Vater und die Schwester einander näherzubringen, das tat sie. Aber sie mußte sich gestehen, daß es bisher noch nicht viel genützt hatte. Wohl tat der Vater alles, was er Helga gegenüber für seine Pflicht hielt, wohl zeigte sich Helga dem Vater gegenüber immer sehr höflich und zuvorkommend, aber Wärme war auf beiden Seiten nicht dabei, das fühlte Gonda.

Wollte sie aber einmal verzagen, schalt sie sich selber aus. Wie konnte sie glauben, daß es so schnell gehen würde, das Herz der Schwester zu gewinnen! Waren doch lange Jahre der Trennung zu überbrücken, und der feindliche Einfluß Frau von Santens gegen den Vater mußte doch auch erst abgeschwächt werden. Also mußte sie Geduld haben. Wenn sie nur nicht nachlassen würde, sich zu bemühen, die beiden einander näherzubringen, dann würde schon alles gut werden.

Wunderschön waren für Gonda die Abende, wenn Tante Käthe mit Doktor Leyden allein zu Gast war, wenn dessen Augen so warm und freundlich auf ihr ruhten, als müßten sie ihr Mut machen. Oh, Hans Leyden war ein herrlicher Mensch, so lieb und so herzlich und freundlich zu ihr. Und wenn sie es auch nicht aussprechen durfte, weil das doch, wie Helga sagte, gegen die guten Sitten verstieß, sie hatte ihn doch liebgewonnen – ja, sehr lieb-, ganz anders freilich, als den Vater oder Georg oder Tante Käthe, aber nicht minder innig.

So war einige Zeit vergangen. An einem warmen, sonnigen Junitag saß Helga mit Gonda auf der Terrasse unter einem Sonnenzelt. Von hier aus hatte man einen herrlichen Ausblick über Wälder und Felder hinweg. Gonda freute sich an diesem Anblick und ließ ihre Augen träumend darüber hinschweifen, während Helga an einer feinen Handarbeit stichelte.

»Daß du nie eine Handarbeit in den Händen hältst, Gonda«, tadelte Helga.

Lächelnd sah Gonda zu ihr hinüber.

»Das ist doch eine so unfruchtbare Beschäftigung, auf Dahomy haben das nur unsere malaiischen Dienerinnen gemacht. Ich hatte freilich nie soviel Zeit zum Stillsitzen, die Leitung des Haushalts nahm mich zu sehr in Anspruch, und dann war ich auch viel zu Pferd unterwegs. Ich freue mich sehr, daß Vater mir jetzt wieder ein Reitpferd anschaffen wird, mich gelüstet danach, jeden Tag wieder länger zu reiten, wie ich es gewohnt bin. Meine Mutter machte übrigens auch wunderschöne Handarbeiten, die ich alle verwahrt habe, auch besonders schöne Stücke, die unsere Dienerinnen angefertigt haben. Ich habe sie alle in einem großen Koffer, den ich noch gar nicht ausgepackt habe. Wenn es dich interessiert, will ich dir das alles gern zeigen. Meine Mutter war eine Künstlerin in solchen Arbeiten.«

»So, also deine Mutter hatte wenigstens Sinn für weibliche Beschäftigungen?«

»O ja, Mutter war überhaupt eine wundervolle Frau!«

Es zuckte spöttisch um Helgas Lippen.

»Das hast du schon sehr oft gesagt. War sie eine Deutsche?«

»Gewiß! Vater hat sie doch kennengelernt, als er nach Sumatra ging. Sie reiste auf demselben Dampfer mit ihm, und sie war sehr froh darüber, daß er sie ein wenig unter seinen Schutz nahm, da sie doch ganz allein fuhr.«

Helga richtete sich auf und ließ die Arbeit sinken.

»Wie – deine Mutter reiste allein?«

»Gewiß, sie hatte doch keinen Menschen, der zu ihr gehörte, und mußte in die Welt hinaus, um sich ihr Brot zu verdienen.«

Helgas Gesicht zeigte einen unbeschreiblich hochmütigen Ausdruck.

»Ihr Brot verdienen? Auf welche Art denn?«

»Sie war als Lehrerin und Erzieherin für einen Knaben angestellt, dessen Mutter sehr kränklich war.«

»Oh, sie war also eine Untergebene? Das wußte ich nicht. Nun kann ich mir freilich erklären, woher du deine etwas unfeine Art hast.«

Das sagte Helga so scharf und verächtlich, daß Gonda das Blut ins Gesicht schoß. Hatte die Schwester auch schon oft versucht, sie zu kränken und zu demütigen, so scharf hatte sie sich noch nie ausgedrückt. Und jetzt ging das nicht nur gegen sie, sondern auch gegen ihre geliebte Mutter. Da richtete sich Gonda, die sich sonst alles geduldig gefallen ließ, kampfbereit auf.

»O Helga, so verächtlich darfst du nicht über meine Mutter urteilen, sie war eine –«

»Eine wundervolle Frau, ich weiß, das hast du mir

schon so oft gesagt, daß ich es nun wirklich nicht mehr hören kann, zumal ich jetzt weiß, daß sie ein Dienstbote war. Die zählen in unseren Kreisen überhaupt nicht.«

Gondas Augen sprühten. Sie rief:

»Wie häßlich sprichst du von meiner lieben Mutter, Helga, das kann ich nicht hören. Meine Mutter war kein Dienstbote, aber selbst wenn sie es gewesen wäre – darf man einen Menschen verächtlich abtun, weil er sich sein Brot als Dienender beschaffen muß?«

»Möchtest du vielleicht mit unserem Diener, mit dem Chauffeur zum Beispiel, verkehren?«

»Warum nicht, wenn sie auf einer Bildungsstufe mit mir stehen? Nur die Bildungsstufe ist maßgebend. Und wenn du meine Mutter gekannt hättest, in ihrer vornehm gütigen Art, du würdest gar nicht auf den Gedanken gekommen sein, sie verächtlich abzutun oder sie auch nur mit einem Dienstboten zu vergleichen. Meine Mutter hatte ihr Lehrerinnenexamen gemacht, sprach fließend Französisch und Englisch, später auch Malaiisch und Holländisch. Sie war sehr musikalisch und sehr klug. Alles, was ich weiß, habe ich von meiner Mutter gelernt.«

Ein spöttischer Zug spielte um Helgas Lippen.

»Nun, deine Erziehung weist doch leider ziemlich starke Lücken auf. Und das verstehe ich sehr gut, nun ich weiß, daß deine Mutter keine Dame war.«

Gondas Augen verdunkelten sich immer mehr.

»Meine Mutter war eine Dame bis in die Fingerspitzen! Wenn ich hier zuweilen etwas falsch mache, so ist ganz gewiß ihre Erziehung nicht daran schuld. Es handelt sich doch immer nur um kleine Formfehler, die ich begehe, weil wir eben auf Dahomy ganz weltabgeschieden gelebt haben. Daß ich sonst eine ganze Menge mehr weiß als du, das ist doch sicher.«

Helga schwieg eine Weile; sie mußte zugeben, daß Gonda ihr an positivem Wissen weit überlegen war. Aber wenn sie das auch bei sich selbst zugab, so war sie doch nicht willens, es einzugestehen.

»Bist du nicht sehr anmaßend Gonda, wenn du dir einbildest, mehr zu wissen als ich?« fragte sie spöttisch.

»Anmaßend! O nein, nichts liegt mir ferner. Ich will mich auch nicht brüsten mit meinem Wissen, ich will nur meine Mutter verteidigen. Hast du nicht selbst festgestellt, daß ich die französische und englische Sprache viel besser beherrsche als du? Hast du nicht kürzlich selbst gesagt, es sei erstaunlich, was ich alles wisse? Die kleinen Verstöße gegen strenge Formen, die ich in Dahomy nicht kennenlernen konnte, habe ich mir schnell abgewöhnt. Es geschieht höchst selten noch einmal, daß ich etwas tue oder sage, was vor deinem strengen Urteil nicht standhalten kann. Das sind doch alles nur Kleinigkeiten, die mit meiner eigentlichen Bildung nichts zu tun hatten.«

Helga sah ein, daß sie zu weit gegangen war und daß sie den kürzeren ziehen mußte. Sie sagte, die Schultern hochziehend: »Laß uns nicht streiten, streiten ist gewöhnlich.«

Gonda atmete tief auf.

»Nein, wir wollen nicht streiten. Aber bitte, sprich nie wieder in diesem Ton über meine Mutter, das kann ich nicht ertragen, ich habe sie zu sehr geliebt. Ich würde ja auch nie etwas gegen deine Mutter sagen.«

Hochmütig warf Helga den Kopf zurück.

»Das käme dir auch nicht zu, meine Mutter stammt aus einem alten Adelsgeschlecht.«

»Ist das etwas Besonderes, Helga?« fragte Gonda harmlos.

Helga sah sie von oben herab an.

»Das kannst du natürlich nicht verstehen, als Tochter einer Frau, die als Untergebene ihr Brot verdienen mußte. Wo solltest du dafür das Verständnis herhaben? Dein Vater ist ja ebensowenig von Adel, wie es deine Mutter war.«

Gonda starrte sie verwundert an.

»Warum sagst du dein Vater? Ist er nicht dein Vater so gut wie der meine? Bist du nicht wenigstens stolz darauf, seine Tochter zu sein, wie ich es bin?«

Mit einem unbeschreiblichen Ausdruck zuckte Helga die Achseln.

»Stolz? O nein, stolz kann ich auf Papa leider nicht sein, er verfügt nicht über die strengen Ehrbegriffe des Adels.«

Mit einem Ruck fuhr Gonda empor und sah die Schwester mit flammenden Augen an.

»Oh, schäme dich! Wie kannst du so über unseren Vater sprechen!« rief sie heftig.

Mit einem überlegen sein sollenden Blick sah Helga zu ihr empor, obwohl sie sehr gut fühlte, daß sie sich immer mehr verrannte.

»Ereifere dich nur nicht, du weißt vermutlich nicht, daß Papa meiner Mutter sein Wort verpfändet hatte, nie wieder zu heiraten. Er hat es doch getan, hat meiner stolzen Mutter eine Erzieherin zur Nachfolgerin gegeben. Mag er auch mancherlei zu seiner Entschuldigung vorbringen können, nach unserem strengen Ehrenkodex ist er eben ehrlos geworden.«

Gonda wurde sehr blaß.

»Ehrlos! Weil er ein Mensch mit einem warmen, fühlenden Herzen war? Ich weiß alles, Helga, Vater hat mir alles erzählt. Ich weiß, wie ihm dies Wort abgezwungen, wie er überhaupt in diese liebeleere Ehe hineingezwungen wurde. Aus Gutmütigkeit, um deine krankhaft erregte Mutter zu beruhigen, gab er dieses sinnlose Versprechen, das ihm niemand hätte abfordern dürfen. Kein vernünftiger Mensch konnte das für bindend halten.«

»Das kannst du eben nicht verstehen. Wort bleibt Wort.«

»An unseres Vaters Ehrenhaftigkeit darf trotzdem kein Mensch rütteln, am wenigsten du, Helga. Ich bitte dich, ja, ich beschwöre dich, laß das Vater nie hören, daß du so lieblos über ihn sprichst.«

Mit einem etwas unsicheren Blick sah Helga zu ihr auf. »Was willst du? Ich stelle doch nur Tatsachen fest.«

»Arme Helga, wie tot und kalt muß es in deinem Herzen aussehen, daß du so über Vater sprechen kannst. Ich kann zu deiner Entschuldigung nur anführen, daß du ihn leider nicht kennst, wie du ihn kennen müßtest. Ich habe so viel Beweise seiner Ehrenhaftigkeit, seiner Großzügigkeit und seiner menschlichen Güte. Nimm dir doch endlich die Mühe, ihn kennenzulernen. Du siehst, wie unermüdlich er jetzt für dich arbeitet, vom frühen Morgen bis zum späten Abend, wie froh er ist, daß er endlich etwas für dich tun kann, was man ihm so lange verwehrt hat. Trage es ihm doch nicht nach, daß er dir so lange fernbleiben mußte. Er ist doch nicht daran schuld, daß er deine Mutter nicht lieben konnte! Hat er nicht trotzdem alles getan, was er tun konnte, um sie glücklich zu machen? Sollte er sein ganzes Leben lang der ungeliebten Frau die

Treue halten und sich selbst zur qualvollsten Einsamkeit verdammen? Verhärte doch dein Herz nicht länger gegen ihn, ich flehe dich an, laß wenigstens ihm Gerechtigkeit widerfahren.«

Helga hatte schon längst eingesehen, daß sie im Groll gegen Gonda, der sie Hans Leydens Aufmerksamkeiten nicht gönnte, zu weit gegangen war. Alle diese Ausfälle galten im Grund nur Gonda. Wenn sie ehrlich gewesen wäre, hätte sie gestehen müssen, daß ihr Vater ihr längst zu imponieren begonnen hatte, ja, daß sie etwas wie Stolz auf ihn empfand, wenn sie merkte, wie er auf die Leute wirkt, wie er sich überall durchsetzte.

Sie wußte längst, daß das Urteil ihrer Großmutter durch Haß getrübt gewesen war. Und wenn sie nicht eine kalte, zurückhaltende Natur gewesen wäre, hätte sie ihn wohl schon liebgewonnen. Aber zu ihrer Herzenskühle kam, daß alles, was an Wärme in ihr verborgen ruhte, zu Hans Leyden strebte, und daß sie den Weg zu dessen Herz durch Gonda verbaut sah. Und Gonda und der Vater waren eins, waren nicht zu trennen.

Ein wenig beschämt war sie aber nun doch, und da sie im Grunde kein niedriger Charakter war, reichte sie schnell ihre Hand zu Gonda hinüber.

»Bitte, vergiß, was ich gesagt habe, es geschah im kleinlichen Groll, weil – weil ich mich so hineingeredet hatte. Du hattest ganz recht, mich zu schelten.«

Schnell versöhnt griff Gonda nach ihrer Hand.

»Nicht schelten wollte ich dich, wollte nur Vater und Mutter verteidigen. Das ist mein Recht und meine Pflicht. Wenn ich dabei zu heftig wurde, verzeihe mir, ich bin ein wenig temperamentvoll und kann meine Gefühle nicht im

Zaum halten oder verstecken. Ich habe eben immer alles geradeheraus sagen dürfen, was mir das Herz bewegte. Du hast das nie tun dürfen – und – hast zu wenig Liebe erfahren, meine arme Helga, das sollte ich nie vergessen.«

Das warme Mitleid, das aus Gondas Worten sprach, weckte aber schon wieder Helgas Hochmut.

»Bitte, ich mag dein Mitleid nicht – ich bin ganz zufrieden so, wie es ist«, sagte sie kalt.

Aber Gonda vermochte nichts nachzutragen, sie war wieder ganz friedlich und wie immer bemüht, Frieden zu halten.

»Aber du wirst mir nicht böse sein, liebe Schwester?«

»Nein!«

Nichts als dieses Nein hatte Helga dem bittenden Blick Gondas gegenüber. Sie griff nun, gleich ganz große Dame, auf ein anderes Thema über, und Gonda ging schnell darauf ein, wenn auch die Erregung in ihr nachzitterte.

Solche Szenen, wenn auch nicht ganz so scharf, wiederholten sich aber leider immer wieder. Sobald Helgas Eifersucht wieder einmal Nahrung erhalten hatte, begegnete sie Gonda mit solchen Kränkungen. Aber da diese Kränkungen in Zukunft meist nur ihr selber galten, kam Gonda leichter darüber hinweg. Sie ahnte nicht, warum Helga immer wieder so gehässig zu ihr war. Es wäre ihr gar nicht in den Sinn gekommen, das mit Hans Leyden in Zusammenhang zu bringen.

Nie beklagte sie sich über solche feindlichen Ausfälle bei dem Vater oder der Tante. Immer nahm sie Helga in Schutz, wenn die beiden sich über deren Herzenskälte beklagten. Sie suchte all die kleinen und großen Kränkungen, die Helga ihr zufügte, zu verwinden. Und rang sich dann Helga zuweilen doch ein Wort der Entschuldigung ab, wenn sie zu scharf gewesen war, dann hoffte Gonda immer gleich wieder, daß sie das spröde Herz der Schwester doch noch besiegen würde. Nie wurde sie müde, Helga ein wenig Liebe abzugewinnen.

Klaus Ruthart ahnte nichts von den heimlichen Kämpfen seiner kleinen tapferen Gonda. Immer suchte sie ihm zu beweisen, daß ihr Verhältnis zu Helga das beste war, was man unter den besonderen Umständen erwarten konnte. Und ohne daß sie es vereinbart hatten, suchte auch Helga in Gegenwart des Vaters alle Härten zu vermeiden. Ohne daß sie es sich eingestehen wollte, flößte ihr der Vater mehr und mehr Hochachtung ein. Sie sah, wie schnell er wieder Ordnung in die Geschäfte brachte, wie der Verwalter und die anderen Beamten sich zusammenrissen, um ihn zufriedenzustellen.

Zuweilen flogen ihre Blicke mit einem fast stolzen Ausdruck hinter ihm her, wenn er davonritt. Seine kraftvolle, Achtung verlangende Erscheinung, seine unbedingt interessante Persönlichkeit blieben nicht ohne Einfluß auf sie. Sie konnte jetzt sehr wohl begreifen, daß ihre Mutter ihn geliebt hatte und lieber sterben wollte, als auf ihn zu verzichten. Wenn sie das große Ölgemälde ansah, das von ihrer Mutter gleich nach der Hochzeit gemalt worden war, mußte sie sich eingestehen, daß diese keine sehr reizvolle Erscheinung gewesen sein konnte, obwohl der Maler sehr geschmeichelt hatte. Sie sah sich dann kritisch im Spiegel an und mußte zu ihrem Leidwesen feststellen, daß sie ihrer Mutter immer mehr ähnelte.

Seufzend fragte sie sich, ob Hans Leyden sie würde lieben können. Vielleicht doch – wenn ihr Gonda nicht dazwischenkam.

Trotz ihrer Eitelkeit mußte sie sich doch sagen, daß Gonda viel schöner und reizender war als sie selbst. Und was sie in ihrem Ärger bei Gonda als gewöhnlich bezeichnen wollte, das nannten die anderen ›frische Natürlichkeit‹. Ja, wenn Gonda nicht unglücklicherweise Hans Leyden gefallen würde, dann hätte Helga sie auch reizend finden können.

Klaus Ruthart hatte nun ein Reitpferd für Gonda gekauft. Es wurde im Stall neben Helgas Reitpferd untergebracht. Nun konnte Gonda wieder nach Herzenslust ausreiten.

Helga war eine sehr gute Reiterin und sah zu Pferd sehr vorteilhaft aus. Sie hatte geglaubt, Gonda in den Schatten stellen zu können, aber auch hier mußte sie zurückstehen. Gonda war mit ihrem Pferd wie verwachsen. Sie ritt ein sehr feuriges Tier. Es stellte sich heraus, daß Helga nicht imstande war, dies temperamentvolle Tier zu reiten. Und die Ausdauer, mit der Gonda im Sattel saß, mußte Helga widerwillig bewundern. Auch darin konnte sie nicht mit ihr Schritt halten.

So kam es ganz von selbst, daß Gonda weite Ritte allein machte. Helga hatte ihr einen Reitknecht als Begleiter aufnötigen wollen, aber Gonda hatte entsetzt abgewehrt. Und ihr Vater hatte ruhig zu Helga gesagt:

»Du kannst Gonda unbesorgt allein reiten lassen, sie ist gewöhnt, sich selbst zu beschützen. Und Gefahren, wie sie ihr auf Sumatra auf Schritt und Tritt begegnen konnten, gibt es hier nicht.«

Mit einem Achselzucken hatte Helga erwidert:

»Du hast darüber zu bestimmen, Papa, ich finde es ein wenig unpassend, wenn Gonda ohne jede Begleitung ausreitet.«

»Sei unbesorgt, für Gonda ist es gewiß nicht unpassend, wenn sie allein ausreitet. Sehr viel wird sie in meiner Begleitung sein, und wenn das einmal nicht möglich ist, wird sie auch allein reiten können. Ich übernehme die Verantwortung.«

Damit war die Angelegenheit trotz Helgas Achselzukken erledigt, und es war auch für sie nicht sehr wichtig, da sie nicht annahm, daß Gonda auf ihren einsamen Ritten mit Leyden zusammentreffen könne.

Gonda konnte nun nach Herzenslust ausreiten, auch wenn sie nicht von ihrem Vater begleitet wurde, mit dem sie freilich fast jeden Tag auf die Felder ritt.

11

Während dieser einsamen Ritte mußte Gonda wieder oft an ihren Jugendfreund Georg denken. Sie war in dieser Zeit, da sie sich auf Schloß Santen einleben mußte und so mancherlei Kämpfe zu bestehen hatte, etwas von ihm abgelenkt worden. Sie hatte von ihm bisher nur zwei Briefe erhalten, die einen langen Weg zu machen hatten, ehe sie in ihre Hände kamen. In dem ersten Brief, den sie von ihm erhielt, las sie nur zwischen den Zeilen, wie er sich mühsam zu ruhigen Worten gezwungen hatte, um seinen Jammer nicht laut werden zu lassen. Der zweite Brief, den sie erst vor einigen Tagen bekam, lautete:

»Meine liebe, liebe Gonda!

Nun habe ich wenigstens Eure lieben Bilder bekommen. Sie sind so ähnlich und sprechend, daß ich mir einbilden kann, daß Ihr bei mir seid. Wie ich mich darüber gefreut habe, das will ich Euch gar nicht schildern, sonst würdet Ihr mich vielleicht für einen Schwächling halten. Während ich diesen Brief schreibe, stehen Eure Fotos dicht vor mir, und ich sehe immer wieder in Eure lieben, vertrauten Gesichter. Und mir ist, als säße ich drüben in Dahomy bei Euch, wie so oft, und könnte mit Euch plaudern und Euch anvertrauen, wie mir ums Herz ist. Ich hoffe, nun wieder öfter einen Brief von Dir zu erhalten und bin fest überzeugt, daß Du inzwischen, wenn Du diesen Brief erhältst, schon manchen wieder auf den Weg gebracht hast. Ihr seid am Ziel, und ich werde nun hören, wie Ihr alles in Deutschland gefunden habt. So viel Neues und hoffentlich nur Gutes wirst Du inzwischen erlebt haben. Und Du wirst mir alles erzählen. Darauf freue ich mich!

Von hier kann ich Dir nicht viel Neues berichten. Ich fühle mich leider noch immer nicht ganz wohl. Aber wenn ich nicht mit in die Plantagen kann, habe ich andere Arbeit. Ich versuche jetzt, Vaters Bücher ein wenig in Ordnung zu bringen. Es sieht ziemlich kunterbunt darin aus, und ich mußte mir fast erzwingen, daß er sie mir übergab. Nun bin ich wenigstens so ziemlich über seine geldlichen Verhältnisse unterrichtet, und die sind so bös, daß ich mich aufgerafft und einmal sehr energisch mit ihm gesprochen habe. Wenn er das Geld von meinem Großvater nun einmal nicht zurückschicken will, so soll er es wenigstens verwenden, um die schlechten wirtschaftlichen Verhältnisse aufzubessern. Ich habe ihm angedroht, daß ich meinem Großvater schreiben und mir die weiteren Geldsendungen verbitten werde, wenn das Geld nicht restlos in die Wirtschaft gesteckt wird.

Ich glaube, Vater hat sich ein wenig vor mir geschämt, aber ich konnte ihm das nicht ersparen. So wie bisher geht das nicht weiter, sonst verlottert Ramova immer mehr. Hoffentlich gelingt es mir, Ordnung in die Bücher zu bringen. Da ich mich körperlich zu sehr anstrenge, wenn ich mich hinunter in die Plantagen begebe, so habe ich wenigstens die Befriedigung, mich hier oben nützlich machen zu können. Wenn ich mich nur kräftiger und gesunder fühlte, ich wollte schon Ordnung in den Betrieb bringen, aber mein elender Körper hindert mich so sehr.

Gestern, am Sonntag, bin ich wieder hinüber nach Dahomy geritten. Ich muß mich zuweilen dort umsehen und an Euch denken. Anscheinend hat sich gar nichts verändert, und doch, wie anders ist alles, als wohntet Ihr noch da. Euren Bungalow bewohnt der Plantagendirektor, den der neue Besitzer von Dahomy angestellt hat. Er scheint ein harter, sehr energischer Mann zu sein, und es lockt mich nicht, seine Bekanntschaft zu machen. Wir haben noch gar keine Fühlung mit ihm genommen, trotzdem Eure Gesellschaft auch meinen Angehörigen fehlt. Mutter und Vater befinden sich wohl, auch Kurt, aber es ist das alte Lied: Ich sehne mich so sehr nach reiner Luft, wie ich sie nur bei Euch finden konnte. Aber sprechen wir nicht davon. Habt Dank, Ihr meine beiden liebsten Menschen, daß Ihr mir soviel Schönes und Gutes gabt, ich will es Euch nie vergessen. Daß ich Eure Bilder habe, ist herrlich, mir ist, als sei ich nun nicht mehr so allein. Ich fühle es, Ihr denkt an mich, Eure Liebe ist bei mir. Mit dieser Gewißheit schlafe ich immer ein, wenn ich zur Ruhe gehe.

Für heute schließe ich, was soll ich Euch noch sagen? Bitte, grüße Deinen lieben, hochverehrten Vater von mir herzlich und innig. Dir alles Liebe, Schöne und Gute. Leb wohl, meine liebe Gonda!
Dein immer getreuer Freund Georg.«

Gonda hatte über diesen Brief geweint. Manches Wort darin klang so schwer und traurig, wie ein Abschied für immer. Sie konnte sich nicht gleich entschließen, ihm zu antworten, mußte erst einige Tage darüber vergehen lassen, um sich zu beruhigen. Fühlte sie doch aus jedem Wort, wie er sich nach ihnen sehnte.

Sie hatte dann den Brief ihrem Vater über den Tisch hinübergereicht.

»Von Georg, Vater. Er sehnt sich nach uns«, hatte sie weinend gesagt.

Helga, die mit Vater und Schwester am Frühstückstisch gesessen hatte, wo die Post verteilt worden war, hatte aufgehorcht und Gonda forschend angesehen. Es lag ein unruhiges Grübeln in ihrem Blick. Aber sie hatte nicht gefragt, was ihr am Herzen lag, hatte Gonda aber in den nächsten Tagen immer wieder forschend angesehen.

Heute wollte Gonda nun den Brief Georgs beantworten. Sie war von einem langen Ritt durch den Wald nach Hause gekommen, hatte sich umgekleidet und setzte sich in ihrem Zimmer an ihren Schreibtisch. Sie schrieb einen lieben, herzlich gehaltenen Brief an den Jugendfreund, sprach ihm Trost zu und suchte ihn aufzuheitern. Als sie eben mit diesem Brief fertig war, trat plötzlich Helga bei ihr ein.

»Störe ich, Gonda?«

»Nein, Helga, bitte, nimm Platz, ich will nur diesen Brief schließen und postfertig machen, daß er dann gleich mit fortgehen kann.«

Helga nahm neben dem Schreibtisch Platz und sah, wie Gonda mehrere englisch beschriebene Bogen zusammenfaltete und in den Umschlag schob.

»Mein Gott, Gonda, du hast ja einen ganzen Roman geschrieben. Darf man fragen, mit wem du eine so ausführliche Korrespondenz unterhältst?«

»Mit meinem Freund Georg Strasser, Helga«, erwiderte Gonda unbefangen.

In Helgas Augen blitzte es auf.

»Ach, du hast einen Freund auf Dahomy zurückgelassen?«

»Wenn auch nicht auf Dahomy, Helga, so doch auf Sumatra. Ich erzählte dir doch, daß meine Mutter als Erzieherin eines Knaben nach Sumatra gekommen war. Nun, dieser Knabe, den meine Mutter noch jahrelang unterrichtet hat, weil sie innig mit seiner Mutter befreundet war, ist mein Freund Georg geworden.«

»Ach so! Er ist also älter als du?«

»Ja, einige Jahre, er wird vierundzwanzig Jahre alt sein.«

»Von ihm scheint dir der Abschied sehr schwer geworden zu sein?«

»Furchtbar schwer!«

»Und du hast kürzlich über einen Brief von ihm geweint, nicht wahr, dieser Brief war von ihm?«

»Ja, Helga, es tut mir sehr leid, daß er nicht hier sein kann.«

»Du hast ihn also lieb?«

»Ja, Helga, nach Vater war er mir der liebste Mensch, und ich hoffe sehr, daß er uns bald nach Deutschland folgen kann. Vater und ich, wir werden alles tun, was möglich ist, um ihm das zu ermöglichen. So, nun ist der Brief postfertig. Was hat dich zu mir geführt?«

Helga hatte aus diesen Worten Gondas ganz falsche Schlüsse gezogen. Sie glaubte, es handele sich zwischen Gonda und jenem Georg um ein Liebesverhältnis. Vielleicht bestand sogar ein heimliches Verlöbnis zwischen ihnen? Das wollte sie jedenfalls als sicher annehmen, weil es ihr sehr wünschenswert war. Und der Gedanke, daß Gonda ihr Herz schon anderweitig vergeben hatte und ihr sonach bei Hans Leyden nicht gefährlich werden konnte, stimmte sie plötzlich sehr liebenswürdig. Sie schlang, was seit der ersten Begegnung zwischen ihnen noch nicht wieder geschehen war, die Arme um die Schwester und sagte lächelnd:

»Ich wollte dich nur fragen, ob wir heute nach Tisch zusammen Tante Käthe einen Besuch machen wollen. Ich war schon so lange nicht drüben bei ihr.«

Gonda war glücklich, daß Helga so liebenswürdig zu ihr war.

»Oh, wie wird Tante Käthe sich freuen! Ich bin zwar erst gestern vormittag drüben gewesen, aber du bist ein seltener Besuch dort, und sie wird sehr glücklich darüber sein, wenn wir beide sie zusammen besuchen.«

»Gut, also gleich nach Tisch fahren wir hinüber.«

Gonda war sehr harmlos, sonst hätte sie sich vielleicht gefragt, warum ihr Helga das nicht bei Tisch gesagt hatte. Sie kam sonst fast nie in ihr Zimmer. Aber sie war viel zu froh, daß Helga sie wieder einmal freiwillig umarmt hatte, um darüber zu grübeln, warum Helga sie aufsuchte.

Helga war in Wahrheit zu Gonda gekommen, weil sie von dem Mädchen, das Gonda bediente, erfahren hatte, sie sei auf ihrem Zimmer, um Briefe zu schreiben. Helga war neugierig, an wen Gonda Briefe zu schreiben hatte, und sie dachte daran, daß die Schwester kürzlich über einen Brief von einem »Georg« geweint hatte. Diese Tränen und der Brief waren ihr verdächtig erschienen, und sie hatte ergründen wollen, ob Gonda vielleicht an diesen Georg schrieb. Sie wußte nun, daß Gonda einen sehr langen Brief an ihn geschrieben hatte und ihn sehr liebhaben mußte. Es erschien ihr nun ziemlich sicher, daß dieser »Freund« der Geliebte oder heimlich Verlobte Gondas war, und das erleichterte ihr Herz.

Sie wollte jedenfalls daran glauben, daß Gonda heimlich verlobt war, und sie wollte auch dafür sorgen, daß Doktor Leyden an diese Verlobung glauben mußte, er sollte es bei nächster Gelegenheit unter dem Siegel der Verschwiegenheit von ihr erfahren. Dann würde er Gonda nicht mehr so warm und herzlich in die Augen schauen, er mußte dann einsehen, daß dies keinen Zweck hatte, und dann würde er sich endlich besinnen, daß die Herrin von Schloß Santen eine viel begehrenswertere Partie war als ihre Schwester. Gerade weil Helga bemerkt hatte, daß Hans Leyden sich viel zuviel mit Gonda beschäftigte, war ihre Liebe zu ihm nur noch verlangender und heißer geworden. Sie war so gar nicht gewöhnt, auf etwas zu verzichten, was ihr begehrenswert erschien, daß sie es nicht ertragen zu können glaubte, wenn er Gonda ihr vorziehen würde.

Und wie ihre Mutter sich den Mann ertrotzt hatte, den sie liebte und begehrte, so war auch Helga willens, alles zu tun, um Hans für sich zu gewinnen. Ihre Liebe hatte etwas von der Eigensinnigkeit eines verzogenen Kindes. Sie war fest überzeugt, daß sie Hans Leyden dazu bringen konnte, um ihre Hand anzuhalten. Schließlich war sie doch die stolze Erbin von Schloß Santen ...

Sie war so froh, Gondas vermeintliche heimliche Verlobung entdeckt zu haben, daß sie sich sehr liebenswürdig gegen Gonda zeigte.Sie wollte ja gern der Schwester alles zuliebe tun, wenn sie ihr nur den Mann nicht fortnahm, den sie liebte und begehrte. Immer fester setzte sich der Gedanke in ihr, daß Gonda mit jenem Georg verlobt war; sie wollte es glauben. Es würde sich schon eine Gelegenheit finden, Doktor Leyden unverfänglich davon zu unterrichten. Dann würde sie gewonnenes Spiel haben.

Sie redete sich ein, daß er sich überhaupt nicht weiter um Gonda gekümmert haben würde, wenn diese nicht so schamlos mit ihm kokettiert hätte. Sie wollte Gondas Humor und Natürlichkeit als Gefallsucht ansehen. Und wenn sie auf Sumatra einen Geliebten hatte, dann war es doch schändlich, daß sie mit Doktor Leyden liebäugelte. Man würde geradezu ein gutes Werk tun, wenn man ihm darüber die Augen öffnete! Dann würde er einsehen, daß er besser daran tun würde, sich um Helga zu bewerben. Schließlich hatte sie ihm doch mehr zu bieten als dieses kleine, ziemlich unkultivierte Ding – die Tochter einer Erzieherin.

Bei Tisch erzählte Gonda dann ihrem Vater, daß sie an Georg geschrieben habe, und fuhr fort:

»Du wolltest doch versuchen, lieber Vater, die Adresse von Georgs Großvater zu ermitteln, um eine Versöhnung zwischen den beiden herbeiführen zu können. Ich habe das Gefühl, daß es die höchste Zeit ist, wenn wir ihm noch helfen wollen. Er sehnt sich krank nach uns. Wir müssen etwas für ihn tun, lieber Vater, damit er sobald wie möglich für immer nach Deutschland kommen kann.«

Helga lauschte sehr interessiert auf das Gespräch zwischen Vater und Schwester. Klaus Ruthart antwortete:

»Ja, Gonda, glaube nur nicht, daß ich das vergessen habe, ich hatte nur bisher so viel zu tun, daß ich mich unmöglich für einige Tage freimachen konnte. Ich muß unbedingt selbst nach Frankfurt fahren, um Erkundigungen einzuziehen. In den nächsten Tagen werde ich das aber endlich erledigen können, es brennt mir selbst auf der Seele. Ich nehme als sicher an, daß Georgs Großvater nicht weit von Frankfurt entfernt lebt, denn Hermann Strasser ist damals mit seiner Frau gewiß nicht erst weit gereist, damit sie sich trauen lassen konnten. So kann ich dann vielleicht gleich von Frankfurt aus den alten Herrn aufsuchen, und daß ich dann mein möglichstes tun werde, kannst du dir denken.«

Gondas Augen leuchteten glücklich auf.

»Ja, Vater, das weiß ich! Ich sorge mich sehr um Georg, ich fürchte, er geht zugrunde, wenn er nicht endlich aus diesen unerfreulichen Verhältnissen auf Ramova erlöst wird.«

Helga stellte bei sich fest, daß es Gonda sehr am Herzen lag, mit diesem Georg wieder vereint zu werden. Immer fester glaubte sie daran, daß Gonda heimlich mit ihm verlobt war. Und das machte sie der Schwester gegenüber liebenswürdiger. Mit großer Freude bemerkte ihr Vater, daß sie den Arm um Gondas Schultern legte, als sie vom Tisch aufstanden, und sehr herzlich zu ihr sagte:

»Jetzt fahren wir zusammen zu Tante Käthe hinüber, Gonda, und lassen uns von ihr zum Tee einladen. Ihre Köchin versteht es, kleine herrliche Kuchen zu backen, die zum Tee vorzüglich schmecken.«

Gonda war sehr gerührt, daß die Schwester ihr diese kleine Zärtlichkeit erwies, die rechnete sie ihr hoch an, und lebhaft umarmte und küßte sie die Schwester. Diese zuckte zwar ein wenig unter diesem Kuß zusammen, aber sie hielt still und gab ihn sogar zurück.

Der Vater sah seinen beiden Töchtern mit stillem, frohem Lächeln nach. Spürte er doch in letzter Zeit, daß Helgas Schroffheit ihm gegenüber sich milderte und manchmal etwas wie kindliches Vertrauen in ihren Augen lag.

Gonda wird es schon schaffen, dachte er befriedigt.

Tante Käthe freute sich sehr, ihre beiden Nichten bei sich zu sehen, und sie lachte froh, als sie ihr erklärten, sie möchten die köstlichen kleinen Kuchen zum Tee haben, die ihre Köchin so gut zu backen verstehe. Der ungezwungene Ton, der heute zwischen den beiden Schwestern herrschte, erfüllte sie mit großer Hoffnung, daß noch alles zwischen ihnen ganz gut werden würde. Wenn Helga auch bisher immer vermieden hatte, in Gegenwart der Tante und des Vaters ihre Schroffheit gegen Gonda herauszukehren, so war sie doch bisher immer sehr steif und zurückhaltend geblieben. Weder Tante Käthe noch ihr Bruder ahnten, daß Helga der Schwester das Leben oft recht schwer gemacht hatte. Gonda verriet nie etwas davon. Aber so liebenswürdig wie heute war Helga überhaupt noch nie zu Gonda gewesen. Und das freute Tante Käthe, wie es ihren Bruder gefreut hatte.

Gondas schelmischer Humor riß heute sogar Helga mit fort, so daß sie einigemal herzlich lachen mußte. Es war ein so vergnügtes Teestündchen, wie Tante Käthe es in Helgas Gegenwart noch nie erlebt hatte. Und sie dachte bei sich, daß Gonda eine kleine Zauberin sei, die auch das kühle Herz ihrer Schwester mit Leben und Humor füllte.

Nach dem Tee fuhren die beiden Schwestern wieder nach Schloß Santen zurück, und Tante Käthe versprach, am Abend mit Doktor Leyden hinüberzukommen.

»Ihr braucht mir gar nicht zuzureden«, sagte sie lachend, »wenn wir jetzt einmal einen Abend allein bei mir sitzen, dann gefällt uns das gar nicht mehr, weder mir noch Doktor Leyden. Wir sind eben jetzt durch eure Gesellschaft verwöhnt.«

Und am Abend trafen die beiden auch wirklich ein und wurden sehr liebenswürdig von Helga aufgenommen. Sie war etwas lebhafter als sonst, und Doktor Leyden sah sie lächelnd an und dachte, wie sehr Helga Ruthart doch gewann, wenn sie ein wenig aus sich herausging. Helga merkte sehr wohl, daß seine Augen sie mit einem anderen Ausdruck als sonst ansahen, und ihr Herz klopfte vor Freude darüber bis zum Halse hinauf. Gonda war heute zum erstenmal aufgefallen, daß Helga Hans Leyden viel liebenswürdiger begrüßte als andere Gäste ihres Hauses.

Sie gab sich sonst gegen alle Gäste sehr zurückhaltend. Keiner von ihnen konnte sich einbilden, daß er Helga besonders angenehm sei. Gerade deshalb erquickten sich alle an Gondas liebenswürdiger Natürlichkeit. Sie war so ganz anders geartet als ihre stolze Schwester und begegnete allen Menschen in harmloser Freundlichkeit.

Nur mit Doktor Leyden machte Helga eine Ausnahme, und das fiel Gonda heute zum erstenmal auf. Sie freute sich aber unbefangen darüber, ohne zu ahnen, wieviel er Helga bedeutete.

Ehe man zu Tisch ging, plauderte man noch einige Minuten, und Gonda wurde das Herz warm wie immer, wenn Hans Leyden zugegen war und seine Augen sie mit warmem Ausdruck anschauten. Widmete er sich ihr auch nicht mehr als den anderen, so suchten doch seine Augen fast unablässig die ihren. Und unter seinen Blicken klopfte ihr das Herz zuweilen so stark und laut, daß sie doch manchmal eine tiefe Befangenheit befiel. Noch wußte sie nicht, warum; sie wußte nur, daß das, was sie für Hans Leyden empfand, so ganz anders war, als sie bisher für einen Menschen empfunden hatte.

Sie lachte sich diese Befangenheit immer schnell wieder fort und blieb nach wie vor harmlos, wenn sie auch wußte, daß sie ihn sehr, sehr lieb hatte. Sie wußte auch, daß sie sich sehr glücklich fühlte, sobald er in ihre Nähe kam. Wenn er sie mit seinen grauen Augen so warm und herzlich anstrahlte, wäre sie ihm am liebsten um den Hals gefallen, aber daß dies nicht sein durfte, das fühlte sie unwillkürlich, das hätte ihr niemand zu sagen brauchen.

Hans Leyden war sich aber längst darüber klargeworden, daß er sein Herz an Gonda Ruthart verloren hatte. Er wußte aber auch, daß er noch lange nicht daran denken konnte, eine Familie zu gründen. Wenn er auch fest angestellt war, so bezog er doch vorläufig nur ein bescheidenes Gehalt, das für ihn allein wohl ausreichte, von dem er aber eine Frau noch nicht ernähren konnte. Wie er geartet war, erschien es ihm unmöglich, unter diesen unzulänglichen Verhältnissen um Gonda zu werben. Doch tröstete ihn, daß sie noch jung war. Vielleicht wartete sie auf ihn? Denn er glaubte erkannt zu haben, daß sie ihm nicht gleichgültig gegenüberstand. Das bewies ihm ihr jähes Erblassen und Erröten, das leise Beben ihrer Hand und der Ausdruck ihrer Augen.

Eine heiße Angst befiel ihn immer dann, wenn er merkte, daß die jungen Herren der Gesellschaft, mit denen sie in Schloß Santen oder zuweilen auch im Hause ihrer Tante zusammentrat, sich entzückt um sie scharten. Er wurde dann erst immer wieder ruhig, wenn ihre Augen ihn über all die anderen hinweg suchten und glücklich in die seinen strahlten.

Tante Käthes scharfe Augen hatten längst bemerkt, daß ihr junger Hausgenosse sehr entzückt von Gonda war. So etwas merkt eine erfahrene Frau aus hundert scheinbar belanglosen Kleinigkeiten. Und sie schätzte Hans Leyden viel zu hoch ein, um sich nicht innig darüber zu freuen. Sie behielt aber diese Beobachtungen für sich und rührte mit keinem Wort daran, um nicht zu stören, was aufblühen wollte ...

Daß aber auch Helga alles andere als Gleichgültigkeit Doktor Leyden gegenüber empfand, das entging ihr. Helga war eben doch mehr gewohnt, ihre Gefühle zu verbergen. So ahnte die erfahrene Tante auch nichts von den eifersüchtigen Gefühlen, mit denen Helga der Schwester gegenüberstand.

Heute abend waren außer Tante Käthe und Hans Leyden keine weiteren Gäste im Schloß. Nach Tisch zog man sich in Helgas kleinen Salon zurück wo ein eleganter Stutzflügel stand. Hier wurde der Mokka getrunken, und Helga musizierte zuweilen, wenn ihre Gäste Musik hören wollten. Sie beherrschte den Flügel mit großer Virtuosität, aber ihr Spiel hatte wenig Seele. Das merkten alle außer Gonda, die ihrer Schwester Spiel bewunderte und mit großen Augen auf ihre Hände herabsah, die so leicht und elegant über die Tasten glitten.

»Oh, wenn ich das auch könnte!« hatte sie eines Abends ausgerufen.

»Kannst du nicht Klavier spielen, Gonda?« hatte die Schwester gefragt.

»Nein, wir besaßen kein Instrument auf Dahomy, und wenn wir gesungen haben, Mutter, Vater und ich, dann habe ich uns auf der Laute begleitet. Mutter hat mich gelehrt, dies Instrument zu spielen.«

»Besitzest du die Laute noch?«

»Gewiß, Tante Käthe, ich begleite darauf noch immer meine Lieder, wenn ich singen will.«

»Da mußt du uns auch einmal zuhören lassen.«

Bisher hatte Gonda sich noch nicht dazu entschließen können. Sie war es nicht gewöhnt, vor anderen Menschen zu spielen und zu singen. Ihre einzigen Zuhörer waren stets nur die Eltern und Georg Strasser gewesen.

Auch heute erfreute Helga ihre Gäste mit einigen Klavierstücken. Sie spielte Chopin und Liszt mit großer Fertigkeit. Man zollte ihr natürlich Beifall, und sie war nicht wenig eingebildet auf ihre musikalischen Leistungen, zumal sie glaubte, in dieser Beziehung nicht von Gonda übertroffen werden zu können.

Und weil sie dessen zu sicher war, sagte sie, als sie ihr Spiel beendet hatte:

»Jetzt könntest du uns aber nun endlich auch einmal mit einer musikalischen Darbietung erfreuen, Gonda. Ich habe heute vormittag deine Laute in deinem Zimmer gesehen und bin daran erinnert worden, daß du sie spielen und auch singen kannst. Ich werde sie gleich herunterholen lassen. Du mußt auch einmal etwas zur Unterhaltung unserer Gäste beitragen.«

Ohne auf Gondas erschrockene Abwehr zu achten, bat sie ein Mädchen darum, die Laute zu holen.

Gonda atmete beklommen: »Oh, Helga, ich werde mich fürchterlich blamieren, ich habe ja noch nie vor einem anderen Menschen gespielt und gesungen.«

»Wir werden uns aber sehr freuen, gnädiges Fräulein, wenn wir Ihnen zuhören dürfen«, sagte Hans Leyden.

Sie sah ihn unsicher an.

»Ich fürchte, daß mir jeder Ton in der Kehle steckenbleiben wird«, seufzte sie kläglich. Dabei sah sie so reizend aus, daß er sie am liebsten in seine Arme genommen und ermutigt hätte. Tante Käthe redete ihr zu, sie möge keine Angst haben, es würde schon gutgehen, und ihr Vater sagte lächelnd, über ihr Haar streichend:

»Du kannst dich ungeniert hören lassen, Gonda. Daß du keine Primadonna bist, wissen wir alle, und für den Hausgebrauch singst du sehr hübsch. Vielleicht bin ich als dein Vater etwas parteiisch, aber davonlaufen wird niemand, da kannst du ohne Sorge sein. Und wenn du tapfer bist, wirst du dich ganz bestimmt nicht blamieren. Singe doch zuerst die malaiischen Volkslieder, zu denen du dir die Begleitung selbst komponiert hast. Da hast du bestimmt etwas Neues zu bieten.«

Sie lachte mutig zu ihrem Vater auf. »Du mußt die Schmach mit mir tragen, Vater, wenn ich mich blamiere.«

Er nickte ihr lachend zu. Jetzt kam das Mädchen mit der Laute zurück und reichte sie Gonda. Sie nahm all ihren Mut zusammen, setzte sich auf einen Hocker und ließ die Hände wie versuchend über die Saiten gleiten. Dann sah sie ein wenig verwirrt zu Doktor Leyden hinüber und sagte drollig:

»Aber, bitte, nicht auslachen!«

Er schüttelte stumm den Kopf. Wie reizend war sie in ihrer Verlegenheit!

Eine Weile spielte Gonda wie verträumt auf der Laute, die einen weichen, vollen Klang hatte. Es war ein sehr gutes Instrument, das merkte man gleich. Dann begann sie erst leise, dann nach und nach sicherer werdend, zu singen. Zuerst ein malaiisches Wiegenlied, eine seltsam zärtliche, beruhigende Weise, die ihre Zuhörer sogleich in einen süßen Zauber einspann, obgleich sie den Text nicht verstehen konnten. Sie wartete, als es zu Ende war, gar nicht, bis jemand etwas sagte, sondern ging gleich in das Vorspiel zu einem anderen Lied über. Dies war ein Liebeslied, und es klang noch süßer als das erste. Ihr weicher Mezzosopran zauberte sich in die Herzen ihrer Zuhörer. Die Stimme war nicht sehr laut und kräftig, aber seltsam weich.

Als sie damit zu Ende war, ließ sie die Hand von der

Laute sinken und wagte nun erst wieder aufzusehen, zuerst in Hans Leydens Augen, vor deren Ausdruck sie aber so erschrak, daß sie die Augen gleich wieder senkte. So hatte sie Hans Leyden noch nie angesehen, so heiß und zärtlich ...

»Wie reizend hast du gesungen, Gonda, was sind das für entzückende Lieder!« rief Tante Käthe und umarmte und küßte Gonda stürmisch.

»Haben sie dir wirklich gefallen, Tante Käthe?«

»Ach, wie kannst du so töricht fragen! Lieb hat das geklungen. Schade, daß wir die Texte nicht verstanden haben. Du mußt sie uns übersetzen.«

Gonda lachte und sah verlegen zu Hans Leyden hinüber. Ihr war, als könnte sie jetzt vor ihm auf keinen Fall den Text des Liebesliedes wiederholen. Sie übersetzte nur das Wiegenlied und meinte dann, das andere Lied lasse sich nicht in die deutsche Sprache übersetzen, es würde dann gewöhnlich klingen.

Und weil sie sich genierte, daß man soviel Aufhebens von ihren schlichten Liedchen machte, begann sie ein neues Vorspiel. Sie hatte nun doch etwas mehr Mut und sang nun auch ein paar deutsche Volkslieder, die sich besonders zur Lautenbegleitung eigneten. Süß und klar klang ihre Stimme durch den Raum.

Helga war die einzige, die sich diesen Tönen in eifersüchtigem Groll verschloß. Sie sah, daß Hans Leyden seine Augen nicht von Gonda ließ und daß er ihre Lieder in sich hineintrank. Jetzt ärgerte sie sich, daß sie Gonda zum Singen aufgefordert hatte. Eine Niederlage hatte sie ihr bereiten wollen und hatte ihr zu einem vollen Erfolg verholfen. Nie war es ihr gelungen, eine solche Stimmung mit ihrem Klavierspiel auszulösen, wie Gonda mit ihren schlichten Liedern.

Tante Käthe umarmte Gonda wieder und wieder, als sie zu Ende war, und küßte sie auf den Mund, die Wangen und die Augen.

Auch Hans Leyden war tief bewegt. Weil ihm das Herz gar so voll war und er nicht davon sprechen konnte, was ihn bewegte, trat er durch die hohe Fenstertür stumm hinaus auf die Terrasse. Gonda sah ihm ein wenig beklommen nach, weil er ihr kein Wort der Ermutigung sagte. Daß Tante so sehr von ihren Liedern entzückt war, konnte sie nicht begreifen. Es war wohl nur Tantes gutes Herz, das aus ihr sprach, sie wollte ihr Mut machen. Helga sagte ja auch nichts über ihr Spiel und ihren Gesang – wie sollte sie auch? Sie war eine Künstlerin auf dem Flügel, wie lächerlich mußten ihr die kleinen Lieder und das unbeholfene Klimpern auf der Laute erscheinen!

Gonda hatte eben keine Ahnung, was für einen reinen Genuß sie ihren Zuhörern angeboten hatte.

Der Vater sprach nun auch einige beruhigende Worte zu ihr.

»Du kannst zufrieden sein, Gonda, es hat sehr lieb und hübsch geklungen, du weißt, ich spreche die Wahrheit«, sagte er, denn er merkte, daß Gonda nicht mit sich zufrieden war. Tante Käthe aber fuhr auf ihn los.

»Zufrieden sein – lieb und hübsch? Du drückst dich sehr mäßig aus, mein lieber Klaus, ich bin restlos entzückt und wünsche mir, daß ich Gonda recht oft zuhören darf.«

Und Vater und Tante nahmen vorläufig Gonda so in Anspruch, daß es gar nicht bemerkt wurde, daß nach einer Weile Helga ebenfalls auf die Terrasse trat. Sie sah die schlanke Gestalt Hans Leydens an der Terrassenbrüstung lehnen und trat zu ihm.

»Ein wundervoller Abend, Herr Doktor, sehen Sie sich diesen Sternhimmel an«, sagte sie halblaut.

Er war leise zusammengezuckt, da er sie nicht hatte kommen hören und in seine Gedanken vertieft war.

»Ich bewunderte ihn eben auch, gnädiges Fräulein.«

»Meine Schwester hat reizend gesungen, nicht wahr?«

»Ganz reizend«, stimmte er mit verhaltener Stimme bei.

»Und sie hat uns so lange auf diesen Genuß warten lassen«, fuhr Helga fort. »Aber man kann ihr nachfühlen, sie hat bisher vor fremden Menschen überhaupt nicht gesungen. Ihre einzigen Zuhörer waren bisher ihre Eltern und – ihr Verlobter.«

Hans Leyden zuckte zusammen wie unter einem Schlag, beherrschte sich aber mit Aufbietung aller Kraft.

»Ihr Verlobter? Ich wußte gar nicht, daß Ihr Fräulein Schwester verlobt ist«, sagte er mit heiserer Stimme.

»Nun ja, es ist auch noch Familiengeheimnis, es ist mir so entfahren, aber Sie gehören doch als Tante Käthes Pflegesohn ein bißchen zur Familie und werden es nicht ausplaudern. Der Verlobte meiner Schwester ist noch auf Sumatra, wird aber in einiger Zeit nach Deutschland kommen. Gonda ist natürlich sehr unglücklich über die lange Trennung und hat kürzlich erst vor Sehnsucht nach ihm geweint, als sie wieder einen Brief von ihm erhielt. Es liegen noch einige kleine Hindernisse zwischen den beiden, aber die werden hoffentlich bald besiegt sein. Bis das aber der Fall ist, soll die Sache noch nicht öffentlich sein.«

»Ich danke Ihnen jedenfalls, daß Sie mich für wert hielten, mir das mitzuteilen, gnädiges Fräulein. Es – es interessiert mich natürlich sehr«, sagte er gepreßt.

»Wie gesagt, Herr Doktor, Sie gehören fast zur Familie. – Aber sehen Sie nur, wie klar und scharf sich die Mondsichel von dem dunklen Blau des Himmels abhebt.«

Damit ging Helga schnell auf ein anderes Thema über, weil sie nun glaubte, genug gesagt zu haben. Das Herz schlug ihr freilich bis zum Hals hinauf.

»Ja, die Luft muß sehr klar sein«, erwiderte er scheinbar unbewegt.

»Wollen wir nicht hineingehn? Es ist doch ziemlich kühl heute abend.«

»Wenn Sie gestatten, bleibe ich noch einige Minuten hier, um mich an der tiefen Ruhe zu laben«, erwiderte er scheinbar ruhig.

»Gewiß, lassen Sie sich nicht stören, aber mich entschuldigen Sie wohl, mir ist ein wenig kühl.«

Er verneigte sich artig, und sie ging in das Zimmer zurück, wo Vater und Tante noch immer plaudernd mit Gonda zusammensaßen. Sie ließ sich in einen Sessel gleiten. Ein wenig blaß war sie vor unterdrückter Erregung geworden. Nach einer Weile wandte sich Tante Käthe suchend um.

»Wo ist denn unser guter Leyden geblieben?«

Gondas Augen fragten das auch.

»Er ist auf der Terrasse und schwärmt den Mond an«, erwiderte Helga lächelnd. »Wir wollen ihn nicht stören, er wird schon wieder hereinkommen, wenn er genug davon hat.«

Und sie plauderte mit einer bei ihr seltenen Lebhaftigkeit mit den anderen und ließ keine Pause aufkommen. Ihr war, als müsse sie Hans Leyden Zeit geben, sich zu fassen.

Dieser stand im Dunkeln und hatte den Kopf an die steinerne Statue einer Diana gelehnt, welche die Terrassenbrüstung schmückte. Er rang mit der herben Enttäuschung, die ihm Helgas Worte bereitet hatten. Gonda verlobt! Das erschien ihm wie ein unerhörtes Unglück. Gonda die Braut eines anderen – konnte denn das sein? War das möglich? Er hatte nur noch nicht den Mut gehabt, ihr seine Liebe zu bekennen, weil er noch nicht imstande war, einer Frau ein sorgenloses Leben an seiner Seite zu bieten. Wie gut, daß er es nicht getan hatte!

Nun hatte er hören müssen, daß sie schon einem anderen gehörte, daß sie, so jung schon, gebunden war.

Wie sehr er sie liebte, das zeigte ihm der Schmerz, den er empfand. Er würde lange brauchen, bis er diese Enttäuschung, all die heißen, süßen Hoffnungen verwunden hatte.

So stand er eine Weile, reglos, wie gelähmt von seinem Schmerz, nicht fähig, einen klaren Gedanken zu fassen. Nach einer Weile raffte er sich auf. Es ging nicht an, daß er sich so lange hier draußen aufhielt und sich seinen Gastgebern entzog. Was sollten sie von ihm denken?

Alle Selbstbeherrschung aufbietend und ein Lächeln in sein Gesicht zwingend, trat er wieder ein und wußte nicht, wie blaß er aussah.

»Herrschaften, das ist ein wundervoller Sternhimmel!« rief er begeistert aus.

Tante Käthe fiel auf, daß er sehr blaß aussah.

»Lieber Doktor, Sie werden sich bei der Bewunderung

des Sternhimmels einen Schnupfen geholt haben; Sie sehen aus, als sei Ihnen sehr kalt geworden.«

Er zwang sich zu einem Lachen.

»Ein wenig kühl war es draußen, aber einen Schnupfen wird es nicht gleich geben, ich bin abgehärtet.«

Helga hatte ihm mit brennenden Augen entgegengesehen. Wie er jetzt scherzte und lachte, atmete sie auf. Es konnte doch nicht sehr tief bei ihm gegangen sein, was sie ihm über Gonda berichtet hatte. Vielleicht hatte sie sich doch getäuscht, wenn sie annahm, daß ihm Gonda mehr galt als sie. Diese Ansicht befestigte sich noch im Lauf des Abends bei ihr, denn er war sehr lustig und vergnügt und widmete sich Helga viel mehr als sonst. Er schien in blendender Stimmung zu sein, plauderte lebhaft und erwies Helga sehr viel Aufmerksamkeiten. Helga ahnte nicht, was ihn diese scheinbare Heiterkeit kostete. Sie war zufrieden, daß sie ihn vor Gonda gewarnt hatte. Er sah Gonda kaum noch an, richtete auch das Wort fast niemals an sie.

Gonda fiel das zuerst nicht auf, aber im Lauf des Abends merkte sie doch, daß er ihren Blicken auswich und sie nicht wie sonst mit einem warmen Aufstrahlen seiner Augen suchte. Und trafen ihre Blicke doch einmal ineinander, dann sah er sie so seltsam kalt und unbewegt an, daß sie erschrak. Wenn sie das Wort unmittelbar an ihn richtete, gab er ihr kurze, förmliche Antworten und wandte sich dann immer gleich wieder zu Helga.

Gonda war bestürzt. Ihre Augen flogen mit bangem Ausdruck immer wieder zu ihm hin, und wenn er dann so ruhig und kalt über sie hinwegsah, drückte sie die Hand aufs Herz, als müsse sie das unruhige Klopfen desselben beschwichtigen.

Warum tat ihr das Herz nur so furchtbar weh? Weshalb sah er sie so ganz anders an als sonst? War er böse auf sie? Warum?

Mit einem traurigen Blick sah sie ihm nach, als er sich förmlich von ihr verabschiedet hatte und mit Tante Käthe davonging.

Aber tapfer bezwang sie sich dann, verabschiedete sich ruhig von Helga und dem Vater und suchte ihr Zimmer auf. Als sie allein war, sank sie in einen Sessel, und nun strömten plötzlich die Tränen über ihr Gesicht. Weshalb war Doktor Leyden so seltsam verändert zu ihr, seit er mit so blassem, ernstem Gesicht von der Terrasse wieder hereingekommen war? Weshalb war er überhaupt auf die Terrasse hinausgegangen? Sie grübelte lange – plötzlich kam ihr ein Gedanke. Wahrscheinlich waren ihm ihre Lieder dumm erschienen, und er hatte nun Angst, daß sie sich immer wieder produzieren würde. Aber da brauchte er nicht in Sorge zu sein, nie wieder würde dies der Fall sein. Und es würde das beste sein, wenn sie ihm das sagte, sobald sie einmal mit ihm allein war. Die anderen brauchten das nicht zu hören, die würden sie vielleicht auslachen.

Ach, wenn sie doch nicht gesungen hätte! Aber wenn sie ihn sehr um Entschuldigung bat, dann würde er ihr doch verzeihen und wieder lieb und gut zu ihr sein.

Seufzend erhob sie sich und kleidete sich aus. Und bis in ihre Träume hinein verfolgte sie das bedrückende Gefühl. Das Herzweh, das sie befallen hatte, war auch am nächsten Morgen noch nicht gewichen, obwohl sie sich sagte, er könne ihr doch nicht immer zürnen ...

12

Einige Tage vergingen. Zu Gondas großem Schmerz zeigte Doktor Leyden ihr immer noch das förmliche, zurückhaltende Wesen. Mehr und mehr widmete er seine Aufmerksamkeit Helga, und Gonda staunte dann, wie seltsam verändert Helgas Gesicht war, wenn sie mit ihm plauderte. Die stolze Zurückhaltung, die sie sonst allen Menschen zeigte, war dann wie fortgewischt, ihre Augen bekamen einen warmen Glanz, und zuweilen huschte ein liebes, weiches Lächeln über ihre Züge. Daß Helga alle Mittel anwandte, um Hans Leyden an sich zu fesseln, und daß er ihr meist geistesabwesend zuhörte und doch nur an Gonda dachte, ahnte diese nicht. So unglücklich fühlte sich Gonda über sein verändertes Wesen, daß sie nur mit Mühe die Tränen zurückhalten konnte.

Nie mehr begegneten ihr seine Augen mit einem Aufleuchten, das sie immer so beglückt hatte. Scheinbar kalt und teilnahmslos sah er über sie hinweg, wenn er auch keine Möglichkeit außer acht ließ. Er nahm anscheinend keine Notiz davon, daß sie blaß und traurig war, und sie wagte kaum noch das Wort an ihn zu richten. Leider war sie noch nicht einen Augenblick mit ihm allein gewesen, hatte ihn also noch nicht nach der Ursache seines veränderten Wesens fragen können. Vor den anderen wagte sie nicht, ihn zu fragen, denn sie war nicht ganz sicher, ob das nicht abermals ein Verstoß gegen die guten Sitten sein könnte.

So quälte sich Gonda, wie sich Hans Leyden quälte. Er merkte wohl, daß sie ihn fragend und traurig anblickte, und er sagte sich, daß er ihr keinen Vorwurf machen könne. Sie konnte doch nicht wissen, daß es ihm solche Schmerzen bereitete, daß sie mit einem anderen verlobt war. Und sie wunderte sich wohl nun, daß er sich ihr verändert zeigte. Aber er konnte nicht anders, er mußte sich hinter diese zurückhaltende Höflichkeit flüchten, weil er sich sonst verraten hätte.

Sie ahnten beide nicht, daß sie sich umsonst quälten. Aber ihre Liebe zueinander wurde durch die heimliche Qual nur noch stärker und tiefer, wenn sich Gonda auch noch immer nicht ganz klar über die Art ihrer Gefühle für Hans Leyden war.

So war die Woche vergangen, und am Sonntag reiste Klaus Ruthart nach Frankfurt, um zu versuchen, die Adresse von Georgs Großvater zu ermitteln. Er fuhr gleich nach dem Frühstück nach Kassel und wollte dort den Mittagszug nach Frankfurt erreichen, um gleich am Montagmorgen seine Nachforschungen beginnen zu können.

Helga zog sich, nachdem der Vater fortgefahren war, in ihr Zimmer zurück, um Briefe zu schreiben; Gonda aber ließ sich ihr Pferd satteln. Sie wollte einige Stunden ausreiten, vielleicht wurde ihr dann das Herz ein wenig leichter. Sie hatte auch daran gedacht, daß sie zu Tante Käthe hinüberreiten könne, aber dann fiel ihr ein, daß Helga ihr gesagt hatte, sonntags dürfe sie nicht zu ihr gehen, da sei Doktor Leyden nicht an seiner Arbeitsstelle, und es würde sich nicht schicken, wenn sie dann hinüberginge, wenn er zu Hause sei. Da sie ihn ja auch in Tante Käthes Gegenwart nicht fragen konnte, was er gegen sie habe, so lockte sie das auch nicht.

Traurig und in Gedanken versunken ritt sie durch den grünen Wald und ließ ihr Pferd gehen, wohin es wollte. Sie schrak erst aus ihrer traurigen Versunkenheit auf, als sie merkte, daß sie an dem Landsitz von Hans Leydens Onkel vorüberkam. Mit traurigen Augen sah sie hinüber auf das hübsche Gebäude, das inmitten eines Parkes lag, und ließ ihr Pferd im Schritt gehen. Gerade als sie an der Pforte ankam, die zu dem Park führte, wurde diese geöffnet, und – Hans Leyden trat heraus.

Mit großen Augen sahen sich beide an.

Gonda hielt ihr Pferd an. Sie sah, daß es einen Augenblick in seinen Augen aufstrahlte wie früher, aber dann zwang er schnell wieder den kühlen Ausdruck in sein Gesicht.

»Guten Morgen, Herr Doktor!« rief sie zaghaft.

»Guten Morgen, gnädiges Fräulein! Schon zu Pferde unterwegs?«

»Ja, sonst reite ich sonntags immer mit Vater zusammen aus, aber er ist heute nach Frankfurt gefahren. Meine Schwester hatte auch keine Lust, mich zu begleiten, und so habe ich mich allein auf den Weg gemacht, wie so oft«, sagte sie, ihn forschend und fragend ansehend.

Er wandte seinen Blick ab, zog den Hut und sagte hastig: »Dann will ich Sie nicht weiter aufhalten, gnädiges Fräulein.«

Da hob sie rasch entschlossen die Hand. So eine Gelegenheit wurde ihr so bald nicht wieder geboten.

»Einen Augenblick, Herr Doktor«, sagte sie mit zagender Stimme, »Sie gehen doch sicher durch den Wald zurück, nicht wahr?«

Er verneigte sich zustimmend. In seinem Gesicht zuckte es vor Ungeduld, wie sie meinte, aber tapfer fuhr sie fort:

»Dann gestatten Sie mir, daß ich mit Ihnen gehe, ich – ich möchte gern ein Stück laufen.«

Ehe er etwas einwenden konnte, war sie aus dem Sattel gesprungen und stand aufatmend neben ihm.

Er wäre am liebsten geflohen vor ihren flehenden Augen, die ihn sehr beunruhigten. Aber das wäre ungezogen gewesen. So sagte er nur so gemessen, als er konnte: »Bitte sehr!«

Sie gingen schweigend nebeneinander hin. Gonda führte ihr Pferd am Zügel. Erst nach einer Weile sagte sie, um nur ein Gespräch in Gang zu bringen: »Sie haben das Haus Ihres Onkel besucht?«

»Ja, auf seinen Wunsch, ich hatte einen Auftrag an seinen Inspektor auszurichten ...«

»Geht es ihm besser?«

»Leider nicht, er schreibt mir sogar, daß es ihm schlechter geht. Ich hoffe aber, daß er sich das nur einbildet.«

Nun schwiegen sie wieder eine Weile, aber plötzlich blieb Gonda entschlossen vor ihm stehen, daß er nicht weitergehen konnte, und sah ihn mit feuchtschimmernden Augen flehend an.

»Herr Doktor, ich will es niemals wieder tun!« sagte sie mit bebender Stimme.

Betroffen sah er in ihre flehenden Augen.

»Was wollen Sie nicht wieder tun?« fragte er verständnislos.

»Nie mehr singen und Laute spielen.«

»Warum denn nicht?«

»Weil das wohl so abscheulich war, daß Sie davonlaufen

mußten, auf die Terrasse hinaus, und weil Sie mir seither böse sind und mich nie mehr so freundlich wie sonst angesehen haben.«

Er atmete schwer und schob seinen Hut etwas zurück, als sei ihm zu heiß. Er wußte nicht, was sie von ihm wollte und warum sie ihn so ansah.

»Ich? Ihnen böse? Wie kommen Sie denn darauf?«

»Oh, Sie brauchen es nicht zu leugnen. Es kann ja nichts anderes sein, was sie so verändert hat. Ich habe lange darüber nachgedacht, und nichts anderes habe ich Ihnen doch angetan. Es kann nur meine Singerei schuld sein, genau von der Stunde an sind Sie so verändert zu mir gewesen. Ich dachte mir ja gleich, daß mein Gesang unangenehm auffallen würde, zumal nach Helgas herrlichem Spiel. Aber ich fürchtete nur, daß ich mich blamieren könnte, nicht, daß Sie mir böse sein könnten. Sonst hätte ich ganz sicher nicht gesungen.

Sie ahnte nicht, wie reizend sie wirkte in ihrer Zerknirschung und Hilflosigkeit. Ein wütender Schmerz überfiel ihn von neuem, daß sie ihm verloren war, aber er bezwang sich, ruhig zu antworten:

»Sie irren sich sehr, ich bin Ihnen nicht böse, ganz gewiß nicht. Und Ihr Gesang, es war so entzückend ... erlassen Sie es mir, darüber zu sprechen. Wenn ich auf die Terrasse hinausging, nachdem Sie sangen, so geschah das nur, weil mich Ihre Lieder so tief ergriffen hatten und weil ich nicht darüber sprechen konnte. Ich hätte Ihnen gern noch länger zugehört.«

Sie schüttelte hilflos den Kopf.

»So sagen mir doch wenigstens, womit ich sonst Ihren Zorn erregt habe. Sie sind doch ganz anders zu mir als früher, sehen mich kalt und förmlich an, früher haben Sie mich doch ganz anders angeblickt.«

Er gab sich einen Ruck. Hier konnte nichts anderes helfen als die Wahrheit. Mit einem schmerzlichen Ausdruck sah er in ihre Augen.

»Ich will es Ihnen sagen. Ich darf Sie nicht mehr so ansehen wie früher, weil ich inzwischen, gerade an jenem Abend, erfahren habe, daß Sie verlobt sind.«

Fassungslos erstaunt sah sie ihn an.

»Verlobt? Ich? Mit wem soll ich denn verlobt sein?«

»Mit wem, das weiß ich nicht. Ich weiß nur, daß Ihr Verlobter auf Sumatra geblieben ist, daß Sie sich nach ihm sehnen, daß er Ihnen bald nach Deutschland folgen soll – und – daß Sie über seinen Brief geweint haben.«

Sie atmete zitternd auf.

»Wer hat Ihnen nur erzählt, ich sei verlobt?«

Seine Augen brannten unruhig.

»Ihr Fräulein Schwester.«

»Helga?«

»Ja.«

Da lachte sie plötzlich wie befreit auf.

»Und deshalb waren Sie mir böse?«

»Nicht böse, aber sehr traurig. Und ich mußte mich doch danach verhalten. Wenn – wenn Sie verlobt sind, dann – aber nein – das gehört nicht hierher.«

In ihren Augen lag jetzt das Sonnenleuchten, das er so sehr liebte.

»Herr Doktor, meine Schwester hat sich in einem großen Irrtum befunden, wenn sie sagte, ich sei verlobt. Der Brief, über den ich geweint habe, stammte von meinem Jugendfreund Georg, einem Menschen, mit dem ich wie

Bruder und Schwester aufgewachsen bin, den ich sehr liebe, wie eine Schwester ihren Bruder liebt, und der sehr, sehr unglücklich ist durch schlimme Familienverhältnisse. Mein Vater und ich sind die einzigen Menschen, die er liebt und die ihn gern haben. O ja, ich habe geweint über seinen letzten Brief, weil er so krank und so unglücklich ist. Ich fürchte, er wird nie gesund, wenn er nicht ganz schnell einen Klimawechsel vornehmen kann. Die Verhältnisse liegen aber so unglücklich, daß er eben nicht fort kann, wenn man ihm nicht hilft – gegen seinen Willen hilft, weil er zu stolz ist, um Hilfe anzunehmen. Mein Vater ist gerade heute in seiner Angelegenheit in Frankfurt, er will um jeden Preis für ihn Hilfe ermöglichen. Ich habe meiner Schwester nur gesagt, daß ich ihn sehr liebhabe und daß er sich nach uns sehnt und wir ihn gern nach Deutschland kommen lassen möchten. Das hat sie wohl falsch verstanden. Mit keinem Wort habe ich erwähnt, daß ich mit Georg verlobt sei, das wäre ja Unsinn. Wir lebten doch immer wie Geschwister zusammen. Wie würde er lachen, wenn er hörte, daß ich mit ihm verlobt sein soll, und wie würde auch ich darüber lachen, wenn – wenn es mir nicht so weh tun würde, daß Sie deshalb so böse zu mir waren. Wenn ich verlobt wäre, gleichviel mit wem, dann, dann – aber nein, ich fürchte, ich schwatze da wieder alles mögliche, was gegen die guten Sitten verstößt. Helfen sie mir doch, Doktor, Sie wissen doch, was eine junge Dame sagen darf und was nicht. Und seien Sie doch bitte nicht mehr böse.«

Sie erschrak, als es jetzt wieder heiß und zärtlich in seinen Augen leuchtete. Er faßte ihre Hand und preßte seine

Lippen darauf. Eine Ahnung war ihm gekommen, weshalb Helga Ruthart ihm so bestimmt gesagt hatte, daß ihre Schwester verlobt sei. Er konnte nicht an einen Irrtum bei ihr glauben, wie eine bloße Vermutung hatte das, was sie sagte, nicht geklungen. Und es war zu auffallend, wie sie seit jenem Abend sich ihm gegenüber verhielt. Sie hatte wohl gemerkt, wie teuer Gonda ihm war und hatte ihn abschrecken wollen. Er atmtete tief auf.

»Fräulein Gonda, ich bin viel zu glücklich über das, was Sie mir gesagt haben, als daß ich es in Worte fassen könnte, fassen dürfte. Ich bin leider nicht in der Lage, ganz offen sein zu können, aber das kann ich Ihnen wenigstens sagen, daß es mich sehr geschmerzt hat, daß ich mein Verhalten gegen Sie ändern mußte, und daß ich sehr froh und glücklich bin, daß ich Ihnen nun wieder in der alten Weise begegnen kann. Ich danke Ihnen, danke Ihnen sehr, daß Sie den Mut hatten, mich nach der Ursache meines veränderten Benehmens zu fragen.«

Sie sah ihn ein wenig verwirrt an.

»Ach Gott sei Dank, nun sehen Sie mich doch wieder lieb und freundlich an. Das macht mich froh. Aber nun sagen Sie mir noch, ob ich etwas sehr Dummes gesagt habe, ob ich wieder formlos und ungeschickt war.«

Weich und zärtlich sah er sie an.

»Nein, o nein, Gott erhalte Ihnen diese Art von Formlosigkeit.«

»Aber meine Schwester wird sicher schelten, wenn ich ihr alles sage.«

Er sah sie nachdenklich an.

»Am besten sagen wir Ihrer Schwester überhaupt nichts davon.«

»Aber ich muß sie doch aufklären, daß ich nicht verlobt bin«, sagte sie eifrig.

»Bitte, tun Sie es nicht, ich – ich hätte vielleicht nicht darüber sprechen sollen, was sie mir gesagt hat.«

Schelmisch sah sie ihn an.

»Haben Sie vielleicht auch einmal etwas falsch gemacht?«

Er schüttelte den Kopf.

»Vielleicht sieht es so aus, aber ich bin trotzdem sehr zufrieden mit mir. Nur möchte ich mir nicht den Zorn Ihrer Schwester zuziehen. Meinetwegen bitte ich Sie, ihr nichts zu verraten von dem, was wir hier gesprochen haben.«

Er wußte, daß er sie nur so zum Schweigen veranlassen konnte, er hatte das Empfinden, daß es nötig sei, ihrer Schwester nichts davon zu sagen, daß sie sich über diesen Punkt ausgesprochen hatten und daß er nun wußte, daß Gonda nicht verlobt war. Gonda sah ihn ein wenig unschlüssig an.

»Ich verheimliche Helga nicht gern etwas, Herr Doktor, auch dann nicht, wenn ich weiß, daß ich mir vielleicht einen Tadel verdient habe. Aber Ihretwegen werde ich es verschweigen, sie soll nicht zornig auf Sie werden, obwohl ich nicht glaube, daß sie es werden würde. Sie haben doch dazu beigetragen, daß ein Irrtum von ihr berichtigt wurde. Aber wenn ich sie nun nicht aufklären kann, wird sie doch immer glauben, daß ich verlobt bin.«

Er dachte bei sich, daß es sehr fraglich sei, daß Helga Ruthart an die Verlobung ihrer Schwester glaube, aber das wollte er Gonda nicht sagen.

»Was liegt daran, lassen Sie Ihre Schwester doch ruhig auf ihrem Glauben, bis sie eines Besseren belehrt wird.«

Sie sah ihn an und lachte dann ein wenig.

»Ja, die Hauptsache ist ja, daß Sie nun Bescheid wissen.«

Er hätte sie so gern in seine Arme genommen, so süß erschien sie ihm in ihrer Herzensreinheit, die ihm so viel verriet und ihn so glücklich machte. Wenn er nur nicht so ein armer Schlucker gewesen wäre und hätte sagen dürfen, was in seinem Herzen für sie lebte. Aber sie war noch so jung, und irgendwie würden sich seine Verhältnisse doch bessern. Wenn er den Bahnbau zur Zufriedenheit seiner Vorgesetzten ausführte, dann stand ihm sicher eine Beförderung in Aussicht. Er wußte nun wenigstens, ohne daß sie es ausgesprochen hatte, daß sie seine Liebe erwiderte. Vielleicht war es ihr selbst noch nicht einmal so klar wie ihm. Sie ahnte auch nicht, daß sie sich ihm durch ihr Verhalten verraten hatte. Ihre natürliche Offenheit und Ehrlichkeit verstand es nicht, sich hinter koketten Mätzchen zu verstecken.

»Ja, das ist die Hauptsache!« sagte er aufatmend. Ihm war das Herz wieder leicht und frei geworden.

Sie lachte ihn erlöst an.

»Mein Gott, bin ich froh, daß Sie nun wieder gut zu mir sind«, sagte sie offenherzig.

»Ich könnte mich verprügeln, daß ich Sie daran zweifeln ließ, aber unsere Sitten verbieten es eben, liebenswürdig zu jungen Damen zu sein, die bereits einem anderen Mann gehören.«

Sie nickte verständnisvoll und wichtig.

»Das ist ja auch ganz in der Ordnung«, meinte sie ernsthaft.

»Deshalb verzeihen Sie mir ...«

»Schrecklich war das!« seufzte sie. Und dann mußte sie lachen, und er lachte mit, befreit und glücklich schauten sie einander an. Und Hans Leyden wurde es sehr, sehr schwer, vernünftig zu bleiben und »das goldige Ding«, wie Frau Laßwitz ihre Nichte immer nannte, nicht in seine Arme zu nehmen und sie nach Herzenslust abzuküssen. Wie gern hätte er ihr all die süßen Torheiten zugeflüstert, die ein Liebender immer in Bereitschaft hat. Aber auch so war er schon unsinnig glücklich ...

Ob Gonda arm oder reich war, daran dachte er gar nicht, er wußte nur, daß sie nicht so reich war wie ihre stolze Schwester. Was galt ihm das? Er wußte, daß er sich großen Reichtum hätte erwerben können durch eine Heirat mit der Herrin von Schloß Santen. Aber wie hätte man sich in eine Helga verlieben können, wenn eine Gonda in der Nähe war! Diese entzückende, süße kleine Gonda, diese anbetungswürdige, dumme kleine Gonda, die nicht ahnte, daß sie ihm durch ihr Verhalten das holdeste, berückendste Liebesgeständnis gemacht hatte.

Worüber sie beide noch sprachen, das wußten sie kaum, sie wußten nur, daß sie unsagbar glücklich waren, daß die Sonne herrlich herabschien und daß es wunderschön auf der Welt war. Ob sie törichtes Zeug redeten oder tiefste Lebensweisheiten von sich gaben, das war doch so gleichgültig.

Nun gingen sie schon das dritte mal den Waldweg auf und ab, weil sie beide noch nicht daran denken wollten, sich zu trennen. Als Gonda endlich auf ihre Armbanduhr sah, erschrak sie ein wenig.

»Jetzt muß ich aber heim, sonst bekomme ich Schelte von Helga«, sagte sie ein wenig bange.

Er half ihr schnell in den Sattel, und sie ließ es sich gefallen, obwohl sie keine Hilfe brauchte.

»Auf Wiedersehen, Herr Doktor! Bitte grüßen Sie meine Tante herzlich von mir.«

Er schüttelte den Kopf.

»Nein, das will ich lieber nicht tun. Frau Laßwitz würde dann vielleicht mit Ihrer Schwester darüber sprechen, daß wir uns getroffen haben. Besser, wir sagen nichts davon.«

Sie sah zu ihm herab.

»Aber Vater werde ich es sagen, vor Vater habe ich noch nie ein Geheimnis gehabt. Er wird Helga nichts davon sagen, wenn ich ihn darum bitte.«

Gerührt sah er zu ihr empor. Was würde ihr Vater dazu sagen? Aber mochte es darum sein, sie hatten ja beide nichts Schlimmes zu verheimlichen, und sie sollte ihr Herz ihrem geliebten Vater gegenüber nicht mit einem Geheimnis belasten.

»Also gut. Ihr Herr Vater kann es wissen, er wird nicht darüber plaudern. Aber, bitte, glauben Sie mir, es ist wichtig, daß Ihre Schwester nichts davon erfährt, was wir jetzt besprochen haben.«

Sie nickte ihm zu.

»Helga soll nichts erfahren, es sollen Ihnen gewiß keine Unannehmlichkeiten erwachsen. Mag Helga vorläufig ruhig glauben, daß ich verlobt bin.«

Mit dem alten, lieben Ausdruck sah er zu ihr auf und faßte ihre kleine Hand mit warmem Druck.

»Auf Wiedersehen, gnädiges Fräulein!«

»Auf Wiedersehen, Herr Doktor!«

Sie straffte die Zügel und ritt schnell davon. Er sah ihr nach, bis sie seinen Blicken entschwunden war.

13

Klaus Ruthart kam am Montagabend von seiner Reise nach Frankfurt zurück. Gonda eilte ihm erwartungsvoll entgegen.

»Hattest du Erfolg, lieber Vater? Weißt du die Adresse von Georgs Großvater?«

»Nein, Gonda, leider noch nicht. Laß mich nur erst umziehen, dann berichte ich dir alles, was ich in Erfahrung gebracht habe.« Er ging in sein Zimmer. Helga kam gerade die Treppe herunter, als Gonda noch in der großen Halle stand.

»Ist Papa zurückgekommen, Gonda?«

»Ja, Helga, er zieht sich nur um.«

»Hat er dir gute Nachricht gebracht?«

»Anscheinend nicht besonders gute. Doch werde ich erst hören.«

»Ich darf doch zuhören, es interessiert mich natürlich.«

Nachdenklich sah Gonda die Schwester an. Warum interessierte diese sich so für das, was der Vater erreicht hatte? Aber sie nahm sich zusammen, damit sie sich nicht verriet. Es war keine Kleinigkeit für Gonda, ein Geheimnis zu haben.

»Gewiß darfst du zuhören, Helga. Vater kommt gleich

wieder herunter. Komm, wir wollen in das Wohnzimmer gehen. Dort ist es behaglicher als hier in der kühlen Halle, wo man immer frösteln muß.«

Sie betraten den großen Raum, der auf Schloß Santen als allgemeines Wohnzimmer diente. Es war unbedingt der behaglichste Raum im ganzen Schloß. Sehr gediegen wirkte er mit seinen schweren Möbeln. Verschiedene mollige Eckchen waren gebildet. In dem großen Erkerausbau des Mittelturms waren bequeme, tiefe Polsterbänke angebracht mit riesigen Rückenkissen. In der Mitte dieses Erkers stand ein schwerer runder Tisch mit massigen geschnitzten Trägern. An dem einen Fenster, rechts vom Erker, befand sich eine Estrade, auf der ein Nähtisch stand, von bequemen Sitzmöbeln umgeben. Am Fenster links vom Erker stand ein riesiger Lehnsessel, davor lag ein hohes gepolstertes Fußkissen, und daneben stand ein ganz niedriger runder Tisch, auf dem Zeitungen und Bücher lagen. An der Hinterwand des Zimmers befand sich ein großer Kamin, und vor demselben, um einen mächtigen Tisch gruppiert, verschiedene Sitzmöbel. Rechts und links von dem Kamin waren breite Polsterbänke eingebaut, unter deren Sitzflächen Truhen verborgen waren. Große, kostbare Teppiche gaben dem großen Raum die wohnliche Note. Die Wände waren bis zur halben Höhe mit eichenen Täfelungen bekleidet, auf denen allerlei Kunstgegenstände aufgestellt waren. Fenster und Türen waren mit schweren Samtvorhängen in einer dunklen Honigfarbe verhangen, und alle Polstermöbel hatten ebenfalls diese Farbe. Unter den Fenstervorhängen hingen kostbare Spitzenvorhänge.

Außer ihren eigenen Zimmern war dieser Raum Gonda

der liebste; sie saß gern in dem Erkerausbau und nahm auch jetzt mit Helga darin Platz.

»Du könntest mir wieder ein wenig von Dahomy erzählen, Gonda, ich höre dir immer gern zu.«

Gonda hatte gestern und heute viel darüber nachgedacht, wie Helga wohl zu der irrigen Meinung gekommen war, daß sie mit Georg verlobt sein könne; aber sie hatte keine Erklärung gefunden.

Sie erzählte nun von Dahomy, von dem Bungalow inmitten des weiten Blumengartens, von den tausend Blumen in diesem, von der Ernte in den Plantagen, von der Einbringung der Reisernte in den Rakits, wie die Reisscheunen hießen. Vom Tropenwald erzählte sie, von der wuchernden Vegetation, von den Tieren, die diesen Wald bevölkerten, und von der malaiischen Dienerschaft, die immer, wie überall in den Tropen, sehr zahlreich ist.

»Du hast in deinem großen Schloß nicht viel mehr Diener als wir für unseren Bungalow hatten, Helga, aber wieviel mehr arbeiten die deinigen, als es die unseren getan haben! In den Tropen fällt die Arbeit schwer, das muß man in Betracht ziehen.«

»Da muß aber Papa eine Menge Geld ausgegeben haben für eure Dienerschaft.«

Gonda schüttelte lachend den Kopf.

»Was dich hier ein Diener kostet, dafür kannst du auf Sumatra zehn haben. Und immer waren sie froh und zufrieden, wenn man ihnen nicht gerade eine Arbeit zumutete, für die sie nicht angestellt waren. In dieser Beziehung sind sie lächerlich eigensinnig.«

»Wie komisch das ist! Und du bist wirklich ganz allein

durch den Tropenwald geritten, wenn du deinen Freund in Ramova besuchen wolltest?«

Gonda nickte lächelnd.

»Meist allein, wenn Vater in den Plantagen zu tun hatte und Georg mich nicht begleiten konnte.«

»Aber es gab doch wilde Tiere in diesem Wald?«

»O ja, genug, und ohne Waffen konnte man natürlich nicht ausreiten, obwohl die Tiere höchst selten einen Menschen angreifen. Du hast doch in Vaters Zimmer die Leoparden- und Pantherfelle gesehen. Diese Tiere hat Vater selbst geschossen. Ich bin nie dazu gekommen, ein Raubtier zu erlegen, ich habe mich mit kleinerem Wild begnügen müssen. Als wir von Dahomy im Auto nach Palembang fuhren, um nach Deutschland zu reisen, ist ein riesiger Panther dicht vor unserem Auto vorbeigesprungen. Aber er war gleich wieder verschwunden. Vor den Autohupen und dem Knattern der Motoren haben sie gewaltigen Respekt.«

Helga forschte immer weiter und kam wieder auf Gondas »Freund« zu sprechen. Gonda gab über alles Auskunft, auch über Georg, was Helga hören wollte. Aber sie sprach es nicht aus, daß sie mit ihm verlobt war.

Endlich kam Klaus Ruthart und setzte sich zu seinen Töchtern.

»Nun erzähle, lieber Vater, was hast du in Erfahrung gebracht?« fragte Gonda eifrig und interessiert.

»Also – aus dem Kirchenbuch und auf dem Standesamt konnte ich erfahren, wie Georgs Großvater heißt und daß er in Göttingen wohnt. Ich reiste noch nach Göttingen, in der Hoffnung, ihn dort ausfindig zu machen und anzutreffen. Aber leider hörte ich, daß er seine große Fabrik verkauft hat und aus Göttingen verzogen ist. Niemand konnte mir sagen, wohin. Nicht einmal auf der Polizei konnte ich es ermitteln, entweder ist die Abmeldung verbummelt worden, oder der sehr schläfrige Beamte, der mir Auskunft geben sollte, mochte sich keine Mühe geben, kurzum, ich erhielt nur den Bescheid: Unbekannt verzogen.«

»Oh, wie schade, lieber Vater«, sagte Gonda sehr traurig.

»Nur nicht gleich verzagen, Gonda, wir werden schon noch in Erfahrung bringen, wohin er sich gewendet hat. Ein deutscher Staatsbürger kann nicht spurlos verschwinden. Wenn ich mehr Zeit gehabt hätte, wäre ich schon irgendwie zu einem Resultat gekommen. Ich habe mir aber in Frankfurt vorsichtigerweise die Adresse eines Privatdetektivs notiert und werde diesen Mann beauftragen, den jetzigen Aufenthalt von Georgs Großvater zu ermitteln.«

»Das tu nur recht bald, lieber Vater.«

»Gleich morgen, wenn ich heute nicht mehr dazu komme. Aber nun will ich noch den Verwalter sprechen, ob alles in Ordnung ist.«

Helga zog sich zurück, um sich für den Abend umzukleiden. Gonda hatte dies bereits getan, und als ihr Vater wieder ins Wohnzimmer kam, sagte sie, als er sich zu ihr setzte:

»Lieber Vater, ich möchte dir etwas anvertrauen, du mußt mir aber dein Wort geben, daß du mit keinem Menschen über das sprechen wirst, was ich dir sagen werde.«

Mit einem zärtlichen Lächeln sah er in ihre Augen.

»So feierlich, Gonda?«

Sie nickte.

»Ich muß dein Wort haben.«

»Gut, ich gebe dir mein Wort, daß es unter uns bleibt, was du mir sagen wirst.«

Da erzählte sie ganz offen und ohne Scheu, was zwischen ihr und Hans Leyden geschehen war seit jenem Abend, da sie gesungen hatte. Auch was sie gestern vormittag im Wald mit ihm gesprochen hatte, berichtete sie ihm wörtlich.

Aufmerksam hörte er zu und es zuckte heimlich um seine Lippen, als sie ihm sagte, sie habe geglaubt, er sei ihr böse, weil sie gesungen habe.

Er entnahm aus ihrem Bericht, was er schon geahnt hatte, daß sie ihr junges Herz an Hans Leyden verloren hatte und daß dieser anscheinend Gonda auch wieder liebte. Es machte ihm Freude, denn Hans Leyden war ihm immer recht vertraut geworden, je näher er ihn kennenlernte.

Aber das, was er über Helga hörte, machte ihm weniger Freude. Er war nicht so unerfahren wie Gonda, und er hatte in der letzten Zeit verschiedene Blicke aus Helgas Augen aufgefangen, die Hans Leyden gegolten hatten. Scharfsinnig erkannte er nun, daß Helga wohl gleich ihm beobachtet hatte, daß Doktor Leyden sich für Gonda interessierte, und er zweifelte nicht, daß Helga nun absichtlich Doktor Leyden von Gondas vermeintlicher Verlobung berichtet hatte, um ihn von der Schwester abzulenken. Möglicherweise vermutete sie tatsächlich, daß Gonda in einem innigeren als geschwisterlichen Verhältnis zu Georg stand, und hatte sich das zunutze gemacht.

So übersah der Vater das alles ganz klar. Und so sehr es ihn freute, daß sich zwischen Leyden und Gonda offensichtlich ein inniges Verhältnis angesponnen hatte, so sehr bedauerte er, daß anscheinend auch Helga für Leyden mehr empfand als es sonst ihre Art war. Das mußte ja neue Konflikte ergeben. Was sollte er tun, um diese abzuwehren? Er fragte sich, ob Leyden Helga wohl zu seiner Frau gemacht haben würde, wenn dieser Gonda nicht kennengelernt hätte. Aber soweit er Hans Leyden beurteilen konnte, mußte er sich sagen, daß ein so warmherziger und natürlich empfindender Mensch schwerlich sein Herz einer so gefühlskalten und hochmütigen jungen Dame, wie Helga war, zugewandt haben würde. Helga war leider, das mußte sich der Vater eingestehen, reizlos und unliebenswürdig, in noch höherem Maße als ihre Mutter es gewesen war. Sie tat ihm sehr leid, aber er war überzeugt, daß Helga sicher einmal nur wegen ihres Reichtums geheiratet würde. Und Hans Leyden war nicht der Mann, der sich verkaufte.

Es bedrückte Rutharts Herz, daß er seiner ältesten Tochter nicht ein volles Glück verschaffen konnte, war sie doch sein Fleisch und Blut und konnte sie doch nichts dafür, daß sie so und nicht anders geartet war. Ihre Großmutter hätte sie ganz anders erziehen, ihr klarmachen müssen, daß eine Frau, die nicht schön ist, wenigstens gut und liebenswürdig sein müsse. Er zeigte aber Gonda nichts von dieser in ihm aufsteigenden Sorge. Liebevoll drückte er ihre Hand und verriet mit keinem Wort, daß er mehr aus ihrem Bericht herausgehört hatte, als sie selber wußte.

»Also gut, Gonda, ich verrate kein Wort von dem, was

du mir erzählt hast. Aber es ist sehr gut, daß du mir alles anvertrautest und daß du Hans Leyden gesagt hast, daß du mir alles berichten würdest. So kann ich doch gelegentlich auch mit ihm darüber sprechen.«

Strahlend nickte sie ihm zu.

»Er wird sich freuen, Vater, und ich bin so froh und glücklich, daß er mir nun nicht mehr böse ist, das war ein bedrückendes Gefühl für mich. Ich bin eben verwöhnt in dieser Beziehung und meine, alle Menschen müßten gut zu mir sein. Gleich quält es mich schrecklich, wenn ich einmal das Gegenteil bemerke. Wenn ich nur wüßte, wie Helga auf den komischen Gedanken gekommen ist, daß ich mit Georg verlobt sein könne?«

»Mein Gott, Kind, das ist nicht allzu schwer zu verstehen; hier in Deutschland gibt es solche Freundschaften, wie sie zwischen dir und Georg herrscht, nur sehr selten. So etwas ist hier fast eine Unmöglichkeit. Jeder würde hier auf den Gedanken kommen, daß ihr heimlich verlobt wärt.«

So sagte Klaus Ruthart, weil er nicht wollte, daß Gonda Helga gegenüber auf den gleichen Verdacht kam wie er selbst. Gonda sollte, wenn er es fügen konnte, unbefangen bleiben.

Gonda seufzte nun, an Georg erinnert, auf.

»Der arme Georg, Vater. Wo mag nur sein Großvater stecken? Du hast mir noch gar nicht gesagt, wie er heißt.«

»Er heißt Waldenburger, besaß in Göttingen eine große Fabrik, die er günstig verkaufte, und ist überhaupt als ein vermögender Mann in Göttingen bekannt. Er fühlte sich nicht mehr rüstig genug, die Fabrik weiterzuleiten, und hat sich zur Ruhe gesetzt. Sorge dich nicht, wir werden ihn schon finden. Und dann werde ich ihm unverzüglich klarmachen, daß es eine Sünde ist gegen sein Fleisch und Blut, wenn er seinen Enkel in den bedrückenden Verhältnissen auf Ramova verkommen läßt. Wenn er so reich ist, kann er mindestens dafür sorgen, daß Georg sich in Deutschland eine bescheidene Existenz gründet. Da Helena Strasser sein einziges Kind war und seine Frau auch nicht mehr lebt, dürfte wohl Georg eines Tages sein Erbe werden.«

Gonda sah mit großen Augen vor sich hin.

»Und jetzt hat der arme Georg nicht einmal genug, um sich den notwendigen Klimawechsel verschaffen zu können. Mir ist so angst um ihn, Vater, er war so elend. Ich sehe ihn immer noch vor mir, wie er den Dampfer verließ und so zusammengesunken und traurig von uns ging. Und sein letzter Brief! Je öfter ich ihn lese, desto erschreckender erscheint mir, was zwischen den Zeilen steht.«

Ihr Vater nickte. Es bestand wenig Hoffnung, daß Georg je wieder gesund werden könne. Er hatte die zarte Gesundheit seiner Mutter geerbt, und ein so dauernder Aufenthalt in den Tropen untergrub auch die festeste Gesundheit. Aber davon sprach er zu Gonda nicht, um sie nicht noch mehr zu betrüben.

14

Am nächsten Abend kam Hans Leyden wieder mit Frau Käthe zum Abendessen nach Schloß Santen. Er war vorsichtig in seinem Verhalten Gonda gegenüber, um Helga keine neuen Angriffspunkte zu geben. Auch Gonda war zurückhaltender als sonst, wenn sie auch Leyden immer wieder froh in die Augen sah. Doch fiel es ihr auf, wie seltsam Helga wieder Leyden ansah und wie liebenswürdig und bevorzugt sie ihn in jeder Beziehung behandelte.

Nach Tisch sagte Klaus Ruthart zu Hans Leyden:

»Kommen Sie mit hinaus auf die Terrasse, Doktor, wir wollen eine Zigarre rauchen. Ich habe hier ein besonderes Kraut, und darüber möchte ich Ihr Urteil hören.«

Er bot ihm die Zigarre an, und sie gingen hinaus. Als sie allein auf der Terrasse waren, sagte Klaus Ruthart nach einem kurzen Stillschweigen:

»Mein lieber Doktor, Gonda hat mir berichtet, was Sie am Sonntagmorgen mit ihr gesprochen haben. Ich will dazu vorläufig keine Stellung nehmen, will Ihnen nur sagen, daß meine jüngste Tochter in manchen Dingen ein ganz unerfahrenes Kind ist, das der Wirklichkeit noch hilflos gegenübersteht. Sie hat nie gelernt, ihre Gefühle zu verstecken – und sie weiß wahrscheinlich noch gar nicht, daß es etwas zu verstecken gibt.«

Hans Leyden wandte ihm sein vor Erregung blaß gewordenes Gesicht zu, das der Mond hell beleuchtete.

»Ich danke Ihnen, Herr Ruthart, daß Sie mich für wert halten, so zu mir zu sprechen. Glauben Sie mir, ich bin tief gerührt und bewegt gewesen, ja – ich bin es noch jetzt, als ich erkennen mußte, wie sehr ich Ihre Tochter betrübte, ohne es zu wissen und zu wollen. Wenn Sie als Vater die Hände über dieses reizende Geschöpf halten, wie gut verstehe ich das! Aber ich gebe Ihnen mein Wort, von meiner Seite wird nie etwas geschehen, was ihr Herz trüben könnte. Darf ich in dieser Stunde ganz offen zu Ihnen reden?«

»Ich bitte darum.«

»Kurz und ehrlich: Ich liebe Gonda. Aber bitte, fassen Sie das nicht als eine Werbung auf. Leider bin ich noch nicht in der Lage, einer Frau ein sorgenloses Leben an meiner Seite bieten zu können. Doch hoffe ich zuversichtlich, daß mir eine Beförderung bevorsteht, spätestens, wenn ich mit dem Bahnbau hier zu Ende bin. Und Gonda ist noch jung. Ich will Sie heute nur fragen, ob Sie mir gestatten werden, wenn Gonda dann noch frei ist, um sie zu werben. Ich frage Sie das heute schon, weil ich mit tiefer Rührung und einem großen Glücksgefühl bemerkt habe, daß ich Ihrer Tochter etwas gelte, mehr, als sie vielleicht vorläufig selbst weiß. Müßte ich nun annehmen, daß Sie einer Werbung meinerseits entgegenstehen würden, dann würde ich es für meine Pflicht halten, möglichst aus dem Gesichtskreis Ihrer Tochter zu verschwinden, solange es für uns beide noch nicht zu spät ist. Ich könnte den Gedanken nicht ertragen, ihre Herzensruhe gestört zu haben.«

Klaus Ruthart faßte seine Hand mit warmem Druck. »Ich schätze Sie hoch, Doktor, und das Glück meiner Tochter würde in Ihren Händen sicher sein, so viel kenne ich Sie schon. Ich werde Ihnen kein Hindernis in den Weg legen und kann verstehen, daß Sie erst selbst einen festen Grund für Ihre Zukunft haben wollen. Meine Tochter Gonda ist nicht reich wie ihre Schwester, aber sie wird auch nicht arm sein. Ich bin immerhin froh, daß sie mir noch einige Jahre erhalten bleibt, ehe ich sie in die Hände eines Mannes gebe. Aber es ist nicht nötig, daß sie warten muß, wenn sie für das Glück einer Ehe reif ist, ich meine, um des Geldes willen. Das sollen Sie wissen. Und was meine Tochter Helga betrifft, sie hat Ihnen irrtümlich mitgeteilt, daß Gonda verlobt sei. Wir wollen ihr die Beschämung ersparen, daß sie sich in einem Irrtum befunden hat. Und deshalb ist es auch mir lieb, wenn wir die Sache vorläufig nicht klarstellen. Sie werden mit mir bestrebt sein, Zerwürfnisse zu verhüten. Ich hoffe, Sie verstehen mich, deutlicher kann ich nicht werden.«

Hans Leyden sah ihn mit großen, ernsthaften Augen an.

»Ja, Herr Ruthart, ich verstehe Sie, und ich verspreche Ihnen, daß ich alles tun werde, was in meinen Kräften steht, um jeden Zwiespalt zu vermeiden.«

Klaus Ruthart nickte ihm zu.

»Ich hoffe, daß sich alles klären wird, wenn wir beide Hand in Hand gehen.«

Sie drückten sich noch einmal die Hände und gingen dann zu den Damen zurück. Gonda sah ihnen mit erwartungsvollem Blick entgegen. Sie ahnte, daß der Vater über das, was am Sonntagmorgen geschehen war, mit Hans Leyden gesprochen hatte. Als ihr der Vater lächelnd zunickte, wußte sie, daß alles gut verlaufen war.

Helga rief jetzt Doktor Leyden an ihre Seite und verwickelte ihn in ein Gespräch über den Bahnbau. Er stand ihr höflich Rede, zeigte aber doch deutlich, daß er ihr Entgegenkommen zu übersehen wünschte, daß sie von einer tiefen Hoffnungslosigkeit befallen wurde.

Und diese Hoffnungslosigkeit verstärkte sich immer mehr. Je öfter sie mit ihm zusammentraf, desto deutlicher empfand sie, daß es ihr nichts genützt hatte, daß sie ihm Gonda als Verlobte eines anderen hingestellt. Zwar zeigte er sich Gonda gegenüber etwas zurückhaltender als früher, doch was nützte Helga das, wenn sie ihm keinen Schritt näherkam!

In diesen Tagen erhielt Gonda abermals einen Brief von Georg Strasser. Es war die Antwort auf ihren ersten Brief aus Schloß Santen an ihn. Mit warmem Interesse ging er auf alles ein, was sie ihm berichtet hatte. Er hatte es auch über sich gebracht, kleine Scherze zu machen, die sie über seine Niedergeschlagenheit hinwegtäuschen sollten. Aber sie merkte sehr wohl, daß er sich unglücklich fühlte. Sie schrieb ihm gleich wieder, verriet ihm zwar nichts von den Bemühungen ihres Vaters, ihm zu helfen, suchte ihm aber Mut zuzusprechen, indem sie ihm vorstellte, daß doch jeden Tag irgend etwas geschehen könne, was ihn aus seiner schlimmen Lage zu erlösen vermöchte. Helga sah den dicken Brief an Georg in Gondas Hand und sagte scherzend:

»Deine Korrespondenz mit deinem ›Freund‹ ist scheinbar eine sehr rege und umfangreiche.«

Gonda nickte.

»Es ist ja sein einziger Trost, daß er Briefe von mir erhält.«

Als Gonda ihrem Vater Georgs letzten Brief reichte, fiel diesem auf, daß dessen Handschrift immer unsicherer und unleserlicher wurde, so, als habe es ihm viel Mühe gemacht, ihn zu Ende zu schreiben. Das rührte seltsam an sein Herz. Lange starrte er auf Georgs letzte Worte in diesem Brief herab:

»Ich grüße Dich, meine liebe, liebe Gonda, und danke Dir für jedes gute Wort, das Du für mich gehabt hast. Grüße auch Deinen lieben Vater herzlich von mir. Ich sehe Euch beide immer auf all Euren Wegen, nie lasse ich Eure Bilder von mir, nie, sie gehen mit mir zur Ruhe, wenn ich schlafen gehe. Lebt wohl, Ihr meine beiden liebsten Menschen! Heißen Dank für Eure Liebe. Sie war mein einziges kostbares Gut. Lebt wohl und Gott mit Euch.

Vergeßt nicht Euren Georg.«

Klaus Ruthart atmete tief auf, als er das gelesen hatte. Ihm war zumute, als seien diese Worte ein Abschied für immer. Das sagte er aber Gonda nicht. Sie war ohnedies ganz untröstlich, daß sie ihm noch nicht helfen konnte.

Abermals eine Woche später erhielt dann Gonda wieder einen Brief aus Ramova, aber sie erschrak, als sie merkte, daß es nicht Georgs Handschrift war. Hastig, mit blassem Gesicht, riß sie den Umschlag auf und las zuerst die Unterschrift. Der Brief war von Lilli Strasser. Er lautete:

»Meine liebe Gonda!

Diesmal muß ich für Georg schreiben, er hat sich leider bei einem Fall die rechte Hand verletzt, und wir fürchten, daß er wohl steife Finger behalten wird. Er wird also vorläufig auf einen Briefwechsel mit Ihnen verzichten müssen, und ich habe ihm angeboten, nach seinem Diktat an Sie zu schreiben – wenn ich erst wieder über meinen großen Schmerz ein wenig hinweggekommen bin. Georgs kleiner Unfall ist leider nicht das größte Unglück, das uns betroffen hat, ich muß Ihnen ein viel größeres melden. Mein Sohn Kurt ist uns leider durch den Tod entrissen worden. Er hat einen gefährlichen Malariaanfall bekommen und ist nach wenigen Tagen verschieden. Sie können sich denken, liebe Gonda, daß ich durch diesen Verlust so bedrückt bin, daß ich heute nichts weiter schreiben kann. Wenn ich mich ein wenig gefaßt habe, werden Sie mehr von mir hören. Georg läßt Sie und Ihren Vater herzlich grüßen und mein Mann auch. Seien Sie auch von mir herzlich gegrüßt.

Ihre unglückliche Lilli Strasser.«

Aufgeregt stürmte Gonda mit diesem Brief in das Arbeitszimmer ihres Vaters.

»O Vater, lieber Vater, die armen Strassers! Denke dir, wie furchbar – Kurt Gartner ist plötzlich an Malaria gestorben. Und Georg hat sich durch einen Fall die rechte Hand verletzt«, berichtete sie weinend.

Sie reichte dem Vater, der sie in seine Arme nahm, den Brief. Er las ihn durch und war natürlich auch sehr erschrocken.

»Das ist ja entsetzlich, Gonda! Da kann man wieder einmal sehen, wie unberechenbar das Schicksal ist. Nie hätte ich gedacht, daß Kurt, dieser robuste, gesunde Mensch, so jung sterben könne, daß Georg ihn mit seiner zarten Gesundheit überleben würde. Kurt hat allerdings ein wenig wild gelebt, und dann, es macht sich doch auch bei solchen kräftigen Naturen bemerkbar, wenn sie nicht rechtzeitig einen Klimawechsel vornehmen. Aber immerhin, man kann es nicht fassen, daß ein so baumstarker Mensch an Malaria zugrunde geht und so schnell. Das wird ja Strassers eine Mahnung sein, daß sie nun so schnell wie möglich mit Georg einen Klimawechsel vornehmen. Wie froh und dankbar bin ich, meine Gonda, daß ich dich nun für immer in ein anderes Klima gebracht habe. Die Tropen sind für uns Europäer auf die Dauer zu ungesund. Ich habe Kurt nie besonders gern gehabt, aber es tut mir doch sehr leid, daß er so jung sterben mußte.

»Mir auch, Vater, ich bin oft hart und streng zu Kurt gewesen. Und daß Georg sich die Hand verletzt hat, das ist doch auch für ihn ein gewisses Unglück. Hoffentlich bekommen wir nun bald Nachricht von dem Detektiv, wo sein Großvater lebt, denn ich habe jetzt noch mehr Angst um Georg. Wenn schon so eine robuste Bärennatur wie Kurt unterlegen ist, wie leicht kann das auch Georg geschehen!«

Ihr Vater teilte diese Sorge, aber um Gonda zu beruhigen, sagte er: »Es ist erstaunlich, was gerade so zarte Naturen zuweilen aushalten können. Es muß ja auch in diesen Tagen die Nachricht von dem Detektivinstitut kommen.«

Sie sprachen noch eine Weile über diese traurige Nachricht, dann verließ Gonda den Vater. Sie wollte gleich wieder an Georg und auch an seine Eltern schreiben und sie zu trösten versuchen.

Am Nachmittag dieses Tages kam Frau Käthe nach Schloß Santen und berichtete, daß Doktor Leyden heute morgen ein Telegramm aus dem Sanatorium bekommen habe. Der Oberarzt habe ihm mitgeteilt, daß sein Onkel in der Nacht verstorben sei. Hans Leyden sei sofort abgereist, um alles Erforderliche anzuordnen. Sein Onkel habe die Bestimmung getroffen, daß seine sterblichen Überreste eingeäschert würden.

So kam Doktor Leyden einige Tage nicht nach Schloß Santen, und alle vermißten ihn sehr, am meisten Gonda.

Als er dann endlich wiederkam, erzählte er, daß sein Onkel einem Herzschlag erlegen sei. Ganz allein sei er gewesen, sein Diener habe ihn frühmorgens tot in seinem Bett aufgefunden. Der Notar des Verstorbenen, den man benachrichtigt hatte, sei bei der Einäscherung zugegen gewesen und habe ihm auch den Inhalt des Testaments, das sein Onkel hinterlassen habe, mitgeteilt. Nach diesem Testament sei der Enkel seines Onkels, der einzige Sohn seiner verstorbenen Tochter, zum Universalerben eingesetzt worden. Er selbst sei von seinem Onkel mit einem Erbe von fünfzigtausend Mark bedacht worden, aber für den Fall, daß der Enkel des alten Herrn sterben und keine Kinder hinterlassen solle, sei er selbst, Hans Leyden, zum Nacherben bestimmt.

Das alles berichtete Hans Leyden in knappen Worten. Er fügte noch hinzu: »Der Notar meines Onkels hatte Auftrag, gleich nach seinem Tod seinem Enkel Nachricht zu senden, daß er sich unverzüglich auf dem Landsitz seines Großvaters einfinden und dort seinen bleibenden Wohnsitz aufschlagen soll. Das wird ja nun geschehen.«

»Dann dürfte also der Landsitz Ihres Onkels bald einen neuen Bewohner bekommen?« fragte Klaus Ruthart interessiert.

»Vermutlich doch. Ich habe bei dieser Gelegenheit

endlich Näheres über den Erben meines Onkels erfahren und auch über den Grund seiner Vereinsamung. Jetzt, da Onkel nicht mehr am Leben ist, kann ich ja offen darüber sprechen, was ihn zum Sonderling gemacht hat. Meine Base, die einzige Tochter meines Onkels, die wohl zehn Jahre älter war als ich, hat sich wegen des Mannes, den sie liebte, aus dem Elternhaus entfernt, weil mein Onkel dessen Werbung um seine Tochter mit dem Bemerken abgewiesen hatte, daß sein Charakter ihm nicht genügend Garantien für das Glück seines einzigen Kindes biete. Meine Base hat sich also gegen den Willen ihres Vaters mit diesem Mann trauen lassen. Der hatte wohl angenommen, daß sich mein Onkel der vollendeten Tatsache fügen werde, aber da hat er nicht mit Onkels Starrköpfigkeit gerechnet. Er verstieß seine Tochter, zog seine Hand von ihr ab und ließ ihr nur ihr bescheidenes mütterliches Vermögen auszahlen. Auf einen Brief, in dem sie ihn um Verzeihung bat, hat er nur geantwortet, er werde ihr nur dann vergeben, wenn sie allein, ohne jenen Mann, zu ihm zurückkehre. Das ist aber nicht geschehen, und so ist er ein menschenscheuer Einsiedler geworden. Meine Base hat einem Sohn das Leben geschenkt und ist dann ziemlich jung gestorben. Ich habe immer nur wenig von alledem gehört, denn, wie ich Ihnen schon sagte, durfte man in Gegenwart meines Onkels nicht davon sprechen. Was ich wußte, habe ich von seinem alten Diener erfahren, aber auch der war nur ungenügend unterrichtet. Durch den Notar, der auch in dieser Sache der Vertraute meines Onkels war, hörte ich nun, daß der Mann meiner Base zum zweitenmal geheiratet hat. Er war mit meiner Base ins Ausland gegangen und lebt wohl auch jetzt noch dort.

Die Adresse war dem Notar nicht bekannt, die wird er erst erfahren durch die Bank, mit der mein Onkel arbeitete. Diese Bank hatte den Auftrag, nach dem Tod meiner Base für deren Sohn jedes Vierteljahr ein Erziehungsgeld anzuweisen. Der Tod seiner Tochter muß ihn doch so erschüttert haben, daß er seinem Enkel etwas zukommen lassen wollte.«

Gonda und ihr Vater hatten diesen Bericht mit atemlosem Interesse gelauscht, und sie sahen sich zuweilen mit einem forschenden Blick an. Als Hans Leyden nun schwieg, fragte Klaus Ruthart lebhaft und erregt:

»Mein lieber Doktor, jetzt sagen Sie mir nur noch den Namen Ihres Onkels, den Sie zufällig noch nie erwähnt haben, und die Stadt, in der er gelebt hat, ehe er sich hier ankaufte.«

Erstaunt sah Leyden in die erregten Gesichter von Vater und Tochter.

»Mein Onkel hieß Waldenburger und hat in Göttingen gelebt.«

Mit einem Aufschrei fiel Gonda ihrem Vater in die Arme.

»O Vater, lieber Vater, das ist das Wunder, das Georg retten kann! Nun wird er doch nach Deutschland kommen.«

Und sie weinte vor Erregung und Freude.

»Ich verstehe Sie nicht!« rief Hans Leyden erstaunt und betroffen aus.

»Sie werden gleich alles verstehen, lieber Doktor. Nicht wahr, der Enkel Ihres Onkels heißt Georg Strasser und seine Tochter hieß Helena mit Vornamen?«

»Allerdings!«

»Nun, so hören Sie: Hermann Strasser, der Mann Helena Strassers, war auf Sumatra mein Plantagennachbar. Ihre Base war die Freundin meiner Frau, und Georg Strasser, der sich im Hause seines Vaters sehr unglücklich fühlt und ihm sehr fremd gegenübersteht, ist der Jugendfreund meiner Tochter. Mir selber ist er lieb und teuer geworden. Nur ungern haben wir ihn in den unerfreulichen Verhältnissen auf Ramova zurückgelassen, aber er war zu stolz, um sich helfen zu lassen.«

Und Klaus Ruthart und Gonda erzählten nun abwechselnd, was sie von Georg wußten und was sie unternommen hatten, um ihm gegen seinen Willen zu helfen. Ausführlich berichtete der Vater von den unerfreulichen Verhältnissen und von Georgs Leiden.

Ergriffen hörten alle zu. Tante Käthe war ganz aufgelöst vor Mitleid mit Georg Strasser. Auch Hans Leyden war tiefbewegt, und als Klaus Ruthart zu Ende war mit seinem Bericht, sagte er:

»Das ist allerdings ein seltsamer Zufall, daß ich jetzt von Ihnen ausführliche Kunde über meinen Neffen bekomme. Sie sagen, daß er von sehr zarter Gesundheit ist und daß ein Klimawechsel für ihn sehr notwendig wäre; nun wird ihm dieser schnell genug bevorstehen. Der Notar meines Onkels wollte, sobald er von der Bank die Adresse hat, telegrafischen Bescheid an den Erben geben und ihn auffordern, sofort nach Göttingen zu kommen. Der Notar lebt in Göttingen. Und bei ihm muß sich der Erbe zuerst melden, um alles weitere zu erfahren. Der Notar wird dann, wenn der Erbe eintrifft, mit diesem hierherkommen, um ihm das Erbe zu übergeben. Sie können also nun ganz unbesorgt sein um das Schicksal Georg

Strassers. Er wird der Erbe eines Barvermögens von etwa zwei Millionen Mark und des schönen Landsitzes, auf dem er, laut Testamentsbestimmung, dauernden Aufenthalt nehmen soll.«

Gonda fiel dem Vater jubelnd um den Hals.

»Wie schön, wie herrlich für Georg! Und wie er sich freuen wird, wieder in unserer Nähe leben zu können! Er wird natürlich nicht ahnen, daß der Landsitz seines Onkels so nahe bei Schloß Santen liegt. Oh, und ich werde ihm das nicht verraten, das soll eine Überraschung werden! Nicht wahr, lieber Vater, wir überfallen ihn, wenn er erst hier ist?«

»Es dürfte ihn wohl auch kaum noch eine Nachricht von Ihnen erreichen, ehe er von Ramova abreist, denn er wird wohl nicht zögern, sein Erbe anzutreten.«

»Dafür wird sein Vater schon sorgen«, sagte Klaus Ruthart spöttisch.

»Hoffentlich macht ihm die Reise mit seiner verletzten Hand nicht zu viel Beschwerden. Wie gut wird ihm schon die Reise tun.«

»Du kannst ruhig sein, sein Vater wird ihn nicht allein reisen lassen. Wie ich ihn kenne, wird er reichlich von diesem Erbe profitieren wollen und Lilli, seine zweite Frau, auch. Es ist für Georg wahrhaftig ein Glück, daß sein Stiefbruder nicht mehr am Leben ist, denn der würde ihn auch gehörig zur Ader gelassen haben. Herr Doktor, da finden Sie Gelegenheit, ein gutes Werk zu tun, indem Sie sich Ihres Neffen ein wenig annehmen, damit er nicht mehr so stark unter dem Druck seines Vaters zu leiden hat. Von dem, was sein Großvater als Erziehungsbeitrag für ihn ausgesetzt hatte, bekam er nie etwas. Georg war freilich auch zu stolz, um etwas anzunehmen. Sein Vater und sein Stiefbruder verspielten alles, was seine Stiefmutter nicht für sich verbrauchte.«

»Ich glaube, darüber kann ich Sie beruhigen; im Testament meines Onkels sind allerlei besondere Bestimmungen getroffen, die Hermann Strasser in dieser Beziehung die Hände binden werden. Zum Beispiel ist ihm ein längerer Aufenthalt auf dem Landsitz meines Onkels verboten, und Georg muß nach diesen Bestimmungen dauernd da leben. Das und noch manches andere ist bestimmt worden, um Georgs Vater von dem Mitgenuß des Erbes auszuschließen. Der Groll und die Verachtung meines Onkels treffen diesen Mann noch über sein Grab hinaus.«

»Das ist sehr gut, das freut mich für Georg«, sagte Klaus Ruthart.

»Sobald der Erbe bei dem Notar eintrifft, bekomme ich ein Telegramm, und dann schicke ich sofort das Auto meines Onkels nach Göttingen, das beide herüberbringen soll. Ich werde ihn dann im Hause meines Onkels erwarten. Dann erst wird das Testament vorgelesen, und wenn Hermann Strasser, wie ich wohl annehmen kann, dabei ist, wird er gleich hören, daß er sich hier nicht festsetzen kann.«

Gonda war überglücklich.

»Und sobald das Wichtigste erledigt ist, lassen Sie es mich wissen, Doktor, dann komme ich, schleiche mich mit Ihrer Hilfe in das Haus und stehe dann plötzlich vor Georg. Wird der sich freuen!«

Hans Leyden war gar nicht eifersüchtig, daß Gonda sich so sehr auf Georgs Ankunft freute. Er wußte und fühlte, daß sie ihm nur geschwisterlich nahestand. Lächelnd verbeugte er sich.

»Also ein richtiges kleines Komplott zu Georgs Überraschung. Ich freue mich, dabeisein zu können. Er soll nicht eher das geringste von Ihrem Hiersein erfahren, als bis Sie vor ihm stehen.«

Dieser Abend verging noch viel schneller als alle anderen. Es gab noch viel zu erzählen und zu beraten. Hans Leyden sprach offen seine Freude aus, daß sein Onkel ihm fünfzigtausend Mark vermacht hatte. Das brachte ihn doch seinem Ziel viel näher. Darüber sprach er sich auch zu Klaus Ruthart aus, als er später eine Weile mit ihm allein war. Dieser erwiderte lächelnd:

»Ich habe Ihnen schon gesagt, mein lieber Doktor, um den Geldpunkt sollen Sie sich keine Sorge machen. Aber übereilen Sie nichts, Gonda ist noch sehr jung, und ich möchte sie nicht gern so bald hergeben. Wenn Sie mit Ihrem Bahnbau fertig sind, müssen wir einmal in Ruhe über Ihre ferneren Lebenspläne sprechen. Bis dahin sind Sie ja in unserer Nähe. Ich möchte doch nicht, daß Sie mir meine Tochter gar zu weit entführen.«

15

Helga hatten alle diese Ereignisse nur so weit interessiert, als sie daraus entnehmen konnte, daß Gondas »Freund« nun nach Deutschland kam. Und wenn sie auch daran zweifeln mußte, daß Hans Leyden ihr deshalb näherrücken würde, so wollte sie doch nicht alle Hoffnung aufgeben. Leider waren bisher alle ihre Versuche, ihn an sich zu fesseln, mißlungen, er gab sich nach wie vor korrekt und zurückhaltend. Das machte sie immer reizbarer. Es wollte ihr nicht einleuchten, daß ein Wunsch von ihr unerfüllt bleiben sollte. Und obwohl sie nun Gonda unschädlich für ihre Pläne gemacht zu haben glaubte, war es doch gerade Gonda, an der sie alle Reizbarkeit ausließ. Daß Gonda jetzt immer mit so glückstrahlendem Gesicht herumlief, schrieb sie zwar dem Umstand zu, daß ihr »Freund« nun bald kommen würde, aber trotzdem ärgerte sie diese glückliche Miene ihrer Schwester. Sie quälte sie mehr als je, war unfreundlich, wenn sie mit ihr allein war, und sah sie mit finsteren Augen an, wenn Gonda trotz allem ruhig und sanft blieb und sie nur mitleidig anblickte.

Gonda ertrug alle Launen der Schwester mit Engelsgeduld, ertrug sie um so leichter, als sie sich im Herzen glücklich fühlte. Hans Leyden war lieb und gut zu ihr, und zwischen ihm und ihr herrschte keine Mißstimmigkeit. Das war ihr genug. Ihre Liebe war noch nicht auf dem Punkt, wo nur der völlige Besitz beglücken kann. Das Wesen der Liebe war ihr noch zu geheimnisvoll. Wohl fühlte sie, wie sehr sie ihn liebte und daß er sie sehr liebhatte, aber weiter wollte sie noch gar nicht denken, es war so schön, so wunderschön, wie es jetzt war.

Aber sie merkte doch mehr und mehr, daß Helgas Laune immer mit Hans Leyden in irgendeinem Zusammenhang stand. Sie fing zuweilen einen heißen, brennenden Blick auf, den Helga zu Leyden hinüberwarf, und merkte, daß Helga unglücklich aussah, wenn er ihr so kühl und förmlich begegnete. Und eines Tages fiel es dann wie

Schuppen von ihren Augen, und sie erkannte, daß Helga Hans Leyden liebte.

Das löste auch den letzten Schleier von ihrem eigensten Empfinden. Sie wußte nun plötzlich, was sie für Hans Leyden empfand, und diese Erkenntnis löste zugleich ein tiefes Erbarmen mit Helga aus. Sie begriff, daß, wenn ihr eines Tages ein volles Glück an Hans Leydens Seite blühen sollte, die Schwester leiden mußte, so, wie sie gelitten hatte, als sie merkte, wie fremd und kalt ihr Hans Leyden gegenüberstand. Das warf natürlich einen leisen Schatten auf ihr Glück und machte sie vollends wehrlos ihrer Schwester gegenüber. Es war fast eine Art Schuldbewußtsein, das sie überfiel, wenn sie merkte, wie unglücklich Helga aussah, wenn sie sich unbeobachtet fühlte.

Nach wie vor aber kam Hans Leyden fast jeden Abend mit Tante Käthe nach Schloß Santen. Sie aßen zusammen, saßen plaudernd in Helgas Salon, und die Schwestern musizierten. Dabei war Helgas Stimmung sehr ungleichmäßig. Sie begann wieder größere Gesellschaften nach Schloß Santen einzuladen, liebäugelte wohl auch mit diesem und jenem Bewerber, aber nur, um Hans Leyden eifersüchtig zu machen, was ihr natürlich nie gelang.

Klaus Ruthart hatte die Verwaltung des Besitzes seiner ältesten Tochter jetzt in vollster Ordnung, es klappte alles tadellos, und unter seiner Führung hoben sich die Erträgnisse des Gutes erheblich. Wenn Helgas Großmutter ihrer Enkelin den Vater auch als untüchtig und unzuverlässig geschildert hatte, mußte diese doch immer mehr einsehen, daß das Urteil der alten Dame durch Haß getrübt worden war.

Mehr und mehr nötigte ihr der Vater Anerkennung

und Hochachtung ab, und sie gewöhnte sich immer mehr daran, ihn in allen Dingen um Rat zu fragen. Es lag dann oft ein vertrauender Blick in ihren Augen, und das freute ihren Vater und machte ihm das Herz warm. Er sorgte sich ehrlich um Helga, da er ja wußte, daß auch sie ihr Herz an Hans Leyden verloren hatte. Doch wußte er nicht, wie er ihr in diesem Fall helfen konnte. Helga suchte ihren Kummer immer mehr durch mancherlei Vergnügungen zu unterdrücken; sie ließ viele Einladungen ergehen und nahm auch wieder solche an. In den meisten Fällen wurden dann auch ihr Vater und ihre Schwester, meist auch Tante Käthe und Doktor Leyden mit eingeladen.

Immer mehr suchte sie durch Koketterien Hans Leydens Eifersucht zu erregen. Es war gewissermaßen ein letzter Versuch, sein Interesse zu wecken. Es fehlte ihr durchaus nicht an leidenschaftlichen Verehrern, denn man wußte, daß sie eine der reichsten Partien war. Wenn sich die jungen und älteren Herren um sie scharten, warf sie immer wieder einen forschenden Blick zu Leyden hinüber, dessen imponierende Erscheinung doch alle anderen übertraf. Aber nie merkte sie, daß er auch nur im geringsten beunruhigt war durch ihre Gefallsucht.

Auch Gonda wurde eifrig der Hof gemacht. Ihre reizvolle Natürlichkeit, ihre holde Anmut, das hinreißende Lächeln und ihr entzückender Humor zogen, zu Helgas Ärger, die Herren an. Und nach jedem solchen Fest hatte Gonda viel auszustehen durch Helga, die an allem, was sie tat oder ließ, strengste Kritik übte.

So ruhig nun auch Hans Leyden zusehen konnte, wenn Helga der Hof gemacht wurde, so unruhig konnte er werden, wenn er Gonda umschwärmt sah. Traf dann aber ihr Blick mit dem seinen zusammen, dann wurde er wieder ruhig und zuversichtlich. Keinen anderen sah sie so innig an wie ihn, und wenn sie auch mit allen scherzte und lachte wie ein mutwilliges Kind, die Sonnenfunken in ihren Augen galten nur ihm.

Und er dachte immer sehnsüchtiger an den Tag, da er Gonda für immer an sich binden konnte. Es genügte ihm nicht mehr, ab und zu einige verstohlene Worte mit ihr zu tauschen oder sie einmal »ganz zufällig« zu treffen, wenn sie ihre einsamen Ritte unternahm. Er stahl sich dann zuweilen von seiner Arbeit fort, wenn er sie allein unterwegs wußte. Auf alle möglichen diplomatischen Arten suchte er das immer im voraus in Erfahrung zu bringen. Dann suchte er es einzurichten, daß er ihr über den Weg lief. Er wußte freilich, daß sie jedes Zusammentreffen ihrem Vater berichtete, aber dieser war nachsichtig und gönnte ihm diese »zufälligen« Begegnungen. Das waren immer köstliche Minuten, die sie dann miteinander verplauderten. Ihre Augen hingen selbstvergessen aneinander, aber es waren eben doch immer nur Minuten, und das genügte ihm nicht mehr.

Tante Käthe freute sich dieser jungen Liebe ganz heimlich, und sie war die einzige, die noch nicht ahnte, daß auch Helga sich in Hans Leyden verliebt hatte. Sie traute der kaltherzigen, stolzen Helga überhaupt nicht zu, daß sie sich verlieben könne, und glaubte fest daran, daß sie eines Tages eine wohlüberlegte Vernunftehe eingehen würde.

Daraufhin sah sie sich immer schon die Herren der Gesellschaft an und überlegte, welcher wohl Gnade vor Helgas Augen finden würde. Es kamen höchstens zwei oder drei in Frage, die von Helga gewürdigt werden konnten, die Herrin von Schloß Santen heimzuführen.

Von diesen dreien gefiel Tante Käthe am besten ein Herr von Reinsberg, der Sohn eines hessischen Grundbesitzers, der zuweilen bei Verwandten in Kassel war und in Gesellschaft hier und da mit Helga zusammentraf. Er war ein großer, stattlicher Herr von etwa vierzig Jahren, kein sogenannter schöner Mann, aber doch eine interessante Erscheinung. Tante Käthe fand ihn klug und geistvoll. Aber er war anscheinend ebenso stolz und zurückhaltend wie Helga. Er näherte sich ihr nie, wenn sie von Verehrern umgeben war, aber sobald er sie einmal allein traf, gesellte er sich zu ihr und unterhielt sich sehr angeregt mit ihr.

Ältere Frauen, die glücklich verheiratet waren, stiften immer gern Ehen, und Tante Käthe machte dabei keine Ausnahme. Daß Herr von Reinsberg Helga liebe, nahm sie gar nicht an, ebensowenig wie sie annehmen konnte, daß sie ihn liebte, aber er schien großes Interesse an ihr zu haben, und Tante Käthe hielt ihn für einen Mann von anständiger Gesinnung. Sie war sich bewußt, daß er sich gewiß nicht um Helga bewerben würde, wenn sie nicht die vermögende Schloßherrin gewesen wäre.

Und mit dieser Annahme hatte Tante Käthe sehr recht. Lothar von Reinsberg hatte seine Jugend genossen, wie die meisten Männer aus seinen Kreisen, und dabei oft in Erfahrung gebracht, daß schöne Frauen für ihre Männer meist ein verhängnisvoller Besitz waren. Er war jetzt so weit, sich klarzumachen, daß es Zeit sei, sein flottes Junggesellendasein aufzugeben und eine vernünftige Ehe zu schließen. Das Gut seines Vaters warf nicht genug ab, als daß er auf Vermögen bei einer Frau hätte verzichten mögen, wenn er auch nicht ein Mitgiftjäger war, denn es mußten noch zwei verheiratete Schwestern unterstützt werden. Diese Verpflichtung würde er auch übernehmen müssen, wenn sein Vater, der schon nahe der Achtzig war, sterben und ihn als Erben einsetzen würde.

Er hatte sich nun in beschaulicher Ruhe unter den Töchtern des Landes umgesehen, und seine Augen waren auf Helga Ruthart gefallen. Sie erschien ihm als die passendste Partie, sie war nicht schön genug, um ihm Unbequemlichkeiten zu bereiten, und doch nicht häßlich. Ihre Eleganz und ihr stolzes, unnahbares Wesen gefielen ihm gerade, weil ihm das einige Sicherheiten bot und weil sie repräsentieren konnte. Ihre finanziellen Verhältnisse waren glänzend, das wußte er, und so ging er langsam, aber stetig auf sein Ziel los. Zunächst hatte er wenig Aussichten bei ihr, das merkte er, und er beobachtete, wer ihm im Weg stand. Frauenkenner, wie er war, wußte er bald ganz genau Bescheid und ließ sich nicht entmutigen, weil er merkte, daß Helga Ruthart dort, wo sie hin wollte, kein Entgegenkommen fand. Es fiel ihm dann auf, daß sie eines Tages mit ihm zu kokettieren begann, nicht etwa unfein, aber doch deutlich. Er wußte genau, daß sie das nur deshalb tat, um Doktor Leyden zu reizen. Also nur dieser kam für ihn als ernstlicher Nebenbuhler in Betracht.

Er beobachtete Leyden heimlich und fand bald heraus, daß dieser vollständig in den Banden der reizenden kleinen Schwester Helgas lag. Diese kleine Gonda war freilich ein entzückendes Persönchen, aber ihre Schwester paßte besser zu ihm. So gönnte er Gonda neidlos Doktor Leyden

In Schloß Santen fand nun seit dem Tod Frau von Santens die erste ganz große Gesellschaft statt. Alles, was schon bei Helga und ihrer Großmutter verkehrt hatte, war geladen. Es sollte eine musikalische Unterhaltung stattfinden, aber noch kein Tanz, da das Trauerjahr noch nicht zu Ende war. Vor den musikalischen Darbietungen, an denen sich Helga beteiligen sollte, war große Tafel. Auch Gonda war von ihrer Schwester gebeten worden, einige Lieder zur Laute zu singen. Sie hatte sich erst gesträubt, und Helga gab sich nicht viel Mühe, sie zu überreden. Aber Tante Käthe ließ nicht nach, Gonda zu bestürmen, und auch ihr Vater und Doktor Leyden redeten ihr zu. So hatte sie sich schließlich doch bereit erklärt, die schönsten ihrer malaiischen Lieder zu singen.

Die Tafel war glänzend verlaufen, und Lothar von Reinsberg bemerkte mit Befriedigung, daß Helga Ruthart eine Dame von ganz großem Stil abgeben würde, wenn sie erst als verheiratete Frau derartige Gesellschaften gab. Er saß bei der Tafel Helga schräg gegenüber und konnte sie beobachten. Und immer fester wurde sein Entschluß, sie zu seiner Frau zu machen.

Nach der Tafel wurde musiziert. Einige Herren gaben eine Kammermusik zum besten, die sauber gespielt wurde und allgemeinen Beifall fand. Dann kam ein Duett zwischen einer Sopranistin und einem Bariton.

Gonda, die nicht sehr verwöhnt war, lauschte diesem Duett mit Entzücken, und als sie dabei mit Hans Leydens Augen zusammentraf, stieg ihr, zu seiner Freude, tiefes Rot ins Gesicht.

Darauf folgte ein Geigensolo, und dann spielte eine Nachbarin auf dem Flügel das Allegro moderato von Schumann.

Hierauf folgte Gondas Vortrag, und schon ehe sie das Vorspiel auf der Laute begann, hatte sie alle Herzen im Sturm gewonnen durch ihre Verwirrung. Sie wurde ganz blaß vor Aufregung, als sie zu singen begann. Aber es war so still im Saal, daß ihre zarte Stimme voll zur Geltung kam. Sie sang zuerst wieder das Wiegenlied, dann eine Art Ballade, zuletzt das malaiische Liebeslied. Sie ließ keine Pause zwischen den einzelnen Liedern und war nur froh, als sie diese drei Lieder gesungen hatte.

Aber dann erschrak sie tief, denn ein so starker Beifall, wie ihn noch keine Darbietung an diesem Abend gefunden hatte, bewies, wie gut ihre Lieder gefallen hatten. Ganz blaß und verwirrt sah sie auf die händeklatschenden Menschen und lief dann schnell mit ihrer Laute hinaus. Sie kam erst wieder zu sich, als Tante Käthe, die ihr gefolgt war, sie stürmisch küßte und ihr sagte, daß sie sehr stolz auf sie sei.

Aufatmend sah Gonda in ihre Augen.

»Ach, Tante Käthe, nie wieder tue ich das! Es war schrecklich, wie die Menschen plötzlich zu klatschen anfingen.«

Das hörte Hans Leyden, der sich auch unbemerkt aus dem Saal gestohlen hatte, weil er ahnte, wie Gonda zumute war. Lächelnd trat er zu den beiden Damen heran.

»War es so schlimm, gnädiges Fräulein?«

Sie sah noch ganz erregt zu ihm auf.

»Ganz schlimm, ich tue es gewiß nie wieder.«

Und als sie das sagte, dachte sie an jenen Sonntagmorgen, an dem sie ihm auch versichert hatte, daß sie es nie wieder tun wollte. Auch er dachte daran, und seine Augen sahen so warm und zärtlich in die ihren, daß jähe Röte in ihr Gesicht stieg.

»Nun wollen wir aber wieder hineingehen, jetzt wird gleich Helga ihren Vortrag beginnen, und da dürfen wir nicht fehlen, sie würde beleidigt sein,« meinte Tante Käthe.

Sie gingen in den Saal zurück, wo Gonda gleich von allen Seiten umringt wurde. Man machte ihr so viele Komplimente über ihre malaiischen Lieder, daß sie ganz hilflos zu Doktor Leyden aufsah.

Zu ihrer Erlösung begann nun Helgas Klaviervortrag. Sie spielte Liszt, Chopin und Tschaikowsky mit großem Können. Hans Leyden sah aber nicht zu Helga Ruthart hinüber, seine Augen ruhten auf Gonda, die in dem blaßblauen, mit kleinen Perlen bestickten Kleid so entzükkend jung und frisch aussah.

Auch die Schloßherrin erntete starken Beifall für ihr Spiel, den sie mit stolzer Sicherheit entgegennahm.

Als das Konzert zu Ende war, erhaschte Lothar von Reinsberg wieder eine Gelegenheit, einige Worte mit Helga allein sprechen zu können. Sie sah gerade mit brennenden Augen zu Hans Leyden hinüber.

»Mein gnädiges Fräulein, ich weiß nicht, was ich mehr an Ihnen bewundern soll, Ihr großartiges, beseeltes Klavierspiel oder die hervorragende Art, mit der Sie dies stolze Haus repräsentieren. Ich kenne keine Dame, die es mit Ihnen aufnehmen könnte an formvollendetem Auftreten«, sagte er artig, aber durchaus nicht so, daß es nur wie ein Kompliment klingen konnte.

Sie war leise zusammengezuckt und hatte ihre Augen

nur widerstrebend von Hans Leydens Gesicht gelöst. Sie sah Lothar von Reinsberg mit umschatteten Augen an. Sich zu einem Lächeln zwingend, sagte sie: »Sie benutzen wenigstens keine Gemeinplätze, um mir Komplimente zu machen, Herr von Reinsberg. Alle anderen Herren glauben, mir Komplimente machen zu müssen über Tugenden und Eigenschaften, die ich nicht besitze, und da klingen sie gleich so deutlich verlogen.«

»Ich würde mir nie erlauben, einer so klugen, geistvollen Dame verlogene Komplimente zu machen. Doch wollte ich Ihnen gern etwas sagen, was Ihnen angenehm ist, weil – Sie mich wirklich stark interessieren. Ganz offen: Schöne Frauen sind oft dumm, wenigstens geistlos. Mir gefallen kluge Frauen.«

»Auch wenn sie nicht schön sind«, sagte sie mit beißendem Spott.

»Bitte, ändern wir diese Worte – auch wenn sie anderen nicht schön erscheinen. Für mich sind eben kluge, geistvolle Frauen immer schön, zumal wenn sie dabei so aparte, stolze Erscheinungen sind wie Sie, mein gnädiges Fräulein.«

Eine leichte Röte stieg in Helgas Antlitz, und sie sah interessierter in Reinsbergs markantes, kluges Gesicht. Ein Seufzer entfloh ihren Lippen, und sie warf einen sehnsüchtigen Blick zu Leyden hinüber.

Warum konnte er nicht so zu ihr sprechen? Warum erschien sie ihm nicht wenigstens interessant und geistvoll genug, daß er sie lieben konnte? Sie richtete sich stolz empor, sah ihn ziemlich abweisend an und sagte herb: »Verschwenden Sie Ihre Komplimente nicht am unrechten Ort, Herr von Reinsberg.«

»Ah, gut gegeben! Wie stolz Sie sind! Das gefällt mir so gut, daß es mich nicht einmal abschreckt – im Gegenteil. Sie haben vor dem Konzert ein wenig mit mir kokettiert; nur ein ganz klein wenig, vielleicht nur, um jemand zu ärgern. Aber weil es geschah, bin ich so frei, Sie zu fragen, ob Sie die Güte haben wollen, mich fünf Minuten ruhig anzuhören.«

Wieder errötete sie. Sie wußte sehr wohl, daß er recht hatte, und schämte sich dessen jetzt.

»Ich bin für jeden meiner Gäste zur Unterhaltung bereit«, sagte sie, so ruhig sie konnte.

Er verbeugte sich.

»Das gefällt mir wieder sehr an Ihnen, daß Sie nicht ableugnen, daß Sie mit mir kokettiert haben. Jede andere Frau hätte das getan. Also, bitte hören Sie mich an. Sie interessieren mich sehr. Ich weiß aber, daß Sie jetzt gleichgültig über mein Geständnis hinweggehen. Ich weiß auch, warum! Aber es könnte sein, daß Ihnen eine herbe Enttäuschung bevorsteht, und dann sollen Sie sich an meine Worte erinnern. Sie sollen wissen, daß ein Wort von Ihnen mich jederzeit an Ihre Seite rufen wird und daß ich Ihnen dann ein sehr verständnisvoller Freund sein werde. Ich wünsche mir, daß Sie meine Frau werden möchten, Helga Ruthart, und wir würden dabei vielleicht eine sogenannte Vernunftehe eingehen. Aber glauben Sie mir, nicht immer sind Liebesheiraten sehr glücklich, und nicht immer sind Vernunftehen unglücklich, sie können sehr glücklich werden, wenn sie nur auf gegenseitiger Hochachtung fußen. Wollen Sie mir versprechen, an alles, was ich Ihnen sagte, zu denken, wenn – nun – wenn Sie sich einmal so unglücklich fühlen, daß Sie mich als Ihren ergebenen Freund rufen würden?«

Wider Willen gefesselt, hatte sie zugehört. Als er jetzt zu Ende war, stieg es wie Abwehr in ihr auf.

»Ich verstehe Sie nicht und weiß nicht, was Sie mit alledem sagen wollen.«

Ein feines Lächeln umspielte seinen Mund.

»Es ist auch nicht nötig, daß Sie mich jetzt verstehen. Mir ist nur wichtig, daß Sie mich verstehen werden, wenn der richtige Zeitpunkt gekommen sein wird – an dem Sie einen verständnisvollen Freund brauchen werden. Sie sollen mir jetzt weiter gar nichts sagen, sollen mir nur versprechen, daß Sie sich meine Worte einprägen werden. Wollen Sie das tun?«

Sie streifte sein kluges Gesicht mit einem unsicheren Seitenblick.

»Das kann ich Ihnen ja versprechen; es verpflichtet mich zu nichts.«

»Nein, es verpflichtet Sie zu nichts! Und nun darf ich Sie nicht länger Ihren anderen Gästen entziehen. Sie sind eine so vollkommene Repräsentantin dieses Schlosses, daß ich Sie nicht zu einer Unvollkommenheit verleiten möchte.«

Damit machte er eine tadellose Verbeugung und trat zurück.

Helga schritt schnell auf eine Gruppe ihrer Gäste zu und nahm an der Unterhaltung teil, als sei nichts geschehen. Aber dabei mußte sie immer wieder an Reinsbergs Worte denken. Was wollte er von ihr? Er war ihr doch so namenlos gleichgültig, wie alle anderen Männer auch, außer dem einen, nach dem ihre Seele so sehnsüchtig verlangte, freilich mit der eigenwilligen Sehnsucht eines verzogenen Kindes.

Lothar von Reinsberg blieb stehen und sah ihr mit einem seltsamen Lächeln nach. Dann blickte er zu Hans Leyden hinüber und bemerkte, daß dieser soeben einen strahlenden Blick mit Gonda Ruthart tauschte.

Süß, die Kleine! Aber nicht reich genug und nicht das, was ich brauche. Mag sie mit diesem Doktor Leyden glücklich werden. Sie wird das Amt übernehmen, mir einen unliebsamen und gefährlichen Nebenbuhler aus dem Weg zu räumen. Damit hat sie für mich ihren Zweck erfüllt, dachte er. Dann mischte auch er sich unter die Gesellschaft und war – wie immer – sehr geistvoll und witzig. Er kam später auch mit Doktor Leyden ins Gespräch und sah mit einem lächelnden Wohlgefallen in dessen Gesicht.

Dabei dachte er: Mit ihm im Wettbewerb müßte ich unterliegen, solche Männer sind Frauen immer gefährlich. Aber wenn er ausscheidet, werde ich die besten Aussichten haben, schon weil ich beizeiten vorgearbeitet habe!

Helga aber versuchte, Reinsbergs Worte, die sie doch ein wenig erregt hatten, zu vergessen. All ihr Sinnen und Denken war nach wie vor auf Hans Leyden gerichtet. Wenn nur erst dieser Georg Strasser dasein und sich mit Gonda öffentlich verloben würde, dann würde Leyden doch vielleicht einsehen, daß er nichts Besseres tun konnte, als sich um die Herrin von Schloß Santen zu bewerben. Die stolze Helga war schon so bescheiden geworden, daß sie zufrieden sein würde, von Leyden nur als reiche Erbin begehrt zu werden. Unwillkürlich fühlte sie, daß Gonda ihr noch im Weg stand, wenn sie diese auch unschädlich gemacht zu haben glaubte. Deshalb grollte sie der Schwester wohl auch noch immer ...

16

Wieder waren einige Wochen vergangen, und Gonda rechnete nun schon die Tage aus, wann Georg mit seinen Eltern nach Deutschland kommen würde. Sie wunderte sich nicht, daß sie keine Nachricht mehr von ihm erhielt. Er würde wenig Freude daran finden, durch seine Stiefmutter ihr zu schreiben. Sicher hätte er sich auch dann nur auf das Notwendigste beschränkt, wenn er nicht nach Deutschland gerufen worden wäre. Da er aber nun sicher bereits auf der Reise war, würde er ihr überhaupt nicht mehr schreiben, er würde sie genauso überraschen wollen wie sie ihn. Er konnte nicht ahnen, daß sie von seiner Erbschaft unterrichtet war.

Daß er sofort nach Erhalt des Telegramms von dem Notar abgereist sein würde, erschien ihr zweifellos. Sie sprach sehr oft von ihm, auch in Hans Leydens Gegenwart, und gab ihrer Freude Ausdruck, daß sie ihn nun bald wiedersehen würde. Helga beobachtete dann Hans Leyden immer sehr scharf, aber sie sah nur, daß er ruhig lächelnd zuhörte. Gondas Sehnsucht nach dem »Freund« schien ihn also nicht zu betrüben. Sie hörte, wie ausführlich er mit Gonda die Überraschung besprach. Es war doch unmöglich, daß er Gonda liebte, wenn ihn das alles so gleichgültig ließ. Warum blieb er dann aber ihr gegenüber so zurückhaltend?

Vorsichtig hatte sie Tante Käthe ausgeforscht, ob er vielleicht Briefe von zarter Hand erhielt, aber diese hatte das ganz energisch in Abrede gestellt. Also konnte er auch sonst nicht an eine Frau gebunden sein. Warum also blieb er so kalt ihr gegenüber? Wenn sie auch keine Schönheit war wie Gonda, so hatte sie doch auch ihre Reize. Sie dachte immer wieder daran, was ihr Lothar von Reinsberg gesagt hatte. Warum konnte Hans Leyden sie nicht so würdigen wie Reinsberg es tat?

Sie machte oft einen traurigen, niedergeschlagenen Eindruck, und Gonda wußte dann nicht, was sie ihr Gutes tun sollte. Es tat ihr weh, daß das, was ihr Glück ausmachen sollte, Helgas Unglück bedeuten würde. Fast war es ihr daher eine Erleichterung, wenn Helga sie immer wieder mit ihren Launen quälte. Sie ertrug sie geduldig, so geduldig, daß Helgas Zofe, die zuweilen Zeugin dieser Auftritte wurde, oft mitleidig zu Gonda hinübersah. Gonda hatte sich in Schloß Santen die Herzen aller Dienstboten erobert, und in den Dienstbotenzimmern war oft die Rede davon, wie schlecht die Schloßherrin ihre Schwester behandle.

»Ich würde mir das nicht gefallen lassen«, sagte die Zofe, »man müßte es Herrn Ruthart oder Frau Laßwitz sagen, wie Fräulein Gonda gepeinigt wird. Denn sie selbst beklagt sich ja nie. Oft möchte ich dazwischenfahren und dem gnädigen Fräulein mal meinen Standpunkt klarmachen!«

Einmal, als Helga in Gegenwart des Vaters eine sehr verletzende Äußerung Gonda gegenüber tat und der Vater sie energisch zurückwies, bat Gonda den Vater, nachdem Helga das Zimmer verlassen hatte: »Zanke doch nicht mit der armen Helga, Vater, sie meint es nicht so böse und ist so unglücklich. Ihr ist selbst nicht wohl, sonst würde sie mir nicht weh tun wollen.«

Der Vater sah sie forschend an.

»Was sagst du, Kind? Helga sei unglücklich?«

Mit feucht schimmernden Augen sah sie ihn an.

»Ja, Vater, ich weiß es.«

»Warum ist sie denn unglücklich?«

»Das kann ich dir nicht sagen, es würde Helga nicht lieb sein. Es gibt Schmerzen, die man mit sich selbst ausmachen muß.«

Er streichelte ihr Haar.

»Das klingt ja, kleine Gonda, als wüßtest du selbst, was Schmerzen sind.«

Sie nickte.

»Ja, Vater, damals, als Doktor Leyden so böse mit mir war, als es mir wenigstens so schien, da hat mir das Herz auch so weh getan wie jetzt Helga.«

Nun wußte Klaus Ruthart, daß Gonda so gut wie er ahnte, daß Helga unglücklich in Hans Leyden verliebt war. Er seufzte.

»Mein liebes Kind, Helga tut mir von Herzen leid, aber wenn sie sich unglücklich fühlt, berechtigt sie das immer noch nicht, dich so grundlos zu verletzen, wie sie es eben getan hat. Das darf man ihr nicht durchgehen lassen, deshalb wies ich sie zurecht.«

Gonda wagte ihn nicht anzusehen. Wenn der Vater wüßte, wie viel schlimmer Helga sie oft kränkte und verletzte, was er da wohl sagen würde! Oh, er würde noch viel betrübter sein als jetzt, und deshalb durfte er es nie erfahren.

»Sie kann doch nicht dafür, Vater, daß ihre Großmutter sie so falsch erzogen hat.«

»Nein, dafür kann sie gewiß nichts. Aber wenn ich ihr solche Unarten durchgehen lassen würde, dann würde auch ich mich an ihr versündigen. Genauso wie es ihre Großmutter getan hat. Begreifst du das nicht?«

Gonda nickte.

»Ja, jetzt verstehe ich dich. Wie froh wäre ich, könnte ich Helga zu einem Glück verhelfen, dann würde sie solche Dinge nicht mehr tun, davon bin ich überzeugt.«

Am Abend dieses Tages erschien Hans Leyden mit der Nachricht, daß er ein Telegramm vom Notar seines Onkels erhalten habe. Es lautete: »Georg Strasser eintrifft mit Eltern Sonnabend elf Uhr. Erbitte Auto. Schröter.«

Gonda rief lebhaft:

»Also, morgen! Lieber Vater, du siehst, er will uns nicht eher von seinen veränderten Verhältnissen Nachricht geben, bis alles klar und erledigt ist, sonst hätte er uns mindestens von Hamburg aus mitgeteilt, daß er in Deutschland angekommen ist. Was wird er für Augen machen, wenn ich plötzlich im Hause seines Großvaters auftauche. Er hat ja keine Ahnung, daß der Landsitz seines Großvaters so nahe bei Schloß Santen liegt, und er wird auch nichts davon erfahren, bis ich vor ihm stehe. Doktor Leyden hat den Notar darum gebeten, daß er Georg nichts davon verrät.«

Lächelnd nickte ihr der Vater zu.

»Hoffentlich hat sich Georg schon während der Seereise gut erholt. Für seine Eltern wird es auch eine wohltätige Ablenkung von der Trauer um Kurt sein, daß sie diese Reise machen konnten, ganz abgesehen davon, daß auch für sie ein Klimawechsel dringend nötig war nach so vielen Jahren.«

»Glaubst du, Vater, daß Strassers Ramova verkauft haben, ehe sie diese Reise antraten?«

»Wohl kaum, so schnell läßt sich das nicht machen, zumal nicht mit einem so heruntergekommenen Besitz wie Ramova. Lieber Doktor, ich bitte Sie nochmals, Ihre ganze Autorität aufzubieten, um Georg von der Bevormundung und Unterdrückung seines Vaters freizumachen. Ich halte es für dringend notwendig, daß Herman Strasser nicht das geringste Verfügungsrecht über das Vermögen seines Sohnes bekommt. Georg, in seiner beispiellosen Güte, wird nie imstande sein, seinem Vater etwas zu versagen.«

»Darüber können Sie ganz außer Sorge sein, Herr Ruthart. Wie ich Ihnen schon sagte, hat mein Onkel genaue testamentarische Bestimmungen getroffen, daß der Mann, der seiner Ansicht nach seine Tochter gewissenlos ins Unglück geführt hat, in keiner Weise an seinem Erbe teilnehmen darf.«

»Das ist sehr gut und sehr weise gewesen von Ihrem Onkel.«

»Sie dürfen nicht vergessen, daß er die schlechteste Meinung hatte von dem Verderber seiner Tochter und daß er ihn haßte, weil er ihn einsam und unglücklich gemacht hatte.«

»Die arme Frau Helena war an seiner Seite wirklich nicht auf Rosen gebettet, das wissen wir ganz genau, wenn sie auch zu niemand als zu meiner Frau darüber gesprochen hat. Sie werden das auch verstehen, wenn Sie Hermann Strasser kennenlernen.«

»Ich bin darauf gefaßt, mich sehr ablehnend gegen ihn einzustellen, und werde mich freuen, wenn ich Georg helfen kann. Ich werde also morgen früh das Auto nach Göttingen schicken. Außerdem werde ich zugegen sein, wenn sie ankommen, um meinen Neffen verwandtschaftlich zu empfangen.«

»Und wann werde ich kommen dürfen?« fragte Gonda eifrig.

Er sah sie lachend an.

»Sagen wir um fünf Uhr. Zwischen zwei und drei Uhr werden sie eintreffen. Sie müssen Zeit für einen Imbiß haben, und der Notar muß das Testament verlesen. Dann wird bis fünf Uhr alles Wichtige erledigt sein. Ich gebe dem alten Diener meines Onkels Weisung, daß er Sie Punkt fünf Uhr durch den Hintereingang einläßt. Und daß er Sie dann ohne jede Meldung in das Zimmer führt, wo Sie uns finden werden.«

Gonda klatschte in die Hände.

»Herrlich! Sie werden sehen, Doktor, was Georg für große Augen machen und wie er sich freuen wird. Kommst du gleich mit mir hinüber, Vater?«

Dieser winkte lachend ab.

»Nein, nein, für die erste Stunde werdet ihr genug zu tun haben, um euch alles Nötige zu erzählen. Ich werde um sechs Uhr nachkommen.«

»Und – wann werden wir die Freude haben, eure Freunde kennenzulernen?« fragte Helga, die bisher stumm zugehört hatte.

Helga wollte durch diese Liebenswürdigkeit vergessen machen, daß der Vater sie hatte zurechtweisen müssen. Sie war schon den ganzen Nachmittag sehr freundlich zu Gonda gewesen und hatte sich auch bei dem Vater entschuldigt. Sie sei nervös gewesen.

Gonda lachte.

»Ach, Helga, ich weiß nicht recht, ob Strassers schon

zivilisiert genug sind, um sie dir vorstellen zu können. Georg, der kann wohl ohne weiteres vor deinen strengen Augen bestehen, denn er ist in jeder Beziehung ein vornehmer Mensch. Aber sein Vater ist ein bißchen derb, und seine Stiefmutter – ich fürchte, daß ich dir das gar nicht zumuten kann.«

»Nun, da wir deinen Freund Georg kaum allein herüberbitten können, müssen wir seine Eltern schon mit in Kauf nehmen.«

Gonda dachte nach, dann sagte sie schelmisch:

»Ich will doch erst mal ein wenig prüfen, wie weit Georgs Eltern, seit sie in Deutschland weilen, schon von der Kultur beleckt worden sind. Wir wollen es so ausmachen: Wenn ich annehmen kann, daß sie leidlich vor dir bestehen können, werde ich sie in deinem Namen zu einem Besuch einladen. Andernfalls sage ich Georg ruhig, daß er erst einmal allein herüberkommen und dir einen nachbarlichen Besuch machen soll. Einverstanden?«

Am andern Tag hatte sich Hans Leyden schon zu Mittag freigemacht. Nachdem er wieder mit Frau Laßwitz gespeist hatte, begab er sich in das Haus seines Onkels. Frau Käthe hatte ihm liebenswürdig ihr Auto angeboten für den immerhin recht weiten Weg. Er hatte dankend angenommen, und, ihr die Hand küssend, gesagt:

»Wann werde ich endlich einmal dazu kommen, ihnen meinen Dank abzustatten für alle Wohltaten, die Sie mir erwiesen haben?«

Schelmisch lachte sie ihn an.

»Denken Sie nur nicht, daß ich vergessen werde, zur gegebenen Zeit meinen Dank zu fordern.«

»Ich bin so beschämt durch Ihre Güte!«

»Aber, lieber Doktor, reden Sie doch nicht davon. Mir scheint, ich bin noch immer der gewinnende Teil gewesen während unserer Bekanntschaft.«

Er mußte lachen.

»Wie Sie das ausgerechnet haben, möchte ich wissen.«

»Man rechnet eben nicht, wenn man gut Freund miteinander ist.«

»Aber man darf doch nicht immer nur empfangen, man muß doch auch geben können.«

»Nun, haben Sie mir nicht jeden Sonntag einen herrlichen Blumenstrauß mitgebracht, haben Sie mir nicht über meine oft recht quälende Einsamkeit hinweggeholfen, ehe mein Bruder und meine Nichte Gonda kamen? Und haben Sie nicht mein Haus bewacht? Soll ich noch weiter aufzählen?«

»Wenn es ans Aufzählen geht, ist mein Register bedeutend länger.«

»Schluß mit dieser Erörterung! Sie müssen jetzt aufbrechen, sonst kommen Sie zu spät zum Empfang Ihrer neuen Verwandten.«

Er verabschiedete sich mit einem erneuten Handkuß und fuhr davon.

Im Hause seines Onkels war nach seiner Anweisung alles zum festlichen Empfang des jungen Erben vorbereitet. Im Speisezimmer war die Tafel gedeckt, und in der Küche waltete der Koch seines Amtes. Der Erblasser hatte bestimmt, daß seine Dienerschaft ein Vierteljahr nach seinem Tod noch in ihrer Stellung belassen werden solle. Seinem alten Diener Gustav hatte er eine Rente ausgesetzt und dem Erben ans Herz gelegt, ihn zu behalten, solange er noch arbeitsfähig war und bleiben wollte. Gustav hatte sich noch nicht entschieden, ob er im Hause bleiben würde, er hatte Hans Leyden ganz offen gesagt, daß er erst den jungen Erben kennenlernen möchte, ehe er seine Entschlüsse faßte.

»Wären Sie der Erbe meines Herrn geworden, Herr Doktor, dann würde ich Sie bitten, mich in Ihrem Dienst zu behalten, aber ich bin nun schon zu alt, um mich von einem vielleicht recht launenhaften jungen Herrn peinigen zu lassen. Ich muß ihn erst mal sehen«, hatte er gesagt.

Gustav hatte die Tafel festlich gedeckt, alles mit Blumen geschmückt, und wartete nun mit Hans Leyden zusammen auf die Ankunft des ausgeschickten Autos.

Es fuhr schon ein Viertel nach zwei Uhr vor. Hans Leyden konnte sich nicht versagen, vom Fenster aus einen heimlich forschenden Blick auf die Ankommenden zu werfen, ehe sie ins Haus traten und er sie begrüßen mußte. Von ihren Gesichtern konnte er durch die vorgezogenen Vorhänge nichts erkennen, er sah nur, daß die beiden Herren in schlechtsitzende billige Konfektionsanzüge gekleidet waren und daß die Dame eine sehr üppige Erscheinung war. Aber diese Ausrüstung war ja verständlich, sie war sicher erst in Hamburg billig eingekauft worden.

Gonda hatte Hans Leyden von Georg Strasser so viel Liebes und Gutes berichtet, was ihr Vater alles bestätigt hatte, daß er gern bereit war, ihn mit verwandtschaftlicher Herzlichkeit zu begrüßen.

So ging er in die Vorhalle, wo Gustav die Herrschaften gerade in Empfang nahm. Hans Leyden begrüßte zuerst den Notar Schröter, und dieser machte ihn nun mit den

Angekommenen bekannt. Zu seinem Leidwesen konnte er aber keinerlei Sympathie für Georg empfinden, und ebensowenig für dessen Vater und Stiefmutter. Daß er den letzteren beiden nicht sehr sympathisch gegenüberstehen würde, darauf war er ja vorbereitet, aber vollständig war er von Georg Strasser enttäuscht. Er begriff nicht, daß Gonda ihm diesen jungen Mann so ganz anders geschildert hatte.

Aber er bezwang das an Abneigung grenzende Gefühl, begrüßte zuerst Frau Lilli, dann den Vater und zuletzt Georg. Dieser machte ihm mit linkischer Beklommenheit eine Verbeugung und drückte die ihm gebotene Hand sehr kräftig. Er gab unbeholfene Antworten auf Hans Leydens Frage, ob die Herrschaften eine gute Reise gehabt hätten, und sah mit einem halb trotzigen, halb verlegenen Gesicht zu seinem Vater hinüber, der sich schon gleich als neuer Herr dieses Hauses aufspielte.

Das merkte Hans Leyden, und er wandte sich an den Notar und fragte ruhig:

»Haben Sie die Herrschaften schon von dem Inhalt des Testaments meines Onkels unterrichtet, Herr Doktor?«

»Nein, Herr Doktor, wir haben nur das Allernötigste besprochen, ich habe mir die Legitimationen des Erben angesehen und für gut und richtig befunden. Das Testament sollte erst hier vorgelesen werden, vor der Übergabe des Landsitzes.«

Hermann Strasser sah Hans Leyden mit wenig freundlichem Gesicht an und sagte so recht von oben herunter: »Ist Doktor Leyden irgendwie beauftragt oder berechtigt, der Vorlesung des Testaments meines Schwiegervaters beizuwohnen?«

Doktor Schröter hatte einen unbeschreiblichen Ausdruck im Gesicht.

»Allerdings, Herr Strasser, Doktor Leyden gehört zu den Erben des Erblassers. Ihre Anwesenheit ist hingegen nicht erforderlich.«

Hermann Strasser fuhr auf und sah den Notar wütend an.

»Erlauben Sie, ich stehe hier als Vertreter für meinen Sohn Georg, dessen Rechte ich zu wahren habe.«

Der Notar, der ganz genau wußte, wie er sich diesem Herrn gegenüber zu verhalten hatte, lächelte ein wenig.

»Ihr Sohn ist mündig, ist gleichfalls anwesend, und hat über alles allein zu entscheiden.«

Hans Leyden sah, daß bei diesen Worten des Notars ein schadenfroher Ausdruck im Gesicht seines Neffen erschien. Wenn er nun auch diese Schadenfreude hätte verstehen können, so bezeugte sie doch keinesfalls die von Gonda so oft betonte vornehme Gesinnung Georg Strassers.

»Ich bleibe jedenfalls als Beistand meines Sohnes anwesend, wenn das Testament verlesen wird,« erklärte Hermann Strasser verdrießlich und warf Hans Leyden einen feindlichen Blick zu. Nach diesem Blick und seinem Verhalten hatte Hans Leyden große Lust, das Haus sofort zu verlassen, aber er dachte daran, daß er Klaus Ruthart versprochen hatte, Georg vor seinem Vater in Schutz zu nehmen. So sagte er ruhig:

»Wenn es recht ist, wollen wir erst zu Tisch gehen, die Mahlzeit ist bereit, und Sie werden von der langen Fahrt hungrig geworden sein. Wenn Sie sich vor der Tafel etwas erfrischen wollen, Ihre Zimmer, die ich für Sie instandsetzen ließ, sind bereit. Umkleiden können Sie sich wohl nicht, da Sie, wie ich bemerke, kein Gepäck mitgebracht haben.«

»Unser Gepäck kommt später nach! Wir haben es vorläufig in Hamburg zurückgelassen, weil wir erst hören wollten, wohin es zu senden sei. Also kommt Georg, Lilli, wir wollen uns etwas erfrischen.«

Hans Leyden hatte geklingelt; Gustav erschien, um die Herrschaften in ihre Zimmer zu führen. Als die beiden anderen Herren dann allein waren, sahen sie sich mit großen Augen an. Endlich meinte der Notar gleichmütig:

»Ich kann mir nicht vorstellen, daß mein alter Freund Waldenburger große Freude an seinem Enkel gehabt haben würde.«

Hans Leyden atmete auf.

»Sie können nicht weniger unliebsam überrascht sein als ich, Doktor, zumal mir Georg Strasser als ein feinfühliger, vornehm empfindender und sehr gebildeter junger Mann geschildert wurde, wenn ich mich auch über seine Eltern keinen trügerischen Hoffnungen hingab.«

»Nun, hoffen wir, daß unser erster Eindruck ein unmaßgebender ist und daß sich dieser junge Mann des Erbes würdig zeigt, das sein Großvater ihm hinterlassen hat. Wir können jedenfalls nichts weiter tun als unsere Pflicht erfüllen.«

Hans Leyden nickte, aber er fragte sich immer wieder, wie Gonda und ihr Vater dazu gekommen waren, diesen unbeholfenen Hinterwäldler für einen vornehm denkenden, gebildeten jungen Mann zu halten.

Es dauerte nicht lange, bis die drei wieder auftauchten. Man ging in das Speisezimmer, wo sofort begonnen wurde, das Mahl aufzutragen. Hans Leyden hatte während der Mahlzeit noch verschiedentlich Veranlassung, sich über das sehr ungebildete und plumpe Benehmen Georgs zu wundern.

Hermann Strasser zeigte noch einige klägliche Reste einer einst besseren gesellschaftlichen Bildung, auch Lilli suchte sich eine gute Haltung zu geben. Aber Georg Strasser war ein ungeschlachter, schlecht erzogener Rüpel, und die Art, wie er von unten herauf mit halb unruhigen, halb frechen Augen zu den beiden Herren hinübersah, mißfiel Leyden gründlich und dem Notar auch.

Immer wieder mußte sich Leyden fragen, wie Gonda Ruthart diesem widerlichen Bengel soviel gute Eigenschaften hatte andichten können. Es verursachte ihm geradezu körperliches Unbehagen, wenn er sich dachte, daß sie ihn liebevoll oder schwesterlich begrüßen würde ...

Mit Mühe wurde eine Unterhaltung aufrechterhalten, wobei sich hauptsächlich Frau Lilli bemühte, einen guten Eindruck zu machen, während ihr Mann die beiden Herren immer wieder von oben herab behandelte und Georg sich von den Speisen auf den Teller lud und sich damit beschäftigte.

Es war sowohl für den Notar als für Hans Leyden eine Erlösung, als die Mahlzeit zu Ende war. Man begab sich in das Arbeitszimmer des verstorbenen Besitzers. Dort nahm man um einen runden Tisch Platz. Doktor Schröter entnahm seiner Aktenmappe das Testament und faltete es auseinander.

Und während er langsam Wort für Wort vorlas, was der

Erblasser bestimmt hatte, sah Hans Leyden Hermann Strassers Gesicht immer länger werden, sah, wie Frau Lilli bestürzt ihren Mann ansah und daß Georg Strasser seinen Vater wieder mit dem halb schadenfrohen, halb betroffenen Gesicht anblickte.

Nach dem Wortlaut des Testaments blieb den Eltern nichts übrig, als möglichst bald wieder von dannen zu ziehen und in respektvoller Entfernung von dem Landsitz abzuwarten, was ihnen die Großmut Georgs zusprach. Aber auch da gab es bestimmte Grenzen. Georgs Großvater hatte wirklich seine Rache noch über seinen Tod hinaus auf Hermann Strassers schuldiges Haupt herniederfallen lassen.

Hans Leyden beobachtete insgeheim Georg. Wenn er Hermann Strasser auch gönnte, daß der Onkel ihn durch dieses Testament seine Rache fühlen ließ, so mißfiel ihm doch im höchsten Grad das hämische, schadenfrohe Grinsen seines Neffen. Das war ganz bestimmt kein vornehm empfindender, großherziger Mensch, wie Gonda und ihr Vater berichtet hatten.

Verstohlen sah er nach der Uhr. Es war inzwischen fast fünf Uhr geworden, und Gonda konnte jeden Augenblick erscheinen. Er fürchtete sich geradezu davor, daß sie diesem ungeschlachten, widerwärtigen Bengel um den Hals fallen und ihn liebevoll begrüßen würde. Wie vereinsamt mußte sie sich in Dahomy gefühlt haben, daß sie mit solchem Verkehr hatte fürliebnehmen, daß sie diesem Menschen, der ihm doch so fremd und unsympathisch war, ihre Freundschaft schenken konnte.

Auch Klaus Ruthart begriff er nicht. Wie hatte er gestatten können, daß seine unerfahrene Tochter einen

Freundschaftsbund schloß mit diesem widerwärtigen Kerl, dessen Eigenschaften so deutlich vom Gesicht abzulesen waren.

Es war ein tiefes Stillschweigen eingetreten, nachdem Doktor Schröter mit der Vorlesung des Testaments fertig war. Er packte ruhig seine Aktenmappe ein und wartete unbewegt, bis die drei Personen sich über dieses Testament äußern würden. Der junge Erbe wußte anscheinend nicht, was er dazu sagen sollte.

Hans Leydens Nerven waren schmerzhaft gespannt. Er lauschte hinaus, ob Gonda noch nicht komme. Er wußte, in dieses Haus kam er nicht wieder, mit diesen Menschen konnte er nichts gemein haben. Und Gonda und ihr Vater mußten auch einsehen, wenn sie diese Menschen jetzt in einer kultivierten Umgebung wiedersahen, daß dies kein Verkehr für sie war.

Er schrak zusammen, als dann endlich die Tür geöffnet wurde und Gonda mit einem fröhlichen Lächeln über die Schwelle trat. Nur Hans Leyden und der Notar sahen sie eintreten, die anderen drei hatten der Tür den Rücken zugewandt. Gonda nickte Hans Leyden vertraut zu und rief laut:

»Guten Tag, Georg!«

Mit einem Ruck fuhren die drei nach ihr herum und starrten sie an wie eine Geistererscheinung. Ebenso fassungslos starrte Gonda die drei an. Sie wurde sehr blaß und sagte mit bebender Stimme:

»Mein Gott, Kurt, ich denke – du bist – deine Mutter schrieb mir doch, du seiest gestorben ...? Und wo ist nun Georg?«

Hans Leyden und der Notar stutzten und verfolgten

mit gespannter Aufmerksamkeit den Gang der Ereignisse.

»Was wollen Sie hier, was haben Sie hier zu suchen?« schrie Hermann Strasser, der sich zuerst zu fassen suchte.

»Ich wollte nur Georg begrüßen, Herr Strasser. Mein Gott, weshalb sehen Sie mich so böse an? Wo ist Georg?«

»Machen Sie, daß Sie hinauskommen, niemand hat Sie hergerufen!« brüllte Hermann Strasser roh.

Frau Lilli war erst emporgefahren und dann wieder haltlos in ihren Sessel zurückgesunken. Kurt stand hinter ihr und wußte nichts zu sagen. Hans Leyden trat jetzt an Gondas Seite.

»Gnädiges Fräulein, ist denn das nicht Georg Strasser?« fragte er, auf Kurt deutend.

Sie schüttelte heftig den Kopf, und Tränen stürzten aus ihren Augen.

»Nein, o nein, wie können Sie denken, daß dies mein lieber Freund Georg ist! Es ist sein Stiefbruder Kurt, von dem mir seine Mutter schrieb, er sei an Malaria gestorben. Um Gottes willen, was soll das bedeuten? Kurt, sag mir doch endlich, wo ist Georg?«

Hans Leyden erfaßte jetzt langsam die Lage. Er sah mit einem ernsten Blick zu Doktor Schröter hinüber, der gleichfalls mit gespannter Aufmerksamkeit der Szene gefolgt war.

Kurt Gartner aber schob die Hände in die Hosentaschen, sah seinen Stiefvater und seine Mutter an und sagte roh:

»Da habt ihr den Salat! Nun bringt nur die Sache hier in Ordnung. Ich bin unschuldig.«

Damit wandte er sich ab, als gehe ihn das alles nichts mehr an, und trat ans Fenster.

Hans Leyden trat vor Hermann Strasser hin und sagte energisch:

»Wollen Sie uns nicht diese etwas rätselhafte Angelegenheit aufklären? Sie stellten uns diesen jungen Mann als Ihren Sohn Georg vor, Fräulein Ruthart aber bekundet, daß er nicht Georg sondern Kurt heißt. Ich habe gehört, daß Sie einen Stiefsohn namens Kurt besitzen, und Ihre Frau hat Fräulein Ruthart geschrieben, daß dieser Kurt gestorben sei. Auch ich frage Sie jetzt: Wo ist mein Neffe Georg Strasser?«

Hermann Strasser wollte reden und konnte nicht. Er sah seine Frau an, die mit angstvoll aufgerissenen Augen um sich starrte. Und da er nicht redete, fing sie an zu jammern:

»O lieber Gott, meine Herren, wir sind so unglücklich! Nun muß alles an den Tag kommen, da Gonda so plötzlich hier aufgetaucht ist, die wir weit fort von hier wähnten. Wie ist sie bloß hierhergekommen?«

»Fräulein Ruthart ist von Schloß Santen herübergekommen, das ganz in der Nähe liegt, um ihren Jugendfreund Georg zu überraschen und zu begrüßen. Sagen Sie uns endlich, wo mein Neffe Georg sich befindet«, erwiderte Hans Leyden an Gondas Stelle.

Frau Lilli schluckte einige Male, sah sich ängstlich um und hob schließlich die Hände flehend zu Gonda hoch.

»Gonda, um Gottes willen, helfen Sie uns, retten Sie uns – Georg – Georg ist tot.«

Gonda schrie auf und sank blaß in einen Sessel. Die Tränen rannen über ihr Gesicht.

»Tot? Mein armer, lieber Georg tot? Also Georg, nicht Kurt?« stammelte sie tränenschwer.

»Ja, Gonda, ja! Sie wissen doch, wie schwach Georg war. Und nachdem Sie abgereist waren, verfiel er immer mehr. Aber Sie sollten es nicht wissen, daß er sich so elend fühlte und kaum noch von seinem Ruhelager aufstehen konnte. Tagelang schrieb er an den Briefen für Sie, und Ihr und Ihres Vaters Bild standen immer vor ihm. Und im Fieber hat er immer mit Ihnen und Ihrem Vater geredet. Bis er dann ganz verlöschte. Sie wissen doch, wie schlecht es uns ging, wie wir immer in Geldnot waren. Und nun sollte mit Georgs Tod das Geld ausbleiben, das sein Großvater immer für ihn anweisen ließ und das wir doch so nötig brauchten. Und da kam uns der Gedanke, Kurts Tod zu melden, er sollte an Georgs Statt weiterleben. Es ging auch ganz gut, sie wissen ja, wie abgeschieden wir leben, und der malaiische Arzt, der Georg zuweilen während seiner Krankheit besuchte und nur malaiisch sprach, hat nie viel danach gefragt, wie Georg hieß. Er stellte den Totenschein so aus, wie wir es ihm sagten. Kaum war das alles in Ordnung, da erhielten wir das Telegramm, das uns verkündete, daß Georg der Erbe seines Großvaters geworden sei. Nun konnten wir der Versuchung nicht widerstehen, unsere Verhältnisse aufzubessern. Wir sagten uns auch, daß mein Mann doch Georgs Erbe war, eigentlich war also doch alles unser. Es würde viel einfacher und besser gehen, meinten wir, wenn Kurt an Georgs Stelle das Erbe antreten würde. An Sie haben wir wohl auch gedacht, Gonda, aber wir beschlossen, Ihnen aus dem Weg zu gehen. Ich ersann das Märchen von Georgs Handverletzung, damit Sie sich nicht wundem sollten, wenn Georg plötzlich nicht mehr schreiben würde, ich wollte Ihnen von Zeit zu Zeit irgendwie Nachricht geben, bis beiderseitig das Interesse einschlafen würde. Alles hätte sich so gut machen lassen, wenn Sie nicht unglücklicherweise gerade hier aufgetaucht wären. Wir sind gleich nach Empfang des Telegramms abgereist, haben in Ramova alles stehen und liegen lassen. Und nun dieses Unglück! Nun ist alles aus! Erbarmen Sie sich, Gonda, helfen Sie uns, um Georgs willen!«

Gonda hatte während dieses Berichtes still geweint. Der Schmerz um Georgs Verlust war noch zu frisch. Sie konnte es nicht fassen, daß der geliebte Jugendfreund gestorben war, einsam und verlassen, auf Ramova, wo er keine Seele hatte, die ihn verstand.

Mitleidig sah Hans Leyden auf sie herab. Und er fühlte sich erleichtert, daß dieser widerwärtige Bengel nicht sein Neffe und Gondas geliebter Jugendfreund war.

Mühsam faßte sich nun Gonda und ergriff bittend und vertrauend Hans Leydens Hand.

»Herr Doktor, bitte, raten Sie, helfen Sie! Um Georgs willen, um meines armen Georgs willen, helfen Sie! Raten Sie, was jetzt geschehen soll.«

Er neigte sich zu ihr herab und sah sie beruhigend an.

»Bitte, suchen Sie sich zu beruhigen, gnädiges Fräulein. Ich kann Ihren Schmerz verstehen, aber mein armer Neffe wird dadurch nicht wieder lebendig. Was an mir liegt, um diese Angelegenheit ohne Aufsehen zu ordnen, soll geschehen. Ich möchte nicht, daß der Name meines Onkels in diese Geschichte hineingezogen wird. Herr Doktor Schröter war der jahrelange Geschäftsführer meines Onkels, er als Rechtsanwalt kennt das Gesetz genau. Wir wollen ihn bitten, uns zu raten, was hier geschehen kann. Lieber Doktor, bitte, helfen Sie uns!«

Doktor Schröter hatte mit großem Interesse alles verfolgt. Nun hatte er auch schon die Lösung gefunden. Auch er wollte nicht, daß der Name seines alten Freundes in einen Strafprozeß verwickelt wurde, wenn er auch diesem anmaßenden Herrn Strasser gern einen Denkzettel gegeben hätte, schon dafür, daß er das Leben seines alten Freundes zerstört hatte. So sagte er ruhig und bestimmt:

»Zum Glück ist der Sachverhalt vorläufig nur den hier anwesenden Personen bekannt. Nur wir wissen, daß hier ein falscher Erbe untergeschoben werden sollte. Tatsache ist also, daß Georg Strasser tot ist, und sonach sind Sie, Doktor Leyden, jetzt der Universalerbe Ihres Onkels.«

Betroffen zuckte Hans Leyden zusammen. Daran hatte er noch nicht gedacht.

»Ich?« rief er fassungslos.

»Nun ja, Sie kennen doch den Wortlaut des Testaments. Wenn Georg Strasser stirbt, ohne Kinder zu hinterlassen, die seine gesetzlichen Erben wären, dann sollen Sie sein Nachfolger werden. Die Sache ist ganz klar, wir müssen nur den Totenschein Georg Strassers beschaffen, und das werden wir Herrn Strasser überlassen müssen. Wenn er nicht will, daß wir die Sache zur Anzeige bringen, dann muß er Ihnen so schnell wie möglich diese Urkunde verschaffen.«

Hermann Strasser fand jetzt endlich die Sprache wieder.

»Aber das geht doch nicht, daß wir ganz leer ausgehen

sollen. Wir sind ruiniert, völlig ruiniert! Was soll aus uns werden?«

Gondas Hand stahl sich bittend in die Hans Leydens. Sie sah ihn mit tränenden Augen an. »Es ist Georgs Vater«, sagte sie leise.

Da richtete sich Hans Leyden auf.

»Hören Sie mich an. Ich will Sie nicht Ihrem Schicksal überlassen, weil Sie der Vater meines Neffen sind. Sie sollen die fünfzigtausend Mark bekommen, die mir als Erbe ausgesetzt waren, damit Sie Ihre Verhältnisse etwas aufbessern können, sobald der rechtsgültige Totenschein Ihres Sohnes Georg in meinen Händen ist. Es ist das beste, Sie kehren unverzüglich zurück, damit die Sache in Ordnung gebracht wird. Es wird nicht so schwer sein, wenn Sie sich auf einen Irrtum des malaiischen Arztes berufen.«

»Wir können nicht heimkehren, wir besitzen kein Reisegeld«, sagte Hermann Strasser kleinlaut.

»Gut, so werde ich Ihnen das Reisegeld anweisen lassen, oder besser, ich gebe Ihnen einen Scheck darüber. Danken Sie es der Fürbitte von Fräulein Ruthart, daß man so glimpflich mit Ihnen verfährt. Verdient haben Sie es wahrlich nicht.«

Hermann Strasser wollte noch Einwände machen, aber weder Hans Leyden noch der Notar ließen ihn im unklaren, daß er sich zu fügen habe und Gott danken müsse, daß er wenigstens die fünfzigtausend Mark bekommen würde. Er wollte die Hälfte sofort haben, aber Hans Leyden lehnte bestimmt ab.

So mußte er sich fügen. Es gab freilich noch einiges Hin und Her, aus dem hervorging, wie unverschämt Hermann

Strasser war, aber er erreichte dabei nichts weiter, als ihm ohnedies zugebilligt worden war.

In diese Verhandlungen hinein erschien Klaus Ruthart, der auch Georg begrüßen wollte. Gonda lief ihm weinend entgegen und berichtete ihm, was geschehen war. Mit ernstem, blassem Gesicht stand er vor seinem ehemaligen Nachbarn.

»Da sehen Sie, Strasser, wohin Sie getrieben wurden durch Ihr haltloses Leben. Lassen Sie sich das als Warnung dienen und legen Sie nun wenigstens die fünfzigtausend Mark, die Ihnen zugebilligt wurden, vernünftig an, damit Sie wieder flott werden und Ramova etwas in die Höhe bringen. Danken Sie Gott, daß Sie hier nicht der Polizei ausgeliefert wurden. Was hätte daraus werden sollen? Da Georg tot ist und keine anderen Erben hat, gehört Ihnen nun wenigstens Ramova, denn bisher war es doch eigentlich Georgs Eigentum. Das mit dem Totenschein werden Sie schon in Ordnung bringen können. Nur der Umstand, daß Sie Georgs Vater sind, hat Doktor Leyden bewogen, Milde walten zu lassen. Nun leben Sie wenigstens in Zukunft so, wie es Georg gern gesehen hätte. Uns, meiner Tochter und mir, ist es sehr schmerzlich, daß wir Georg verloren haben. Sagen Sie uns wenigstens, wie er gestorben ist.«

Strasser berichtete nun mit heiserer Stimme:

»Seit Ihrer Abreise ist er mehr und mehr verfallen, es war, als habe er keinen Willen mehr zu leben. Zwar hat er meine Bücher noch geordnet, weil er zu schwach war, in die Plantagen zu gehen, und weil er sich unbedingt nützlich machen wollte. Aber als er damit fertig war, klappte er vollends zusammen, als habe es nun überhaupt keinen

Sinn mehr für ihn, am Leben zu bleiben. Meine Frau hat ihn aufopfernd gepflegt, das können Sie mir glauben, und nicht nur, weil wir fürchteten, den Zuschuß zu verlieren, wenn er sterben würde. Aber an nichts hatte er mehr Freude, nur an Ihren Fotos aus Hamburg. Die haben wir ihm auch mit ins Grab geben müssen. Er hat gewußt, daß er sterben mußte, aber am Tag vor seinem Tod hat er mir noch gesagt: ›Ich sterbe gern, Vater, da ich doch zu nichts mehr nütze bin.‹ Er ist dann wie ein Licht verlöscht, hat bis zuletzt Ihre Bilder angesehen und sich mit Ihnen unterhalten, als könnten sie ihn verstehen.«

Gonda schluchzte und warf sich dem Vater in die Arme. Er drückte sie an sich und hatte selbst feuchte Augen.

Kurt hatte sich jetzt wieder ins Zimmer zurückgewandt, seit er merkte, daß die Sache sich etwas günstiger gestaltete, als er gefürchtet hatte. Schließlich bekam der Stiefvater fünfzigtausend Mark und das Reisegeld auch. Das war also kein übles Geschäft.

Und Leyden ließ die drei Betrüger im Auto seines verstorbenen Onkels nach Kassel fahren, von wo aus sie nach Hamburg zurückkehren konnten. Als die drei das Haus verließen, hörte Hans Leyden noch Kurt Gartner sagen:

»Hab' ich dir nicht gleich gesagt, Vater, daß es besser ist, wenn wir unsere Koffer vorläufig in Hamburg lassen? Wir hätten sie völlig umsonst mitgeschleppt.«

Klaus Ruthart verabschiedete sich nun auch mit seiner Tochter. Gonda weinte noch immer, und er hielt es für besser, wenn sie erst einmal zur Ruhe kam. Hans Leyden blieb mit dem Notar zurück, sie hatten noch mancherlei von Wichtigkeit zu besprechen. Leyden begleitete Vater und Tochter bis zum Portal.

»Mein verehrtes Fräulein, das war freilich eine sehr traurige Überraschung für Sie. Es tut mir sehr leid, daß ich sie Ihnen nicht ersparen konnte«, sagte er, Gonda die Hand reichend.

Mit verweinten Augen sah sie zu ihm auf.

»Sie haben Georg nicht gekannt, Herr Doktor, und können nicht ermessen, was wir mit ihm verloren haben. Es schmerzt mich so sehr, daß er gerade jetzt sterben mußte, da ihm ein besseres Los zuteil geworden wäre. So ein unglücklicher, bedauernswerter Mensch ist er gewesen, Sie können schwerlich nachfühlen, wie sehr wir ihn bedauern.«

»Doch, ich kann es Ihnen schon nachfühlen. Und Sie können sich wohl denken, wie entsetzt ich war, daß ich diesen widerlichen Kurt für meinen Neffen halten mußte. Ich konnte nicht verstehen, daß Sie soviel Liebe und Hochachtung für ihn empfunden hatten.«

»Das begreife ich. Kurt war immer ein Rohling, grundverschieden von seinem Stiefbruder, den er durch seine Roheiten so oft gequält hat. Ich bin so schlecht, Herr Doktor, daß ich mich frage: Warum ist nicht lieber dieser Mensch für unseren guten Georg gestorben? Ein so edler Mensch mußte dahinsiechen, und ein Rohling durfte am Leben bleiben.«

»Deshalb sind Sie doch nicht schlecht. Diese Frage liegt doch so nahe. Aber sie wird unbeantwortet bleiben, wie so manche andere. Aber nun versuchen Sie, sich zu beruhigen, machen Sie Ihrem Vater und Ihren Freunden keine Sorge. Suchen Sie diese ganze häßliche Sache zu vergessen, und sagen Sie sich, daß Ihr Freund Georg mit seinem siechen Körper doch nie mehr viel Freude am Leben gefunden hätte.«

Sie nickte ihm zu, und der Vater führte sie davon.

17

Der Winter hatte seinen Einzug gehalten, aber Gonda konnte noch immer jeden Tag ausreiten, da nur leichter Frost herrschte und kein Schnee lag. Sie war froh darüber, denn diese Ritte erfrischten sie sehr. Sonst war alles auf Schloß Santen seinen alten Gang gegangen. Helga hatte mit großer Bestürzung erfahren, daß Gondas Freund gestorben war, und aus der Art, wie sie ihn betrauerte, merkte sie nun doch, daß er ihr tatsächlich nur ein Jugendfreund gewesen war.

Da Hans Leyden Gonda Zeit lassen wollte, mit ihrem Schmerz um Georg fertig zu werden, änderte er sein Verhalten ihr gegenüber vorläufig nicht. Aber mit Klaus Ruthart hatte er sich bereits ausgesprochen. Einige Tage nach dem Vorfall im Hause seines Onkels hatte er ihm gesagt: »Sie wissen nun, Herr Ruthart, daß ich der Erbe meines Onkels und nun sehr wohl in der Lage.bin, einer Frau ein sorgloses Leben an meiner Seite zu bieten. Ich habe mich entschlossen, auf meines Onkels Besitzung zu leben, diese zu verwalten und eventuell noch zu vergrößern. Damit ich ein größeres Betätigungsfeld für meine Kräfte habe, werde ich meine Stellung als Ingenieur aufgeben, sobald meine Aufgabe hier gelöst ist. Damit fällt auch die Sorge fort, daß ich Gonda von Ihnen räumlich trennen müßte. Auch als meine Frau wird sie in ihrer Nähe bleiben können. Und ich bitte Sie nun dringend, mir zu gestatten, daß ich mich mit ihr ausspreche, sobald eine passende Gelegenheit gefunden wird. Natürlich werde ich ihr Zeit lassen, ihren Schmerz um den Verlust ihres Jugendfreundes zu verwinden, aber Sie werden es verstehen, daß ich nicht länger zögern möchte, mir mein Lebensglück zu sichern.«

Klaus Ruthart hatte ihm die Hand gedrückt.

»Gewiß verstehe ich Sie, lieber Doktor, und es liegt jetzt auch wirklich kein Grund mehr vor, daß ich Sie um Aufschub bitten sollte. Ich bin natürlich sehr glücklich, daß ich Gonda in meiner Nähe behalten darf, auch wenn sie Ihre Frau geworden ist. Ich habe mich, offen gestanden, sehr vor der Trennung gefürchtet und noch mehr davor, daß meine kleine Gonda in eine enge Stadtwohnung würde ziehen müssen. Das wäre schwer für sie geworden. Nun hat sich alles wunderbar gefügt; ich freue mich, daß Sie Ihr Erbe selbst verwalten und hierbleiben wollen. Tun Sie also, wozu Ihr Herz Sie treibt.«

Hans Leyden hatte nun, wenn auch ungeduldig, seine Zeit abgewartet. Er war in das Haus seines Onkels übergesiedelt, hatte die alte Dienerschaft für sich verpflichtet, und der alte Gustav war gern weiter in seinen Diensten geblieben. Wenn er auch noch nicht öffentlich und gesetzmäßig als Erbe anerkannt war, weil der Totenschein noch nicht zur Stelle war, so fehlte doch eben nur noch diese Förmlichkeit. Tante Käthe hatte ihren Hausgenossen nur ungern scheiden lassen, aber sie sah ein, daß er ihre Gastfreundschaft nun nicht mehr annehmen wollte, da er jetzt selbst ein so behagliches Heim hatte, das zudem noch etwas näher an seiner jetzigen Arbeitsstätte lag.

Eines Abends, als er wieder in Schloß Santen zu Gast war – denn daran hatte sich nichts geändert, daß er noch häufig des Abends herüberkam –, hörte er, wie Gonda zu Tante Käthe sagte:

»Morgen vormittag komme ich zu dir hinüber, Tante Käthe, ich denke, daß ich gegen elf Uhr bei dir sein werde. Ich komme zu Pferd, es wird ohnehin bald mit meinen Ritten zu Ende sein, da es nun doch langsam zu kalt wird.«

Das hatte sich Hans Leyden gemerkt, und am nächsten Vormittag stahl er sich von seiner Arbeit fort und wartete im Wald, der zwischen Schloß Santen und Frau Käthes Landhaus lag, auf Gonda. Er hatte nicht früher von seiner Arbeitsstelle fortgekonnt als gegen zwölf Uhr und sagte sich, daß Gonda wohl um diese Zeit den Rückweg antreten würde. Und er hatte richtig vermutet. Er brauchte nicht lange zu warten, da sah er die schlanke Reiterin im flotten Trab von Frau Käthes Landhaus auf den Wald zukommen. Zwischen den Bäumen verborgen wartete er, bis sie in den Wald eingebogen war, und dann trat er in den Weg. Sie sah ihn stehen, errötete ein wenig und hielt ihr Pferd an. Mit ihren wundervollen Augen sah sie zu ihm herab.

»Guten Morgen, Herr Doktor!«

»Guten Morgen, mein gnädiges Fräulein! Sie sehen vor sich einen pflichtvergessenen Ingenieur, der sich von seiner Arbeit fortgestohlen hat, um wie ein Wegelagerer auf Sie zu warten. Ich wußte, daß Sie heute vormittag

Ihre Tante besuchen würden. Würden Sie die Freundlichkeit haben, abzusteigen und ein Stückchen mit mir zu laufen?«

Sie nickte ihm lächelnd, wenn auch ein wenig verlegen, zu und wollte, wie gewöhnlich, ohne jede Hilfe aus dem Sattel springen. Aber er fing sie in seinen Armen auf und hielt sie ein wenig länger, als unbedingt nötig war, fest. Dabei sah er ihr mit großer Zärtlichkeit in die Augen. Sie erbebte unter seinem Blick und löste sich befangen von ihm. Er nahm ihr die Zügel ihres Pferdes stumm aus den Händen und schlang sie um einen Baumstamm, ebenso nahm er ihr die Reitpeitsche ab und befestigte sie an dem Sattel. Dann zog er von ihrer rechten Hand den Reithandschuh und danach von der linken. In tiefer Befangenheit ließ sie das geschehen.

»Was sind denn das für Vorbereitungen, Herr Doktor?« fragte sie unsicher.

Mit heißem Blick sah er sie an.

»Die Handschuhe sind überflüssig, ich muß Ihre Hände ohne diese lästigen Hüllen halten, und damit Sie nicht frieren, halte ich sie fest und warm in den meinen. So, liebe Gonda, nun sehen Sie mir einmal fest in die Augen!«

Sie tat es, obwohl sie dunkelrot dabei wurde und das Herz ihr bis zum Hals hinauf schlug. Tapfer hielt sie seinen Blick aus, aber es überflutete sie dabei ein heißes, ungekanntes Gefühl.

»Gonda, süße Gonda, ich will dich fragen, ob du meine Frau werden willst«, sagte er zärtlich.

Sie schluckte einige Male. Sprechen konnte sie nicht. Und dann tat sie das einzige, was sie jetzt tun konnte, um seinen Blick nicht mehr ertragen zu müssen. Sie barg ihren Kopf an seinem Herzen und hielt ganz still, als er sie fest an sich zog.

»Meine Gonda! Liebst du mich ebenso, wie ich dich liebe?«

Sie nickte nur, ohne ihren Platz aufzugeben. Da hob er ihren Kopf, von dem die Reitkappe herabgefallen war, senkte seinen Blick tief in den ihren. Als sie dabei in seinen Armen erbebte, weil sie das Geheimnis der Liebe nun ganz erkannt hatte, preßte er seine Lippen heiß und zärtlich auf ihren Mund. Sie ließ es willig geschehen, schmiegte sich fest an ihn und wußte, daß sie namenlos glücklich war.

Es dauerte ziemlich lange, bis Hans Leyden sich genügend davon überzeugt hatte, daß die Küsse seiner Gonda sehr süß waren, und Gonda hielt still und gab die Küsse zurück, im glücklichen Bewußtsein, daß sie an keinem Platz der Erde glücklicher sein konnte als in seinen Armen.

Sie erschrak, als ihr Pferd seine Nüstern gegen ihre Schultern stieß, als wollte es ihr sagen, daß es auch noch vorhanden sei. Da löste sie sich aus seinen Armen, strich sich das Haar aus der Stirn und sah ihn in glücklicher Verlegenheit an.

»O Hans!« sagte sie leise.

»Was denn, meine süße kleine Gonda?«

»Jetzt sind wir wohl verlobt, Hans?«

Er nickte lachend. »Daran ist nichts mehr zu ändern«, sagte er übermütig.

Sie lachte auch. »Ich will ja gar nichts daran ändern.«

Er mußte sich schnell noch einmal satt küssen an ihrem roten Mund, der ihm so verführerisch entgegenblickte.

»Du bist also zufrieden mit dem Stand der Dinge«, neckte er.

Sie nickte.

»Sehr! Ich bin furchtbar glücklich, Hans.«

»Furchtbar und glücklich? Das stimmt nicht zusammen.«

»Hast recht, das ist nicht richtig. Also sehr, sehr, sehr glücklich.«

»Gut! Das muß auch so sein, du mein goldiges Ding! Wie oft habe ich Tante Käthe beneidet, wenn sie dich so nennen durfte. Nun bist du auch mein goldiges Ding, und ich darf dich so nennen, so oft ich will, keiner darf es mir verwehren.«

Sie schmiegte sich an ihn an und reichte ihm freiwillig den Mund. Warum sollte sie ihm nicht zeigen, daß es ihr Freude machte, sich küssen zu lassen? Und er machte von dieser Erlaubnis ausgiebigen Gebrauch. Und sie sagten sich zwischen diesen Küssen all die süßen, törichten Dinge, die Liebende immer in Bereitschaft haben. Endlich löste sich Gonda aus seinen Armen.

»Hans, was wird Vater sagen?«

»Ja und Amen. Seine Einwilligung habe ich mir schon im voraus gesichert.«

»Er weiß, daß –«

»Daß ich dich liebe und dich zu meiner Frau machen will. Er wußte das schon, als ich noch ein armer Schlucker war, und gab mir trotzdem schon seinen Segen. Aber er wollte dich noch nicht so bald hergeben. Und ich wollte erst festen Grund unter den Füßen haben. Der ist nun da, und fortzuführen brauche ich dich auch nicht, wir bleiben ja hier in seiner Nähe. Da braucht meine Gonda sich nicht von ihrem geliebten Vater zu trennen. Ist das nicht wunderschön, Gonda? Nun brauchte ich doch nicht länger zu warten, um mein Glück ...«

»Bin ich dein Glück, Hans?«

Er preßte sie fest an sich.

»Weißt du das nicht, fühlst du es nicht?«

»Ja – o ja!«

»Und weißt du nun auch, wie unglücklich ich war, als mir deine Schwester sagte, du seiest mit einem anderen verlobt?«

Ein Schatten flog über ihr Gesicht.

»Ja, Hans, o ja, ich war doch auch so unglücklich, als du so kalt und zurückhaltend zu mir warst. Aber da wußte ich noch nicht ganz genau, daß ich dich liebte, wie man – ach Hans – ich bin so ungeschickt, so dumm.«

Entzückt küßte er sie.

»Bleib so köstlich dumm und ungeschickt, süße Gonda«, sagte er lachend.

Sie seufzte.

»Ein Schatten liegt nun doch noch auf unserem Glück, Hans.«

»Was für ein Schatten?«

»Helga! Weißt du, daß es ihr sehr weh tun wird, wenn sie erfährt, daß wir uns verlobt haben?«

Sanft strich er ihr das Haar aus der Stirn.

»Nimm das nicht so schwer! Deine Schwester ist viel zu stolz und zu kalt, als daß sie wirklich von Herzen lieben könnte. Es ist sicher nur eine Laune von ihr, daß sie mich an sich fesseln wollte.«

»So weißt du, daß sie das wollte?«

»Ja, Gonda, sie hat es mich deutlich fühlen lassen.«

»Und du wolltest doch lieber die kleine, törichte Gonda statt der stolzen, reichen Schwester?«

»Ja, ja, ich will die reizende, herzenswarme, anbetungswürdige Gonda und nicht die stolze, kalte Herrin von Schloß Santen. Mach dir keine Sorge um deine Schwester, sie wird nur ein wenig ärgerlich sein, daß ich dich ihr vorgezogen habe; sie ist nicht gewöhnt, daß jemand ihre Wünsche unerfüllt läßt.«

»O lieber Hans, ich glaube doch, daß Helga nicht so kalt ist, wie sie sich manchmal zeigt. Man hat ihr diese Gefühlskälte wohl nur künstlich anerzogen.«

»Sie wird aber sehr schnell darüber hinwegkommen. Ein gebrochenes Herz wird es nicht bei ihr geben, höchstens einen kleinen Zornesausbruch.«

»Wenn du doch recht hättest! Ihren Zorn will ich gern ertragen, wenn sie nur nicht so arge Schmerzen leiden muß.«

»Ich selbst werde ihr unsere Verlobung mitteilen, Gonda.«

Sie faßte seine Hand.

»Nein, nein! Laß es mich Helga mitteilen. Ich – ich will ihr ersparen, das von dir hören zu müssen. In der ersten Erregung würde sie vielleicht zuviel von ihrem Empfinden verraten, und das würde ihr Stolz dann nicht verwinden.«

Zärtlich drückte er ihren Kopf an sich.

»Liebe, kleine Gonda! Ich will dir nicht widersprechen, weil es dich schmerzen würde. Sage es ihr also, wenn du nach Hause kommst.«

»Ja, Hans, wenn ich allein mit ihr bin. Kein Mensch soll merken, wenn sie sich in ihrem Schmerz gehen läßt, auch Vater nicht.«

»Tue, wozu dich dein gutes Herz treibt.«

Sie nickte ihm zu, dann sagte sie ein wenig kläglich:

»Ich friere, Hans!«

Er umarmte sie, als wolle er sie in seine Liebe wie in einen warmen Mantel hüllen.

»Mein armer Liebling! Dein Hans ist ein ungeschickter Bär. Läßt seine arme Braut frieren. Komm schnell, ich hebe dich in den Sattel, und dann reitest du rasch nach Hause, daß du dich nur nicht erkältest.«

Sie besprachen in aller Eile noch einiges. Hans mußte nach seiner Arbeitsstelle zurück. Sie machten aus, daß Gondas Vater ihm telefonisch sagen sollte, wann er nach Schloß Santen kommen dürfe.

Dann nahmen die Liebenden Abschied, Gonda beugte sich hinab und bot ihm noch einmal ihre Lippen zum Kuß.

Als Gonda nach Hause kam, war ihr vom schnellen Ritt schon wieder warm geworden. Sie ging schnell auf ihr Zimmer und kleidete sich um. Dann begab sie sich in das Arbeitszimmer ihres Vaters und teilte ihm mit, daß sie sich mit Hans Leyden verlobt habe.

Er zog sie in seine Arme.

»Bist du glücklich, Kind?«

»Über alle Maßen, wenn mein Glück auch nicht ganz schattenlos ist. Ich muß daran denken, daß Helga leiden wird.«

Sein Gesicht verdüsterte sich.

»Ja, das wird hart sein für sie.«

»Ich gehe jetzt gleich zu ihr, Vater, um es ihr zu sagen.«

»Laß mich das lieber tun.«

»Nein, nein, nur ich kann das tun. Niemand soll merken, wie schwer es ihr wird, auch du nicht.«

Er küßte ihre Stirn.

»So geh, mein Kind. Aber laß dir dein Glück nicht trüben durch etwas, an dem du unschuldig bist und das du nicht ändern kannst. Du wirst es ihr am zartesten beibringen, das weiß ich.«

Gonda suchte nun ihre Schwester auf, die in ihrem kleinen Salon am Flügel saß und spielte. Gonda, die in ihrem silbergrauen Kleid sehr reizend, aber vor innerer Erregung ein wenig blaß aussah, setzte sich still neben den Flügel in einen Sessel und sah zu, wie Helgas Hände so schnell über die Tasten glitten. Helga hatte sie nur mit einem flüchtigen Blick gestreift und spielte weiter. Dann brach sie plötzlich mitten im Spiel ab.

»Willst du etwas von mir, Gonda?« fragte sie kurz und unfreundlich, weil sie sich eingestehen mußte, daß Gonda wieder einmal entzückend aussah.

»Ich habe Zeit, spiele nur ruhig erst zu Ende«, erwiderte Gonda, die starkes Herzklopfen hatte und gern noch ein wenig Mut fassen wollte.

»Nein, ich spiele nicht weiter, ich habe keine Lust mehr«, sagte Helga und erhob sich rasch. Sie trat an ein Schränkchen heran, auf dem zwischen zwei Bronzefigürchen eine kleine, kugelförmige Bronzevase stand, die reich ziseliert war. Diese kleine Vase umschloß sie mit der rechten Hand und zog mit dem Finger der linken Hand die ziselierten Linien nach.

»Wolltest du etwas Besonderes, Gonda?« fragte sie über die Schulter hinweg in dem unliebenswürdigen Ton, den sie meist für Gonda hatte, wenn sie allein waren.

Gonda atmete tief auf und preßte ihre Handflächen gegeneinander. Dann sagte sie kurz entschlossen:

»Ja, Helga, ich wollte dir sagen, es ist nämlich – ich habe mich mit Hans Leyden verlobt.«

Es ging ein Ruck durch Helgas Gestalt. Sie wandte sich rasch zu Gonda um, die kleine Bronzevase krampfhaft mit der rechten Hand umklammernd. Sie war leichenblaß, wie Gonda auch, und sah sie haßerfüllt an.

»Das ist nicht wahr!« schrie sie.

»Doch, Helga, es ist wahr«, erwiderte Gonda leise, tief betrübt, daß sie die Schwester so leiden sehen mußte.

»Du! Du Dirne!« rief Helga, alle Haltung verlierend und nicht fähig, ihren Zorn und ihren Schmerz über die empfangene Demütigung zu beherrschen. Sie hob die Hand mit der schweren Bronzevase und warf sie mit aller Kraft nach Gondas Kopf.

Diese wollte dem Wurf ausweichen und bog sich zur Seite, aber ganz gelang es ihr nicht. Die schwere Vase streifte ihre Schläfe und schlug dann hinter ihr mit lautem Krach in eine Vitrine, in der kostbares Porzellan stand. Mit einem Schrei brach Gonda ohnmächtig zusammen.

Helga stand wie gelähmt und starrte auf die Schwester hinab, die totenblaß mit blutender Stirn auf dem Boden lag. Gleich darauf stürzte Helgas Zofe ins Zimmer, die wieder einmal gelauscht hatte und nun Gonda zu Hilfe kommen wollte.

»Mein Gott, was ist geschehen?« rief sie erschrocken und starrte auf die zwischen den Glasscherben am Boden liegende Gonda.

»Hinaus!« rief Helga ihr herrisch zu.

Die Zofe lief hinaus, aber diesmal konnte sie es nicht übers Herz bringen, die Dinge laufen zu lassen. Sie rannte in großen Sätzen die Treppe hinab und in das Arbeitszimmer Klaus Rutharts.

»Gnädiger Herr! O bitte, kommen Sie schnell in den Salon des gnädigen Fräuleins. Sie hat etwas Schweres nach Fräulein Gonda geworfen, und diese liegt ohnmächtig und blutend am Boden. Ich wollte ihr zu Hilfe kommen, aber das gnädige Fräulein hat mich zornig hinausgeschickt. Bitte, kommen Sie schnell. Sie sollten nicht mehr leiden, daß Fräulein Gonda von dem gnädigen Fräulein so schlecht behandelt wird. Das kann kein Mensch mit ansehen. Fräulein Gonda läßt sich ja alles gefallen und sagt Ihnen nie, wie sie immer zu leiden hat unter den Launen des gnädigen Fräuleins.«

Die letzten Worte hörte Klaus Ruthart kaum noch, er stürzte an der Zofe vorüber zur Tür hinaus und flog die Treppe in großen Sätzen empor.

In Helgas Salon sah er, daß sich Helga über die am Boden liegende Gonda neigte. Mit einem rauhen Griff riß er sie zurück, kniete neben Gonda nieder und hob ihren Kopf in seine Arme. Dabei schlug Gonda die Augen auf und sah erschrocken auf den Vater, sah auch zu Helga empor, die blaß und regungslos beiseite stand. Da flog ein schwaches Lächeln um Gondas Mund.

»Oh, wie ungeschickt ich war, Vater, ich – ich bin über den Teppich gestolpert.«

Sie sah jetzt die Glassplitter der Vitrine am Boden liegen und fuhr leise fort:

»Nun habe ich die schöne Vitrine zerbrochen – und wohl auch etwas von dem herrlichen Porzellan ...«

Klaus Ruthart hatte sein Taschentuch auf die blutende Wunde gedrückt. Mit blassem Gesicht wandte er sich nach der Tür. Er sah die Zofe stehen und die neugierigen Gesichter der herbeigeeilten Dienerschaft.

»Wasser und Verbandzeug, schnell, und die Tür zu!« rief er der Zofe zu.

Die Dienerschaft stob auseinander, die Tür wurde zugemacht, gleich darauf kam die Zofe mit einer Schüssel Wasser und Verbandzeug.

Klaus Ruthart hatte Gonda emporgehoben und auf den Diwan gelegt. Sie lächelte ihm beruhigend zu.

»Es ist gar nicht so schlimm, lieber Vater, sorge dich nicht. Ich war nur vor Schrecken über meinen Fall ein bißchen bewußtlos geworden. Nun ist mir schon wieder ganz gut«, sagte sie und sah mitleidig zu der noch immer starr und wie gelähmt dastehenden Schwester hinüber.

Klaus Ruthart schickte die Zofe wieder hinaus und legte, nachdem er die Wunde an der Stirn ausgewaschen hatte, einen Verband an. Wie erlöst atmete er auf, als er merkte, daß die Wunde nicht so tief war, als er gefürchtet hatte. Schnell und geschickt hatte er den Verband befestigt. Auf Dahomy hatte er oft genug bei kleinen Unfällen den Arzt spielen müssen. Aber in Sorge war er doch noch, weil Gonda sehr bleich aussah.

»Ist dir nicht übel, Gonda?« fragte er, weil er fürchtete, daß sie sich eine Gehirnerschütterung zugezogen haben könne. Er hatte die Bronzevase zwischen den Scherben in der Vitrine liegen sehen und konnte sich denken, daß Helga diese als Wurfgeschoß benutzt hatte.

»Nein, lieber Vater, mir ist schon wieder ganz wohl. Bitte laß mich aufstehen. Ich – ich war nur ein wenig erschrocken, als ich ausglitt, und da bin ich bewußtlos geworden.«

Da kam endlich Leben in Helgas starre Gestalt. Sie trat neben den Vater hin.

»Gonda ist nicht gefallen, sie will mich schonen. Ich will diese Schonung nicht. Ich – ich habe eine Vase nach Gonda geworfen, weil ich zornig war!« stieß sie mit blassen Lippen hervor.

Mit traurigen Augen sah der Vater zu ihr auf.

»Danke Gott, daß die schwere Vase nicht besser traf, du hättest zur Mörderin an deiner Schwester werden können«, sagte er heiser, mit unterdrückter Erregung. Dann hob er Gonda auf seine Arme und trug sie in ihr Zimmer. Dort legte er sie auf ein Ruhelager und deckte sie mit einer leichten Decke zu.

»Ist dir auch ganz bestimmt nicht übel, Gonda, du mußt es mir sagen, weil ich sonst sofort den Arzt holen lassen muß.«

»Nein, nein, übel ist mir gar nicht. Nur möchte ich noch einige Minuten liegen bleiben, ich bin müde.«

»Meine arme Gonda!«

»Sag doch lieber ›arme Helga‹ Vater. Sie tat es ja nur im Schmerz, weil ich ihr gesagt hatte, daß ich mich mit Hans verlobt habe. Verzeihe ihr doch, sie ist doch unglücklich.«

»Wenn jeder, der unglücklich ist, schwere Wurfgeschosse auf seine Mitmenschen schleudern würde, um so ihr Leben zu gefährden, wo sollte das hinführen?«

Gonda sah ihn flehend an.

»Verzeihe ihr doch! Sahst du nicht, wie blaß und erschrocken sie aussah? Bitte, verzeihe ihr.«

Er küßte ihre Augen, ihre Hände.

»Mein geliebtes Kind, Gott hat nicht gewollt, daß du mir auf so schreckliche Weise genommen werden solltest.«

»Bitte, bitte, geh zu Helga, sage ihr ein verzeihendes Wort. Niemand soll erfahren, was sie getan hat, auch Hans und Tante Käthe nicht.«

Er streichelte ihre Hände.

»Doch, diese beiden müssen es wissen, denn sobald du erholt bist, bringe ich dich zu Tante Käthe hinüber, und dort wirst du Hans Leyden wiedersehen. Hier bleibst du keinen Tag länger. Auch ich siedle zu Tante Käthe über, die Geschäfte kann ich auch von dort aus leiten. Ein Geheimnis wird die Sache ohnedies nicht bleiben, da die Dienerschaft alles weiß. Die Zofe hat gelauscht, wahrscheinlich mehr als einmal. Also, ich bringe dich nachher zu Tante Käthe.«

»Das wird Helga schmerzen.«

»Nimm sie nicht mehr in Schutz. Es war unrecht von dir, daß du mir verschwiegen hast, daß sie dich schon immer mit ihren Launen gequält hat.«

»Wer hat dir das gesagt?«

»Die Zofe, sie hat es vorhin in ihrer Aufregung herausgeschwatzt, und es ist mir sehr lieb, daß ich das weiß. Es soll nicht mehr geschehen, deshalb verlassen wir Schloß Santen.«

»Das war doch alles nicht so schlimm, Vater. Helga war nur manchmal nervös. Bedenke doch nur, sie hat niemand gehabt, der sie richtig erzogen hat. Wie gut hatte ich es dagegen, hatte Vater und Mutter – und dann Tante Käthe – und nun auch Hans. Helga ist so arm gegen mich bei all ihrem Reichtum, vergiß das nicht. Verzeihe ihr und sei gut mit ihr.«

Er preßte ihre Hand an seine Augen.

»Nun, jedenfalls bleibst du keinen Tag mehr in diesem Haus, ich will dich vor ihren bösen Launen in Sicherheit bringen. Ich lasse dich jetzt ein Stündchen allein, damit du ruhen kannst. Ich muß noch einige Vorbereitungen treffen und auch Tante Käthe telefonieren, damit sie uns erwartet.«

»Du wirst aber Helga keine bitteren Vorwürfe machen, Vater?«

»Nein, ich verspreche es dir, damit du dich endlich beruhigst.«

Da nickte sie ihm dankbar zu. Als der Vater gegangen war, schloß sie die Augen und gab sich nun ohne Verstellung ihrer Schwäche hin. Der Kopf schmerzte sehr, die Aufregung und die Ohnmacht hatten sie schwach gemacht. Oh, wie wohl tat die Ruhe! Wenn sie nur nicht immer hätte an Helga denken müssen, nicht an die böse, zornige Helga, die mit so haßerfüllten Augen die Vase nach ihr geschleudert hatte, sondern an die unglückliche Helga, die nun irgendwo mit ihrem Leid allein saß.

Sie war aber dann doch fast eingeschlafen, als sich leise die Tür zu ihrem Zimmer öffnete. Auf der Schwelle erschien Helga. Sie sah noch immer sehr blaß aus und hatte verweinte Augen.

Gonda sah ihr mit einem großen, bangen Blick entgegen und wagte sich nicht zu rühren. Helga kam an ihr Lager heran und sank daneben in die Knie.

»Vergib mir, Gonda, ich war wie von Sinnen«, sagte sie leise. »Verzeih ...«

»Wie gern! Ich habe dir längst verziehen, ich war überhaupt nicht böse auf dich, nur so betrübt, daß ich dir weh tun mußte.«

»Du bist gut! Deshalb haben alle dich lieb.«

»Wenn du es dir nur gefallen lassen wolltest, so hätten alle anderen dich auch lieb.«

»Das wird nie sein. Aber ich lasse dich jetzt allein, du mußt Ruhe haben. Verzeihe mir, ich bin sehr unglücklich.«

Und sie erhob sich schnell und ging hinaus. Gonda sah ihr nach, und ihr weiches Herz war von Mitleid erfüllt.

18

Der Vater brachte Gonda wirklich zu Käthe Laßwitz – er ließ sich nicht davon abbringen. Sie war telefonisch von dem Bruder benachrichtigt worden. Sie fragte nichts, hegte und pflegte nur ihre kleine Gonda mit großer Inbrunst und war sehr glücklich, wieder einmal einem Menschen nützlich sein zu können.

Bis zum Abend war Gonda wieder leidlich wohl, nur ein wenig blaß, und der schmale Verband um ihre Stirn zeugte von der Szene mit Helga. Am Abend kam Hans Leyden mit Klaus Ruthart. Dieser hatte ihn aufgesucht und ihm berichtet, was geschehen war. Seines Schweigens war er sicher.

Hans Leyden war furchbar erschrocken und begrüßte nun seine blasse Braut mit so viel Zartheit und Liebe, daß gleich wieder Rosen auf ihre Wangen gezaubert wurden. Aber auch er sprach nicht über das, was geschehen war,

Gonda sollte es möglichst bald vergessen, und dadurch, daß darüber geredet wurde, war nichts gebessert. Klaus Ruthart hatte an Helga einen Brief hinterlassen, da er sich noch nicht ruhig genug fühlte, um mit ihr sprechen zu können. Er lautete:

»Liebe Helga!

Es ist besser, wenn ich Gonda zu Tante Käthe bringe, ich will verhüten, daß Du Dich im Zorn noch einmal zu einer ähnlichen Handlungsweise hinreißen läßt. Ich will Dir keinen Vorwurf machen, es tut mir nur sehr weh, daß Du Dich so unglücklich fühlst, daß Du so etwas tun konntest. Auch ich ziehe vor, Schloß Santen zu verlassen, weil ich fühle, daß all mein Bemühen, Dir näherzukommen, erfolglos ist. Deine Geschäfte erledige ich nach wie vor, dazu brauche ich nicht im Schloß zu wohnen. Es ist besser, wenn wir uns jetzt einige Tage nicht sehen, bis wir beide ruhiger geworden sind. Ich habe Gonda versprochen, daß ich Dir alles verzeihen werde und daß ich Dir keinen Vorwurf mache. Mein Versprechen will ich halten. Gott mag Dir helfen. Ich sorge mich um Dich, sehe aber ein, daß ich Dir nicht helfen kann, weil Du mir den Weg zu Deinem Herzen versperrst.

Dein um Dich besorgter Vater.«

Es war eine stille Verlobungsfeier, die an diesem Abend in Tante Käthes Haus stattfand. Aber den beiden Liebenden leuchtete doch das junge Glück aus den Augen.

Am nächsten Morgen brachte ein Bote aus dem Schloß einen Brief an Klaus Ruthart.

»Mein lieber Vater!

Bitte, kehre ruhig mit Gonda nach Schloß Santen zurück, damit es kein Gerede gibt, wenigstens nicht mehr als unbedingt nötig ist. Es soll mir ein Zeichen Eurer Verzeihung sein. Ich reise ab, und bin schon fort, wenn Du diesen Brief erhältst. Ich schäme mich so sehr, daß ich mich gestern Gonda gegenüber so gehen ließ. Und es wird mir auch guttun, wenn ich einige Monate auf Reisen gehe. Du brauchst Dich nicht zu sorgen, ich reise nicht allein, ich habe bereits meiner ehemaligen Erzieherin telegrafisch Bescheid gegeben; sie lebt in Fulda und wird mich gern begleiten. Sobald ich ein Ziel erreicht habe, erhältst Du Bescheid. Erst, wenn ich ganz ruhig geworden bin, komme ich zurück.

Ich habe diese Nacht, in der ich keinen Schlaf fand, Einkehr in mich gehalten und habe erkannt, daß ich noch sehr an mir selbst arbeiten muß und niemand als mich selbst anklagen darf, wenn ich unglücklich bin.

Und dann will ich Dir heute noch sagen, lieber Vater, es ist nicht mehr wahr, daß ich Dir den Weg zu meinem Herzen versperre, es steht Dir offen, lange schon, ich habe es nur immer nicht zugeben wollen. Der Irrtum, in dem ich mich über Dich befand, ist von mir abgefallen, ich weiß jetzt, wie falsch man Dich beurteilt hat. Laß mich hoffen, daß Du auch mir Dein Herz auftun wirst, wenn ich wieder heimkomme. Ich will versuchen, mir Deine Liebe zu verdienen. Bitte, grüße Gonda herzlich und bitte sie noch einmal in meinem Namen um Verzeihung. Bitte, zürnt mir nicht mehr.

Deine Tochter Helga.«

Klaus Ruthart reichte Gonda schweigend den Brief hinüber. Sie las ihn durch und fiel dann dem Vater weinend um den Hals.

»Siehst du, lieber Vater, Helga hat dich doch lieb, nun kann noch alles gut werden«, rief sie.

Er sah tiefbewegt vor sich hin.

»Vielleicht ist das alles zu etwas gut, Gonda. Es löst hoffentlich den starren Panzer von ihrem Herzen, wir wollen es wünschen.«

Helga hatte an demselben Morgen auch einen Brief an Lothar von Reinsberg geschrieben. Er lautete:

»Sehr geehrter Herr von Reinsberg!

Ihrer Worte eingedenk, teile ich Ihnen mit, daß der Zeitpunkt gekommen ist, an dem ich einen verständnisvollen Freund sehr nötig brauche. Ich habe mich selbst verloren und bin sehr unzufrieden mit mir. Wenn Sie mir helfen wollen, mich wiederzufinden, so will ich diese Hilfe dankbar annehmen. Ich bringe Ihnen das nötige Vertrauen entgegen, um diesen Schritt zu wagen. Für die nächsten Monate wohne ich in Begleitung meiner ehemaligen Erzieherin im Palast-Hotel von Caux bei Montreux, und ich würde mich freuen, Sie dort gelegentlich begrüßen zu können.

Ihre Helga Ruthart.«

Im Februar hielt Gonda Ruthart mit Hans Leyden Hochzeit. Sie war mit ihrem Vater wieder nach Schloß Santen zurückgekehrt, um Helgas Wunsch zu erfüllen.

Klaus Ruthart war mit Helga in einen regen Briefwechsel gekommen; erst wurden nur geschäftliche Dinge erörtert, aber mehr und mehr erschloß sich Helga in diesen Briefen ihrem Vater. Es war, als sei Helga durch den tätlichen Angriff auf ihre Schwester ein ganz anderer Mensch geworden. Vielleicht war aber noch mehr der Einfluß daran schuld, den Lothar von Reinsberg auf sie gewonnen hatte. Er war wirklich sofort nach Caux gekommen, und es war ihm leicht geworden, Helgas Aufgestörtsein durch einen ruhigen, vernünftigen Zuspruch zu beruhigen.

Am Tage von Gondas Hochzeit kam aus Caux eine Sendung wundervoller roter Rosen und ein sehr kostbares Halsband aus Diamanten. Dabei lag ein Brief von Helga:

»Meine liebe Schwester!

Zu Deinem Hochzeitstag Dir und Hans Leyden meine herzlichsten Glückwünsche. Ich weiß, daß es Dein gutes Herz erst ganz froh und glücklich macht, wenn Du weißt, daß sich auch für mich ein stilles Glück gefunden hat. Ich habe mich gestern mit Lothar von Reinsberg, den Du ja auch kennengelernt hast, verlobt. Wenn ein Mensch auf der Welt mich vielleicht noch ganz glücklich machen kann, so ist er es. Er weiß alles, ich habe eine umfassende Beichte abgelegt, und er versteht alles und hat es trotz allem nicht aufgegeben, Werte in mir zu suchen. Und er hat manches schon zutage gefördert, von dem ich selbst keine Ahnung hatte. Ich lege meine Hand vertrauensvoll in die seine. Wenn uns auch keine himmelstürmende Liebe zusammengeführt hat, so werden wir doch einander gut verstehen. Lothar läßt seine zukünftige Schwägerin herzlich grüßen und sendet ihr beiliegende Rosen und seine

Glückwünsche. Von mir nimm das Halsband als Hochzeitsgabe; ich hoffe, es wird Dir gefallen. Daß ich Deiner Hochzeit nicht beiwohne, wirst Du verstehen und verzeihen. Bald komme ich heim, und wenn ich dann im April Hochzeit halte, dann hoffe ich Dich und Deinen Mann unter unseren Hochzeitsgästen zu sehen. Wir werden gute Nachbarschaft halten. Ich verspreche, Dir in Zukunft eine bessere Schwester zu sein als bisher. Daß ich bald heimkomme, mag Dir eine Gewähr sein, daß ich ruhig und zufrieden geworden bin. Grüße Papa und Tante Käthe und natürlich auch Deinen Mann. Verzeiht mir alle und versucht, mich trotz allem ein wenig liebzuhaben, ich will es Euch nicht mehr so schwer machen wie früher. Nochmals alles Glück für Dich.

Deine Schwester Helga.«

Mit feuchten Augen, aber froh und glücklich, hatte Gonda diesen Brief gelesen und zeigte ihn dem Vater, der Tante und Hans. Alle freuten sich herzlich.

Nun konnte Gonda mit frohem, glücklichem Herzen Hochzeit halten. Sie war eine entzückende und liebliche Braut. Es war kein Wunder, daß die Augen ihres jungen Mannes zärtlich und glückselig auf ihr ruhten. –

Als Gonda von der Hochzeitsreise zurückkam, war Helga wieder in Schloß Santen, und zwischen ihr und dem Vater bestand ein viel herzlicheres Verhältnis als früher.

Georg Strassers Totenschein war schon vor Gondas Hochzeit angekommen, und Hans Leyden war nun in aller Form in sein Erbe eingesetzt worden. Das junge Paar hatte sich das Haus von Hans Leydens Onkel nach eigenem Geschmack teilweise neu ausstatten lassen, und sie fühlten sich sehr glücklich in ihrem Heim.

Helga hielt im April Hochzeit. Sie lebte mit ihrem Mann den größten Teil des Jahres auf Schloß Santen, nur für wenige Monate gingen sie nach Reinsberg. Klaus Ruthart war nach Helgas Hochzeit zu seiner Schwester Käthe übergesiedelt, aber er brauchte sich keinen neuen Wirkungskreis zu schaffen. Seine tatkräftige Hilfe war sowohl in Schloß Santen, als auch auf dem Landsitz seines Schwiegersohnes Leyden immer sehr erwünscht.

Helga von Reinsberg blühte in ihrer Ehe auf, als sei sie nun erst in den richtigen Boden verpflanzt worden. Es war wirklich eine überaus glückliche Ehe geworden, und die beiden Schwestern waren sich herzlich zugetan.

Klaus Ruthart und seine Schwester Käthe sonnten sich im Glück der beiden jungen Paare. Und der Vater freute sich darüber, daß seine beiden Töchter glücklich waren, sowohl die Tochter seiner ersten, als auch die Tochter seiner zweiten Frau.

Hedwig Courths-Mahler

Sag, wo weiltest du so lange?

BASTEI LÜBBE

Doktor Klaus Weyersberg [illegible] und
[illegible] mit versammeltem [illegible] zur verschwen[illegible] anderen
[illegible] ten Kusse zurück, als der Kapitän der [illegible]
[illegible] zu [illegible] herantrat.

[illegible] habe ich endlich [illegible] Zeit für [illegible]
[illegible] d ich kaum [illegible] [illegible]
[illegible] auf Ihre [illegible] [illegible] haben mir [illegible]
[illegible] me genau [illegible] zu [illegible] ab-
[illegible] gefunden, letzten [illegible] berichtet haben [illegible]
[illegible]
[illegible]
[illegible]
[illegible]
[illegible]
[illegible] ert haben, [illegible] der [illegible]
[illegible] ert haben.«

Klaus Weyersberg [illegible] mit einem [illegible] La-
chen zu dem Kapitän [illegible].

»Ja, [illegible] Kapitän, [illegible] [illegible] ich
[illegible] der [illegible] Polonio [illegible] mit
einer Expedition [illegible] dunklen [illegible]
[illegible] eine Ewigkeit [illegible] die [illegible] halb
[illegible] Damals war ich [illegible] und [illegible].«

[illegible]

[illegible] Stimmung an Bord

1

Doktor Klaus Weyersberg lehnte an der Reling und sah mit versonnenem Blick zur verschwimmenden argentinischen Küste zurück, als der Kapitän des Dampfers zu ihm herantrat.

»Jetzt habe ich endlich eine Stunde Zeit für Sie, Herr Doktor, und ich kann Ihnen versichern, daß ich sehr gespannt bin auf Ihre Erzählung. Sie haben mir versprochen, mir eine genaue Schilderung zu geben und von allem, was Sie in den letzten Jahren erlebt haben. Wenn ich Sie ansehe, scheint es mir freilich, als seien mindestens fünf oder sechs Jahre vergangen, seit Sie auf unserm Dampfer Ihre Reise ins Ungewisse antraten. Wahrhaftig, an den Schläfen sind Ihre Haare grau geworden. Ich hätte Sie überhaupt nicht wiedererkannt, wenn Sie mich nicht daran erinnert hätten, daß wir auf der Fahrt manche Stunde verplaudert haben.«

Klaus Weyersberg wandte sich mit einem herben Lächeln zu dem Kapitän um.

»Ja, Herr Kapitän, die Jahre, die vergangen sind, seit ich auf der ›Kap Polonio‹ nach Argentinien ging, um dort mit meiner Expedition zusammenzutreffen, dünken auch mich wie eine kleine Ewigkeit, besonders die letzten anderthalb Jahre. Damals war ich voll guten Mutes und tatendurstig.«

»Dessen erinnere ich mich sehr wohl; Sie waren ein frisches junges Blut, sorgten für gute Stimmung an Bord und waren so übermütig wie ein junges Füllen, das man losgelassen hat. Heute sind Sie ein ernster, stiller Mann; um viele Jahre gereift erscheinen Sie mir.«

Er wollte nicht sagen, daß ihm Klaus um mindestens zehn Jahre älter erschien als damals.

Dieser strich sich über sein dichtes Haar, das der Wind etwas zerzaust hatte.

»Erlebnisse, wie ich sie hinter mir habe, machen alt und reif.«

»Nun, mit dem Alter läßt es sich noch halten, und wenn Sie erst wieder vollends gesund sind, werden alle verlorenen Kräfte wiederkehren. Passen Sie auf, die Seereise bringt Ihnen Ihre volle Gesundheit wieder.«

»Das hoffe ich, Herr Kapitän.«

»Und nun begleiten Sie mich bitte in meine Kajüte, damit wir ungestört sind. Ich habe zwar jetzt einige Stunden frei, aber wenn ich mich blicken lasse, kommen mir die Passagiere doch mit allerlei Anliegen.«

Die beiden Herren schlenderten langsam zur Kapitänskajüte und ließen sich dort in bequeme Sessel gleiten. Eine Flasche Rotwein, zwei Gläser und allerlei Rauchwaren standen bereit.

»Also, Sie waren wirklich monatelang allein auf der kleinen Süd-Shetland-Insel, die vor Ihnen noch nie eines Menschen Fuß betreten hat?« fragte der Kapitän, die Gläser füllend und Zigarren anbietend.

Es zuckte um Klaus Weyersbergs Mund.

»Mir schienen es ebenso viele Jahre, Herr Kapitän«, sagte er heiser.

»Und Sie waren der einzige Überlebende jener Expedition zur Erforschung der Südpolargegenden?«

»Leider!«

»Na, der liebe Gott muß noch Großes mit Ihnen vorhaben, da er Sie als einzigen errettete.«

»Wer kann das wissen! Leider bringe ich nur sehr wenig von dem Material nach Hause, das wir bis zum Untergang der Expedition gesammelt haben. Der furchtbare Schnee- und Hagelsturm, der meine Gefährten, einen nach dem anderen, tötete, vernichtete auch einen Teil unserer Habe. Selbst wenn meine Gefährten diesem gräßlichen Unwetter, von dem man sich gar keine Vorstellung machen kann, entgangen wären, hätte das wenige an Lebensmitteln nicht so lange für uns alle gereicht, bis wir gefunden worden wären. Für mich allein reichte es gerade – allerdings durfte ich täglich nur eine Mahlzeit zu mir nehmen, jene Tage ausgenommen, an denen es mir gelang, irgendein Tier zu fangen. Und die letzten Tage – ich weiß nicht, wie viele es waren, denn ich war schon in einem solchen Zustand der Erschöpfung, daß ich allerlei Halluzinationen zum Opfer fiel – mußte ich in der Schneehütte, die ich mir gebaut hatte, nicht nur hungern, ich hatte auch kein Feuer mehr; denn es war schon alles, was ich gerettet hatte, von mir verbrannt worden. Der Walfischfänger, der mich gottlob entdeckte und rettete, kam wirklich zur rechten Zeit – sonst wäre auch ich noch draufgegangen.«

»Das ist ja grauenvoll!« rief der Kapitän.

Wieder lächelte Klaus Weyersberg herb und bitter.

»Grauenvoller, als ich es je erzählen kann, war die Wirklichkeit. Sie müssen wissen, daß unser Schiff an den der Insel vorgelagerten Klippen gestrandet war. Das Unglück geschah, als wir hoffnungsfreudig die Rückreise angetreten hatten. Ein furchtbarer Orkan war uns zum Verhängnis geworden. Unter unsäglichen Mühen gelang es uns, den Strand zu erreichen. Wir bargen soviel wie möglich von den angeschwemmten Trümmern und zogen von den Lebensmitteln an Land, was wir irgendwie erwischen konnten. Auch ein Fäßchen Rum war darunter.

Aber dann waren wir am Ende mit unseren Kräften; waren unfähig, uns gegen das Weitere zu wehren, das mit uns geschah. Ununterbrochen stürzten Hagelmassen auf uns nieder, uns förmlich unter ihrer Last begrabend. Ich – mein Gott – ich mußte es mit ansehen, wie mein bester Freund, Doktor Horvath, kraftlos neben mir zusammensank und vor Übermüdung einschlief; ich erkannte die Gefahr, raffte mich auf und holte in einer Konservenbüchse Rum herbei; aber als ich zu ihm zurückkam, war er tot. Erfroren oder einem Herzschlag erlegen – wer vermag das zu sagen? Ich sah ein gleiches Ende für mich voraus und habe vor Angst und Schrecken gebrüllt wie ein Tier. Beinahe von Sinnen, wie ich war, irrte ich umher, die andern Kameraden zu finden, um ihnen den Rum zu bringen, aber ich ... ich fand nur Hügel festgefrorenen Hagels, unter denen meine Gefährten den letzten Schlaf schliefen. Ich brauchte sie nicht erst zu bestatten – das hatte der Hagel bereits getan.«

Erschöpft und blaß bis in die Lippen schwieg Klaus Weyersberg und starrte vor sich hin. Der Kapitän rüttelte ihn sanft am Arm.

»Schweigen Sie, schweigen Sie! Ich ahnte nicht, was das in Ihnen aufwühlen muß«, sagte er erschüttert.

Klaus Weyersberg sah ihn mit brennendem Blick an.

»Nein, nein! Lassen Sie mich weiterreden, ich glaube, es ist für mich gut, wenn ich das alles einmal aussprechen kann, wenn es nicht nur durch meine Träume irrt, wieder und wieder. Hören Sie mich an, es wird für mich eine Erleichterung sein. Können Sie das verstehen?«

Der Kapitän nickte.

»Ja, fast kann ich es verstehen – sprachen Sie noch mit keinem Menschen darüber?«

»Nicht so zusammenhängend – ich schrie es wie ein Wahnsinniger heraus, als mich die Walfischfänger in ihrer Station gesundpflegen wollten, doch ich wußte davon nichts; man hat es mir später erzählt, und ich konnte nur bestätigen, was ich im Fieberwahn sehr genau, grauenvoll genau berichtet hatte. Ein junger Deutscher, der in seiner Heimat etwas auf dem Kerbholz hatte und geflohen war, befand sich unter den Leuten. Der übersetzte dem Chef dieser Walfischfängerflottille, was ich im Fieber hinausschrie; dieser wiederum zeichnete alles auf, um daraus zu entnehmen, was mit der Expedition geschehen war. Eines war gewiß, daß ich der einzige Überlebende war.

Doch zurück zum Geschehen. – Ich trank damals in meiner Verzweiflung die ganze Konservenbüchse voll Rum aus. Dieses riesige Quantum Alkohol würde mich unter normalen Verhältnissen wahrscheinlich glatt umgeworfen haben. Hier aber belebte es meine Kräfte, die körperlichen und die geistigen. Ich sagte mir, vor allen Dingen müsse ich mir eine Schneehütte bauen, wie wir das oft genug getan hatten. Das nötige Handwerkszeug war mit den übrigen Schiffstrümmern angeschwemmt worden.

Während ich mir ein ziemlich fragwürdiges Unterkommen schuf, ließ der Sturm allmählich nach und vor allen Dingen blieben diese pflaumengroßen Hagelkörner aus. Ich arbeitete wie im Fieber, wie von Sinnen. Als ich diesen Unterschlupf fertig hatte, machte ich mir von den Schiffstrümmern ein Feuer und fiel neben diesem in einen todesähnlichen Schlummer. Wie lange dieser anhielt, weiß ich nicht. Ich weiß nur, daß mir, als ich aufwachte, das Entsetzliche meiner Lage erst völlig zum Bewußtsein kam. Erst jetzt vermochte ich zu erfassen, daß ich allein, ganz allein geblieben war, in einer Schneewüste, die nur von Eisvögeln und Robben bewohnt war. Das war noch ein Glück, denn diese Tiere sollten mir für lange Zeit zur Nahrung dienen. Das wenige an Proviant, was ans Land geschwemmt worden war, hätte mir nicht bis zu meiner Rettung gereicht.

Es gab Tage, wo mich der Wahnsinn zu erfassen drohte, da ich die toten Kameraden beneidete. Oft dachte ich daran, Schluß zu machen. Aber immer wieder riß mich das Gefühl der Hoffnung von dem letzten Schritt zurück und erhielt mich am Leben.

Meine Uhr war stehengeblieben, als das Schiff strandete und uns in das eisige Wasser beförderte; ich bekam sie auch nicht wieder in Gang. Einen meiner toten Gefährten auszugraben und zu versuchen, bei ihm eine noch brauchbare Uhr zu finden, widerstrebte mir, ich konnte mich nicht dazu entschließen.

So vegetierte ich, ohne Zeitbewußtsein, ohne zu ergründen, wieviel Tage, Wochen oder Monate ich auf dieser einsamen Insel verbrachte. Über ein Jahr war unsere Expedition unterwegs gewesen, ehe wir strandeten, das wußte ich. Und an der Abnahme meiner Nahrungsmittel und vor allem an der Abnahme des Holzes, das mich immer wieder vor dem Erfrieren schützen mußte, merkte ich, daß auch in meiner qualvollen Einsamkeit die Zeit verstrich. Jeden Tag irrte ich am Strand umher, um nach vorüberfahrenden Schiffen auszuspähen, und gab Notsignale, die sie auf mein Elend aufmerksam machen sollten. Alles vergeblich!

Als endlich, da ich schon am Ende meiner Kraft war und mich noch ein letztes Mal an den Strand geschleppt hatte, das Boot mit den Walfischfängern auftauchte und ich wie ein Wahnsinniger schrie und mich wohl auch so gebärdete, glaubte ich an eine Halluzination. Das große Boot war einem Riesenwal gefolgt, der die Fänger ziemlich weitab von ihrer Station geführt hatte, weil sie den Burschen durchaus erlegen wollten. Dieser Wal war mein Retter. Die Leute sahen am Strand der einsamen Insel ein schreiendes, gestikulierendes Wesen, wußten erst nicht, ob es ein Tier oder ein Mensch sei, und kamen, nachdem sie den verfolgten Wal zur Strecke gebracht hatten, an Land, um mich näher zu betrachten. Da taumelte ich ihnen entgegen. Ich habe, wie man mir später sagte, immer wieder wie ein Irrsinniger geschrien: »Helft mir! Helft mir!« Der junge Deutsche, von dem ich vorhin sprach, war der einzige, der mich verstand und der den andern zurief, ich sei ein Landsmann von ihm. Ich brach ohnmächtig zu den Füßen meiner Retter nieder, und – Gott lohne es ihnen – sie brachten mich an Bord und kehrten mit mir zur Walfischstation zurück. Dort lag ich wochenlang im Fieber, wurde aber sorgsam gepflegt und kam auch wirklich durch. Zunächst wußte ich kaum noch etwas von mir und von meinen Erlebnissen.

Mich in zivilisierte Gegenden zu schaffen, war unmöglich, denn die Walfischflottillen kehren ja immer erst nach Hause zurück, wenn ihre Trantanks restlos gefüllt sind. Aber man hatte wenigstens aus meinen Fieberreden entnommen, daß ich zu einer Südpolexpedition gehört hatte. Diese rauhen Männer kümmerten sich nicht viel darum, woher ich kam und wer ich war. Meinen Paß hatte ich in das Futter meiner Pelzausrüstung genäht, dort hatte man ihn ebensowenig gefunden wie den ziemlich großen Dollarbetrag, der sich an demselben Platz befand. Vielleicht wäre er sonst nicht mehr vorhanden gewesen, denn unter den Walfischfängern gibt es sehr fragwürdige Existenzen. Aber gepflegt haben sie mich in einer Weise, als sei ich ein guter Kamerad von ihnen. Und der junge schwedische Arzt und der Chefkapitän der Flottille nahmen sich meiner mit einer Sorgfalt an, die man bei so hartgewöhnten Menschen kaum für möglich gehalten hätte. Kurzum, sie bekamen mich so weit, daß sie mich, als das erste Schiff abging, in leidlichem Zustand mit nach Argentinien nehmen konnten, wo mich der junge Arzt in einem Sanatorium bei Buenos Aires unterbrachte.

Seit längerer Zeit war ich bereits wieder bei klarem Verstand. Nur manchmal gab es einen Rückfall, und dann war ich jedesmal wieder wie von Sinnen, vergaß, wer und wo ich war, und schrie wie ein Irrsinniger aus Angst vor dem Alleinsein. Ich glaubte mich dann immer wieder auf der schrecklichen Eisinsel. Diese Anfälle wurden jedoch immer seltener, und seit einigen Monaten bin ich ganz von ihnen befreit. Allerdings überkommt mich von Zeit zu Zeit immer noch eine entsetzliche Angst vor dem Alleinsein. Aber dann brauche ich nur eine Menschenstimme zu hören, um meiner Nervosität Herr zu werden. Der Arzt in dem Sanatorium hat mir versichert, daß auch diese letzten Nachwehen meiner Erlebnisse verschwinden würden.«

Der Kapitän faßte Klaus' Hand mit warmem Druck.

»Davon bin auch ich fest überzeugt; Sie machen, gottlob, einen recht gesunden Eindruck. Aber freilich, wenn Sie nicht solche Bärenkräfte und eine so kräftige Konstitution gehabt hätten, hätten Sie das wohl nicht überstanden.«

»Das glaube ich auch.«

»Und – sind Sie nun wieder mit der deutschen Heimat in Verbindung getreten?«

»Direkt noch nicht, Herr Kapitän, denn ich mußte vor allen Aufregungen geschützt werden. Ich weiß nur, daß man in Deutschland annahm, von unserer Expedition sei nicht ein einziger gerettet worden.

Ein Eismeerdampfer hatte Trümmer unseres Schiffes gefunden, auf einer Planke sogar eine Aktenmappe mit Papieren, die eindeutig bewiesen, daß es sich um unser Schiff handelte. Damit hatte man die Angelegenheit als erledigt betrachtet. Auch ich galt als tot. Da ich wußte, daß keiner meiner Gefährten Verwandte besessen hatte, hielt ich es nicht für nötig, Nachricht nach Deutschland zu senden. Zwar hatte ich meinen Vater zurückgelassen und einige sehr entfernte Verwandte, die mich sicherlich nicht besonders vermißten. Nur meinem Vater wollte ich die Kunde von meiner glücklichen Errettung zukommen lassen. Ich bat den Leiter des Sanatoriums in Buenos Aires, ihm zu melden, daß ich lebe und auf dem Weg der Genesung sei, aber – dieser Brief kam zurück mit dem Vermerk: Adressat verstorben.

Das warf mich noch einmal weit zurück. Ich ahnte, daß

die Nachricht von meinem vermeintlichen Tod meinen Vater niedergeworfen hatte. Er war mit meinem Fortgehen nicht einverstanden gewesen, aber ich hielt es zu Hause in der Enge des bürgerlichen Lebens nicht aus, ich wollte unbedingt meinen Freund Horvath begleiten. Schweren Herzens willigte mein Vater endlich ein. Er versorgte mich in seiner großen Güte reichlich mit Geld, hatte für mich auch noch auf ein Konto in Buenos Aires eine erhebliche Summe eingezahlt. So war und bin ich reichlich mit Barmitteln versehen. Selbstverständlich erkundigte ich mich, ob mein Vater wirklich gestorben sei. Es war leider wahr. Während ich besinnungslos auf der Walfischfängerstation lag, ist er aus dem Leben geschieden. So habe ich niemandem von meiner Errettung Nachricht gegeben. Sie waren der erste meiner Landsleute, Herr Kapitän, dem ich mich zu erkennen gab, als ich an Bord kam.«

»Und ich hätte Sie, wie gesagt, auch nicht erkannt, wenn Sie sich mir nicht selbst in Erinnerung gebracht hätten. Wie lange ist es denn her, daß Sie mit unserm Dampfer nach Buenos Aires reisten?«

»Alles in allem drei Jahre, Herr Kapitän.«

»Wirklich nicht länger?« fragte dieser und sah Doktor Weyersberg prüfend an, als sei es nicht möglich, daß sich ein Mensch in drei Jahren derartig verändern könne.

Die beiden Herren plauderten noch über eine Stunde zusammen. Noch manche Einzelheit seiner Erlebnisse berichtete Doktor Weyersberg. Er teilte dem Kapitän auch mit, daß er sich direkt in seine Heimat zu begeben gedenke. Sein Vater habe ihm ein großes Gut hinterlassen und sicherlich auch ein beträchtliches Barvermögen.

»All das weiß ich in bester Hut unseres alten Verwalters und eines alten Freundes meines Vaters, der als Notar dessen juristische Geschäfte erledigte. Beide wissen nicht, daß ich mich auf der Heimfahrt befinde. Ich will sie überraschen.«

Der Kapitän sah ihn mit einem sonderbaren Blick an.

»War es nicht ein wenig gewagt, daß Sie sich nicht meldeten? Mir scheint, daß Ihr Erbe irgendwie bedroht sein könnte, wenn Sie daheim als tot gelten.«

Klaus Weyersberg stutzte; ein jäher Schrecken prägte sich in seinen Zügen aus. Quälend stieg der Gedanke in ihm auf, daß er seines Erbes verlustig gehen könnte.

»Daran habe ich allerdings noch nie gedacht. Sie müssen bedenken, daß ich mich erst langsam ins Leben und zu meiner Persönlichkeit zurücktasten mußte. Darüber vergaß ich alles andere. Aber – ich lebe – und werde mich als der rechtmäßige Erbe meines Vaters ausweisen.«

Der Kapitän wollte den kaum Genesenen nicht beunruhigen, sonst hätte er antworten können: Ihr Vater hielt sie zweifelsohne für tot und kann einen andern als Erben eingesetzt haben.

Nein, das wollte er lieber nicht sagen, Doktor Weyersberg sollte sich erst auf der Seereise vollends kräftigen, dann würde er ja selbst sehen, wie zu Hause alles stand, und konnte seine Rechte geltend machen. So plauderte er von allem, was sich inzwischen in Deutschland ereignet hatte. Aufmerksam hörte Klaus Weyersberg ihm zu, aber es erging ihm wie den meisten Menschen, die ein schweres Erleben hinter sich haben – an ihrem eigenen Schicksal gemessen, erscheint ihnen alles Übrige verhältnismäßig unbedeutend und nebensächlich.

Als Klaus Weyersberg den Kapitän verlassen hatte und

wieder die Deckpromenade entlangging, begann gerade das Konzert. Es war Teezeit, und bei dem schönen Wetter war alles im Freien um die kleinen, hübsch gedeckten Teetische versammelt. Auf einem Platz wurde getanzt. Mit großen Augen sah Klaus auf die sich nach den Klängen der Musik drehenden Paare. Er fragte sich wie ein Greis, was für einen Zweck dieses sinnlose Herumhüpfen habe. Aber plötzlich erfaßte ihn das Verlangen, mitzutun und sich ebenfalls am Tanz zu beteiligen. Schließlich war es ihm gleich, wen er auffordern sollte. Als er die Augen umherschweifen ließ, bemerkte er ein junges Mädchen, das dem Tanz mit sehnsüchtigen Augen zusah.

Er wußte, sie war die Gesellschafterin und Reisebegleiterin der alten Dame, bei der sie saß. Sie war weder schön noch elegant. Aber in ihren Augen lag ein Ausdruck, der innerlich einsamen Menschen eigen zu sein pflegt. Und gerade der bestimmte Klaus Weyersberg, auf die junge Dame zuzugehen, sich vor der alten Dame zu verbeugen und ihre Gesellschafterin aufzufordern.

Das junge Mädchen erschrak und sah ungläubig zu dem Herrn auf, der an Bord unbestritten die am meisten beobachtete Persönlichkeit war. Es war doch unmöglich, daß er sie, gerade sie, zum Tanz aufforderte?

Hilflos sah sie zu ihrer Herrin auf. Diese aber fand es überaus nett, daß dieser interessante Mann sich bittend vor ihr verneigte, und sagte lächelnd: »Tanzen Sie nur ruhig, Ella, ich kann Sie schon eine Weile entbehren, ich sitze hier ja sehr gut.«

Wie im Traum erhob sich das junge Mädchen und folgte ihrem Tänzer auf den Tanzplatz. Aller Augen richteten sich auf das ungleiche Paar. Die Damen blickten neidisch auf die junge, unbedeutende Gesellschafterin und konnten nicht verstehen, daß diese ihnen vorgezogen wurde.

Die Herren aber sahen plötzlich mit großen Augen auf die bisher ziemlich unbeachtet gebliebene junge Dame, als wollten sie fragen, wo die Reize zu suchen wären, durch die Doktor Weyersberg veranlaßt sein konnte, sich ihr, gerade ihr, zu nähern. Keiner ahnte, daß nichts anderes ihn dazu veranlaßt hatte als das, was er in ihren Augen gelesen und das von in der Stille vergossenen Tränen zu erzählen schien.

Als er die junge Dame zu ihrer Herrin zurückbegleitete und sich vor dieser ebenso höflich verneigte wie vor seiner Partnerin selbst, forderte ihn die alte Dame auf, an ihrem Tisch Platz zunehmen.

Er tat es und bereute es nicht, der an ihn ergangenen Einladung gefolgt zu sein, denn die alte Dame verstand es, so amüsant und geistvoll zu plaudern, daß er darüber alle trüben Gedanken vergaß.

Er gewahrte auch, daß die kleine, unbedeutende Gesellschafterin auf einmal Beachtung fand und sozusagen von einem Arm in den anderen flog.

Klaus blieb an der Seite seiner neuen Bekannten, die ihm erzählte, sie sei in Montevideo bei einer Tochter zu Besuch gewesen, bei der Meister Klapperstorch Einkehr gehalten habe, daß sie jetzt aber heimfahre zu ihrer jüngeren Tochter, weil der interessante Vogel sich auch bei dieser angemeldet habe.

Sie brachte das so drollig heraus, daß Klaus mehr als einmal laut auflachen mußte.

2

Als Klaus Weyersberg in Hamburg ankam, war er so frisch und elastisch wie eh und je und hatte auch sein seelisches Gleichgewicht wiedergefunden.

Wenn ihn auch von Zeit zu Zeit immer noch schwere, angstvolle Träume befielen und er strenge Einsamkeit nur schwer zu ertragen vermochte, fühlte er sich dennoch, alles in allem genommen, stark genug, allem, was an ihn herantreten würde, die Stirn zu bieten.

Nun, da er wieder deutschen Boden unter den Füßen hatte, erledigte er zunächst die Geschäfte, die mit den wissenschaftlichen Ergebnissen der Expedition zusammenhingen. Immerhin hatte er das ihm verbliebene Material in einer Weise sichten und ergänzen können, daß ein bedeutender wissenschaftlicher Erfolg der Fahrt zur Antarktis gebucht werden konnte. Er bat aber dringend, vorläufig seinen Namen nicht als den eines gleichsam vom Tod Wiederauferstandenen zu nennen, weil er sich dem unausbleiblichen Ansturm von Neugierigen und Wißbegierigen noch nicht gewachsen fühlte.

Man versprach ihm alles, was er wünschte. Daß er die wissenschaftlichen Ergebnisse der Expedition später in einem Werk festhalten und ausarbeiten wollte, versprach er an den maßgebenden Stellen.

Nachdem er dieser Pflicht genügt hatte, reiste er in seine Heimatstadt, die nahe dem Gut Gravenstein lag, das seinem Vater gehört hatte und wo er geboren und aufgewachsen war.

Zuerst suchte er den alten Notar auf, um von diesem zu

hören, wie sein Vater gestorben sei und welche testamentarischen Bestimmungen er hinterlassen habe. Justizrat Doktor Frensen war sehr mit seinem Vater befreundet gewesen, Klaus hatte ihn immer nur »Onkel Justizrat« genannt, wenn er nach Gravenstein hinausgekommen war, und der alte Herr hatte sich immer sehr freundlich zu ihm verhalten.

Als Klaus vom Bahnhof zum Innern der Stadt ging, begegnete er manchem Bürger, den er sehr wohl gekannt hatte und auch sofort wiedererkannte, aber sie alle gingen fremd und ungerührt an ihm vorüber. Es ward ihm infolgedessen klar, er müsse sich sehr verändert haben, und er unterließ es, vorläufig irgendwen zu grüßen. Ihm war es, als sei er jahrzehntelang der Heimat fern gewesen, als sei er inzwischen ein Greis geworden. Und doch pulste ihm das Blut wieder heiß durch die Adern, und das Bewußtsein der zurückgewonnenen Lebenskraft erfüllte ihn mit einem unbeschreiblichen Hochgefühl. Ach, wohl tat es, hier auf Schritt und Tritt Menschen zu begegnen, die er kannte. Hier brauchte er nie allein zu sein, wenn er es nicht selbst wollte. Gut war das, wohltuend, erlösend!

Langsam schritt er weiter, blieb an Schaufenstern stehen. Die meisten sahen noch genauso aus wie vor Jahren. In der Kleinstadt lebte man nicht so schnell wie in der Großstadt, auch heute noch nicht, trotz des Hastens und Jagens in aller Welt. Hier war man beschaulich geblieben!

Er beschleunigte seine Schritte, um die Wohnung des Justizrats zu erreichen. Dessen Haus lag nahe beim Georgenberg, auf dem das alte Stadtschloß lag, das Wahrzeichen der Stadt. Dort hatten früher die Herzöge dieses kleinen Landes residiert. Das Haus des Justizrats hatte sich nicht verändert. Dort an dem Eckfenster im Parterre, wahrhaftig – da saß noch wie sonst der alte Bürovorsteher Knolle mit seiner roten Nase und den immer etwas tränenden Augen.

Klaus mußte ein wenig lachen – er freute sich, ja, er freute sich wirklich, den alten Knolle noch an seinem Platz zu finden. Ob der ihn erkennen würde?

Sich straff aufrichtend, betrat er das Büro. Der alte Knolle sah auf.

»Was ist gefällig, mein Herr?«

Nein, er erkannte ihn nicht.

»Ich möchte den Herrn Justizrat sprechen.«

»Sehr wohl, in welcher Angelegenheit?«

Klaus wußte, er brauchte nur zu sagen: Alter Knolle, ich bin doch der Klaus Weyersberg! Dann würde er ihn zunächst ein wenig erstaunt ansehen, ihn dann aber ohne jedes weitere Verhör zum Justizrat führen. Aber dann wußte bis morgen die ganze Stadt, daß er lebte und heimgekehrt war, und das würde einen wahren Aufruhr verursachen. Nur das nicht! Nur das nicht!

»In einer wichtigen geschäftlichen Angelegenheit, bitte melden Sie mich sofort!« antwortete er sehr ruhig.

Der alte Knolle lauschte ein wenig unsicher auf die Stimme des Besuchers. Wo hatte er diese Stimme schon einmal gehört?

Aber Klaus Weyersbergs bestimmte Art ließ ihn nicht länger zögern.

»Bitte nehmen Sie einen Augenblick Platz. Ich will sehen, ob der Herr Justizrat zu sprechen ist.«

Seufzend ließ sich Klaus in einen Sessel fallen. Knolle verschwand in dem Nebenzimmer. In einen anderen

Raum führte eine Tür mit Glasfenstern, hinter der einige junge Schreiber und ein junges Mädchen arbeiteten. Das junge Mädchen war die einzige Neuerung, sonst war alles so geblieben wie vor Jahren.

Nach einer Minute kam Knolle wieder heraus. Er hatte zu dem Justizrat gesagt:

»Da ist ein sehr feiner und vornehmer Herr, der Sie in einer wichtigen geschäftlichen Angelegenheit sprechen will, Herr Justizrat. Er sieht aus wie ein einträglicher Klient.«

Doktor Frensen sah lachend durch seine Brille.

»Na, dann herein mit ihm, Knolle; ich habe nichts gegen einen einträglichen Klienten einzuwenden.«

Gleich darauf ließ Knolle Klaus Weyersberg eintreten. Der Justizrat erhob sich und ging ihm entgegen.

»Womit kann ich dienen, mein Herr?« fragte er, etwas erstaunt über die vornehme, weltmännische Erscheinung des ihm Gegenüberstehenden.

Es zuckte in Klaus Weyersbergs Gesicht. Nicht im geringsten hatte sich der alte Herr verändert. Noch immer standen seine weißen Haare ein bißchen widerspenstig um das rote, frische Gesicht, und hinter den Brillengläsern hervor drang der forschende, suchende Blick. Aber auch er zeigte keine Spur des Erkennens. Ein tiefer Seufzer entrang sich Klaus Weyersbergs Brust, er kreuzte plötzlich die Arme über der Brust und sagte würdevoll:

»Salem aleikum, Onkel Justizrat!«

So hatte er schon als Pennäler den alten Herrn begrüßt, wenn er nach Gravenstein gekommen war.

Dieser seltsame humoristische Gruß, diese herzliche

sonore Stimme ließen den Justizrat zusammenzucken. Seine Augen starrten ungläubig, fassungslos in das Gesicht seines Besuchers, und dann ging ein Ruck durch seine hohe, hagere Gestalt. Ganz nahe trat er an Klaus heran und beugte sich in atemloser Überraschung vor.

»Das kann doch nicht sein? Aber doch, die Augen – die Stimme – mein Gott im Himmel – du bist Klaus Weyersberg – dein Gruß allein hat dich mir verraten. Klaus! Klaus! Ach, die Freude! Die Freude!«

Er faßte Klaus Weyersbergs Hände und drückte sie krampfhaft, seine Erregung nur mühsam bekämpfend.

Auch Klaus war tief bewegt.

»Habe ich mich denn wirklich so sehr verändert, Onkel Justizrat, daß du mich ohne mein Salem aleikum nicht erkannt hättest?«

Der alte Herr zog ihn ans Fenster, sah ihm, nachdem er seine Brille zurechtgerückt hatte, forschend und prüfend ins Gesicht und lachte dann wie erlöst auf.

»Wahrhaftig, es ist der Klaus! Junge, Junge – ich hätte dich wirklich nicht erkannt! Sehr, sehr hast du dich verändert! Aber das ist ja alles egal – daß du nur da bist, daß du lebst! Daß dein Vater das nicht mehr hat erleben dürfen! Es hat ihn bis ins Mark getroffen, daß man euch von der Expedition allesamt verloren geglaubt hat. Die Nachricht kam gerade, als er sich ohnedies nicht mehr wohl fühlte. Sie gab ihm sozusagen den Rest. Er war dann lange krank. Aber – seltsam, als er sich wieder ein wenig beruhigt hatte, sagte er zu mir: ›Es kann nicht sein, daß mein Sohn tot ist, das müßte ich gefühlt haben!‹ Ja, und bis zu seinem Ende wollte er nicht an deinen Tod glauben! So hat er doch recht behalten. Aber ich schwatze – Herrgott,

Klaus, wie freue ich mich, daß du lebst und gesund bist! Komm, setz dich zu mir. Warte einen Augenblick, ich will Knolle nur Bescheid sagen, daß ich jetzt für niemanden zu sprechen bin.«

»Sag ihm nichts, Onkel Justizrat – es soll vorläufig zwischen uns beiden geheim bleiben, daß ich wieder da bin. Meine Gründe sage ich dir nachher.«

Der alte Herr stutzte einen Moment, dann nickte er energisch.

»Ja, es ist besser so! Also unbesorgt, weder Knolle noch sonst ein Mensch erfährt von deiner Rückkehr, solange du sie geheimhalten willst.«

Schnell gab er Knolle Bescheid, daß er ungestört bleiben wolle, und schloß dann die Tür wieder hinter sich.

Nun zog er Klaus neben sich auf den breiten Diwan.

»So, mein Junge – nun mußt du mir berichten von allem, was dich betrifft.«

Klaus erzählte in gedrängter Kürze, was er erlebt und erlitten hatte. Der alte Herr hörte ihm atemlos zu, bis er zu Ende war.

Dann schüttelte er Klaus beinahe die Hände aus dem Gelenk, in seiner Freude, ihn, den er, der Kinderlose, beinahe wie seinen eigenen Sohn liebte, heil und gesund vor sich zu sehen.

Es währte geraume Zeit, ehe er sich beruhigt hatte. Dann sagte er mit einer gewissen Verhaltenheit:

»Und nun bist du gekommen, Klaus, um dein Erbe anzutreten?«

»So ist es, Onkel Justizrat; ich habe ein unsinniges Heimweh nach Gravenstein. Früher war es mir immer zu eng und zu still, jetzt meine ich, daß ich erst wieder ganz der alte sein werde, wenn ich wieder Gravensteiner Luft atmen darf.«

»Ja, mein lieber Klaus, das – hm«, der alte Herr räusperte sich ein paarmal, »das ist nämlich nicht so ganz einfach mit dem Antreten deines Erbes.«

Befremdet sah Klaus in sein Gesicht. »Wie soll ich das verstehen, Onkel Justizrat?«

»Na also – jedenfalls beunruhige dich nicht –, wird sich alles einrenken lassen; aber – du mußt bedenken, du galtest für tot. Da sagte sich dein Vater, dann müsse er anders über seinen Nachlaß verfügen, als er es sonst getan hätte. Schweren Herzens sah er sich nach einem anderen Erben um und zog den einzigen außer ihm noch existierenden Weyersberg in Betracht, seinen Vetter Kurt. Es war eben kein anderer männlicher Verwandter da. Was ihr sonst noch an Angehörigen hattet, waren bloß noch ein paar alte Weiblein, Cousinen deiner verstorbenen Mutter. Denen hinterließ er insgesamt zwanzigtausend Mark – er hatte ihnen die schon früher zugedacht –, den Vetter Kurt aber hatte er in einem früheren Testament überhaupt nicht erwähnt. Aber dein guter Vater besaß dennoch so viel Familiensinn, daß er eben nur einem Weyersberg hinterlassen wollte, was er im Leben sein eigen genannt. Dich mußte er ja leider für tot halten, wenngleich er im tiefsten Herzensgrund niemals so recht an deinen Tod glauben wollte. So hat denn Kurt Weyersberg seinen Einzug gehalten und lebt mit seiner Familie in Gravenstein.«

Mit finster zusammengezogener Stirn sah Klaus den alten Herrn an.

»Du wirst begreifen, Onkel Justizrat, daß der Gedanke mich schmerzt, meines Erbes beraubt und aus der Heimat vertrieben zu sein. Ich kann alles sehr wohl verstehen, aber es trifft mich dennoch hart. Du sagtest doch, mein Vater hätte nicht an meinen Tod glauben wollen, und doch hat er mich sozusagen enterbt. Läßt sich dagegen nicht Einspruch erheben?«

»Warte nur, Klaus! Höre nur erst weiter! Dein Vater verfügte auf meinen Rat hin in einer Weise, daß dir alle deine Rechte gewahrt bleiben sollten, sofern du in einem Zeitraum von zehn Jahren, gerechnet vom Tage seines Ablebens, wieder auftauchen solltest. Er gab seinem Vetter Kurt Gravenstein allerdings in die Hand, aber doch nur in bedingter Weise. Er darf sich während der zehnjährigen Schutzfrist nur als Verwalter des Gutes betrachten. Erst wenn du während der gedachten Zeit nicht zurückgekehrt wärest oder nicht einmal eine Kunde von deiner Existenz hättest ins Land gelangen lassen, sollte er sich als sein Erbe betrachten dürfen. Nun war Kurt Weyersberg allerdings viel fester als dein Vater davon überzeugt, daß du nicht mehr unter den Lebenden weiltest, und deshalb zog er unmittelbar nach deines alten Herrn Heimgang mitsamt seiner Familie nach Gravenstein und betrachtet sich, nachdem er seinen Beruf als Getreidemakler aufgegeben, ganz als dessen Herrn. An das vorhandene Barvermögen darf er vor Ablauf der zehn Jahre ebenfalls nicht heran. Er verfügt über nichts weiter als über die Einkünfte aus Gravenstein und ist auch nicht befugt, Hypotheken auf das Gut aufzunehmen und es neu zu belasten. Du siehst aus all dem, daß dein Vater wirklich nicht an deinen Tod geglaubt hat. Die vorhandenen Kapitalien zu verwalten oblag mir, und ich habe das nach bestem Vermögen getan. – Wegen des Barvermögens, das Weyersberg ebenfalls erst nach den besagten zehn Jahren zufallen sollte, herrscht zwischen mir und ihm dauernde Fehde. Es steht für ihn fest, daß du tot bist; so kommt er mir immer wieder damit, es sei Unsinn, daß man ihn nicht an das Geld heranließe. – Na, kurz und gut, er wird über dein Wiedererscheinen nicht gerade erfreut sein, und darüber, daß du ihn aus dem fetten Erbe verdrängst.«

»Und seine Familie? Wie würde die sich zu meinem Wiederauftauchen stellen?«

Der Justizrat zuckte die Achseln.

»Da ist vorab seine Frau. Sie ist kein großes Licht, tut treu und brav alles, was der Gatte befiehlt, und fühlt sich, glaube ich, in der verantwortungsvollen Stellung als Herrin von Gravenstein nicht recht wohl. Sie würde wahrscheinlich lieber in ihrer behaglichen, bescheidenen ehemaligen Vierzimmerwohnung sitzen und mit ihren guten Freundinnen und Bekannten ein gemütliches Kaffeekränzchen veranstalten. Die einzige Tochter dieses ungleichen Paares, Fräulein Iduna Weyersberg – früher hieß sie einfach Ida –, hat es nun auch toll mit der Vornehmheit gekriegt. Sie hat auch ein gewisses Geschick dazu, ist ein sehr hübsches Mädchen, allerdings eines von der hochmodernen Sorte, die ich alter Mann nicht leiden mag. Man muß oft über sie lachen, wenn sie ihre unausgegorene neue Weltanschauung zum besten gibt und mit ruhiger Sachlichkeit behauptet, daß die Frau dasselbe Recht habe, sich auszuleben, wie der Mann. Immerhin hat sie das bisher nur in der Theorie getan, aber nicht in der Praxis, und deshalb kann man es noch komisch finden. Ihre Selbständigkeit geht nicht so weit, daß sie sich bisher einen einzigen Groschen selbst verdient oder sonst etwas Bemerkenswertes geleistet hätte. Dafür ist sie aber sehr darauf aus, das große Wort zu führen und Ansprüche an das Leben zu stellen. Ihr Vater läßt sie gewähren, ihre Art gefällt ihm besser als die bescheidene ihrer Mutter, und sie darf sich so schick und elegant kleiden, wie sie will, hat ein Reitpferd und allerlei noble Passionen.«

»Das, was ich da von dir hören muß, ist ja wenig erfreulich, Onkel Justizrat. Weitere Kinder hat Kurt Weyersberg nicht?«

»Nein, Iduna ist das einzige Kind. Aber – nun komme ich zu einer anderen, höchst erfreulichen Erscheinung. Die bescheidene Frau Marie Weyersberg besitzt eine Schwestertochter, an der sie mit großer Zärtlichkeit hängt, was diese auch ehrlich verdient. Dieses Fräulein Ruth Falkner verlor ihre Mutter, gerade, als Kurt Weyersberg die Kunde von der Erbschaft erhielt, und stand arm und verlassen in der Welt. Sie wollte sich eine Stellung suchen oder sonst irgendwie ihren Unterhalt verdienen; da kam ihre Tante auf die gute Idee, ihren Mann zu bitten, er möge gestatten, daß Ruth Falkner mit nach Gravenstein übersiedeln dürfe. Der hohe Herr, der sonst wohl kaum das Talent hat, ein Wohltäter zu sein, war der reichen Erbschaft wegen in Geberlaune und gestattete das, allerdings unter der Bedingung, Ruth müsse sich nützlich machen.

Das war ihr gerade recht; sie scheut weder vor der Arbeit noch vor sonst etwas zurück, nur vor dem Alleinsein war ihr bange. Sie ging gern in das Haus ihrer Verwandten. Und – weiß Gott – sie läßt sich dort nichts schenken. Es ist großartig, wie tüchtig sie ist. Sie ist heute sozusagen die Achse, um die sich in Gravenstein alles dreht. – Kaum angekommen, ging sie sogleich bei dem alten Reinert, dem Verwalter deines Vaters, in die Lehre und guckte ihm mit ihren hellen, scharfen Augen alle Kniffe ab. – Übrigens, der alte Reinert ist vor zwei Monaten ebenfalls gestorben.«

Klaus zuckte zusammen.

»Oh, wie mich das schmerzt, Onkel Justizrat, ich hatte den Alten gern.«

»Ja, er war eine ehrliche, gute Haut. Aber nun höre weiter. Also, dieses Prachtfrauenzimmer nimmt ohne weiteres die Zügel im Gravensteiner Betrieb in ihre kleinen, energischen Hände, sie hat sich so schnell eingelebt, daß es ein Wunder ist, wie sie alles schafft und daß sie alles schafft. Sie geht obendrein noch der etwas hilflosen Tante zur Hand, ist früh die erste und abends die letzte. Als ich ihr einmal meine ehrliche Anerkennung aussprach, lachte sie mich mit ihren perlmuttergrauen Augen an und sagte fest und bestimmt:

›Ich weiß, daß ich meine Sache verstehe. Das will ich auch, denn so habe ich wenigstens die Genugtuung, daß ich mein Brot hier nicht umsonst esse.‹ Ja, ein Prachtkerl ist sie und zur Zeit die einzige erfreuliche Erscheinung in Gravenstein. Es ist staunenswert, was sie leistet. Und alle haben einen Mordsrespekt vor ihr, mehr als vor ihrem Onkel, der immer nur herumschnauzt, um zu beweisen, daß er der Herr ist, ohne daß er viel von dem ganzen Kram versteht. Das merken die Leute selbstverständlich; sie wissen, daß die kleine Ruth in ihrem kleinen Finger mehr Verstand hat als der Herr Onkel in seinem dicken Schädel. Na – dem gönne ich es wahrhaftig, daß er Gravenstein wieder hergeben muß.«

Klaus lachte ein wenig.

»Nun, wir wollen es ihm schonend beibringen, Onkel Justizrat, schon der Damen wegen. Weißt du – es könnte mich gelüsten, nach Gravenstein zu gehen, ohne mich vorläufig zu erkennen zu geben. Ich habe diesen Kurt Weyersberg überhaupt nur einmal gesehen, als ich noch nicht ganz zehn Jahre alt war. Damals war er gekommen, um ein Darlehen von meinem Vater zu erbitten, was dieser ihm auch gegeben hat. Also wird er mich vermutlich nicht erkennen. Und seinen Damen bin ich ganz fremd.«

»Aber – wie willst du Einlaß finden?«

Klaus überlegte eine Weile. Dann sagte er: »Du weißt doch, daß mein Freund Horvath mich zu dieser Expedition aufforderte. Er ist leider mit den anderen umgekommen. Und ich weiß, daß er ganz allein im Leben stand. Ich habe einige seiner Papiere an mich genommen, besitze auch Visitenkarten mit seinem Namen. Ich werde mich also erst einmal als Doktor Horvath in Gravenstein einführen, unter dem Vorgeben, ein Freund des verschollenen Neffen zu sein. Voraussichtlich wird man mich daraufhin auffordern, ein paar Tage als Gast im Haus zu bleiben. Denn wahrscheinlich brennt Kurt darauf, zu erfahren, ob und daß ich wirklich da unten im Eis geblieben bin. Kurzum, ich will ihn und die Seinen erst einmal kennenlernen, ehe ich beschließe, was mit ihnen geschehen soll. Immerhin ist Kurt Weyersberg aus seinem alten Wirkungskreis gerissen worden.«

»Seine eigene Schuld! Er hatte es ja nicht nötig, so schnell seine Existenz aufzugeben und sich als ›Rittergutsbesitzer‹ auf die faule Haut zu legen. Das hat er wirklich getan. Wäre die kleine Ruth Falkner nicht gewesen, so wäre nach dem Tod des alten Verwalters alles drunter und drüber gegangen. Nur sie hält alles in Ordnung. Kurt Weyersberg faulenzt herum, trinkt, raucht und dreht die Daumen umeinander. Seine einzige Arbeit besteht darin, die Leute anzuschnauzen und sich großspurig aufzuführen. Im übrigen ist deine Absicht, inkognito nach Gravenstein zu gehen, sehr gut. Du kannst dir dann selber ein Urteil bilden. Vorausgesetzt allerdings, daß du Aufnahme findest, sonst müßtest du wohl gleich deine Rechte geltend machen.«

»Ich will es jedenfalls versuchen, Onkel Justizrat. Und ich lasse nichts davon verlauten, daß ich zuerst bei dir gewesen bin. Ich werde mir den Anschein geben, als wollte ich meinen Vater besuchen. Als Doktor Horvath brauche ich ja nicht zu wissen, daß mein Vater nicht mehr am Leben ist. Laß mich nur machen, ich bekomme die Füße schon unter den Tisch. Laß mich mal nachdenken – ist es wohl möglich, daß mich jemand dort erkennt? Wer verkehrt denn in Gravenstein?«

»Nun, einige Honoratioren unserer lieben Stadt, dann der neue junge Arzt, den du nicht kennst. Von euren Nachbarn ist der alte Fidesser gestorben, und dessen Erben sind englische Verwandte, die dir auch unbekannt sind. Dann haben wir noch die Liebenauer – die haben das Gut verpachtet und lassen sich hier kaum noch sehen, weil sie zu ihrer verheirateten Tochter nach Berlin gezogen sind. Unser neuer Bürgermeister kommt ebensowenig in Betracht. Und ein paar junge Leute, die zu Idunas Unterhaltung manchmal aus Kassel – der Alte lebte früher dort – herüberflitzen, erst recht nicht. Also kannst du es getrost wagen, unter falscher Flagge zu segeln, bis du es für gut befindest, Farbe zu bekennen.«

Der Justizrat rieb sich schmunzelnd die Hände.

»Und nun wollen wir mal die Probe auf das Exempel machen, ob du dich wirklich so sehr verändert hast, daß oberflächliche Bekannte dich nicht erkennen. Ich bringe dich zu meiner Frau hinüber, du speist mit uns zu Mittag. Ich schicke Knolle zu ihr hinüber, mit der Nachricht, daß ich einen Doktor Horvath, mit dem ich wichtige Geschäfte zu erledigen hätte, mit zu Tisch bringe, weil ich nach dem Essen weiter mit ihm verhandeln wolle. Meine Frau kennt dich ja nur bis zu deinem Abitur. Während deiner Studienzeit hat sie dich nicht mehr zu Gesicht bekommen. Ich wette, sie erkennt dich ebensowenig wie andere Menschen, mit denen du nur selten zu tun hattest.«

So erhielt denn der Bürovorsteher einen entsprechenden Auftrag an die Frau Justizrat.

Als er sich mit diesem gerade entfernen wollte, rief Doktor Frensen ihm noch nach: »Übrigens, lieber Knolle, Herr Doktor Horvath wird in nächster Zeit des öfteren mit mir zu tun haben. – Ich bin immer für ihn zu sprechen. Verstehen Sie?«

»Sehr wohl, Herr Justizrat!«

»Du siehst«, sagte dieser lächelnd, als er mit Klaus wieder allein war, »auch mein altes Faktotum hat dich nicht erkannt, und dem bist du doch oft genug über den Weg gelaufen.«

Klaus nickte.

»Ich muß mich wirklich sehr verändert haben.«

»Unbedingt. Wenn ich an den vollwangigen, rotbäckigen jungen Mann denke, als der du Abschied von mir genommen hast, und ihn mit dem vergleiche, der jetzt vor mir steht, erscheint es mir fast wie ein Wunder. Und ganz offen, mein lieber Klaus, du bist ein verdammt interessanter Kerl geworden, deine Züge sind sehr charakteristisch, das Leben hat seine Runen in sie hineingegraben. Gewissermaßen haben dich Leid und Kämpfe veredelt. Du hast ein Aussehen bekommen, mein lieber Junge, das – nun, ich will dich nicht eitel machen –, das ohne weiteres imponiert.«

Klaus sah versonnen vor sich nieder. Dann atmete er tief auf.

»Ich habe es nicht immer leicht gehabt, Onkel Justizrat, und manche Stunde, manchen Tag, ja Wochen und Monate würde ich gern aus meinem Leben gestrichen sehen. Manches möchte ich nicht noch einmal erleben.«

Der alte Herr klopfte ihm auf die Schulter.

»Das glaube ich dir! Um so lieber wirst du jetzt seßhaft werden, wirst dem Drang, in die Feme zu ziehen und Abenteuer zu erleben, nicht noch einmal nachgeben.«

»Nein, das werde ich bestimmt nicht. Ich habe auch genug zu tun, um auf Gravenstein keine Langeweile zu empfinden. Zudem werde ich, sobald alles geordnet sein wird, zunächst einmal eine Anzahl von Vorträgen halten. Ich habe mich dazu sogar schon verpflichtet. Das hat jedoch Zeit.«

Die Frau Justizrat erkannte den Gast, den ihr Gatte ihr zuführte, wirklich nicht. Freilich, zuweilen huschte etwas durch ihren Kopf, als erinnere er sie an irgendeinen Bekannten aus früherer Zeit. Sie vermochte aber nicht zu ergründen, an wen. Und so wurde Klaus immer sicherer und ruhiger.

Er ließ sich geduldig von der Frau Justizrat erzählen, daß ihre Tulpen im Vorgarten bereits blühten, daß der letzte Winter sehr kalt gewesen sei und daß man jetzt, Anfang Mai, noch immer zuweilen leichte Nachtfröste habe. Der enge Horizont der guten alten Dame ließ eine ergiebige Unterhaltung nicht zu. Aber als dann zufällig das Gespräch auf Gravenstein und seine Bewohner kam, fand sie kein Ende, die junge Ruth Falkner zu loben und sich über die hypermoderne Iduna Weyersberg aufzuregen.

Aufmerksam lauschte Klaus ihren Worten. Es fiel ihm auf, daß auch sie betonte, Fräulein Ruth verdiene sich sauer ihr Brot und daß sie – wiewohl man nicht sagen könne, sie sei auf Rosen gebettet – dennoch nicht ihre Tante verlassen würde. Denn sie fürchte sich davor, unter fremden Menschen allein zu sein.

Ein junger Mensch, der das tat, dem es vor der Einsamkeit bangte – das war etwas, was Klaus Weyersberg im tiefsten Innern berührte.

3

Gleich nach Tisch machte Klaus sich nach Gravenstein auf den Weg. Er ging zu Fuß, um sich ganz in die Reize der heimatlichen Natur zu vertiefen und möglichst unauffällig sein Ziel zu erreichen.

Überall arbeiteten Leute auf den fruchtbaren Feldern. Er blieb zuweilen stehen und sah ihnen zu, mit dem unbeschreiblichen Glücksgefühl, wieder daheim zu sein. Am liebsten hätte er mit ihnen ein Gespräch begonnen, aber er wußte, daß die Arbeit drängte und sie keine Zeit hatten, sich zu unterhalten. Jetzt, im beginnenden Frühjahr, wurde auf dem Land mit jeder Minute gerechnet.

Als er sich Gravenstein so weit genähert hatte, daß er das weiße Herrenhaus durch die noch sehr schwach belaubten Bäume schimmern sah, blieb er eine Weile, wie in Andacht versunken, stehen und ließ seine Augen ringsumher schweifen. Tief sog seine Brust den Odem der Heimat ein, und in seinen Augen stieg es feucht auf. Tief ergriffen lehnte er sich an das verschlossene Parktor und sah durch dessen Eisengitter auf die darunterliegenden Rasenplätze und Baumgruppen. Es schmerzte ihn, daß er jetzt da drüben in seinem Vaterhaus nicht ohne weiteres als Erbe einziehen konnte. Es tat weh, sich sagen zu müssen, daß fremde Menschen seinen Platz einnahmen, wenn sie auch in einem entfernten Verwandtschaftsverhältnis zu ihm standen.

Er biß die Zähne zusammen, um der in ihm aufsteigenden Weichheit Herr zu werden. Im Herzen hielt er Zwiesprache mit den abgeschiedenen Eltern. Er fühlte sich ihnen in dieser Stunde näher als je zuvor.

In Gedanken versunken stand er da, mit seinen Gefühlen kämpfend.

Auf einmal schreckte ein ratterndes Geräusch ihn aus seinen Gedanken auf. Ein Geräusch, das aus dem Wald drang.

Er fuhr sich mit der Hand über die Augen und wandte sich um.

Ein Motorrad kam auf ihn zugesaust.

Aber erst, als es sich in seiner unmittelbaren Nähe befand, erkannte er, daß es eine Frau war, die es lenkte.

Jetzt hielt das Rad an der Parkpforte.

Die Fahrerin, die eine Lederjacke und Lederhandschuhe trug, sprang dicht neben ihm ab und sah ihn etwas erstaunt an.

So vornehm aussehende, elegante Herren pflegten in der Gegend hier nicht zu Fuß umherzustreifen. Sie zog einen Schlüssel aus der Tasche ihrer Lederjoppe, der mit einer silbernen Kette an einem Knopf befestigt war, und steckte ihn, immer fragend und forschend zu dem Fremden hinüberblickend, in das Schloß. Da hatte sich Klaus schon gefaßt. Er verneigte sich artig und fragte:

»Würden Sie mir gestatten, gnädiges Fräulein, den Park mit Ihnen zugleich zu betreten – ich möchte den Besitzer von Gravenstein sprechen.«

Ruth Falkner, das war die junge Dame, riß, als sei es ihr plötzlich zu heiß, die Lederkappe herab und enthüllte dadurch wunderschöne goldbraune Locken, die ihren feinen Kopf umgaben. Ihre dunkelgrauen Augen sahen etwas befangen in die stahlblauen Klaus Weyersbergs, und es erging ihr seltsam, irgend etwas in dem Blick dieser Augen machte sie unruhig und befangen.

Klaus sagte sich sofort, diese junge Dame müsse Fräulein Ruth Falkner sein; ihre Augen hatten eine Farbe, die der Justizrat mit perlmutterfarbig bezeichnet hatte. Und auch er sah mit einer gewissen Unruhe und Befangenheit in diese strahlenden Sterne. Ruth Falkner war keine klassische Schönheit, dazu waren ihre Züge zu unregelmäßig und das Näschen ein wenig zu kurz. Die Oberlippe ließ beim Lächeln sogar die weißen regelmäßigen Zähne frei, aber einen reizenden Anblick bot sie in ihrer Jugendfrische dennoch. Klaus fühlte, daß der Anblick dieser jungen Dame ihm das Herz erwärmte. Er hätte ihr am liebsten die Hand entgegengestreckt und sie begrüßt wie jemand, den er schon lange kannte.

»Sie wollen zu meinem Onkel?« fragte sie.

»Wenn Herr Weyersberg Ihr Onkel ist, allerdings«, erwiderte er.

»Ja, das ist er.«

»Somit habe ich vermutlich Fräulein Weyersberg vor mir?« fragte er, obwohl er überzeugt war, daß sie Ruth Falkner sei.

»Nein, ich heiße nicht Weyersberg; ich bin die Schwestertochter von Frau Weyersberg und heiße Falkner.«

Er verbeugte sich.

»Gestatten Sie mir, daß – ja – daß ich mich Ihnen vorstelle. Mein Name ist Horvath.«

Sein Gesicht zuckte.

Sie bemerkte es und fragte sich unwillkürlich, was das zu bedeuten habe. Dieser Fremde, der vorgab, ihren Onkel besuchen zu wollen, gab ihr überhaupt Rätsel auf. Woher mochte er kommen? Was für Zwecke oder Absichten verfolgte er? Wie ein Geschäftsreisender oder Agent sah er ganz gewiß nicht aus. Dazu war seine Erscheinung viel zu distinguiert. Und aus der Gegend hier schien er auch nicht zu sein.

Jedenfalls erregte er Ruths Interesse in hohem Maße. Ihr war beinahe, als ob ein Geheimnis ihn umwittere!

»Sie wünschen meinem Onkel einen Besuch abzustatten?« richtete sie das Wort an ihn.

»Allerdings, wenn Ihr Herr Onkel der Vater meines Freundes – Klaus Weyersbergs ist«, sagte er langsam und schwer, sie groß und ernst ansehend.

Sie zuckte zusammen. Groß waren ihre Augen zu ihm aufgeschlagen, und sie streckte unwillkürlich flehend die Hände nach ihm aus.

»Klaus Weyersberg? Mein Gott – er war Ihr Freund? Wissen Sie denn nicht, daß er vor Jahren mit einer Expedition zum Südpol aufbrach – und nicht wiederkehrte?«

Er war ein wenig blaß geworden, zwang sich aber zur Ruhe.

»Ja, das weiß ich – ich war selbst Teilnehmer dieser Expedition und bin hierhergekommen, um seinem Vater – Grüße von ihm zu bringen.«

Nun erblaßte auch Ruth.

»Oh, mein Gott, so kommen Sie zu spät, der Vater von Klaus Weyersberg ist tot.«

Am liebsten hätte er in diesem Augenblick rückhaltlos Farbe bekannt. Aber das ging nicht. So sagte er mit verhaltener Stimme: »Also ist Ihr Herr Onkel nicht der Vater von Klaus Weyersberg?«

»Nein, nein! Er war nur ein Vetter des alten Herrn. Als dieser die trostlose Kunde von dem Untergang jener Expedition, der sich auch sein Sohn angeschlossen hatte, erhielt, setzte er meinen Onkel als Erben von Gravenstein ein. Allerdings unter einem gewissen Vorbehalt, denn er wehrte sich mit geradezu leidenschaftlicher Heftigkeit gegen die Annahme, daß jede Möglichkeit einer Wiederkehr seines verschollenen Sohnes ausgeschlossen sein sollte. – Sie können sich daher denken, wie tief es mich berührt, einen von dessen ehemaligen Gefährten vor mir zu sehen. Immer wieder wurde gemeldet, kein einziger Mann sei dem Tod dort unten entronnen! Und nun stehen Sie vor mir! Heil und gesund!

Sagen Sie ... sagen Sie mir ... ist vielleicht Klaus Weyersberg noch am Leben?«

Seine Wangen begannen zu brennen.

»Würden Sie das wünschen? Würde dann nicht vielleicht Ihrem Onkel das Erbe verlorengehen?«

Sie preßte die Hände auf die Brust.

»Ach, mein Gott! Hoffentlich denken Sie nicht so gering von mir, daß ich es nicht wünschen sollte, Klaus Weyersberg wiederkehren zu sehen. Wie mein Onkel sich dazu stellen würde, ist mir allerdings unbekannt. Aber selbst wenn wir Gravenstein wieder verlassen müßten – ach, es wäre dennoch herrlich, wollte ... sollte die Zuversicht des alten Herrn Erfüllung finden. – Freilich, meinen Onkel möchte es am Ende hart ankommen.«

»Und Sie nicht? – Würden Sie dann nicht eine Heimat verlieren? – Oder weilen Sie nur als Gast in Gravenstein?«

Sie atmete tief auf.

»Allerdings ... ich würde eine Heimat verlieren und – was mich noch weit härter träfe – einen Wirkungskreis, der mich vollkommen ausfüllt. Sie müssen wissen, daß mein Onkel Kurt Weyersberg mich in einem Anfall von Großmut hier bei sich aufgenommen hat, weil ich gerade zur Zeit seiner Übersiedlung nach hier meine Mutter verloren hatte. Und – ich fürchtete mich so sehr davor, einsam und allein den Lebenskampf aufzunehmen. Alles kann ich ertragen – nur nicht das Einsamsein. Ich arbeite gern und habe hier, gottlob, alle Hände voll zu tun, brauche mich also nicht zu sorgen, daß ich Gnadenbrot esse. Seit der alte Verwalter tot ist, ersetze ich ihn, so gut ich kann. Eben komme ich von einer Inspektionsfahrt von den Feldern. Onkel versteht nur wenig von der Feldbestellung, aber ich habe mich von dem alten Verwalter gründlich in die Schule nehmen lassen und habe ihm schnell alles abgeguckt, weil ich soviel Lust und Liebe zu der Landwirtschaft habe. Der Abschied von diesem Wirkungskreis würde mir sehr leid tun, das muß ich sagen, aber schließlich findet sich ein anderer, wo meine Kräfte nicht brach zu liegen brauchen. Also, mich würde es nicht allzu schwer treffen, wenn wir fort müßten. Aber die andern? Den Onkel – und meine Cousine? Nur Tante Maria – ich glaube, für die wäre es eine Erlösung; sie fühlt sich in den vornehmen Verhältnissen lange nicht so glücklich wie früher in ihrer bescheidenen Lage.«

Sie lachte ein wenig vor sich hin bei dem Gedanken an die gute Tante.

Mit einem warmen, guten Blick, der ihr das Blut in die Wangen trieb, sah Klaus sie an.

»Also, Sie würden nicht darunter leiden, wenn der junge Weyersberg sich plötzlich wieder einstellen würde?«

Sie schüttelte den Kopf.

»Ganz gewiß nicht, ich würde es ihm gönnen, noch am Leben zu sein. So jung war er! Wie schrecklich, so jung sterben zu müssen. Aber – was ich da alles zusammenschwatze, sonst bin ich ganz gewiß nicht so mitteilsam. Bin es nur, weil – weil Sie von Klaus Weyersberg sprachen und sein Freund sind. Sagen Sie mir doch – ist er noch am Leben?«

Er sah seltsam gefesselt in ihre teilnahmsvollen Augen. Noch schwerer als zuvor wurde es ihm, zu lügen, und so suchte er die Lüge zu umgehen.

»Es ist nur ein einziger Mann am Leben geblieben und – dieser eine steht vor Ihnen.«

Ihre Augen schimmerten feucht.

»Schade, daß Sie der einzige sind, der zurückkehren durfte. Sie haben sicherlich Schlimmes und Quälendes erlebt?«

Wie gebannt sah er in die feuchtschimmernden Mädchenaugen hinein.

Er schämte sich, Komödie vor ihr zu spielen, und sagte leise:

»Bitte, fragen Sie jetzt nicht weiter – Sie werden vielleicht eines Tages verstehen, warum ich Sie darum bitte. Aber ich danke Ihnen vielmals für Ihre freundlichen und teilnehmenden Worte. Sie haben mir damit sehr wohlgetan. Und ganz gewiß werden Sie später meine Gründe für meine Bitte verstehen und billigen. Darf ich Sie also darum ersuchen, mich mit eintreten zu lassen? Ich möchte, wie gesagt, Ihren Herrn Onkel sprechen.«

Eine Weile sah sie ihn forschend und grübelnd an. Dann richtete sie sich auf, öffnete das Tor und trat zurück, um ihn einzulassen.

»Bitte, nach Ihnen!« bat er.

Sie deutete auf ihr Rad.

»Das muß ich doch mitnehmen.«

Schnell trat er auf das Motorrad zu und begann es zu schieben. Mitten unter dem Tor bat er mit etwas heiserer Stimme:

»Bitte – sagen Sie zu mir ›Willkommen in Gravenstein!‹«

Sie zuckte leise zusammen, sah tief bewegt in seine flehenden Augen hinein und verharrte eine Weile atemlos.

Wie ein Blitz fuhr ihr ein Gedanke durch den Kopf – der sie erzittern ließ. Er traf vielleicht das Richtige. Aber schnell ließ sie ihren Verdacht als unsinnig fahren. Mit einem reizenden Lächeln sah sie ihn an.

»Oh, es wäre unhöflich, einen Gast nicht willkommen zu heißen. Bitte treten Sie ein, und seien Sie – herzlich willkommen in Gravenstein!«

Das »Herzlich« hatte sie nach kurzem Zögern beigefügt, aber sie erschrak nicht wenig über das helle Aufleuchten seiner Augen. Ihr Rad vor sich herschiebend, schritt er auf dem breiten Kiesweg dahin. Ein Frohgefühl, wie er es lange nicht mehr empfunden, wärmte ihm das Herz. Geschah das, weil er den väterlichen Boden betrat – oder weil ihm dieser entzückende Mädchenmund das Willkommen geboten – oder wirkte beides zusammen?

Auch durch Ruths Kopf schwirrten, während sie neben dem Fremden dahinschritt, allerlei Gedanken. Ein Freund von Klaus? – Läge es dann nicht nahe, daß der Onkel ihn auffordern würde, einige Zeit als Gast im Haus zu verweilen?

Keinen Augenblick kam es Ruth in den Sinn, sie könne es möglicherweise mit einem Abenteurer zu tun haben, der sich hier unter falscher Maske einschleichen wollte. Nein, nein! Soviel Menschenkenntnis besaß sie schon – der, der hier neben ihr ging, war eine durch und durch ehrenhafte Persönlichkeit.

Aber auf einmal durchzuckte es sie wieder wie vorhin – etwas, was der Wahrheit in der Tat ziemlich nahe kam.

Aber nein, nicht grübeln! Sie wollte eigentlich nichts weiter, als daß der Fremde nicht so bald wieder von Gravenstein fortgehen möge. Warum dieser Wunsch in ihr rege wurde, hätte sie selber nicht zu sagen vermocht.

Es fiel ihr nicht einmal auf, daß er jeden Dank für ihren Willkommensgruß unterlassen hatte. Doch das seine Freude darüber bekundende Aufleuchten seiner Augen war ihr nicht entgangen. Aber warum ihn dieser Gruß beglückt hatte – diese Frage zu beantworten fühlte sie sich nicht imstande und noch weniger, sie ihm vorzulegen.

Beide verlangsamten unwillkürlich ihre Schritte. Länger und länger wollten sie den Weg strecken. Erst als von der dem Haus vorgelagerten Terrasse her Stimmen zu ihnen herüberdrangen, wandte Ruth sich mit einem freundlichen Lächeln an Klaus.

»Nun habe ich ruhig zugesehen, wie Sie sich mit meinem Rad abgemüht haben. Bitte übergeben Sie es jetzt mir. Ich bemerke, mein Onkel befindet sich mit seiner Familie auf der Terrasse. Ich werde Ihnen einen Diener schicken, der Sie anmelden kann, denn ich muß jetzt erst mein Rad in die Garage bringen. So, wie ich bin, kann ich mich beim Fünfuhrtee nicht sehen lassen.«

Er hätte ihr gern gesagt, daß er sie reizend fände, aber es kam nicht über seine Lippen. Sie hätte es für ein fades Kompliment halten können, und das wollte er vermeiden.

»Sie sind sehr liebenswürdig, mein gnädiges Fräulein; ich werde also hier auf den Diener warten. Aber – hoffentlich sehe ich Sie hernach wieder?«

Sie lächelte schelmisch.

»Ich nehme als sicher an, daß Sie zumindest zum Tee eingeladen werden, und es gehört zu meinen täglichen Pflichten, diesen zu kredenzen. Also hoffe ich, auch Ihnen eine Tasse reichen zu dürfen.«

»Ich bin so unbescheiden, zu sagen, daß ich bestimmt darauf rechne.«

Sie lachte ihn an, wobei er ihre prachtvollen Zähne bewundern konnte. Dann ging sie schnell mit ihrem Rad davon. Er sah ihr nach, wie in einen beglückenden Traum versunken. Was für ein herrliches Mädchen! Wieviel Frische und Kraft und wieviel weibliche Anmut bei aller Selbständigkeit. Nie hatte eine Frau ein so starkes, beglückendes Gefühl in ihm ausgelöst. Und keine Spur von Neugier hatte sie gezeigt, keine Frage hatte sie mehr an ihn gerichtet, nachdem er sie darum gebeten hatte, es nicht zu tun. Wie selten war eine solche Zurückhaltung.

Er schrak erst aus seinen Träumen auf, als ein Diener zu ihm trat und sich vor ihm verneigte.

Ein ihm fremdes Gesicht! Also war der Mann zur Zeit seines – Klaus' – Fortganges von Gravenstein noch nicht im Haus gewesen.

In dieser Hinsicht brauchte er überhaupt nicht in Sorge zu sein, denn Kurt Weyersberg hatte alle älteren Bediensteten ohne Ausnahme entlassen.

Klaus zog eine Visitenkarte seines Freundes Horvath hervor und reichte sie dem Diener.

»Bitte melden Sie mich Herrn Kurt Weyersberg.«

Zu gleicher Zeit ließ er ein Trinkgeld in die Hand des Dieners gleiten, das diesen willig machte.

Er bat Klaus, in einem Rohrsessel Platz zu nehmen, die Herrschaften befänden sich auf der Terrasse. Es seien jedoch Gäste anwesend, und er wisse nicht, ob der gnädige Herr ihn empfangen würde. Klaus winkte ihm ab und wartete auf Bescheid.

4

Auf der Terrasse befanden sich der Hausherr, die Hausfrau, deren Tochter Iduna, Mr. Charles Longwy, der Erbe des Nachbargutes mit seiner Schwester Winnifred und eine Freundin Idunas aus Kassel, die sie eingeladen hatte, um sich die Langeweile zu vertreiben. Als der Diener auf der Terrasse erschien, sagte Iduna verdrießlich:

»Ist denn meine Cousine noch immer nicht von den Feldern heimgekehrt? Wir warten mit dem Tee auf sie.«

»Soeben ist Fräulein Falkner zurückgekommen und wird sogleich erscheinen, sie will sich nur schnell umziehen.«

Iduna zuckte die Achseln, als wollte sie sagen: Lange genug hat es gedauert.

Kurt Weyersberg blickte auf die Visitenkarte, die ihm der Diener präsentierte. Offensichtlich lag ihm nichts an einem gleichgültigen Besucher, aber beim Lesen des Namens Horvath zuckte er unwillkürlich zusammen. Oft genug hatte er sich in die Nachrichten vertieft, die die Blätter über jene Südpolarexpedition gebracht hatten, an der auch sein Neffe beteiligt gewesen war. Er hatte sogar alle Zeitungen, deren Inhalt sich darauf bezog, sorgfältig gesammelt und aufgehoben. So waren ihm die Namen sämtlicher Teilnehmer nicht fremd, und er wußte nur allzu genau, daß auch ein Doktor Horvath sich unter diesen befunden hatte.

Er fühlte sich auf einmal sehr beunruhigt.

Wenn dieser Doktor Ernst Horvath derselbe war, der

mit Klaus zusammen die Ausfahrt gemacht hatte, dann ... dann konnte unmöglich die ganze Besatzung des Schiffes umgekommen sein. Und – so wie jetzt dieser Doktor Horvath auftauchte, konnte am Ende auch Klaus Weyersberg eines Tages vor ihn hintreten.

»Schnell, führen Sie den Herrn ins Empfangszimmer«, stieß er heiser hervor.

Er wollte sich den Gast erst einmal allein anschauen, um so schnell wie möglich zu erfahren, was dieser ihm brächte. Er war sehr blaß geworden, entschuldigte sich hastig und verschwand.

Niemand nahm besonders Notiz davon. Iduna Weyersberg rekelte sich noch ein wenig ungenierter als zuvor in ihrem Sessel und zog wie unabsichtlich ihr an sich schon kurzes Kleid noch etwas höher herauf, denn sie kokettierte gern mit ihren Beinen, von deren Schönheit sie überzeugt war. Und Mr. Charles Longwy war momentan ihr bevorzugter Flirt, womit nicht gesagt sein soll, daß es der einzige war. Mr. Charles machte denn auch hinlänglichen Gebrauch von der gnädigen, wenn auch stumm erteilten Erlaubnis, ihre schlanken Beine bewundern zu dürfen, während seine Schwester spöttisch lächelnd Idunas kokettes Manöver beobachtete.

Charles konnte nicht gerade als Adonis gelten.

Ein frisches Gesicht, ein rotblonder, sehr dichter Haarschopf, kräftige weiße Zähne, hellblaue, gutmütige Augen und eine schlaksige, wenngleich sportgeübte Figur – all das vereinigte sich zu einem nicht gerade bezaubernden Ganzen.

Miß Winnifred war dem Bruder sehr ähnlich, aber bedeutend hübscher als er. Ihr Haar zeigte ein leuchtendes

Rotgold – der Friseur hatte freilich etwas nachgeholfen, ihre Zähne waren etwas kleiner und standen deshalb nicht ganz so weit hervor wie die von Charles, und aus ihren ebenfalls blauen Augen schaute etwas mehr Intelligenz heraus als aus denen ihres Bruders. Sie hatte eine schlanke, gut trainierte Figur, hübsche Beine, aber etwas zu große Füße, die sie durch einen verwirrenden Aufwand von koketten Schuhen sinnvoll zu verbergen suchte.

Die Geschwister liebten sich sehr und kamen gut miteinander aus. Ihre Mutter war eine Deutsche gewesen, die Tochter des verstorbenen Herrn Fidesser, und ihr Vater ein Engländer in Reinkultur. Er hatte seinen Kindern ein Vermögen hinterlassen, das ihnen ein sorgenfreies Leben ermöglichte. Seit sie auch noch das große Gut ihres Großvaters mütterlicherseits geerbt hatten, waren sie beide sehr gute Partien.

Mit der Familie Weyersberg verband die Geschwister ein freundnachbarliches Verhältnis, und Iduna suchte Charles an ihren Triumphwagen zu fesseln, wenn gerade kein anderer Verehrer zur Stelle war. Winnifred merkte sehr wohl, daß Charles nur den Lückenbüßer spielen sollte, und beschloß daher im stillen, ihn vor einer Verbindung mit Iduna zu schützen. Sie sprach das aber niemals aus, hütete sich vielmehr, dem Bruder die Illusion zu rauben, daß Iduna ihn anbete. Sie wartete geduldig auf einen günstigen Moment, ihn von seiner Neigung zu kurieren. Sie begünstigte es deshalb, daß Iduna immer eine ihrer Freundinnen nach Gravenstein einlud, und versuchte diplomatisch, Charles für eine dieser jungen Damen zu interessieren. Auch Ruth hatte sie bereits wohlwollend in Erwägung gezogen, denn sie hatte bald heraus, daß diese ein viel wertvollerer Mensch war als Iduna. Aber Ruth umgab sich sofort mit Eiseskälte, als Charles, von seiner Schwester vorsichtig dirigiert, eines Tages begann, sich mit ihr zu beschäftigen. Deshalb schaltete Winnifred Ruth sofort wieder aus und hielt sich an die Freundinnen Idunas. Die junge Dame aus Kassel, die jetzt für längere Zeit nach Gravenstein gekommen war, erschien ihr als eine besonders passende Frau für ihren Bruder. Sie war sehr hübsch, sanft und nachgiebig und entschieden warmherzig. Winnifred merkte, daß diese junge Dame, Trude Holl mit Namen, zuweilen mitleidig zu ihrem Bruder hinübersah, wenn dieser von Iduna allzu schlecht behandelt wurde. Weil sie im tiefsten Innern davon überzeugt war, daß die kleine Trude vortrefflich zu ihrem Bruder passe, suchte sie mit Eifer nach Gelegenheiten, den beiden ein Zusammensein zu ermöglichen, um Iduna von dem Bruder abzulenken.

Sie selbst hatte ihr Herz noch nicht entdeckt. Ein gelegentlicher belangloser kleiner Flirt befriedigte sie vorläufig vollständig. Der Rechte war ihr jedenfalls noch nicht erschienen, und es hatte auch, bei ihren zwanzig Jahren, keine Eile.

Für den Abend – es war ein Sonnabend – wurden einige junge Herren aus Kassel übers Wochenende zu Besuch erwartet. Darunter würde auch der jetzige Favorit Winnifreds sein, den sie »vorübergehend« mit ihrer Gunst beglückte, sehr wohl wissend, daß dieser junge Herr in ihr eine sehr gute Partie sah.

Momentan war Winnifred also unbeschäftigt und kontrollierte, wie groß die Avancen waren, die Iduna ihrem Bruder machte. Diese waren sehr deutlich, denn Iduna ging, wie das einer modernen jungen Dame zukam, von dem Standpunkt aus, daß die Zeit endgültig vorbei war, in der eine Frau hübsch demütig und bescheiden warten mußte, bis der Mann die Initiative ergriff. O nein, sie war entschieden gewillt, selbst diese Initiative zu ergreifen und sich zu nehmen, was ihr zusagte. Nun gefiel ihr zwar Charles nicht besonders, wenn er auch vorzüglich Tennis und Hockey spielte, aber in Ermangelung eines geeigneten Objektes nahm sie vorläufig mit ihm fürlieb und bevorzugte ihn in einer Weise, daß er immer mehr an sein Glück zu glauben begann. Winnifred sah ein, daß es an der Zeit sei, zur Attacke überzugehen, aber es sollte ihr bald ein ihr bisher unbekannter Mann helfen, Iduna in bezug auf Charles mattzusetzen.

Angesichts des Lachens, Kokettierens und Scherzens um sich her fühlte Frau Maria sich ein wenig unsicher und unbehaglich. Die Art und Weise, wie die moderne Jugend miteinander verkehrte, behagte ihr nicht. Außerdem war sie ein wenig unruhig wegen des Besuches, der sich bei ihrem Mann hatte melden lassen; denn es war ihr aufgefallen, daß dieser beim Betrachten der Visitenkarte sehr blaß geworden war.

So saß sie »wie auf Kohlen« da, sehnsüchtig auf Ruth wartend, deren Gegenwart sie stets beruhigte und die ihr in allen großen und kleinen Nöten stets liebevoll beistand.

Inzwischen hatte Kurt Weyersberg das Empfangszimmer betreten und stand vor Klaus, den er wirklich nicht erkannte. Die Visitenkarte noch in der Hand haltend, begrüßte er den Besucher und sah ihn unruhig an.

»Ich muß sogleich eine Frage an Sie richten, Herr Doktor. Soviel ich weiß, hat mein Neffe, Klaus Weyersberg, auf seiner Expedition einen Doktor Horvath bei sich gehabt, Doktor Ernst Horvath – Sie können sich denken, daß mich deshalb Ihr Name seltsam erregte. Darf ich fragen, ob Sie mit diesem Doktor Ernst Horvath identisch sind?«

Diesem Mann gegenüber gingen Klaus die Unwahrheiten viel leichter über die Lippen als vorher bei Ruth Falkner. Er verneigte sich und sagte gelassen:

»Ihre Vermutung ist richtig, Herr Weyersberg; Klaus Weyersberg und ich waren unzertrennlich, ich hatte mich dieser Expedition angeschlossen.«

Kurt Weyersberg wurde noch blasser.

»Aber sagen Sie mir – es hieß doch in allen Zeitungen, sämtliche Teilnehmer seien tot. Ich fasse es daher nicht, daß Sie plötzlich lebend vor mir stehen, so – ja – selbstverständlich, sosehr es mich an sich freut. Aber Sie können sich denken, daß mich nun die Frage bewegt, ob auch mein Neffe diesem katastrophalen Untergang entgangen ist. Können Sie mir darüber Auskunft geben?«

»Die sicherste, Herr Weyersberg. Ich – ich allein bin von der gesamten Mannschaft am Leben geblieben.«

Hätte nur eine Spur von Trauer in den Augen seines Onkels gelegen, so hätte Klaus diese Komödie nicht weiterführen können, aber er sah ganz deutlich, wie es in dessen Augen aufleuchtete, hörte, wie er erlöst aufatmete, und das erleichterte ihm sein Vorhaben.

»Also – also ist gar kein Zweifel mehr möglich, daß mein Neffe umgekommen ist?« fragte Weyersberg, heiser vor Erregung.

»Wie ich Ihnen schon sagte, Herr Weyersberg, ich bin wirklich der einzige Überlebende. Ich bin hierhergekommen, nach schweren Kämpfen und Schicksalen, die mich bis jetzt der Heimat fernhielten und es mir unmöglich machten, eine Nachricht hierher gelangen zu lassen und dem Vater meines Freundes Grüße seines Sohnes zu überbringen. Klaus hatte mir zugesagt, daß ich auf Gravenstein bei seinem Vater die liebevollste Aufnahme finden und mich hier vollends erholen würde. Sie können sich denken, was ich empfand, als ich hörte, daß der alte Herr inzwischen gestorben ist. Dummerweise habe ich mein ganzes Gepäck mit hierhergebracht, habe es auf dem Bahnhof abgestellt, um es später hierherholen zu lassen, aber nun muß ich alles umdirigieren.«

Klaus wäre es begreiflicherweise nicht möglich gewesen, sich so deutlich und unverfroren als Gast in Gravenstein anzubieten, wenn er eben nicht nach Recht und Gesetz sich selbst als den Besitzer des Gutes gefühlt hätte. Aber in diesem Falle wußte er, daß er mit Bescheidenheit nicht weit kommen würde.

Im übrigen war Kurt Weyersberg viel zu sehr erpicht darauf, Näheres über das Ende seines Neffen zu erfahren, als daß er sich die unerwartete Gelegenheit hätte entgehen lassen wollen.

»Es kann keine Rede davon sein, Herr Doktor, daß wir Sie wieder fortlassen. Sie müssen bei uns bleiben, wie Sie bei meinem Vetter geblieben wären; es ist uns Herzenssache, dem Freund meines leider so jung dahingerafften Neffen Gastfreundschaft zu gewähren. Sie müssen uns viel erzählen, vor allen Dingen auch über die Todesstunde des teuren Dahingeschiedenen genauen Bericht erstatten.

Ich werde Sie später auch darum bitten, Ihre Aussagen vor Gericht zu wiederholen, damit der Tod meines Neffen zweifelsfrei bekundet werden kann. Wie gesagt, wir denken nicht daran, Sie fortzulassen. Bitte begleiten Sie mich hinaus auf die Terrasse, wo wir mit einigen Freunden des Hauses soeben den Tee einnehmen wollen. Meine Familie wird sich sehr freuen. Bitte geben Sie mir Ihren Gepäckschein, ich lasse Ihre Sachen sofort holen. Hoffentlich haben Sie uns auch kleine Andenken aus dem Besitz meines Neffen mitgebracht.«

»Es wird sich wohl manches finden. Sie sind zu gütig, mich so liebenswürdig aufzunehmen.«

»Aber das ist doch selbstverständlich!«

Klaus lächelte und zog seine Brieftasche hervor, in der er sorglich die in seinem Besitz befindlichen Papiere Doktor Horvaths verwahrte.

»Bitte sehen Sie sich wenigstens diese Papiere an, die mich leidlich beglaubigen werden. Alles habe ich nicht bei mir – ich habe das meiste an anderer Stelle abgeben müssen.«

Kurt Weyersberg sah die Papiere flüchtig durch, sie überzeugten ihn.

Klaus lief es in diesem Moment kalt über den Rücken, weil er daran dachte, daß die übrigen Ausweise seines Freundes auf dessen Brust unter dem Hügel von Hagelkörnern auf der unbekannten Insel Süd-Shetlands ruhten. Die Erinnerung an das überstandene Elend wollte ihn plötzlich wieder überfallen, da hörte er draußen auf der Terrasse ein warmes, weiches Mädchenlachen. Das riß ihn zurück in das warme, lachende Leben, und er wurde wieder ruhig.

»Es bedarf dieser Legitimationen nicht, mein lieber Herr Doktor. Man braucht Sie nur anzusehen, um zu wissen, wes Geistes Kind Sie sind. Übrigens wird man ja wohl nächstens sensationelle Berichte über Ihre wunderbare Errettung und Rückkehr in den Zeitungen finden.«

Klaus hob abwehrend die Hand.

»Nicht so bald, Herr Weyersberg. Wenn Sie erst wissen, was ich erlebt und erlitten habe, werden Sie verstehen, daß ich meiner Gesellschaft die Bitte vorgetragen habe, meine Rückkehr vor der Öffentlichkeit vorläufig geheimzuhalten. Ich fühle mich dem, was dann auf mich eindringen würde, noch nicht gewachsen. Wenn ich auch keinerlei Verwandte mehr besitze, würden mich doch so viele Menschen sehen und sprechen wollen, daß alles wieder in mir aufgewühlt würde, was ich gerade erst verwinden lernte. Aus diesem Grund bitte ich auch Sie, mich Ihren Gästen nur unter meinem Namen vorzustellen. Nur Ihre Familie soll, wenn wir später allein sind, alles Nötige hören.«

»Wie Sie wünschen, Herr Doktor. Ich kann Sie verstehen.«

»Sie werden mich erst ganz verstehen, wenn Sie mein Schicksal erfahren haben. Es wird sich wohl ein Vorwand finden, unter dem Sie mich Ihren Gästen und Ihrer Familie als Ihren Besuch vorstellen.«

Kurt Weyersberg lachte erlöst auf, und dieses Lachen zeigte, wie froh er war, daß er nun Gewißheit über den Tod seines Neffen hatte.

Klaus zog bei diesem Lachen die Stirn zusammen, es klang ihm nicht sehr lieblich.

Kurz bevor die beiden Herren auf die Terrasse hinaustraten, war Ruth dort erschienen. Sie hatte schnell ihre praktische Arbeitskleidung abgelegt und ein hübsches, schlichtes königsblaues Kleid übergezogen. Es stand ihr vorzüglich, und nun füllte sie die Tassen, die ein Diener herumreichte, mit Tee.

Klaus Weyersbergs erster Blick suchte Ruth. Bei ihrem Anblick war ihm zumute, als scheine die Sonne heller und wärmer. Sie schenkte ihm ein kleines Lächeln, und während der Onkel den neuen Gast einfach als Doktor Horvath vorstellte, bemerkte sie, wie sich a tempo die drei jungen Damen aufrichteten und interessiert zu ihm hinüberblickten. Iduna erhob sich mit einem Ruck, reichte Klaus die Hand und drückte die seine sehr fest. Dabei sah sie ihn eroberungslustig an. Alle Wetter, das war ein anderer Typ als Charles Longwy und ihre Kasseler Freunde. Hier lohnte sich ein Flirt. Und wenn sie auch noch nicht wußte, was diesen Doktor Horvath nach Gravenstein geführt haben mochte, so merkte sie doch aus den Worten des Vaters, daß er längere Zeit in Gravenstein bleiben würde. So beschloß sie auf der Stelle, diesen Doktor Horvath als ihren nächsten Flirt zu betrachten.

Dasselbe beschloß jedoch auch Miß Winnifred, die ihn wohlgefällig, wenn auch nicht ganz so besitzergreifend wie Iduna, mit ihren blauen Augen anstrahlte und gleich auf ihn losschwatzte. Das gedachte indes Iduna nicht stillschweigend zu dulden, sie begann ebenfalls ihre Register zu ziehen und legte auf der Stelle los mit ihrem Glaubensbekenntnis, das Recht der Frauen betreffend.

Klaus hörte ihr eine Weile amüsiert zu, fand indessen eine ganz andere Augenweide als die beiden jungen Damen, weil er Ruth ungestört betrachten konnte. Nachdem Iduna ihr Programm heruntergehaspelt hatte, welche Rechte sie für sich als Frau in Anspruch zu nehmen gedenke, fragte Klaus mit feinem Lächeln:

»Nun, da Sie mir liebenswürdigerweise so ausführlich über die Rechte der heutigen Frau einen Vortrag hielten, würde es mich interessieren, auch etwas über die Pflichten der modernen Frau zu hören.«

Er sah in diesem Augenblick ein leises, ihm anbetungswürdig erscheinendes Schelmenlächeln über Ruths Gesicht huschen. Ihre Blicke begegneten sich einen Augenblick. Bei der Vorstellung hatten weder Ruth noch Klaus verraten, daß sie sich schon am Parktor kennengelernt hatten.

In diesem Augenblick brauchte Iduna, die Klaus Weyersbergs Frage einigermaßen mattgesetzt hatte – denn sie war nicht gewillt, auch Pflichten zu übernehmen –, eine Ablenkung und ließ ihren Ärger über die ihr widerfahrene Abfuhr an Ruth aus.

»Wirst du endlich so gut sein, Ruth, auch Herrn Doktor Horvath eine Tasse Tee servieren zu lassen. Nicht nur, daß du viel zu spät kamst, vernachlässigst du jetzt auch noch deine Pflichten«, rief sie ihr wütend zu.

»Aber Iduna – Ruth ist doch bis vor kurzem auf den Feldern gewesen«, verteidigte Frau Maria Weyersberg ihre Nichte.

Ruth verzog keine Miene, antwortete aber auch nicht auf Idunas Worte. Ruhig, als habe sie diese gar nicht gehört, fragte sie Doktor Horvath, ob er Zucker, Zitrone oder Rum für den Tee bevorzuge. Sie gab auf seine höfliche Bitte zwei Stück Zucker und einen Löffel Rum in die Tasse und schickte ihm diese durch den Diener. Sie sah sehr wohl, wie sich bei Idunas ungezogenen Worten seine Stirn zusammenzog und daß seine Augen teilnahmsvoll zu ihr hinübersahen.

Miß Winnifred hatte Iduna von Herzen die Abruhr gegönnt und fand nun ihrerseits gemäßigtere Worte über die Frauenbewegung. Iduna aber schmollte und machte Charles unerhörte Avancen, worüber der gute Junge vor Vergnügen tief errötete.

Dabei traf aber sein Blick in den der kleinen Trude Holl aus Kassel, und ihn überkam ein eigenartig warmes, behagliches Gefühl, als streiche eine linde Hand über seinen rotblonden Haarschopf.

»Wollen wir nachher eine Partie Tennies spielen, Fräulein Trude?« fragte er, sich plötzlich zu Winnifreds Genugtuung aus Idunas Bann lösend.

Trude wurde rot, nickte ihm aber eifrig zu, was ihr einen bösen Blick von seiten Idunas eintrug. Charles trat nun neben Trude und unterhielt sich mit ihr. Da Klaus von Winnifred in Anspruch genommen war, sah sich Iduna plötzlich allein und unbeachtet. Das gefiel ihr durchaus nicht, sie wollte immer und überall der Mittelpunkt sein. Seit ihr Vater Herr auf Gravenstein geworden war, glaubte sie vollste Berechtigung zu einer Ausnahmestellung zu haben. Sie selbst tat freilich nicht viel dazu, sich eine solche zu erobern, im Gegenteil, sie tat vielmehr so gut wie alles, um sich unbeliebt zu machen. Ihre ehemaligen Kasseler Freunde und Freundinnen hielten auch nur noch zu ihr, weil sie die netten und billigen Wochenendfahrten und die splendide Gastfreundschaft auf Gravenstein nicht verlieren wollten. Die kleine Trude Holl war die Tochter eines Kasseler Rechnungsrates; da sie noch drei Brüder hatte, ging es ziemlich knapp zu in ihrer Familie. Sie hätte nicht viel vom Leben gehabt, wenn Iduna sie nicht zuweilen eingeladen hätte. Das Landleben erschien ihr wie ein Paradies. Iduna schenkte ihr aber nichts. Für die erwiesene Gastfreundschaft mußte sie oft Idunas schlechte Launen ertragen. Und vor allem konnte diese es nicht leiden, wenn die arme und »unscheinbare« Freundin von einem ihrer eigenen Verehrer, oder einem, den sie dafür hielt, beachtet wurde. Darum fand sie es anmaßend und aufdringlich von Trude, daß sie sich angeregt mit Charles Longwy unterhielt.

Außerdem ärgerte sich Iduna auch über Ruths vergnügtes Aussehen. Sie war der Ansicht, daß Ruth im Grund nur die Rechte eines Dienstboten beanspruchen könnte, da sie in Gravenstein »doch nur das Gnadenbrot aß«. Wie konnte sie sich also unterstehen, erst einmal zu spät zum Tee zu kommen und dann auch noch so unerhört froh auszusehen, während sie selbst schlechte Laune hatte. Sie begann daher, Ruth in ziemlich ungezogener Weise hin und her zu kommandieren. Als ihre Mutter, wie immer bei solchen Anlässen, für diese eintrat, fertigte Iduna die Mutter mit einer ungezogenen Antwort ab, so daß diese ganz verschüchtert schwieg. Iduna merkte nicht, daß aus Klaus' Augen ein unwilliger Blitz zu ihr hinüberflog.

Als Winnifred dann von ihrem Bruder mit ins Gespräch gezogen wurde und Klaus eine Weile sich selbst überlassen blieb, glaubte Iduna ohne weiteres, er würde sich nun ihr zuwenden. Sie nahm sich schon vor, ihn recht ungnädig zu behandeln und ihn fühlen zu lassen, daß er sich zuerst ihr, der Tochter des Hauses, zu widmen habe, aber zu ihrem Grimm und Erstaunen faßte er seine Tasse und trat damit zu Ruth an den Teetisch.

»Darf ich noch um eine Tasse Tee bitten, mein gnädiges Fräulein?«

Ruth nahm ihm die Tasse ab. Dabei trafen die beiden Augenpaare ineinander, und Ruth stieg unter Klaus' Blick das Blut ins Gesicht. Ihm die Tasse füllend und mit Zukker und Rum versehend, sagte sie halblaut, damit es Iduna nicht hören konnte:

»Bitte, Herr Doktor, betrachten Sie mich als Luft, solange meine Cousine nicht anderweitig unterhalten wird. Und nennen Sie mich bitte einfach Fräulein Falkner, wie es die anderen tun, sonst wird Ihnen Iduna eines Tages sehr rücksichtslos klarmachen, daß ich ihre Untergebene bin und durchaus nicht auf die Anrede ›Gnädiges Fräulein‹ Anspruch habe. Das ist mir höchst peinlich, nicht meinetwegen, da ich wenig Wert auf diese Anrede lege, sondern Tantes wegen, die immer darunter leidet, wenn mich Iduna etwas rauh anfaßt.«

»Was anscheinend recht oft vorkommt, da ich es in der kurzen Zeit meines Hierseins schon wiederholt erleben konnte. Warum lassen Sie sich das gefallen?«

»Es würde mir anderwärts auch nicht anders ergehen. Iduna und der Onkel verkörpern für mich die fremde Herrschaft, und wenn ich eines Tages bei einer solchen mein Brot verdienen muß, bin ich dann schon an manches gewöhnt. Tante allein ersetzt mir hier die Heimat – sie erweist mir so viel Liebe, daß ich mich nie einsam fühlen kann.«

Sie hatte anfangs schelmisch gesprochen, aber die Worte über ihre Tante waren ernst und bewegt. Wieder trafen seine Augen in die ihren.

»Ich muß Sie bewundern – Fräulein Falkner!«

»Bitte sagen Sie so etwas nicht. Wenn Iduna das hörte, wäre es schlimm für mich.«

»Sie soll es nicht hören – aber hoffentlich erhebt sie keinen Anspruch darauf, bewundert zu werden.«

Ein kleines schelmisches Lächeln huschte um Ruths Mund.

»Das beansprucht sie sogar sehr, und ich rate Ihnen, sich gut mit ihr zu stellen und ihr zuweilen Zuckerbrot zu geben.«

»Muß das sein?« fragte er lächelnd.

Flehend sah sie ihn an.

»Ja, bitte, dann wird sie bei guter Laune erhalten und dann geht es mir immer leidlich gut, weil sie nur auf mich achtet, wenn sie schlecht gelaunt ist.«

»Also – Ihnen zuliebe werde ich stets nur bewundernd zu Fräulein Weyersberg aufsehen – mag ich mir dann auch sehr falsch und heuchlerisch vorkommen.«

Sie lachte ein wenig.

»In Gesellschaft sind wir doch alle zuweilen unwahr und unehrlich.«

»Sie auch?«

Seufzend ordnete sie kleine Kuchen auf einer Platte.

»Auch ich – wenn es mir auch zuweilen schwerfällt.«

»Nun, wenn *Sie* es können, werde auch ich es können.«

»Aber bitte, beschäftigen Sie sich jetzt nicht weiter mit mir, sonst explodiert Iduna.«

Er mußte lachen.

»Das will ich nicht auf mein Gewissen laden. Aber ich hoffe, daß ich Gelegenheit finden werde, zuweilen ein wenig mit Ihnen plaudern zu können, ohne daß Fräulein Weyersberg explodiert.«

»Ich freue mich, daß Onkel Sie für längere Zeit eingeladen hat«, sagte sie leise.

Mit einem seltsam frohen Blick sah er sie an.

»Das freut auch mich! Solch ein armer Schlucker wie ich muß froh sein, zuweilen ein Unterkommen zu finden.«

Besorgt sah sie ihn an.

»Sie sind in Sorge um Ihre künftige Existenz?«

Er hätte sie küssen mögen, so warm und teilnehmend ruhte ihr Auge auf ihm.

»Nur vorläufig, Fräulein Falkner, später wird sich alles ganz von selbst regeln. Ich werde Vorträge halten, und es wird mir auch sonst an Arbeit und Verdienst nicht fehlen. Nur jetzt, in der Übergangszeit – Sie verstehen – ich muß mich erst wieder in Deutschland einleben und manches überwinden lernen.«

Wie freundlich der Blick war, den sie auf ihm ruhen ließ! Er tat ihm unbeschreiblich wohl.

Willig ließ er sich nun fortschicken, um sich Iduna zu widmen. Diese empfing ihn nicht allzu gnädig, ja ließ ihn geradezu abblitzen.

Er ließ es sich geduldig gefallen. Nur zuweilen sah er mit einem amüsierten Lächeln zu Ruth hinüber, die ihrer Heiterkeit kaum Herr zu werden vermochte.

Als Iduna sich jedoch bemühte, ihre üble Laune dauernd an ihm auszulassen, erhob er sich plötzlich, sah sie mit blitzenden Augen an und sagte, sich leicht verbeugend:

»Ich merke, mein gnädiges Fräulein, daß meine Unterhaltung Ihnen nicht angenehm ist. Da ich Ihre Frau Mutter allein sitzen sehe, werde ich vorläufig ihr ein wenig Gesellschaft leisten. Wenn Sie die Sonne Ihrer Gnade wieder über mir leuchten lassen wollen, lassen Sie es mich wissen, ich stehe dann gern wieder zur Verfügung.«

Mit diesen Worten wandte er sich von ihr weg und ging zu Frau Maria Weyersberg hinüber.

Ganz perplex sah Iduna ihm nach! Was erlaubte sich dieser Mensch! Ließ sie einfach links liegen! Sie war empört. Aber gleichwohl imponierte es ihr, daß er sich ihre Behandlung nicht hatte gefallen lassen! Er imponierte ihr überhaupt, er ...

Ziemlich verblüfft saß sie da.

Es dauerte nicht lange, da gesellte Winnifred sich zu ihr. Mit einem Blick auf Klaus, der soeben neben der Dame des Hauses Platz genommen hatte, fragte sie in leicht ironischem Ton:

»Ist wohl bei längerer Unterhaltung ein wenig langweilig, dieser Doktor Horvath?«

Iduna zuckte mit den Schultern.

»Nein, warum glaubst du das, Winnifred?«

»Weil du ihn anscheinend etwas ungnädig entlassen hast.«

»Habe ich gar nicht. Er wollte nur etwas zur Unterhaltung meiner Mutter beitragen. Sie ist ja schließlich die Gastgeberin.«

Winnifred wußte nur zu gut, wie wenig wichtig Frau Weyersberg von ihrem Gatten und ihrer Tochter genommen wurde. Sie sagte jedoch nichts dazu und versuchte nur, Iduna anderweitig kleine Hiebe zu versetzen. Sie tat es nur zu gern – als Revanche dafür, daß Iduna ihren Bruder oftmals schlecht behandelte.

Jetzt hatte sie zu ihrer Freude bemerkt, daß Charles an der kleinen Trude Gefallen zu finden begann und daß er schon seit einer halben Stunde sich lebhaft und vergnügt mit dieser unterhielt.

»Du bist im Begriff, einen deiner zahlreichen Verehrer zu verlieren«, sagte sie zu Iduna.

Diese sah sie kampflustig an.

»Wie meinst du das?«

»Merkst du nicht, daß Charles, deiner Quälereien müde, in Trude Holls Lager hinübergewechselt ist?«

Spöttisch zuckte Iduna die Schultern.

»Ein Wink von mir wird genügen, ihn reumütig zu meinen Füßen zurückzurufen.«

»Meinst du? Bist du dessen so sicher?«

Es lag berechtigter Zweifel in Winnifreds Frage.

Iduna rekelte sich in ihrem Sessel, zog ihr Röckchen kokett empor und blickte zu Charles und Trude hinüber.

»Ich werde es dir gleich beweisen, Winnifred!« rief sie spöttisch.

In Winnifreds Augen blitzte es kampflustig auf. Wohl war sie ihres Bruders nicht so sicher, wie sie sich den Anschein gab, aber sie hoffte, daß Iduna eine Niederlage erleiden würde.

Diese hatte heute wirklich einen schlechten Tag. Als sie

neckisch und schelmisch Charles an ihre Seite rief, sah dieser auf und sagte ruhig:

»Verzeihung, gnädiges Fräulein, aber ich habe eben mit Fräulein Holl eine Tennispartie verabredet, wir möchten jetzt zum Platz hinübergehen.«

Ohne sich weiter um Idunas Zorn zu kümmern, schob er seine Hand unter Trude Holls Arm und führte sie im Sturmschritt davon.

Klaus hatte sich vor Frau Weyersberg verneigt. »Darf ich mich ein Weilchen zu Ihnen setzen, gnädige Frau, und mich mit Ihnen unterhalten?«

Frau Maria sah mit einem fast schüchternen Blick zu ihm auf. Sie wurde sonst sehr wenig von ihren Gästen beachtet.

»Ach, lieber Herr Doktor, meine Unterhaltung wird Ihnen schnell langweilig werden.«

»Das glaube ich nicht.«

»Doch, doch! Wissen Sie, ich finde mich in der jetzigen Zeit nicht zurecht und – auch nicht in der vornehmen Umgebung, in die ich so unversehens und unerwartet vom Schicksal hineingestellt worden bin. Seit wir hier in Gravenstein wohnen, habe ich eigentlich noch keine glückliche Stunde gehabt. Mir liegt an der ganzen Erbschaft nichts, und sosehr sich meine Tochter und mein Mann darüber gefreut haben – glaube ich doch, sie sind glücklicher und zufriedener gewesen in unsern alten, schlichten, aber auskömmlichen Verhältnissen. Sehen Sie, mein Mann paßte in seinen früheren Beruf, füllte ihn aus und war tüchtig darin. Keine müßige Minute hatte er, und Sorgen gab es auch genug. Aber hier, wo ihm alle Sorge abgenommen wurde, hat er auch keine Beschäftigung. Erst nahm ihm der Verwalter alles ab, jetzt meine Nichte Ruth, die eine Unsumme von Arbeit leistet und doch wenig Anerkennung dafür findet. Ich wüßte nicht, was ich ohne sie anfangen sollte.«

Mit Teilnahme hörte er zu.

»Die junge Dame scheint allerdings sehr tüchtig zu sein.«

»Oh, das weiß kein Mensch besser als ich. Ohne sie wüßten wir nicht aus noch ein. Der Verwalter, der seit vielen Jahren hier in Gravenstein amtierte, ist vor zwei Monaten gestorben. Da keiner von uns etwas von der Landwirtschaft versteht, wären wir ganz hilflos gewesen, wenn meine Nichte sich nicht so für den Gutsbetrieb interessiert hätte, daß sie dem Verwalter eine sehr gelehrige Schülerin gewesen wäre ... Es ist fabelhaft, was sie leistet! Draußen geht alles wie am Schnürchen, und auch hier im Hause macht sie sich nützlich. Aber weder mein Mann noch meine Tochter haben eine Ahnung, wie unersetzlich sie für uns ist, weil sie gar nicht verstehen können, welche Riesenarbeit Ruth bewältigt. Sie tun beide immer noch so, als müsse sie uns dankbar sein, daß sie hier Unterkunft gefunden hat. Ich weiß es besser – wir sind vielmehr ihr Dank schuldig. Ach – aber verzeihen Sie, daß ich soviel schwatze – als Sie vorhin hier auf die Terrasse kamen, erschrak ich und meinte, mit einem so feinen, vornehmen Herrn, wie Sie es sind, würde ich kein Wort sprechen können. Und nun habe ich ohne weiteres Vertrauen zu Ihnen – Sie haben so gute Augen – und bei aller Vornehmheit anscheinend auch Verständnis für eine schlichte, alte Frau, wie ich es bin.«

Klaus war gerührt. Er nahme ihre Hand und neigte seine Lippen ehrfurchtsvoll darüber.

»Es ist für mich eine Auszeichnung, gnädige Frau, daß Sie mir Verständnis zutrauen.«

Sie hatte schnell und beklommen ihre Hand fortgezogen.

»Sehen Sie, mit den Handküssen, das geht mir auch nicht ein. Nie hat mir früher jemand die Hand geküßt. Jetzt tun es alle Herren, die zu uns ins Haus kommen. Ich merke dabei aber doch, daß sie sich ein bißchen über mich mokieren, weil ich ihnen zu altmodisch bin. Meine Tochter sagt mir hundertmal am Tag, daß ich das sei und der neuen Zeit Rechnung tragen müsse. Aber was sie mit der neuen Zeit meint, das ist etwas, was mir nie eingehen wird. Sehen Sie, wenn meine Iduna so ungeniert über Sachen spricht, die mir für sie die Schamröte ins Gesicht treiben, dann darf ich ihr keinen Vorwurf machen, denn sonst sagt sie gleich: Du bist rückständig, Mutter. Lieber Gott, sind denn die jungen Frauen und Mädchen wirklich so ganz anders als früher?«

Er hätte der alten Dame am liebsten die Hände gestreichelt.

»Ich kann Sie schon verstehen, mir ist dieser ungenierte Ton der jungen Damen auch nicht angenehm, vielleicht empfinde auch ich in dieser Beziehung ein wenig altmodisch. Sie dürfen das aber nicht so schwer nehmen, das alles wird sich wieder legen. Es ist ein gewisser Freiheitsrausch, der die Frau von heute befallen hat, und nun kann sie sich nicht genug tun, sich selbst zu beweisen, daß sie ungestraft alles tun kann, was man ihr früher verbot. Es wird sich auch bei Ihrem Fräulein Tochter legen wie bei allen andern.«

Sie sah ihn dankbar an.

»Wie tröstlich das wäre. Als wir in Kassel in unserer kleinen Wohnung zusammenlebten, hatte ich bedeutend mehr Einfluß auf Ida – ach nein –, sie will ja jetzt unbedingt Iduna heißen. Das ist auch so ein moderner Unfug, diese Namensveränderungen. Aber sie wird allemal ärgerlich, wenn ich sie Ida nenne. Das habe ich aber doch achtzehn Jahre lang getan. Ach, Sie glauben nicht, wie sehr ich mich nach unserem bescheidenen Leben zurücksehne. Ich wollte, wir hätten nichts als das kleine, zu Gravenstein gehörende Vorwerk geerbt, da könnte es mir gefallen. Da ist ein hübsches Häuschen mit fünf oder sechs Zimmern, groß genug für uns. Vor dem Haus ein Garten mit Gemüse und Blumen. Dazu gehört nur soviel Land, wie wir in Ruhe bebauen könnten. Das ist jetzt verpachtet. Ich tauschte aber sofort mit der Pächterin und würde glücklich sein.«

Gerührt sah er sie an.

»Wirklich?«

»Ganz gewiß, Herr Doktor. Wenn ich nur wüßte, warum ich Ihnen all meine heimlichen Sorgen und Wünsche anvertraue. Bis vor einer Stunde kannte ich Sie noch gar nicht, und ich weiß nichts von Ihnen, als daß Sie Doktor Horvath heißen und einige Zeit bei uns zu Gast sein werden. Und trotz aller Ihrer Vornehmheit machen Sie es einem so leicht, Ihnen das Herz zu öffnen.«

»Ich freue mich und brauche Ihnen nicht zu versichern, daß ich Ihnen gern und aufmerksam zuhöre.«

Sie sah sich vorsichtig um und beugte sich näher zu ihm hin.

»Es ist mir eine Wohltat, mich einmal aussprechen zu können, ich kann das sonst nur bei Ruth. Aber die hat den ganzen Tag über vielerlei zu tun, und abends fallen ihr oft vor Müdigkeit die Augen zu. Da ich nun einmal bei Bekenntnissen bin – möchte ich Ihnen auch noch etwas anvertrauen. Darf ich?«

»Sie erweisen mir eine große Ehre.«

»Also wissen Sie, weshalb wir dieses Erbes nicht froh werden können, ich wenigstens nicht?«

»Nun?«

Sie sah sich nochmals vorsichtig um und sagte leise:

»Meine Leute dürfen das nicht hören. Aber sehen Sie – mich bedrückt der Gedanke, daß alles hier eigentlich dem jungen Klaus Weyersberg gehört, der leider einen so schrecklichen Tod gefunden hat. Ach, wie oft habe ich ihn im Traum gesehen! Obwohl ich ihn nicht gekannt habe – immer wußte ich, dieser durch eine endlose Schneewüste taumelnde Mann, das war Klaus Weyersberg. Heiß und innig habe ich oftmals darum gebetet, es möge wahr sein, was sein Vater bis zu seinem Ende immer behauptet hat, daß sein Sohn noch am Leben sei und eines Tages wiederkommen werde. Aber dafür gibt es wohl keine Hoffnung mehr.«

Klaus lauschte tief erschüttert ihren Worten, er beugte sich ergriffen über ihre Hand und drückte sie an seine Augen. Dann sah er sie mit einem brennenden Blick an.

»Wie gütig von Ihnen, daß Sie für sein Leben beteten.«

»Lieber Gott, ehrlich gesagt, war das weniger Güte als Egoismus, es hätte mir doch geholfen, von hier fortzukommen, wenn er wiedergekommen wäre. Aber – da sehen Sie wieder, wie schwatzhaft ich bin. Ich erzähle Ihnen allerlei von Dingen, die Ihnen wahrscheinlich ganz fremd sind.«

»Nein, sie sind mir weniger fremd, als Sie glauben. Ich will Ihnen mit der Bitte um größte Verschwiegenheit gestehen, daß ich sehr wohl über das alles Bescheid weiß. Und in Ihren Träumen haben Sie Klaus Weyersberg sehr richtig gesehen. Er ist einsam und unglücklich durch weite Schneefelder gewandert – ich bin nämlich gekommen, um – nun ja – um seine Grüße zu überbringen, denn – ich war sein bester Freund und habe ihn auf dieser Expedition begleitet. Nur bat ich Ihren Herrn Gemahl, in Anwesenheit der Gäste nicht davon zu sprechen.«

Sie wurde sehr blaß, faßte seine Hände und sagte mit erregter Stimme und einem hoffnungsvollen Blick:

»Oh, wenn Sie am Leben geblieben sind – vielleicht lebt Klaus Weyersberg dann auch noch?«

Zum dritten Mal sprach er die Worte, die es ihm allein ermöglichten, auf diese Frage zu antworten:

»Ich bin der einzige, der lebend von dieser Expedition zurückkehrte.«

Sie sank mit blassem Gesicht zurück.

»Also – keine Hoffnung mehr!« sagte sie leise und mit so ehrlicher Trauer, daß Klaus diese schlichte Frau liebgewinnen mußte. Er drückte ihr warm und fest die Hand.

»Ich danke Ihnen im Namen meines Freundes Klaus, daß Sie ihm das Leben gegönnt haben.«

Sie seufzte tief auf.

»Da sehen Sie, wie machtlos Wünsche sind. Die guten noch viel mehr als die bösen. Und nun weiß ich auch, weshalb Sie hergekommen sind und weswegen mein Mann Sie aufforderte, recht lange bei uns zu Gast zu weilen. Er will von Ihnen vermutlich Näheres über das Ende seines Neffen hören. Seien Sie überzeugt, daß auch ich mit großer Teilnahme davon hören werde. – Ich kann mir denken, daß auch Sie viel Schweres und Trübes auf dieser Reise erlebt haben. Sie müssen uns davon erzählen. Und ich will Sie in diesem Haus aufnehmen und pflegen, als seien Sie Klaus Weyersberg selbst. Ihm kann ich ja leider nichts mehr zugute tun.«

Wieder beugte er das Haupt über ihre Hand.

»Ich danke Ihnen und hoffe, daß ich Ihnen eines Tages alles Gute vergelten kann.«

Die Terrasse hatte sich geleert. Der Hausherr war an den Fernsprecher gerufen worden, Ruth hatte sich in das Büro begeben, um die Rechnungsbücher in Ordnung zu bringen, und die übrigen jungen Herrschaften vergnügten sich auf den Tennisplätzen.

Klaus und Frau Weyersberg waren so sehr in ihr Gespräch vertieft gewesen, daß sie gar nicht bemerkt hatten, daß sich außer ihnen niemand mehr hier draußen befand.

Sie waren daher beinahe überrascht, als auf einmal Kurt Weyersbergs Stimme an ihr Ohr schlug.

»Wo ist denn das junge Volk geblieben?« fragte er, sich auf einen Stuhl niederlassend.

Wie aus einem Traum erwachend, sah seine Frau zu ihm auf.

»Vielleicht sind sie zum Tennisplatz gegangen.«

»Und du belegst unsern Gast, den Herrn Doktor, mit Beschlag«, sagte er. »Der Herr Doktor hätte sich vielleicht auch gern am Tennis beteiligt?«

Klaus zeigte auf seinen Anzug.

»Ich bin dazu nicht passend angezogen, Herr Weyersberg, und außerdem habe ich mich sehr angeregt mit Ihrer Frau Gemahlin unterhalten.«

Das konnte der Hausherr nicht so recht verstehen; er fand, seit sie in Gravenstein wohnten, seine Frau rückständig und langweilig. Aber das sprach er selbstverständlich nicht aus. Frau Maria sah mit feuchten Augen zu ihrem Gatten auf.

»Ach, Kurt, ich erfuhr soeben erst durch Herrn Doktor, wie nahe er unserm armen Klaus gestanden hat.«

»Ich fand bisher noch keine Gelegenheit, dir das mitzuteilen. Du wirst nunmehr wohl erfahren haben, daß Klaus wirklich den Tod gefunden hat. Du wirst es auch verstehen können, daß ich den Wunsch habe, Näheres darüber zu erfahren.«

»Heute aber werden wir wohl kaum Zeit und Ruhe dazu finden, denn die Herrschaften aus Kassel dürften bald eintreffen. Ich habe das Auto bereits zur Bahn geschickt, um sie abholen zu lassen. – Inzwischen werden wohl auch Ihre Koffer eintreffen, Herr Doktor. Meine Nichte hat ein Gastzimmer für Sie fertigmachen lassen, und wenn Sie sich ein wenig zurückziehen wollen, steht dem nichts im Wege. Ich hoffe, es gefällt Ihnen recht lange in Gravenstein.«

Klaus verneigte sich dankend. Frau Maria aber reichte ihm die Hand.

»Das hoffe auch ich, Herr Doktor.«

Klaus mußte denken, wie verschieden geartet dieses Ehepaar war. Frau Maria hatte sein ganzes Herz gewonnen, und er war fest entschlossen, ihr zu helfen, daß ihre bescheidenen Wünsche in Erfüllung gingen.

Kurt Weyersberg rief einen Diener herbei, der Klaus auf sein Zimmer führen sollte. Dieser verabschiedete sich nun, da es ihm sehr lieb war, sich ein wenig zu sammeln. Immerhin war mancherlei in diesen wenigen Stunden auf ihn eingestürmt.

Den bleibendsten und tiefsten Eindruck hatte aber Ruth Falkner auf ihn gemacht.

5

Klaus hatte über alles nachgedacht, was nun geschehen sollte, geschehen mußte. Unbedingt wollte er einige Zeit unter Doktor Horvaths Namen in Gravenstein verweilen. Kurt Weyersberg glaubte er schon in der ersten Stunde durchschaut zu haben, und seine Gattin zu durchschauen war leicht. Die gute Seele, der er am wenigsten hätte ein Leid zufügen mögen, würde es sehr schnell verschmerzen, wenn ihr und den Ihren die Erbschaft verlorenging. Für Iduna würde es vielleicht in mehr als einer Hinsicht ein Glück sein, wenn sie wieder in bescheidene Verhältnisse zurückmußte. Er brauchte also auf niemanden Rücksicht zu nehmen. Trotzdem wollte er Kurt Weyersberg noch eine Weile den Herrn spielen lassen. Ihn selbst bekümmerte nur eines – wie Ruth den Wechsel der Dinge ertragen würde. Er glaubte fest und bestimmt, daß sie allem gewachsen sein würde. Doch dünkte es ihn verlockend, sie in dem Glauben zu lassen, daß er ein armer Schlucker sei. Daß er ihre Liebe erringen müsse, stand bei ihm fest, und ebenso, daß ihre Liebe nicht dem reichen Erben, sondern dem armen, heimatlosen Doktor Horvath gehören solle.

An Iduna dachte er nur mit einem amüsierten Lächeln. Wie diese sich mit ihren unausgegorenen Ideen einmal im Leben zurechtfinden würde? Sie hatte den Begriff Selbständigkeit völlig mißverstanden, verwechselte ihn mit Zügellosigkeit. Da würde sie wohl noch gründlich umlernen müssen.

Klaus konnte Frau Weyersberg sehr wohl verstehen, wenn sie entsetzt war über die Ungeniertheit ihrer Tochter, und daß sie sich ängstlich an die Nichte klammerte, die ebenfalls eine moderne Frau war, aber eine von denen, die vor allem die Freiheit erstrebte, ungehindert für sich und andere arbeiten zu können und sich einen Wirkungskreis zu schaffen.

Er wurde in seinen Träumen gestört, weil seine Koffer kamen. Und er machte sich mit Hilfe eines Dieners gleich daran, diese auszupacken.

Dann kleidete er sich um. Gleich darauf erscholl der Gong, der zu Tisch rief.

Inzwischen waren die Kasseler Herrschaften mit viel Lärm und Hallo angelangt. Aber da Klaus ein Zimmer bewohnte, dessen Fenster den Ausblick zur anderen Seite hatte, waren ihm diese jungen Herren noch nicht zu Gesicht gekommen.

Als er in das Speisezimmer trat, hatte sich inzwischen die Szenerie vollkommen verändert. Am Nachmittag waren mehr Damen als Herren zugegen gewesen, jetzt waren die Herren in der Überzahl, da drei neue hinzugekommen waren.

Außerdem merkte Klaus, daß Trude Holl verweinte Augen hatte und sich schüchtern von Charles Longwy zurückhielt. Iduna hatte der Freundin nämlich vor Tisch eine geharnischte Standpauke gehalten, worin sie behauptete, Trude habe unerhört mit Charles Longwy kokettiert und ihm schamlose Avancen gemacht. Wenn sie es darauf anlege, solle sie sich nicht wundern, wenn sie künftig keine Einladungen mehr erhielte.

Die kleine Trude war ganz zerknirscht.

Iduna hatte große Toilette für den Abend gemacht, obwohl sie wußte, daß Winnifred sich nicht umkleiden konnte und daß Trude mit ihrer bescheidenen Ausrüstung nicht imstande war, es auch nur im entferntesten mit ihr aufnehmen zu können.

Da Iduna ihren Zorn in reichem Maße über Trudes Haupt ausgegossen hatte und sie sich in ihrer Pracht jeder Konkurrenz gewachsen fühlte, hatte sich ihre Laune gebessert, zumal sie die Plätze an der Tafel so verteilt hatte, daß Trude Holl zwischen dem Hausherrn und Winnifred unschädlich gemacht war. Sie selbst saß zwischen Klaus und einem sehr hübschen und eleganten Herrn, einem jungen Arzt. Charles war zur Strafe zwischen der Hausfrau und Ruth plaziert worden. An Winnifreds anderer Seite war ein anderer Kasseler Herr untergebracht, mit dem die junge Engländerin letzthin gern geflirtet hatte, während der dritte dieser Herren zur Linken ihrer Mutter gesetzt war.

Iduna war sehr zufrieden mit ihrer Tischordnung, allein, sie hatte vielleicht doch unklug gehandelt, Winnifred und Trude zu unmittelbaren Nachbarn zu machen. Denn erstere benutzte eifrig die Gelegenheit, Trude darüber auszuforschen, warum sie geweint habe. Trude flüsterte ihr zu, sie fühle sich sehr unglücklich, denn Iduna habe ihr den Vorwurf gemacht, sie habe zuviel mit Charles kokettiert. Ob denn Winnifred auch dieser Ansicht sei? – Iduna habe ihr außerdem gesagt, man würde sie nie wieder einladen, weil sie ihr die Verehrer abspenstig mache. Sie sei deshalb sehr traurig, denn sie habe sich immer sehr auf die Wochen in Gravenstein gefreut.

Winnifred wußte jedoch gleich Rat, wie sie Idunas Härte gutmachen konnte. Es hatte sie sehr verdrossen, so weit entfernt von Doktor Horvath plaziert zu sein, der nun einmal alle übrigen Herren in den Schatten stellte. Nur allzugern hätte sie sich mit ihm unterhalten und mit ihm ein bißchen schöngetan. Winnifred war wirklich nicht boshaft, sondern ein leidlich vernünftiges und gutartiges Geschöpf, aber wenn man sie reizte, dann konnte sie sich sehr energisch wehren. Weil sie nun auf keinen Fall wollte, daß Iduna ihre Schwägerin würde, beschloß sie, Charles eindringlich zu Gemüte zu rühren, daß Trude viel reizender, angenehmer und wertvoller sei als Iduna und – daß Trude ihn wirklich gern möge und ihn nicht nur, wie Iduna, als Lückenbüßer betrachte.

Darum sagte sie ruhig:

»Grämen Sie sich nicht, Fräulein Trude; wenn Sie nicht mehr nach Gravenstein eingeladen werden, kommen Sie einfach zu uns. Unser Gut ist ebenso schön gelegen wie Gravenstein, und wir haben sehr viele Gastzimmer, die leider noch immer unbenutzt sind, weil wir hier in Deutschland so wenige Bekannte haben.«

Trude bekam einen roten Kopf, und ihre Augen wurden verräterisch feucht.

»Ach, das ist doch nicht Ihr Ernst, Miß Winnifred?«

Die lachte herausfordernd zu Iduna hinüber.

»Selbstverständlich ist es mein Ernst. Und damit wir beide mit offenen Karten spielen, ich weiß, daß Sie meinen Bruder ehrlich liebhaben, und wünsche, daß Sie seine Frau werden.«

Fräulein Trude sagte aber traurig:

»Du bist sehr lieb, Winnifred, aber weißt du denn nicht, daß dein Bruder Iduna liebt?«

Winnifred runzelte die Brauen.

»Sie sieht in ihm nur ein Spielzeug, das sie nach Belieben hervorholt oder in die Ecke wirft. Dazu ist mir mein Bruder zu schade. Und im Grunde ist Iduna gar nicht sein Typ, sie hat es ihm nur eingeredet, daß er sie liebe. Ich weiß, daß du ihm im Grunde viel sympathischer bist. Wenn du Mut hast und mich unterstützt, wird er sehr bald sein Herz völlig an dich verlieren. Man muß es ihm nur klarmachen, daß er bei dir sehr viel besser aufgehoben ist als bei Iduna.«

»Aber ich bin doch ein armes Mädchen und weder schön noch elegant.«

»Nun, was Charles besitzt, reicht für euch beide, und er kann dir ja moderne, elegante Kleider kaufen. Im übrigen bist du viel hübscher als Iduna, du mußt nur den Mut haben, hübsch zu sein. Laß mich nur machen – wir zwei werden die Sache schon in das rechte Gleis bringen. Zeige dich Charles nur so weiter, wie du es heute endlich getan hast.«

»Aber Iduna wird dann noch viel zorniger werden.«

»Laß sie doch, du bist doch nicht ihre Sklavin. Kopf hoch, Trude! Sieh doch zu Charles hinüber! Merkst du nicht, wie sehnsüchtig er herüberschielt?«

Trudes Gesicht brannte, aber sie sah in ihrer Befangenheit ganz reizend aus. Als sie nun tapfer, wenn auch etwas verzagt, zu Charles hinüberlächelte, strahlte dessen Gesicht, und er erhob sein Glas, um ihr zuzutrinken.

Das entging Idunas scharfen Augen nicht. Sie würde gleich morgen Trude Holl begreiflich machen, daß es besser sei, wenn sie nach Hause reiste.

Ruth konnte ebenfalls nur gelegentlich einen verstohlenen Blick mit Klaus wechseln, aber es freute sie doch, daß sein Blick immer wieder aufleuchtete, wenn er dem ihren begegnete. Dann stieg ihr freilich das Rot genauso lebhaft ins Gesicht wie Trude Holl, als Charles dieser zutrank.

Nach Tisch saß man zwanglos beieinander. Klaus beobachtete, daß Ruth auch jetzt wieder allerlei Pflichten auf sich nahm, während Iduna gar nicht daran dachte, etwas zu tun, was eigentlich zu ihren Obliegenheiten als Tochter des Hauses gehörte. Sie warf sich mit der kostbaren, sehr raffinierten Kleidung, die keinen ihrer Reize verhüllte, in einen Sessel, ließ sich von Klaus eine Zigarette anzünden, was er auch gewissenhaft tat, ohne jedoch die kleinen galanten Manöver auszuführen, die ein Herr bei solcher Gelegenheit anzubringen pflegt, wenn ihm die Dame gefällt. Sie sah ein wenig unmutig zu ihm auf, nahm die Zigarette zwischen die Lippen und ließ sie sich anzünden.

Er reizte sie mehr als je zuvor ein anderer Mann, gerade

weil er sich so zurückhaltend zeigte. Ihre Augen flimmerten begehrlich zu ihm auf.

»Nun, wir werden uns ja noch besser kennenlernen; ich hoffe, Sie bleiben recht lange hier.«

»Das kommt darauf an, wie lange man mir Gastfreundschaft auf Gravenstein gewährt.«

Sie versuchte einen werbenden Blick.

Zu Klaus Weyersbergs Erleichterung trat in diesem Augenblick der junge Arzt aus Kassel zu ihnen heran und begann mit Iduna ein galantes Wortgeplänkel. Klaus hörte diesem nicht lange zu, sondern wandte sich ab, was Iduna befriedigt dahin auslegte, daß er eifersüchtig auf den Arzt sei. Sie beschloß, ihn zu reizen, und machte diesem ebensolche Avancen wie zuvor Klaus.

Dieser trat soeben zu Ruth heran, die gerade Likör einschenkte.

»Möchten Sie einen Likör oder einen Kognak, Herr Doktor?« fragte sie, schelmisch lächelnd.

»Ich danke, wenngleich ich einer kleinen Stärkung bedürfte.«

»Hat meine Cousine Sie in das Kreuzfeuer genommen?«

»Es hat mir gereicht, und ich habe neidlos dem jungen Arzt meinen Platz überlassen.«

»Oh, das war nicht galant«, neckte sie.

»Zur Galanterie habe ich anscheinend wenig Talent. Auch Fräulein Weyersberg war gar nicht mit mir zufrieden. Aber sie hat mir wenigstens versprochen, dafür zu sorgen, daß mir längere Gastfreundschaft gewährt wird – und daran liegt mir sehr viel.«

Sie sah ihn mit einem seltsamen Blick an. Es zuckte um ihren Mund, aber sie erwiderte nichts.

»Sie finden es wohl sehr anmaßend, daß ich mich für längere Zeit einnisten möchte?«

Wieder sah sie ihn forschend an.

»Bei jedem andern würde ich es zumindest befremdlich finden – bei Ihnen aber nicht.«

Er strich sich über die Stirn.

»Warum gerade bei mir nicht?«

Ihre Blicke wurzelten eine Weile ineinander. Dann sagte sie leise: »Das sage ich später einmal.«

Er drang nicht weiter in sie, und sie bat ihn wiederum dringend, sich nicht weiter mit ihr zu beschäftigen.

»Aber wann soll ich endlich einmal dazu kommen, mich ungestört mit Ihnen zu unterhalten?« fragte er verzweifelt.

Sie wurde rot, lachte ihn aber scheinbar unbefangen an.

»Erscheint Ihnen das so wichtig?«

»Sehr!«

Dabei sah er sie so an, daß sie noch verlegener wurde.

Doch sie erwiderte ruhig:

»Sie werden ja längere Zeit in Gravenstein bleiben, dann findet sich sicherlich einmal Zeit und Gelegenheit zu einem Plauderstündchen für uns. Allerdings bin ich nur während der Mahlzeiten zu Hause.«

»Und auch dann permanent in Anspruch genommen. Alle Menschen haben Anliegen an Sie – ich auch.«

»Ja, was machen wir denn da?« fragte sie schelmisch.

»Wo sind Sie denn, wenn Sie nicht im Hause sind?«

»Draußen auf den Wiesen und Feldern oder im Büro oder in den Ställen.«

»Nun, ich werde mich auf die Lauer legen wie die Indianer auf ihren Schleichpfaden. Einmal wird mir hoffentlich das Glück hold sein.«

Danach ließ er sich geduldig von ihr wegschicken. Er sah Iduna in eifrigem Gespräch mit Charles Longwy, den sie an ihre Seite gefesselt hatte und dem sie wieder, wie so oft, den Kopf verdrehen wollte. Aber sie fühlte heimliche Widerstände, und es waren keine lieblichen Gefühle, die sie für Trude Holl hegte.

Klaus wurde nunmehr von Winnifred mit Beschlag belegt. Mit der ihr eigenen Freimütigkeit suchte sie ihn über das Woher und Wohin, über seine Verhältnisse und über den Zweck seines Besuches in Gravenstein auszuforschen. Es war ein diplomatisches Meisterstück, wie er diesen Fragen geschickt auswich und gerade nur das beantwortete, was er wollte. Sie gefiel ihm bedeutend besser als Iduna, obgleich auch sie sehr moderne Ansichten hatte, aber es lag immerhin einige Vernunft und viel Frische darin, wie sie sich zu ihnen bekannte.

So unterhielt er sich ganz nett mit ihr, wenngleich er immer wieder sehnsüchtig zu Ruth hinübersah, was dieser nicht entging und ihr das Blut schneller durch die Adern trieb.

Iduna merkte sehr wohl, daß Winnifred sich mehr, als ihr lieb war, mit Doktor Horvath befaßte. So ließ sie Charles einfach stehen und trat zu Klaus und Winnifred hin.

»Was für tiefgründige Themen werden denn hier erörtert?«

»Nichts von Bedeutung, Iduna; wir plaudern von allem möglichen«, erwiderte Winnifred und fuhr, ohne weiter auf Iduna zu achten, in ihrer Unterhaltung mit Klaus fort. Dieser ließ sich auch nicht stören, worüber Iduna sehr ärgerlich wurde. Immer und überall wollte sie der Mittelpunkt sein.

»Bitte, Herr Doktor, zünden Sie mir noch eine Zigarette an«, sagte sie mitten in das Gespräch hinein.

Klaus holte eine Zigarette herbei, reichte sie Iduna und setzte sein Feuerzeug in Brand. Er fuhr aber dabei ruhig fort, sich mit Winnifred zu unterhalten, und Iduna blies wütend das Feuerzeug aus und sah Klaus mit blitzenden Augen an.

»Hat die Zigarette keinen Zug?« fragte er anscheinend harmlos.

Winnifred kannte diese Manöver Idunas zur Genüge und lachte laut auf.

»Oh, Iduna, Herr Doktor sagte mir soeben, daß er jahrelang fern aller Kultur gelebt habe. Ich glaube, bei ihm hast du kein Glück mit dieser Methode.«

Wenn Blicke töten könnten, wäre Winnifred in diesem Moment entseelt zu Boden gesunken. Iduna hatte wirklich heute einen schlechten Tag, und sie beschloß, diese »blöde Engländerin« nicht so bald wieder nach Gravenstein einzuladen. Mochte sie mitsamt ihrem ebenso blöden Bruder auf ihrem Gut einrosten. Es war sicher, daß sie, solange Doktor Horvath hier war, auf andere Gesellschaft tunlichst verzichten würde. Trude Holl konnte am Montagmorgen gleich mit den Kasseler Herren nach Kassel zurückkehren, dann hatte sie Doktor Horvath für sich allein. Er begann, ihr sonst so kühles Herz in Wallung zu bringen, und sie wollte es nicht daran fehlen lassen, ihm klarzumachen, daß er bei ihr Chancen habe.

Sie wandte sich anscheinend gelangweilt ab und rief den Kasseler Herrn zu sich heran, der bisher Winnifreds Favorit gewesen war. Dieser hatte schon etwas eifersüchtig zu Doktor Horvath hinübergesehen. Es wurmte ihn, daß Winnifred diesen durch eine so lange Unterhaltung auszeichnete. Er war ernstlich als Bewerber für Winnifred anzusehen, denn sie gefiel ihm sehr gut, außerdem war sie, wie er wußte, unabhängig und reich.

Um sie ebenfalls eifersüchtig zu machen, ging er bereitwillig auf Idunas Unterhaltung ein.

Sie zogen sich beide mit dem Anschein großer Vertraulichkeit in eine mollige Ecke des Zimmers zurück und flirteten sehr auffällig.

Winnifred bemerkte das sehr wohl, doch ihr erschien zur Stunde eine Unterhaltung mit Doktor Horvath verlockender als alles andere, und wenn Herr Ingenieur Pollner sich von Iduna einfangen lassen wollte, würde sie ihm keine Träne nachweinen. Sie war sich ihres Wertes wohl bewußt. Der Herr Ingenieur irrte sich, wenn er glaubte, sie durch einen Flirt mit Iduna eifersüchtig machen zu können.

Trude Holl hatte sich wieder mit Charles zusammengefunden, ohne daß Iduna es hätte verhindern können. Sie war sehr glücklich über Winnifreds Andeutung, daß sie Chancen bei ihrem Bruder habe. Sie beschloß daher, diese resolut auszunutzen! Sie hatte heute abend einiges Zutrauen zu sich selbst gefaßt und fürchtete sich daher nicht mehr vor Idunas Androhung. Schlossen sich für sie die Pforten von Gravenstein, taten sich dafür die des Hauses der Geschwister gastlich vor ihr auf. Und so machte sie von ihren hübschen Augen, ihrem Lächeln und den ihr sonst noch zur Verfügung stehenden Reizen ausgiebigen Gebrauch.

Sie taute in einer Weise auf, daß Charles Longwy sie

mit staunendem Entzücken betrachtete und immer mehr Feuer fing.

Das entging Iduna keineswegs, und ihr Zorn auf Trude wurde immer größer. Denn, mochte sie Charles zwar keineswegs lieben, hatte sie es dennoch in wohlwollende Erwägung gezogen, daß er – falls sie ihrer Freiheit einmal müde werden sollte – immerhin ein ganz akzeptabler Gatte für sie sei. Das um so mehr, als ihrer beider Verhältnisse gut zueinander paßten. Diesen Plan sollte ihr die unscheinbare Trude in keinem Fall zerstören. Es eilte ihr allerdings nicht, allzubald Charles' Gattin zu werden, erst wollte sie noch verschiedene Flirts absolvieren. Vor allem einen sehr gründlichen mit Doktor Horvath. Als Gatte kam dieser für sie allerdings nicht in Frage, denn sie entnahm einer von ihm getanen Äußerung, daß er vermögenslos sei. Aber davon abgesehen, war er der interessanteste und imponierendste Mann, den sie bisher kennengelernt hatte.

Während sie mit Winnifreds Favorit scheinbar heftig flirtete, machte sie Pläne, wie sie die Figuren des Schachspiels, das sie zu gewinnen dachte, hin und her dirigieren sollte.

Ehe man an diesem Abend auseinanderging, gelang es Winnifred, noch einige Worte mit Trude allein zu wechseln.

»Also vergiß nicht, Trude, wenn du in Gravenstein ausgeladen wirst, was ich Iduna zutraue, telefonierst du mir, und ich lasse dich sofort mit unserm Auto abholen. Ich werde das auf der Heimfahrt mit Charles besprechen. Er wird sich bestimmt freuen, wenn du zu uns übersiedelst.«

Trude drückte ihr krampfhaft die Hand.

»Glaubst du das wirklich?«

»Ganz bestimmt.«

»Wie soll ich dir nur danken, Winnifred?«

»Dadurch, daß du meinen Bruder glücklich zu machen suchst. Ich habe ihn sehr lieb, Trude, und er ist ein guter Mensch; es lohnt sich schon, ihn zu beglücken.«

»Ach, Winnifred – das weiß ich doch. Aber – ob für mich ein so großes Glück erblühen soll?«

»Glaube nur fest daran, dann wird es dir zuteil werden.«

Als Klaus sich an diesem Abend von der Hausherrin verabschiedete, sagte diese lächelnd:

»Ich habe Ihnen noch ein zweites Zimmer einrichten lassen, Herr Doktor, für den Fall, daß Sie zuweilen ein Stündchen allein sein wollen.«

Er küßte ihr dankbar die Hand.

»Sie sind außerordentlich liebenswürdig, gnädige Frau.«

»Nun, ich will doch, daß Sie sich in Gravenstein wohl fühlen, damit Sie recht lange bei uns bleiben.«

Ihre schlichte, herzliche Güte tat ihm wohl, und das wollte er ihr nie vergessen. Auch von Ruth verabschiedete er sich.

»Ich glaube, Sie sind sehr müde, Fräulein Falkner.«

Sie lachte. »Morgen ist Sonntag, da kann ich ausschlafen, ich brauche da erst um sieben Uhr aufzustehen.«

Erschrocken sah er sie an.

»Und wann stehen Sie in der Woche auf?«

»Punkt fünf Uhr nehme ich mein erstes Frühstück, und wenn die anderen das ihre einnehmen, frühstücke ich schon zum zweiten Mal.«

»So fleißig sind Sie«, sagte er, und es tat ihm sehr leid, daß sie so wenig Zeit zum Schlafen und zur Ruhe hatte. Zugleich aber fuhr ein Gedanke durch seinen Kopf – er wollte gewiß nicht vergessen, daß sie in der Woche um fünf Uhr und sonntags um sieben Uhr allein ihr Frühstück einnahm.

Von dem Hausherrn verabschiedete er sich nur mit einigen artigen Worten. Dieser sagte etwas bekümmert:

»Morgen haben wir wohl kaum Gelegenheit zu einer gründlichen Aussprache, Herr Doktor, aber übermorgen rechne ich darauf. Inzwischen haben Sie es sich hoffentlich behaglich gemacht.«

»Aber sicher. Eine gute Nacht«, erwiderte Klaus nur mit einem flüchtigen Händedruck und einer Verbeugung.

Iduna hatte bis zuletzt gewartet, ehe sie ihm gute Nacht sagte. Sie faßte dabei seine Hand mit einem so energischen Druck, daß es ihm vorkam wie eine Besitzergreifung. Er mußte lächeln. Zurückhaltend waren die jungen Damen von heute nicht, man wußte auf der Stelle, wie man mit ihnen daran war. Lächelnd wünschte er ihr, gut zu ruhen. Sie sah ihn herausfordernd an.

»Also gute Nacht – und achten Sie auf Ihren Traum, der erste in einer fremden Umgebung geht stets in Erfüllung. Sie müssen mir morgen früh erzählen, was Sie geträumt haben.«

»Wie Sie befehlen.«

Damit verneigte er sich und trat zurück. Er dachte amüsiert, daß er sich schon einen Traum ausdenken würde, den er Iduna Weyersberg erzählen konnte, wenn sie ihn wirklich danach fragen sollte.

Als er die Treppe hinaufschritt, um in den Oberstock zu gelangen, hörte er, wie Frau Weyersberg sagte:

»Ich komme noch auf einen Plausch zu dir, Ruth! Oder bist du sehr müde?«

Darauf hörte er Ruth erwidern:

»Gewiß nicht, Tante Maria, morgen ist ja Sonntag, da kann ich ausschlafen.«

Klaus suchte nun schnell sein Zimmer auf und begab sich zur Ruhe. Er schlief mit dem Gedanken ein, daß morgen Sonntag sei.

6

Frau Maria Weyersberg hatte ein Schlafzimmer für sich allein, weil sie zuweilen des Nachts nervöse Hustenanfälle hatte. Diese hatten an sich nicht viel zu bedeuten, aber sie wollte nicht, daß ihr Gatte dadurch gestört würde. Und so fiel es nicht auf, daß sie fast jeden Abend noch für ein Viertelstündchen in Ruths Zimmer huschte, um mancherlei mit ihr zu besprechen. Ruth konnte sie alles sagen, was sie bedrückte, sogar Dinge, die sie weder dem Gatten noch der Tochter gegenüber über die Lippen gebracht hätte.

Als sie bei Ruth eintrat, schälte diese mit flinken Händen einen Apfel, den Tante Maria jeden Abend bei ihr zu verzehren pflegte. Als diese behaglich, in ihren warmen Schlafrock gehüllt, in dem bequemen Sessel saß, der immer für sie bereitstand, fragte sie Ruth:

»Wie gefällt er dir, Ruth?«

Diese lächelte schelmisch.

»Du meinst vermutlich Doktor Horvath?«

»Selbstverständlich!«

»Er gefällt mir sehr gut.«

»Ach, Ruth, mir auch. Er ist ein entzückender Mensch. So vornehm und gediegen und doch so einfach und schlicht. Kein bißchen Angst habe ich vor ihm. Er hat sich so verständig mit mir unterhalten und mir aufmerksam zugehört.«

Und sie berichtete ausführlich, worüber sie mit Doktor Horvath gesprochen hatte. Ruth entging kein Wort, und das Herz schlug ihr ziemlich rebellisch in der Brust. Die Tante berichtete ihr auch, daß Doktor Horvath ein Freund von Klaus Weyersberg gewesen und auch an der unseligen Südpolexpedition teilgenommen habe.

Ruth nickte.

»Das wußte ich bereits, Tante Maria; ich hatte nämlich schon mit ihm gesprochen, ehe er hier ins Haus kam.«

Und nun berichtete sie ihrerseits von ihrer Unterredung mit Klaus. Darauf schwiegen beide Damen eine Weile. Dann fragte Ruth plötzlich:

»Ist es dir wirklich Ernst mit dem, was du Doktor Horvath gesagt hast, daß du viel lieber wieder in deiner kleinen Kasseler Wohnung oder wenigstens nur in dem kleinen Pachthaus auf dem Vorwerksgut leben möchtest als hier?«

»Ja, Ruth, das ist wirklich mein Ernst.«

»Es hätte dir also nichts ausgemacht, wäre Klaus Weyersberg eines Tages wieder aufgetaucht und hätte die Herausgabe seines Erbes verlangt?«

»Kind, ich kann dir versichern, für mich wäre das eine Erlösung gewesen. Aufgeatmet hätte ich. Weißt du, Onkel Kurt und Ida würden sich ja vielleicht nicht ganz leicht damit abgefunden haben; aber das kann ich dir sagen, zufriedener wäre ihr Leben verlaufen, wenn sie diese große Erbschaft wieder hätten herausgeben müssen. Man muß schon dazu geboren sein, Herr auf einem so großen Gut zu sein. Weißt du, die einzige, die hier das Ding richtig anfaßt, bist du, weil du hier eine dich ausfüllende Arbeit gefunden hast und deine Pflichten meistern kannst. Aber was hilft das alles, leider wissen wir nun ganz genau, daß Klaus Weyersberg nicht mehr am Leben ist. Und das hat mir von ganzem Herzen leid getan.«

Ruth umarmte und küßte die Tante herzlich.

»Du gute, goldige Tante Maria, wie froh und glücklich bin ich, daß ich dich habe.«

Die alte Dame streichelte Ruths Haar.

»Hast ja toll viel Arbeit, Kind; ach, und Ida ist oft recht garstig zu dir. Daraus mußt du dir aber nichts machen – sie fühlt sich eben selbst nicht wohl hier, sonst würde sie nicht solche Dummheiten machen. Wie mir das manchmal weh tut!«

»Beruhige dich, sie kommt schon wieder in die Reihe, Tantchen.«

»Bist du ihr denn nicht böse?«

»Wirklich nicht; man muß sie gehen lassen, denn wir beide können sie doch nicht ändern. Da muß erst mal ein rechter Mann kommen, der ihr den Kopf zurechtrückt – oder das Schicksal.«

Frau Maria seufzte tief auf.

»Onkel weiß auch nicht, was wir dir zu verdanken haben, Ruth. Er würde sich nicht zurechtfinden mit der Wirtschaftsführung.«

»Dann müßte eben ein neuer Verwalter her, Tantchen, wenn ich nicht wäre.«

»Ja, aber weiß man denn, ob man einen ehrlichen, anständigen Menschen bekommt? So wie dir könnten wir doch keinem vertrauen.«

Lachend reckte Ruth die Arme.

»Vorläufig bin ich ja noch da, Tantchen. Mache dir nur nicht schon wieder Sorgen. Abwarten! Es wird sich alles in Ruhe entwickeln.«

Die Tante mußte lachen.

»Du bist und bleibst mein Sorgenbrecher, Ruth.«

Wieder küßten sie sich. Dann sagte Tante Maria zaghaft:

»Du, ich glaube, Charles Longwy will gar nichts mehr von Ida wissen. Ob Doktor Horvath der richtige Mann für sie wäre?«

Leise und verträumt streichelte Ruth über das Haar der Tante.

»Er ist ja heute erst ins Haus gekommen, Tantchen, da kann man doch noch keine Pläne machen.«

»Ach, weißt du, Kindchen, ich denke immer gleich daran, wenn ich einen jungen Herrn kennenlerne, ob er ein passender Mann für dich oder Iduna wäre. Ganz offen, hauptsächlich für Iduna. Denn ich habe immer Angst, daß sie mit ihren modernen Ideen noch irgend etwas Törichtes anstellen könnte. Bei dir bin ich sicher, du stehst schon für dich ein. Aber einen guten, lieben Mann wünsche ich auch dir. Dazu sind wir Frauen nun mal auf der Welt, einen Mann zu beglücken und selbst dadurch glücklich zu werden. Alles andere ist doch Unsinn. Wenn die jungen, modernen Damen im Grunde nicht auch dieser Ansicht wären, würden sie sich doch nicht um die Männer kümmern. Das tun sie aber genauso, wie wir altmodischen Frauen es zu unserer Zeit getan haben. Ich finde, heutzutage gönnen sie es sich gegenseitig erst recht nicht, daß ein Mann eine von ihnen begehrenswert findet. Ich merke doch, wie Iduna Trude Holl böse ist, weil diese plötzlich von Charles Longwy beachtet wird, und Winnifred Longwy ist ihrerseits verstimmt, wenn Iduna sich mit einem der Herren abgibt, für die sie sich interessiert.«

Ruth küßte die Tante zärtlich.

»Bist ja doch die Klügste, Tantchen, hast schon recht. Und ich gönnte es Iduna, wenn sie sich recht heftig in einen Mann verliebte, so daß sie einsehen lernte, daß ihre ganze moderne Weltanschauung für die Katz ist.«

»Nicht wahr, du hältst auch nichts von dieser modernen Weltanschauung, Ruth?«

Diese lachte.

»Irgend etwas Gutes ist an jeder Sache; man muß es nur herauszufinden wissen.«

»Ja du, du bist eben ein vernünftiges Mädel, und weil du alle Hände voll zu tun hast, bleibt dir keine Zeit, solchen Unsinn mitzumachen. Für Iduna wäre es sehr viel besser und gesünder, wenn sie, wie früher, ordentlich arbeiten würde. Was tut sie denn jetzt den ganzen Tag? Reiten, Tennis spielen, tanzen, flirten und ähnliche Kinkerlitzchen. All das ist doch bloß etwas für Mußestunden, aber nicht der Lebensinhalt eines vernünftigen Menschen.«

»Nun reg dich nur nicht auf, Tante Maria!«

»Ich bin froh, wenn ich mir das alles mal von der Seele reden kann. Nur mit dir kann ich das besprechen. Onkel zuckt dazu die Achseln und sagt: ›Das verstehst du nicht; Iduna ist jetzt eine vornehme Dame.‹ Ida selbst etwas darüber zu sagen, ist einfach unmöglich. Sie wird immer gleich ausfallend und will nicht hören, was ihre Mutter ihr in herzlichster und ehrlichster Bekümmernis vorhält. Ich weiß selber nicht, wodurch sie mir so ganz aus der Hand geglitten ist. Wie gesagt, Ruth, wenn ich dich nicht hätte, käme ich mir verraten und verkauft vor.«

Ruth umfaßte sie zärtlich.

»Beruhige dich nur, das wird alles wieder anders. Eines Tages wird Iduna einsehen, daß sie keinen ehrlicheren und treueren Freund und Berater hat als ihre Mutter. So, noch ein Stückchen Apfel, und nun ganz still, sonst schläfst du wieder nicht und bekommst deinen nervösen Husten.«

Ruth erzählte der Tante darauf allerlei harmlose Kleinigkeiten, wie sie sie tagsüber mit den Leuten erlebte. Sie verstand es, die Tante zu beruhigen. Dann brachte sie diese hinüber in ihr Schlafzimmer.

Nachdenklich kehrte Ruth in ihr Zimmer zurück. Sie konnte der alten Dame Sorge sehr wohl verstehen. Sie glaubte selbst kaum daran, daß Iduna je wieder vernünftig werden könne, wenn nicht etwas ganz Unvorhergesehenes geschah, was sie aus dem inhaltslosen Leben, das sie führte, aufrüttelte.

Schnell kleidete sich Ruth nun aus. Sie war rechtschaffen müde, denn seit fünf Uhr früh war sie auf den Füßen.

Kaum hatte sie sich niedergelegt, als sie auch schon einschlief. Aber sie nahm Klaus Weyersbergs Bild mit in ihre Träume hinüber.

Während Ruth mit ihrer Tante plauderte, gab es zwischen Trude Holl und Iduna eine wenig schöne Szene. Iduna hatte Trude mit in ihr Zimmer gezogen.

»Ich habe noch etwas mit dir zu besprechen, Trude«, hatte sie gesagt.

Wenn sich die kleine Trude Holl vor etwas auf der Welt fürchtete, dann waren es diese abendlichen Unterredungen mit Iduna, bei denen immer nur Kränkungen herauskamen. Sie wußte auch gleich, daß sie wieder eine Dusche abbekommen würde, und nahm ihr Herz tapfer in die Hände. Der Gedanke an Winnifred und Charles gab ihr Kraft und Mut, dem Kommenden mit einiger Ruhe entgegenzusehen. Wenigstens nahm sie sich fest vor, sich nicht einfach von Iduna abkanzeln zu lassen. Als sie daher die Tür hinter sich und Iduna schloß, fragte sie so ruhig und beherrscht, wie es ihr möglich war:

»Was wolltest du mit mir besprechen, Iduna?«

Iduna warf sich in einen Sessel, ohne Trude zum Platznehmen aufzufordern. Dieser schoß das Blut ins Gesicht, aber eingedenk ihrer guten Vorsätze, sagte sie so gelassen, wie es ihr möglich war:

»Du erlaubst wohl, daß ich mich ebenfalls setze.«

»Bitte!« erwiderte Iduna sehr von oben herab.

Iduna tippte die Fingerspitzen gegeneinander und sagte kalt und bestimmt:

»Also, so geht das nicht weiter, Trude, ich habe eingesehen, daß ich sehr unklug war, als ich dich auf Wochen zu mir einlud. Mir scheint, wir passen doch nicht recht zueinander. Es ist daher das beste, das muß ich dir leider sagen, wenn du Montag früh mit den Herren aus Kassel wieder abfährst.«

Trude hätte bei solchen Worten sonst fassungslos geweint. Heute brachte sie es fertig, weder eine Träne zu vergießen noch sich besonders aufzuregen. Sie fragte nur:

»Und was bestimmt dich zu dieser sehr kränkenden Ausladung?«

Mit einem Ruck fuhr Iduna auf.

»Das fragst du noch? Ich finde das einfach schamlos, ja, anders kann ich das nicht bezeichnen. Du weißt ganz genau, daß ich in Charles Longwy meinen künftigen Gatten sehe! Da entblödest du dich nicht, ihn mit allerlei koketten Mätzchen an dich zu ziehen und ihn mir abspenstig zu machen.«

Trude wurde blaß, aber sie vermochte Haltung zu bewahren.

»Du vergißt wohl, daß du Charles Longwy selbst durch dein Verhalten dazu gebracht hast, sich von dir abzuwenden. Du hast ihn ganz schauderhaft behandelt, obwohl du ihn sozusagen bereits als dein Eigentum betrachtet hast. Wie sehr du ihm den Kopf verdreht hast, weißt du sehr wohl, weißt aber auch, daß du ihn wie ein willenloses Spielzeug hin- und hergeworfen hast. Das läßt sich kein Mann auf die Dauer gefallen.«

Iduna lachte grell auf.

»Zumal nicht, wenn du ihn so liebevoll bedauerst, wenn du ihm mit sanfter, scheinheiliger Miene begreiflich machst, wieviel besser er mit dir daran wäre. Aber ich werde mir das nicht länger gefallen lassen! Charles gehört mir, und du hättest soviel Takt besitzen müssen, mir nicht ins Gehege zu kommen.«

»Aus deinem Verhalten konnte ich wirklich nicht entnehmen, daß Charles dir irgend etwas bedeuten könnte. Du flirtest mit jedem andern Herrn ebensoviel wie mit ihm.«

»Das geht nur mich allein etwas an; du weißt, ich verlange für mich das gleiche Recht, wie es die Männer für sich fordern.«

»Aber du kannst nicht von Charles verlangen, daß er sich ewig nur als Lückenbüßer von dir ausnutzen läßt. Charles ist ein lieber, guter Mensch und – ich habe ihn lieb und konnte es nicht länger mit ansehen, wie du ihm mitgespielt hast. Deshalb war ich gut zu ihm – ja, das gestehe ich ein, er dauerte mich, und das habe ich ihn fühlen lassen.«

Finster sah Iduna zu ihr hinüber.

»Ich wußte es, daß ich eine Schlange am Busen genährt habe, und deshalb wirst du es mir nicht verdenken, wenn ich nun gleichfalls meine Waffen gebrauche und dich fortschicke, damit du ihm aus den Augen und aus dem Sinn kommst. Ich denke nicht daran, ihn aufzugeben, wenn es auch nicht in meiner Absicht liegt, schon heute oder morgen seine Frau zu werden. Unsere Güter liegen so hübsch beisammen, daß wir ausgezeichnet zueinanderpassen. Und daß er dich schnell genug vergißt, das laß meine Sorge sein! Also wir wollen nicht länger hin und her reden – am Montag früh reist du wieder nach Kassel zurück.«

Trude erhob sich schnell, nahm all ihren Stolz zusammen und sagte fest und ruhig:

»Ich werde schon morgen vormittag Gravenstein verlassen. Gute Nacht, Iduna!«

Ohne eine Antwort abzuwarten, war Trude wieder draußen.

Ziemlich verdutzt sah Iduna hinter ihr her. Sie hätte die arme kleine Trude gern noch ein wenig gequält, weil sie sehr ärgerlich war. Sie fand es einfach unerhört, daß Trude sich so kurzerhand ihren Quälereien entzogen hatte, statt geduldig abzuwarten, was alles sie ihr noch an Unverschämtheiten zu sagen hatte. Wütend warf sie nach einer Weile ein Kissen gegen die Tür und zischte zwischen den Zähnen hervor: »Unverschämtheit.«

Jedesmal in der letzten Zeit, wenn irgend etwas nicht nach ihrem eigenwilligen Kopf ging, wurde sie wütend und ausfallend. Wie konnte diese Trude Holl es wagen, ihr die Stirn zu bieten? Sie wollte erst einmal einen regelrechten Flirt mit Doktor Horvath haben, der ihr ein heißes, ihr sonst unbekanntes Begehren eingeflößt hatte. Bis dieser Flirt sie, wie sie meinte, wieder langweilen würde, wollte sie Charles hinhalten. Dann sollte er ihr gut genug sein, ihn zu heiraten.

So hatte sie sich alles zurechtgelegt, und darum konnte sie es nicht dulden, daß Trude ihr in die Quere kam.

Darum fort mit ihr aus Charles' Gesichtskreis, damit er nicht die Dummheit beging, etwa Trude Holl zu heiraten oder sich zumindest durch sie von ihr ablenken zu lassen.

Wenn sie eine Ahnung gehabt hätte, was Trude, durch Winnifred beeinflußt, vorhatte, wäre sie sicherlich noch wütender gewesen, als sie es ohnehin schon war.

Trude Holl hatte, in ihrem Zimmer angelangt, sogleich begonnen, ihre Sachen zu packen. Den Mut, Iduna zu sagen, daß sie von Winnifred zu den Geschwistern eingeladen sei, hatte sie heute abend noch nicht aufbringen können. Das wollte sie ihr erst morgen vorsetzen, ehe sie mit dem Auto, das sie abholen würde, davonfuhr. Es überfiel sie nun doch wieder großes Zagen. Würde Winnifred sie wirklich aufnehmen? Hatte sie nicht nur gescherzt?

Sehr leicht war das Herz der armen kleinen Trude nicht, als auch sie sich endlich zur Ruhe begab.

Aber sie hätte beruhigt sein können.

Als die beiden Geschwister im Auto nach Hause fuhren, sagte Winnifred mitleidig:

»Die arme kleine Trude Holl wird ja wieder genug von Iduna auszustehen haben.«

Charles sah sie unruhig an.

»Wie meinst du das, Winnie?«

»Aber Charles, hast du denn nicht gemerkt, wie wütend Iduna war, weil du dich mehr mit Trude als mit ihr beschäftigt hast?«

Sein Gesicht bekam einen trotzigen Ausdruck.

»Schließlich bekommt man es satt, Winnie, von Iduna wie ein dummer Junge behandelt zu werden.«

Sie schob ihre Hand unter seinen Arm.

»Wie froh bin ich, Charles, daß du endlich deine Manneswürde wiederfindest. Ich war sehr bange um dich, Idunas wegen.«

»Nun ja, wenn sie nett ist, kann sie mir schon gefallen – aber sie ist selten nett.«

»Weil du ihr immer nur als Spielzeug und Lückenbüßer dienen sollst. Sie betrachtet dich nur als letzte Chance. Wenn sie sich erst genügend ausgeflirtet und auskokettiert hat, dann sollst du gut genug sein, ihr deinen Namen und dein Vermögen zu Füßen zu legen. Zur Zeit möchte sie mit diesem Doktor Horvath ein amüsantes Erlebnis haben. Heiraten mag sie ihn nicht, er ist ihr zu arm, aber so mit ihm herumzuflirten, dazu ist er ihr gerade recht.«

»Ein widerlicher, aufgeblasener Mensch, dieser Doktor Horvath!« stieß Charles hervor.

Das war aber nicht nach Winnifreds Sinn.

»O Charles, da tust du ihm unrecht. Das ist ein sehr vornehmer, tüchtiger Mensch. Wenn Iduna glaubt, ihn vor ihren Wagen spannen zu können, so ist sie im Irrtum. Der läßt sich nicht zum Narren halten.«

»Willst du damit sagen, daß ich mich von ihr zum Narren halten ließ?«

»Ja, Charles, das hast du getan, und das hat doch mein geliebter Bruder, der jede andere Frau haben könnte, nicht nötig.«

Ein wenig unsicher sah er sie an.

»Ach, Winnie, ich bin keine bezwingende Persönlichkeit – schön bin ich auch nicht, im Gegenteil. So ist es nicht ganz leicht für mich, eine Frau zu bezaubern.«

»Nun, da müßtest du nur Trude Holl hören. Du, Charles, die hat ihr ganzes Herz an dich gehängt und war sehr traurig, weil sie annehmen mußte, du liebtest Iduna. Ganz verzagt hat sie mir das gestanden. Und Trude ist doch im Grunde viel hübscher und anmutiger als Iduna. Trude wird dich nicht quälen und zum Narren halten, sie hat dich wirklich ehrlich lieb. Das arme Ding dürfte nicht auf Rosen gebettet sein. Nun, da sie sich ein wenig in Gravenstein erholen will, behandelt Iduna sie so schauderhaft schlecht, daß sie einem von Herzen leid tun muß. Ich bin fest überzeugt, daß Iduna ihr kurzerhand die Freundschaft aufsagt und ihr den Stuhl vor die Tür setzt, nur weil du ein wenig gut zu ihr gewesen bist.«

Ganz erschrocken sah Charles die Schwester an.

»Winnie! Daran wäre ich schuld?«

»Von Schuld kann keine Rede sein, aber selbstverständlich wird Trude es ausbaden müssen. Und sie ist doch so gern auf dem Lande und freut sich das ganze Jahr darauf, einige Wochen eingeladen zu werden.«

Winnie kannte ihren Bruder nur zu gut, er war weich wie Wachs und grenzenlos gutmütig.

»Das wäre ja niederträchtig von Iduna, Winnie!« stieß er hervor.

»Hast du von ihr etwas anderes erwartet? Sie ist ein boshaftes Geschöpf, das kann ich dir sagen.«

»Aber – was tun wir da, Winnie? Gerade heraus, Trude Holl ist mir in der letzten Zeit sehr lieb geworden, ich habe mich gar nicht mehr gern mit Iduna beschäftigt.«

»Ich will dir sagen, was wir tun, Charles. Da du die – wenn auch unschuldige – Ursache bist, wenn Trude aus Gravenstein verbannt wird, ist es an uns, ihr einen Ersatz zu schaffen, und so habe ich – dein Einverständnis voraussetzend – zu ihr gesagt, sie solle sich nicht grämen, wenn Iduna sie fortschickt, sondern einfach zu uns kommen. Bei uns ist es doch ebenso schön wie da drüben.«

Charles fiel ein Stein von seinem guten Herzen. Er drückte den Arm der Schwester fest an sich.

»Das hast du gut gemacht, Winnie. Ganz gewiß, Trude Holl kann es bei uns ebensogut haben wie in Gravenstein oder noch besser.«

»Ich dachte mir schon, daß du einverstanden sein würdest. Wir wollen die kleine Trude tüchtig verwöhnen, nicht?«

»Famos, Winnie, du bist doch ein feiner Kerl! Hoffentlich kommt Trude recht bald zu uns!«

»Dieser Wunsch geht vielleicht schon morgen in Erfüllung. Ich habe ihr gesagt, sie soll sich nichts von Iduna gefallen lassen, sondern einfach bei uns anklingeln, wenn diese ihr den Stuhl vor die Tür setzt. Wir lassen sie dann im Auto abholen.«

Charles lachte über das ganze Gesicht.

»Ich hole sie selber, Winnie, darauf kannst du dich verlassen!«

»Aber wenn Iduna dann wieder ihre Netze nach dir auswirft?«

Charles reckte sich stolz empor.

»Keine Angst, Winnie, mit der bin ich fertig. Ich habe es heute ganz deutlich gemerkt, daß sie keine Macht mehr über mich hat. Ich wollte es dir nur noch nicht sagen, daß ich endlich vernünftig geworden bin. Und das liegt wohl daran, weil ich gespürt habe, daß Trude mich liebt. Weißt du, das ist etwas ganz anderes, wenn sie einen ansieht. Idunas Augen flimmern, wenn auch verlokkend, doch immer kalt, Trudes Augen aber wärmen mir das Herz.«

Winnie strich ihm über den Kopf.

»Siehst du wohl! Ich freue mich, daß du das endlich selbst gemerkt hast. Iduna hätte dich tief unglücklich gemacht.«

Er richtete sich empor.

»Hach! Wenn Iduna Trude nur gleich fortschicken würde, es wäre reizend, käme sie schon morgen zu uns!«

»Nun, wie ich Iduna kenne, wird das bestimmt der Fall sein.«

»Gut, gut! Dann soll sie sich nur mit diesem Doktor Horvath amüsieren.«

Jetzt richtete sich Winnie auf.

»Der wird ihr nicht so leicht ins Netz gehen, davon bin ich überzeugt. Und – da würde ich auch noch ein Wörtchen mitsprechen.«

Unruhig sah er sie an.

»Winnie, du hast dich doch nicht etwa selber in Doktor Horvath verliebt?«

Sie lachte.

»Nun, so ein bißchen! Er ist ein fabelhaft interessanter Mensch.«

»Und – was wird dann mit deinem bisherigen Favoriten, dem Ingenieur Pollner, Winnie?«

»Ach, guter Charly, der ist doch nur ein Notbehelf.«

»Willst du ihm das Herz brechen?«

»Da wird nicht viel zerbrechen! Nicht mehr, als die Hoffnung auf eine gute Partie, das kannst du mir glauben. Und – ganz ehrlich, Doktor Horvath belege ich nur zuweilen mit Beschlag, um Iduna zu ärgern, als Revanche dafür, daß sie dich so schlecht behandelt hat. Gerade weil ich merke, daß sie besonders begehrlich nach ihm ausschaut, versuche ich, ihr Konkurrenz zu machen. Als Gatten könnte ich ihn nicht gebrauchen; der stellt zu große Anforderungen an eine Frau. Aber – als guten Freund möchte ich ihn mir erobern, und zugleich möchte ich Iduna ein bißchen ärgern. Es reizt mich nun einmal, ihr die Stirn zu bieten.«

Charles lachte.

»Winnie, du bist doch ein kleines, boshaftes Teufelchen«, scherzte er.

Sie lachte mit ihm.

»Ein bißchen boshaft muß man als Frau schon sein, aber es darf trotzdem nicht tiefgehen, und boshaft bin ich eigentlich doch nur, wenn ich gereizt werde. Oder hast du mich schon einmal zu dir boshaft gefunden?«

»Nein, Winnie, wahrhaftig nicht. Zu mir bist du immer lieb und gut gewesen, und ich glaube, du wirst auch einmal zu deinem künftigen Mann lieb und gut sein.«

»Wenn ich den richtigen finde, vielleicht, Charles!«

»Wird schon noch kommen, Winnie, bist ja erst zwanzig Jahre. Sieh mal, ich bin auch fast dreißig geworden, ehe die Richtige kam.«

Sie faßte seinen Arm.

»Also hältst du die Trude für die Richtige?«

Er lachte.

»Es scheint fast so, Winnie; will das alles mal überschlafen.«

Sie langten zu Hause an.

Das ererbte Gut – fast so groß wie Gravenstein und diesem unmittelbar benachbart – hieß in der ganzen Gegend das Fidessergut, nach dem Großvater der beiden Geschwister, der allgemein als ein Original gegolten hatte.

Das geräumige, aus einem Mittelbau und zwei Seitenflügeln bestehende Gutshaus lag in einem großen Obstgarten. Hinter diesem begann der Wald, von dem ein Teil als Park eingezäunt war.

Das Verhältnis der beiden Geschwister zueinander war sehr harmonisch, und sie fühlten sich auf dem Gut, auf dem ihre Mutter geboren war, sehr behaglich.

Als der Wagen vor der breiten, zu einer Terrasse hinaufführenden Steintreppe hielt, trat ein alter Diener aus dem Haus. Dieser hatte vor vielen Jahren die Tochter des alten Fidesser nach England begleitet und war nun mit den beiden Kindern in die deutsche Heimat zurückgekehrt.

Er öffnete mit strahlenden Augen den Wagenschlag.

»John, du bist noch nicht zur Ruhe gegangen? Soll ich mit dir zanken?« fragte Winnie den alten Diener.

»Nicht schelten, Miss Winnie, ich hätte ja doch nicht schlafen können, bevor Sie beide nicht zurückgekommen sind.«

Charles faßte den alten Mann bei den Schultern.

»Nun aber schleunigst zu Bett, guter John!«

Der nickte ihm befriedigt zu. Er wußte seine junge Herrschaft nun wohl geborgen unter Dach und Fach und würde nun ruhig schlafen können.

7

Klaus Weyersberg war mit einem seltsamen Gefühl zum ersten Mal wieder in seinem Vaterhaus schlafen gegangen. Befriedigt hatte er bemerkt, daß die Hausfrau ihm ein behagliches Wohnzimmer neben seinem Schlafgemach hatte einrichten lassen. Um der Güte dieser Frau willen wollte er sanft mit ihrer Familie umgehen, und Frau Maria sollte ihren Herzenswunsch, den sie ihm mitgeteilt hatte, eines Tages erfüllt sehen. Er hätte sich ja sofort zu erkennen geben können, aber aus verschiedenen Gründen schob er das noch hinaus. Er wollte seine Verwandten unter der vorgenommenen Maske erst einmal näher kennenlernen, um zu wissen, wie er sich später zu ihnen stellen sollte – aber in der Hauptsache deshalb, weil er sich Ruth Falkner nicht als der reiche Erbe nähern wollte. Zwar konnte er sich nicht vorstellen, daß dieses tapfere, kluge und warmherzige Mädchen seine Liebe danach bemessen würde, ob ein Mann reich oder arm sei, aber er fand es doch schöner, lediglich um seiner selbst willen geliebt zu werden. Und daß Ruth die einzige Frau war, die er mit voller Befriedigung an seine Seite stellen konnte, hatte er schon in der ersten Stunde ihrer Bekanntschaft empfunden.

Lieb war ihm auch, Iduna gegenüber vorläufig als der arme Doktor Horvath zu gelten, denn wenn sie ihn als Klaus Weyersberg erkannte, würde sie noch eifriger als sonst darauf aus sein, ihn an sich zu fesseln.

Ihretwegen war es ihm besonders wertvoll, hier oben ein eigenes Wohnzimmer zu besitzen, in das er sich zuweilen zurückziehen konnte, wenn ihr Entgegenkommen allzu offensichtlich wurde.

Er fand an diesem Abend nicht gleich zur Ruhe. Seine Gedanken hielten ihn lange wach. Aber zuletzt schlief er doch mit einem frohen Lächeln ein, mit dem Bewußtsein, wieder daheim zu sein und – daß er die Frau gefunden hatte, um die es sich lohnte, seine Freiheit aufzugeben. Und eines wußte er schon heute ganz gewiß – auf Gravenstein mußte wieder ein Verwalter eingestellt werden. Es war unerhört, was man Ruth alles aufgebürdet hatte. Sobald er hier die Zügel der Herrschaft ergriff, sollten bessere Tage für Ruth anbrechen. Und – sie mußte später doch auch für ihn Zeit haben.

Diese Aussicht zauberte ein Lächeln auf sein Gesicht, und mit diesem Lächeln schlief er ein.

Er träumte in dieser Nacht wirklich, und zwar sehr lebhaft. Zuerst von Iduna Weyersberg, die ganze Stöße großer, schwerer Bände übereinandertürmte, so daß sie eine Treppe bildeten. Diese schritt sie hinauf, Stufe für Stufe, und mühte sich, ihn mit sich emporzuziehen. Auf dem Rücken dieser Bände stand mit leuchtenden Buchstaben: »Meine moderne Weltanschauung.« Als es immer höher hinaufging, machte er sich schließlich mit einem ernergischen Ruck von ihr los und blieb zurück. Aber da stürzte der ganze Bücherstoß zusammen! Iduna kam ins Gleiten, ins Rutschen, und verschwand mit ihrer gesamten modernen Weltanschauung im dunklen Nichts.

Dann irrte er auf einmal wieder auf weiten Schneefeldern umher – und da überfiel ihn auch wieder das entsetzliche Einsamkeitsgefühl, das ihn in letzter Zeit – gottlob – nur selten im Träum gequält hatte. Aber auf einmal gewahrte er in weiter Ferne einen dunklen Punkt, der langsam, aber stetig auf ihn zuschwebte, und als der ganz nahe herangekommen war, sah er, daß es ein Fahrrad war, und auf diesem saß lachend und mit der Mütze winkend Ruth Falkner. Ihr Haar funkelte wie Gold, und ihre grauen Augen strahlten wie Sonnen, deren Licht ihn erwärmte und ein beseligendes Wohlgefühl in sein Herz zauberte.

Der Traum endete, als Ruth lachend vom Rad sprang. Sie berührte dabei die Klingel an ihrem Rad, und diese

Klingel weckte ihn – es war der Wecker seiner Taschenuhr, den er auf halb sieben Uhr gestellt hatte.

Noch ein wenig verschlafen lachte er in sich hinein, stellte den Wecker ab und sprang aus dem Bett. Er wollte doch um sieben Uhr im Frühstückszimmer sein, um Ruth Gesellschaft zu leisten.

Als er sich angekleidet hatte, öffnete er leise seine Tür und stieg behutsam, um niemanden zu stören, die Treppe hinunter. Als er ins Frühstückszimmer trat, sah er Ruth schon am Tisch sitzen und sich aus einer Kanne Kaffee einschenken. Sie sah erstaunt, fast erschrocken auf und stellte wie kraftlos die Kanne hin.

»Guten Morgen, Fräulein Falkner!«

»Guten Morgen, Herr Doktor! Mein Gott, was wollen Sie schon so früh? Die andern Herrschaften erscheinen sicherlich nicht vor neun Uhr.«

Er lachte sie an.

»Sie sind da – und wenn ich Sie sehr bitte, geben Sie mir vielleicht eine Tasse Kaffee ab, er duftet wirklich sehr verlockend. Ich bin nämlich ein Frühaufsteher – ich kann es meistens nicht länger als bis um fünf Uhr im Bett aushalten – und dachte mir, Sie hätten gewiß schon ein Frühstück serviert bekommen.«

Sie mußte lachen, aber ihr Gesicht hatte sich doch gerötet. Sie glaubte ihm kein Wort und wußte sehr genau, daß er nur gekommen war, um ihr Gesellschaft zu leisten.

»Dann werde ich mich Ihrer wohl erbarmen müssen, Herr Doktor, denn für die Herrschaften wird erst um neun Uhr serviert.«

Er setzte sich ihr gegenüber und schlug die Hände zusammen.

»So lange hätte ich es ohne irgend etwas gar nicht ausgehalten – mir sitzt nämlich noch immer die Angst im Blut, verhungern zu müssen, diese Angst, die ich so lange habe ausstehen müssen.«

Mit warmer Teilnahme sah sie ihn an.

»Darf ich Sie bitten, mir gelegentlich von Ihrem Schicksal zu erzählen?«

»Ja, Ihnen werde ich gern und ausführlich davon berichten; den andern nur, was unbedingt sein muß.«

»Warum gerade mir?«

»Weil ich bei Ihnen ehrliche Teilnahme an meinem Schicksal voraussetze, bei den andern nur – Neugier und Sensationslust.«

Sie errötete ein wenig und sagte etwas bedrückt:

»Sie bauen also auf meine Ehrlichkeit?«

»So fest wie auf meine eigene.«

Dann sagte sie aufatmend:

»Wenn Sie so fest auf meine Ehrlichkeit bauen – muß ich Ihnen etwas sagen. Ich – nun ja –, ich möchte Ihnen dann nicht verschweigen – daß ich mir über den Zweck Ihres Hierseins klargeworden bin.«

Er zuckte ein wenig zusammen, sah sie mit großen Augen an und fragte zögernd:

»Was betrachten Sie als den Zweck meines Hierseins?«

»Jedenfalls nicht nur den von Ihnen vorgegebenen.«

»Woraus schließen Sie das?«

»Weil ein Mensch wie Sie nicht eine so ausgedehnte Gastfreundschaft bei fremden Leuten annehmen würde, wenn er nur einen Gruß zu überbringen hätte – noch dazu den eines Menschen, der bereits gestorben ist.«

Es zuckte um seinen Mund.

»Sie finden es also doch ein wenig unverschämt, daß ich mich hier festsetze?« fragte er, ein Lächeln unterdrükkend.

»Nicht gerade das. Aber – ich finde, daß es nicht zu Ihrer sonstigen zurückhaltenden Vornehmheit paßt.«

Forschend sah er sie an.

»Und daraus folgern Sie?«

»Daß Sie irgendeine Berechtigung haben, hier zu verweilen.«

Er zögerte wieder, sah sie nachdenklich an und meinte:

»Sie scheinen noch klüger zu sein, als ich annahm.«

»Ich weiß nicht, ob es klug ist oder nur Vermutung. Jedenfalls wollte ich Ihnen, um Ihnen wirklich meine Ehrlichkeit zu beweisen, nicht länger verschweigen, daß schon bei unserer ersten Begegnung am Parktor ein Verdacht in mir aufblitzte, den mir Ihr ferneres Verhalten zu bestätigen schien.«

»Und darf ich jetzt auch noch die Bitte aussprechen, mir ehrlich zu sagen, was für ein Verdacht das ist?«

»Ja, ich will es Ihnen nicht verschweigen. Also – ich nehme an, daß Klaus Weyersberg lebt.«

Nun begann sich seine Stirn zu röten.

»Und das erschreckt Sie nicht?«

»Nein, im Gegenteil, es freut mich, wie es auch Tante Maria freuen wird. Was mein Onkel und Iduna dazu sagen und darüber denken werden, ist mir, offen gesagt, nicht wichtig.«

»Aber Sie? Wäre es Ihnen nicht um Ihrer selbst willen wichtig, und zwar im unangenehmen Sinn, wenn Klaus

Weyersberg noch am Leben wäre? Er würde wahrscheinlich keinen weiblichen Verwalter einstellen. Was würde dann aus Ihnen?«

Sie warf den Kopf zurück und streckte wie in überschüssiger Kraft die Arme aus.

»Wichtig ist nur, daß er am Leben ist! Ich werde immer Arbeit finden, die mir Brot gibt, solange ich gesund bleibe, wenn ich auch nicht mehr als Gutsverwalter amtieren kann.«

»Sie sind ein bewundernswerter, tapferer und vornehm denkender Mensch. Aber nun sprechen Sie mal ganz ehrlich aus, was Sie über mein Hiersein denken!«

Sie füllte seine Tasse aufs neue und sah ihm fest in die Augen.

»Das will ich Ihnen sagen. Ich glaube und wünsche, daß Klaus Weyersberg wie Sie dem Untergang entronnen ist. Warum er nicht selbst gekommen ist? Vielleicht ist er noch leidend, vielleicht hat er die harten Strapazen nicht so gut überstanden wie Sie. Ich habe manches über Südpolexpeditionen gelesen und weiß, daß es dabei hart auf hart geht. Also, irgendwo in der Welt lebt Klaus Weyersberg nach meinem Dafürhalten. Er ist aber noch irgendwie nicht imstande, seine Erbrechte schon jetzt geltend zu machen, deshalb schickt er Sie, seinen erprobten Freund, damit Sie inzwischen hier nach dem Rechten sehen und ihm berichten können über den Stand der Dinge.«

Das sagte sie mit einem so ruhigen und wahrhaftigen Ausdruck, daß er erkannte, es war ihre innerste Überzeugung. Eine Weile sah er sie überlegend an. Er bewunderte ihren Scharfblick, aber es war ihm doch lieb, daß sie die letzte Wahrheit noch nicht ergründet hatte. Mochte sie ihn ruhig noch eine Weile für den armen Doktor Horvath halten. Da er schwieg, fuhr sie fort:

»Nun wissen Sie also, daß Sie mir nichts mehr vorzuenthalten brauchen.«

Wieder zuckte ein verhaltenes Lächeln um seinen Mund. Dann faßte er über den Tisch nach ihrer Hand und drückte seine Lippen darauf.

»Also gut, ich gebe mich geschlagen, Sie sind unheimlich klug! Aber ganz stimmt es doch nicht. Geben Sie mir aber erst Ihr Ehrenwort, daß Sie das, was ich Ihnen jetzt sagen werde, niemandem verraten wollen, solange ich Sie nicht dazu ermächtige.«

Erwartungsvoll nickte sie ihm zu.

»Sie haben mein Ehrenwort – und ich pflege es zu halten wie ein Mann.«

»Gut! Also, Klaus Weyersberg lebt, und wenn ich Ihnen nicht alle Einzelheiten berichten kann, liegt das an den Verhältnissen und daran, daß es eben Klaus Weyersbergs Geheimnis ist. Sie dürfen aber auch Ihrer Frau Tante nichts darüber mitteilen.«

Ein Lächeln huschte über ihr erregtes Gesicht.

»Das wird mir am schwersten fallen, denn ich weiß, sie wird ihres Lebens erst wieder froh werden und sich freuen wie ich, wenn Klaus Weyersberg sein Erbe antreten kann. Aber ich werde auch ihr gegenüber schweigen. Sie wird es ja doch bald erfahren.«

»In einiger Zeit bestimmt. Und weder Ihre Tante noch Sie brauchen sich Sorge zu machen, Klaus Weyersberg wird schonend mit seinen Verwandten verfahren.«

Aufatmend nickte sie ihm zu.

»Da er Ihr Freund ist, bin ich sicher, daß er ein vornehmer und anständiger Mensch ist.«

»Eine so gute Meinung haben Sie von mir, schon nach so kurzer Zeit?«

»Ich weiß immer sehr schnell, was ich von einem Menschen zu halten habe. Entweder vertraue ich ihm gleich – oder nie.«

Er schämte sich nun doch, daß er zu ihr nicht ganz offen sein durfte, aber abgesehen davon, daß er für sie noch der arme Doktor Horvath bleiben wollte, wollte er auch durch die Enthüllung der ganzen Wahrheit ihr Herz den Verwandten gegenüber nicht unnötig belasten.

»Und wie stellen Sie sich nun, alles in allem genommen, der Tatsache gegenüber, daß Klaus Weyersberg lebt?«

»Vor allen Dingen freut es mich, daß er am Leben ist. Oft, sehr oft haben wir ihn bedauert, Tante und ich. Und Tante wird sehr froh darüber sein. Ich selbst werde wenig davon berührt werden, werde nur jetzt mein Amt noch gewissenhafter verwalten, damit er alles in Ordnung findet, wenn er kommt. Und Onkel Kurt und Iduna? Sie werden beide wenig erfreut darüber sein, daß sie das Erbe wieder herausgeben müssen, aber eigentlich hätten sie es ja vor Ablauf von zehn Jahren gar nicht richtig antreten dürfen. Onkel Kurt sollte sich so lange nur als Verwalter betrachten. Wenn er und Iduna sich nun ganz in den Gedanken eingelebt haben, es gehöre ihnen bereits, ist es ihre eigene Schuld. Ich habe immer das Gefühl gehabt, daß Klaus Weyersberg eines Tages wieder auftauchen könnte, und habe das hier im Hause oft genug ausgesprochen. Aber dann wurde ich regelmäßig ausgescholten oder ausgelacht. Was hat denn Klaus Weyersberg dazu gesagt, daß mein Onkel schon von seinem Erbe Besitz ergriffen hat? Oder weiß er das noch nicht?«

»Doch, er weiß es wohl, und er wollte deshalb den Stand der Dinge erst prüfen, ehe er von seiner Existenz Mitteilung machte. Er – nun ja, er hat sich mit Justizrat Frensen in Verbindung gesetzt, um alles Nähere zu erfahren, denn dieser war ein Freund seines Vaters.«

»Ah, dann wird er einen sehr deutlichen, ungeschminkten Bescheid bekommen haben. Der Justizrat hat Onkel oft genug davor gewarnt, nicht allzu sicher auf seine Rechte zu pochen. Auch hatte er sonst einige Zwistigkeiten mit Onkel, über die ich jedoch nicht sprechen möchte.«

»Der Justizrat hat Klaus Weyersberg mitgeteilt, er dürfe beruhigt sein bezüglich der Verwaltung von Gravenstein, die, obwohl sie in den Händen einer jungen Dame liege, von dem tüchtigsten Mann nicht besser ausgeübt werden könnte.«

Ruth wurde rot.

»Ach, der Herr Justizrat ist da ein wenig parteiisch, er hat mich, glaube ich, sehr gern.«

»Das glaube ich auch – und kann es verstehen.«

»Nun sagen Sie mir noch das eine«, suchte sie hastig abzulenken, »wie geht es Klaus Weyersberg, ist er wenigstens gesund?«

Groß und ernst sah er sie an.

»Gottlob, jetzt geht es ihm wieder gut, aber er hat schwere Zeiten hinter sich. Haben Sie noch ein Weilchen

Zeit, dann will ich Ihnen eine kurze Schilderung seiner Erlebnisse geben. Näheres berichtet er Ihnen wahrscheinlich eines Tages selbst.«

Er erzählte ihr von der nach Wunsch ausgeführten Expedition, von der Strandung des Schiffes und dem furchtbaren Hagelwetter, das die Kameraden unter Eisstücken begrub; von dem grauenvollen Gefühl, als alle neben ihnen wegstarben. Von dem Ende seines Freundes Horvath berichtete er nichts, auch seine weiteren Erlebnisse deutete er nur an, weil er ihr das entsetzliche Gefühl völliger Einsamkeit und Verlassenheit nicht schildern konnte, ohne sich zu verraten, da sie annehmen mußte, sie seien zu zweit übriggeblieben. Immerhin vermochte er ihr so viel zu berichten, daß ihr die Tränen inniger Teilnahme in die Augen stiegen. Und er selbst wurde wieder an mancherlei erinnert. Als er dann die Ankunft des Walfischfängerbootes in der Stunde höchster Not und Gefahr geschildert hatte, brach er ab und schloß mit heiserer Stimme:

»Lassen Sie mich jetzt schweigen, es kommt mich doch noch immer sehr hart an, von diesen Erlebnissen zu sprechen, zumal Ihren teilnehmenden, weinenden Augen gegenüber. Nähere Einzelheiten werden Sie hören, wenn ich morgen Ihren Verwandten berichte. Wenn ich dann nur von mir allein reden werde und Klaus Weyersberg ganz dabei übergehe, dann wissen Sie ja, warum das geschieht.«

Sie erfaßte tief ergriffen seine Hand und drückte sie warm.

»Wie gut, o wie gut, daß Sie gerettet wurden – es ist fürchterlich, was Sie erlebt haben.«

Tief sah er in ihre feuchten Augen und berührte ihre Hand mit den Lippen.

»Dank für Ihre Teilnahme, sie tut mir gut!«

Rasch füllte sie ihm noch einmal die Tasse, als müsse sie ihm etwas zugute tun nach all den ausgestandenen Strapazen. Er wechselte nun schnell das Thema, um sie abzulenken, denn er wollte nicht, daß die andern sie nachher mit verweinten Augen anträfen.

Sie ging auch darauf ein. Sich zusammennehmend, sprach sie nun mit ihm über Iduna und die kleine Trude Holl sowie über die Geschwister Longwy.

Sie kamen dabei in heitere Stimmung. Ruth erzählte sehr drollig von Idunas unausgegorenen Weltanschauungsideen, von ihrem verstiegenen Selbstbewußtsein und von ihrem Spiel mit Männerherzen. Sie bedauerte Charles Longwy, der sehr schlecht von Iduna behandelt werde, und wünschte ihm, daß er sich herzhaft in die kleine Trude Holl verlieben möge.

»Und wenn er sich nun in Sie verlieben würde?« fragte Klaus gespannt.

Sie lachte ein wenig.

»Ach, versucht hat er es schon; ich merkte, daß seine Schwester ihn gewissermaßen dazu antrieb, um mich zu werben. Aber sobald ich das merkte, habe ich mich sozusagen in einen Eiszapfen verwandelt und beiden Geschwistern klargemacht, daß sie bei mir vor der falschen Schmiede seien.«

Forschend sah er in ihr lachendes Gesicht.

»Er ist aber doch, soviel ich gestern heraushörte, eine glänzende Partie.«

Sie zuckte ruhig die Schultern.

»Aber bestimmt nicht der Mann, den ich lieben könnte, und – ich habe nun mal die altmodische Ansicht, daß ich mir eine Ehe nicht denken kann, in der nicht beide Teile sich so herzlich lieben, daß ihnen das Leben ohne einander einfach nicht mehr erträglich scheint. Charly Longwy ist ein lieber, guter Junge – aber mein Ideal sieht anders aus und darf sich nicht von der spielerischen Laune einer Frau hin und her schieben lassen. Heiratet er Iduna – sie wünscht das, sobald sie sich, um ihre Worte zu gebrauchen, die Hörner abgelaufen hat – dann ist er so gut wie erledigt. – Ich wünsche ihm deshalb, daß er die kleine Trude bekommt. Sie hat ihn von Herzen lieb und wagt nur nicht, es ihm zu zeigen, denn sie fürchtet, daß Iduna sie dann auf der Stelle nach Hause schicken würde. Seit meine Cousine sich für eine reiche Erbin hält, ist sie nämlich sehr selbstherrlich geworden. – Ahnte sie, daß ich mit Ihnen behaglich am Frühstückstisch sitze – o weh, dann könnte ich etwas erleben. Denn momentan sind Sie bei ihr Hahn im Korb.«

Er lachte amüsiert.

»Das wird nicht lange dauern.«

»Wer weiß, vielleicht gerade wenn sie merkt, daß Sie abgeneigt sind. So etwas ist sie nicht gewohnt.«

»Also, sie würde es mir jedenfalls nicht gönnen, mit Ihnen allein zu frühstücken?«

Ruth lachte, wurde aber zu seinem Vergnügen doch ein wenig rot.

»Ganz gewiß nicht. Schlimm würde es mir ergehen, obwohl ich mir ihre Kritiken nie sehr zu Herzen nehme. Mir tat es nur immer leid, daß, wenn sie mich abkanzelt, Tante Maria sich stets in mir getroffen fühlt, und deshalb gebe ich ihr möglichst keinen Anlaß dazu.«

»Nun sind Sie mir aber noch ein Charakterbild Ihres Onkels und Miss Longwys schuldig. Ihre Tante habe ich schon selbst durchschaut, sie ist eine liebe, gütige Frau, so schlicht und bescheiden und dabei so wahr und echt. Und die drei Herren aus Kassel rubriziere ich unter der Rubrik: Mitgiftjäger!«

Lachend sah sie ihn an.

»Sie haben scharfe Augen. Bei mir gehören sie auch in diese Kategorie. Onkel Kurt, nun er ist ein aus der Bahn geworfener Mensch. Als bescheidener kleiner Getreidehändler war er ein rechtschaffener und arbeitsamer Mensch. Die Vornehmheit und der Reichtum sind ihm zu Kopf gestiegen, und man weiß nicht, wozu ihn das noch verleiten wird. Mir scheint, es wird höchste Zeit, daß er wieder das wird, was er zuvor gewesen ist – wenn es nicht schon zu spät ist.«

Sie sah sehr ernst und bekümmert aus.

»Wie meinen Sie das?«

Ein tiefer Atemzug hob ihre Brust. Ihre Augen waren ganz dunkel vor heimlicher Unruhe.

»Ich meine, daß er mit allen Mitteln darum kämpfen wird, sich die Erbschaft zu erhalten. Glückt es ihm nicht, wird er sicherlich sehr aufgebracht sein. Er ist wahrscheinlich der einzige, der sich nicht wieder in die alten, bescheidenen Verhältnisse zurückfinden wird, denn leider hat er das Arbeiten vollständig verlernt. Sogar Iduna wird eher wieder werden können, was sie einst war, und für sie ist es vielleicht die Rettung aus dem Wust ihrer törichten Ansichten.«

»Ich bin Ihnen sehr dankbar für all diese Aufklärungen. Und nun noch Miss Longwy, die mir, obwohl auch sie ein wenig zuviel von der modernen Frau spricht, Werte zu haben scheint.«

»Sie sind wirklich scharfsichtig und haben schon allerlei herausgefunden, was die Menschen angeht, die Ihnen hier entgegengetreten sind. Also Winnifred Longwy macht, von Iduna beeinflußt, diese kleinen Torheiten mit. Dabei habe ich aber das Empfinden, daß sie es nur tut, um Iduna zu gefallen. Im Grunde ist sie ein wertvoller, vernünftiger Mensch und liebt ihren Bruder zärtlich. Die Geschwister halten ihre Leute sehr gut. Im Grund kann Winnifred Iduna nicht ausstehen und tut ihr soviel Schabernack an wie nur möglich. Ich müßte ganz falsch liegen, wenn sie nicht alles, was in ihrer Macht steht, tun würde, um ihren Bruder von Iduna zu lösen und ihn lieber der sanften kleinen Trude Holl zuzuführen, bei der sie ihn besser aufgehoben weiß, was ich übrigens nur bestätigen kann. Aber nun habe ich Ihnen eine Menge mehr oder minder wichtige Aufschlüsse gegeben, und muß nun an meine Arbeit.«

»Schade!« meinte er aufatmend. Und es kam ihm aus dem Herzen. In Ruth Falkners Gesellschaft fühlte er sich so wohl, so gut aufgehoben, daß er immer hätte bei ihr sein mögen.

Aber sie hatte sich erhoben, stellte schnell das Frühstücksgeschirr auf ein Tablett und legte frische Gedecke auf ihren und seinen Platz. Mit Vergnügen sah er dem Tun ihrer fleißigen Hände zu. Sie waren von Luft und Sonne ein wenig gebräunt, und so schön geformt, daß ihr Anblick ihn entzückte.

Heute trug sie ein hübsches, wenn auch praktisches Kleid aus feinem, smaragdgrünem Wollstoff, das am Hals mit einem weißen Lingeriekragen abgeschlossen war. Sie sah in diesem schlichten Anzug so reizend aus, daß Klaus den Blick nicht von ihr lassen konnte, bis sie hinausgegangen war.

8

Langsam verließ auch er das Zimmer und promenierte, in tiefe Gedanken versunken, durch den Park. Er suchte die Stellen auf, mit denen sich liebe Erinnerungen für ihn verknüpften. Hier war seiner Mutter Lieblingsplatz, dort hatte er als Kind gespielt, an dem runden steinernen Tisch da oben auf dem kleinen Ausguck hatte er oft gesessen und seine Aufgaben für das Gymnasium gemacht. So standen alte Zeiten in seinem Geist wieder auf, und plötzlich befand er sich vor einer Linde, deren junges Blattgrün schon hervorgebrochen war. Er bestaunte sie, denn diese Linde, das wußte er, hatte er an seinem zwölften Geburtstag selbst gepflanzt. Der Vater hatte dabeigestanden und ihm Anweisungen erteilt. Es war ein seit Generationen in Gravenstein geübter Brauch, daß die erstgeborenen Söhne an ihrem zwölften Geburtstag hier am Weg eine Linde pflanzen mußten. Sie war inzwischen ein stattlicher Baum geworden. Etwa zehn Meter davon entfernt stand der von seinem Vater gepflanzte, der viel größer und stärker war. So wie diese Linden im Heimatboden wurzelten, sollten auch die Weyersberg in ihm fest verwurzelt sein. Und der Justizrat hatte ihm erzählt, daß sein Vater jeden Tag zu der von ihm gepflanzten Linde gegangen sei und sie genau betrachtet habe.

»Wäre mein Sohn wirklich tot, wäre das an seinem Lindenbaum zu sehen! Er würde mindestens welk geworden sein«, hatte er einmal zum Justizrat gesagt.

Aufatmend sah Klaus empor zu der Krone des Baumes; ein leises Lächeln zuckte um seinen Mund.

»Hier muß auch mein Sohn eine Linde pflanzen, wenn er zwölf Jahre alt sein wird. Und – er muß zugleich Ruth Falkners Sohn sein.«

So dachte er, in sehnsüchtige Träume versunken.

Tief sog er die würzige Frühlingsluft ein. Wie schön das war, daheim zu sein – und wieviel schöner noch, daß er Ruth hier in seinem Vaterhaus gefunden hatte, wie etwas, das schon zu ihm gehörte.

Langsam ging er weiter, immer weiter, bis er am Ende des Parkes an das Familiengrab der Weyersberg kam. Hier hatte nur die Mutter gelegen, als er hinauszog in die Ferne. Nun lag auch der Vater hier und schlief den letzten Schlaf in der Heimaterde.

Er verrichtete ein stummes Gebet, pflückte die im Rasen aufsprossenden Frühlingsblumen und legte sie auf die Gräber der Eltern.

Dann ging er zum Haus zurück.

Er kam gerade zurecht, als Trude Holl die Treppe herabkam. Sie hatte scheue Augen.

Wie ein geprügelter Hund, dachte er mitleidig.

Sie verschwand, nachdem er sie mit einigen freundlichen Worten begrüßt hatte, in der Telefonzelle, und er setzte sich in einen in der großen Eingangshalle stehenden Sessel.

Nach einer Weile trat Trude – dunkelrot im Gesicht – wieder aus der Zelle heraus. Charles war, als sie im Fidesserhaus angeläutet hatte, am Telefon gewesen. Als auf ihr Verlangen, mit Winnie zu sprechen, diese herbeigerufen war, hatte Trude erregt hervorgestottert, was sich gestern abend zwischen ihr und Iduna begeben habe. – Winnifred hatte einen zornigen Ruf ausgestoßen und etwas zu Charles, der wohl neben ihr stand, gesagt. Dann hatte sie lebhaft in das Sprechrohr gerufen:

»Es ist gut, Trude, du kommst sofort zu uns. Warte eine Viertelstunde, Charles holt dich selber ab.«

Das hatte die verräterische Glut in Trudes Gesicht getrieben, und sie sah ganz reizend aus, als sie zu Klaus herantrat.

Er schob ihr einen Sessel hin, aber sie dankte und sagte mit einem kleinen, schüchternen Lächeln:

»Ich will mich gar nicht erst niederlassen, weil ich gleich nachher Gravenstein verlasse.«

Er sah sie forschend an.

»Ich denke, sie waren für längere Zeit eingeladen, mein gnädiges Fräulein?«

Etwas wie Trotz glomm in ihren Augen auf, und sie stieß erregt hervor:

»Iduna hat mich gestern abend energisch ausgeladen. Sie mag mich nicht mehr – weil – ach – das kann ich gar nicht sagen. Und – Winnifred Longwy hat mir gestern gesagt, ich sollte Iduna nicht immer wieder um gutes Wetter bitten, sondern zu ihr ins Fidesserhaus kommen. Ich sollte sofort dort anrufen und Nachricht geben. Das habe ich eben getan und nun werde ich mit dem Auto abgeholt.«

Klaus sah sie mitleidig an. Ruth hatte doch ein kluges

Köpfchen, sie hatte das vorausgesehen. Er reichte Trude herzlich die Hand.

»Dann wünsche ich Ihnen alles Gute zu diesem Platzwechsel. Hoffentlich sehen wir uns mal wieder.«

Sie seufzte auf.

»Wenn ich nur erst fort wäre – ich habe wirklich Angst vor Iduna. Ach, mein Gott, da kommt sie schon.«

Er lachte sie beruhigend an.

»Nur Mut! Ich bin ja auch noch da!« flüsterte er.

Iduna kam mit schnellen Schritten die Treppe herab. Mit einem wütenden, eifersüchtigen Blick stellte sie fest, daß Trude in ihrer Erregung reizend aussah und daß sie sich mit Doktor Horvath anscheinend sehr vertraulich unterhielt. Sie nahm von Trude absolut keine Notiz, begrüßte Klaus jedoch sehr liebenswürdig und setzte sich neben ihn.

»Gut geschlafen, Herr Doktor?«

»Ausgezeichnet, mein gnädiges Fräulein.«

Sie blitzte ihn herausfordernd an.

»Nun, was haben Sie geträumt?«

Er lachte ein wenig.

»Etwas sehr Komisches. Ich habe von Ihnen geträumt.«

Geschmeichelt richtete sie sich auf.

»Von mir? Und das war so komisch?« fragte sie kokett.

»Urteilen Sie selbst. Ich sah Sie im Traum eine Treppe bauen mit großen, dicken Lexikonbänden, und Sie kletterten die Treppe hinauf und wollten mich emporziehen. Aber ich hatte keinen Mut dazu, denn auf jedem Rücken dieser zahlreichen Bände stand: Meine moderne Weltanschauung.«

Trude konnte nicht anders, sie mußte lachen. Und wenn

es ihr Leben gekostet hätte, sie hätte dies Lachen nicht unterdrücken können. Iduna sah sie nur mit einem Blick an, aber der ließ ihr das Lachen vergehen. Dann wandte Iduna sich erneut an Klaus und sagte ein wenig pikiert:

»Soll das ein Witz sein?«

»Wirklich nicht, ich habe das bei meiner Ehre geträumt, daraus können Sie sehen, einen welch tiefen Eindruck es auf mich gemacht hat, Sie im Besitz einer modernen Weltanschauung zu wissen.«

Sie sah ihn scharf an, aber er machte ein harmloses Gesicht.

»Nun, und das Ende dieses erschütternden Traumes?« fragte sie, halb spöttisch, halb neugierig.

Er wollte ihr das Ende nicht erzählen; den Teil, in dem Ruth eine Rolle spielte, hätte er ohnedies nicht preisgegeben. Und daß Iduna mit ihrer gesamten Weltanschauung zusammengebrochen und die Treppe heruntergerutscht war, wollte er lieber auch nicht berichten. Er sagte deshalb nur:

»Darauf verschwanden Sie wie eine Fata Morgana – im Nichts.«

Iduna zuckte die Achseln und sprang auf.

»Ich denke, wir gehen frühstücken, Herr Doktor?«

Iduna wollte an Trude vorbeigehen, wiederum, ohne sie zu beachten.

Da faßte sich diese ein Herz, dabei wie hilfeflehend in Klaus Weyersbergs Augen sehend.

»Gestatte, daß ich mich gleich jetzt von dir verabschiede, Iduna; ich möchte nicht erst am Frühstück teilnehmen, sondern Gravenstein sofort verlassen.«

Iduna verhielt den Schritt.

»Es geht vor Mittag kein Zug nach Kassel – du wirst wohl warten müssen, bis ein Wagen bereit ist.«

Trude krampfte die Hände zusammen.

»Ich brauche keinen Wagen – und nach Kassel fahre ich nicht – ich, ich gehe zum Fidessergut, und Charles Longwy holt mich im Auto ab, er wird gleich hier sein.«

Die letzten Worte stieß sie heraus, als müsse sie, was sie bedrückte, nun endlich vom Herzen haben.

Iduna zuckte zusammen, wurde vor Erregung ganz blaß und trat so drohend an Trude heran, daß Klaus zwischen die beiden Damen trat und Trude ein wenig beiseite drängte. Er hatte Angst, Iduna würde Trude ins Gesicht schlagen, so wütend sah sie aus.

Trude war froh, daß sie sich hinter ihm verbergen konnte. Iduna wußte nicht, was sie in ihrem Zorn sagen sollte, und stieß endlich ein bösartiges »Schlangenbrut« hervor. Dann drehte sie sich auf dem Absatz herum.

»Kommen Sie zum Frühstückstisch, Doktor Horvath«, sagte sie; es klang wie ein Kommando.

Klaus sah sie ruhig an.

»Gestatten Sie mir, daß ich mich erst von Fräulein Holl verabschiede und zugleich Mr. Longwy guten Morgen sage. Ich komme gleich nach.«

Oh, Iduna hatte heute wieder einen schlechten Tag. Sie hätte vor Wut alles um sich her kurz und klein schlagen mögen. Aber die Klugheit gebot ihr, sich zu beherrschen. Sie wollte noch einen letzten Versuch machen, Trude bei Charles aus dem Feld zu schlagen. Und so blieb sie stehen und sagte scheinbar gleichmütig:

»Nun ja, wir können ja warten, bis Charles kommt. Vielleicht frühstückt er mit uns.«

Man hörte jetzt eine Autohupe, und Klaus sagte zu Trude:

»Haben Sie Ihre Sachen schon zur Hand?«

»Ja, Herr Doktor, es ist alles fertig. Wollen Sie bitte dem Diener sagen, daß er die Koffer aus meinem Zimmer herunterbringt?«

Gern ließ er sich nicht fortschicken, er war wirklich besorgt, Trude mit Iduna allein zu lassen.

Als er sich zögernd der Treppe näherte, kam gerade ein Diener herunter. Klaus konnte ihm also die nötige Weisung geben, ohne fortgehen zu müssen. So blieb Iduna nur Zeit, an Trude heranzutreten und ihr zuzuflüstern:

»Das zahle ich dir bei der nächsten Gelegenheit heim! Triumphiere nur nicht zu früh!«

Und ihre Augen blitzten so drohend in die Trudes, daß diese zusammenschauerte.

Aber schon kam Klaus zu den beiden Damen zurück; in demselben Moment betrat Charles Longwy die große Halle.

»Guten Morgen, Fräulein Trude, da bin ich, um Sie zu entführen. Guten Morgen, Fräulein Iduna! Ich kann mich nicht lange aufhalten, Winnifred erwartet uns sehnsüchtig.«

Idunas Augen funkelten. Also Winnifred war auch mit im Komplott. Das wollte sie auch nicht vergessen, sie würde sich rächen! Und zutraulich, die Hand auf Charles' Arm legend und ihn kokett anschmachtend, sagte sie:

»Sie müssen wenigstens erst mit uns frühstücken, Charles; Trude hat auch noch nichts gegessen.«

Aber Charles war gefeit. Er machte sich ruhig und entschieden von ihr los und wandte sich an Trude.

»Bitte, machen Sie sich fertig, Sie können im Fidesserhaus frühstücken. Winnifred erwartet uns zum Kaffee.«

Zu Iduna gewandt, fuhr er fort:

»Also, ein anderes Mal, Fräulein Iduna.«

Trude klopfte das Herz bis zum Hals hinauf. Sie hatte schnell ihren Mantel angezogen, den ihr Klaus hinhielt, während der Diener das Gepäck hinausbrachte. Sie hatte große Angst gehabt, Charles könnte schwach werden. Als er nach kurzem Abschiedsgruß seine Hand unter ihren Arm schob und sie davonführte, als müsse er sie aus schwerer Not und Gefahr retten, atmete sie wie erlöst auf. Sie ließ sich in den Wagen helfen. Er sprang auf den Platz am Steuer. Absichtlich ließ er Trude nicht an seiner Seite sitzen, damit Iduna sich nicht mokieren könnte. Und – er wollte doch Trude zu seiner Frau machen, das stand für ihn fest.

Iduna trat unter das Portal und rief Charles zu:

»Wir kommen wahrscheinlich am Nachmittag alle zu Ihnen hinüber, Charles; grüßen Sie Winnifred!«

Charles nickte, aber seinen Lippen entfuhr dabei kein Segensspruch. Schnell fuhr er davon.

Klaus war froh, daß die kleine schüchterne Trude in Sicherheit war. Er hätte Iduna, ihren Blicken nach, allerhand Böses zugetraut.

Es dünkte ihn nicht gerade angenehm, Fräulein Iduna wieder zu besänftigen. Zum Glück kamen jetzt die drei Herren aus Kassel in schöner Eintracht die Treppe herunter. Sie sahen alle drei aus wie aus einem Modebild geschnitten. Iduna beschäftigte sich sogleich eingehend mit dem Ingenieur Pollner, einmal, weil er bisher Winnifreds Favorit gewesen war und sie dieser irgend etwas antun mußte, und außerdem, um Doktor Horvath ein wenig anzufeuern und eifersüchtig zu machen. Er erschien ihr zu lau, und außerdem war sie klug genug, um zu begreifen, daß die Erzählung seines Traumes für sie nicht gerade ein Lob gewesen war. Und Trude, dieses unverschämte Ding, hatte noch dazu gelacht. Oh, sie sollte schon noch erkennen, daß man sich mit einer Iduna Weyersberg nicht ungestraft in einen Kampf einlassen durfte. Dieses dumme Ding bildete sich wohl ein, daß Charles Longwy sie heiratete! Das würde sie schon zu verhindern wissen. Gleich heute nachmittag würde sie dazwischenfahren und es Charles klarmachen, daß Trude sich nur auf ihn spitzte, weil er reich war.

Daß man Charles lieben könnte, hielt Iduna für unmöglich. Männer wie ihn heiratete man nur.

Während des Frühstücks, zu dem sich nun auch Idunas Eltern und Ruth einfanden – letztere nur, um allerlei kleine Pflichten zu übernehmen –, wurde das Gespräch allgemein. Iduna berichtete den Eltern, daß Trude Holl ins Fidesserhaus übergesiedelt sei. Frau Maria sagte bedauernd:

»Sie war bei mir, um sich zu verabschieden. Es tut mir leid, daß sie nicht länger bleiben wollte.«

Klaus und Ruth hatten sich einen Moment verständnisvoll angesehen. Sie wußten beide sehr wohl, daß Trude nicht mehr hatte bleiben dürfen.

Iduna ging schnell auf ein anderes Thema über, nachdem sie noch eingeworfen hatte:

»Ich habe Charles versprochen, daß wir heute nachmittag alle ins Fidesserhaus hinüberkommen.«

Klaus wußte, daß Charles ihr keineswegs dieses Versprechen abgenommen hatte, sondern daß sie einfach ihr und der andern Kommen in Aussicht gestellt hatte.

9

Charles hatte, sobald sie außer Sichtweite waren, den Wagen zum Stehen gebracht und sich nach Trude umgewandt, die, hinter ihm sitzend, mit den widerstreitendsten Empfindungen kämpfte.

»Nun können Sie neben mir Platz nehmen, Fräulein Trude; ich wollte nur nicht, daß die Leute in Gravenstein darüber redeten, wenn wir Seite an Seite davongefahren wären.«

Er sprang aus dem Wagen und half ihr aussteigen und neben dem Fahrersitz Platz nehmen.

Sie seufzte erlöst auf und sah ihn mit feuchten Augen an.

»Ich habe eine ganz unsinnige Angst vor Iduna gehabt; ich glaube, sie hätte mich geschlagen, wenn Doktor Horvath nicht dazwischengetreten wäre.«

Er bekam einen roten Kopf.

»Das hätte sie nur wagen sollen!« rief er drohend und streichelte beruhigend ihre Hand.

Die zitterte leise in der seinen.

»Ich hatte Angst, daß Winnifred sich anders besonnen

haben könnte und mich nun nicht mehr haben wollte«, sagte sie leise.

»Oh, Winnie ist in jeder Hinsicht zuverlässig; was sie sagt, gilt. Und wir freuen uns außerordentlich, daß wir nun auch einen Gast haben. In Gravenstein hat man immer eine Menge Gäste.«

Dankbar sah sie ihn mit ihren wirklich schönen Augen an.

»Aber ich bin doch nur ein dummes, unbeholfenes Ding und kein bißchen amüsant und unterhaltend.«

»Das können Sie gar nicht beurteilen. Ich finde Sie sehr interessant und bin jedenfalls sehr froh, daß Sie bei uns sein werden. Sie dürfen lange, lange nicht fort.«

»Sie sind so gut, Sie und Winnie! Wie soll ich das nur vergelten?«

Er lachte verlegen und drückte schnell und unbeholfen seine Lippen auf ihre Hand.

»Dazu wird sich schon Gelegenheit finden, Fräulein Trude. Was für schöne, sanfte Augen Sie haben!«

Sie wurde dunkelrot und sagte schüchtern:

»Wollen wir jetzt nicht weiterfahren?«

Er lachte wieder.

»Ja, das könnten wir eigentlich. Winnie wird schon warten!«

»Haben Sie wirklich noch nicht gefrühstückt?« fragte sie, als er nun weiterfuhr.

»Wirklich nicht. Wir wollten gerade anfangen, als Ihr Telefonanruf kam. Da habe ich mich gleich auf den Weg gemacht. Winnie wird inzwischen wohl schon ihre Schokolade getrunken haben – Sonntags trinkt sie nämlich Schokolade zum Frühstück. Die andern Tage wagt sie es nicht, weil sie um ihre Figur fürchtet. Sie müßten alle Tage Schokolade trinken, Fräulein Trude, es wäre wirklich sehr gut für Sie, würden Sie ein wenig zunehmen.«

Sie lachte ein wenig.

»Was denken Sie, Mr. Longwy; Schokolade gibt es bei uns nur an Geburtstagen, sonst nur Kneippkaffee oder dünnen Tee.«

Ganz erschrocken sah er sie an.

»Oh, dann müssen Sie aber, solange Sie im Fidesserhaus sind, jeden Morgen Schokolade trinken. Und zwei weiche Eier dazu essen. Und kleine Kuchen, die unsere Köchin vortrefflich zu backen versteht.«

Sie wehrte erschrocken ab.

»So anspruchsvoll werde ich gewiß nicht sein.«

»Ruhe! Das habe ich als Hausherr zu bestimmen, höchstens Winnie darf noch etwas dazu sagen, und die werde ich schon beeinflussen. Sie dürfen nicht aufmukken, wir werden ein strenges Regiment führen. Haben Sie in Gravenstein Schokolade zum Frühstück bekommen?«

»Nein, alle trinken Kaffee oder Tee, und da durfte ich doch nichts Besonderes für mich verlangen.«

Er warf ihr einen schnellen Seitenblick zu.

»Im Fidesserhaus dürfen Sie immer verlangen, wonach Ihnen der Sinn steht, das bitte ich mir aus. Mögen Sie Schokolade gern?«

Sie machte ganz verklärte Augen.

»Schokolade schmeckt herrlich.«

»Mit Schlagsahne obendrauf? So trinkt sie Winnie sonntags.«

Trudes Augen wurden noch verklärter.

»Oh – mit Schlagsahne – wundervoll.«

Wie ein besorgter Familienvater sah er sie an.

»Na, hoffentlich hat Winnie etwas Schokolade übriggelassen, sonst muß gleich frische gekocht werden.«

Nun mußte sie lachen, aber die Augen wurden ihr feucht, und plötzlich brach ein Schluchzen aus ihrer Brust. Erschrocken sah er sie an.

»Himmel! Was ist denn – weshalb weinen Sie?«

»Weil Sie so schrecklich gut zu mir sind, das – nein – das bin ich nicht gewöhnt; wir werden zu Hause hart angefaßt, weil es bei unsern Verhältnissen nicht anders geht. Soviel Güte – nein, das vertrage ich nicht.«

Er atmete auf.

»Gottlob, ich dachte schon, ich hätte etwas Ungeschicktes oder Dummes gesagt. An das Umsorgtwerden müssen Sie sich ganz einfach gewöhnen. Winnie und ich haben uns vorgenommen, Sie maßlos zu verwöhnen.«

Sie sah ihn an, daß er vor Schrecken fast den Wagen in den Graben gefahren hätte. So liebevolle Blicke war Charles seinerseits nicht gewöhnt. Es wurde ihm sehr heiß.

Mit einem Ruck brachte er den Wagen wieder mitten auf die Straße.

»Haben Sie sich erschreckt?« fragte er besorgt.

»O nein, ich bin so etwas gewöhnt. Mein ältester Bruder ist als Ingenieur in einer Automobilfabrik angestellt und muß oft Probefahrten machen. Da ich sehr gern Auto fahre, nimmt er mich zuweilen mit. Und da bin ich dann mucksmäuschenstill und freue mich, wenn's mal ein bißchen wild zugeht.«

»So, Sie haben einen Bruder?«

»Drei!« sagte sie lachend.

»Drei Brüder?«

»Ja, drei! Deswegen geht es knapp bei uns zu. Der jüngste, der Jurist, ist vorläufig noch unbesoldet. Hoffentlich wird er bald Assessor! Aber wahrscheinlich wird Vater dann abgebaut.«

Er hörte interessiert zu. »Also, der älteste Bruder ist Ingenieur. Und der zweite?«

»Hat Philologie studiert und ist Lehrer am Gymnasium.«

»Der jüngste aber, was studiert der doch gleich?«

»Jura!«

»Mein Gott, das sind wohl alles gräßlich kluge Menschen?«

Sie lachte herzlich.

»Manchmal machen sie auch Dummheiten.«

»Wirklich? Das ist mir schon sympathischer. Was sind denn das für Dummheiten?«

»Nun, mein ältester Bruder hat sich heftig in Iduna Weyersberg verliebt. Wir waren in Kassel gut befreundet. Iduna besuchte mit mir die Schule, und wir wohnten nahe nebeneinander. Da waren wir oft zusammen. Mein Bruder Hans verliebte sich in Iduna. Damals war sie noch nicht so wie heute, viel netter und bescheidener. Aber als dann das mit der Erbschaft kam, da hat sie meinem Bruder gesagt, nun müsse Schluß sein mit ihnen beiden, sie wolle eine große Dame werden und eine glänzende Partie machen. Sie hatten sich nämlich schon fest versprochen, einander zu heiraten, sobald Hans sein Studium beendet und eine einträgliche Stellung erhalten haben würde. Mein Bruder war darüber sehr unglücklich und will nun von keiner Frau mehr etwas wissen. Er kann Iduna nicht vergessen, wenn sie auch sehr häßlich zu ihm war. Und wenn ich in Gravenstein eingeladen war und wieder nach Hause kam, dann fragte er mich heimlich immer eingehend nach Iduna aus. Ich mag ihm gar nicht sagen, wie sehr sie sich verändert hat, denn es tut mir leid, daß er noch immer an ihr hängt. Aber was kann man gegen Liebe tun?«

Das sagte sie so ergebungsvoll, daß es ihn rührte. Forschend sah er sie von der Seite an.

»Was wissen Sie denn von Liebe?«

Das Blut stieg ihr so jäh ins Gesicht, daß sein Herz sehr unruhig schlug.

»Genug, um meinen Bruder verstehen zu können«, antwortete sie leise. »Wir sind eben zu arm, als daß wir ein Anrecht auf Liebesglück haben könnten.«

Unwillig richtete er sich auf.

»Das ist doch Unsinn! Was hat die Liebe mit Reichtum oder Armut zu tun?«

»Mehr, als Sie denken. Wäre Iduna arm geblieben, hätte Hans sie erringen können.«

»Iduna hat eben Ihren Bruder nicht wirklich geliebt, er soll sie laufen lassen. Sie ist eine gräßliche Kokette und will alle Männer an der Nase herumführen. Aber sie wird sich wundern! Ich bin fertig mit ihr, endgültig.«

Dabei sah er sie herausfordernd an, und als er merkte, daß ihre Augen aufstrahlten, atmete er tief auf und fuhr fort:

»Ihr Bruder soll es auch so machen wie ich und sich herzhaft in eine andere verlieben. Ich bin nämlich gerade dabei!«

Und er strahlte sie so zärtlich an, daß sie gar nicht im

Zweifel sein konnte, wer diese andere wäre. Ihr Herz schlug heftig; sie faltete die Hände und drückte sie fest gegeneinander. Er sah das und fragte sie plötzlich mit unsicherer Stimme:

»Was machen Sie denn da?«

»Ich bete«, erwiderte sie leise.

Das erschütterte ihn.

»Worum beten Sie denn?«

»Daß – daß Sie recht glücklich werden und eine Frau finden, die Sie so herzlich liebt, wie Sie es verdienen.«

Er schluckte einige Male, weil er nicht gleich reden konnte. Endlich sagte er heiser:

»Ich bin ein gräßlich ungeschickter Kerl und – schön anzusehen bin ich auch nicht. Wenn ich mich nun auch Hals über Kopf in eine andere verliebe – wer weiß, ob sie mich mag.«

Sie seufzte tief auf.

»Ach – wenn ein Mensch so gut ist wie Sie, dann braucht er doch nicht schön zu sein. Und – der Geschmack ist verschieden. Ein Mann braucht überhaupt nicht schön zu sein – wenn er nur ein rechter Mann ist.«

Charles richtete sich straff auf im Gefühl seiner Kraft. Oh, was das anbelangte – ein rechter Mann war er schon, wenn er sich auch dummerweise mit Iduna eingelassen hatte. Und als er Trude ansah, fand er wieder einmal, daß sie ganz reizend aussehen konnte. Steckte man sie in so elegante Kleider wie Iduna immer trug, dann würde sie zehnmal hübscher sein als diese.

»So, nun erzählen Sie mir noch ein wenig von daheim. Was für Dummheiten machen denn Ihre andern Brüder?«

Sie lachte.

»Der Philologe, mein Bruder Fritz, hat sich in eine junge Lehrerin verliebt. Sie ist ebenso arm wie er, und sie können noch lange nicht heiraten. Mein jüngster Bruder Georg, der Jurist, wird sich auch mal bis über beide Ohren verlieben und dann ebenfalls in ein armes Mädchen. Aber ich glaube, das sind die einzigen Dummheiten, die sich alle drei geleistet haben und leisten werden.«

»Oh, sie werden schon darüber wegkommen.«

Sie schüttelte den Kopf.

»Nein, wir Holls sind treu und anhänglich; was uns einmal liebgeworden ist, lassen unsere Herzen nicht wieder los.«

»Also – haben Sie auch schon einen Mann im Herzen sitzen?«

Sie nickte, wurde dabei aber sehr rot und sah von ihm fort. Er sah nur das hübsche Profil und den zuckenden Mund. Unter dem Hut hervor quollen die nußbraunen Haare und legten sich in weichen Wellen an die etwas schmalen Wangen. Er fühlte, Winnie hatte recht – diese süße kleine Trude hatte ihn lieb. Wie kam das nur? Er war doch wirklich nicht liebenswert!

Aber weil er viel zu sehr Kavalier war, um eine Dame, die sich ihm anvertraut hatte, in Verlegenheit zu bringen, sagte er nur hastig:

»Sie müssen ordentlich herausgefüttert werden; Sie sind viel zu schmal, das muß anders werden.«

Sie mißverstand das gründlich und glaubte nun zu wissen, daß sie ihm nicht gefallen könnte. Ob das eher zu erreichen war, wenn sie voller und runder wurde? Lieber Gott, sie aß ja schrecklich gern, aber unbescheiden durfte man doch nicht sein, wenn man eingeladen war; aber wenn ihm nun mal etwas daran lag – ach – man mußte doch um sein Glück ein bißchen kämpfen. Wenn man gleich von vornherein so mutlos die Flinte ins Korn warf, trieb man ihn eben wieder einer andern in die Arme. Und – es würde den guten, lieben Charles doch keine so liebhaben wie sie.

Stumm nebeneinandersitzend, legten sie den letzten Teil der Fahrt zurück. Sie befanden sich bereits auf dem Terrain des Fidessergutes, und man sah das schöne, große Wohnhaus schon zwischen den Bäumen hervorlugen. Zwei Minuten später hielt der Wagen vor der zu der Terrasse emporführenden Steintreppe. Winnifred, gefolgt von dem alten John, kam heraus und eilte die Stufen herab. Charles sprang aus dem Wagen und half Trude beim Aussteigen.

»Winnie, hast du Schokolade übriggelassen?« rief er seiner Schwester zu, die Trude herzlich begrüßte.

Sie sah ihn erstaunt an.

»Nein, die habe ich aus Langeweile ausgetrunken.«

Wie in wilder Verzweiflung fuhr sich Charles durch den rotblonden Haarschopf.

»Na, da wirst du ja wieder hübsch zugenommen haben. John, schnell in die Küche, es soll sofort eine Riesenportion frische Schokolade gebracht werden – und Schlagsahne dazu. Und dann frischen Kaffee für mich und ordentlich was zu essen. Wir haben Hunger.«

John eilte diensteifrig davon. Winnie schob ihre Hand unter Trudes Arm und führte sie ins Haus. An Trudes anderer Seite ging Charles.

»Also nochmals herzlich willkommen im Fidesserhaus, Trude!« sagte Winnie, als sie am Portal angekommen waren.

Charles streckte seine Arme vor, so daß die beiden Damen nicht eintreten konnten.

»Halt, das ist ein historischer Augenblick! Erst will auch ich mein Sprüchlein aufsagen: Glück und Segen mit Ihnen über unsere Schwelle, Fräulein Trude!«

Sie reichte ihm die Hand, und ihre Augen waren wieder feucht. Wie ganz anders wurde sie hier aufgenommen als in Gravenstein, wo außer Frau Maria und Ruth niemand ein herzliches Wort für sie hatte.

»Ich danke Ihnen für Ihre guten Worte, Mr. Longwy.«

Er nickte ihr zu.

»Ja – und den Mr. Longwy wollen wir gleich mal als zu umständlich und förmlich beiseite legen. Hier im Fidesserhaus will ich nur Charlie genannt werden, wie meine Schwester mich ruft, wenn ich artig hin«, sagte er halb ernst, halb scherzend.

Trude sah halb beglückt, halb scheu und ängstlich zu Winnie auf. Diese aber nickte lächelnd.

»Füge dich nur, Trude, er ist gräßlich verzogen, und du mußt ihm, wie ich, allen Willen tun, sonst ist der Kleine sehr schwierig zu behandeln«, scherzte sie.

Da reichte Trude ihm die Hand.

»Sie sind schrecklich gut zu mir, Charlie, und Winnie auch!«

Er zog ihre Hand durch seinen Arm und führte sie über die Schwelle seines Hauses, und das tat er mit einer großen, ernsten Feierlichkeit. Fünf Minuten später saßen alle drei am Frühstückstisch. Charles füllte Trude immer wieder die Tasse mit Schokolade, häufte einen großen Löffel Schlagsahne darauf und wachte sorgsam darüber, daß sie auch zwei weiche Eier und knusprige Brötchen aß. Er hörte nicht auf, sie zu füttern, bis sie, völlig abgekämpft, streikte. Sorgenvoll schüttelte er da sein Haupt.

»Wie soll ich Sie nur schlachtreif bekommen, wenn Sie wie ein Piepmatz essen?«

»Aber Charlie, du machst ja Trude Angst, sie soll hier doch nicht geschlachtet werden!«

Trude lachte. »Ich weiß doch, daß er keiner Fliege etwas zuleide tun kann.«

»Oh, sagen Sie das nicht. Wenn ich schlafen will und eine Fliege ärgert mich, dann überkommen mich die schönsten Mordgelüste. Wie ist es, Fräulein Trude, wenigstens noch einen Apfel?«

»Nein, ich kann nicht mehr!«

»Laß sie nur zufrieden, Charlie, sie muß erst trainieren. In Gravenstein ernährt man sich unter Idunas Regie nur nach Kalorien.«

»Das gibt es aber hier nicht, hier wird gegessen und gehorcht, verstanden?« stieß Charles mit einer wahren Tyrannenmiene hervor.

Da mußte Trude hell auflachen. Und dieses Lachen klang ihm so lieb in die Ohren, daß er Trude entzückt ansah und seiner Schwester zurief:

»Hast du das gehört? Hast du sie schon jemals so lachen hören?«

»Ach, Charlie, in Gravenstein unter Idunas strengem Regiment ist ihr das Lachen vergangen.«

Charles richtete sich auf.

»Denke dir, Winnie, Iduna hat Trudes ältestem Bruder

versprochen, ihn zu heiraten, und als sie Gravenstein erbten, hat sie ihm einfach den Laufpaß gegeben. Ist das nicht gemein?«

»Es wundert mich jedenfalls nicht«, erwiderte Winnie.

»Und denke dir – er liebt sie noch immer. An wen die Holls einmal ihr Herz gehängt haben, von dem können sie nicht mehr lassen«, sagte Charlie triumphierend.

Winnie sah die tief errötende Trude an und nickte ihr verständnisvoll zu.

»Ja, die kleine Trude flirtet auch nicht mit Gott und aller Welt. Und ich mache auch nicht mehr mit, das sage ich dir, Charles, ich habe mich viel zuviel von Iduna beeinflussen lassen. Jetzt ist es aus damit!«

»Das freut mich, Winnie! Ganz offen, ich finde es nicht schön, so mit jedem anzubändeln«, sagte Trude ernst. Winnie sah sie sinnend an.

»Nun erzähl doch, Trude, wie ging es denn mit Iduna. Du mußt uns alles ausführlich berichten.«

Da berichtete Trude ausführlich, was gestern abend und heute morgen zwischen ihr und Iduna vorgefallen war.

Charlie wurde, während sie sprach, immer erregter.

»Die wird sich wundern. Mit mir soll sie nicht mehr spielen, das ist vorbei. Jetzt kenne ich sie genau. Wenn sie es noch einmal wagt, so ungezogen zu Ihnen zu sein, Fräulein Trude, dann werde ich ihr mal ungeschminkt meine Meinung sagen. Übrigens, Winnie, ich soll dir sagen, daß die Gravensteiner mit ihren Gästen heute nachmittag hierherkommen werden. Vermutlich will Iduna Fräulein Trude ärgern oder mich oder uns alle beide. Aber wir lassen uns nichts mehr gefallen, Fräulein Trude, versprechen Sie mir das! Sie müssen es ihr ordentlich wiedergeben, wenn sie Ihnen etwas zuleide tut.«

Ein wenig verzagt sah Trude ihn an.

»Ich weiß nicht, ob ich den Mut haben werde. Heute morgen hätte ich ganz bestimmt eine Ohrfeige von ihr bekommen, wenn Doktor Horvath sich nicht zwischen uns gestellt hätte.«

»Nun, jetzt brauchen Sie Doktor Horvath nicht mehr zu Ihrem Schutz, jetzt bin ich da. Sie sind unser Gast; das werde ich der liebwerten Iduna schon begreiflich machen.«

Wie klopfte Trudes Herz beseligt bei diesen Worten Charlies, und wie glücklich fühlte sie sich im Fidesserhaus.

Nach dem Frühstück entführte Winnie sie, sehr zur Unzufriedenheit ihres Bruders, damit sie sich umkleiden und von ihren Zimmern Besitz nehmen sollte.

»Bleibt bloß nicht zu lange allein oben, ich möchte auch etwas von unserem Gast haben, Winnie, und nachher wollen wir einen Bummel durch den Wald machen. Es gibt schon Maiblumen, glaube ich.«

»Eine Stunde mußt du dich schon mit dir selbst beschäftigen, Charlie; Trude muß doch erst ihre Koffer auspacken und sich hübsch machen.«

Charlie brummte ein wenig. Seine Augen suchten recht zärtlich die Trudes.

»Für mich ist sie so, wie sie ist, hübsch genug.«

Als er den beiden Damen nachsah, während sie die Treppe hinaufgingen, lachte er wie ein glücklicher Junge vor sich hin.

Ich glaube wirklich, sie mag mich, dachte er und fühlte ein großes Glücksgefühl in sich aufsteigen.

Winnie führte Trude in zwei reizende Gastzimmer. Auf der Schwelle stockte Trudes Fuß. Ganz erschrocken sah sie Winnie an.

»Ach Winnie – diese Zimmer sollen doch nicht für mich sein?«

»Doch, Trude, gefallen sie dir nicht?«

»Ach du lieber Gott – sie sind ja einfach fürstlich – wie soll ich mir darin vorkommen? Da solltest du mal mein kleines Kämmerchen zu Hause sehen, das ist eigentlich das Mädchenzimmer, aber wir halten nur eine Stundenfrau. Und wir haben nicht viel Platz. Die Eltern brauchen ein Schlafzimmer, die drei Brüder ein anderes, dafür geben sie, wenigstens die beiden ältesten, den Eltern etwas von ihrem Verdienst ab. Georg, mein jüngster Bruder, hat ja selbst noch so gut wie nichts. Und dann gibt es noch ein Wohnzimmer, das gleichzeitig als Speisezimmer dient, und ein Besuchszimmer. Das alles kostet schon soviel Miete. Und hier soll ich nun zwei so große Zimmer ganz für mich allein haben?«

Winnie umarmte sie gerührt.

»Wie hast du denn in Gravenstein gewohnt?«

»Oh, ganz nett, auch viel luxuriöser als daheim. Iduna kennt ja unsere Verhältnisse zu Hause und hat früher genauso gelebt. Da weiß sie schon, daß sie nicht viel Umstände mit mir zu machen braucht. Wirklich, Winnie, eines dieser Zimmer reicht für mich.«

Winnie schob sie energisch in das erste Zimmer hinein und schloß die Tür.

»Rede doch keinen Unsinn; ein Gastgeber nimmt seine Gäste auf, wie es seinen Verhältnissen entspricht, und nicht, wie es der Gast gewohnt ist. Im übrigen hat Charlie diese Zimmer für dich bestimmt, weil sie eine schöne Aussicht haben, und du wirst ihn doch nicht kränken wollen?«

Erschrocken sah Trude sie an.

»O nein, um Himmels willen nein – er ist ja so rührend gut, und du auch. Wie soll ich euch nur danken?«

»Das habe ich dir doch schon gesagt: indem du meinen Bruder glücklich machst.«

Trude warf sich Winnie in die Arme, sah schluchzend zu ihr auf und sagte leise, mit verhaltenen Tränen:

»Ach Winnie – ich – ja – ich glaube, er hat mich schon ein wenig gern, und von Iduna will er nichts mehr wissen.«

»Nun also, dann hast du ihm bereits einen großen Dienst erwiesen. Nun komm, schließ deinen Koffer auf und die Handtasche. Ist das dein ganzes Gepäck?«

Trude nickte, und es huschte ein schelmisches Lächeln über ihr Gesicht.

»Charlie braucht nicht in Sorge zu sein, daß ich mich zu hübsch machen könnte, viel Auswahl an Kleidern habe ich nicht, und alles, was ich besitze, habe ich mir selbst gearbeitet«, erwiderte Trude, ihre Koffer aufschließend.

»Wirklich? Alles selbst gearbeitet? Fabelhaft; das könnte ich nicht.«

»Ja, das Muß ist ein guter Lehrmeister.«

Trude legte ihre Sachen in die Schubfächer, hängte ihre Kleider sorgsam auf, und Winnie half ihr dabei. Dann kamen die Fotos ihrer Eltern und ihrer Brüder an die Reihe, die Trude auf den Nachttisch neben ihrem Bett stellte. Winnie nahm die Bilder eines nach dem andern in die Hand. Erst sah sie das Bild der Eltern an. Es waren schlichte, besorgte Gesichter, aber nicht unsympathisch. Dann nahm Winnie eins der drei Männerbilder. Und da wurden ihren Augen seltsam weit und groß.

»Du Trude – ist das derjenige deiner Brüder, der Iduna immer noch liebt, obwohl sie ihm die Treue brach?«

Trude wandte sich um und sah auf das Bild in Winnies Hand.

»Nein, das ist mein jüngster Bruder Georg, der Jurist. Dies hier ist Hans, der Ingenieur und älteste meiner Brüder. Und der dritte hier ist Fritz, der Philologe.«

Winnie sah auf die andern beiden Fotos nur flüchtig herab, ihre Augen wandten sich wieder Georg Holls Bild zu.

»Das sind ja alles schon ernste Männer, Trude«, sagte sie versonnen in das markante Gesicht des jungen Juristen blickend.

»Nun ja, das Leben hat sie hart genug angefaßt. Aber sie haben alle die Zähne zusammengebissen und sich durchgerungen mit ihrer bescheidenen Zulage von zu Hause. Georg wird es ja auch bis zum nächsten Jahr geschafft haben.«

»Wie alt sind deine Brüder?«

»Hans ist dreiunddreißig, Fritz einunddreißig, Georg neunundzwanzig.«

Winnie konnte ihren Blick nicht von Georgs Zügen losreißen.

»Weißt du, ich hätte jedem von ihnen gut fünf Jahre mehr gegeben.«

»Lerne sie nur erst kennen! Sie sehen in Wirklichkeit nicht so ernst aus wie hier auf den Bildern.«

Langsam stellte Winnie das Foto zu den andern zurück.

»Kleine Trude, du hast sehr interessante Brüder, sie haben alle drei höchst charakteristische Gesichter, aber – am markantesten sieht der jüngste aus.«

»Ich kann das nicht beurteilen, weil es meine Brüder sind. Aber tüchtig sind sie alle drei. Und Georg hat es am schwersten gehabt, er hat mit den kleinsten Wechseln auskommen und immer noch selbst dazuverdienen müssen. Aber er schafft es schon. Wenn er sich nur um Gottes willen nicht verliebt, ehe er sein Ziel erreicht hat, denn dann verliert auch er, wie die beiden andern, sein Herz an ein armes Mädchen. Das liegt nun mal so in uns allen – nur auf das Herz zu hören.«

»Aber dein Bruder Hans hat sich doch, denke ich, in die reiche Iduna verliebt.«

»Als er das tat, war sie noch arm.«

»Und wen liebt dein zweiter Bruder?«

»Eine junge Lehrerin, die ebenso arm ist wie er.«

»So? Und der jüngste – du meinst, dessen Herz ist noch frei?«

»Bis jetzt, gottlob ja.«

Winnifred sah noch einmal mit großen Augen in Georg Holls Gesicht, das sie seltsam fesselte.

Sie kamen nun wieder auf Iduna zu sprechen.

»Jetzt ist es mir noch unerklärlicher«, hub Winnie an, »daß Iduna so verbohrte Ansichten vom Leben hat und sich so viel mit anderen Männern abgibt. Wenn man von einem Mann wie deinem Bruder geliebt wird, dann sollte man an dieser Liebe mit seinem ganzen Sein festhalten.«

Trude umarmte Winnie.

»Ach Winnie, wie freut es mich, das von dir zu hören, nicht nur, weil du so gut von meinen Brüdern sprichst, sondern weil du mir mit diesen Worten auch verraten hast, daß du im Grunde nicht so wie Iduna veranlagt bist. Ich habe das schon immer geahnt.«

Winnie lachte ein bißchen verlegen.

»Sieh mal, Trude, Iduna hat mir all das nur eingeredet. Man geniert sich eigentlich, sich als ernsthafter Mensch in ihrer Gesellschaft zu zeigen. Aber man will auch nicht als unmodern und rückständig gelten. Im Grunde meines Herzens habe ich diesen Unsinn niemals mitgemacht. Eines Tages wurde mir klar, daß alles das Torheit ist. Da sagte mir nämlich Fräulein Falkner: ›Miß Longwy, Sie bekennen sich im Grunde ja gar nicht zu dieser sogenannten modernen Weltanschauung und dazu, daß eine moderne Frau sich unbedingt ausleben müsse. Sie wissen so gut wie ich, daß ausleben in diesem Sinne identisch ist mit sich wegwerfen, sich etwas vergeben. Und dafür sollten Sie sich zu schade sein!‹ Das habe ich mir sehr zu Herzen genommen.«

Trude nickte ihr zu.

»Es war recht von dir, auf Fräulein Falkners Worte zu hören. Sie ist wirklich ein tüchtiger und wertvoller Mensch. Die Zügel von ganz Gravenstein hält sie in Händen, und dabei weiß ihr kein Mensch, außer ihrer Tante, Dank. Iduna tut immer, als esse Ruth Falkner nur das Gnadenbrot. Ich möchte nicht wissen, wie es um Gravenstein stünde, wenn sie nicht wäre.«

»Das habe ich mir auch schon gesagt. Ich mag sie sehr gern, so gern, daß ich früher im Sinn hatte, sie mit Charles zusammenzubringen. Aber die vergibt ihre Hand nicht ohne ihr Herz. Ganz steif und eisig ist sie geworden und hat mich sehr deutlich fühlen lassen, daß sie Charlie nicht liebe und daß sie niemals ohne Liebe heiraten würde. Das muß ich dir sagen, Trude, denn du sollst klarsehen. Ich wünsche meinem Bruder eine Frau, die ein guter, anständiger Mensch ist. Sag mal ganz ehrlich, Trude, hast du Charlie wirklich lieb?«

Trude wurde sehr rot und warf sich schnell in Winnies Arme.

»Sehr, oh, wie sehr! Aber sage ihm um Himmels willen nichts davon, ich schäme mir sonst die Augen aus dem Kopf.«

Winnie küßte sie.

»Das ist Unsinn, Trude. Wie kann man sich eines ehrlichen Gefühls schämen! Und du darfst nicht so sehr Verstecken spielen mit deiner Liebe, denn Charlie ist ein wenig verschüchtert und glaubt schwer daran, einer Frau liebenswert erscheinen zu können. Laß es ihn also spüren, daß du ihn liebhast. Es wird ihm ohnedies nicht ganz leicht sein, das entscheidende Wort zu sagen. Immer wieder wird er Hemmungen haben.«

Trude sah sie, unter Tränen lächelnd, an.

»Ich will so tapfer sein wie möglich, Winnie.«

Diese lachte.

»Ich helfe schon ein bißchen nach, kleine Trude, denn ich habe erkannt, daß gerade du meinen Bruder glücklich machen kannst.«

Während Trude sich schnell umkleidete, sah Winnie

wieder auf das Bild Georg Holls, und immer wärmer wurde ihr dabei ums Herz. Einen solchen Mann – ja, den würde sie wahrhaft lieben können, und dann würde sie gar keine Lust mehr haben zu irgendwelchen törichten, inhaltslosen Flirts.

Mitten in ihre Gedanken hinein sagte Trude:

»So, jetzt bin ich fertig, Winnie. Sieh mich an – werde ich so vor Charlies Augen bestehen können?«

Winnie wandte sich ihr zu und betrachtete sie kritisch. Dann sagte sie rasch:

»Warte einen Moment, ich bin gleich wieder da!«

Und schon war sie verschwunden. Unten in der Halle stand Charlie, ungeduldig wartend.

»Na, kommt ihr endlich?« rief er herauf.

»Noch fünf Minuten, Charlie!«

»Na, lange genug hat es gedauert.«

Winnie eilte in ihr Zimmer, kramte in einem Schränkchen herum und nahm einen breiten Spitzenkragen aus einem Kästchen. Damit eilte sie zu Trude zurück. Ohne ein Wort zu sagen, legte sie den Spitzenkragen über Trudes erdbeerfarbenes Kleid und schloß ihn mit einer goldenen Nadel, die auf dem Tisch lag.

»So, das sieht bedeutend freundlicher aus.«

»O Winnie, dieser kostbare Kragen ...«

»Ich schenke ihn dir, Trude.«

»Aber Winnie, das kann ich unmöglich annehmen!«

»Du mußt wissen, in England schenkt man seinen Gästen immer eine hübsche Kleinigkeit, und wenn du ihn zurückweisest, kränkst du mich.«

»Das will ich ganz gewiß nicht. O Himmel, soll ich diesen prächtigen Spitzenkragen wirklich haben?«

»Du sollst! Und nun mach schnell, Charlie ist vor Ungeduld schon ganz nervös.«

»Gleich, gleich, ich will nur meine Koffer wegstellen und meine Handarbeit fortlegen.«

»Die Koffer laß stehen, das besorgt die Dienerschaft. Was für eine Handarbeit hast du denn da?«

Trude faltete eine große Gobelinstickerei auseinander. Winnie sah darauf und staunte.

»Das hast du gearbeitet?«

»Ja, Winnie, es werden Sesselbezüge, weißt du, für so große Prunksessel. Ich arbeite sie für ein Kasseler Gobelingeschäft, und sie werden recht gut bezahlt.«

Winnie sah die Stickerei an und blickte dann in Trudes Gesicht.

»Dann ist es ja kein Wunder, daß du so blaß bist. Mußtest du diese mühsame Stickerei auch auf deine Erholungsreise mitnehmen?«

»Sie ist zu einem bestimmten Termin bestellt, Winnie, und – du wirst das vielleicht nicht verstehen – ich brauche doch Geld. Ich will den Eltern nicht auch noch auf der Tasche liegen. Ich bin sehr froh darüber, daß ich mir damit etwas verdienen kann. Sonst müßte ich vielleicht eine Stellung annehmen. Dies aber kann ich zu Hause machen, oder wo ich sonst bin; ich verdiene damit im Monat immerhin an die hundert Mark.«

Winnie war ganz blaß geworden. Es fiel ihr ein, was für Unsummen sie zuweilen für Nichtigkeiten ausgab. Und dieses kleine, tapfere Mädchen stichelte Tag für Tag mühsam an solch einer Arbeit herum und bekam dafür im Monat hundert Mark. Sie umfaßte Trude und sagte leise:

»Das wirst du nicht mehr lange nötig haben.«

»Aber Winnie, es macht mir doch Freude; es ist doch eine kunstvolle Arbeit!«

»Und damit verdienst du hundert Mark im Monat? Mein Gott, man geht wirklich recht blind durchs Leben, wenn man Geld hat.«

»Es ist aber sehr gut, daß es Leute gibt, die Geld haben und solche Arbeiten in Auftrag geben.«

»Dann sollen sie diese Arbeiten besser bezahlen! Wenn Charlie das hört, wird er toben.«

»Oh, dann wollen wir es ihm ja nicht sagen«, meinte Trude erschrocken.

»Doch, ich werde es ihm sagen, er soll dich gründlich bedauern! Aus Mitleid erwächst Liebe«, schloß Winnie mit schelmischem Lächeln.

Trude verwahrte die Arbeit, und die beiden jungen Damen gingen nun hinunter. Charlie lief wie ein gereizter Löwe in der Halle auf und ab.

»Das gibt es aber in Zukunft nicht mehr, daß ich stundenlang kaltgestellt werde.«

Trude sah ihn bittend an.

»Bitte nicht zanken, Charlie – sonst bin ich traurig.«

Charlie wurde unter diesen bittenden Augen sanft wie ein Lämmchen. Besitzergreifend legte er Trudes Hand auf seinen Arm und führte sie fort, es Winnie überlassend, ihnen zu folgen.

Auf dem Spaziergang, den sie machten, berichtete Winnie in sehr dramatischer Weise, welche mühsame und anstrengende Arbeit Trude für hundert Mark im Monat zu leisten habe. Da stieg dunkle Röte in Charlies Stirn. Sehr erschrocken sah er auf Trude herab.

»Dann ist es allerdings kein Wunder, wenn Sie so

elend aussehen. Den ganzen Tag sticheln, sich die Augen verderben, und dann dünnen Kneippkaffee zum Frühstück! Das hört auf, das dulde ich nicht mehr, verstanden?«

Trude wurde das Herz immer wärmer, immer glücklicher fühlte sie sich, immer geborgener kam sie sich vor. Aber sie sagte schelmisch:

»Huh, was für ein Tyrann Sie sind, Charlie, man bekommt wirklich Angst vor Ihnen.«

Er zog die Stirn noch mehr zusammen, obwohl ihm butterweich ums Herz wurde bei ihren Worten.

»Sollen Sie auch, schreckliche Angst werde ich Ihnen einjagen, damit Sie solchen Unfug nicht mehr anstellen. Jetzt wird gefaulenzt, gründlich, und ordentlich gefuttert, und dann viel an die frische Luft gegangen. Müßte doch komisch zugehen, wenn Sie nicht binnen zwei Monaten hübsch rund und mollig würden.«

Sie lachte ein bißchen zaghaft.

»Binnen zwei Monaten? Ach, so lange kann ich Ihnen und Winnie unmöglich zur Last fallen.«

»Rrrruhe! Hier befehle ich. Winnie, rede du doch auch mal ein Machtwort, das Kind muß gehorchen lernen.«

»Was ist da viel zu reden, Charlie; hier haben wir zu bestimmen, wann wir unsere Gäste wieder abreisen lassen wollen.«

Er nickte energisch. Aber Trude sagte lachend und doch fast zu Tränen gerührt:

»Dann werden Sie mich so satt haben, daß Sie mich auch ausladen. Überhaupt, was sollen meine Eltern sagen, wenn ich so lange fortbleibe? Es sind ja schon drei Wochen vergangen, seit ich sie verlassen habe.«

Winnie hängte sich in Trudes andern Arm.

»Deine Eltern nehme ich auf mich, Trude. Ich habe nächste Woche in Kassel Besorgungen zu machen. Dann suche ich deine Eltern auf und bespreche alles mit ihnen.«

Trude sah sehr unsicher aus. Sie wollte anstandshalber abwehren und doch so gern bleiben.

»Was die Eltern anbelangt, denen brauchte ich nur zu schreiben. Wenn ich wirklich so lange bleiben darf – ach lieber Gott, wie seid ihr gut zu mir!«

Es quollen schon wieder ein paar Tränen aus ihren Augen. Fassungslos zog sie ihr Taschentuch heraus. Charlie nahm es ihr hastig fort und trocknete ihr damit die Wangen.

»Was man mit so einem Küken für Sorge hat«, seufzte er.

Da mußten sie alle drei lachen.

Sie wanderten durch den Wald, scherzten, lachten, sangen und zankten sich zuweilen ein wenig – nur zum Scherz selbstverständlich – und fanden wirklich die ersten Maiblumen. Die kleine Trude fühlte sich wie im Himmel und wußte nicht, wem sie dankbarer sein sollte, dem lieben Gott, Winnie oder Charlie.

Kurz vor zwölf Uhr kamen sie wieder im Fidesserhaus an.

Bei Tisch wurde Trude so nachdrücklich von Charlie gefüttert, daß Winnie schließlich lachend erklärte, binnen vier Wochen würde Trude an Verfettung aller Organe zugrunde gehen. Aber Charlie ließ sich nicht beirren.

»Erst muß sie mal zehn Pfund Fleisch ansetzen, dann kann sie ja ein bißchen nachlassen. Rede mir bloß nicht drein, Winnie, sonst streikt dieses kleine widerspenstige

Mädel. Hier, Fräulein Trude, jetzt wird noch einmal von der Süßspeise genommen.«

Trude stöhnte ein bißchen, sah dabei aber glückselig aus.

»Ich glaube, ich kann nicht mehr.«

»Aber ich glaube, es geht sehr gut noch ein wenig weiter. Noch einen Löffel von dieser Creme, mir zuliebe, und einen Löffel Winnie zuliebe. So, wen haben wir denn noch? Einen Löffel den guten Eltern zuliebe und je einen für die Brüder.«

Trude mußte herzhaft lachen, so frisch und munter, wie noch kein Mensch sie hatte lachen hören.

»Jetzt bin ich aber froh, daß ich niemanden weiter liebhabe.«

»Ist auch nicht nötig, zur Not fangen wir wieder bei mir von vorne an«, meinte Charlie gemütlich.

»Hilfe, Winnie, Charlie ist erbarmungslos!«

Sie mußten alle drei lachen. Und der alte John, der noch im Zimmer war, schmunzelte mit. Er mußte daran denken, daß der junge Herr heute morgen zu ihm gesagt hatte:

»John, das kleine Fräulein, das wir zu Besuch haben, wird meine Frau, aber erst müssen wir sie noch ein bißchen herausfüttern, sie ist noch zu blaß und zu schlank.«

John war einverstanden. Wenn diese junge Dame Herrin des Fidessergutes werden sollte, dann mußte sie auf alle Fälle etwas stattlicher werden und frische Wangen bekommen. Sonst hatte er nichts einzuwenden, denn Mr. Charlie war nun einmal im heiratsfähigen Alter und – die junge Dame von Gravenstein, die so hochmütig und unliebenswürdig war und seinen jungen Herrn so schlecht behandelte, die hätte er nicht gern als dessen Gattin gesehen. Da gefiel ihm der neue Besuch besser.

Nach Tisch mußte Trude einen gesüßten, mit Sahne gemischten Mokka trinken; dann durfte sie auf der Terrasse im Sonnenschein liegen. Trude fragte sich, ob es wohl auf der ganzen weiten Welt einen beneidenswerteren Menschen gäbe als sie. Es erschien ihr ausgeschlossen. Charlie saß dicht neben ihr, und sie hätte liebend gern mit ihrer Hand über seinen zerzausten Haarschopf gestrichen, aber – das wagte sie doch nicht. Sie ließ vorläufig nur ihre Augen sprechen – und die mußten wohl alles Nötige erzählen, denn Charlie atmete unter ihrem Blick sehr tief auf und fühlte sich mindestens ebenso glücklich wie die kleine Trude.

10

In Gravenstein war es inzwischen ein wenig langweilig gewesen, so fand es wenigstens Iduna. Sie hatte mit den drei Herren aus Kassel Tennis gespielt und hatte auch Doktor Horvath dazu aufgefordert. Aber er hatte abgelehnt, weil er einen Brief schreiben wollte, und das hatte sie sehr geärgert. Sie war es gewohnt, daß man jedem ihrer Wünsche nachkam. Da sie unlustig war, spielte sie schlecht, und da sie schlecht spielte, wurde sie noch ärgerlicher, gab einem der Herren nach dem andern die Schuld und warf schließlich gelangweilt das Rakett hin.

Die drei Herren sahen sich verstohlen an. Ingenieur

Pollner, den sie erst heute morgen und gestern stark bevorzugt hatte und der schon bei sich erwog, ob er Winnie aufgeben und sich an Iduna halten sollte, fühlte sich doppelt beleidigt, weil er nun nicht besser behandelt wurde als alle andern.

Man ging ins Haus zurück, wo Ruth der übellaunigen Iduna in den Weg lief und einiges zu schlucken bekam. Ruth nahm das gelassen hin wie immer, und heute mußte sie noch daran denken, daß Idunas Tage auf Gravenstein gezählt seien. Es befiel sie etwas wie Mitleid mit der Cousine. Wie schwer würde sie daran tragen, wieder von ihrer stolzen Höhe heruntersteigen zu müssen. Aber sie konnte ihr nicht helfen.

Auch die Sonntage waren für Ruth bis zum Rand mit Arbeit gefüllt. Dann mußte im Haus viel nachgeholt werden, was in der Woche nicht erledigt werden konnte. Tante Maria war der großen Arbeit im Haushalt nicht gewachsen. Sie tat zwar, was sie konnte, aber vieles mußte sie doch auf Ruths Schultern abwälzen.

Seit dem gemeinschaftlichen Frühstück hatte Ruth Doktor Horvath nicht wieder gesehen. Sie freute sich daher auf die Mittagsmahlzeit, weil er dann zugegen sein würde.

Idunas schlechte Laune konnte sie schon verstehen, diese ärgerte sich selbstverständlich darüber, daß sich die kleine Trude Holl ihren Quälereien entzogen hatte. Auch über Doktor Horvaths Flucht auf sein Zimmer war sie verärgert. Zwar hatte er, während die andern Tennis spielten, wieder ein Plauderstündchen mit Tante Maria abgehalten, aber nun saß er wirklich über einem Brief, den er selbst in den Postkasten befördern wollte; es war ein Brief an Justizrat Frensen.

Er hatte seinem alten Freund von seiner Aufnahme in Gravenstein berichtet und noch einige Fragen an ihn gestellt. Seine Antwort hatte er unter »postlagernd« auf dem kleinen Postamt in dem nahen Dorf erbeten und ihm auch mitgeteilt, daß er dort zuweilen nach Post nachfragen würde.

Nun war es Mittagszeit, und Klaus machte sich fertig. Er hatte sich über Idunas Betragen zur kleinen Trude Holl so geärgert, daß er es vorläufig nicht über sich brachte, ihre Gesellschaft zu ertragen. Daß für den Nachmittag der Ausflug nach dem Fidesserhaus geplant war, wußte er. Er hatte anfänglich nicht mitkommen wollen, da er von Charlie nicht eingeladen worden war; dieser hatte ja überhaupt niemand eingeladen. Seine Bedenken hatte Frau Maria bald zerstreut. Sie sagte ihm, daß sie oft mit ihren Gästen im Fidesserhaus zu Gast seien, und daß die Geschwister immer froh wären, wenn Besuch käme. Er könne sich unbesorgt anschließen. Da er bei dieser Gelegenheit durch diplomatische Fragen herausbekam, daß auch Ruth mit hinüberfahren würde, hatte er doch beschlossen, mit von der Partie zu sein. Er merkte bei Tisch sehr wohl, daß Iduna beleidigt war. Um die Sache nicht auf die Spitze zu treiben, war er ihr gegenüber sehr galant und liebenswürdig und bedauerte, daß sein Brief ihn so lange im Zimmer festgehalten habe.

Daß Iduna bestimmte Gründe hatte, heute zum Fidesserhaus zu fahren, war nicht schwer für ihn zu erraten.

Ein Labsal war es für ihn, wenn sein Blick auf Ruths ruhigem, ernstem Gesicht ruhen oder wenn er einen Blick mit ihr tauschen konnte.

Iduna war zu der Erkenntnis gekommen, daß sie Doktor Horvath zu Unrecht grolle; sie sagte sich, er sei nun einmal nicht so leicht zu dirigieren wie die andern, und gerade das sei an ihm bewundernswert. So beschloß sie, ihn wieder in Gnaden anzunehmen. Sie säumte nicht, ihm das recht deutlich zum Bewußtsem zu führen, und machte ihm nicht mißzuverstehende Avancen. Die drei Herren aus Kassel waren anscheinend nicht mehr für sie vorhanden.

Kurt Weyersberg trug nicht viel zur allgemeinen Unterhaltung bei. Er trank mehr als gut war, von dem schweren Burgunder und rauchte die ebenso schweren Zigarren. Das machte ihn nur noch träger, als er ohnedies schon war. Eigentlich hatte er immer schlechte Laune, seit er auf Gravenstein residierte. Wenn er früher auch nicht gerade ein Sonnenmensch gewesen war, so hatte er doch Lust zur Arbeit gehabt und die nötige Betriebsamkeit entwickelt. Das war alles anders geworden. Wie die meisten Leute vertrug er den Reichtum und die Sorglosigkeit nicht.

Wie ein Pfahl saß es ihm außerdem im Fleische, daß er gewisse Grenzen respektieren mußte bis zum Ablauf der vorgeschriebenen zehnjährigen Erbfrist. Es war immerhin ein bitterer Tropfen in seinem Glücksbecher, daß er weder an das von Klaus Weyersbergs Vater hinterlassene Barvermögen herankommen konnte noch irgendwelche Hypotheken aufnehmen durfte. Auch unterstand er während dieser zehn Jahre immer noch der Kontrolle des Justizrats Frensen, und dieser ging trotz seinem Drängen nicht ab von den festgesetzten Bedingungen.

Nun aber hoffte Kurt Weyersberg den Justizrat dazu zu bringen, ihm größere Freiheiten einzuräumen, denn

Doktor Horvath würde die nötigen Beweise von Klaus Weyersbergs Tod beibringen können.

Die Anwesenheit der drei Kasseler Herren sagte ihm heute wenig zu. Sie hinderten ihn nur daran, sich mit Doktor Horvath aussprechen zu können. Von seinen Berichten hing es ab, ob er sich jetzt schon als unumschränkter Herr auf Gravenstein fühlen durfte.

Man tat daher unter allen Umständen gut, ihm in jeder Weise entgegenzukommen.

Mit Glücksgütern schien er nicht gerade gesegnet zu sein. Gut – konnte man ihm gegenüber den Wohltäter spielen! Außerdem schien Iduna Feuer gefangen zu haben. Zu verdenken war das dem Mädchen eigentlich nicht!

Eine blendende Erscheinung, dieser Doktor Horvath, und – wie es schien – ein anständiger Kerl obendrein. Zudem war er Klaus Weyersbergs bester Freund gewesen – so konnte man, sozusagen, an dem gutmachen, was jenem verlorengegangen war ...

Man konnte auch ... Kurt Weyersbergs Gedankenfaden riß plötzlich ab; ein kalter Schauer lief ihm über den Rücken: Herrgott ... wenn nun nicht dieser Horvath ... wenn statt seiner Klaus als einziger Überlebender von dort unten zurückgekehrt wäre – was dann?

Er schrak zusammen. Wieder herausgeben, was einmal sein gewesen ... wieder arm werden ... Das alte, sorgenvolle Leben von ehedem wieder aufnehmen müssen ... nein, nein, niemals! Er würde verteidigen, was er in Händen hielt, mit aller Energie, mit allem, was ... wie ein Ruck ging es auf einmal durch ihn hindurch. Ihm war, als hätte eine Stimme ihm ins Ohr gezischt: »Würdest du dich stark genug fühlen, ein Verbrechen ...« Er schüttelte sich, von Grauen gepackt, er atmete schwer.

Gottlob – jetzt sprach diese Stimme nicht mehr.

Ein Verbrechen ... nein ... wohl hatte er es sich dringend gewünscht, daß Klaus niemals wiederkehren möge. Aber ... ein Verbrechen?

Lächerlich, an so etwas zu denken!

Klaus war tot! Dieser Horvath hatte ja gesagt, er sei der einzige Überlebende von allen Expeditionsteilnehmern.

Klaus kam nicht wieder. Nie mehr!

Ein Lächeln spielte um Kurt Weyersbergs Lippen, ein hämisches, schadenfrohes, befriedigtes Lächeln.

Klaus war tot. Das Schicksal hatte ihm – Kurt – den heimlichsten Wunsch seines Herzens erfüllt!

Nachdem man den Mokka eingenommen hatte, sorgte Ruth dafür, daß Tante Maria sich zu einer kurzen Siesta zurückziehen konnte. Auch Kurt Weyersberg legte sich für ein Stündchen nieder. So blieben Iduna und Ruth mit Klaus und den drei Herren aus Kassel allein zurück.

Da die Sonne nicht mehr allzu warm auf die Terrasse schien, begaben sie sich wieder in den Salon. Ruth ging hin und her, weil sie drüben im Speisezimmer noch allerlei aufzuräumen und wegzuschließen hatte. Iduna rekelte sich in einem Sessel, zeigte ihre schönen, in eleganten Seidenstrümpfen steckenden Beine, kokettierte mit aparten Schuhen, plauderte mit den Herren, ließ sich Komplimente machen und teilte abwechselnd verlockende Blicke oder kleine Bosheiten aus.

Sie war sozusagen in ihrem Element. Eigentlich aber beschäftigte sie im Augenblick etwas ganz anderes.

Sie machte Pläne, wie sie heute nachmittag mit Erfolg das Idyll im Fidesserhaus stören könnte.

Im gleichen Maße, wie Doktor Horvath sie als Objekt für einen Flirt interessierte, war sie an Charles Longwy als Ehekandidat interessiert. Sie dachte nicht daran, sich Charles von irgendwem abspenstig machen zu lassen, und auf gar keinen Fall von Trude Holl, von »dieser Schlange, die sie an ihrem Busen genährt hatte.«

Kaum konnte sie erwarten, bis man zu der Fahrt nach dem Fidessergut aufbrach.

In dem großen Tourenwagen – Klaus konnte sich sehr gut entsinnen, daß sein Vater ihn kurz vor seiner Abreise gekauft hatte, sozusagen als letzten Versuch, seinen Sohn von der Teilnahme an der Expedition zurückzuhalten – fuhren außer Iduna und Klaus die drei Herren aus Kassel. Einer von ihnen mußte beim Chauffeur sitzen. Aber Iduna ließ es nicht zu, daß der Ingenieur Pollner diesen Platz einnahm. Sie wollte ihn bei sich im Wagen haben, gerade weil er Winnifreds Favorit war. Diese sollte gleich merken, daß sie ihr Feindschaft angesagt hatte.

Die kleine Limousine wurde von Idunas Eltern und Ruth benutzt und folgte dem großen Tourenwagen erst nach einigen Minuten.

So kamen Iduna und ihre Trabanten als erste vor dem Fidesserhaus an. Sie wurden von dem Diener John empfangen. Erst als sie die Halle betraten, erschien Charles und begrüßte die Angekommenen mit gewohnter Liebenswürdigkeit. Nur Iduna gegenüber zeigte er sich sehr reserviert, und als sie sich gleich vertraulich in seinen Arm hängen wollte, trat er wie zufällig zurück und wandte sich an Doktor Horvath. Iduna war schon ärgerlich, daß Winnifred sie nicht Seite an Seite mit Pollner hatte ankommen sehen, und als sie nun bemerkte, daß Charles sich sehr zurückhielt, wurde sie noch ärgerlicher. Sie legte ostentativ ihre Hand auf Pollners Arm, dem das wiederum nicht sehr angenehm war, weil er es vorläufig mit Winnifred Longwy noch nicht verderben mochte.

Charles begleitete die Herrschaften in das große Empfangszimmer, wo Winnie und Trude diese erwarteten, Winnie sehr kampflustig und Trude sehr verzagt.

Sofort merkte Winnie, daß Iduna sie durch ihre Vertraulichkeit mit Pollner zu ärgern gedachte, aber sie verzog keine Miene, sondern begrüßte die Gäste sehr freundlich, zumal Doktor Horvath, dem sie kräftig die Hand drückte, ihm dabei zuflüsternd:

»Weil Sie Trude in Schutz genommen haben.«

Und sie sah ihn dabei sehr ernst an.

Während man sich noch begrüßte, wobei Winnie Pollner durchaus nicht auszeichnete, sondern sehr kühl behandelte, fuhr draußen der andere Wagen vor. Charles enteilte schnell, um Idunas Eltern und Ruth in Empfang zu nehmen.

Kaum war er hinausgegangen, als ihm Iduna mit dem Ruf folgte: »Ah, meine Eltern kommen, ich will ihnen entgegengehen!«

Nun wußte man allgemein, daß Iduna ihre Eltern sonst durchaus nicht wichtig nahm. Winnie sah ihr mit einem spöttischen Lächeln nach. Aber dann blickte sie in Trudes Gesicht. Es war blaß, und sie sah ängstlich zur Tür.

Trude wußte, fühlte, daß Iduna Charlie nur gefolgt war, um von neuem zu versuchen, ihn in ihre Netze zu ziehen.

Doktor Horvath trat zu ihr.

»Nun, Fräulein Holl, wie gefällt es Ihnen im Fidesserhaus?«

Sie sah ihn unruhig an.

»Oh, wunderschön, ich lebe hier wie im Paradies und bin überglücklich, hiersein zu dürfen. Aber ich habe wieder unsinnige Angst vor Iduna, sie sah mich geradezu haßerfüllt an.«

»Seien Sie nur ganz ruhig, sie darf Ihnen nichts tun.«

»Aber Charlie wird sie etwas tun!« stieß sie hervor.

Da trat Winnie zu ihnen heran.

»Trude, sieh doch nicht so verzagt aus«, sagte sie lächelnd.

»Iduna ist draußen bei Charlie!« erwiderte Trude mit bebender Stimme.

»Aber du Närrchen, er ist doch ein Mann und wird sich zu wehren wissen. Aber zu deiner Beruhigung will auch ich hinausgehen, um die alten Herrschaften und Ruth zu begrüßen. Herr Doktor, flößen Sie doch dieser kleinen verzagten Seele inzwischen ein wenig Mut ein.«

Klaus verneigte sich.

»Das werde ich mit Vergnügen tun, gnädiges Fräulein.«

Während Winnie zur Tür ging, versuchte Klaus, Trude aufzuheitern und zu beruhigen, was ihm auch so leidlich gelang.

Charles stand unter dem Portal und sah der Anfahrt des zweiten Wagens entgegen.

Gerade als dieser vorfuhr, tauchte plötzlich Iduna neben ihm auf. Sie schob schnell ihre Hand unter seinen Arm, ohne auf die Ankommenden zu achten, und sah ihn schmachtend an.

»Charlie, ich hatte solche Sehnsucht nach dir. Du bist doch der einzige Mensch, dem ich wirklich von Herzen gut bin. Alle andere ist doch nur Spiel.«

Er zog langsam, aber sehr energisch seinen Arm zurück.

»Das verfängt jetzt nicht mehr bei mir.«

»O Charlie, ich muß dich unbedingt allein sprechen, nur fünf Minuten.«

Er wußte, daß er sie nicht eher loswerden würde, bis sie ihren Willen durchgesetzt hatte.

»Jetzt muß ich Ihre Eltern begrüßen.«

»Ja ja, aber dann, dann muß ich dich gleich sprechen, ehe wir zu den andern zurückkehren.«

Er richtete sich kampfbereit auf.

»Gut, wie Sie wünschen; ich komme sogleich in die Halle zurück, sobald ich Ihre Eltern hineingeführt habe.«

Ohne weiter auf sie zu achten, sprang er die Treppe hinab und half den beiden Damen beim Aussteigen. John eilte herbei und war beim Ablegen in der Halle behilflich. Dann führte Charlie die Herrschaften in das Empfangszimmer, um sich gleich wieder möglichst unauffällig zu entfernen.

Dennoch war es Winnie nicht entgangen, daß er das Zimmer wieder verließ. Ein wenig beunruhigt sah sie ihm nach.

Auch Trude hatte Charles' Hinausgehen bemerkt. Sie hatte auch beobachtet, daß Iduna nicht zurückgekehrt war.

Jetzt trat Klaus zu den beiden Damen heran, Idunas Abwesenheit benutzend.

»Stärken auch Sie Fräulein Holls Mut ein wenig, Fräulein Falkner?« fragte er lächelnd.

Ruth sah ihn fragend an. »Ist das noch nötig?«

»Ja, sie hat noch immer Angst vor Fräulein Weyersberg, und ich kann das ganz gut verstehen, denn ich war heute morgen dabei, als die beiden Damen sich voneinander verabschiedeten.«

»Ich kann mir denken, daß es kein allzu liebevoller Abschied war. Aber das dürfen Sie sich nicht zu Herzen nehmen, Fräulein Holl. Wollte ich Idunas Benehmen immer ernst nehmen, müßte ich ganz verzagen.«

Trude faßte ihre Hand.

»Glauben Sie mir, wenn Herr Doktor Horvath nicht dazwischengetreten wäre, hätte ich heute morgen Ohrfeigen von ihr bekommen, weil ich ihr sagte, daß ich in das Fidesserhaus eingeladen sei.«

Klaus lachte beruhigend.

»Keine Angst, wir alle hier werden Sie beschützen.«

Trudes Augen glänzten verdächtig feucht.

»Womit habe ich verdient, daß alle so gut zu mir sind?«

Ruth klopfte ihr die Wange.

»Man spürt doch, wie hilflos Sie sind; da muß man doch für Sie eintreten«, sagte Klaus, und Ruth nickte ihm beistimmend zu.

Trude seufzte tief auf.

»Und jetzt ist sie mit Charlie draußen allein – wenn sie ihm nur nicht meinetwegen etwas tut!«

Ruth legte den Arm um sie.

»Sie kleines Angsthäschen, Charlie Longwy ist doch ein Mann und wird sich zu wehren wissen.«

Wieder seufzte Trude. Sie kannte Iduna.

Nun kamen Winnie und Frau Maria herbei, so mußte man das Thema fallen lassen.

Frau Maria streichelte Trude die Hand.

»Es tut mir aufrichtig leid, Kindchen, daß Sie uns so bald verlassen haben. Aber ich kann mir schon denken, daß es Ihnen hier ebenfalls sehr gut gefällt. Vielleicht noch besser als bei uns, denn Iduna weiß unsere Gäste immer ganz schön in Atem zu halten.«

Trude küßte ihr die Hand.

»Sie sind sehr liebenswürdig, gnädige Frau, aber – ich war doch schon drei Wochen bei Ihnen, voriges Jahr im Sommer sogar sechs. Da bin ich Ihnen schon viel zu lange lästig gefallen.«

»Davon kann keine Rede sein, aber – ich weiß schon – Iduna hat Sie mal wieder gekränkt. Sie meint das aber nicht böse. Es ist nur – sie hat jetzt zuwenig zu tun und zuviel Zeit, sich zu langweilen und zu ärgern. Ich hoffe jedoch, daß sie nächstes Jahr wieder zu uns kommen werden.«

»Gönnen Sie uns doch auch mal einen Gast, liebe gnädige Frau, wir haben so selten Besuch«, sagte Winnie scherzend. Die alte Dame nickte ihr zu.

Während so geplaudert wurde, war Charlie zu Iduna hinausgetreten, die ruhelos und nervös in der Halle auf und ab gegangen war, von dem alten John mißtrauisch beobachtet. Er konnte sie nicht leiden und war sehr froh, daß sein junger Herr ihm gesagt hatte, Fräulein Holl würde seine Frau werden.

Als der alte Diener seinen jungen Herrn wiederkommen und auf Iduna zutreten sah, zog er sich zwar hinter den Garderobenständer zurück, hielt sich aber in der Nähe – um nötigenfalls »so ganz zufällig« dazwischenzutreten.

»Sie wünschten mich zu sprechen, Fräulein Iduna – womit kann ich dienen?« fragte Charlie.

Sie schob ihre Hand unter seinen Arm, schmiegte sich dicht an ihn an und zog ihn neben sich auf eine Ruhebank.

»Ach, Charlie – warum so förmlich, wir sind doch allein.«

Er hielt sich stocksteif und sah starr auf ihren Fuß und ihr Fußgelenk, das sie geschickt sichtbar machte. Aber er mußte nur daran denken, daß Trude einen noch kleineren Fuß und sehr zarte, schlanke Fesseln habe. Ziemlich bokkig und abwehrend meinte er:

»Sie irren, ich habe mir nie erlaubt, Sie so vertraulich anzureden, das haben nur Sie zuweilen getan – wenn es Ihnen gerade paßte.«

Sie drückte seinen Arm fester an sich.

»Aber Charlie, du bist heute so grimmig! Wir sind doch so gut wie verlobt, wenn wir es auch noch nicht bekanntgegeben haben.«

Charlie wurde es vor Angst heiß und kalt. Die war imstande, sich ohne weiteres als seine Braut aufzuspielen. Da mußte er energisch abwehren, sonst saß er eins zwei drei in der Mausefalle. Er nahm all seinen Mut zusammen und sagte kalt:

»Sie belieben wieder einmal Ihre Scherze mit mir zu treiben, Fräulein Weyersberg. Damit ist es aber aus und vorbei! Ein für alle Mal. Ich gestehe ganz offen, daß ich es einmal in Erwägung gezogen habe, mich mit Ihnen zu verloben, aber Sie waren jedesmal, wenn ich den Mut dazu aufbringen wollte, sehr abweisend – Gott sei Dank. Nun habe ich eingesehen, daß wir absolut nicht zueinander passen. Sie hatten sehr recht, es nicht zu einer Verlobung kommen zu lassen.«

Ihre Augen blitzten zornig auf.

»Sie sind ein großer Narr, Charlie; ich habe es immer gut mit Ihnen gemeint, wenngleich ich uns beiden noch für eine Weile die Freiheit erhalten wollte. Aber ich habe mich als Ihre Braut betrachtet. Unsere Verhältnisse passen doch glänzend zusammen. Ich brauche nicht nach einem reichen Freier zu angeln wie gewisse andere Leute! Kommen Sie doch zu sich, Charlie; Trude Holl will doch nur einen reichen Mann kapern und hat Sie als ihr Opfer ausersehen. Ich brauche nicht um Geld zu heiraten, das wissen Sie.«

Er erhob sich mit einem Ruck.

»Ich verbiete Ihnen, in diesem Ton von Fräulein Holl zu sprechen, sie ist unser Gast und steht unter meinem Schutz. Bitte, lassen Sie das!«

Heiser und spöttisch lachte sie auf.

»Also, schon eingefangen! Diese kleine Schlange hat es schnell so weit gebracht, und Sie sind ein großer Tor, wenn Sie glauben, von ihr geliebt zu werden. Sie geht aufs Ganze, will unbedingt einen reichen Mann haben, ich kenne sie doch, kenne ihre ganze Familie. Die wird sich an Sie hängen, Sie werden für alle zu sorgen haben.«

Charlies Augen, die sonst so hell waren, wurden auf einmal ganz dunkel. Dicht trat er vor sie hin und sah auf sie herab.

»Pfui, das war häßlich von Ihnen – gerade von Ihnen, die Trude Holls Bruder nur deshalb aufgab, weil sie plötzlich reich geworden war, während er arm blieb. Sie können mich nicht gegen Fräulein Holl einnehmen. Und nun darf ich Sie zu den andern zurückbringen – ich möchte nicht länger mit Ihnen allein sein, es könnte falsch gedeutet werden.«

Iduna war bei der Erwähnung von Trudes Bruder tief erblaßt. Jeden Gedanken an diesen Mann, ihre erste Liebe, hatte sie in all der Zeit weit von sich gewiesen. Sie wollte nicht mehr an ihn erinnert werden, gerade deshalb nicht, weil er, wie sie wußte, sie ehrlich und treu geliebt und sie ihm einen großen Schmerz zugefügt hatte. Einen Moment kam sie zu sich. Starr sah sie Charlie an, und vor ihrem Geiste tauchte neben ihm das ernste, geistvolle Gesicht Hans Holls auf.

Sie zuckte zusammen. Sie empfand beinahe etwas wie Scham.

Aber schnell überwand sie, was sie einen Augenblick lang bewegte. Sie erhob sich mit einem Ruck und warf den Kopf zurück.

»Ah, ich sehe, sie hat gut gearbeitet, um mich unschädlich zu machen. Nun, ich habe versucht, dich aufzuklären. Aber du willst nicht hören! Lauf also in dein Unglück hinein, Charles Longwy. Und nun haben wir uns wohl nichts mehr zu sagen.«

Den Kopf in den Nacken werfend, ging sie zum Empfangszimmer, ohne sich noch einmal nach Charlie umzusehen. Er folgte ihr, ruhig und zufrieden mit sich selbst, daß er ihr nicht wieder ins Netz gegangen war.

Unwillkürlich sahen alle im Empfangszimmer forschend auf Iduna und Charles, als sie wieder eintraten. Aber Winnie lenkte geschickt die Aufmerksamkeit von ihnen ab, indem sie jetzt den Tee servieren ließ.

Trudes angstvoller Blick rief Charlie sofort an ihre Seite.

»Entschuldigen Sie, daß ich so lange abwesend war, aber – ich hatte eine kleine Auseinandersetzung mit Fräulein Weyersberg. Sie brauchen aber nicht so ängstliche Augen zu machen, Fräulein Trude, ich bin tapfer geblieben und habe immer nur an Sie gedacht«, sagte er leise.

Und als er merkte, wie glückselig ihre Augen aufleuchteten, fühlte er sich reich belohnt.

Iduna beherrschte sich, so gut es ging. Sie sagte sich, wie dumm es von ihr gewesen sei, sich um diesen blöden Charlie zu bemühen. Im Grunde war er doch ein uninteressanter, unansehnlicher Mensch, um den sich eine Frau wie sie, die an jedem Finger einen Freier haben konnte, nicht zu grämen brauchte. Also flirtete sie ostentativ mit Klaus, um zu zeigen, daß sie wirklich ganz andere Männer haben könne als diesen tornisterblonden Englishman. Aber Trude Holl wollte sie es dennoch geben. Sie sollte sich ihres Sieges nicht freuen. Und wenn es ihr wirklich gelang, Charlie einzufangen und seine Gattin zu werden, was sie noch nicht glauben wollte, dann gab es ja auch nach dieser Eheschließung noch allerlei Fallstricke für einen so schwachen Menschen, wie Charlie einer war. Keinesfalls wollte sie den Umgang mit den Geschwistern aufgeben; und, wo es möglich war, Wermut in Trudes Glücksbecher zu träufeln, wollte sie es tun.

Aber Iduna merkte auch jetzt wieder, beim Denken an

Hans, daß es eine schwache Stelle in ihrem Herzen gab, die sie besser nicht mehr berührte.

Solange sie Charles an Trudes Seite sah, wagte sie sich nicht an diese heran. Aber als er für eine Weile weggerufen wurde, suchte sie sich schnell an deren Seite heranzupirschen. Leider war in dieser Minute Klaus gerade mit Ruth beschäftigt und Winnie von Frau Maria mit Beschlag belegt. So war Trude von all ihren Hilfstruppen verlassen, und Iduna hatte Gelegenheit, ihr Gift zu verspritzen.

»Du bist wirklich ein dankbares Geschöpf, Trude! Für alles Gute, was ich dir getan habe, revanchierst du dich, indem du mich bei meinen Freunden verleumdest. Schämst du dich nicht?«

Trude wurde sehr blaß und zitterte vor Angst.

»Ich habe dich nicht verleumdet, Iduna!« suchte sie sich zu verteidigen.

»Nicht? Nun, wer war es, der Charlie hinterbracht hat, daß – nun ja – daß ich deinem Bruder abgesagt habe. Wen geht das etwas an? Das liegt weit hinter mir und ist abgetan. Aber du hast es klug benutzt, um mich bloßzustellen und dich damit bei Charlie einzuschmeicheln. Ohne Scham nistest du dich hier in seinem Haus ein. Tut das eine anständige junge Dame? Das ist doch geradezu schamlos von dir, und ich werde dafür sorgen, daß man die rechten Schlüsse daraus zieht.«

Sie hatte nicht bemerkt, daß bei ihren letzten Worten Charlie wieder eingetreten war, und mit anhörte, daß Iduna Trude schamlos nannte.

Mit zusammengezogenen Brauen trat er dicht neben Trude und blitzte Iduna drohend an.

»Ich habe Ihnen schon vorhin gesagt, daß Fräulein

Holl unter meinem Schutz steht. Bitte, nehmen Sie Ihre Beleidigung sofort zurück, oder ich werde hier laut vor aller Welt erklären, was ich für schamlos halte.«

Iduna erschrak bis in das innerste Mark hinein. Sie hielt es für besser, einzulenken, denn dieser rabiate Mensch war imstande, mancherlei über sie selbst zum besten zu geben, was sie nicht gern an die große Glocke gehängt sah. Sie zwang sich zu einem Lachen.

»Ich bitte Sie, Charlie, machen Sie doch kein Aufhebens von einer kleinen Auseinandersetzung zwischen Trude und mir. Schön, ich nehme alles zurück und behaupte das Gegenteil.«

Er verzog zu diesen halb spöttischen, halb beschwörenden Worten keine Miene und sagte nur:

»Das wollte ich Ihnen auch geraten haben, und noch einmal – Fräulein Holl steht unter meinem Schutz. Bitte vergessen Sie das nicht!«

Iduna wollte sich nicht anmerken lassen, daß sie eine Niederlage erlitten hatte. Sie lachte scheinbar amüsiert auf und sagte zu Winnie, die jetzt rasch herzutrat, weil sie merkte, daß es hier kriselte:

»Huh, hat dein Bruder heute schlechte Laune. Aber Herren sind meistens mißgelaunt, wenn Gäste im Hause sind.«

Winnifred ging darauf ein und nahm sie mit sich. So blieb Charlie mit Trude allein.

»Oh, Charlie, was für Ärger und Unannehmlichkeiten bringe ich Ihnen ins Haus. Ich glaube, es wird am besten sein, wenn ich abreise«, seufzte Trude.

Er sah sie an und lachte wie ein glücklicher Junge; er war stolz auf sich, daß er Iduna gewachsen war.

»Unterstehen Sie sich, an Abreise zu denken, bevor Sie nicht mindestens zehn Pfund zugenommen haben! Und dann wird auch erst noch eine ernste Debatte nötig sein, um festzustellen, ob ich damit einverstanden bin.«

Es war rührend, wie dankbar sie ihn ansah.

»Sind Sie also nicht böse auf mich, daß Iduna meinetwegen so zornig geworden ist?«

Er reckte sich.

»Auf Sie böse sein? Das kann ich gar nicht. Und warum sollte ich auch? Sie haben mir doch nur Gutes und Liebes getan.«

»O nein, Sie mir – ich Ihnen doch nicht. Dazu habe ich leider keine Gelegenheit.«

Er funkelte sie sehr feurig an.

»Das verstehen Sie nur nicht, Fräulein Trude; aber mir ist jedes Ihrer Worte, jeder Ihrer Blicke Balsam für mein Herz. Aber Sie müssen mir selbstverständlich noch viel öfter nette Sachen sagen und mich liebevoll ansehen.«

»Wenn ich es nur könnte.«

»Wird sich alles finden! Ich werde Ihnen das schon beibringen! Und jetzt machen Sie, bitte, nicht mehr ein so ängstliches Gesicht. Niemand darf Ihnen etwas tun. Na – erst mal ein kleines Lächeln. Ich sehe es so gern, wenn Sie lächeln.«

Trude war, als müsse sie laut aufschluchzen – vor lauter Glückseligkeit. Ihre Augen verrieten das, und Charles wurde es warm ums Herz, als er in die feuchten, glücklichen Augen der Geliebten sah.

Die beiden sahen und hörten nicht viel von dem, was um sie her vorging; ebenso versunken in sich selbst waren auch Klaus und Ruth, die gerade einmal wieder einen kurzen Augenblick des Glücks erhascht hatten. Denn Iduna war von den drei Herren aus Kassel mit Beschlag belegt.

Der eifrigste von den dreien war der Ingenieur Pollner, denn zu seinem Ärger ließ Winnie ihn heute ziemlich schnöde abfallen. – Verdammt!

Gerade hier im Fidesserhaus, wo alles von Vornehmheit und gediegener Wohlhabenheit Zeugnis ablegte, mußte es jedem klarwerden, eine wie gute Partie Winnie war. Sie war zudem mündig und hatte keine Eltern mehr, die einem Gatten das Leben schwermachen konnten.

Aber er spürte, Winnie entglitt ihm mehr und mehr. Er hatte sie vorhin leise gefragt, warum sie heute so kühl und zurückhaltend zu ihm sei. Da hatte sie ihn groß und nachdenklich angesehen und geantwortet:

»War ich je anders zu Ihnen? Daran kann ich mich gar nicht erinnern. Es ist wohl ein Irrtum Ihrerseits, zu glauben, Sie würden mir mehr als andere bedeuten.«

Das war deutlich genug! Und deshalb wechselte er schnell in Idunas Lager hinüber und bemühte sich, seine beiden Freunde auszustechen. Das gelang ihm leicht, er bemerkte es mit Befriedigung. Aber als er dann Iduna wieder im Gespräch mit Doktor Horvath beobachtete, fühlte er sich doch sehr unsicher. Was hatte nur dieser Doktor Horvath plötzlich hier zu tun? Und gleich auf Wochen war er nach Gravenstein eingeladen! Er selbst konnte höchstens zum Wochenende von Kassel herüberkommen. Ein verteufelt interessanter Kerl war er schon, und so etwas liebten Mädchen, das wußte Herr Pollner sehr wohl.

Winnie hatte sich wirklich vorhin ganz ernsthaft gefragt, ob sie jemals anders als kühl und zurückhaltend

Pollner gegenüber gewesen sei. Sie konnte sich das gar nicht denken. Eines jedoch stand für sie fest: Keine Zeit war zu verlieren, damit Georg Holl nicht inzwischen sein Herz an eine andere Frau verlor. Alles mußte, wollte sie tun, um die erste zu sein in seinem Herzen – die erste und die letzte – denn »die Holls waren treu und hielten fest, was sie liebten.«

Winnie war zumute, als müsse sie alle die Menschen hier hinausweisen, um mit ihren Gedanken allein sein zu können. Selbst Klaus konnte sie nicht mehr fesseln – und sie allein bemerkte, daß seine Augen oft mit sehr intensivem Leuchten an Ruth Falkners Zügen hingen. Ah, mochte er sie lieben; sie war es wert, und er brauchte Iduna nicht zu verfallen. Für Iduna waren die andern gerade gut genug, die nach einer großen Mitgift gierten und wenig an die Frau dachten, die sich zu vergeben hatte. Nur schade, daß Doktor Horvath ebenso arm war wie Ruth Falkner! Aber Menschen wie sie meisterten das Schicksal auch ohne Geld.

Daß Charlie mit Trude sehr glücklich werden würde, bezweifelte sie nicht. Trude war ein sehr positiver, tiefgründiger Mensch und zugleich heiter veranlagt, so, wie Charlie es brauchen würde. Die beiden würden herrlich miteinander auskommen. Und – Trude Holl war Georg Holls Schwester und hatte ihr dessen Bild ins Haus gebracht.

Bis sieben Uhr blieben die Gäste im Fidesserhaus, dann begaben sie sich nach Gravenstein zurück. Ruth, Onkel und Tante fuhren jetzt voraus, denn Ruth hatte noch allerlei zu tun, um die Gäste zu bewirten.

Ehe Ruth sich verabschiedete, sagte Klaus leise zu ihr:

»Ruft schon wieder die Arbeit?«

Sie lachte.

»Ich habe jetzt doch zwei Stunden gefaulenzt, es wird Zeit, daß ich wieder etwas tue.«

Mit einem Blick grüßten sie sich, der sich ihnen beiden ins Herz brannte.

Als Charlie zwischen Trude und seiner Schwester den Gästen nachwinkte, sah Iduna mit haßerfülltem Gesicht zu ihnen zurück.

11

Am nächsten Morgen saß Ruth wie alle Wochentage bereits um fünf Uhr beim ersten Frühstück. Sie dachte daran, daß Doktor Horvath ihr gestern morgen Gesellschaft geleistet hatte. Sie wurde innerlich unruhig und ihr Herz klopfte dabei rebellisch in der Brust.

Aufseufzend füllte sie ihre Tasse mit Tee. Nun würde sie wieder den halben Vormittag im Sattel sitzen, denn heute ging es querfeldein, überallhin, und da konnte sie das Motorrad nicht gebrauchen. Beim Zerteilen eines Brötchens hätte sie sich beinahe in die Finger geschnitten, weil sie darüber erschrak, daß die Tür aufging und Doktor Horvath eintrat. Er machte ein ganz unbefangenes Gesicht, als sei es etwas Selbstverständliches, daß er ihr Gesellschaft leiste.

»Guten Morgen, Fräulein Falkner! Ich habe mich wahrhaftig um fünf Minuten verspätet.«

Sie war glühend rot geworden, was er mit Vergnügen bemerkte.

»Mein Gott, Sie sind wirklich so zeitig aufgestanden?« fragte sie leise.

Er war an den Tisch herangekommen und verbeugte sich, sie lächelnd ansehend.

»Ich habe Ihnen doch gesagt, daß ich ein Frühaufsteher bin, und so hielt ich mich aus lauter Egoismus ein wenig dazu, weil ich so zeitig nur auf ein Frühstück rechnen darf, wenn ich Sie bitte, mich an dem Ihren teilnehmen zu lassen.«

Sie mußte über sein Gesicht lachen.

»Es ist wirklich unerhört, was für ein Egoist Sie sind. Also dann setzen Sie sich – bitte nehmen Sie aber von der Anrichte eine frische Tasse, es ist vorläufig nur für mich gedeckt.«

»Bekomme ich nicht erst ein Händchen als Morgengruß?« fragte er, ihr seine Hand über den Tisch reichend.

Sie legte ihre Rechte in die seine, und er spürte, daß sie leise bebte.

»Guten Morgen! Haben Sie gut geschlafen?«

»Oh, ich danke, ausgezeichnet. Und Sie auch?«

Sie lachte, während sie ihm die herbeigebrachte Tasse füllte.

»Wie ein Murmeltier. Ich weiß nicht, Sonntag soll doch ein sogenannter Ruhetag für mich sein, aber er hat genau wie die Wochentage den Fehler, daß er viel zu kurz ist.«

Er faßte mitleidig ihre Hand und berührte sie mit den Lippen.

»Diese kleine, fleißige Hand muß Ruhe bekommen – das habe ich mir geschworen«, sagte er ernst.

Da schoß ihr wieder das Blut ins Gesicht.

»Anscheinend war das ein ziemlich leichtfertiger Schwur, Herr Doktor. So ruhebedürftig bin ich ja gar nicht. Wenn ich meine fünf Stunden schlafe, habe ich genug, mehr ist Verweichlichung. Und was hätte ich davon, wenn mir alle Wünsche in Erfüllung gingen? Sie wissen doch: Erfüllt, wird jedes Glück gering!«

»Wir leben aber doch dafür, daß uns immer wieder ein Glück, ein Wunsch erfüllt wird. Wenn wir wunschlos werden verliert das Leben allen Reiz.«

Er sah sie forschend an.

»Gesetzt den Fall, es würde Ihnen der Wunsch erfüllt, sich immer ausschlafen zu können, welchen weiteren Wunsch hätten Sie dann noch?«

Als sie jetzt in seine Augen sah, wurde sie dunkelrot. Sie antwortete hastig:

»Es gibt Wünsche, die man niemandem anvertrauen kann, nicht einmal sich selbst – und das sind die unerfüllbarsten!«

»Schade!« Es kam leise über seine Lippen.

Sie zwang sich zum Lachen, sagte aber, schnell ablenkend:

»Wünschen Sie noch eine Tasse Kaffee?«

Er spürte, daß sie verlegen war, spürte, daß sich ihr unerfüllbarster Wunsch mit ihm befaßte, und so mußte er sich zu einem ruhigen Ton zwingen.

»Ja, bitte, wenn Sie noch etwas für mich übrighaben?«

Sie füllte seine Tasse. Dann sagte sie, schnell auf ein unverfängliches Thema überspringend:

»Trude Holl erzählte mir, wenn Sie nicht dazwischengetreten wären, hätte sie gestern morgen von Iduna Ohrfeigen bekommen, als sie ihr sagte, daß sie ins Fidesserhaus eingeladen sei.«

Er nickte lächelnd.

»Ja, ich fürchte, Fräulein Weyersberg hätte sich hinreißen lassen. Sie war sehr wütend. Aber ich kann nicht begreifen, warum. Sie hat doch Verehrer genug und flirtet mit allen Männern, die ihr über den Weg laufen. Mr. Longwy schien sie anscheinend schlecht zu behandeln. Warum lag ihr nur soviel daran, ihn nicht an Trude Holl zu verlieren?«

»Weil sie keiner andern Frau eine Eroberung gönnt und weil sie, wie ich Ihnen schon sagte, Charles Longwy heiraten wollte, sobald sie ihre Freiheit aufgeben würde. Er sollte immer für sie bereitstehen.«

Er lachte.

»Etwa wie ein Regenschirm, den man bei schönem Wetter in die Ecke stellt und nur hervorholt, wenn es schlechtes gibt. Nun, ich gönne Mr. Longwy ein angenehmeres Dasein, denn er scheint mir ein anständiger Mensch zu sein. Ich will ihm wünschen, daß Fräulein Holl seine Frau wird. Sie liebt ihn, das habe ich herausgefunden.«

Ruth nickte.

»Ich auch! Und mir scheint, daß Iduna gestern nachmittag versucht hat, Charlie wieder einzufangen, und daß ihr das mißglückt ist. Deshalb war sie so schlechter Laune gestern abend.«

Wieder lachte er.

»Die drei Herren aus Kassel haben es schwer büßen müssen. Ich bin gerade noch einmal mit einem blauen Auge davongekommen.«

Sie mußten beide lachen, aber dann sagte Ruth ernst:

»Sie können froh sein, daß Sie ein armer Mann sind – sonst würden Sie Idunas nächstes Opfer werden. Als ihr Favorit haben Sie aber die besten Aussichten.«

Seine Augen wurden ebenfalls ernst und senkten sich in die ihren.

»Vergebliche Mühe, mein Herz ist gegen Fräulein Weyersbergs Zauber gefeit. In dem ist ein anderes Bild fest verankert, wenn auch noch nicht lange. Erst seit dem Augenblick, da ich am Parktor von Gravenstein stand.«

Sie erzitterte unter seinem Blick, aber er ließ den ihren nicht los. Wie gebannt sahen sie sich beide an und atmeten schnell und schwer. Dann riß sich Ruth los von seinem Blick und starrte auf ihre Tasse. Verstanden hatte sie ihn wohl, und sie hätte vor Glückseligkeit laut aufschreien mögen. Aber dann sagte sie leise:

»Vergessen Sie bitte nicht, was ich von unerfüllbaren Wünschen sagte.«

Er fing ihre Hand ein.

»Sagen Sie mir eines, Fräulein Ruth – trafen eben unsere Wünsche zusammen?«

Sie mußte wieder zu ihm aufsehen.

»Fragen Sie nicht, ich sagte Ihnen doch, daß ich unerfüllbare Wünsche nicht einmal mir selbst eingestehe.«

»Müssen sie unerfüllbar sein?«

Ein feuchter Schleier lag über ihren Augen.

»Leider – ja – leider! Ginge mein Wunsch in Erfüllung, würde ich einem andern Menschen nur eine Last sein. Wie ich geartet bin, ertrüge ich das nicht! Aber – ich muß jetzt fort, hinaus auf die Felder. Bitte, vergessen Sie, was ich eben sagte – wir wollen nie mehr davon sprechen.«

Sie erhob sich, und er tat es auch. Aber er trat vor sie hin und ergriff abermals ihre Hand.

»Sagen Sie mir nur noch eines: Ist dies der einzige Grund, weswegen Ihr Wunsch unerfüllt bleiben müßte?«

Sie nickte energisch. Dann suchte sie sich zu fassen und sagte ruhig und fest:

»Nichts weiter davon! Vergessen Sie nur nicht, daß man auch mit unerfüllten Wünschen sehr glücklich sein kann.«

Er hielt ihre Hand noch immer fest.

»Ich verstehe Sie – und möchte Ihnen gern etwas sagen. Ihr Wunsch könnte dennoch in Erfüllung gehen.«

Sie schüttelte den Kopf. Tränen saßen in ihrer Stimme, als sie erwiderte: »Das halte ich für ausgeschlossen. Es – es wäre auch viel zu schön, als daß es sein könnte.«

»Es wird aber sein können, glauben Sie mir.«

»Ich muß jetzt fort«, sagte sie mit verhaltener Stimme.

»Gleich – gleich lasse ich Sie gehen. Ich – ich möchte Ihnen nur noch etwas von mir erzählen. Klaus Weyersberg wird mich eines Tages – wahrscheinlich bald – so stellen, daß ich sorgenlos leben kann. Ich werde dann auch daran denken können, mich zu verheiraten. Glauben Sie, daß eine Frau, die mich liebt, auch mit bescheidenen Verhältnissen zufrieden sein könnte?«

Erzitternd sah sie zu ihm auf.

»Zufrieden? Nur zufrieden? Sie scheinen sehr bescheiden von sich zu denken. Aber nun muß ich wirklich fort.«

Und sich von ihm losreißend, lief sie hinaus.

Er trat an das Fenster und sah ihr nach, wie sie leicht und sicher das bereitstehende Pferd bestieg und davonritt. Aber einen kurzen Blick warf sie noch zum Fenster hinauf, an dem er stand. Seine leuchtenden Augen verfolgten sie, und er fühlte beglückt, daß sie sein war, daß nur die Angst, ihm eine Last zu werden, sie von ihm zurückhalten würde.

Nachdenklich ging er in sein Zimmer zurück, setzte sich an das offene Fenster und überlegte, wie er die Dinge weiterführen sollte. Bevor nicht alles klar war, wollte er Ruth nicht mehr beunruhigen. Was zwischen ihm und ihr gesagt werden mußte und vorläufig gesagt werden konnte, war geschehen. Er wußte, sie würde vertrauensvoll warten, bis er weiter mit ihr sprechen würde.

Nach einer Weile erhob er sich und nahm aus dem Schreibtischfach seine Papiere heraus. In seiner Brieftasche hatte er nur die Papiere seines Freundes Horvath.

Jetzt sah er seine eigenen Papiere aufmerksam durch. Sie waren in Ordnung, und das war gut. Er würde sie brauchen, um in seine Erbrechte eingesetzt zu werden. Ein Lächeln flog um seinen Mund, als er in seinem Reisepaß unter Besondere Kennzeichen las: »Ein handförmiges Feuermal auf dem linken Oberarm.«

Als er sich diesen Reisepaß ausstellen ließ, hatte er – er wußte selbst nicht, warum – den Beamten ersucht, das Vorhandensein dieses Feuermals unter der Rubrik *Besondere Kennzeichen* einzutragen. – Dieses Mal besaß Klaus seit seiner Geburt. Anfänglich war es nur von geringem Umfang, später aber hatte es sich bis zur Größe einer Frauenhand ausgedehnt.

Er hatte sich früher oft über dieses Mal geärgert; jetzt war er sehr zufrieden, dieses besondere Kennzeichen zu besitzen, denn da er sich äußerlich sehr verändert hatte, konnte es ihm nützlich werden, um seine Identität zu beweisen.

Langsam faltete er die Papiere wieder zusammen und legte sie einstweilen vor sich auf ein Tischchen.

Dann machte er sich allerlei Notizen über seine Erlebnisse auf der Expedition.

Heute würden – voraussichtlich nach dem zweiten Frühstück – die Kasseler Herren wieder abreisen. Dann durfte es wohl nicht lange dauern, bis Kurt Weyersberg ihn auffordern würde, ihm von dem zu berichten, was ihm – Kurt – als das Wichtigste galt.

Vorsichtshalber hatte Klaus den Justizrat schriftlich ersucht, Kurt Weyersberg keinesfalls weitere Rechte einzuräumen. Auch dann nicht, wenn dieser ihm mitteilen würde, er besitze jetzt Beweise, daß sein Neffe nicht mehr am Leben sei.

Klaus hatte anläßlich seines Besuches bei Justizrat Frensen auch diesem von dem Feuermal erzählt und gleichzeitig erwähnt, daß es auch in seinem Paß erwähnt sei, worauf der Alte, bedeutungsvoll mit dem Kopf nikkend, gesagt hatte: »Weiß man's denn, welche Bedeutung das am Ende noch für dich haben kann?«

Als der Gongschlag ertönte, der die Hausbewohner in das Frühstückszimmer rief, raffte Klaus rasch seine Papiere zusammen und legte sie in das Schreibtischfach zurück. Er schloß ab und schob den Schlüssel in die Tasche. Sehr sicher waren die Dokumente allerdings nicht verwahrt, denn es handelte sich um ein gewöhnliches Schloß.

Während Klaus die Treppe hinabstieg, faßte er den Entschluß, sobald das Haus von Gästen leer sein würde, seine Geschichte zu erzählen – jedoch nur im Beisein Ruths.

Mit Befriedigung stellte er fest, daß Ruth heute an dem gemeinschaftlichen Frühstück teilnahm und in liebenswürdiger Weise für alle Anwesenden und auch für ihn sorgte.

Zu seiner aufrichtigen Freude entnahm er alsbald einem zwischen dem Hausherrn und Ruth geführten Gespräch, daß sie am heutigen Vormittag nicht mehr auf das Feld hinausreiten würde.

Die Herren aus Kassel sprachen über ihre Abreise und wurden von der gutmütigen Frau Maria für den nächsten Sonntag wieder eingeladen.

Anscheinend sagte das Iduna nicht besonders zu, denn ihre Stirn zog sich unmutig zusammen. Sie enthielt sich aber jeder Bemerkung und erklärte nur, daß sie nach dem Frühstück ausreiten wolle.

»Begleitest du mich, Vater?« fragte sie.

Kurt Weyersberg schüttelte heftig den Kopf.

»Heute nicht!« sagte er kurz.

Da sah Iduna Klaus mit lockenden Augen an.

»Können Sie reiten, Herr Doktor?«

Er verneigte sich. »Gewiß, gnädiges Fräulein!«

»Oh, dann können Sie Vaters Pferd nehmen und mich begleiten; du gestattest doch, Vater, daß Herr Doktor Horvath dein Pferd benutzt?«

Das Kleeblatt aus Kassel sah eifersüchtig auf Klaus. Der Hausherr schüttelte den Kopf.

»Sonst jederzeit, aber heute nicht, Iduna. Ich wünsche sogar, daß auch du zu Hause bleibst, denn nachher hat uns Herr Doktor Horvath etwas ebenso Wichtiges wie

Interessantes mitzuteilen. Nicht wahr, Herr Doktor, wir dürfen darauf rechnen, daß Sie uns über alles Nötige unterrichten werden?«

Klaus verneigte sich.

»Gewiß, Herr Weyersberg, sobald ich mit Ihnen und Ihrer Familie allein sein werde, bin ich zu jeder Auskunft bereit.«

Die Herren aus Kassel warfen ihm einen wenig liebenswürdigen Blick zu.

Der Hausherr nahm aber keine Rücksicht auf ihre Gefühle. Er bemerkte nur, es solle dafür gesorgt werden, daß seine Frau und seine Tochter der Unterredung beiwohnen würden.

Klaus verneigte sich förmlich gegen Ruth.

»Selbstverständlich auch Ihr Fräulein Nichte, denn ich möchte nur einmal über diese Angelegenheit sprechen, und ich denke, daß auch für Fräulein Falkner das, was ich zu sagen habe, einigermaßen interessant sein wird.«

Kurt Weyersberg wollte nicht widersprechen; er sagte nur:

»Wenn meine Nichte Zeit hat?«

Klaus sah mit einem bittenden Blick zu Ruth hinüber, die jetzt doch zu ihm aufsah; und da wußte sie, daß er Wert auf ihre Gegenwart legte.

So sage sie, so ruhig sie konnte:

»Ich kann mich schon für einige Stunden frei machen, Onkel Kurt.«

Iduna hatte das alles mit fragenden Augen angehört.

»Was ist denn nur los?« fragte sie, unwillig darüber, daß sie nicht in alles eingeweiht war.

»Du wirst es nachher schon erfahren«, erwiderte ihr Vater.

Frau Maria ahnte bereits, worum es sich handeln würde. Sie sagte und fragte nichts.

Das Frühstück war nun beendet, und die Kasseler Gäste wurden im Auto zur Bahn gefahren. Sie waren den Blicken noch nicht ganz entschwunden, als Iduna mißgestimmt sagte:

»Gottlob, daß sie fort sind, ich habe sie nie so fad gefunden wie diesmal!«

Dabei warf sie Klaus einen auffordernden Blick zu, der nicht mißzuverstehen war.

Er mußte lachen.

»Nun, gnädiges Fräulein, hoffentlich lassen Sie nicht denselben Stoßseufzer los, wenn ich Gravenstein verlassen werde.«

Sie hängte sich in seinen Arm.

»Ich hoffe, Sie werden mich besser unterhalten als diese Herren.«

»Aber Iduna, sie sind doch sehr nett und lustig, und sonst hast du sie stets sehr gern gesehen«, sagte ihre Mutter, der es nicht recht war, daß Iduna den abreisenden Gästen solche Bemerkungen nachschickte.

Ihre Tochter zuckte aber die Achseln.

»Man kann ja seine Ansicht ändern, nicht, Mutter?«

Diese wagte nicht, etwas Weiteres zu sagen.

Kurt Weyersberg fieberte danach, zu vernehmen, daß Klaus Weyersberg mit Sicherheit zu den Toten gehöre, und sagte feierlich:

»Bitte kommt nun alle ins Wohnzimmer; dort werde ich euch eine interessante Eröffnung machen. Danach wird uns Herr Doktor Horvath einen noch interessanteren Vortrag halten.«

Iduna wäre viel lieber mit Doktor Horvath allein ausgeritten. Sie hatte wenig Lust, einen wahrscheinlich sehr langweiligen Bericht mit anzuhören, aber sie wollte Doktor Horvath nicht kränken, und so folgte sie den Eltern und Ruth, die schon vorausgegangen waren und Sessel aufgestellt hatten. Dort nahmen nun alle Platz, und Klaus zog sich ein kleines Tischchen herbei, auf das er seine Notizen legte.

Kurt Weyersberg erhob sich noch einmal, sah die drei Damen an und sagte langsam und feierlich:

»Ich habe euch bisher verschwiegen, aus welchem Grund uns Herr Doktor Horvath besucht hat. Ihr habt euch vielleicht ein wenig gewundert, daß ich ihn, einen uns völlig Fremden, in unser Haus aufnahm. Aber ich wollte euch nicht beunruhigen. Jetzt aber will ich euch sagen, daß Herr Doktor Horvath der beste Freund unseres leider in so jungen Jahren verstorbenen Verwandten Klaus Weyersberg ist und diesen auf der Reise zur Antarktis begleitet hat. Herr Doktor Horvath hat mir versichert, daß er der einzige ist, der von allen Teilnehmern an der Expedition am Leben geblieben und zurückgekehrt ist.«

Wie erschöpft und erschüttert brach Kurt Weyersberg ab. Er bewährte sich in dieser Minute als ein sehr guter Schauspieler. Seine Frau und Ruth waren keineswegs überrascht über seine Worte, aber Iduna war zusammengezuckt, starrte Klaus mit weitgeöffneten Augen an und fragte nun, als ob das das Wichtigste sei:

»Können Sie bezeugen, daß Klaus Weyersberg tot ist?«

Klaus sagte wiederum, wie schon einige Male, sehr diplomatisch:

»Ich bin der einzige, der von den Mitgliedern der Expedition am Leben blieb.«

Und ihn fror, als er dabei Idunas kalt aufleuchtenden Blick gewahrte.

»Ah, wie interessant. Erzählen Sie, erzählen Sie!« drängte Iduna jetzt.

Klaus sah in Ruths erwartungsvolle Augen und begann ruhig und ernst zu berichten: von dem Aufbruch der Expedition, von den Forschungsarbeiten, deren Ergebnisse er zum großen Teil hatte retten können, und von der Rückreise, auf der das schreckliche Unglück passiert war und seine Gefährten alle auf so tragische Weise ums Leben gekommen waren.

Dann schwieg er. Alle waren tief ergriffen.

In die beklemmende Stille hinein fragte auf einmal Kurt Weyersberg, fast atemlos vor Erregung:

»Und der letzte war Klaus Weyersberg?«

Dieser blickte nicht zu dem Fragesteller hinüber. Er wußte, was ihm aus dessen Augen entgegenblitzen würde.

Seine Blicke klammerten sich an Ruth. Ihre Nähe allein machte es ihm erträglich, daß er vor diesem Menschen, der heißhungerig auf die Nachricht von seinem Tod wartete, von seinen Leiden und Schmerzen sprechen mußte.

Iduna saß ihm zur Seite. Ihre Augen blickten ihn an, kalt und gespannt, und – schließlich, als er weiter von seinen Kämpfen und Leiden sprach, mit Bewunderung und aufkeimender Leidenschaft.

Auf Kurt Weyersbergs Frage erwiderte Klaus nur:

»Es war mein bester Freund, der zuletzt starb.«

Dann berichtete er weiter, von seinen Qualen, von Hunger, Not, Schmerzen und der furchtbaren Einsamkeit, die er monatelang ertragen hatte, die ihn fast dem Wahnsinn nahegebracht hatte.

Aus Ruths Augen strömten jetzt unaufhaltsam Tränen, und bei der Schilderung dieser furchtbaren Verlassenheit und Einsamkeit war ihr auf einmal, als werde sie hellsichtig. Sie ahnte, fühlte, daß nicht Doktor Horvath vor ihr saß – sondern Klaus Weyersberg selbst. Ihr Atem ging schwer und gepreßt, und das Mitleid mit dem Mann, den sie liebte – ja, den sie unbeschreiblich, grenzenlos liebte, erschütterte sie.

Er sprach weiter – für sie. Von der Gewißheit, daß er rettungslos verloren war, daß er sich höchstens noch wenige Tage würde hinschleppen können und dann – von dem Auftauchen des Walfischfängerbootes, das hinter einem Riesenwal herjagte und von dem er Rettung erhoffte.

»Aber nichts ist mir so schwer zu ertragen gewesen als die angstvolle Spannung, ob die Walfischfänger mich sehen, ob sie nicht vorbeifahren würden. Dann hatten sie mich endlich bemerkt – nachdem sie den Wal erlegt hatten, denn früher hatten sie für nichts Augen gehabt als für ihre Riesenbeute. Mir erschien es wie eine Ewigkeit, bis sie mir endlich Zeichen gaben, daß sie meiner gewahr geworden wären. Sie hielten an Land, einige stiegen aus, und ich taumelte ihnen mit dem letzten Aufgebot meiner Kräfte entgegen, wie ein Irrsinniger immer um Hilfe rufend. Niemand kann mir nachfühlen, was ich empfand, als ich in dem Walfischfängerboot aus meiner Ohnmacht erwachte und plötzlich wieder Menschenstimmen vernahm. Das Glücksgefühl darüber raubte mir abermals das Bewußtsein, und ich wußte dann lange Wochen nichts von mir. Aber diese rauhen, wilden Männer haben mich mit rührender Hingabe gepflegt, haben sorgsam alles, was ich an Habe noch besaß, zusammengesucht und in Sicherheit gebracht. Ich gebrauchte, auch nachdem ich wieder klare Momente hatte, noch lange Zeit, um mich allmählich wieder in die Wirklichkeit zurückzutasten, um mir darüber klarzuwerden, daß ich nicht nur von meiner Rettung träumte, sondern wirklich dem Leben zurückgegeben und – gottlob, nicht mehr einsam war. Ich konnte mich ganz allein mit einem jungen Deutschen unterhalten, der schwedischen Sprache war ich nicht mächtig, und eine andere verstanden meine Retter nicht. Der Deutsche diente mir als Dolmetscher – und ich habe all diesen Leuten nicht so danken können, wie ich es gern getan hätte.«

Klaus schwieg; er selbst war in tiefer Bewegung.

Niemand sprach zunächst ein Wort.

Es dauerte geraume Zeit, bis Klaus den Faden seiner Erzählung wieder aufnahm und davon berichtete, wie er nach Buenos Aires gekommen war und in einem dortigen Sanatorium vollkommene Heilung gesucht und gefunden habe.

Als er geendet hatte, löste er den Blick aus Ruths Augen, streichelte lächelnd die Hand der noch immer weinenden Frau Maria und sah dann zu Vater und Tochter hinüber. Während ihm aus Idunas Augen eine leidenschaftliche Bewunderung entgegenblitzte, sah er in Kurt Weyersbergs Augen nichts als wilden Triumph, wilde Genugtuung, die den grenzenlosen Egoismus dieses Mannes kennzeichnete. Am liebsten hätte Klaus ihm ins Gesicht geschrien: »Frohlocke nicht zu früh – ich bin Klaus Weyersberg!« Aber er beschloß, erst abzuwarten.

Kurt Weyersberg fand als erster die Sprache wieder:

»Also kann der Tod Klaus Weyersbergs einwandfrei festgestellt werden, und Sie, Herr Doktor, müssen mir das vor Gericht bezeugen, damit ich mein Erbe definitiv antreten kann.«

Klaus hatte wieder das Gefühl, als laufe ihm etwas kalt den Rücken hinunter. Aber er verneigte sich ruhig und sagte: »Alles wird der Wahrheit entsprechend festgestellt werden.«

Mit Ruth wechselte Klaus nur noch einen Blick. Er sah, wie tief ergriffen und erregt sie war und wie sie mühsam um Fassung rang, aber er ahnte nicht, was ihre Seele hellseherisch erfaßt hatte. Er hielt sie auch nicht zurück, als sie stumm aus dem Zimmer ging.

Er wandte sich nun an die noch immer schluchzende Frau Maria.

»Liebe, gnädige Frau, bitte beruhigen Sie sich, sonst muß ich mir Vorwürfe machen, daß ich Sie zu sehr aufgeregt habe.«

Sie trocknete ihre Tränen und stieß außer sich hervor:

»Da muß man doch weinen, wenn man hört, was Sie ausgestanden haben. Und der arme Klaus! – Wäre er doch nie von zu Hause fortgegangen!«

Ihr Gatte fuhr auf, während Klaus ihr dankbar die Hände küßte.

»Nun sei doch nicht so sentimental, Maria, es ist ganz gewiß schlimm, was Herr Doktor Horvath hat aushalten müssen, aber wir haben nun wenigstens die Gewißheit, daß wir das Erbe nach Recht und Gesetz antreten können. Diese Ungewißheit war quälend genug für uns.«

Sie sah ihren Mann mit einem seltsamen Blick an, als sähe sie ihn zum ersten Mal. Mit all seinen Fehlern und Schwächen hatte sie ihn geliebt, hatte für vieles eine Entschuldigung gefunden. Aber daß er nach der erschütternden Erzählung ihres Gastes nur an sich selbst dachte, das zeigte ihr ihn in einem neuen Licht, und es entfremdete ihn ihr so sehr. Still erhob sie sich und verließ das Zimmer. Sie fand keine Erwiderung auf seine Worte, sie drückte nur Klaus noch einmal fest die Hand.

Als sie hinausgegangen war, erhob sich auch Kurt Weyersberg und streckte Klaus die Hand entgegen.

»Die Frauen von früher sind doch alle sentimental. Da lobe ich mir unsere frische, vernünftige Jugend. Also, mein lieber Herr Doktor, Sie haben mir einen Dienst erwiesen, für den ich Ihnen zu allergrößtem Dank verpflichtet bin. Ich hoffe, Sie werden einige Zeit bei uns bleiben und sich hier ein wenig erholen. Wenn ich Ihnen sonst zu Diensten sein kann, lassen Sie es mich wissen. Jetzt entschuldigen Sie mich, aber ich möchte gleich einmal mit Justizrat Frensen telefonieren, der die Erbschaftsregulierung in Händen hat. Ich möchte den ein wenig schwierigen Herrn nach Gravenstein bestellen, um einiges mit ihm zu besprechen, und werde Sie dann bitten, ihm zu bestätigen, daß Klaus Weyersberg in Ihrem Beisein gestorben ist.«

Schnell, als könne er es nicht erwarten, zum Ziel zu kommen, war er draußen.

So war Klaus mit Iduna allein. Gern hätte auch er das

Zimmer verlassen, aber sie erhob sich jetzt mit einem Ruck, trat dicht vor ihn hin und reichte ihm die Hand.

»Sie können nicht ahnen, wie mich Ihre Erzählung erschüttert hat, Herr Doktor! Ich bewundere Sie, wirklich, Sie haben mir sehr imponiert, nie zuvor hat ein Mann das in dem Maße getan wie Sie.«

Dabei drängte sie sich dicht an ihn heran und sah ihn mit brennenden Blicken an. Er sorgte jedoch fast augenblicklich für eine gewisse Distanz zwischen ihr und sich. Er war kein Charlie Longwy, der mit sich spielen ließ. Daß ihre Ergriffenheit sehr schnell vorüber und sie dann wieder die kühle, berechnende Kokette sein würde, die mit den Männern nach Gefallen umsprang, erschien ihm ganz sicher. Allerdings war er fest davon überzeugt, daß sie sofort Ernst machen würde, wenn sie wüßte, daß er der wahre Erbe von Gravenstein sei.

Wie unabsichtlich trat er einen Schritt zurück. Dann fuhr er nach einer Weile fort:

»Kommen Sie nur erst wieder zur Ruhe, mein gnädiges Fräulein. Immerhin hat auch mich das, was ich von meinem Erleben preisgeben mußte, wieder ein wenig aufgeregt, und wenn Sie gestatten, ziehe ich mich jetzt für eine Stunde auf mein Zimmer zurück.«

Sie flammte ihn mit ihren blauen Augen an.

»Ich dachte, wir würden miteinander ausreiten?«

»Später einmal, mein gnädiges Fräulein, jetzt bitte ich um Entschuldigung.«

Mit einer kurzen Verbeugung wandte er sich von ihr weg und ging hinaus. Sie biß sich auf die Lippen und sah ihm nach, die Stirn finster zusammenziehend.

»Ich weiß schon, er geht genauso aufs ganze wie alle

andern, er will keinen Flirt, sondern will geheiratet sein. Aber nein – einen armen Mann heirate ich nicht, reich gehört zu reich, und arm zu arm. Wenn ich einen armen Mann heiraten wollte, dann ...«

Sie schloß die Augen und sah im Geiste Hans Holls Bild vor sich. Das behauptete sich allezeit sieghaft, selbst einem Doktor Horvath gegenüber. Hans Holl hatte die erste, junge Liebe ihres Herzens gehört und – so glücklich war sie nie mehr gewesen wie damals, als sie den ersten Kuß mit ihm tauschte. Aber das mußte, sollte vorbei sein! Was sollte für sie der arme Ingenieur aus schlichten Verhältnissen? Und was sollte für sie dieser arme Doktor Horvath? Nichts als einen amüsanten Flirt wollte sie mit ihm haben! Ohne Flirt war das Leben langweilig – und – sie wollte sich doch ausleben, ehe sie ihre Freiheit aufgab.

Sie warf den Kopf zurück und dachte siegesgewiß:

»Ich bekomme ihn schon noch so weit, wie ich ihn haben will – wir werden jetzt so oft allein zusammen sein, wie ich es will.«

12

Es war ein Dienstag, als Winnie am Frühstückstisch sagte:

»Morgen fahre ich nach Kassel, Charlie, ich kann doch den Wagen haben?«

Charlie hatte andächtig zugesehen, wie Trude behaglich und genießerisch ihre Schokolade löffelte.

»Gewiß, Winnie, der Wagen steht dir selbstverständlich zur Verfügung.«

»Ich brauche ihn aber wahrscheinlich den ganzen Tag, denn ich will Einkäufe machen und dann Trudes Angehörige besuchen, um für sie Nachurlaub zu erbitten.«

Charlie dachte mit Vergnügen daran, daß er dann den ganzen Tag mit Trude allein sein würde. Großmütig stellte er Winnie den Wagen zur Verfügung.

Aber auch Trude dachte daran, daß sie dann mit Charlie allein sein würde, und da befiel sie eine mädchenhafte Angst.

»Ach, Winnie, ich kann dir doch wirklich nicht zumuten, einen Bittgang zu meinen Eltern zu machen. Wäre es nicht besser, ich führe mit dir nach Kassel und trüge selbst meinen Eltern diese Bitte vor?«

Charlie fuhr auf.

»Keinesfalls! Man läßt Sie nicht wieder zurückkehren. Nein, das leide ich einfach nicht.«

Hilfeflehend sah das junge Mädchen zu Winnie hinüber. Diese merkte sehr wohl, daß Trude Bedenken hatte, so lange mit ihrem Bruder allein zu sein. Wer konnte wissen, ob nicht vielleicht die Dienerschaft darüber reden würde.

»Trude hat eigentlich recht, es wäre das einfachste, wenn wir beide ihren Eltern einen Besuch machten. Ich bringe sie schon wieder zurück, Charlie; du kannst beruhigt sein.«

Charlie sprang erregt auf.

»Nun bitte ich dich, wie denkst du dir das? Ich soll den ganzen Tag hier allein bleiben. Fräulein Trude, ich habe gar nicht gewußt, daß Sie so herzlos sein können.«

Etwas verzagt ließ diese die Augen von einem der Geschwister zum andern wandern.

Nach einer Weile sagte Winnie, der es einfiel, bei einem Besuch im Hause Holl würde sich eine Begegnung mit Georg leichter herbeiführen lassen, wenn Trude bei ihr war, als wenn sie allein kam:

»Charlie, es geht doch nicht gut, daß du mit Trude hier allein bleibst. Wir sind auf jeden Fall verpflichtet, auf ihren Ruf zu achten. Denke, was geschehen würde, käme einer unserer Leute auf die Idee, in Gravenstein zu erzählen, du seiest allein mit Trude hier im Hause gewesen. Das wäre ein gefundenes Fressen für Iduna! Die würde sogleich einen Strick für unsere liebe Kleine daraus drehen.«

Unsicher sah Charlie zu ihr hinüber.

»Du bist doch davon überzeugt, Winnie, daß unser Gast unter meinem Schutz so sicher ist wie in Abrahams Schoß.«

»Gewiß weiß ich das, aber nicht alle Leute kennen dich so gut wie ich. Sei also vernünftig und lege unserer gemeinschaftlichen Fahrt nach Kassel nichts in den Weg.«

Trude war inzwischen abwechselnd rot und blaß geworden, was Charlie bemerkte. Er hatte es sich süß und reizend gedacht, die Geliebte den ganzen Tag für sich zu haben, sie füttern, pflegen und mit ihr plaudern zu können. Aber selbstverständlich, ihren Ruf durfte er nicht gefährden.

Eine Weile blickte er, wie in Gedanken verloren, vor sich hin, dann aber schnellte er mit einem förmlichen Ruck in die Höhe.

»Hach, da seid ihr aber auf dem Holzweg, wenn ihr denkt, ich bleibe allein zu Hause! Ich begleite euch – kann doch auch nach Kassel fahren – habe auch allerlei einzukaufen. Und schließlich – kann ich Fräulein Trudes Eltern ebenfalls einen Besuch abstatten – ich möchte sie doch auch kennenlernen.«

Charlie war sehr stolz auf seinen Einfall, zumal er sah, daß Trude errötete und ihn strahlend ansah. Wäre es ihr doch sehr schwer geworden, sich einen einzigen Tag von ihm zu trennen, denn sie hatte immer noch eine geheime Angst vor Iduna und deren Künsten.

»Gut, fahren wir zusammen, es wird wahrscheinlich sehr nett werden«, meinte Winnie, den beiden Liebenden zunickend.

»Ich möchte aber noch schnell eine Karte an meine Mutter schreiben, damit sie wenigstens einige Vorbereitungen für unsere Bewirtung treffen kann.«

»Ausgeschlossen, wir wollen deiner Mutter keine Arbeit machen.«

»Ja nicht, sonst merkt sie am Ende, daß sie Fräulein Trude gar nicht entbehren kann. Wir wollen sie einfach überrumpeln und bitten dann Ihre Eltern und Ihre Brüder, im Hotel mit uns zu Mittag zu speisen. Dann kann Ihre Frau Mutter ganz ungestört mit uns zusammensitzen«, bemerkte Charlie.

Ein leuchtender Blick Trudes belohnte ihn für diesen Einfall.

»Ach lieber Gott, das wird ja ein Fest für meine Leute! Charlie, Sie sind ein guter Mensch, und ich komme immer tiefer in eine Dankesschuld Ihnen und Winnie gegenüber.«

»Nun, wie sich Winnie dazu stellt, weiß ich nicht, aber ich werde schon zur gegebenen Zeit meinen Dank einzukassieren wissen, darauf können Sie sich verlassen. Und jetzt denken Sie nur nicht, daß ich während dieser Debatte vergessen habe, auf Sie aufzupassen. Die Schokoladenkanne ist noch nicht leer, Sie haben erst die zweite Tasse intus. Also los, jetzt kommt die dritte dran.«

Er füllte ihr selbst noch einmal die Tasse, und sie mußte sie auslöffeln, er kannte kein Erbarmen. Dann strahlte er sie vergnügt an.

»Jetzt wird eine Partie Tennis gespielt, damit wir nicht nur Fett, sondern auch Muskeln ansetzen.«

Winnie erbarmte sich der verlegenen Trude und zog sie in ihre Arme.

»Also los, auf den Tennisplatz. Hole die Bälle und die Raketts, Charlie. Ich bummle mit Trude schon voraus.«

»Immer werde ich weggeschickt oder fortgegrault, das lasse ich mir nicht mehr gefallen. Ihr wartet gefälligst, bis ich mit den Bällen wieder hier bin.«

Sein drohender Blick bannte die beiden jungen Damen auf der Stelle. Mit langen Schritten stob er davon. Trude warf sich in Winnies Arme.

»Ach, Winnie, bei euch hier ist es wie im Himmel!«

Winnie streichelte ihr zärtlich das nußbraune Gelock aus der Stirn.

»Bleib nur in diesem Himmel – für immer, kleine Trude«, sagte sie herzlich.

Trude streichelte ihr dankbar die Hand.

»Ich habe gar nicht gewußt, daß du ein so edles, gutes Herz hast, Winnie. In Gravenstein hast du dich immer ganz anders gezeigt.«

»Vielleicht habe ich mein Herz selbst erst entdeckt, seit du bei uns bist. Später erkläre ich dir das vielleicht einmal.

Jetzt weiß ich selbst noch nicht, was mit mir geschehen ist. Sag mal, Trude, wirst du morgen auch alle deine Leute daheim antreffen?«

»Die Mutter ist bestimmt den ganzen Vormittag zu Hause, sie muß für die Männer kochen. Mein Vater und die Brüder kommen pünktlich zum Essen. Du, die werden sich alle riesig freuen, wenn Charlie sie zum Mittagessen ins Hotel einlädt. Morgen ist Mittwoch – wart mal, was gibt es da bei uns zu essen? – ach so, Wirsingkohl mit Rindfleisch. Na, da wird sich Georg freuen, wenn das ausfällt – er mag nämlich Kohl überhaupt nicht.«

Winnie wandte sich ab.

»So, so, er mag keinen Kohl?«

Trude lachte.

»Weder Kohl, den man essen kann, noch solchen, den man redet. Er ist nämlich sozusagen unser Aristokrat, in geistiger wie leiblicher Beziehung. So bescheiden er sonst ist wie alle meine Brüder, aber ich weiß nicht, er hat etwas Vornehmes an sich, und er imponiert mir am meisten von allen.«

»Du meinst also, daß er sich freuen wird, im Hotel mit uns zu speisen?«

Trude dachte nach.

»Hm! Er darf nur nicht ahnen, daß man ihm damit etwas Gutes tun will. Stolz ist er nämlich auch. Aber laß nur, das werde ich schon machen, es muß aussehen, als täte er uns einen Gefallen, dann ist er sofort bereit, denn hilfsbereit ist er auch wie alle meine Brüder.«

»Du mußt sehr stolz auf diese Brüder sein, Trude?«

»Bin ich auch, denn sie verdienen es. Aber da kommt Charlie zurück.«

Charlie reichte jeder Dame ihr Rakett, klemmte das seine unter den Arm und schwenkte das Ballnetz durch die Luft.

»Nun los! Aber halt. Fräulein Trude – wo ist Ihr Mantel? Eine leichtsinnige Jugend, jetzt will das Kind ohne Mantel laufen!«

»Es ist doch so warm!«

»Jawohl, das Mailüfterl und so. Und nach dem Tennis ist man erhitzt und fängt an zu frieren. Hier ist der Mantel! Ich will Kavalier sein und ihn tragen.«

Lachend warf er sich Trudes Mantel über die Schultern und dachte: Das erste, was sie haben muß, wenn sie mir gehört, ist ein leichter Pelzmantel und ein weißer Flauschmantel. Der wird ihr herrlich stehen. Darüber das Köpfchen mit den nußbraunen Locken – entzükkend! Und Charlie schwelgte in dem Gedanken, wie er Trude herausputzen wollte, wenn sie erst seine Frau wäre.

Sie hängte sich rechts und links bei Winnie und Charlie ein und hüpfte zwischen ihnen her wie eine muntere Bachstelze.

Von den Geschwistern ermuntert, plauderte Trude von zu Hause. Sie wußte, daß ihr Bruder Georg mittwochs nur vormittags Dienst habe. Fritz, der Gymnasiallehrer, hatte Mittwoch nachmittags ebenfalls frei, nur Hans, der Ingenieur, mußte wieder in die Fabrik. Der Vater besorgte in seiner Freizeit einem Kaufmann die Buchführung, so konnte er wenigstens bis drei Uhr dabeisein. Und wie würde Mutter sich freuen, wenn sie mal nicht zu kochen brauchte!

Gerührt hörten die Geschwister zu, sahen sich zuweilen an und nickten sich zu, als wollten sie sagen: Die ist schon recht!

Auf dem Tennisplatz angekommen, entbrannte eine heiße Schlacht. Alle drei waren gute und ehrgeizige Spieler. Charlie hatte den beiden Damen gegenüber einen schweren Stand, und schließlich endete die Partie unentschieden.

Kaum war das Spiel zu Ende, als Charlie Trude ihren Mantel aufzwang. Kein Revoltieren half. Wie ein strenger Vater zu seinem unfolgsamen Kind sprach er mit ihr. Sie kamen dabei alle drei ins Lachen. Trude fand das Leben herrlich und wunderschön, obwohl ihr sehr heiß war.

Charlie lauschte verklärt ihrem Lachen und gestand sich, daß er noch nie in seinem Leben so glücklich gewesen war wie jetzt, da Trude im Fidesserhaus weilte.

13

Ruth und Klaus Weyersberg hatten sich nach der Schilderung seiner Erlebnisse nur bei den Mahlzeiten in Gegenwart der andern gesehen. Besorgt bemerkte Klaus bei der Mittagstafel, daß Ruth sehr blaß aussah und obendrein verweinte Augen hatte. Das konnte doch nicht vom Vormittag her sein? Hatte sie später noch einmal geweint – und warum?

Der Hausherr war nicht so gut gelaunt, wie man es hätte erwarten können, denn bei seiner telefonischen Unterhaltung mit Justizrat Frensen hatte er den Bescheid bekommen, daß auch nach einem positiven Beweis von dem Ableben Klaus Weyersbergs vor Ablauf der zehn Jahre keinerlei Änderungen der bestehenden Verhältnisse statthaft seien und daß er also auch künftig nicht über die vorhandenen Gelder und Vermögenswerte verfügen dürfe. Als Kurt Weyersberg das ärgerlich als eine sinnlose Formtyrannei bezeichnete, meinte der Justizrat ruhig, er könne ja versuchen, alle Rechtsmittel dagegen in Anwendung zu bringen, aber es werde vergeblich sein. Worauf Kurt Weyersberg wütend erklärte, am Telefon könne man so etwas selbstverständlich nicht gründlich besprechen. Der Herr Justizrat möge sich daher nach Gravenstein bemühen und sich von Doktor Horvath die eidesstattliche Versicherung geben lassen, daß er der einzige Überlebende der Expedition sei. Frensen war es sehr angenehm, wieder einmal nach Gravenstein zu kommen, weil er Klaus gern einmal wiedersehen und sprechen wollte. So sagte er für den nächsten Tag sein Kommen zu.

Kurt Weyersberg schimpfte bei Tisch ärgerlich über den blöden Amtsschimmel und den schwerfälligen Justizrat.

»Wenn er nur ein bißchen entgegenkommender sein würde, wäre uns beiden geholfen. Aber er ist ein sturer, bockbeiniger alter Herr, der nicht um ein Jota vom Buchstaben des Gesetzes abgeht.«

Klaus bemerkte dazu:

»Der Herr Justizrat wird nach dem Wortlaut des Testaments nicht anders können.«

»Ein derartig sinnloses Testament ist mir noch nicht vorgekommen«, schimpfte Kurt Weyersberg weiter.

Frau Maria saß blaß und stumm dabei, und seit sie eine kritische Sonde an das Wesen ihres Gatten gelegt hatte, mußte sie ihn innerlich immer wieder einer Kritik unterziehen. Das tat ihr weh, aber sie konnte es nun nicht mehr lassen.

Sorgsam war sie darauf bedacht, daß ihr Gast in jeder Weise zu seinem Recht kam. Immer wieder streifte ihn ihr mütterlich mitleidiger Blick. Klaus fühlte das sehr wohl, und er war der schlichten Frau dankbar. Er hatte das Empfinden, als habe sie das Bedürfnis, an ihm gutzumachen, was sie ihrer Meinung nach Klaus Weyersberg nicht mehr zugute tun konnte. Auch in ihr war eine Hoffnung gestorben, die sie still im Innern gehegt hatte, die Hoffnung, daß Klaus Weyersberg wiederkehren und sie alle von der Erbschaft, die sie wie ein Fiebertraum quälte, befreien könnte.

Auch am Abend hielt die gedrückte Stimmung an. Kurt Weyersberg richtete immer wieder Fragen an Klaus, die diesem zeigten, wie sehr er sich unablässig mit dem Schicksal des eigentlichen Erben beschäftigte und wie froh er war, daß dessen Tod nicht mehr zu bezweifeln sei. Klaus gab ihm auf alle Fragen Antwort, vermied es jedoch nach Möglichkeit, direkte Lügen auszusprechen. Nicht mit einem Wort hatte er davon gesprochen, daß Klaus Weyersberg tot sei, sondern er betonte stets, daß er der einzige Überlebende der Expeditionsteilnehmer sei. Ruth sah dann mit seltsam schweren Blicken zu ihm hinüber. Hatte sie doch längst sein Geheimnis erraten. So, wie er von seiner qualvollen Einsamkeit sprach, konnte das nur ein Mensch tun, der die Leiden dieser Einsamkeit selbst hatte ertragen müssen. Und wenn keiner seiner Kameraden gerettet worden war, so war er allein übriggeblieben und – so mußte er eben Klaus Weyersberg sein, wenn Klaus Weyersberg noch *lebte*, wie Doktor Horvath ihr erzählt hatte.

Sie hatte den ganzen Tag darüber nachgesonnen und war zu keinem andern Resultat gekommen. Und das hatte ihr das Herz schwer gemacht. Seine Worte am frühen Morgen beim Frühstück hatten eine leise Hoffnung in ihr erweckt, es könne zwischen ihm und ihr eines Tages eine Gemeinschaft geben. An die Seite des vermögenslosen Doktor Horvath hätte sie sich tapfer zu stellen vermocht. Aber zwischen ihr und dem reichen Erben Klaus Weyersberg gähnte eine tiefe Kluft. Er und sie – das ging einfach nicht! Warum hatte er ihr das als möglich hinstellen wollen? Sollte er sein Spiel mit ihr getrieben haben?

Aber nein, alles in ihr bäumte sich auf gegen diesen Verdacht. Er war keiner von denen, die in einem armen Mädchen nichts weiter sehen als ein Objekt für müßigen Zeitvertreib.

Jedenfalls kam sie in eine immer bedrücktere Stimmung und war froh, als sie sich zurückziehen konnte.

Als sie nach unruhig verbrachter Nacht am nächsten Morgen das Frühstückszimmer betrat, fand sie dieses noch leer. Der Tisch war wie üblich gedeckt. Freilich war nur eine Tasse aufgestellt. Es schien noch niemandem aufgefallen zu sein, daß sie in den letzten Tagen ihren Morgenimbiß nicht allein eingenommen hatte.

Seufzend füllte Ruth ihre Tasse, aber als sie die Kanne wieder auf den Wärmer stellen wollte, erschien Klaus und trat zu ihr an den Tisch. Forschend sah er in ihr blasses

Gesicht, in ihre etwas trüben Augen. Er sagte vorläufig kein Wort, holte ein Gedeck für sich herbei, ließ sich ihr gegenüber nieder und hielt ihr bittend die Tasse hin. Mit großen, ernsten Augen sah sie ihn an, und ehe er etwas sagen konnte, stieß sie ein wenig erregt hervor, während sie seine Tasse füllte:

»Das muß heute das letzte Mal sein, Herr – Doktor – ich darf es nicht mehr gestatten, daß Sie mit mir gemeinsam das Frühstück einnehmen – soweit ich überhaupt hier noch etwas zu sagen habe.«

Damit setzte sie die Kanne energisch wieder auf den Wärmer.

Er erblaßte und sah sie forschend an.

»Darf ich wissen, womit ich mir Ihren Unwillen zugezogen habe?«

Sie atmete tief auf, ihre Lippen zuckten schmerzlich.

»Von Unwillen darf und soll nicht die Rede sein. Aber ich muß Ihnen sagen, daß ich wohl mit einem Gast des Hauses mein Frühstück teilen konnte, aber es ziemt sich nicht, daß ich - mit dem Herrn des Hauses allein zusammen frühstücke, solange ich hier ein Amt zu versehen habe.«

Er war leicht zusammengezuckt und beugte sich vor.

»Fräulein Ruth?«

»Bitte, nennen Sie mich Fräulein Falkner – *Herr Klaus Weyersberg*.«

Das sagte Ruth so förmlich, daß ein leises Lächeln um Klaus' Lippen zuckte. Sie blickte aber nicht in seine Augen, sie sah nur auf seine leicht angegraute Schläfe, und tiefes Erbarmen überkam sie, als sie daran dachte, welches Leid er ertragen haben mußte, daß sein Haar so früh gebleicht war. Wußte sie doch, daß er erst dreiunddreißig Jahre zählte.

»Wollen Sie mir sagen, Fräulein Falkner, woher Sie wissen, wer ich bin?« fragte er, ohne einen Versuch zu machen, zu leugnen.

Jetzt sah sie ihn voll an.

»Ich hörte gestern Ihre Erzählung mit an. Und Ihre Schilderung der qualvollen Einsamkeit ließ es nicht zu, daß ich noch weiter glauben konnte, Sie seien nicht allein auf jener Insel gewesen. Der letzte Ihrer Kameraden, der neben Ihnen starb, war - nicht Klaus Weyersberg. Es war Ihr Freund Doktor Horvath.«

Unverwandt sah er sie an.

»Sie sind klug, das weiß ich längst; in der Tat – ich sprach gestern nur für Sie.«

Da schoß das Blut wieder verräterisch in ihr Gesicht.

»Ich – ich weiß es«, sagte sie leise.

Seine Augen strahlten auf.

»Haben Sie mit jemand von Ihrer Entdeckung gesprochen?«

»Wie können Sie das glauben? Zu keinem Menschen, ich weiß doch, daß Sie Gründe haben für Ihre Heimlichkeit.«

»Also, Ihren Groll habe ich dadurch nicht erregt?«

Sie schüttelte den Kopf.

»Nein, gewiß nicht.«

»Also, was ist dann geschehen, daß Sie mir heute so ganz anders gegenüberstehen als gestern? Weshalb sind Sie so kalt und streng zu mir?«

Ein Blick ihrer Augen traf in die seinen.

»Verstehen Sie das nicht? Wie kann ich mir erlauben,

mit dem Herrn dieses Hauses wie mit meinesgleichen zu verkehren! Alles hat sich verändert. Ich bin eine arme Angestellte, die sich hier ihr Brot verdienen muß. Sie aber sind der Herr von Gravenstein. Dieses Exempel geht niemals auf, Herr Doktor. Nicht wahr – der Doktortitel kommt Ihnen doch ebenfalls zu?«

Mit einem schönen, guten Lächeln griff er über den Tisch nach ihrer Hand.

»Sie liebes, tapferes Mädchen, Sie stolzer, wahrhaftiger Mensch! Glauben Sie wirklich, ich würde es gestatten, daß Sie plötzlich das Tischtuch zwischen uns zerschneiden? Ruth – kleine, tapfere Ruth, was hat es zwischen zwei Menschen, wie uns, zu bedeuten, wie sie heißen, was sie an irdischen Gütern besitzen oder nicht? Ich weiß jetzt, was mich mit Allgewalt heimrief, obwohl ich niemanden in der Heimat wußte, der mich liebte, den ich liebte, seitdem mein Vater tot war. Ich spürte, daß mir die Heimat das Schönste und Liebste schenken würde, was es für mich geben kann, wenn es auch nur wie ein Ahnen war. Als ich das erstemal in Ihre Augen sah, als sie mir wie zwei Sterne entgegenleuchteten, da wußte ich, was mich heimgerufen hatte. Ich war sogar so vermessen, zu glauben, daß Sie hier auf mich ebenso gewartet hatten, wie es mich Ihnen entgegentrieb. Und nun setzen Sie eine kühle Miene auf und wollen schnell alles in Ihrem Herzen verstecken, was Sie mir gestern auf einen Augenblick, wie im Fluge, zeigten? Nein, Ruth Falkner, Sie können mir nichts vortäuschen; ich weiß, daß Sie mich lieben, wie ich Sie liebe. Was denken Sie wohl? Soll ich mich abschrecken lassen von törichten Bedenken, die Sie sich ausgeklügelt haben und als Scheidewand zwischen uns aufrichten wollen? Wollen Sie mir das antun, Ruth, kann Ruth Falkner – meine Ruth Falkner – so törichte, kleinliche Bedenken haben?«

Ihre Hand zitterte in der seinen. Ach, wie sie ihn liebte, wie jedes seiner Worte wonnige Schauer über ihren Körper jagte! Hatte er nicht recht, tausendmal recht, wenn er alles, was außerhalb ihrer Liebe stand, kleinlich nannte? Sie ließ den Kopf auf seine Hand sinken und schloß die Augen.

»Darf ich denn wirklich so glücklich sein, ohne Bedenken glücklich?« fragte sie leise.

Sanft streichelte er ihr Haar.

»Meine Ruth! Sieh, ich komme dir keinen Schritt näher, ich will dich nicht in meine Arme ziehen, wie ich es so gern tun würde. Du sollst nicht in Unruhe versetzt werden, sollst wissen, Klaus Weyersberg hält dich so hoch in seinem Herzen, daß er warten kann, bis er sich sein Glück aneignen darf, unter seinem wahren Namen. Solange ich noch unter falscher Flagge segeln muß – lange wird es nicht mehr nötig sein –, so lange will ich mich im Zügel halten und dir nicht zu nahe kommen. Aber versage mir diese einzige Stunde am Tag nicht, da ich mit dir allein sein kann. Die muß ich haben, sonst halte ich es nicht aus, so fremd neben dir herzugehen und mir von Fräulein Iduna schöne Augen machen zu lassen. Ruth – sieh mich doch an!«

Da hob sie den Kopf, nachdem ihre Lippen scheu und zag seine Hand gestreift hatten. Was er in ihren Augen las, sagte ihm genug. Und seine Augen sprachen auch zu ihrem Herzen. So saßen sie sich eine Weile gegenüber, Auge in Auge, weltentrückt, im Innersten beglückt und beseligt. Nur ihre Hände hielten sich fest umschlungen, damit der Strom des Lebens sie beide durchflutete.

»Ruth!« flüsterte er zärtlich.

»Klaus! Klaus – Klaus!«

Er küßte ihre Hand.

»Wie lange ist es her, daß mich ein Mensch bei diesem Namen rief!« sagte er, und seine Augen bekamen einen feuchten Schleier.

Ihre Lippen bebten.

»Was du gelitten hast, Klaus, wie weh hat es mir getan!« sagte sie erschüttert.

»Du wirst mich alles, alles vergessen machen, meine Ruth.«

Sie richtete sich plötzlich steif auf und lauschte zur Tür.

»Was ist dir?« fragte er.

Sie sank wieder in sich zusammen.

»Es ist nichts, ich glaubte nur leise Schritte zu hören. Es war wohl jemand von der Dienerschaft. Aber etwas ängstigt mich, Klaus; weißt du, daß Onkel nicht kampflos auf dieses Erbe verzichten wird?«

Er nickte, ihre Hand noch immer festhaltend.

»Ja, ich weiß es, aber sorge dich nicht, er *muß* verzichten.«

»Hast du auch alle Beweise, die für dich sprechen?«

»Alle, meine Papiere sind in Ordnung. Sei ruhig, überlasse alles mir. Du brauchst nicht in Sorge zu sein.«

Sie lächelte ein wenig unsicher.

»Zu dumm von mir, jetzt in meinem Glück plötzlich Furcht zu empfinden! Sei vorsichtig, ich bitte dich – sei vorsichtig!«

Er lächelte ihr beruhigend zu.

»Noch schützt mich mein Inkognito, und später werde ich schon vorsichtig sein.«

Sie atmete tief auf, und es kam wieder Farbe in ihr Gesicht.

»Wenn man nichts zu verlieren hat, kennt man keine Furcht. Aber jetzt habe ich dich, Klaus – und nun bange ich um dich.«

Wieder küßte er ihr die Hand und streichelte sie leise und sanft.

»Ich liebe dich nur noch mehr um deiner Bangigkeit willen, meine Ruth! Wie wohl tut es, wenn ein lieber Mensch sich um uns sorgt!«

Tief atmete sie auf.

»Jetzt muß ich auf die Felder, es ist höchste Zeit.«

»Bald sollst du dich ausschlafen können, alle Tage, du armes, liebes Herz. Ich will dich jetzt nicht halten – aber ich folge dir in einer Viertelstunde, und wir treffen unterwegs zusammen. Noch viel habe ich dir zu sagen. Wo kann ich dich finden?«

Sie überlegte. Dann sagte sie schnell:

»Am Kreuzweg, der zum Fidessergut abzweigt.«

»Ich weiß Bescheid, dort warte ich auf dich!«

Sie erhoben sich beide, standen noch eine Weile Hand in Hand, Auge in Auge. Ihre Lippen brannten einander verlangend entgegen, aber er bezwang sich. Sie sollte nicht beunruhigt werden, sollte sich in seiner Hut ganz sicher fühlen und ihm vertrauen.

Langsam lösten sie sich voneinander. Sie flüsterten sich noch einmal zu, wie lieb sie sich hatten, dann eilte Ruth hinaus.

Ach, wie glücklich stieg sie heute zu Pferde. Sie hätte

laut aufjauchzen mögen und war doch andächtig still. Wie ein Dankgebet stieg es aus ihrem Herzen empor. Zugleich aber war etwas wie Angst und Sorge in ihr.

So schnell sie konnte, erledigte sie ihren Inspektionsritt. Nirgends hielt sie sich heute lange auf, und vielleicht sahen ihre Augen heute nicht ganz so scharf wie sonst.

Etwa eine Stunde nachdem sie sich von Klaus getrennt hatte, trafen sie beide auf dem Kreuzweg zusammen. Klaus hob Ruth vom Pferd. Eine Weile länger, als unbedingt sein mußte, hielt er sie fest, und in atemloser Glückseligkeit sahen sie sich tief in die Augen.

»Ruth – meine Ruth!«

»Klaus – lieber Klaus!«

Die helle Morgensonne fiel durch die Zweige des Waldes. Sie schritten langsam auf und ab. Ruths Pferd war an einen Baumstamm gebunden. Unendlich vieles hatten sie sich zu sagen, und hier brauchten sie keine Lauscher zu fürchten. Klaus teilte Ruth mit, was er zu tun gedächte, und sie hörte ihm aufmerksam zu.

Dann fragte sie ihn, als unbestimmte Angst wiederum in ihr aufstieg, ob er auch wirklich alle nötigen Papiere besitze.

»Sei ganz ruhig, Ruth, ich besitze alles, und mein Reisepaß, den ich mir vor Jahren ausstellen ließ, ist vollkommen in Ordnung.«

Sie atmete auf.

»Ich fragte nur danach, weil du mir doch gesagt hast, daß dich nicht einmal der Justizrat erkannt habe.«

»Ja, daraus könnten sich einige Schwierigkeiten ergeben, weil ich meinem Paßbild heute wirklich nicht mehr ähnlich sehe. Aber ich habe, gottlob, einen andern Beweis, daß ich Klaus Weyersberg bin. Ich besitze nämlich ein besonderes Kennzeichen – du wirst einen Mann mit einem Schönheitsfehler bekommen.«

Er erzählte ihr von dem Feuermal auf seinem linken Oberarm.

»Siehst du, Ruth, dieses einzigartige und charakteristische Muttermal wird mich einwandfrei ausweisen. Auch mit dem Justizrat sprach ich bereits darüber.«

»O gottlob! So bin ich auch diese Sorge los. Aber hüte deinen Paß sorgfältig, daß du ihn nicht verlierst.«

»Sei unbesorgt, ich trage ihn nicht mit mir herum, sondern habe ihn in dem Schreibtisch meines Wohnzimmers verschlossen.«

Sie nickte befriedigt, ahnungslos, daß der Paß auch dort nicht sicher war.

Eine große Beruhigung war es für Ruth, als sie hörte, wie großmütig Klaus für seine Verwandten zu sorgen gedachte. Er gestand ihr auch, daß er das nur Tante Marias wegen tun würde.

»Ich weiß, Klaus, daß du dein Wort halten und mir nicht zu nahe kommen wirst, ehe du dich offen als Klaus Weyersberg bekannt hast, aber weil du so gut zu Tante Maria sein willst – muß ich dich küssen.«

Da konnte er nicht widerstehen. Ganz nahe blühten ihm die roten Lippen des von ihm am meisten geliebten Menschen entgegen. Fest nahm er Ruth in seine Arme, und ein langer, beseligender Kuß wurde getauscht. Nur schwer lösten beide sich voneinander, und Ruth tief in die Augen sehend, sagte Klaus mit verhaltener Stimme:

»Ich danke dir, mein geliebtes Herz – ich danke dir für dein Vertrauen, es soll dich nie gereuen.«

Sie nickte ihm mit feuchten Augen zu.

»Ich weiß, o ich weiß!« hauchte sie.

Stumm gingen sie eine Weile nebeneinander weiter und ließen die fast andachtsvolle Stimmung verklingen, die sie beim Tauschen des ersten Kusses befallen hatte. Endlich raffte sich Ruth auf.

»Jetzt muß ich wieder nach meinen Leuten sehen, sonst ist mein neuer Herr nicht mit mir zufrieden«, sagte sie schelmisch.

»Das erste, was ich tue, ist, einen neuen Verwalter einstellen. Ich habe Justizrat Frensen schon Auftrag gegeben, sich nach einer tüchtigen Kraft umzusehen. Es ist unerhört von Kurt Weyersberg, daß er dir diese für eine Frau fast unerträgliche Last aufgebürdet hat.«

»Ich habe sie mir doch selbst aufgeladen, Klaus, niemand hat das von mir verlangt.«

»Aber jeder war sehr damit einverstanden, daß du ihnen alle Mühe abgenommen hast, und wäre ich nicht zurückgekommen, hätte man dich vielleicht bis an das Ende deiner Tage jeden Morgen vor fünf Uhr aufstehen lassen und dich von einer Pflicht zur andern gejagt, ohne daß man dir dafür Dank gewußt hätte. Nein, nein, daran darf ich nicht denken, ohne vor Zorn zu kochen. Die einzige, die dir Anerkennung zollte, war Tante Maria, und dafür soll es ihr gut gehen. Ich will ihr auch nicht vergessen – daß ich ihretwegen den ersten Kuß von dir bekommen habe – und ganz freiwillig«, neckte er.

»War das sehr unweiblich, Klaus?« fragte sie verzagt.

»Lieb und hold war es, Süße; du kannst überhaupt nichts tun, was unweiblich wäre.«

Dann mußten sie sich aber trennen. Ruth ließ sich nur

zu gern ein wenig verwöhnen und von Klaus aufs Pferd heben. Dann jagte sie davon.

Klaus blieb stehen und sah ihr nach. Er lehnte sich an einen Baum und dachte nach über das, was geschehen war und noch geschehen mußte. So tief war er in seine Gedanken versunken, daß er zusammenschrak, als er eine Autohupe hörte. Gleich darauf sah er Charlie Longwys Wagen auf der Straße vom Fidessergut herankommen. Er richtete sich auf und trat ein wenig vor. Charlie sah ihn und befahl dem Chauffeur, zu stoppen.

Lachend begrüßten die Insassen des Wagens Klaus und berichteten ihm, daß sie nach Kassel fahren wollten, um bei den Eltern Fräulein Holls um Nachurlaub für diese zu bitten. Klaus wünschte ihnen gute Fahrt, und Winnie sagte sehr herzlich:

»Besuchen Sie uns doch mal, Herr Doktor! Wir kommen heute abend zurück und würden uns sehr freuen, ein paar Stunden mit Ihnen plaudern zu können. Oder bekommen Sie von Ihrem Gastgeber keinen Urlaub zu Besuchen in der Nachbarschaft?«

Er lachte sie an.

»Wahrscheinlich werde ich gar nicht erst um Erlaubnis fragen. Wenn ich kommen darf, komme ich gern.«

»Famos! Soll ich Ihnen den Wagen schicken, Herr Doktor?« fragte Charlie großmütig.

»Wahrscheinlich kann ich die Zeit nicht genau bestimmen. Aber ich mache gern einen Spaziergang zum Fidesserhaus. Darf ich mich einmal zum Frühstück ansagen? In den Morgenstunden wandert es sich am schönsten.«

»Jederzeit, Herr Doktor! Können wir Ihnen in Kassel etwas besorgen?« fragte Winnie.

»Vielen Dank, ich wüßte nicht, was! Aber es ist sehr liebenswürdig von Ihnen, mir das anzubieten. Und jetzt will ich sie nicht mehr aufhalten, Fräulein Holl hat wahrscheinlich Sehnsucht nach Hause.«

Trude lachte ihn glückselig an.

»Ich glaube nicht, daß ich Sehnsucht nach irgendwohin verspüre, solange ich im Fidesserhaus sein darf. Guten Morgen, Herr Doktor, und wenn Sie Gelegenheit haben, grüßen Sie bitte Fräulein Falkner und Frau Weyersberg. Die beiden Damen waren immer ganz reizend zu mir.«

»Das werde ich bestellen. Auf Wiedersehen, meine Herrschaften. Gute Fahrt!«

Klaus reichte allen die Hand und trat zurück. Der Wagen fuhr an und war bald seinen Blicken entschwunden. Klaus sah ihm lächelnd nach und dachte, daß er mit diesen drei Menschen allzeit gute Nachbarschaft halten würde. Miss Winnifred war bei näherer Bekanntschaft gar nicht so übel, er hatte sie anfänglich falsch eingeschätzt.

Er wußte freilich nicht, daß sie inzwischen eine Wandlung durchgemacht hatte, die sie auch ihm sympathischer erscheinen ließ als früher.

Klaus begab sich nach Gravenstein zurück und kam noch vor dem Frühstück dort an. Er fand die Familie Weyersberg keineswegs in rosiger Stimmung, wie er erwartet hatte, nachdem er ihnen doch sozusagen die »Gewißheit gegeben hatte«, daß der natürliche und gesetzliche Erbe von Gravenstein nicht mehr am Leben sei. Kurt Weyersberg war sogar sehr schlechter Laune und erwartete den Justizrat in Kampfstimmung. Frau Maria war noch immer betrübt, und Iduna, die schlecht geschlafen hatte, wollte dafür Gott und alle Welt verantwortlich machen. Auch zu Klaus war sie unfreundlich.

Ruth war noch nicht von den Feldern zurückgekehrt.

Iduna machte ihrer schlechten Laune in einigen Ausfällen gegen Ruth Luft, indem sie sich beschwerte, daß diese nie da sei, wenn man sie brauche.

Da konnte sich Klaus nicht versagen, eine Lanze für die Geschmähte zu brechen.

»Ich sah Fräulein Falkner schon sehr früh auf die Felder reiten, mein gnädiges Fräulein, und ich finde, daß diese junge Dame sehr leistungsfähig ist. Sie scheint enorm viel Arbeit zu bewältigen und hier nicht nur einen Verwalter, sondern wohl auch noch ein Dienstmädchen zu ersetzen.«

Iduna zuckte die Achseln.

»Sie muß doch etwas dafür tun, daß sie hier vollkommen freie Kost und Wohnung hat, Familienanschluß und noch manche sonstige Annehmlichkeiten.«

»Ganz recht, Herr Doktor, ich kann meiner Tochter nur beipflichten«, schloß sich Kurt Weyersberg Iduna an.

Klaus sah in Frau Marias Augen, die ihm zustimmten, und meinte ruhig:

»Ich weiß selbstverständlich nicht, wie hoch das Gehalt ist, das Fräulein Falkner für ihre umfassende Tätigkeit bezieht.«

»Oh, Gehalt bekommt Ruth überhaupt nicht!« rief Frau Maria schnell.

»Aber erlaube mal, sie hat doch alles frei, Kost, Logis und Kleidung; wenn ich da noch Gehalt bezahlen müßte, käme das doch ebenso teuer zu stehen wie mit einem Verwalter.«

»Sie scheinen sich da zu irren, Herr Weyersberg; was Fräulein Falkner für Garderobe ausgibt, wird nicht im entferntesten die Höhe eines Verwaltergehaltes ausmachen. So viel ich sehen konnte, kleidet sich Fräulein Falkner einfach und bescheiden.«

»Sie haben recht, Herr Doktor, das habe ich meinem Mann und meiner Tochter auch schon immer zu bedenken gegeben, aber mir will man das nicht glauben«, sagte Frau Maria mutig. Sie vermied aber, dabei Mann und Tochter anzusehen.

Kurt Weyersberg sah wütend zu seiner Frau hinüber, er wollte sich den Nimbus nicht rauben lassen, daß er Ruth Wohltaten erwies. Iduna aber fand, daß sich Doktor Horvath mehr um Ruth kümmerte, als nötig war, und ihr Vater, daß der Doktor sich in Dinge mischte, die ihn absolut nichts angingen. Wenn er ihn nicht so nötig gebraucht hätte als Zeugen dafür, daß sein Neffe Klaus tot wäre, dann hätte er sich wahrscheinlich kurzerhand diese Einmischung verbeten. Immerhin suchte er nun nach einer Begründung für die schlecht angebrachte Sparsamkeit auf Kosten seiner Nichte. So sagte er etwas nervös:

»Sie blasen damit in das gleiche Horn wie meine Frau und Justizrat Frensen. Aber ich bin jetzt einfach nicht in der Lage, große Gehälter zu zahlen. Man hält mich vom Erbschaftsgericht aus sehr knapp. Mein Vorgänger hat ein ganz unsinniges Testament hinterlassen, das mir einfach die Hände bindet. Ich darf vor Ablauf von zehn Jahren nach dem Tod meines Vetters weder an sein hinterlassenes Barvermögen heran, noch darf ich die kleinste Hypothek aufnehmen, obwohl Gravenstein schuldenfrei ist. Da heißt es sparen und immer wieder sparen.«

Klaus hatte bemerkt, daß in diesem Haus nur Frau Maria und Ruth sparten, während der Hausherr und seine Tochter das Geld mit vollen Händen ausgaben. So sagte er ruhig:

»Da Gravenstein schuldenfrei ist, wird sicherlich eine schöne Summe herausgewirtschaftet, und soviel ich weiß, steht Ihnen diese Summe zur Verfügung.«

Kurt Weyersberg wurde innerlich immer wütender auf Klaus, sagte aber, ohne sich das anmerken zu lassen:

»Gewiß, Gravenstein bringt gute Einnahmen. Aber ich bin verpflichtet, von diesen alle Reparaturen vornehmen zu lassen. Das Haus und Gut verschlingen große Unterhaltskosten, und der Justizrat ist hinterher wie der Teufel hinter einer armen Seele, daß immer alles in Ordnung gebracht wird. Mit dem Mann ist ja nicht zu reden. Ich werde leider auch jetzt nichts an diesen verrückten Verhältnissen ändern können, da ich durch Sie den Beweis erbringen kann, daß ich erwiesenermaßen der rechte Erbe bin. Hätte ich freie Hand, würde ich meiner Nichte bestimmt Gehalt zahlen.«

Iduna zuckte die Achseln.

»Ich möchte wissen wozu. Sie hat ja alles, was sie braucht. Und was ihre Garderobe anbelangt, so könnte sie es längst besser haben. Ich habe ihr oft genug angeboten, ihr meine abgelegten Kleider zu schenken. Denken Sie, sie nimmt das an? Dazu ist sie zu stolz. Lieber trägt sie das billigste Fähnchen. Und ich lege meine Sachen wirklich in einem sehr passablen Zustand ab.«

Klaus stieg die Röte des Unmutes auf die Stirn. Er sah, daß Frau Maria sich mit geschlossenen Augen zurücklehnte, und er hörte sie seufzen. Da richtete er sich steif empor.

»Es gibt Leute, die es für demütigend halten, abgelegte Kleider Dritter zu tragen. Zu diesen dürfte, soweit ich es beurteilen kann, auch Fräulein Falkner gehören.«

Spöttisch blitzte Iduna ihn an.

»Ach, Herr Doktor, Sie gehören wohl auch zu den Menschen, die in die Seelen der Angestellten hineinleuchten?«

Groß und ruhig sah er sie an.

»Da Fräulein Falkner kein Gehalt bezieht, ist sie keine Angestellte. Im übrigen gehöre ich allerdings zu den Menschen, die auch dem schlichtesten Angestellten eine Seele zubilligen. Ich gehe noch weiter, sogar einem Hund billige ich eine Seele zu, auf die man Rücksicht nehmen muß.«

Grell lachte Iduna auf.

»Das muß ich meiner Cousine erzählen, daß Sie zwischen ihr und einem Hund Vergleiche ziehen.«

Klaus verlor alle Farbe vor unterdrücktem Zorn.

»Da Sie eine Dame sind, darf ich nicht sagen, daß Sie mir die Worte im Mund verdreht haben.«

Iduna lachte immer noch spöttisch, und als Ruth eintrat, rief sie ihr zu:

»Denke nur Ruth, wie lustig, Doktor Horvath hat dich eben mit einem Hund verglichen!«

Ruth sah zu Klaus hinüber, ihre Augen trafen zusammen. Da ging ein Leuchten über ihr Gesicht. Sie wußte sofort, daß Iduna wieder einmal mit der Wahrheit auf Kriegsfuß stand.

»Man kann mit Schlimmerem verglichen werden als mit einem Hund, Iduna, aber ich traue Herrn Doktor

Horvath absolut nicht zu, daß er eine Geschmacklosigkeit begeht.«

»Ach, laß doch diese dummen Witze, Iduna«, begehrte der Vater ärgerlich auf.

Ruth entschuldigte sich wegen ihres verspäteten Kommens und fragte, ob man sie gebraucht habe. Dann nahm sie Platz, um ihren Hunger zu stillen. Klaus hatte ihr nur mit einem stummen Blicke gedankt. Er verschmähte es, sich zu verteidigen; denn er wollte Ruth nicht vielleicht noch durch andere geschmacklose Worte Idunas kränken lassen. Diese war so wütend, daß Klaus einsah, er müsse bei ihr besseres Wetter schaffen, damit sie ihre schlechte Laune nicht wieder an Ruth ausließe. Er versuchte, sie gut zu unterhalten, und machte ihr einige Komplimente. Dadurch besänftigte er sie. Ruth war viel zu klug, um nicht zu merken, daß Klaus Beschwichtungsversuche machte, und konnte sich denken, daß Iduna gegen sie gewettert hatte, weil sie nicht pünktlich zum Frühstückstisch gekommen war. Klaus fand sie bewundernswert in ihrer Ruhe. Eine andere Frau hätte sicher versucht, auf der Stelle zu erfahren, was man in ihrer Abwesenheit über sie gesprochen hatte.

Klaus erzählte nun auch, daß er die Geschwister Longwy mit Fräulein Holl zusammen im Auto gesehen und einige Worte mit ihnen gewechselt habe. Aber er verschwieg, daß sie ihm gesagt hatten, ihr Ziel sei Kassel gewesen, um dort Nachurlaub für Fräulein Holl zu erbitten; denn er fürchtete, dadurch Idunas schlechte Laune von neuem zu wecken.

Noch ehe man mit dem Frühstück fertig war, wurde Justizrat Frensen gemeldet. Klaus erhob sich, um sich zurückzuziehen, aber er wußte, daß Kurt Weyersberg das nicht zulassen würde, und hierin hatte er sich nicht getäuscht.

»Nein, nein, Herr Doktor, bitte bleiben Sie hier. Sie sind ja schon eingeweiht in die schwierigen Verhältnisse auf Gravenstein, und, wie schon gesagt, es ist mir wichtig, daß Sie den Tod Klaus Weyersberg bezeugen. Sie können meiner Verhandlung mit dem Herrn Justizrat Frensen beiwohnen.«

Er ließ den Justizrat hereinbitten. Der Hausherr ging ihm entgegen.

»Sie kommen gerade noch zum Frühstück zurecht, Herr Justizrat.«

»Ist mir ganz lieb, die Fahrt hat mich hungrig gemacht. Guten Morgen, meine Herrschaften! Meine verehrte gnädige Frau, ich freue mich, Sie einmal wiederzusehen.«

Dabei küßte er Frau Maria verehrungsvoll die Hand.

Diese sah ihn lächelnd an.

»Sehr lange waren Sie nicht hier, Herr Justizrat!«

»Man bedurfte meiner nicht. Guten Morgen, mein gnädiges Fräulein! Und guten Morgen auch Fräulein Falkner. Wie geht es Ihnen?«

»Immer gut, Herr Justizrat. Bitte, nehmen Sie hier Platz. Ich versorge Sie gleich mit allem Nötigen.«

Die Augen des alten Herrn ruhten wohlgefällig auf Ruth. Vor Iduna hatte er sich nur verneigt, Ruth drückte er warm die Hand. Nun trat er an den Tisch heran. Klaus war in Sorge, daß er sich verriet, aber der Justizrat machte ihm eine förmliche Verbeugung, wie man einen Fremden begrüßt. Klaus erwiderte die Verbeugung.

»Gestatten Sie mir, Herr Justizrat, daß ich Ihnen Herrn

Doktor Horvath vorstelle. Herr Justizrat Frensen«, sagte Kurt Weyersberg.

Nun reichte der Justizrat Klaus die Hand.

»Ah, ich habe von Herrn Weyersberg schon gehört, daß Sie an der Expedition teilnahmen, der sich Klaus Weyersberg angeschlossen hatte.«

»So ist es, Herr Justizrat.«

»Jawohl, Herr Justizrat. Wie ich Ihnen bereits gestern am Telefon sagte, hat uns Herr Doktor Horvath die Gewißheit gebracht, daß Klaus Weyersberg tatsächlich nicht mehr am Leben ist.«

Es funkelte hinter Frensens Brillengläsern. Mit einem ironischen Lächeln meinte er:

»Können Sie das wirklich behaupten, Herr Doktor?«

Es zuckte nun auch leise um Kurt Weyersbergs Mund, und Ruth sah gespannt zu ihm hinüber. Aber Klaus blieb seiner diplomatischen Ausrede getreu, verneigte sich und sagte ruhig:

»Ich kann bezeugen und eidlich erhärten, Herr Justizrat, daß ich der einzige überlebende Teilnehmer dieser Expedition bin.«

Erregt fuchtelte Kurt Weyersberg mit den Händen in der Luft herum:

»Da hören Sie es selbst, Herr Justizrat. Nun muß es doch einen Weg geben, der mich ohne weitere Hemmungen in mein Erbe einsetzt.«

Ruhig sah der Justizrat den aufgeregten Mann an.

»Es tut mir leid, Ihnen sagen zu müssen, daß es kein gesetzliches Mittel gibt, Ihnen vor Ablauf von zehn Jahren nach dem Tod des Erblassers freie Verfügung über das Erbe zu verschaffen.«

»Aber, zum Donnerwetter, wofür sind Sie denn Jurist, wenn Sie einen solchen Unsinn nicht aus der Welt schaffen können!«

Der Justizrat zuckte die Achseln.

»Ich bin Rechtsvertreter, nicht Rechtsbeuger.«

»Das ist aber doch hirnverbrannt. Ich bin der gesetzmäßige Erbe und kann nicht an die Erbschaft heran!«

»Gestatten Sie mir, Sie zu berichtigen. Sie werden erst nach Ablauf von zehn Jahren diese Erbschaft antreten können. Vorläufig sind Sie lediglich Verwalter von Gravenstein, das heißt – entschuldigen Sie –, eigentlich ist, soviel mir bekannt, Fräulein Falkner der Verwalter und noch dazu ein besonders tüchtiger.«

»Das gehört nicht hierher. Im übrigen, Ruth, laß dich nicht von deiner Arbeit abhalten – auch du nicht, Maria, was hier zu verhandeln ist, interessiert Damen nicht.«

Seine Tochter wies er nicht hinaus. Aber Iduna langweilte sich, da sie sehr wohl einsah, daß vorläufig hier nichts zu erreichen war. So erhob auch sie sich und verließ mit der Mutter und Ruth das Zimmer.

Auch Klaus erhob sich und fragte höflich:

»Meiner bedürfen Sie wohl ebenfalls nicht mehr, Herr Weyersberg?«

Dieser faßte ihn am Arm und drückte ihn in seinen Sessel zurück.

»Bitte, bleiben Sie, Herr Doktor, es könnte sein, daß der Herr Justizrat einige Fragen an Sie zu richten hätte. Es muß und wird sich doch ein Weg finden lassen, der mir das Recht auf mein Erbe gibt.«

»Verzeihen Sie, Herr Weyersberg – Sie sind auf keinen Fall berechtigt, dies Erbe schon jetzt als das Ihre zu bezeichnen. Ausdrücklich ist in dem Testament angegeben:

›Erst, wenn zehn Jahre nach meinem Tod mein Sohn Klaus nicht zurückgekehrt ist, soll mein Vetter Kurt Weyersberg in mein Erbe eingesetzt werden. Wenn er bis dahin die Verwaltung von Gravenstein übernehmen will, sollen ihm die Einkünfte von Gravenstein zukommen als Entschädigung für seine Mühewaltung, allein ein Erbrecht für ihn soll vor Ablauf dieser zehn Jahre nicht bestehen und auch keinerlei Rechte an meinem sonstigen Vermögen.‹

Danach kommen dann, wie Sie wissen, die genauen Bedingungen, wie die Einkünfte von Gravenstein anzuwenden sind. Auch eine Hypothek darf bis dahin nicht aufgenommen werden. Da ich Testamentsvollstrecker und Pfleger des gesamten Nachlasses bin, ist mir genau bekannt, daß Sie und Ihre Familie sich freier Wohnung und Verpflegung auf Gravenstein erfreuen und daß Ihnen außerdem pro anno etwa zwanzigtausend Mark ausgezahlt werden. Ich verstehe nicht, wie Sie dann noch von schwierigen Verhältnissen reden können. Sie haben deshalb meiner Meinung nach keinen Anlaß, auf eine vorzeitige Änderung der Verhältnisse zu dringen. Im Gegenteil, es kann Ihnen eigentlich nur angenehm sein, daß hier in Gravenstein alles in bester Ordnung gehalten wird und das vorhandene Barvermögen sich durch Zins und Zinseszins automatisch erhöht.«

Mit rotem, wütendem Gesicht wehrte Kurt Weyersberg ab.

»Diese Litanei haben Sie mir ganz überflüssigerweise schon oft genug vorgebetet, Herr Justizrat, und ich verzichte auf weitere derartige Ausführungen. Aber ich sage Ihnen hiermit ganz energisch und dringlich, wenn Sie mir nicht zu meinem Recht verhelfen wollen, dann muß ich mir einen andern Rechtsvertreter suchen. Sie haben es sich dann selbst zuzuschreiben, wenn Ihnen ein Teil Ihrer Einnahmen entgeht.«

Gelassen zuckte der Justizrat die Achseln.

»Daran kann Sie kein Mensch hindern. Wenn ich ein weniger rechtlich denkender Mensch wäre, hätte ich Ihnen ja sagen können: Gut, ich werde versuchen, mich Ihrer Sache anzunehmen. Dann hätte ich jedenfalls einen ganz fetten Prozeß gehabt und gut dabei verdient. Ich nehme auch an, daß Sie einen anderen Rechtsbeistand finden, der mit Vergnügen dazu bereit sein wird, Ihre Interessen zu vertreten. Dabei wird der Profit aber lediglich in die Tasche dieses Rechtsbeistandes fließen – für Sie jedoch keinesfalls etwas gewonnen sein.«

Kurt Weyersberg sprang erregt auf. Die Gier nach der Erbschaft brannte ihm aus den Augen.

»Das werden wir sehen, das werden wir sehen!« rief er und fuchtelte drohend in der Luft herum.

Klaus war diese Sache sehr peinlich. Am liebsten hätte er ihr auf der Stelle ein Ende gemacht, indem er sich zu erkennen gab. Aber er wollte doch erst noch einmal mit dem Justizrat unter vier Augen verhandeln. Er wechselte einen heimlichen Blick mit dem alten Herrn, den dieser in einer Weise erwiderte, als wolle er sagen: Nur Ruhe!

Nach einer Weile hatte sich Kurt Weyersberg wieder in der Gewalt und ließ sich keuchend in einen Sessel fallen.

»Jedenfalls können Sie mir nicht verdenken, wenn ich mir mein Recht anderweitig suchen werde«, lenkte er ein.

»Gewiß nicht, Herr Weyersberg, Sie können tun und lassen, was Sie wollen. Wenn Sie genug Geld haben, um einen zwecklosen Prozeß zu führen, so tun Sie es. Vielleicht überlegen Sie es sich erst noch einmal gründlich.«

Zornig fuhr sich Kurt Weyersberg mit der Hand durch sein gelichtetes Haar. Aber er gab noch nicht klein bei, wenn ihm auch die Aussicht auf einen teuren Prozeß sehr unangenehm war; er hatte entschiedene Anlagen zum Geiz.

Es wurden nun verschiedene andere geschäftliche Angelegenheiten besprochen, bei denen Klaus sich überflüssig fühlte. Da Kurt Weyersberg eben für einige Minuten verschwand, um einige Belege für den Justizrat herbeizuholen, flüsterte Klaus diesem zu:

»Ich erwarte dich auf dem Weg zur Stadt, ich werde jetzt aufbrechen, und du wirst mich unterwegs auflesen.«

Der Justizrat nickte zustimmend.

Als Kurt Weyersberg zurückkam, erhob sich Klaus.

»Vorläufig bin ich wohl nicht mehr nötig. Sie gestatten daher, daß ich einen kleinen Spaziergang mache.«

Kurt Weyersberg ließ ihn ungehindert gehen, es hatte momentan wirklich keinen Zweck, ihn zurückzuhalten.

14

Als Klaus durch die Halle schritt, sah er Ruth die Treppe herabkommen. Er blieb stehen und wartete auf sie.

»Ist alles gut gegangen, Klaus?« fragte sie leise.

»So, wie ich es voraussah, Ruth. Es wird jetzt nicht lange mehr dauern, bis alles klar wird. Ich mache jetzt einen Spaziergang und werde dem Justizrat auflauern, da ich mich mit ihm verständigen muß.«

Sie nickte ihm zu.

»Geh nur, Klaus!«

Er sah sie zärtlich an und ging schnell hinaus. Sie verschwand in den Wirtschaftsräumen des Souterrains.

Als Klaus dem Tor zuschritt, sah er von weitem ein helles Frauenkleid und erkannte sofort Iduna. Ihr mußte er um jeden Preis ausweichen. Deshalb blieb er stehen, um abzuwarten, wohin sie sich wenden würde. Zum Glück kehrte sie in diesem Augenblick um.

Schnell schritt er weiter und hatte bald den Hof hinter sich. Er wollte möglichst weit von Gravenstein entfernt sein, wenn er mit dem Justizrat zusammentraf. So kam er bis zu dem zu Gravenstein gehörigen Vorwerksgut, für das sich Frau Maria so sehr interessierte. Das hübsche kleine Wohnhaus, dessen Fenster mit Geranien geschmückt waren, bot wirklich einen behaglichen Anblick. An einem Tisch vor dem Haus saß eine etwa fünfzigjährige Frau und neben ihr ein Hund, der bei Klaus' Näherkommen erregt die Ohren spitzte und mit der Nase in der Luft witterte. Klaus sah den Hund und zuckte ein wenig zusammen. Es war ein Terrier, und Klaus erkannte ihn sofort. Dieser Hund hatte einst ihm gehört. Er hatte ihn, als er abreiste, bei seinem Vater zurückgelassen. Nach seines Vaters Tod war Jerry, so hieß der Hund, wohl auf das Vorwerk gekommen. Aber sosehr sich Klaus auch verändert hatte, für den Hund war es ein leichtes, ihn zu erkennen. Als er die Witterung seines früheren Herrn aufgenommen hatte, sprang er empor, stutzte noch einen Augenblick und jagte dann laut aufheulend seinem ehemaligen Herrn entgegen.

Erschrocken rief ihn die Pächterin zurück.

»Hierher, Jerry, kusch!«

Aber dieser dachte nicht daran, zu kuschen, er sprang in wilder, ausgelassener Freude an Klaus empor, leckte ihm die Hand, bellte, überschlug sich fast vor Aufregung und ließ nicht ab von ihm.

»Ruhe, Jerry, Ruhe!« sagte er leise zu dem Hund.

Der aber gab weiter seiner Freude Ausdruck, bis die Pächterin herankam und ihn beim Halsband nahm. Aber auch dann jaulte er noch vor Wonne über das Wiedersehen.

»Entschuldigen Sie, mein Herr, der Hund ist sonst so vernünftig und tut keinem Menschen etwas. So ein dummer Hund! Er irrt sich ganz bestimmt in Ihrer Person.«

Klaus hatte den Hut gezogen und nickte ihr freundlich zu. Die Frau kannte er nicht, sie hatte das Vorwerksgut sicher erst während seiner Abwesenheit gepachtet. Darüber war er froh, der Hund hätte ihn sonst vielleicht verraten können.

»Lassen Sie ihn nur gewähren, er merkt wahrscheinlich, daß ich ein Hundefreund bin und einmal einen ähnlichen Hund besessen habe. Gehört er Ihnen?«

»Ach, eigentlich ist er nur in Pflege bei uns. Er gehört ins Herrenhaus, aber das gnädige Fräulein mag ihn nicht, er kläfft sie immer feindlich an und den gnädigen Herrn ebenso, obwohl er sonst ein sehr freundlicher Kerl ist. So ein närrischer Kauz! Sehen Sie nur, wie er Sie ansieht und mit dem Schwanz wedelt. Aber er tut Ihnen nichts.«

»Lassen Sie ihn nur los. Wie heißt der Hund?«

»Jerry!«

»Nun, Jerry, komm her, sei ein guter Hund. Gib Pfötchen«, sagte Klaus, ganz gerührt von der Anhänglichkeit und dem Scharfsinn des Hundes.

Jerry tat, was ihm geheißen wurde und machte auch unaufgefordert all die kleinen Kunststücke, die Klaus ihn einst gelehrt hatte. Die Pächterin schlug lachend die Hände zusammen.

»Nun sehen Sie nur, wir können lange reden, bis er uns seine Kunststückchen vormacht. Ihnen zeigt er sie freiwillig.«

Klaus kraulte dem Hund den Kopf.

»Ja, ja, du bist ein guter Hund, Jerry, ein sehr guter Hund. Aber nun kusch dich!«

Jerry gehorchte sofort, und Klaus wandte sich an die Pächterin:

»Wollen Sie mir gestatten, daß ich ein Weilchen hier Platz nehme?«

»Aber bitte sehr!«

Die Frau wischte eifrig mit ihrer Schürze über einen der Holzstühle.

»Sie sind gewiß im Herrenhaus zu Besuch?« fragte sie.

Klaus setzte sich nieder.

»So ist es, und ich habe schon von Ihnen gehört durch Frau Weyersberg.«

Die Pächterin strahlte.

»Ach, das ist eine gute, freundliche Dame, sie und das Fräulein Ruth, die sind sehr lieb und freundlich. Sie kommen oft zu mir. Frau Weyersberg sitzt dann hier, wo Sie sitzen, trinkt ein Glas Milch und freut sich über unser Häuschen. Sie hat mal zu mir gesagt, daß sie lieber hier wohnen möchte als im Herrenhaus. Es gefällt ihr hier.«

»Das hat sie mir auch schon gesagt.«

Die Pächterin sah an dem Haus empor.

»Na ja, schön haben wir es hier. Am liebsten würde ich nicht weggehen, aber nun hat sich meine Tochter nach der Stadt verheiratet, wo ihr Mann eine Meierei aufgemacht hat. Und da quält unsere Tochter immer, wir sollen auch in die Stadt kommen, für immer. Es sind ja auch schon zwei Enkelchen da, und man hat ja schließlich nichts vom Leben als die Familie. Mein Schwiegersohn möchte, daß Vater ihm bei seiner Meierei helfen soll, Platz haben sie auch für uns, und ich könnte mich den ganzen Tag mit meinen Enkelchen beschäftigen. Danach sehne ich mich sehr. Aber es fällt uns schwer, der Herrschaft die Pacht aufzusagen; es sieht so undankbar aus.«

Klaus hörte das mit Interesse. Er beugte sich vor und fragte lächelnd:

»Wollen Sie es mir überlassen, das der Herrschaft auf die richtige Art beizubringen?«

Unsicher sah sie ihn an.

»Ach, das wäre sehr schön, aber darf ich Sie denn damit behelligen?«

»Ganz gewiß, und ich tue es schon auf die rechte Art. Sie können ganz unbesorgt sein. Sie müssen mir nur einige Tage Zeit lassen.«

»Es kommt nicht einmal auf ein paar Wochen an. Wissen Sie, für uns zwei alte Leute ist das Haus sowieso zu groß, und wenn man älter wird, kriecht man eben am liebsten mit seinen Leuten zusammen.«

»Ich verstehe schon; also, seien Sie ganz unbesorgt. Und nun will ich nicht länger stören. Wollen Sie mir Jerry mit auf den Weg geben? Wenn ich zurückkomme, liefere ich ihn wieder ab.«

Sie nickte lachend.

»Er geht zwar sonst mit keinem Fremden, aber ich glaube, mit Ihnen wird er gehen.«

»Wir wollen es versuchen! Auf Wiedersehen! Komm, Jerry!«

Der Hund machte einen Luftsprung und heulte auf vor Freude. Wie rasend sprang er vor Klaus her und wieder zurück, sah seinen Herrn an und lief wieder voran. So waren sie früher oft zusammen gewandert.

Als Klaus außer Sichtweite der Pächterin war, kniete er nieder und nahm den aufgeregten Hund in die Arme.

»Jerry – guter, alter Jerry! Was bist du für ein kluger Hund! Was bist du für ein guter Hund! Hast du Herrchen gleich erkannt?«

Wohlig schmiegte sich das Tier in seine Arme, als verstehe er jedes Wort. Und so feierten Herr und Hund ein freudiges Wiederfinden. Klaus beschloß, Jerry um jeden Preis wieder zu sich zu nehmen.

Dann setzten sie ihren Weg fort.

So holte sie der Justizrat mit seinem Auto, das er immer selbst steuerte, ein. Er hielt neben Klaus an und streckte ihm die Hand entgegen.

»So, mein lieber Klaus, nun können wir ein paar Worte ohne Zeugen reden.«

»Das denke ich auch, Onkel Justizrat. Denke dir, einer hat mich hier gleich erkannt!«

Erstaunt sah der alte Herr ihn an.

»Wirklich? Wer denn?«

Klaus zeigte auf den Hund. »Jerry!«

»Ah, da sieht man wieder einmal, einen wie feinen Instinkt Hunde haben. Er hat dich hoffentlich nicht verraten?«

»Nein, die Pächterfrau, die ihn in Pflege hat, wunderte sich nur, daß er mich so erfreut begrüßte und mir freiwillig all seine Kunststücke zeigte, die ich ihm früher beigebracht habe. Ich gab ihr die Erklärung, daß ich einmal einen solchen Hund besessen und daß Jerry das wohl herausgeschnuppert habe. Aber, weiß Gott, es hat mich gefreut, daß der Hund mich erkannt hat.«

»Das kann ich mir denken. Aber nun zu Wichtigerem, Klaus. Du hast inzwischen die Bewohner von Gravenstein kennengelernt. Was für ein Urteil hast du dir nun gebildet?«

Klaus ergriff seine Hand.

»Sollst du gleich hören. Das Beste zuerst – Ruth Falkner!«

Der alte Herr nickte lachend.

»Das hast du also gleich herausgefunden?«

»Gründlich! Und damit du vollständig im Bilde bist: Ruth wird meine Frau!«

Mit einem Ruck sprang der Justizrat aus dem Wagen, packte Klaus bei den Schultern und strahlte ihn an.

»Ist das dein Ernst?«

»Wir sind schon einig.«

»Donnerwetter, die heutige Jugend hat ein atemberaubendes Tempo. Aber in diesem Fall sage ich gern Ja und Amen! Klaus, eine Bessere hättest du niemals finden können.«

»Ich weiß es, Onkel Justizrat.«

Er berichtete nun in kurzen Worten, wie Ruth und er sich gefunden hatten. Als er zu Ende war, sagte der Justizrat, ihm die Hand schüttelnd:

»Junge, so sehr hat mich lange nichts gefreut. Und Ruth Falkner hat es verdient, Herrin von Gravenstein zu werden. Aber nun weiter – wie urteilst du über die andern?«

»Wie du selbst! Frau Maria ist eine liebe, gute Seele, nur ein bißchen zu hilflos ihrer Tochter gegenüber. Diese Tochter ist ein Fall für sich! Nicht mein Geschmack! Oberflächlich, herzlos und sehr arrogant. Der wird es guttun, wenn sie wieder von dem Sockel heruntermuß, den sie für sich als reiche Erbin beansprucht. Und Kurt Weyersberg? Ich weiß nicht, ob ich ihn richtig einschätze, aber – ich halte ihn für fähig, ein Verbrechen zu begehen, könnte er sich dadurch das Erbe erhalten.«

Nachdenklich nickte der Justizrat.

»Das fürchte ich auch. Aber du wirst die nötige Vorsicht nicht außer acht lassen.«

»Darum hat Ruth mich schon dringend gebeten. Aber ich will der Sache nun ein Ende machen, ich habe inzwischen die nötigen Informationen eingeholt und wollte nur noch einiges mit dir besprechen.«

Er erklärte darauf dem Justizrat, wie er sich mit Kurt Weyersberg und dessen Familie auseinanderzusetzen gedachte.

Der Justizrat klopfte ihm auf die Schultern.

»Nobel ziehst du dich aus der Affäre, mein lieber Klaus.«

»Ich tue es nur Frau Maria zuliebe und – weil ich weiß, daß Ruth nicht glücklich sein würde, wenn sie diese Menschen nicht in leidlich erträglichen Verhältnissen wüßte. Schließlich muß ich mir doch auch sagen, daß durch das Testament meines Vaters allerlei Hoffnungen in ihnen erweckt worden sind.«

»Du darfst nicht vergessen, daß dein Vater ihnen das Erbe erst in zehn Jahren in Aussicht stellte. Daß sie sich darauf stürzten und ein Leben aus dem Vollen führten, dazu waren sie im Grunde gar nicht berechtigt. Hätten sie sparsam und vernünftig gelebt, dann hätten sie einen hübschen Notpfennig zurücklegen können. Ich habe Kurt Weyersberg diese meine Ansicht nie vorenthalten. Aber er wollte nichts davon hören, daß du noch am Leben sein könntest. Und wenn ich so etwas andeutete, wies er den Gedanken mit einer Heftigkeit zurück, daß man sich sagen mußte, er wünsche nichts sehnlicher als deinen Tod.«

»Dies Gefühl habe auch ich gehabt, Onkel Justizrat.«

Eine Weile sah dieser nachdenklich vor sich hin.

»Weißt du was, mein Junge, sobald du in dein Erbe eingesetzt bist, mußt du ganz offiziell, so, daß Kurt Weyersberg es erfährt, ein Testament machen.«

Erstaunt sah Klaus ihn an.

»Warum? Wie meinst du das?«

Der alte Herr zuckte die Achseln.
»Man soll ja schließlich keinem Menschen etwas Böses zutrauen – aber du darfst nicht vergessen – wenn du plötzlich sterben würdest, ohne Frau und Kind zu hinterlassen, würde Kurt Weyersberg dein Erbe sein.«
Klaus schauderte plötzlich leise, als friere er im hellen Sonnenlicht. Eine Weile sahen die beiden Herren sich mit großen, ernsten Augen an. Dann sagte Klaus langsam:
»Wir gehen in unsern Befürchtungen wohl zu weit, Onkel Justizrat?«
Achselzuckend erwiderte dieser:
»Man kann bei Charakteren, wie es dieser Vetter deines Vaters ist, nie wissen, wohin sie eine getäuschte Hoffnung von solchem Ausmaß führen kann, und Vorsicht ist besser als Nachsicht. Hast du ein Testament zugunsten eines andern gemacht, dann hat er keinen Vorteil davon – wenn du plötzlich sterben müßtest. Wie gesagt – ich gehe wahrscheinlich in meinem Argwohn zu weit, aber man kann nicht gegen solche Gefühle angehen.«
Mit herzlichem Druck faßte Klaus seine Hand.
»Du hast vielleicht recht, vielleicht auch nicht, aber dein Rat ist gut.«
Sie besprachen noch allerlei, was klargestellt werden mußte, dann trennten sie sich. Der Justizrat fuhr heimwärts, und Klaus ging mit Jerry zum Vorwerksgut zurück, lieferte dort den Hund ab und traf auch mit dem Pächter zusammen, der ihn, von seiner Frau unterrichtet, bat, der Herrschaft beizubringen, daß er das Pachtverhältnis aufgeben möchte. Klaus versprach ihm das.
Dann ging er weiter, in tiefe Gedanken versunken.
Auf der Terrasse saß Iduna, anscheinend in die Lektüre

eines Buches vertieft. Als Klaus die Terrassentreppe heraufkam, sah sie ihn ein wenig schmollend an.

»Sie haben sich ja unauffindbar gemacht, Herr Doktor?«

»Es verlangte mich, einen tüchtigen Marsch zu machen.«

»Wir hätten lieber ausreiten sollen. Das wollen wir nun aber bestimmt am Nachmittag tun.«

Ihn verlangte nicht danach, mit Iduna allein auszureiten, aber er verbeugte sich zustimmend.

»Wie Sie befehlen, mein gnädiges Fräulein!«

»Kommen Sie, setzen Sie sich ein wenig zu mir, ich möchte mir von Ihren Abenteuern erzählen lassen. Ganz gruselig ist mir dabei geworden, aber es imponiert uns Frauen nun einmal, wenn Männer solche Gefahren bestehen.«

Er setzte sich neben sie und lächelte amüsiert.

»Imponiert das auch den modernen Frauen, die sich eigentlich durch nichts mehr imponieren lassen wollen?«

Sie warf ihm einen koketten Blick zu.

»Es kommt darauf an – wie der Mann beschaffen ist und wie er aussieht. Schade eigentlich, daß Sie vermögenslos sind – ich glaube, Sie würde ich heiraten, wenn Sie in gleicher Vermögenslage wären wie ich.«

Es zuckte um seinen Mund.

»Das finden Sie also bei einer Heirat unerläßlich?«

»Ja, es nimmt einem das fatale Gefühl, daß man nur seines Geldes wegen geheiratet wird.«

»So, so. Und wenn ich reich wäre, würden Sie mich nehmen?«

»Unbedingt, Sie gefallen mir.«

»Ach – wie interessant!«

»Sie können gut spotten, weil Sie wissen, daß ich nicht ernst machen werde. Ich behalte immer einen klaren Kopf und meine Zielsicherheit, auch wenn ich verliebt bin – und ich bin momentan rasend in Sie verliebt.«

Er verneigte sich übertrieben höflich.

»Welche Ehre für mich.«

Sie flimmerte ihn mit ihren Augen verlockend an.

»Macht das sonst keinen Eindruck auf Sie?«

»Keinen wesentlichen – und vielleicht einen ganz anderen, als Sie denken.«

»Das soll heißen?«

Er lachte leise auf.

»Daß ich mir die Finger nicht verbrennen werde, auch wenn Sie die Kastanien noch so verlockend im Feuer plazieren.«

»Ihre Gefühle sind wohl im Eismeer eingefroren?«

»Möglich.«

»Und es läßt Sie ganz kalt, daß ich Ihnen hier die unerhörtesten Avancen mache?«

»Vielleicht gerade deshalb, weil sie so unerhört sind.«

Sie zuckte die Achseln.

»Bah! Sie sind beleidigt, weil ich Sie nicht heiraten will. Aber Sie sehen nicht ein, daß es viel schmeichelhafter für Sie ist, wenn ich Sie zum Geliebten haben will, anstatt zum Ehemann.«

Er erhob sich langsam und sagte ruhig:

»Ich darf mich nicht länger Ihrem Sirenengesang aussetzen, mein gnädiges Fräulein, gestatten Sie, daß ich mich zurückziehe.«

Sie sah zornig zu ihm auf.

»Feigling!«

Er lachte.

»Ja, schönen Frauen gegenüber bin ich schrecklich feige! Auf Wiedersehn bei Tisch.«

Und schnell verschwand er im Haus.

15

Die Geschwister Longwy und Trude Holl waren in Kassel angekommen. Trude gab dem Chauffeur Weisung, wie er fahren müsse, um zur Wohnung ihrer Eltern zu gelangen. Diese lag in einem etwas abgelegenen Stadtviertel und war bald erreicht. Der Wagen hielt, und nun ließen die Geschwister Trude zuerst allein hinaufgehen, um die Mutter auf den bevorstehenden Besuch vorbereiten zu können.

Während die Geschwister unten im Wagen warteten, eilte Trude die Treppen hinauf und drückte dreimal auf den Klingelknopf, was Frau Holl verriet, daß jemand von der Familie Einlaß begehrte. Zu dieser Zeit erwartete aber Frau Helene keines ihrer Familienmitglieder. Deshalb eilte sie bestürzt hinaus, um zu öffnen, ohne die Gummischürze abzulegen. Als sie Trude erblickte, schlug sie die Hände zusammen.

»Du, Trude! So plötzlich? Was ist denn geschehen? Du hast doch neulich erst geschrieben, daß du noch nicht kämest.«

Trude fiel der Mutter um den Hals.

»Ich bin auch nur vorübergehend heimgekommen, Mutter; mach nur nicht gleich Sorgenaugen, es ist nichts passiert.«

»Red doch nicht solchen Unsinn, Trude! Du kannst dir doch denken, daß ich mich erschrecke, wenn du so unerwartet kommst.«

»Ach Mutter, sei doch ruhig – und freue dich doch, daß wir uns so unverhofft wiedersehen!«

Nun küßte die Mutter ihre Tochter.

»Ach, Trude, selbstverständlich freue ich mich, ich bin nur erschrocken, weil ich dachte, es sei etwas passiert.«

Sie zog Trude in den kleinen, schmalen Korridor und schloß die Tür.

Trude streichelte das schlichte graue Haar der Mutter.

»Du mußt dich schnell ein bißchen schön machen, Mutter, ich bringe nämlich Besuch mit, wir sind mit dem Auto hier.«

Frau Holl erschrak.

»Doch nicht die Iduna, Trude? Die darf Hans nicht sehen, sonst reißen bei ihm alte Wunden wieder auf.«

»Nein, nein, Mutter, es sind die Geschwister Longwy; du weißt, ich habe dir von ihnen geschrieben. Die sind sehr nett! – Sie haben mich von Gravenstein abgeholt, und ich bin jetzt auf ihrem großen, schönen Gut zu Gast. Ach Mutter, wundervoll ist es da, noch tausendmal schöner als in Gravenstein. Die Iduna war sehr garstig zu mir; du weißt ja, wie sie manchmal sein kann. Und da hat mich Winnifred Longwy zu sich eingeladen, sie wollte nicht, daß mich Iduna schlecht behandelte. Aber alles das erzähle ich dir später. Jetzt mach dich mal schnell ein bißchen hübsch, denn Charlie Longwy ist auch dabei. Sie sind beide wirklich goldig. Schnell, Mutter, zieh dich um, ich helfe gleich.«

»Lieber Gott, mir ist ganz wirbelig, Trude. Und ich müßte eigentlich Mehl bräunen für den Wirsingkohl, es ist doch bald Tischzeit.«

Trude lachte.

»Zieh dich nur um, Mutter, ich gehe in die Küche und drehe das Gas aus, damit nichts anbrennt. Kannst den Wirsingkohl morgen weiterkochen, denn heute sind wir alle ins Hotel zu Tisch eingeladen, du und Vater, die Brüder und ich. Mach schnell, Mutter!«

Diese war zwar noch ganz fassungslos, beeilte sich aber, sich von der Gummischürze zu befreien und ein anderes Kleid überzuziehen. Als Trude aus der Küche zurückkam, stand die Mutter schon in ihrem besten Kleid vor ihr.

»Sieh mich an, Trude, sitzt der Kragen – ist das Gas ausgedreht?«

»Alles in bester Ordnung! Lieb siehst du aus, Mutter. Und nun hast du nichts weiter zu tun, als dich in unser Prachtzimmer zu setzen, unsere Gäste zu empfangen und dir von uns erzählen zu lassen, was wir von dir wollen.«

Trude küßte ihre Mutter, schob sie in die sogenannte gute Stube und eilte wieder hinunter. Diesmal nahm sie den Korridorschlüssel mit, damit sie aufschließen konnte und die Mutter nicht herauszukommen brauchte. Mit lachendem Gesicht stand sie vor dem geöffneten Wagenschlag.

»Bitte, meine verehrten Herrschaften, das Haus Holl ist empfangsbereit.«

Charlie hätte Trude am liebsten umarmt und geküßt;

sie sah zu reizend aus mit dem schelmischen Lächeln auf den Lippen.

Frau Holl sah sich inzwischen ängstlich in ihrer guten Stube um, ob auch alles blitzblank sei. Sie atmete auf, als sie nichts zu tadeln fand, und trat verstohlen ans Fenster. Da sah sie unten das vornehme Auto stehen, das schon von neugierigen Kindern umringt war. Und sie sah gerade Winnifred Longwy aussteigen. Charlie war bereits aus dem Auto gestiegen, und nun betraten sie alle drei das Haus. Etwas verstört und doch erfreut wartete die alte Dame auf ihren Besuch.

Alles wickelte sich glatt und vergnügt ab. Die Geschwister verstanden es, Frau Holl die Angst zu nehmen. Im Handumdrehen hatten sie ihr Urlaub für Trude abgebettelt, so lange, wie man sie behalten wollte. Sie gab auch ihre Zusage zu der unerwarteten Einladung. Die Geschwister erzählten sehr lebhaft, daß sie es für nötig gefunden hatten, Trude Idunas Tyrannei zu entziehen, und als Frau Holl dabei ängstlich zur Tür lauschte, sagte Winnie schnell:

»Unbesorgt, das sagen wir nur Ihnen allein; sobald Ihre Herren Söhne eintreffen, wird dieses Thema nicht mehr berührt.«

Das war der guten, sorgenden Mutter lieb. Wenn sie es verhindern konnte, sollte keines ihrer Kinder Schmerzen leiden. Und Hans schmerzte es immer noch, wenn er Unschönes über »Ida« hörte. Für ihn war und blieb sie die verlorene Geliebte.

Frau Helene Holl wußte später nicht mehr zu sagen, wie es gekommen war, daß sie gleich so vertraut mit den Geschwistern geworden war. Diese ließen ihr einfach keine Zeit, irgend etwas anders als selbstverständlich zu finden. Als dann zuerst der Rechnungsrat eintraf und verwundert seine Frau im Sonntagsstaat und in Gesellschaft Trudes und zweier fremder Menschen fand, wurde auch er in den gemütlichen Ton hineingezogen, ehe er so recht zur Besinnung kam.

Da die Eltern einverstanden waren, sah Trude dem Kommenden gefaßt entgegen, ihre Brüder wußte sie jeder Situation gewachsen, denn diese waren jung und elastisch.

Einer nach dem andern kam heim. Zuerst Fritz, der Gymnasiallehrer. Der wurde sogleich über alles aufgeklärt. Dann erschien Georg. Da wurde Winnie plötzlich sehr still, und nur noch ihre Augen redeten. Sie überließ jetzt den andern das Wort, aber als Trude ihr diesen Bruder vorstellte, schoß Winnie unter seinen Blicken jäh das Blut ins Gesicht. In Ihrer Schüchternheit wirkte sie so reizend, daß sie Georg sogleich gefiel. Sofort war auch er im Bilde und gern dabei, im Hotel zu Mittag zu speisen. Er ließ sich neben Winnie nieder und plauderte unbefangen und ruhig, aber sehr angeregt mit ihr. Er spürte die Vornehmheit, die sie umgab, und vielleicht spürten sie beide, daß verwandte Bande sie zueinanderzogen.

Georg war wirklich, wie Trude gesagt hatte, der vornehmste ihrer Brüder und wahrscheinlich auch der geistig regste. Winnie überwand allmählich ihre Befangenheit und gab sich schlicht und natürlich. Das gefiel Georg sehr. Ohne sich dagegen zu wehren, gab er sich dem Zauber hin, den Winnie auf ihn ausübte, und noch wußte und fühlte er nicht, daß sie gewissermaßen vom ersten Augenblick an um ihn warb. Sie tat es ganz unauffällig, aber nun, da sie ihm von Angesicht zu Angesicht gegenüberstand, wußte sie, daß dieser Mann ihr Schicksal sei und allein imstande sein würde, sie zu einer glücklichen Frau zu machen.

Endlich gesellte sich auch Hans Holl zu den übrigen, und kaum daß er sich in dem heiteren Kreis befand, mußte auch er bedingungslos kapitulieren.

Charlie fuhr zunächst die beiden alten Herrschaften und Fritz zum Hotel und schickte dann den Chauffeur mit dem Auto zurück, um auch die andern holen zu lassen.

Winnie und Georg waren in ein lebhaftes Gespräch verwickelt. Hans, der sich noch ein wenig zurechtstutzen wollte, hielt es für angezeigt, in dem gemeinschaftlichen Schlafzimmer der Brüder zu verschwinden, hoffte aber, ehe man aufbrechen würde, Trude einen Moment ungestört sprechen zu können.

Ehe er hinausging, flüsterte er der Schwester zu:

»Wenn ich fertig bin, komme ich in die Küche.«

Sie nickte ihm zu und wußte, daß er etwas über Iduna hören wollte.

»Du mußt mich für ein paar Minuten entschuldigen, Winnie; ich will, ehe wir aufbrechen, noch einmal nachsehen, ob alles in Ordnung ist.«

Winnie nickte ihr zu.

»Laß dich von nichts abhalten, Trude, ich habe ja Gesellschaft.«

So war Winnie eine ganze Weile mit Georg allein. Mit einem beinahe andächtigen Gefühl sah sie in sein Gesicht, das deutlich von Kämpfen und harter Arbeit sprach. Wie sehr gefiel ihr dieses Gesicht, aus dem die Augen, dieselben Augen, die Trude und seine Brüder hatten, so ernst und bedeutend heraussahen – und so zuverlässig und vertrauenerweckend.

Inzwischen standen draußen in der Küche Hans und Trude zusammen.

Unruhig, mit seltsam hungrigem und brennendem Ausdruck, sah Hans die Schwester an.

»Was soll das nur alles bedeuten, Trude? Weshalb bist du plötzlich nicht mehr in Gravenstein, sondern auf dem Fidessergut? Ist etwas vorgefallen zwischen Ida und dir?«

Sie streichelte seinen Arm, sah ihn groß an und – log, was ihr gerade einfiel.

»Gar nichts hat es zwischen uns gegeben, Hans; ich hatte nur das Gefühl, daß ich die Gastfreundschaft in Gravenstein lange genug in Anspruch genommen hätte. Und im Fidesserhaus ist es wundervoll. Wenn ich euch doch auch einmal eine solche Ausspannung verschaffen könnte. Himmlisch ist es auf dem Lande.«

»Triffst du dich denn noch mit Ida?«

»Gewiß, erst am Sonntag waren alle bei den Longwys. Warum soll ich mich denn nicht mehr mit ihr treffen?«

Er seufzte.

»Ich hatte Angst, daß ich nichts mehr von ihr hören würde. Du bist doch meine einzige Quelle, Trude. Wie geht es ihr denn?«

Liebevoll sah sie ihn an.

»Es geht ihr gut, Hans. Sitzt denn das noch immer fest in deinem Herzen?«

Er zuckte die Achseln.

»Du weißt doch – das bleibt immer so, nie kann ich sie vergessen.«

»Aber sie hat dir doch sehr weh getan.«

Er fuhr sich durch das Haar, das er eben erst geglättet hatte.

»Weißt du, Trude, sie weiß gar nicht, wie sehr sie mir weh getan hat. Dieses reiche Erbe hat sie überfallen wie eine Krankheit. Sie war doch früher anders, und – wenn sie plötzlich wieder arm wäre – du kannst es mir glauben – wäre sie auf einmal wieder die alte. Dann wäre alles wieder gut.«

»Aber Hans, du willst doch damit nicht sagen, daß du sie wieder an dein Herz nehmen würdest, wenn sie plötzlich wieder danach Verlangen hätte?«

Er lachte schmerzlich auf.

»Ich brauche sie nicht wieder in mein Herz aufzunehmen – weil sie noch immer fest darinnen sitzt. Und – weit würde ich es auftun, wenn sie zu mir zurückwollte. All das ist ja nur wie eine Krankheit. Und was wäre das für eine Liebe, die sofort erlischt, wenn ein Mensch, den man liebt, in Krankheit verfällt! Ich kenne sie besser als ihr alle. Und – ich kann die Hoffnung nicht aufgeben, daß sie gesunden wird. Sie liebt mich, nur mich allein. Oder – oder hat sie ihr Herz inzwischen an einen andern verloren?«

Trude drehte es das Herz vor Erbarmen um.

»Wie ist sie zu beneiden um deine treue Liebe, Hans. Nein, nein – du brauchst nichts zu befürchten, sie treibt nur mit allen ihr Spiel.«

Seine Augen leuchteten auf.

»Ich weiß es, ich fühle es, sie hat mich noch nicht vergessen.«

Trude küßte den Bruder herzlich auf die Wange.

»Mein lieber, lieber Hans, wenn ich dir nur helfen könnte! Es muß schrecklich sein, unglücklich zu lieben.«

Er sah sie an. Nur er allein hatte bisher bemerkt, daß ihre und Charlie Longwys Augen seltsam innig ineinandergeleuchtet hatten. Er gefiel ihm sehr in seiner ungekünstelten Natürlichkeit. Aber, er war ein sehr reicher Mann – und arm und reich, so hatte Ida gesagt, passen nicht zusammen.

Unten war inzwischen der Wagen wieder vorgefahren. Trude zog Hans mit sich in das Empfangszimmer hinüber, wo Winnie und Georg in ein sehr ernstes Gespräch vertieft waren.

»Der Wagen ist da!« rief Trude.

Da brach man auf und fuhr zum Hotel.

Dort wurden sie von den andern erwartet. Charlie zog Trude gleich an seine Seite. Er hatte inzwischen die Tafel festlich Decken lassen. Trudes Eltern saßen am oberen Ende, Charlie neben Frau Holl, und Trude nahm neben ihm auf der andern Seite Platz. Winnie plazierte sich zwischen Georg und Hans, und an Trudes anderer Seite saß Fritz. So war der Kreis geschlossen.

Charlie hatte ein gutes Menü zusammengestellt und ließ einen guten, nicht allzu schweren Wein servieren, weil der Rechnungsrat und Hans Holl noch einmal zur Arbeit mußten. Bis um drei Uhr, also zwei Stunden, saßen alle vergnügt zusammen. Als man sich um drei Uhr trennte, hatten die Geschwister Longwy die ganze Familie Holl für den nächsten Sonntag zu sich eingeladen. Sie sollten sich alle davon überzeugen, daß Trude gut aufgehoben war.

Familie Holl machte erst verlegene Einwendungen,

aber diese wurden abgelehnt. Selbst Hans, der anfänglich durchaus nicht mitkommen wollte, mußte zusagen und tat es gern, nachdem Trude ihm zugeflüstert hatte:

»Ich sorge dafür, daß du nicht mit Ida zusammentriffst.«

Da war auch er einverstanden.

Charlie sagte, daß er seinen Wagen schicken werde.

In sehr gehobener Stimmung verabschiedeten sich Trudes Eltern, und Winnie und Georg tauschten einen festen Händedruck, der auf eine sehr starke gegenseitige Sympathie schließen ließ.

Winnie, Charlie und Trude machten nun noch einige Einkäufe und fuhren dann heimwärts.

Trude war über alle Maßen glücklich. Sie drückte Charlie und Winnie immer wieder die Hände, weil sie ihnen dankbar war für die sorglos heiteren Stunden dieses Nachmittages und weil sie die Ihren obendrein noch für Sonntag eingeladen hatten.

»Die werden staunen! Sie sind noch nie auf so einem herrlichen Gut gewesen. Wie sie alles bewundern werden! Ich darf sie doch in die Ställe führen und in den Obstgarten und in den Park? Dürfen sie sich auch alle Räume im Haus ansehen? Wie vornehm die sind, das verstehen sie ja kaum, höchstens Georg, der treibt in seinen Mußestunden Kunstgeschichte. Ach Gott, wie sich alle freuen werden!«

Plötzlich begann sie vor lauter Freude zu weinen und warf sich Winnie in die Arme. Diese sah über sie hinweg in Charlies Gesicht, und die Geschwister lächelten sich gerührt zu und streichelten Trude. Winnie aber fühlte etwas in sich aufsteigen, was sie nie gekannt hatte. Auch ihre Augen feuchteten sich ein wenig, und sie flüsterte wie zu ihrer eigenen Entschuldigung vor sich hin:

»Daran ist meine deutsche Mutter schuld – auch ich habe einen Schuß deutscher Sentimentalität von ihr geerbt.«

In froher Stimmung kamen alle drei wieder im Fidesserhaus an.

Am übernächsten Vormittag erschien Klaus in dem Fidesserhaus. Er hatte am Tag vorher einen langen Ritt mit Iduna gemacht, wobei er wieder alle Diplomatie nötig hatte, um ihr Entgegenkommen so abzuwehren, daß sie nicht ärgerlich wurde.

Heute morgen war er wieder mit Ruth zusammengewesen und hatte ihr beim Frühstück alles erzählt, was sie wissen mußte. Da lachte sie ihn schelmisch an.

»Nun, was wirst du jetzt tun, Klaus, wann wirst du deine Karten aufdecken?«

»In wenigen Tagen, ich weiß noch nicht genau an welchem. Es muß sich eine passende Gelegenheit finden. Du kannst dir denken, Ruth, daß es mir trotz allem nicht leichtfällt, diese Menschen aus meinem Haus zu vertreiben, das sie schon als das ihre betrachten. Aber selbstverständlich darf ich nicht mehr lange zögern. Heute vormittag will ich einen Spaziergang zum Fidesserhaus machen, denn ich möchte Fräulein Iduna keine Absage geben, wenn sie mich wieder zum Ausreiten auffordert. Wie gesagt, ich werde verschwinden und bei den Longwys frühstücken. Man hat mich eingeladen. Selbstverständlich lasse ich eine Entschuldigung für die Hausfrau zurück, daß ich nicht zum Frühstück erscheinen werde.«

»Du hast mir Grüße von den Geschwistern und Trude Holl bestellt; bitte sage ihnen, daß auch ich sie herzlich grüßen lasse. Es würde mich sehr freuen, wenn aus Charlie Longwy und Trude Holl ein Paar würde.«

Lächelnd sah er sie an.

»Sie würde dann deine Gutsnachbarin. Und Longwys unsere Nachbarn, da will ich heute einmal die Fühler ausstrecken.«

»Willst du dich ihnen schon zu erkennen geben?«

»Nein, erst muß das hier geschehen sein.«

Nun war Klaus zum Fidessergut gegangen. Er traf zuerst Charlie im Garten, der ihn erfreut begrüßte und in das Haus führte. John mußte den beiden Damen melden, daß Besuch da sei. Sie waren in ihren Zimmern, um sich umzukleiden.

Charlie und Klaus nahmen in einem der unteren Gemächer Platz. Klaus sagte lächelnd:

»Hier hat sich in den letzten Jahren viel verändert.«

Erstaunt sah Charlie ihn an.

»Kennen Sie das Fidesserhaus von früher her?«

»Allerdings, ich war manchmal hier zu Lebzeiten des alten Herrn Fidesser. Auch seine vor ihm verstorbene Gattin kannte ich recht gut. Und Ihre Frau Mutter ebenso, sie war eine reizende junge Dame, als ich ein kleiner Bub war.«

»Sie haben unsere Mutter gekannt?« fragte Charlie lebhaft.

Klaus nickte.

»Ja, wie eben ein kleiner Knirps eine erwachsene junge Dame kennt.«

»So haben Sie Ihre Kindheit hier in der Nähe verlebt?«

»So ist es, Mr. Longwy.«

Nun kamen die beiden Damen herein, und Charlie erzählte ihnen lebhaft und aufgeregt, daß Doktor Horvath seinen Großvater, seine Großmutter und sogar seine Mutter persönlich gekannt habe. Das interessierte Winnie begreiflicherweise, und selbst Trude horchte erstaunt auf.

Winnie fuhr dann fort:

»Wir wissen überhaupt viel zuwenig von Ihnen. Als uns Herr Weyersberg Sie als seinen Gast auf der Terrasse vorstellte, hat er keinerlei Erklärung gegeben, wer Sie sind – das heißt, Ihren Namen hat er genannt, aber sonst nichts. Nun müssen wir nach Ihrer Äußerung annehmen, daß Sie früher in unserer Nachbarschaft gelebt haben?«

»Allerdings – ich bin hier in der Gegend schon als Kind zu Hause gewesen und habe meine Jugend hier verlebt, ausgenommen meine Studienzeit. Und dann, nach dem Studium, war ich wieder mehrere Jahre fern.«

»Vermutlich im Ausland, Sie besitzen das gewisse Etwas eines weitgereisten Mannes«, sagte Winnie interessiert.

Er verbeugte sich.

»Sie haben scharfe Augen, mein gnädiges Fräulein!«

»Also stimmt es, Sie haben weite Reisen gemacht?«

Sie sahen ihn alle drei interessiert an.

»Genügt es, wenn ich erkläre, daß ich mich einer Expedition zum Südpol angeschlossen hatte?«

Charlie sprang auf, und auch die Damen machten erregte Gesichter.

»Zum Südpol? Vielleicht gar mit Klaus Weyersberg zusammen?«

»Ich war immer in seiner Nähe.«

Winnie tippte sich an die Stirn.

»Ah, mir geht ein Licht auf! Sie kamen nach Gravenstein, um Herrn Weyersberg Kunde von dem Tod seines Neffen zu bringen.«

»Ich kam allerdings, um ihm von Klaus Weyersberg zu berichten.«

»Mein Gott, wie interessant! Was sagst du dazu, Trude?« fragte Winnie.

Trude atmete tief auf.

»Iduna hat mir einmal erzählt, daß ihr Vetter Klaus verschollen sei und daß man von der ganzen Expedition nur einige Schiffstrümmer geborgen habe. Die Expedition müsse unter tragischen Umständen zugrunde gegangen sein. Aber der Vater von Klaus Weyersberg habe nicht an den Tod seines Sohnes glauben wollen, und deshalb hat er eine Sperrfrist von zehn Jahren vorgesehen, in der Kurt Weyersberg das Erbe noch nicht rechtsgültig antreten darf. Er hat gehofft, daß sein Sohn eines Tages wieder auftauchen würde.«

Klaus hatte mit unbewegtem Gesicht zugehört.

»Aber Herr Weyersberg hat dennoch das Erbe angetreten, wenigstens soweit das Gesetz das zuließ«, sagte er ruhig.

»Das trifft zu: man nimmt hier überall an, daß das Einsetzen in die Erbrechte nur noch eine Formsache ist. Aber – nun sagen Sie, daß Sie Teilnehmer dieser Expedition waren, und Sie sind heil und gesund zurückgekehrt. Wäre es deshalb nicht denkbar, daß auch andere Teilnehmer, zum Beispiel Klaus Weyersberg, noch am Leben sein könnten?« forschte Charlie.

Klaus zögerte, aber dann sagte er sich, vorläufig dürfe er nicht weiter aus sich herausgehen. So sagte er abermals:

»Ich allein bin lebend zurückgekehrt, alle meine Kameraden starben vor meinen Augen – wurden von einem furchtbaren Hagelsturm sozusagen zu Boden geschlagen.«

Charlie und die beiden Damen erblaßten. Winnie und Trude hielten sich an den Händen wie Kinder, die sich im Dunkeln fürchten.

»Mein Gott, wie entsetzlich! Welch ein Wunder, daß Sie diesem schrecklichen Tod entgingen!« sagte Winnie leise.

So saßen sie eine lange Zeitlang einander stumm gegenüber – und fuhren zusammen, als John meldete, das Frühstück sei serviert.

Charlie schob die Hand unter Klaus' Arm.

»Kommen Sie – wir wollen uns zunächst einmal stärken. Ihr Bericht hat uns alle sehr erregt und bedrückt. Das müssen Sie uns später einmal ausführlich erzählen, wenn Sie darüber sprechen können. Wahrscheinlich haben Sie das alles auch in Gravenstein berichten müssen, und es mag Ihnen sehr schwergefallen sein, darüber zu sprechen.«

Klaus wunderte sich, daß Charlie so verständnisvoll war.

»Ja, später werde ich Ihnen einmal alles erzählen – oder noch besser, Sie werden lesen, was ich darüber zu berichten habe. Ich werde in absehbarer Zeit meine Erinnerungen und die Ergebnisse unserer Forschungsreise in einem Werk veröffentlichen. Die wissenschaftliche

Ausbeute dieser Reise muß festgehalten werden, das habe ich unserer Gesellschaft, die die Expedition ausrüstete, versprechen müssen, und ich habe schon fleißig vorgearbeitet.«

Sie hatten sich an dem gedeckten Frühstückstisch niedergelassen.

»Ah, nun weiß ich, um diese Arbeit in Ruhe vollenden zu können, sind Sie nach Gravenstein gekommen, und so dürfen wir wohl hoffen, daß Sie noch recht lange dort bleiben werden?«

»Das habe ich allerdings vor. Aber bitte gestatten Sie mir jetzt, daß ich über das nicht mehr rede. Ich habe Ihnen schon zu sehr die Stimmung verdorben, und Fräulein Holl sieht schon ganz elend aus. Bitte seien Sie wieder lustig, das tut Ihnen nur gut.«

Mit Absicht hatte er diesen drei Menschen wenigstens teilweise eine Aufklärung über sich gegeben.

Plötzlich sagte Winnie:

»Wie kommt es eigentlich, daß Sie mit unserer Gegend und den Verhältnissen hier so vertraut sind, daß Sie sogar unsere Mutter und unsere Großeltern kennenlernen konnten? Sie waren vermutlich seit jeher mit Klaus Weyersberg befreundet und sind in Ihrer Kindheit und Jugend ein häufiger Gast in Gravenstein gewesen! Trifft das zu?«

Klaus lächelte zu ihr hinüber.

»Vielleicht gestatten Sie mir, Ihnen auch darüber erst später Aufschluß geben zu dürfen. Momentan möchte ich lieber nicht davon sprechen.«

Trude Holl sah ihn nachdenklich an.

»Irgend etwas Geheimnisvolles umgibt Sie, das habe

ich schon vom ersten Augenblick an empfunden, als Sie uns gegenübertraten. Aber seien Sie unbesorgt, wir fragen nicht und warten, bis Sie uns freiwillig aufklären. Nicht wahr, Winnie?«

»Ganz deiner Meinung, Trude.«

»Und wie ist Ihr Besuch in Kassel verlaufen?« erkundigte sich Klaus, um endlich ein anderes Thema aufzugreifen.

Da gaben die drei abwechselnd eine lustige Schilderung ihrer Erlebnisse, und Trude jauchzte Klaus zu:

»Winnie und Charlie haben meine Leute allesamt für nächsten Sonntag eingeladen. Sie können sich denken, wie glücklich ich darüber bin.«

Er nickte ihr lächelnd zu.

Trude sah ihn plötzlich nachdenklich an.

»Wollen Sie mir einen großen Gefallen erweisen, wenn ich Sie herzlich darum bitten würde?«

»Selbstverständlich, soweit es in meiner Macht steht.«

»Ach bitte – wenn Iduna vielleicht auf den Einfall kommen sollte, Sonntag hierherzukommen, reden Sie ihr das doch aus. Sie wissen doch, was zwischen ihr und meinem Bruder Hans liegt. Er kommt am Sonntag mit, und ich habe ihm versprochen, er würde Iduna nicht begegnen. Er kann sie leider immer noch nicht vergessen. Die reiche Erbschaft, sagt er, sei wie eine Krankheit über sie gekommen, und wenn sie plötzlich wieder arm würde, würde sie wieder die alte werden.«

Winnie atmete tief auf.

»Ihr Holls seid rührende Menschen, so etwas von Liebe und Treue ist einfach märchenhaft.«

Trude lächelte ein wenig.

»Im Grunde ist gar nichts Märchenhaftes dabei – wir können einfach nicht wieder von ihm los, wenn wir einmal einen Menschen ins Herz geschlossen haben.«

Als aber Charlie bei diesen Worten mit einem strahlenden Blick ihre Augen suchte, wurde sie sehr rot und senkte erschrocken die Lider.

»Sie können unbesorgt sein, Fräulein Holl, ich werde die Schwelle des Fidesserhauses hüten wie der Engel mit dem feurigen Schwert. Aber dann müssen Sie sich für morgen auf einen Besuch Fräulein Weyersbergs gefaßt machen. Sie wollte schon gestern, als wir im Sattel saßen, gemeinsam mit mir hier vorsprechen. Ich sagte ihr aber, daß ich nicht wüßte, ob Sie schon aus Kassel zurück seien. Da meinte sie, wir würden den Besuch bei unserem nächsten Ausritt absolvieren, und dieser ist für morgen oder übermorgen geplant. Da übermorgen Sonntag ist, werde ich also meine ganze Diplomatie aufbieten, daß die Sache schon morgen zustande kommt.«

»O ja, bitte tun Sie das, dann kann ich mich unbesorgt auf das Kommen der Meinen freuen«, sagte Trude.

Sie plauderten nun vergnügt miteinander, bis sich Klaus wieder verabschiedete und er mit dem drolligen Gesicht eines zerknirschten Sünders darum bat, Fräulein Weyersberg morgen nichts davon zu verraten, daß er schon heute zum Frühstück hier gewesen sei.

»Der arme Doktor Horvath«, sagte Winnie, als er gegangen war, »er wird jetzt viel von Iduna auszustehen haben, und er scheint wenig Gefallen daran zu finden. Ich glaube, er ist heute einfach entflohen.«

Trude legte den Arm um sie.

»Mir scheint, Winnie, Doktor Horvath hat nur für

Ruth Falkner Augen. Ich habe meine Beobachtungen gemacht.«

»Die beiden dürften sehr gut zueinander passen. Leider aber scheint auch er nicht vermögend zu sein, und Ruth Falkner ist ganz arm.«

Charlie trat zu den Damen heran.

»Nur keine Sorge, dieser Doktor Horvath sieht so aus, als sei er sehr wohl imstande, für eine Frau zu sorgen. Und wenn er Fräulein Falkner liebt und – sie ihn, dann wird Geld hier absolut nicht mitsprechen. Es wäre auch schade.«

Aus seinen Worten klang große Hochachtung, auch für Ruth Falkner.

16

Am nächsten Morgen traf Klaus wieder mit Ruth beim ersten Frühstück zusammen. Er berichtete ihr von seinem gestrigen Besuch bei den Geschwistern und sagte ihr auch, daß er mit Iduna heute einen Ausritt verabredet habe, bei dem sie im Fidesserhaus vorsprechen wollten. Ruth seufzte ein wenig.

»Da wird es für die arme Trude wieder nicht ohne Spitzen abgehen. Iduna wird zweifelsohne wieder ein wenig Unfrieden säen wollen.«

»Schon möglich, aber ich will sie durch den heutigen Besuch davon abhalten, am Sonntag hinüberzureiten.«

Und er berichtete ihr, warum er das verhindern wollte.

Ruth sah ihn mit großen Augen an.

»Kannst du verstehen, daß man jemanden, der einem soviel Leid zugefügt hat, der sich als untreu gezeigt, noch lieben kann?«

»Ich kann vor allen Dingen nicht verstehen, wie man eine Iduna lieben kann. Aber der Geschmack ist ja gottlob verschieden. Alle Holls scheinen wertvolle Menschen zu sein, und man kann nicht wissen, ob dieser Hans Holl nicht recht hat, wenn er sagt, das reiche Erbe habe Iduna Weyersberg wie eine Krankheit überfallen. Wer weiß, vielleicht wird sie wirklich gesund, wenn sie wieder arm wird.«

Ruth sah sinnend vor sich hin.

»Jedenfalls bin ich mit Tante Maria davon überzeugt, daß sie zufriedener mit ihrem Schicksal war, als sie arm war.«

Klaus nahm Ruths Hände in die seinen.

»Wir haben eigentlich genug mit uns selbst zu tun, als daß wir uns soviel um andere Menschen kümmern sollten.«

Mit einem reizenden Lächeln sah sie ihn an.

»Das finde ich ebenfalls, aber zuweilen muß man doch auch einmal an andere denken. Meine Gedanken kommen ohnedies den ganzen Tag über nicht von dir los, und – ich glaube, ich verwalte jetzt zum ersten Mal mein Amt gar nicht gut.«

Finster und drohend zog er die Stirn zusammen.

»Ich sehe schon, ich muß Sie entlassen, Fräulein Falkner. So geht das nicht weiter – ich werde spätestens zum ersten Juli einen neuen Verwalter einstellen.«

»Aber hoffentlich bekomme ich ein gutes Zeugnis,

damit ich mich bei einer neuen Stelle gut ausweisen kann.«

Er küßte ihre Hände.

»In deiner neuen Stelle brauchst du kein Zeugnis, da weiß man sowieso schon, wieviel du wert bist.«

»Ach, Klaus – wenn ich nur schon eintreten könnte – in die neue Stelle, wenn doch alles schon erledigt wäre.«

»Warte noch bis morgen, Ruth. Ich möchte gern, daß du dabei bist, wenn ich meine Karten aufdecke. An den Wochentagen jagst du ja nur von einer Arbeit zur andern. Also halten wir den Termin fest; morgen vormittag, gleich nach dem Frühstück, gebe ich mich zu erkennen.«

Mutig nickte sie ihm zu, wenn ihr auch das Herz sehr bange in der Brust schlug.

»Es ist gut, Klaus. Aber willst du nicht lieber den Justizrat als Hilfstruppe herbeirufen?«

»Vorläufig nicht, seine Anwesenheit wird später allerdings notwendig sein. Aber dich will ich bei mir haben, Ruth, und du darfst dich nicht aus dem Zimmer schicken lassen.«

Sie schüttelte den Kopf.

»Ganz gewiß nicht, Klaus!«

»Jetzt müssen wir uns trennen, liebes Herz. Von unserer Verlobung sprechen wir am Sonntag noch nicht. Ich möchte nicht, daß etwaige Angriffe deines Onkels, der ja schließlich auch der meine ist, auch dich treffen könnten. Erst wenn wieder Ruhe und Frieden im Lande ist, mache ich unsere Verlobung bekannt.«

Sie mußten sich jetzt trennen, und Klaus suchte sein Zimmer wieder auf.

Als er einige Stunden später an Idunas Seite dahinritt, sah er ein wenig mitleidig zu ihr hinüber. Wie würde sie es ertragen, wenn sie von ihrer Höhe wieder in die Tiefe hinabsteigen mußte?

Aus diesem Gedanken heraus fragte er sie plötzlich:

»Was hätten Sie getan, mein gnädiges Fräulein, wenn statt meiner Klaus Weyersberg zurückgekehrt wäre?«

Sie sah ihn erstaunt an, dann schnippte sie ein wenig mit der Reitpeitsche, lachte kokett zu ihm auf und sagte:

»Sehr einfach, dann hätte ich ihn geheiratet, damit wäre die Sache für mich erledigt gewesen.«

»Aber zum Heiraten gehören zwei. Wenn Klaus Weyersberg nicht damit einverstanden gewesen wäre?«

Sie drehte mit einem koketten Lachen den Kopf zu ihm herum und flimmerte ihn eroberungslustig an.

»Ich habe Ihnen doch schon einmal gesagt, eine Frau kann jeden Mann haben, den sie im Ernst haben will.«

»Sie trauen sich sehr viel zu.«

»Das muß man auch.«

»Und wenn nun Klaus Weyersberg schon eine andere Frau geliebt hätte oder gar mit ihr verlobt oder verheiratet gewesen wäre?«

Sie schob leicht schmollend den Mund vor.

»Stellen Sie doch nicht so überflüssige Fragen. Erstens ist Klaus Weyersberg – gottlob – tot, und zweitens würde ich es vielleicht auch dann durchgesetzt haben, seine Frau zu werden.«

Er sah sie kopfschüttelnd an.

»Man weiß nicht, ob man Sie ernst nehmen soll.«

»Ach, vor allem verderben Sie mir nicht den schönen Morgen! Unter uns gesagt, ich weiß zuweilen selbst nicht, ob ich mich ernst nehmen soll. Ich möchte irgend etwas tun, was diese entsetzliche Langeweile aus meinem Leben verbannen könnte.«

Ernst sah er sie an.

»Wenn Sie zum Beispiel einmal versuchten, eine nützliche Arbeit zu leisten?«

»Oh, um Himmels willen keine sittlichen Forderungen an mich stellen! Das steht Ihnen übrigens gar nicht, Sie sind ohnedies für meinen Geschmack viel zu ernst, wenngleich ich Sie zuweilen rasend interessant finde.«

»Das reden Sie sich nur ein! Ihr Herz, sofern Sie eines haben, geht falsche Wege.«

»Wie meinen Sie das?«

»Ich meine, daß Sie sich nur immer besinnungslos zur Wehr setzen gegen Ihr eigenes Herz.«

Das Blut schoß ihr plötzlich ins Gesicht. Es war das erstemal, daß er sie erröten sah. Deshalb wußte er, daß er ins Schwarze getroffen hatte. Und er mußte an Hans Holls Ausspruch denken, daß sie von einer Art Krankheit befallen sei, seit sie sich als reiche Erbin fühlte. Sollte Hans Holl damit recht haben?

Plötzlich warf Iduna den Kopf zurück und sah ihn fast feindlich an.

»Ich finde, Sie reden heute viel Unsinn.«

Er mußte lachen.

»Rauh, aber herzlich!«

Sie gab ihrem Pferd die Sporen und ließ es im schnellsten Tempo ausgreifen.

Es dauerte ziemlich lange, bis er wieder an ihrer Seite war, denn er ließ ihr absichtlich Zeit, sich wiederzufinden. Er wußte nunmehr, daß Hans Holl doch recht gehabt hatte. Und – vielleicht kehrte er just zur rechten Zeit für sie nach Hause zurück.

Als er sie endlich eingeholt hatte, griff er ein ganz neutrales Thema auf, und sie ging darauf ein. So kamen sie in scheinbarer Eintracht im Fidesserhaus an.

Es war für Iduna selbstverständlich, daß sie sofort die Gelegenheit ergriff, Trude einige Brocken an den Kopf zu werfen. Dann belegte sie ostentativ Charlie mit Beschlag, vollständig ignorierend, daß er sie bei seinem letzten Besuch sehr energisch hatte abblitzen lassen. Auch heute war er nicht gewillt, es ruhig geschehen zu lassen, wenn sie Trude quälte.

Und dies tat sie, wie er vorausgesehen hatte:

»Ich kann mich nicht genug wundern, daß du noch immer nicht nach Kassel zurückgekehrt bist! Was sagen denn deine Eltern dazu, daß du als Gast im Hause eines jungen, unverheirateten Mannes weilst?«

Da antwortete an Stelle der jäh erbleichten Trude Charlie sehr scharf:

»Fräulein Holl weiß genau, daß sie unter meinem Schutz absolut sicher ist, und ihre Eltern wissen das auch. Ich habe mich ihnen vorgestellt und sie um die Erlaubnis gebeten, Fräulein Holl zur Gesellschaft meiner Schwester noch einige Wochen hier bei uns behalten zu dürfen.«

Iduna lachte spöttisch.

»Soso, wochenlang? Wie interessant! Man wird sich in Kassel wohl ein wenig darüber wundem.«

Charlie sah sie drohend an.

»In Kassel wird man sich über anderes noch viel mehr wundern. Meinen Sie nicht, mein gnädiges Fräulein?«

Sie fand es nun doch besser, einzulenken. Charlie war

ungeheuer aggressiv geworden, und sie merkte, daß er imstande war, sie zu provozieren, wenn sie Trude nicht in Frieden ließ.

Inzwischen hatte sich Winnie mit Klaus unterhalten, und da Iduna merkte, daß er dieser sehr liebenswürdig begegnete, beschloß sie, auch Winnie ein wenig zu ärgern.

Sie schob die Hand unter Klaus Weyersbergs Arm und sah, kokett lächelnd, zu ihm auf.

»Wollen wir nun weiterreiten, liebster Doktor?«

Es zuckte um seinen Mund, und er verneigte sich.

»Wie Sie befehlen, mein gnädiges Fräulein, wenn ich auch fürchte, den Herrschaften zu schnell Ihre liebenswürdige Gesellschaft zu entziehen.«

Iduna merkte, daß seine Worte eine versteckte Kritik enthielten. Das merkten die andern selbstverständlich auch, und die Geschwister mußten sich auf die Lippen beißen, um nicht hellauf zu lachen, während Trude immer noch blaß und ängstlich zu Iduna hinübersah.

In dieser kochte es wahrhaft! Nicht einmal ihre Bosheiten konnte sie heute ungestraft loswerden. Sie empfand nicht einmal Befriedigung darüber, ein paar Tropfen Gift verspritzt zuhaben.

Sie verabschiedete sich hastig, nur noch die flüchtige Bitte aussprechend, man möge sich bald einmal wieder in Gravenstein sehen lassen!

Klaus half ihr auf das Pferd und schwang sich selber in den Sattel. Er machte auf dem Rücken eines Pferdes eine brillante Figur.

Die Geschwister und Trude blieben unter dem Portal stehen und sahen, ohne ein Wort zu reden, den Davonreitenden nach. Endlich raffte sich Winnie auf, legte den einen Arm um Charlie, den andern um Trude und sagte seufzend:

»Es gibt leider Menschen, die überall, wohin sie kommen, Unfrieden über die Schwelle bringen. Aber ich denke, wir lassen uns dadurch nicht den schönen Frühlingstag verderben. Kopf hoch, Trude, Iduna Weyersberg kann dir nichts anhaben! Um ihre Bosheiten darf man sich nicht kümmern.«

Charlie wandte sich Trude zu.

»Sie sind doch nicht traurig, Fräulein Trude?«

»Doch, ein bißchen schon, aber nicht, weil Iduna wieder sehr ausfällig gegen mich wurde, sondern – weil sie mir leid tut. Glücklich ist sie nämlich nicht, obwohl sie reich geworden ist. Ich – ich möchte nicht mit ihr tauschen.«

Er streichelte ihre Hand.

»Nein, nein, das sollen Sie auch nicht. Jetzt aber Schluß mit dem Thema, jetzt machen wir einen tüchtigen Spaziergang, damit Sie wieder Hunger bekommen.«

»Ich bedauere den armen Doktor Horvath, der Idunas schlechte Laune nun auf dem ganzen Weg ertragen muß. Und er hat diesen Ritt doch nur vorgeschlagen, um uns morgen von Idunas Besuch zu bewahren. Ganz gewiß würde er viel lieber Ruth Falkner auf ihren Ritten begleiten«, sagte Winnie.

Dann wanderten sie zu dritt vergnügt und froh in den Frühlingswald.

Inzwischen waren Klaus und Iduna eine ganze Weile stumm nebeneinander hergeritten. Endlich wandte sie sich zu ihm um.

»Sie sind wahrscheinlich wieder empört über mich?«

Er lachte ein wenig.

»Da Sie es vermuten, sehen Sie wohl selbst ein, daß Sie wenig liebenswürdig waren. Darf ich fragen, warum Sie es immer darauf anlegen, sich unbeliebt zu machen?«

Sie zuckte die Achseln.

»Ist mir egal, wenn ich mich im Fidesserhaus unbeliebt gemacht habe.«

»Und doch nannten Sie die Geschwister Longwy einmal Ihre Freunde?«

»Das sind sie schon lange nicht mehr – wenigstens nicht, seit sie Trude Holl eingeladen haben.«

»Die arme kleine Trude hat irgendwie Ihr Mißfallen erregt. Aber gewiß hat sie das nicht mit Absicht getan. Es ist nicht nett von Ihnen, daß Sie ihr immer weh tun. Oder meinen Sie wirklich, daß arme Leute keine Seele haben?«

Herausfordernd sah sie ihn an.

»Vielleicht meine ich das wirklich.«

»So? Dann hatten Sie, als Sie noch nicht die reiche Erbin waren, auch keine Seele! Die haben Sie wohl erst bekommen, als Sie nach Gravenstein übersiedelten?«

Erst wollte sie unwillig werden, dann aber mußte sie lachen.

»Nein, nein – ich habe wirklich keine Seele, vielleicht weil ich anfänglich arm war.«

»Ich wette, daß Sie früher viel mehr Seele hatten als jetzt.«

Müde winkte sie mit der Reitpeitsche ab und sagte dann:

»Ich möchte nur wissen, warum ich mir soviel von Ihnen gefallen lasse. Finden Sie das nicht komisch?«

»Nein!«

»Aber ich! Und ich kann es mir nur damit erklären, daß ich in Sie verliebt bin.«

»Das sind Sie ja gar nicht. Es reizt Sie nur, mich ebenfalls vor Ihren Wagen zu spannen, und weil Ihnen das nicht gelingt, sind Sie zornig auf mich.«

Sie schüttelte den Kopf.

»Nein, zornig bin ich nicht auf Sie; dazu imponieren Sie mir viel zu sehr, weil Sie mir so unbekümmert die Wahrheit sagen. Aber – daß es mir nicht gelingen könnte, Sie an mich zu fesseln, davon kann keine Rede sein, ich habe es nur noch nicht richtig versucht.«

Er mußte lachen.

»Versuchen Sie es lieber gar nicht, wenn Sie nicht eine Enttäuschung erleben wollen.«

Sie sah ihn von der Seite an und sagte dann leise:

»Sie scheinen Ihrer Sache sehr sicher zu sein. Aber – wir werden sehen!«

Danach ritten sie stumm nebeneinander her.

17

Am Sonntagmorgen frühstückte Klaus um sieben Uhr mit Ruth und berichtete ihr von seinem und Idunas Besuch im Fidesserhaus und von seiner Unterhaltung mit ihr auf dem Hin- und Rückweg. Ruth schüttelte den Kopf.

»Es wird mir immer klarer, daß sie nicht weiß, was sie will.«

»Das scheint sie wirklich nicht zu wissen. Ich bin darum sehr gespannt, ob dies der Fall sein wird, sobald der Würfel gefallen ist. Wir werden sehen, wie sie sich entwikkelt, wenn sie in die alten, schlichten Verhältnisse zurückgestellt wird. Also, meine geliebte Ruth, nach dem zweiten Frühstück werde ich die Gelegenheit ergreifen, Kurt Weyersberg und seiner Familie zu eröffnen, daß ich der als verschollen geltende Klaus bin.«

Sie nickte ihm mit einem besorgten Lächeln zu.

»Wenn nur alles gut verläuft, Klaus. Ich habe eine große Angst in mir, die ich mir nicht erklären kann, um so weniger, als du eigentlich nichts zu befürchten hast.«

Er streichelte ihre Hände.

»Ich kann das sehr wohl verstehen, wird es doch auch für mich nicht leicht, diese Menschen aus dem Wahn zu reißen, die Herren von Gravenstein zu sein.«

Klaus gab Ruth noch allerlei Verhaltensmaßregeln, und dann trennten sie sich, weil Ruth noch viel zu tun hatte.

Klaus zog sich vorläufig auf sein Zimmer zurück und arbeitete, bis er den Gong zum Frühstück rufen hörte.

Ruhig legte er seine Arbeit beiseite und stellte einen Briefbeschwerer darauf. In diesem Moment klopfte es an seine Tür, und auf seinen Zuruf trat Kurt Weyersberg ein.

Klaus wandte sich ihm ruhig fragend zu.

»Womit kann ich dienen, Herr Weyersberg?«

»Ich wollte Sie nur fragen, ob Sie Lust haben, morgen früh mit mir auf die Jagd zu gehen. Es gilt, einige Rehböcke abzuschießen.«

Klaus verneigte sich.

»Mit Vergnügen, Herr Weyersberg! Wann darf ich mich bereithalten?«

»Ich denke, wir brechen am besten gegen vier Uhr auf. Ich hatte angenommen, daß uns die drei Herren aus Kassel begleiten würden, doch diese haben ihren Besuch abgesagt. Ich möchte nicht länger warten, denn der Förster sagte mir, er sei einigen Wilderern auf der Spur, die uns das Wild abschießen.«

»Das dürfen wir nicht zulassen. Ich staune, daß es hier überhaupt Wilderer gibt.«

Kurt Weyersberg sah sich ein bißchen im Zimmer um.

»In den gegenwärtigen schlechten Zeiten haben sich auch hier Wilderer breitgemacht, und man muß höllisch auf dem Posten sein. Also, es bleibt dabei, morgen um vier Uhr morgens treffen wir uns unten in der Halle. Ein Gewehr können Sie sich heute noch aussuchen, damit alles bereit ist.«

»Das will ich im Lauf des Tages tun.«

Wieder sah sich Kurt Weyersberg im Zimmer um, während er sich in einen Sessel niederließ.

»Sehr luxuriös hat meine Frau Sie hier nicht einquartiert. Das dürfen Sie ihr aber nicht nachtragen. Diese Möbel stammen aus unserem früheren Haushalt, meine Frau wollte sich nicht von ihnen trennen. Sie hält sie nämlich für komfortabel und behaglich und glaubte, es Ihnen mit diesen alten Möbeln gerade recht gemütlich zu machen.«

»Diese Absicht spürt man, Herr Weyersberg. Ich fühle mich wirklich sehr behaglich hier.«

Kurt Weyersberg trat an den Schreibtisch. Da sah er die von Klaus beschriebenen Bogen liegen.

»Ah, das sieht ja aus, als wenn Sie gearbeitet hätten?«

»Habe ich auch, Herr Weyersberg. Ich muß langsam daran denken, einen Bericht über die Ergebnisse unserer

Expedition fertigzustellen, denn im Herbst werde ich darüber Vorlesungen halten müssen.«

»Soso! Na, dann gute Verrichtung, Herr Doktor. Aber jetzt ist es wohl Zeit, zum Frühstück zu gehen, die Damen werden schon auf uns warten.«

»Ich bin bereit.«

Die Herren verließen das Zimmer und begaben sich hinunter. Kurt Weyersberg wurde aber noch kurz von einem Diener aufgehalten, der kam und einen Geldbetrag von ihm haben wollte.

Er begab sich mit dem Diener in sein Arbeitszimmer, einen Raum, der wenigstens den Namen eines solchen hatte, weil der frühere Besitzer von Gravenstein darin gearbeitet hatte. Der Geldschrank stand dort. Diesen schloß er auf, um das Geld herauszunehmen, das der Diener verlangt hatte. Das war schnell geschehen. Er legte den Betrag auf seinen Schreibtisch, und während der Diener ihn einstrich, spielte Kurt Weyersberg mit seinem Schlüsselbund. Da sah er plötzlich auf einen schlichten Schlüssel herab und lachte in sich hinein. Das war ein Doppelschlüssel zu einem alten, jetzt von Doktor Horvath benutzten Schreibtisch. Er hatte immer zwei Schlüssel dazu gehabt, von Anfang an, und wie das oft so geht, man läßt derartige überflüssige Schlüssel gewohnheitsmäßig am Schlüsselbund hängen.

Eigentlich müßte ich diesen Doppelschlüssel an Doktor Horvath ausliefern, aber das sieht ein wenig dumm aus, wenn ich erst jetzt damit ankomme. Er könnte denken, daß wir die Angewohnheit haben, unsern Gästen nachzuspionieren. Mag also dieser Schlüssel hängen bleiben, wo er hängt.

So dachte er, steckte den Schlüsselbund ein und begab sich in das Frühstückszimmer.

Er fand Doktor Horvath schon bei seinen Damen, und nun setzte man sich an den Tisch. Klaus und Ruth waren wohl die einzigen, die den Speisen nicht alle Ehre antaten. Sie wechselten zuweilen einen raschen Blick und beteiligten sich scheinbar unbefangen an der Unterhaltung. Nach dem Frühstück begab man sich in das Wohnzimmer hinüber, während die Dienerschaft das Geschirr abtrug.

Klaus blieb am Kamin stehen, der Hausherr saß behaglich in einem Lehnstuhl. Frau Maria häkelte an einem Wolltuch, Ruth machte sich im Zimmer zu schaffen, und Iduna schmiegte sich ebenfalls in einen Lehnsessel. Dabei sah sie zu Klaus hinüber.

»Wollen wir nachher ausreiten, Herr Doktor? Ich werde Ihnen den Jagdstand zeigen, wo Sie mit meinem Vater morgen mordlustig auf das arme Wild lauern werden.«

»Gern – in einer Stunde etwa, ist Ihnen das recht?«

»Gewiß! Warum in einer Stunde?«

»Weil ich Ihnen und Ihren Eltern vorher noch eine Eröffnung machen möchte, die Sie interessieren dürfte.«

Alle, außer Ruth, sahen ihn fragend an, und Iduna sagte:

»Machen Sie uns nicht neugierig!«

Er blickte sie fest und ruhig an.

»Neugierig will ich Sie nicht machen, aber – an Ihre Aufmerksamkeit muß ich appellieren.«

Kurt Weyersberg, der sich, ohne die Erlaubnis der Damen einzuholen, eine der von ihm geliebten Zigarren angezündet hatte, blies lächelnd den Rauch von sich.

»Na, wenn ich so lange behaglich sitzen bleiben kann, bin ich bereit, Ihnen die nötige Aufmerksamkeit zu schenken. Also, was haben Sie uns zu sagen?«

Klaus sah schnell zu Ruth hinüber. Sie stand ihm gegenüber hinter dem Rücken der andern und lehnte an einem geschnitzten Schrank.

Zwei Schritte trat Klaus vor. Dann richtete er sich zu seiner vollen Größe auf.

»Meine verehrten Herrschaften, die Enthüllung, die ich Ihnen jetzt machen werde, wird Ihnen nicht so lieblich in den Ohren klingen wie die, welche ich Ihnen vor kurzer Zeit machte. Ich sagte Ihnen damals, ich wäre der einzige, der von der Expedition zurückgekehrt ist.«

Kurt Weyersberg richtete sich plötzlich steif in seinem Sessel empor, auch Iduna gab sich einen Ruck. Frau Maria aber ließ ihre Häkelarbeit sinken und sah Klaus mit seltsamer Spannung an. Nur ihre Augen fragten, während ihr Gatte mit heiserer Stimme rief:

»Was soll das heißen? Wollen Sie etwa Ihre Aussage widerrufen?«

Klaus verneigte sich ein wenig.

»Nicht direkt widerrufen, nur etwas korrigieren und ergänzen. Ich bitte um Entschuldigung, wenn ich das erst heute tue.«

Kurt Weyersberg schlug heftig mit der Hand auf die Lehne seines Sessels, und Iduna starrte Klaus mit brennenden Augen an.

»Zum Teufel, Herr Doktor, spannen Sie uns nicht auf die Folter. Heraus mit der Sprache – Sie machen mir ganz den Eindruck, als hätten Sie uns etwas verdammt Unangenehmes zu sagen.«

»Ich fürchte allerdings, daß Sie nicht erfreut sein werden über meine Eröffnung. Aber ich will Sie nicht länger hinhalten – kurz und bündig: Klaus Weyersberg lebt!«

Wie vom Blitz getroffen, sank Kurt Weyersberg in seinen Sessel zurück. Iduna wurde sehr blaß und strich sich mit nervöser Hast über das Haar. Frau Maria aber machte eine jähe Bewegung, als wenn sie die gefalteten Hände zum Himmel aufheben wollte. Aber auch sie sagte kein Wort. Sie sah nur ängstlich und unruhig auf ihren Gatten und ihre Tochter.

»Das – das ist doch Unsinn, Unfug – das ist doch nicht wahr?« rief Kurt Weyersberg in höchster Aufregung.

»Doch, Herr Weyersberg, es ist wahr. Ich wollte Sie nur nicht gleich mit der ganzen Wahrheit überfallen. Klaus Weyersberg lebt, das ist gewiß.«

»Ist ja Unsinn, das glaube ich nicht, wo soll er denn sein?«

Wieder trat Klaus einen Schritt näher.

»Er steht vor Ihnen. Ich selbst bin Klaus Weyersberg!«

Eine Weile herrschte tiefe Stille. Kurt Weyersberg traten die Augen fast aus dem Kopf. Iduna starrte Klaus an, als sei er von Sinnen, aber Frau Maria drückte die Hände auf das Herz. Sie glaubte sofort, was Klaus sagte, vielleicht, weil sie es gern glauben wollte. Nach einer Weile aber lachte Kurt Weyersberg laut und krampfhaft auf.

»Das ist, weiß Gott, ein gelungener Scherz! Sie sind wohl von Sinnen, verehrter Herr Doktor! Das könnte Ihnen wohl so passen, sich hier mit Hilfe einer hübschen kleinen Komödie in ein warmes Nest hineinzusetzen? Nein, nein, mein Lieber, da haben Sie die Rechnung ohne den Wirt gemacht. Sie sind und bleiben der ehemalige Freund meines Neffen und heißen Doktor Horvath, wie Sie sich uns selbst vorgestellt haben. Da könnte jeder kommen und behaupten, daß er Klaus Weyersberg sei. Nee, nee, junger Mann, darauf fallen wir nicht herein.«

Klaus sah ihn ruhig an.

»Ob Sie davon überzeugt sind oder nicht, ich kann es beweisen, daß ich Klaus Weyersberg bin.«

»Beweisen? Wie wollen Sie das beweisen?«

»Durch meine Papiere, meinen Paß.«

Wieder lachte Kurt Weyersberg krampfhaft auf und sagte dann triumphierend:

»Papiere? Für wie dumm halten Sie mich? Diese Papiere haben Sie Ihrem toten Freund Weyersberg abgenommen. Bilden Sie sich nur nicht ein, daß ein Mensch Ihnen dieses Märchen glaubt. Kein Mensch hat Sie hier als Klaus Weyersberg erkannt.«

»Hier im Hause nicht, denn Sie haben alle alten Diener entfernt. Ich habe mich auch tatsächlich so sehr verändert, daß mich nicht einmal Justizrat Frensen sofort erkannt hat. Es wird mir aber trotzdem nicht schwerfallen, Zeugen zu finden, die mich wiedererkennen.«

»Bah, warum denn nicht! Solche Zeugen kann man sich kaufen. Aber das wird Ihnen nichts nützen.«

Klaus trat dicht an ihn heran.

»Schweigen Sie! Ich verbitte mir jede Beleidigung! Sie wissen jetzt, wer ich bin, und ich habe Ihnen das nur gesagt, damit Sie in Ruhe Ihre Vorbereitungen treffen und sich wieder an den Gedanken gewöhnen, dieses Erbe dem richtigen Erben auszuliefern. Daran ist gar kein Zweifel, denn selbst wenn mich kein Mensch wiedererkennen würde, es gibt ein besonderes Kennzeichen, das in meinem Paß vermerkt ist und das auf der ganzen Welt kein anderer aufzuweisen hat. Weiter will ich Ihnen nichts mehr sagen, Sie sind nun vorbereitet, alles andere werden die Gerichte entscheiden.«

Damit verbeugte er sich und ging schnell hinaus.

Kurt Weyersberg fing an zu toben, als sei er von Sinnen. Er wollte es einfach nicht glauben, daß dieser Doktor Horvath Klaus Weyersberg sei. Frau Maria suchte ihn zu besänftigen, aber zum Unglück sagte sie:

»Ich glaube, daß er Klaus Weyersberg ist, Kurt, und du wirst dich mit dem Gedanken vertraut machen müssen.«

Da faßte er sie wie ein Wahnsinniger am Arm, schüttelte sie hin und her und schleuderte sie dann von sich, daß sie zu Boden gefallen wäre, wenn Ruth sie nicht aufgefangen hätte.

»Geh auf dein Zimmer, gute Tante – du kannst Onkel jetzt nicht beruhigen; es ist das beste, du läßt ihn austoben«, flüsterte sie ihr zu und zog sie mit sich hinaus.

So blieb nur Iduna beim Vater zurück.

Während der Vater wie ein Rasender umherlief, stützte sie den Kopf in die Hand und überlegte. So blieb sie trotz des Tobens ihres Vaters ruhig sitzen und rührte sich nicht. Endlich hatte Kurt Weyersberg seine ganze Kraft verbraucht und ließ sich vollständig abgekämpft in seinen Sessel fallen. Mit fast irren Blicken sah er sich um und wurde sich nun erst darüber klar, daß seine Tochter bei ihm war.

»Iduna! So rede doch ein Wort, es geht doch auch dich an.«

So schrie er sie an. Sie blickte zu ihm hinüber.

»Was soll ich sagen! All das ist grauenvoll! Was soll aus uns werden?«

Er starrte sie an. »Du glaubst doch nicht an den Schwindel?«

»Du hörtest es doch, daß er sich durch seinen Paß ausweisen kann.«

»Unsinn, so etwas kann gemacht werden. Ich behaupte, daß er Klaus Weyersberg den Paß gestohlen hat, als er tot auf dieser einsamen Insel lag. Ist ja ein Kinderspiel für solche Leute, irgend etwas in den Paß hineinzuschreiben. Nach dem Foto ist er selbstverständlich nicht zu erkennen, er gibt ja selbst zu, daß er sich total verändert hat. Das kann jeder sagen. Hörtest du nicht, Justizrat Frensen hat ihn nicht einmal erkannt.«

»Es ist doch möglich, daß ein Mensch sich nach so grauenvollen Erlebnissen dermaßen verändert, daß ihn niemand mehr erkennt.«

»Unsinn, so sehr wird sich niemand verändern können. Und da fällt mir ein – seinen Reden nach ist er schon mit dem Justizrat zusammengetroffen, ohne daß wir dabei waren. Hier spielt der Justizrat den Unbefangenen, der an den Doktor Horvath glaubt. Aha, nun sehe ich klar – er hat mir immer dieses Erbe mißgönnt, der saubere Herr Justizrat, und nun hat er sich mit diesem Doktor Horvath in Verbindung gesetzt, will ihn hier als Erben einschmuggeln, und beide teilen sich dann in den fetten Bissen. Aber sie sollen die Rechnung ohne den Wirt gemacht haben. Ich verteidige mein Recht, ich werde es verhüten, daß sich hier ein Schwindler hereinsetzt. Diesen beiden Gaunern werde ich das Handwerk legen. Warum hat er uns nicht gleich den Paß gezeigt und sich auf das besondere Kennzeichen berufen?«

»Vielleicht hatte er ihn nicht bei sich, er wird ihn in seinem Zimmer verwahrt haben.«

Kurt Weyersberg stutzte einen Moment. In seinem Zimmer verwahrt? Ah, vielleicht in dem Schreibtisch? Und – zu diesem hatte er den zweiten Schlüssel! Wenn er sich doch gleich Gewißheit über den Paß verschaffen könnte. Aber wie? Und wann?

Der Gedanke setzte sich bei ihm fest, fraß sich förmlich in ihn hinein. So sehr er sich gegen den Gedanken wehrte, daß dieser Doktor Horvath wirklich Klaus Weyersberg sein könnte, so sehr fühlte er sich dadurch beunruhigt. Er wollte sich nur nicht eingestehen, daß es Wahrheit sein könnte, was dieser Mann behauptet hatte.

Er grübelte und grübelte, er überlegte und überlegte und kam immer mehr zu dem Entschluß, sich den Paß zu verschaffen. Die Angst, das reiche Erbe hergeben zu müssen, weckten die in ihm schlummernden verbrecherischen Instinkte. Er wollte sich seiner Haut wehren, wollte sich nicht von Betrügern entreißen lassen, was er in Händen hielt. Es fiel ihm gar nicht ein, in diese plump gestellte Falle hineinzutaumeln. Alles war Schwindel, nichts als Schwindel! Dabei würde er bleiben! Ihm würde man eher glauben als diesem hergelaufenen Betrüger!

Während ihr Vater diesen Gedanken nachhing, sann auch Iduna hin und her, und plötzlich kam ihr ein Einfall, wie sie für sich und den Vater diese Sache zum Ausgleich bringen konnte. Ob der Mann Klaus Weyersberg oder Doktor Horvath war – er war zweifelsohne entschlossen, Gravenstein an sich zu bringen. Tat man dann nicht auf alle Fälle am besten, wenn man sich mit ihm verband? Sie hatte sich oft genug gesagt, wenn er reich wäre, würde sie ihn heiraten! Sie hatte zwar nur mit diesem Gedanken gespielt – weil sie sich im tiefsten Innern ihres Herzens nicht dazu entschließen konnte, zu heiraten – vielleicht weil sie Hans Holl noch immer nicht vergessen konnte. Aber jetzt mußte sie Ernst machen – jetzt wollte sie sich selbst den Beweis liefern, daß sie jeden Mann haben konnte, den sie haben wollte. Ja, so würde sich alles ausgleichen lassen; er mußte sie heiraten, dann brauchte sie nicht auf Reichtum und Wohlleben zu verzichten. Denn – wenn sie ehrlich sein wollte, so glaubte sie daran, daß er Klaus Weyersberg war.

Plötzlich erhob sie sich.

Der Vater sah sie starr, aus seinen verbrecherischen Gedanken erwachend, an.

»Wohin willst du?«

»Mit – ihm ausreiten, wir hatten es verabredet – ich will mich umziehen.«

Seine Augen brannten in die ihren.

»Ja, ja – reite mit ihm aus, ich muß mich erst beruhigen, muß erst wissen, was ich zu tun habe.«

»Ja, Vater, beruhige dich und überlege genau – wir müssen, meine ich, eine für uns günstige Lösung finden, egal ob er die Wahrheit sagte oder nicht.«

Er nickte dumpf und stumpf vor sich hin, und sie schritt hinaus.

Iduna ging nicht direkt auf ihr Zimmer. Sie machte vor der Tür von Klaus Weyersbergs Wohnzimmer halt und stand eine Weile überlegend da. Dann richtete sie sich entschlossen auf und klopfte an. Klaus rief, ahnungslos, wer draußen stehe, zum Eintritt. Er glaubte, es sei ein Diener, der Einlaß begehrte. Erstaunt sah er auf, als Iduna eintrat.

»Sie, mein gnädiges Fräulein?«

Iduna schloß die Tür hinter sich und lehnte sich dagegen.

»Ja, ich – *Klaus Weyersberg.*«

Gespannt sah er sie an.

»Ah, Sie wenigstens glauben mir?«

»Weil ich dir glauben will – weil – weil ich dich liebe. Ich komme zu dir, um dir zu sagen, daß ich dich heiraten will, damit diese leidige Sache ohne Eklat beigelegt wird. Ich muß dir sagen, daß Vater es auf einen Kampf ankommen lassen will, er hält dich für einen Schwindler.«

Langsam hatte er sich erhoben und stand stolz und aufrecht vor ihr.

»Er will mich dafür halten, weil ihm der Gedanke unerträglich ist, mir mein Erbe auszuliefern und wieder in die alten bescheidenen Verhältnisse zurückzusinken.«

Sie trat näher zu ihm heran.

»Du mußt bedenken, Klaus, daß das nicht leicht für ihn ist. Wir waren absolut sicher, daß du tot seist, und – du hast uns selbst in diesem Glauben bestärkt.«

»Niemals habe ich gesagt, daß Klaus Weyersberg tot ist, ich habe stets betont, daß ich der einzige Überlebende der Expedition sei.«

»Nun ja, aber du nanntest dich Doktor Horvath, und wir mußten annehmen, daß uns nun niemand mehr von hier verdrängen könnte. Du bist uns dafür eine Entschädigung schuldig, und deshalb – du weißt, ich bin schrecklich verliebt in dich – heirate mich, und alles ist gut.«

Plötzlich warf sie sich in seine Arme, umklammerte seinen Hals und preßte ihre Lippen wie in wilder Glut auf die seinen. Klaus erschrak, aber er merkte, daß diese Glut Komödie war.

Mit festem Griff umfaßte er sie und hielt sie von sich fern.

Sie lachte zu ihm auf.

»Nun sind wir verlobt, Klaus, und alles ist gut.«

Er schüttelte ernst den Kopf.

»Nein, wir sind nicht verlobt, aber ich will diesen Kuß für eine verwandtschaftliche Begrüßung nehmen, da wir immerhin Vetter und Base sind, wenn wir uns bisher auch kaum kannten.«

Sie stampfte mit dem Fuß auf.

»Klaus, du bist hoffentlich Kavalier und wirst eine Dame nicht beschämen, die dir gesagt hat, daß sie dich liebt, und dich geküßt hat.«

Er drückte sie einfach in einen Sessel.

»Ah, also auf diese Weise meinst du, jeden Mann bekommen zu können, den du haben willst? Nein, Base Iduna – mich nicht!«

Sie fuhr aus dem Sessel in die Höhe und wollte sich abermals in seine Arme werfen.

»Klaus, ich liebe dich doch! Soll ich erst die Leute zusammenrufen, damit sie mich mit dir in deinem Zimmer hinter verschlossenen Türen finden?«

Da er sie zurückschob, eilte sie an die elektrische Klingel und wollte klingeln. Er blieb ruhig stehen und sagte schroff und hart:

»Unterlaß das! Du würdest es sehr bereuen. Setz dich jetzt hierher!«

Er zog sie wieder zu dem Sessel heran, drückte sie hinein und schloß das Zimmer auf. Langsam wandte er sich darauf zu ihr zurück.

»In welchem Roman hast du gelesen, daß man auf solche fesselt? Das sind nämlich keine Männer, die sich mit dieser Methode einfangen lassen. Damit du endlich einsiehst, daß bei mir Mätzchen dieser Art nicht verfangen, will ich dir sagen, daß ich bereits verlobt bin.«

Kühl bis ans Herz hinan sah er bei diesen Worten auf sie herab.

Er merkte, daß sie erblaßte.

»Ach, was du nicht alles sagst und weißt!«

»Ja, ich weiß vielleicht mehr über dich als du selbst. Zum Beispiel weiß ich ganz genau, daß all deine koketten Manöver nur Selbstbetrug sind. Denn – du liebst im Grunde deines Herzens doch nur – Hans Holl!«

Blaß bis in die Lippen fuhr sie auf.

»Wie kannst du das behaupten – wie kommst du dazu, diesen Namen zu nennen?«

»Das erzähle ich dir vielleicht später einmal. Iduna – komm doch zu dir, verspiele dein Leben nicht – verspiele nicht dein Lebensglück. Wie kannst du einen Mann von dir weisen, der dich so liebt, wie Hans Holl es tut, und der obendrein deine erste, einzige und wahre Liebe ist?«

Sie starrte ihn an, und plötzlich warf sie die Arme über die Sessellehne und vergrub ihr Gesicht darinnen. Heftiges Schluchzen erschütterte sie.

»Was hilft das alles, er liebt mich ja nicht mehr, weil ich ihn verlassen habe.«

Er schob einen Sessel neben ihren und ließ sich darin

nieder. Sanft zog er ihr die Hände vom Gesicht und richtete sie auf.

»Doch, denke dir, dieser unvernünftige Mensch liebt dich noch immer, und ich glaube, er hofft sogar noch auf dich. Daß du ihn verlassen hast, trägt er wie ein großes Leid. Aber er behauptet, diese reiche Erbschaft sei wie eine Krankheit über dich gekommen, wenn du wieder arm würdest, wärest du auch bald wieder gesund.«

Sie schluchzte erneut auf, und die Tränen liefen ihr über die Wangen.

»Woher weißt du das, Klaus?«

»Nimm an, daß es mir ein Vöglein gesungen hätte. Jedenfalls weiß ich es. Und nun sei vernünftig, Iduna, genese von dieser Krankheit. Du mußt wieder gesunden, um glücklich werden zu können.«

Sie trocknete ihre Tränen und sah ihn mit einem seltsamen Blick an.

»Kann es denn noch ein Glück für mich geben? Wenn du wirklich deine Erbschaft antrittst, was bleibt dann für uns? Und Hans Holl ist doch auch arm! Wie sollen wir existieren?«

»Das wird sich alles finden, Iduna. Und wenn du mich nur ein bißchen kennen würdest, müßtest du wissen, daß ich euch nicht ins Elend stoßen werde. Es wird sich ein Weg finden, der dich zu deinem Glück führt. Denke einmal nach, wie schlecht dich diese Erbschaft gemacht hat. Warst du froh und glücklich dabei? Du bist vor Langeweile fast umgekommen! Weil du nicht mehr arbeiten wolltest, hast du dich in hirnverbrannte Ideen verrannt, in ›moderne Weltanschauungen‹ und so weiter. War das schön oder lobenswert? Besinne dich wieder auf dich selbst. Ersticke nicht deine besten und wertvollsten Eigenschaften unter dieser unsinnigen Koketterie, unter all dem Wust von Torheiten, mit denen du dich selbst beschwert hast. Habe den Mut, das alles abzuschütteln – und glücklich zu werden.«

Sie sah ihn fragend an.

»Ach, Klaus, glücklich kann ich nie mehr werden – glaube doch nicht, daß Hans Holl mir verzeihen könnte. Kein Mann kann das!«

»Er hat gesagt, es müsse eine armselige Liebe sein, die an so etwas sterben könne. Die seine ist jedenfalls nicht gestorben.«

Da mußte sie wieder weinen. Aber zugleich zog eine leise Hoffnung in ihr Herz. Sie faßte seine Hand und drückte sie.

»Klaus, du bist sehr gut zu mir, obwohl ich auch mit dir nur mein Spiel getrieben habe. Aber – du hast in deinem ganzen Wesen soviel Ähnlichkeit mit Hans Holl, deshalb war ich dir gleich ein bißchen gut. Und – wenn du mir nur helfen wolltest – vielleicht würde ich die Kraft finden, ein besserer Mensch zu werden.«

»An dieser Kraft wird es dir nicht fehlen. Aber nun geh auf dein Zimmer, und kühle dir die Augen. Und dann mach dich zum Ausreiten fertig. Ich will dir ein wenig Mut verschaffen, dich aufzuraffen – will versuchen, dir von weitem wenigstens Hans Holl zu zeigen. Er befindet sich wahrscheinlich im Fidesserhaus, die ganze Familie Holl ist von den Geschwistern eingeladen. Obwohl ich feierlich versprochen habe, dich heute von dort fernzuhalten, will ich mit dir so nahe wie möglich heranreiten. Irgendwie richte ich es dann schon ein, daß du Hans wenigstens von ferne sehen kannst.«

Sie sprang auf, wie von heftiger Sehnsucht getrieben.

»Ich bin in zehn Minuten fertig, Klaus. Unterwegs mußt du mir berichten, wie du all das in Erfahrung gebracht hast.«

»Nun ja, ich will dir alles sagen, das ist vielleicht das beste.«

Sie drückte ihm krampfhaft die Hand.

»Klaus – ich glaube, ich habe dir viel zu danken. Und deshalb sage ich dir, Vater wird mit dir kämpfen bis aufs letzte. Er will dich als Betrüger entlarven.«

»Laß ihn nur, ich fürchte ihn nicht.«

Schnell eilte Iduna in ihr Zimmer, kleidete sich um, kühlte ihre Augen und traf nach zehn Minuten mit Klaus unten in der Halle zusammen. Die Pferde waren schon gesattelt; Klaus half ihr aufsteigen und stieg selber auf.

Im Wohnzimmer am Fenster, hinter der Gardine verborgen, stand Kurt Weyersberg und starrte ihnen mit brennenden Augen nach. In der ersten Etage in ihrem Zimmer lag Frau Maria in einem Sessel, und Ruth saß neben ihr und suchte sie zu beruhigen.

Von unten her vernahm man das Geklapper von Pferdehufen.

»Iduna und Klaus Weyersberg reiten aus, Tante Maria. Jetzt wirst du versuchen, ein wenig zu schlafen, damit sich dein Kopfweh verliert. Ich werde inzwischen versuchen, Onkel Kurt gut zuzureden. Und sei ganz außer Sorge – es wird alles ins Lot kommen. Du kannst dich auf Klaus Weyersberg verlassen. Ich darf nur nicht mehr verraten.«

Die alte Dame faßte Ruths Hand.

»Du hast also alles gewußt, Ruth?«

»Ja, Tante Maria, aber – ich habe es selbst herausgefunden, daß er nicht Doktor Horvath, sondern Klaus Weyersberg ist. Erst als ich ihm das auf den Kopf zusagte, gab er es zu. Ich mußte ihm aber mein Wort geben, nicht darüber zu sprechen.«

»Nun, mag es sein, wie es will – mir ist ein Stein vom Herzen, daß er lebt und – daß wir dieses Erbe loswerden. Der liebe Gott wird schon weiterhelfen.«

18

Trude Holl zappelte vor Freude und Übermut.

»Ach Charlie, in einer Stunde sind meine Leute da! Wenn Sie wüßten, wie ich mich freue! Die ganze Welt möchte ich umarmen.«

»Bitte, fangen Sie damit gleich bei mir an«, sagte er, ein bißchen heiser vor unterdrückter Erregung.

Aber sie lief davon, Winnie entgegen, die eben herbeikam, und warf sich ihr in die Arme.

»Nur eine Stunde noch!« sagte sie aufatmend.

Es fiel weder Trude noch Charlie auf, wie sorgfältig sich Winnie heute zurecht gemacht hatte und daß sie viel reizender aussah als sonst. Sie hatte aber auch doppelt so lange vor dem Spiegel gestanden als sonst. Sie sah aber auch reizend aus.

»Ja, Trude, noch eine Stunde mußt du warten«, sagte sie und seufzte ein wenig.

»Mich dünkt, wir könnten eigentlich noch einen kleinen Spaziergang machen, wenigstens durch den Garten«, schlug Charlie vor und zog Trude mit sich fort.

Winnie folgte langsam und summte leise ein Lied vor sich hin. Trude und Charlie trieben allerlei Unsinn, und Winnie mußte lächelnd daran denken, wie sehr sich die kleine Trude in dieser kurzen Zeit gewandelt hatte. Wie schüchtern und verzagt war sie in Gravenstein immer gewesen, jetzt sprühte sie nur so vor Übermut! Ihr guter Charlie verlor auch sein Herz immer mehr an das süße kleine Ding. Eine Schönheit war Trude ja nicht gerade, aber Charlie war es ja auch nicht. Dafür war Trude sehr lieb und herzig und Charlie sehr gut. Die würden schon sehr glücklich miteinander werden.

Aber – wie würde es ihr ergehen? Würde es ihr gelingen, die Liebe Georg Holls zu erringen? Er hatte sie sehr freundlich und herzlich angesehen, als sie sich in Kassel von ihm verabschiedet hatte, aber – das war im besten Falle Sympathie. Würde es jemals mehr werden?

Jedenfalls sah sie der Ankunft des Autos noch sehnsüchtiger entgegen als Trude. Denn Georg Holl hatte einen tiefen Eindruck auf sie gemacht, und viel stärker als sein Bild hatte er selbst auf sie gewirkt mit seinen ernsten Augen, mit seiner sonoren Stimme und seiner großen, schlanken Gestalt.

Endlich war die Wartezeit vorüber. Die Autohupe ertönte, und bald darauf fuhr der Wagen vor der breiten Steintreppe vor. Es ging sehr lebhaft zu beim Aussteigen. Trude warf sich der Reihe nach um den Hals der Eltern und Brüder, und Charlie und Winnie sorgten für frohe, ungezwungene Stimmung.

Eine Viertelstunde später saß man um den Frühstückstisch. Winnie hatte dafür gesorgt, daß ihre Gäste gut verpflegt wurden.

Es ging sehr vergnügt zu an der großen, runden Tafel; selbstverständlich hatte Georg den Platz neben Winnie erhalten. Beide vertieften sich gleich wieder in ein separates Gespräch. Nach dem Frühstück wurde das Haus besichtigt, und wieder fand sich Georg an Winnies Seite. Er rühmte die schönen Chippendale-Möbel, einige herrliche Wedgwoodvasen erregten sein Entzücken. Winnie merkte bald, daß er ein feines Kunstverständnis hatte, und so kamen sie wieder in eine sehr angeregte Unterhaltung. Es fiel gar nicht auf, daß sie sich fast gar nicht um die andern kümmerten.

Es war für Trudes Eltern ein Genuß, durch die vornehmen Räume dieses Hauses zu gehen und sich alles erklären zu lassen. Charlie freundete sich indessen immer mehr mit Trudes Brüdern an und fand, daß sie famose Menschen seien, mit denen man sich angenehm und zwanglos unterhalten konnte. So kamen alle auf ihre Kosten.

Nachdem das Haus besichtigt war, ging es in den Garten hinaus zum Park hinüber. Bei herrlichstem Sonnenschein war dieser Spaziergang angenehm. Als man zum Tennisplatz kam, sagten die Brüder, daß sie mit der Handhabung des Raketts wohlvertraut seien, und so wurde gleich für den Nachmittag, wenn die alten Herrschaften eine Siesta halten würden, eine Tennispartie verabredet.

Hans Holl war am stillsten, wenn er auch nicht als Spielverderber gelten wollte. Seine Gedanken suchten Gravenstein, aber er wußte nicht, in welcher Himmelsrichtung es lag. Und wenn er auch nur mitgekommen war, weil Trude ihm versprochen hatte, er würde Iduna nicht begegnen, so war doch gerade heute, da er sich ihr so nahe wußte, seine Sehnsucht stärker als sonst. Ob es in Gravenstein auch so schön war wie hier im Fidesserhaus? Dann freilich, dann paßte Iduna nicht mehr zu ihm, dann mußte sie so verwöhnt sein, daß sie nicht die Gattin eines einfachen Ingenieurs werden konnte.

Er ahnte nicht, daß Iduna in diesem Augenblick ihm so nahe war, daß er sie hätte mit den Händen greifen können. Denn nachdem sie Klaus den Jagdstand für morgen früh gezeigt hatte, waren sie beide zum Fidesserhaus geritten. Ein Stück entfernt banden sie ihre Pferde an einem Baumstamm fest und schlichen sich an den Gartenzaun heran. Sie hörten hinter diesem Stimmen, Lachen und Plaudern, denn man kam eben vom Tennisplatz zurück. Durch eine Lücke in dem Rotdornzaun sah Iduna die Familie Holl mit den Geschwistern herankommen. Sie hielten sich alle ganz dicht am Zaun, doch Iduna konnte vorläufig Hans nicht sehen, da dieser mit Trude hinterherging und sich absichtlich mit ihr etwas zurückhielt. Erst als die andern vorüber waren, wurden die beiden sichtbar. Iduna stockte der Herzschlag, als sie das ernste, schmalgewordene Gesicht Hans Holls erblickte. Sie faßte instinktiv nach Klaus Weyersbergs Hand, als brauche sie einen Halt. Er sah mit einem guten Lächeln auf sie herab, und es freute ihn, daß sie so erregt war bei Hans Holls Anblick.

Idunas Herz sollte noch mehr aufgewühlt werden, denn sie hörte einen Teil der Unterhaltung zwischen Hans und Trude. Er fragte diese gerade:

»In welcher Richtung von hier liegt Gravenstein, Trude?«

Diese blieb stehen, überlegte einen Moment und gab ihm dann die Richtung an.

»Da drüben, Hans.«

»Ist es da drüben auch so vornehm wie hier?« fragte Hans weiter, mit traurigem Blick gerade dahin blickend, wo Iduna zitternd und bebend stand.

»Ja, Hans, mindestens ebenso vornehm, nur daß alles in einem anderen Stil eingerichtet ist.«

Hans seufzte tief auf.

»Dann ist es verständlich, wenn Ida sich dafür bedankt, die Frau eines armen Ingenieurs zu werden. Was könnte ich ihr bieten? Gar nichts im Vergleich zu dem, was sie jetzt hat.«

»Und ich sage dir, daß sie viel glücklicher wäre als Frau eines armen Ingenieurs, der sie so innig liebt wie du, als dauernd ein so hohles, unbefriedigtes Leben zu führen, wie sie es jetzt tut. Du kannst mir glauben, sie ist nicht glücklich.«

»Das ist gerade das Schlimmste von allem. Denn ich weiß, daß sie mich liebt, mich allein. Wie glücklich war sie die kurze Zeit, als sie meine heimliche Braut war. Nun erstickt sie ihr Empfinden in Glanz und Luxus und wird doch niemals froh und zufrieden werden. Und – gerade das quält mich unbeschreiblich.«

»Armer Hans, wenn ich dir doch helfen könnte!«

Weiter verstand Iduna nichts mehr, mit brennenden Augen sah sie hinter den beiden her. Dann wandte sie sich blaß und erregt zu Klaus um, der sie voll Güte und Mitleid ansah. Da warf sie sich plötzlich an seine Brust und schluchzte.

Er hielt sie fest umfangen und führte sie zu den Pferden

zurück. Ruhig ließ er sie weinen, das würde viel dummes, törichtes Zeug aus ihrem Herzen fortspülen. Erst als sie bei den Pferden angekommen waren, suchte er sie zu beruhigen.

»Weine nicht mehr, Iduna; wenn du willst, kann noch alles gut werden.«

»Er kann mir doch nicht verzeihen«, stieß sie hervor.

»Hast du nicht gehört, wie er darüber denkt?«

»Ja, jetzt! Aber wenn ich dann vor ihm stehen würde, wenn ich ihm sagen müßte, jetzt bin ich wieder arm, und nun will ich zu dir zurück, das würde er doch nicht verstehen können.«

»Mich dünkt, seine Liebe ist von der Art, die alles versteht und alles verzeiht. Aber – wenn du nun gleich jetzt zu ihm gehen würdest, ohne ihm zu verraten, daß du weißt, daß du wieder arm wirst, wenn du nun zu ihm sagtest: ob reich oder arm – ich kann und will nicht leben ohne dich. Sei mir wieder gut.«

Sie hob den Kopf und sah ihn starr an.

Man konnte ihr vom Gesicht ablesen, was sie in diesem Augenblick dachte.

Es hätte ihm leid getan, hätte sie nach seinem Vorschlag gehandelt. Dann war sie noch nicht ganz geläutert.

Deshalb atmete er wie erlöst auf, als sie nach einer Weile den Kopf zurückwarf und mit fester Stimme sagte:

»Nein – ich will ihn nicht belügen, er verdient das nicht. Eine offene und ehrliche Beichte will ich ablegen. Aber nicht jetzt und nicht in Gegenwart der andern. Da kann ich nicht reden, wie ich möchte. Klaus – du mußt mir eine Unterredung mit Hans vermitteln. Ganz allein muß ich mit ihm sein!«

Er überlegte, und seine Augen sahen warm und herzlich in die ihren.

»Bravo – nun bin ich sicher, daß du vollkommen fertig bist mit der alten Iduna.«

»Ja, ich werfe das alles von mir. Bitte, nenne mich von jetzt an Ida; mit dem dummen Namen werfe ich auch mein dummes, törichtes Wesen über Bord. Hilf mir, Klaus – du bist so gut zu mir – bitte hilf!«

Er streichelte ihr die Wange.

»Wenn du wüßtest, Ida, wieviel liebenswerter du plötzlich geworden bist. Ich freue mich aufrichtig darüber.«

Sie lachte ein wenig.

»Nicht wahr, es ist im Himmel mehr Freude über einen Sünder, der Buße tut, als über neunundneunzig Gerechte.«

»Jedenfalls bist du mir so viel lieber.«

»Und du hilfst mir, daß ich Hans allein und ungestört sprechen kann?«

»Ja, ich helfe dir. Aber wann soll das sein? Holls fahren schon heute abend nach Kassel zurück.«

Sie seufzte auf.

»Am liebsten spräche ich auf der Stelle mit ihm.«

»Dann müssen wir sehen, daß wir es heute noch in Ordnung bringen. Weißt du, ich werde zum Fidesserhaus hinüberreiten. Du wartest entweder auf mich im Wald oder reitest allein zurück. Ich werde zuerst mit Trude sprechen. Sie wird mir helfen, alles in die Wege zu leiten.«

Unsicher sah sie zu ihm auf.

»Ach, Trude – die ist mir böse und mit Recht. Ich habe sie schlecht behandelt – sie erinnerte mich immer an Hans, und dann bekam ich ein schlechtes Gewissen und machte allerlei Dummheiten. Sie wird mir kaum helfen wollen.«

»Doch, da kenne ich sie besser, sie wird es schon deshalb gern tun, weil sie weiß, daß ihr Bruder nur glücklich wird, wenn er dich wiederhat.«

Sie schlug die Hände vor das Gesicht.

»Ich bin es gar nicht wert, daß er mich so liebt.«

»Du wirst dessen wert werden, Ida. – In der Liebe geht es nicht immer nach Verdienst. Also, willst du im Wald auf mich warten, oder reitest du allein heim?«

»Nein, ich warte – dann erfahre ich es früher, ob ich ihn sehen und sprechen kann.«

»Gut! Sieh, hier auf diesem Stamm kannst du gut sitzen. Ich beeile mich.«

Sie nickte ihm zu und setzte sich gehorsam auf den Baumstamm. Er stieg zu Pferd und ritt davon.

Nach wenigen Minuten hielt Klaus sein Pferd vor der Steintreppe an, die zur Terrasse des Fidesserhauses hinaufführte. Die Herrschaften saßen plaudernd unter den aufgespannten Sonnenschirmen. Die Geschwister und Trude begrüßten Klaus lebhaft und erfreut.

»Wie nett von Ihnen«, rief Charlie, ihm die Hand entgegenstreckend, »daß Sie uns heute schon wieder aufsuchen. So können Sie wenigstens gleich unsere Gäste kennenlernen.«

Er führte ihn zu den andern. Nun kam ihm auch Winnie entgegen. Sie ahnte nicht, daß Georg Holl ihr mit einem betrübten Blick nachsah. Als er Winnie vor dem vornehmen, interessanten jungen Herrn stehen sah, schalt er sich einen Toren, daß er drauf und dran gewesen war, sein

Herz an Winnie Longwy zu verlieren. Die hatte sicherlich eine Menge Verehrer und brauchte sich nicht um einen armen kleinen Assessor zu kümmern.

Aber sein Herz schlug hart und laut, als Winnie schnell den Platz an seiner Seite wieder einnahm.

Nun begrüßte auch Trude den Besucher, und darauf stellte Charlie ihn den übrigen Holls vor. Klaus reichte allen herzlich die Hand. Mit besonders warmem Blick und Händedruck begrüßte er Hans Holl. Die beiden jungen Männer sahen sich groß und ernst in die Augen.

Klaus mußte Platz nehmen, aber er sagte, er sei nur zu einer Stippvisite herangekommen, weil er sich die Gelegenheit, Fräulein Trudes Verwandte kennenzulernen, nicht habe entgehen lassen wollen.

»Eigentlich habe ich ja versprochen, heute nicht zu kommen, um Sie und Ihre Gäste nicht zu stören.«

»Oh, Sie sind uns immer willkommen, Herr Doktor!« sagte Charlie.

Man plauderte eine Weile, und Hans Holl erfuhr bald, daß dieser Doktor Horvath als Gast in Gravenstein weilte. Wie gern hätte er ihm hundert Fragen vorgelegt, Ida Weyersberg betreffend, aber selbstverständlich unterließ er es.

Klaus wartete auf eine Gelegenheit, mit Trude ein paar Worte allein sprechen zu können, aber er wußte nicht, wie er das erreichen sollte. So mußte er diese Gelegenheit ein wenig gewaltsam herbeiführen.

Er erhob sich und trat an Charlie heran, der eben, etwas abseits stehend, einem Diener einen Auftrag erteilt hatte.

»Mr. Longwy, ich muß unbedingt einige Worte mit Fräulein Holl sprechen, ohne daß uns jemand zuhören kann. Sie können sich doch sehr leicht an sie heranschlängeln; als Hausherr haben Sie mehr Bewegungsfreiheit als Ihre Gäste. Und Sie brauchen ihr nur zuzuflüstern, daß ich ihr etwas von Fräulein Weyersberg auszurichten habe.«

Charlie sah gleich sehr abwehrend aus.

»Ist das wahr?«

»Allerdings!«

»Nein, nein, ich leide nicht, daß Fräulein Holl wieder gequält oder gekränkt wird! Sie steht unter meinem Schutz!«

»Sehe ich so aus, als ob ich Fräulein Holl eine Botschaft überbringen würde, die sie quälen oder kränken könnte?«

Charlie sah ihn an, dann lächelte er und reichte ihm die Hand.

»Nein, nein, verzeihen Sie mir. Aber offen gesagt, mir läuft jedesmal die Galle über, wenn ich nur den Namen von Fräulein Weyersberg höre.«

»Das wird wieder besser werden, Mr. Longwy. Also bitte, helfen Sie mir, mich meines Auftrages entledigen zu können. Mein Wort darauf, Fräulein Holl wird sich freuen über das, was ich ihr zu sagen habe.«

Charles bekam schon wieder Hemmungen.

»Am Ende will sie Fräulein Trude von uns fortlocken und wieder nach Gravenstein einladen!«

»Auch das brauchen Sie nicht zu befürchten.«

»Na gut, ich werde Fräulein Trude unter einem Vorwand loseisen. Wir treffen uns dann in der Halle.«

»Ich danke Ihnen.«

Charlie schlängelte sich an Trude heran, während Klaus die Aufmerksamkeit von ihm und Trude ablenkte.

Es dauerte nicht lange, da verschwand erst Trude, dann Charlie und zuletzt Klaus, ohne daß es den andern, die sich eifrig unterhielten, sonderlich aufgefallen wäre.

Als Klaus die Halle betrat, kam Trude schnell auf ihn zu.

»Sie bringen mir eine Botschaft von Iduna?«

Er lächelte.

»Nein, von Ida.«

Erstaunt sah sie ihn an, und auch Charlie machte große Augen.

»Von Ida? Wie meinen Sie das, es ist doch kein Unterschied in der Person?«

»Doch, doch, ein ganz gewaltiger Unterschied. Iduna ist nämlich mit einem Zauberstab berührt worden und – ist wieder Ida geworden. Sie hat sich vollständig verwandelt, bereut tief, daß sie jemals Iduna war, und – möchte das sehr gern jemandem sagen, der – nun dem sie einmal sehr weh getan hat.«

Erregt und ganz blaß werdend, faßte Trude seinen Arm.

»Sie meinen doch nicht – Hans?«

Er neigte den Kopf.

»Ja, Ihren Bruder Hans, den einzigen Menschen, den sie jemals wirklich geliebt hat und den sie noch immer liebt. Nur weil Sie, Fräulein Trude, sie immer sehr an Ihren Bruder erinnerten und weil dann ihr schlechtes Gewissen sich meldete, ist sie immer so garstig zu Ihnen gewesen und hat Sie doch immer wieder eingeladen, nur um durch Sie von Ihrem Bruder Hans zuhören.«

Trude sah von ihm zu Charlie und von Charlie zu ihm.

»Und das hat sie Ihnen gestanden?«

»Ja, das hat sie mir gestanden.«

»Ist denn ein Wunder geschehen?«

Er lachte.

»Ja, Fräulein Trude, es ist ein Wunder geschehen. Iduna hat eingesehen, daß sie als Ida viel glücklicher war, und nun will sie alles, was zu Iduna gehörte, von sich werfen und wieder die arme, aber glückliche Ida sein. Sie sehnt sich danach, Ihren Bruder Hans wiederzusehen und ihm all das sagen zu dürfen.«

»Aber, mein Gott, erklären Sie doch, das alles ist für mich so unverständlich.«

»Ja, ich muß das wohl etwas ausführlicher erklären. Aber ich bitte Sie, nur noch ein paar Tage geheimzuhalten, was ich Ihnen jetzt anvertrauen werde.«

»Selbstverständlich, wenn Sie es wünschen.«

»Gut! Also, zuerst den Grund, weshalb Ida mir plötzlich ihr Vertrauen geschenkt hat. Das geht eigentlich ganz natürlich zu, denn inzwischen hat sie von mir erfahren – daß wir Vetter und Base sind.«

Mit großen Augen sahen Charlie und Trude in Klaus Weyersbergs Gesicht.

»Vetter und Base? Ja – wie ist denn das möglich?« fragte Charlie fassungslos.

»Damit Sie das begreifen, muß ich Ihnen sagen, daß ich mich unter falscher Flagge in Ihren Freundeskreis und in Gravenstein eingeschlichen habe. Ich habe auch Ihnen erklärt, daß ich mich mit Klaus Weyersberg der Südpolexpedition angeschlossen hätte, und der einzige Überlebende von allen Teilnehmern sei. Das beruhte auch auf Wahrheit, wie alles sonst, was ich Ihnen über meine Erlebnisse berichtet habe – aber falsch ist mein Name Doktor Horvath. Dieser, mein bester Freund, ist so gestorben, wie ich es Ihnen von Klaus Weyersberg erzählt habe. Ich bin Klaus Weyersberg, der Totgeglaubte.«

Trude schrie ein wenig auf und preßte die Hände zusammen.

»O mein Gott, jetzt verstehe ich alles. Nun ist Ida also keine reiche Erbin mehr, sie ist wieder ebenso arm geworden wie zuvor?«

»Der Erbe bin ich, und ich werde das in den nächsten Tagen vor Gericht dokumentieren. Aber Ida soll deshalb nicht wieder so arm werden, wie sie gewesen ist. Ich werde weder sie noch ihre Eltern in ein sorgenvolles Dasein stürzen, nachdem sie sich berechtigt glaubten, sich als die Herren von Gravenstein ansehen zu dürfen. Jedenfalls hat dieser Umstand Ida gewaltig aufgeregt, aber sie hat sich zugleich von allen Schlacken befreit. Sie hat sich durch ihr Verhalten geradezu meine Hochachtung erworben, und es freut mich sehr, daß der gute Kern ihres Wesens wieder klar zutage tritt. Es ist wunderbar, wie sie sich gewandelt hat, und ich stehe nun hier in ihrem Auftrag. Sie weiß, daß Hans Holl hier ist, weiß, daß er ihr nicht unversöhnlich grollt, daß er sie noch immer liebt. Und sie und ich – wir haben vor einer Weile drüben an der Rotdornhecke gestanden und in den Garten hineingesehen. Ida sah Hans Holl mit Ihnen, Fräulein Trude, vorübergehen. Und der Anblick des Mannes, den sie im tiefsten Herzen immer geliebt hat, erschütterte sie so sehr, daß sie mir fassungslos weinend in die Arme fiel und mich anflehte, ihr eine Zusammenkunft unter vier Augen mit Hans Holl zu vermitteln. Ich wollte das in Ihre bewährten Hände legen, Fräulein Trude. Sie müssen das Ihrem Herrn Bruder nur schonend beibringen und ihm sagen: Sofern ihm daran liege, könne er Ida um vier Uhr auf dem Kreuzweg zwischen Gravenstein und dem Fidessergut antreffen. Ich hoffe, er wird dazu bereit sein. Seien auch Sie großmütig und vergessen Sie alles, was Ida Ihnen angetan hat. Auch Sie, Mr. Longwy, bitte ich, Fräulein Holl dabei zu helfen, ein paar Augenblicke ungestört mit ihrem Bruder sprechen zu können. Darf ich auf Sie zählen?«

Stumm und ergriffen nickten die beiden.

Nach einer Weile sagte Trude:

»Das dürfen Sie selbstverständlich, Herr Weyersberg. – Aber wir sind noch gar nicht dazu gekommen, Ihnen zu gratulieren, daß Sie leben – daß Sie heimgekommen sind.«

»Ah, deshalb wußten Sie so gut Bescheid im Fidesserhaus, kannten meine Großeltern und meine Mutter. Na, das wird ja eine schöne Umwälzung in Gravenstein geben. Was sagt denn Herr Weyersberg dazu?« fragte Charlie.

Ernst sah Klaus die beiden jungen Menschen an.

»Er hat sich nicht so leicht darein gefunden wie Ida. Er hat mir den Kampf angesagt, aber das wird ihm nichts helfen. Doch das alles bespreche ich ein andermal mit Ihnen, wenn alles geklärt und erledigt ist. Ich wollte vor allem erst einmal meiner Cousine helfen, denn da Ihr Herr Bruder nur heute hier ist und sie sich sonst keinen Rat weiß, war keine Zeit zu verlieren. Also, sie wird bestimmt um vier Uhr am Kreuzweg sein, und wir wollen hoffen, daß alles gutgeht und die unglücklich Liebenden bald ein glückliches Brautpaar werden. Bitte, sagen Sie

Ihrem Bruder noch, er solle nicht in Sorge sein wegen der Zukunft. Wenn alles klar ist, spreche ich mit ihm, damit wir beraten können, wie dem jungen Paar zu helfen ist.«

Trude lachte und weinte in einem Atem, drückte ihm die Hände und sagte:

»Ich werde das meine tun, seien Sie ganz unbesorgt. Hans wird um vier Uhr am Kreuzweg sein – und wenn ich ihn selber hinschleppen müßte.«

Charlie sah sie besorgt an.

»Aber nun keine Aufregung mehr, Fräulein Trude, das schadet Ihnen. Ich bin hier für Sie verantwortlich.«

Sie kehrten zu den andern zurück, die ihre Abwesenheit kaum bemerkt hatten.

Klaus verabschiedete sich sehr bald, denn er wußte, wie sehnsüchtig Ida auf seine Rückkehr wartete.

Als er sich von Hans Holl verabschiedete, sah er ihn mit ernstem, teilnahmsvollem Blick an. Die ganze Familie Holl gefiel ihm sehr, aber Hans Holl von allen am meisten.

Eilig ritt er in den Wald, wo er Ida verlassen hatte. Sie kam ihm schon ganz aufgeregt entgegen.

»Klaus! Er kommt natürlich nicht?« fragte sie heiser.

Er lachte ihr beruhigend zu.

»Er kommt doch! Trude Holl hat erklärt, daß sie ihn mit Gewalt zum Kreuzweg hinschleppen würde, wenn er nicht freiwillig gehen wollte.«

»So ist mir Trude wirklich nicht böse?«

Er sprang vom Pferd, faßte sie bei den Schultern und schüttelte sie lachend ein wenig.

»Du sagtest vorhin selber, Ida, im Himmel sei mehr

Freude über einen Sünder, der Buße tut, als über neunundneunzig Gerechte.«

Sie barg ihr Gesicht an seiner Brust.

»Lieber, guter Klaus, wenn ich dich nicht auf meiner Seite hätte, was sollte dann aus mir werden?«

»Ich hoffe ein guter, vernünftiger Mensch.«

»Wenn du wüßtest, wie mir zumute ist, Klaus! Aber nun laß uns heimkehren, ich muß Zeit und Ruhe haben, um mich auf die Begegnung mit Hans vorzubereiten. Hängt doch mein ganzes Lebensglück davon ab.«

Er half ihr in den Sattel. Als er ihr die Zügel reichte, sagte sie aufatmend:

»Das ist das letztemal, daß ich die in die Hand nehme. In Zukunft ist das Reiten für mich ein Luxus, den ich mir nicht mehr leisten kann.«

»Fällt dir der Verzicht sehr schwer?«

Da mußte sie ein wenig lachen.

»Nein, ich habe nie gern auf einem Pferd gesessen, es war nur vornehmes Gehabe, auf das ich nicht verzichten wollte. Ach, Klaus, was war ich für eine – dumme Gans!«

Er stieg lachend in den Sattel.

»Selbsterkenntnis ist der erste Schritt zur Besserung.«

»Nein, Klaus, nicht der erste, aber hoffentlich auch noch nicht der letzte.«

19

Inzwischen hatte sich Schwerwiegendes in Gravenstein ereignet.

Als Ruth Frau Maria verließ, schloß sie ganz leise hinter sich die Tür, um die Tante nicht beim Einschlafen zu stören. Da es lautlos still im ganzen Haus war, fiel ihr plötzlich auf, daß ein leiser, schleichender Schritt die Treppe heraufkam. Immer um Klaus besorgt und immer an seine Lage denkend, blieb sie neben einem Schrank stehen und verbarg sich hinter diesem. Schräg gegenüber lagen Klaus' Zimmer. Als Ruth vorsichtig um den Schrank herumschaute, sah sie plötzlich Onkel Kurt auf der obersten Stufe der Treppe. Vorsichtig sah er sich um und lauschte nach unten und nach beiden Seiten. Ruth rührte sich nicht, aber ihr Herz klopfte bis zum Hals hinauf. Was hatte der Onkel vor, weshalb schlich er so heimlich herum?

Sie sollte es gleich erfahren. Auf den Fußspitzen schlich er weiter, in die Richtung, wo Ruth versteckt stand. Aber sie rührte sich auch jetzt nicht von der Stelle, denn sie fühlte instinktiv, daß der Onkel nicht an ihr vorbeikommen würde, weil er es auf Klaus' Zimmer abgesehen hatte.

Und sie täuschte sich nicht. Vor der Tür zu Klaus' Zimmer machte er halt, noch einmal nach allen Seiten lauschend, so daß Ruth kaum wagte, Atem zu holen. Leise klinkte er die Tür auf, und gleich darauf war er im Zimmer verschwunden.

Aber nun kam Leben in Ruths regungslose Gestalt. Sie mußte wissen, was ihr Onkel vorhatte – oder vielmehr, sie wollte sich nur Gewißheit darüber verschaffen, denn sie ahnte, daß er nur heraufgekommen war, um sich in den Besitz von Klaus' Ausweis zu setzen. Seinen Paß wollte er sich aneignen, um es ihm unmöglich zu machen, sich zu legitimieren.

Lautlos wie ein Schatten glitt sie zur Tür und lauschte atemlos. Ganz deutlich hörte sie einen Schlüsselbund klirren. Sie hörte, wie ein Schlüssel in ein Schloß gesteckt wurde. In ihrer Sorge um Klaus beugte sie sich zum Schlüsselloch hinab. Sie sah, daß der Onkel alle Fächer des alten Pultes sorgfältig durchsuchte. Er brauchte ja keine Störung zu befürchten, da er wußte, daß Klaus mit Iduna ausgeritten war. Zitternd vor Erregung, überlegte Ruth, immer das Auge am Schlüsselloch, was sie tun müßte, um Klaus zu helfen.

Ehe sie sich noch darüber klar war, hörte sie einen leisen Freudenruf des Onkels. Er hatte endlich den Paß entdeckt und steckte ihn, nachdem er ihn aus der Schutzmappe gezogen und betrachtet hatte, in seine Rocktasche. Befriedigt schloß er den Schreibtisch zu und wandte sich zur Tür. Ganz deutlich konnte Ruth sein triumphierendes Gesicht sehen.

Schnell huschte sie wieder hinter den Schrank und wartete, bis der Onkel leise die Treppe hinunterging.

Als er verschwunden war, huschte sie lautlos hinter ihm her. Sie wußte nur eines – sie mußte verhindern, daß der Onkel diesen Paß vernichtete.

Ganz deutlich hörte sie, wie er unten wieder fester auftrat und zu seinem Arbeitszimmer ging.

Wie ein Schatten glitt sie hinter ihm her. Sollte sie nicht das Glück haben, ihn durch das Schlüsselloch beobachten zu können, wollte sie einfach bei ihm eindringen, um ihn irgendwie daran zu hindern, den gestohlenen Paß zu vernichten.

Abermals hatte sie Glück: sie konnte sehen, wie der Onkel den Paß aus seiner Brusttasche zog und ihn genau betrachtete. Dann trat er an den Schreibtisch, nachdem er zuvor einen Blick auf den Kamin geworfen hatte, in dem – wie fatal das war – gerade kein Feuer brannte. Aber auf seinem Schreibtisch standen Streichhölzer und ein Aschenbecher. Er legte den Paß neben diesem nieder und nahm die Streichhölzer zur Hand. Jetzt glaubte Ruth, daß der günstigste Moment gekommen sei. Schnell anklopfend, trat sie, ohne sein Herein abzuwarten, in das Zimmer.

Sich unbefangen stellend, sagte sie:

»Gottlob, die arme Tante ist eben eingeschlafen, und ich bin froh, daß sie zur Ruhe gekommen ist.«

Er wollte ärgerlich auffahren und ihr wegen der Störung einen Verweis erteilen, allein er unterließ es. Er schloß nur schnell ein Fach seines Schreibtisches auf und warf den Paß hinein. Dabei operierte er so, daß Ruth nicht sehen konnte, wessen er sich entledigte.

Den Schlüssel ließ er stecken.

Er hatte seinen Raub geborgen – ihm war, als falle ihm ein Stein vom Herzen. Nicht ahnend, daß Ruth genau wußte, was er soeben verwahrt hatte, sagte er, sich zu ihr wendend:

»So schläft sie? – Nun, das ist ja gut!«

Ruth suchte nach einem Vorwand, noch länger im Zimmer bleiben zu können. Um keinen Preis der Welt hätte sie ihn mit dem kostbaren Dokument allein lassen wollen.

»Hast du dich nun ein wenig beruhigt, Onkel Kurt? Du warst furchtbar aufgeregt. Es tut mir leid, daß ihr Gravenstein nicht behalten könnt, allein, es ist nichts daran zu ändern.«

»Ja, man erschrickt unwillkürlich über eine solche Nachricht. Ich hätte mich gar nicht aufregen sollen, denn ich bin fest davon überzeugt, daß dieser Doktor Horvath ein Schwindler ist.«

»Das kann ich nicht glauben«, sagte sie, sich mühsam zur Ruhe zwingend.

»Nun ja, euch Weiber besticht das blendende Äußere dieses Menschen, aber ich besitze mehr Menschenkenntnis, und irgendwie erschien er mir verdächtig. Aber, wie gesagt, ich hätte mich nicht aufregen sollen. Er mag beweisen, daß er Klaus Weyersberg ist, dann muß ich mich fügen – aber nur dann!«

Ruth mußte denken, daß gerade er es Klaus unmöglich machen wollte, seine Identität zu beweisen.

»Allerdings, beweisen muß er es«, sagte sie und dachte nur immer daran, wie sie sich in den Besitz des Passes bringen könnte.

Kurt Weyersberg schauerte plötzlich zusammen, als ob er fröre. Er hatte sich inzwischen überlegt, daß es sehr schwer sein würde, den Paß mit Hilfe von Streichhölzern zu verbrennen, und es war ihm ein Einfall gekommen.

»Ich weiß nicht, ob es die überstandene Aufregung ist oder ob es wirklich so kalt ist; ich friere entsetzlich. Du könntest veranlassen, daß etwas Feuer im Kamin gemacht wird.«

Feuer im Kamin! Sie wußte sofort, wozu es dienen sollte.

Er hatte wohl erwartet, sie würde einem der Dienstboten einen entsprechenden Auffrag persönlich erteilen, allein sie dachte nicht daran, das Zimmer zu verlassen. Sie wollte dem Onkel nicht einmal Gelegenheit geben, den Paß eventuell anderswo verstecken zu können.

Rasch entschlossen, und ehe er noch Zeit hatte, ihr zu befehlen, das Zimmer zu verlassen, drückte sie auf die Klingel, um irgendeinen Diener herbeizurufen.

Als dieser gleich darauf eintrat, sagte sie schnell:

»Machen Sie Feuer im Kamin, der gnädige Herr friert.«

Mit einer Verbeugung verschwand der Diener. Kurt Weyersberg wartete mit Ungeduld darauf, daß Ruth sich wieder entfernte. Leider war heute Sonntag, und daher konnte er sie nicht auf die Felder schicken. Aber er konnte die Zeit wenigstens ausfüllen, um ein wenig Komödie zu spielen.

»Wo sind denn Iduna und Doktor Horvath?«

»Sie sind eine Weile ausgeritten, hast du sie nicht fortreiten sehen? Ich wunderte mich eigentlich, daß Iduna noch Lust hatte, mit ihm auszureiten!«

»Wundert mich auch – hätte ich um die Absicht gewußt, würde ich es nicht zugelassen haben. Denn bevor dieser Doktor Horvath sich nicht anständig aus der Affäre gezogen hat, werde ich meiner Tochter nicht mehr gestatten, mit ihm zu verkehren. Außerdem werde ich ihn nach seiner Rückkehr ersuchen, Gravenstein zu verlassen.«

Ruth ließ sich in einen Sessel nieder, ihre Knie zitterten.

»Meinst du, daß er sich fortschicken lassen wird? Wenn er nun verlangte, daß *du* Gravenstein verläßt?«

Wütend fuhr er herum.

»Das soll er wagen! Ich wanke und weiche nicht, denn ich allein bin der wahre Erbe von Gravenstein. Übrigens – du könntest mich allein lassen, ich habe zu arbeiten.«

Das sagte er gerade, als der Diener mit einem Korb voll Holz hereinkam und im Kamin Feuer machte.

Aber Ruth blieb sitzen.

»Ich möchte einige wichtige geschäftliche Dinge mit dir besprechen, Onkel Kurt. In der Woche habe ich immer so wenig Zeit. Wir stehen vor der Heuernte, und es müssen einige Anschaffungen gemacht werden.«

»Dazu habe ich jetzt keine Zeit.«

»Es muß unbedingt jetzt besprochen werden, Onkel Kurt, du mußt schon einmal Zeit für mich haben. Vor allen Dingen brauche ich Geld; es sind, wie gesagt, einige Anschaffungen zu machen, das muß in dieser Woche geschehen, also muß es heute besprochen werden.«

In diesem Augenblick klingelte das Telefon. Dieses befand sich in einem kleinen Nebenzimmer, wo Kurt Weyersberg ungestört sprechen konnte.

Wohl oder übel mußte er jetzt hinüber an den Apparat. Da in demselben Augenblick der Diener das Zimmer verließ, sagte sich Ruth kurz entschlossen, jetzt oder nie sei die Gelegenheit, um sich den Paß anzueignen.

Kaum war sie allein, als sie hastig, aber lautlos an den Schreibtisch trat, leise den Schlüssel drehte und den Paß herausnahm.

Sie barg ihn im Ausschnitt ihres Kleides, schloß leise wieder zu und sank, blaß und erschöpft vor Aufregung, in ihren Sessel zurück.

Sie war fest entschlossen, sich um keinen Preis eher wieder von dem Paß zu trennen, als bis sie ihn Klaus ausliefern konnte. Scheinbar ruhig saß sie mit geschlossenen Augen da, als gleich darauf der Onkel wieder ins Zimmer trat.

»Nicht mal sonntags hat man seine Ruhe«, schimpfte er, »da muß der Pächter vom Vorwerksgut anläuten, daß sein Hund Jerry seit heute morgen verschwunden ist. So ein Unsinn, als wenn mich das interessieren könnte.«

Scheinbar ganz der Meinung ihres Onkels, sagte sie unwillig:

»Man soll eben besser auf den Hund achtgeben. Also, Onkel Kurt, wie ist es, wirst du achthundert Mark bis übermorgen flüssig machen können?«

Dieser sah sich um und merkte jetzt erst, daß der Diener verschwunden war.

»Wo ist denn der Diener hin?«

»Als du eintratest, ist er hinausgegangen. Sieh nur, wie munter das Feuer brennt! Da wirst du es bald warm haben. Weißt du was, ich hole nachher die Tante herunter, sobald sie ausgeschlafen hat. Sie fröstelte auch ein wenig, und hier hat sie es dann behaglich. Wahrscheinlich ist sie schon wieder wach, denn ich hörte eine Zimmerklingel, und nur Tante ist außer uns zu Hause.«

»Ach, laß sie schlafen!«

Aber das Schicksal wollte Ruth noch weiter helfen. Wie auf das Stichwort erschien plötzlich die Tante, die, von Unruhe getrieben, nach ihrem Gatten sehen wollte. Sie hatte keinen Schlaf gefunden.

Wie erlöst sprang Ruth auf und nötigte die Tante in den Lehnstuhl am Kamin.

»Komm, Tante Maria, wir haben uns hier ein Feuerchen machen lassen; setz dich ganz nah heran.«

Frau Maria warf einen scheuen Blick auf ihren Gatten.

»Ja wirklich, man kann ein bißchen Wärme vertragen. Die Zimmer sind hier alle so groß, man friert leicht. Ich störe doch nicht?«

Diese Frage galt ihrem Mann. Aber Ruth ließ diesem keine Zeit zu einer Antwort.

»Aber nein, Tante Maria, du störst gewiß nicht. Ich wollte dich schon holen. Ich werde im Wohnzimmer auch heizen lassen. Oder wollen wir alle drei ein wenig im Park spazierengehen? Dann wird man am schnellsten warm!«

Ruth hatte nur das Bestreben, den Onkel so lange wie möglich vom Schreibtisch fernzuhalten. Jedenfalls durfte nicht auf sie allein ein Verdacht fallen, denn wer konnte wissen, wessen er fähig sein würde, um das bedrohte Eigentum für sich zu retten.

Kurt Weyersberg fluchte innerlich, daß auch noch seine Frau zu ihm gekommen war. Was hatten die Weibsleute ausgerechnet heute in seinem Arbeitszimmer zu suchen! Weiß der Himmel, er konnte sie im Augenblick absolut nicht gebrauchen! Aber stutzig machen durfte er sie auch nicht. Gut denn, er wollte mit ihnen ein paar Minuten ins Freie gehen; dann aber würde er hierher zurückkehren, die Tür zuschließen und sich von keiner Menschenseele stören lassen.

»Ja, ja«, sagte er obenhin, »ich glaube wirklich, es kann nicht schaden, wenn man sich draußen ein wenig Bewegung verschafft. Aber das Feuer darf inzwischen nicht ausgehen, sonst wird es hier drinnen zu kalt.«

»Ich lege noch ein wenig nach, Onkel Kurt«, sagte Ruth und bediente den Kamin.

Kurt Weyersberg zog inzwischen den Schlüsselbund ab und schob ihn in die Tasche. Zum Glück hatte er das Fach nicht noch einmal aufgezogen.

Als man sich schon auf der Terrasse befand, huschte Ruth mit den Worten: »Ich hole dir noch ein Tuch, Tante, und komme gleich nach«, noch einmal in das Haus zurück.

Im Nu war sie wieder in des Onkels Arbeitszimmer, zerbrach mit zitternder Hand ein Streichholz und schob ein Stückchen in das Schloß, das der Onkel vor ein paar Minuten zugesperrt hatte.

So war Zeit gewonnen, und Klaus konnte den Paß vor neuen Anschlägen des Onkels in Sicherheit bringen.

Als Ruth, das schnell aufgeraffte Umschlagtuch der Tante in Händen, wieder auf die Terrasse hinaustrat, sprang ihr plötzlich der kleine Jerry entgegen, setzte sich, als wollte er betteln, auf die Hinterbeine und sah sie an, als wollte er fragen: Wo ist nun mein Herr, ich suche ihn schon den ganzen Tag.

Ruth mußte lachen, und doch trieb ihr die Nervosität das Wasser in die Augen. Sie streichelte den Hund.

»Such Herrchen, mein guter Jerry, bring ihn schnell herbei«, flüsterte sie ihm zu, und als hätte er verstanden, so setzte der Hund sich in Trab und jagte zum Parktor.

Als Ruth Onkel und Tante wieder erreicht hatte, sagte sie lachend: »Der Hund, dessentwegen der Pächter telefonierte, war eben auf der Terrasse.«

»Das dumme Vieh, er soll nur machen, daß er wieder zum Vorwerk kommt, sonst mache ich ihm Beine. Immer knurrt er mich an, wenn er mich sieht«, sagte der Onkel ärgerlich.

Ruth mußte denken: Kluger Jerry, du witterst die Feinde deines Herrn.

Während Kurt Weyersberg mit seiner Frau allein gewesen war, hatte sie schüchtern gefragt:

»Hast du dich nun etwas beruhigt, Kurt?«

Das Blut schoß ihm jäh in die Stirn, aber er beherrschte sich. Er mußte jetzt den in sein Schicksal Ergebenen spielen, damit niemand darauf kommen konnte, daß er den Paß entwendet hatte. Darum sagte er elegisch:

»Was hilft es, man muß sich beruhigen. Aber wenn ich alles so sicher wüßte, wie daß Doktor Horvath ein Schwindler ist, dann wäre ich allwissend.«

»Aber Kurt ...«

»Genug! Er mag vor Gericht beweisen, daß er der ist, der er zu sein behauptet. Aber ohne Beweise lasse ich mich nicht von dem Platz verdrängen, auf dem ich stehe.«

Das letzte klang schon wieder so gereizt, daß Frau Maria kein Wort mehr zugunsten Klaus Weyersbergs zu sagen wagte.

Sie zwang sich, von Ruth unterstützt, eine Unterhaltung in Gang zu bringen, allein Weyersberg beteiligte sich sehr wenig daran. Er wartete nur auf eine günstige Gelegenheit, um in das Haus zurückkehren und den Paß verbrennen zu können.

Tod und Teufel! Seit er Einsicht in den Paß genommen hatte, konnte er selbst nicht mehr daran zweifeln, daß dieser »Doktor Horvath« in Wirklichkeit Klaus Weyersberg war. Ein besonderes Kennzeichen auf dem einen Oberarm erwähnte der Paß. Also mußte auch dieses bei Horvath vorhanden sein. Unmöglich hätte er sonst darauf pochen können!

Und die Paßfotografie – nicht mehr ähnlich im allgemeinen, aber gewisse Einzelheiten waren immerhin vorhanden, die ...

Mit Ungeduld wartete Ruth darauf, daß der Onkel sich wieder in das Haus begebe. Als er allzulange zögerte, beschloß sie, selbst den Spaziergang abzubrechen, um Gelegenheit zu haben, wieder in Weyersbergs Arbeitszimmer zu gelangen.

Sie sagte deshalb, ihrer Meinung nach sei Tante Maria jetzt der Ruhe bedürftig; die Luft sei etwas rauh, und es sei an Onkels Kamin behaglicher als hier draußen.

Er zog unwillig die Stirn kraus. »Hast du nicht auch im Wohnzimmer heizen lassen?«

»Gewiß, aber gerade erst, als wir hinausgingen. Also dürfte es dort noch nicht warm genug sein. Darum wirst du uns noch für ein Weilchen bei dir aufnehmen müssen.«

»Ich habe zu arbeiten und wäre gern ungestört«, entgegnete er ziemlich unwirsch.

»Ja doch, Onkel, nur für ganz kurze Zeit gewähre uns noch Unterkunft. Außerdem mußt du mir unbedingt noch das Geld geben, um das ich dich bat. Ich brauche es dringend. Morgen in der Frühe, ehe du aufgestanden bist, soll der Bote schon in die Stadt fahren.«

Was half es, er mußte sich fügen. – Es kam ja schließlich nicht darauf an, ob der Paß eine halbe Stunde früher oder später den Flammen übergeben wurde.

So begab man sich in des Hausherrn Arbeitszimmer. Ruth brachte die Tante in einem dicht bei dem Kamin stehenden Lehnsessel unter und trat darauf mit dem Onkel an den Geldschrank.

Schnell notierte sie, was sie brauchte, das heißt, sie erweckte nur den Anschein, als ob sie sich beeile; in Wahrheit zögerte sie alles nach Möglichkeit hinaus. Als sie endlich das Geld in Händen hielt, hatte sie keinen Anlaß und Grund mehr, noch länger hier zu verweilen. Ihr sollte jedoch der Zufall zur Hilfe kommen.

Draußen fuhr ein Auto vor und brachte einen Nachbarn herbei, der um eine Unterredung mit Herrn Weyersberg nachsuchte. Es war Ruth bekannt, daß dieser Herr ein Anliegen an den Onkel hatte bezüglich einer Wiese, die er gern verkaufen wollte. Diese schob sich wie ein Keil in Gravensteiner Grund und Boden. Klaus Weyersbergs Vater hätte diese Wiese längst gern erworben, allein bisher hatte der Besitzer nichts von einem Verkauf wissen wollen.

Es war Ruth bekannt, daß dieser Herr momentan in Geldverlegenheit steckte, und so schoß es ihr beim Anblick des Autos sofort durch den Kopf, jener sei möglicherweise gekommen, um ein Kaufangebot zu machen.

Sie sprach das dem Onkel gegenüber auch aus und riet ihm dringend, die Gelegenheit zu nutzen.

»Justizrat Frensen muß die Kaufsumme bewilligen, das liegt klar auf der Hand, Onkel Kurt. Also bitte, besprich dich mit dem Herrn und sieh zu, daß der Kaufpreis nicht zu hoch wird. Oder wünschst du, daß ich an der Verhandlung teilnehme?«

Kurt Weyersberg nickte, denn er wußte, daß seine Nichte geschäftlich viel tüchtiger war als er, wußte auch, daß der Justizrat am ehesten etwas bewilligte, wenn Ruth es für nötig hielt. Dieser Nachbar kam ihm im Augenblick allerdings recht ungelegen. Er tröstete sich damit, daß der Paß bei ihm wohlverwahrt liege und daß er ihn verbrennen könnte, wenn er wollte.

Allerdings würde Doktor Horvath wahrscheinlich ein großes Geschrei erheben, wenn er den Verlust seines Ausweises bemerkte, aber man würde sich ihm gegenüber auf den Standpunkt stellen, daß das ein neuer Schwindel sei, um zu vertuschen, daß der Paß überhaupt nicht vorhanden gewesen sei.

So entschloß er sich, in Ruths Beisein mit dem Besucher zu verhandeln, und begab sich mit ihr in das Empfangszimmer, wohin man den Nachbarn geführt hatte.

Dieser machte tatsächlich ein Kaufangebot. Man verhandelte hin und her, und Ruth vornehmlich war es, die das Wort rührte.

Sie entfaltete eine ungewöhnliche Beredsamkeit und machte Einwendungen über Einwendungen – tat es in der Hauptsache, um möglichst viel Zeit zu gewinnen.

Endlich wurde draußen Hundegebell und Pferdegetrappel laut. Ein Blick durch das Fenster überzeugte sie davon, daß Klaus und Iduna zurückgekehrt waren.

Sie atmete erlöst auf. Jetzt endlich konnte sie tun, was sie mußte.

Auf einmal kam sie sehr rasch mit allen Verhandlungen zu Ende und empfahl sich dann schleunigst, weil sie noch in der Küche zu tun habe.

Kurt Weyersberg saß wie auf Kohlen! Wollte der Besucher sich denn immer noch nicht empfehlen? Es war doch gleich Mittagszeit. Alle Wetter, so kam er vor Tisch nicht einmal mehr dazu, den fatalen Wisch zu verbrennen!

Er gab zerstreute Antworten – er wußte kaum mehr, wovon der andere sprach, wonach er fragte.

Gottlob! Endlich stand der auf und empfahl sich.

Weyersberg hütete sich, ihn zu längerem Verweilen

aufzufordern. Mit einer gewissen Hast geleitete er ihn vielmehr zu seinem Wagen.

Er begab sich in das Haus zurück und beauftragte den Diener, in seinem Arbeitszimmer Feuerung nachzulegen.

Dann hörte er den Gong anschlagen, der ihn zum Mittagessen in das Speisezimmer rief.

20

Als Klaus und Ida von ihrem Ritt zurückkehrten, kam ihnen kurz vor dem Parktor der Hund Jerry entgegen. Er hatte bisher unablässig den Weg zwischen Parktor und Vorwerk immer wieder zurückgelegt wie in sehnsuchtsvoller Erwartung. Als er endlich seinen Herrn entdeckte, jaulte er vor Freude laut auf, sprang am Pferd empor und gebärdete sich wie närrisch.

»Was hat denn der Hund?« fragte Iduna erstaunt.

Klaus lächelte.

»Er ist der einzige, der mich erkannt hat, Ida. Wir haben schon auf dem Vorwerk Wiedersehen gefeiert, und nun hat er mich wohl hier aufgespürt. Es war nämlich mein Hund.«

Jerry lief wie toll vor Freude neben den Pferden her und beruhigte sich nicht eher, als bis Klaus vom Pferd sprang, ihm den Kopf kraulte und ihm versicherte, er sei ein kluger Hund. Da zeigte er schnell noch alle seine Kunststücke. Dann wies Klaus ihn in eine Ecke und sagte ruhig und bestimmt: »Kusch, Jerry! Ruhe!«

Da kroch Jerry artig in die Ecke, sah nur listig zu seinem Herrn auf, als wollte er sagen: Dir gehorche ich, sonst keinem.

Ida mußte über ihn lachen.

»Du, Klaus, der kennt dich wirklich!«

Sie ließ sich von Klaus vom Pferd heben. Dann ging sie mit Klaus ins Haus, und beide begaben sich in ihre Zimmer, um sich für die Tafel umzukleiden.

Als Klaus sein Wohnzimmer betrat, zuckte er betroffen zusammen, denn mitten im Zimmer stand blaß und erregt Ruth.

Schnell schloß er die Tür hinter sich.

»Ruth – um Gottes willen, du in meinem Zimmer? Wenn dich jemand sähe!«

Sie umfaßte seine beiden Hände.

»Verzeih, Klaus, aber ich mußte dich unbedingt allein sprechen und dir etwas zurückgeben.«

Sie zog den Paß aus ihrem Kleid und teilte ihm hastig in kurzen Worten das Nötigste mit.

»Du mußt deine Papiere besser verwahren, Klaus; du siehst, sie sind nicht sicher in deinem Schreibtisch, zu dem Onkel Kurt anscheinend einen Nachschlüssel besitzt. Behalte den Paß bei dir und laß dir nichts anmerken. Ich kann jetzt nicht länger hier bleiben, aber – heute nach Tisch, wenn Onkel und Tante Siesta halten, werde ich dich im Park erwarten. Ich muß dir alles ausführlich berichten.«

Er war sehr blaß geworden, küßte ihr tief bewegt die Hände und sah sie innig an.

»Du hast mir einen großen Dienst erwiesen, Ruth; es hätten sich sehr große Schwierigkeiten ergeben, wäre mir mein Paß abhanden gekommen. Das hätte ich Kurt Weyersberg nicht zugetraut! Also geh, mein geliebtes Herz, und sei unbesorgt, ich behalte den Paß bei mir und bringe ihn heute nachmittag, sobald wir uns gesprochen haben, in die Stadt zum Justizrat. Dort scheint er mir besser aufgehoben! Warte einen Moment, Ruth, ich will erst mal sehen, ob du unbemerkt mein Zimmer verlassen kannst. Ich bin für deinen Ruf verantwortlich.«

Er öffnete die Tür, lauschte nach allen Seiten und winkte Ruth dann stumm zu. Sie huschte hinaus und begab sich auf ihr Zimmer.

Sie fühlte sich wie erlöst, daß sie den Paß nicht mehr mit sich herumzutragen brauchte.

Nach einer Viertelstunde ging sie zu der Tante hinüber, um diese in das Speisezimmer hinabzugeleiten.

»Ach, Ruth, gut, daß du kommst. Sag mir doch, wie soll ich unsern Gast nun anreden? Sage ich Klaus zu ihm, wird Onkel wütend, und nenne ich ihn Doktor Horvath, kränke ich ihn wahrscheinlich.«

Ruth umarmte sie.

»Er weiß schon, daß du an ihn glaubst. Nenne ihn einfach: Herr Doktor! Denn auch Klaus Weyersberg hat seinen Doktor gemacht.«

Frau Maria nickte lebhaft.

»Ach, du weißt doch immer Rat, meine liebe Ruth. Aber da ruft der Gong; bitte komm zu Tisch.«

Sie gingen hinunter ins Speisezimmer, in das Kurt Weyersberg soeben eingetreten war. Da Ruth gerade erst den Nachbarn abfahren sah, war sie beruhigt, daß der Onkel sein Arbeitszimmer noch nicht wieder aufgesucht hatte.

Es herrschte heute eine sehr gedrückte Stimmung bei

Tisch. Ida und Klaus vermieden es beide, sich direkt anzusprechen. Frau Maria warf nur zuweilen einen ängstlich flehenden Blick zu Klaus hinüber, der ihr aber immer wieder beruhigend zulächelte.

Man war schon beim Braten angelangt, als Klaus an den Hausherrn die Frage richtete, ob er sich am Nachmittag ein Gewehr für den morgigen Jagdausflug aussuchen dürfe.

Kurt Weyersberg hatte eigentlich die Lust verloren, mit Klaus auf die Jagd zu gehen:

»Ich weiß nicht, ob ich mich beteiligen werde. Aber Sie können sich selbstverständlich ein Gewehr aussuchen. Bin ich morgen verhindert, gehen Sie eben allein.«

Klaus sah ihn ruhig an.

»Hätte ich nicht bereits meine Zusage gegeben, würde ich überhaupt verzichten.«

»Nun, ich gebe Ihnen heute abend Bescheid, ob ich mitkomme oder nicht. Sie können sich aber für alle Fälle ein Gewehr aussuchen, ich werde den Waffenschrank nachher aufschließen.«

Klaus verneigte sich dankend.

Nach einer Weile fragte Kurt Weyersberg mit einem schiefen, gehässigen Blick auf Klaus:

»Wann gedenken Sie Gravenstein zu verlassen?«

Klaus richtete sich auf.

»Ich werde heute zur Stadt fahren und Justizrat Frensen aufsuchen. Ich werde von ihm Rat einholen, ob ich hierbleiben oder ob ich, bis meine Sache entschieden ist, anderweitigen Aufenthalt wählen soll.«

Ein häßliches Lachen verzerrte hierauf Kurt Weyersbergs Gesicht.

»Sie werden besser daran tun, den Schauplatz Ihrer Tätigkeit zu wechseln, denn es dürfte Ihnen wohl schwerfallen, das zu beweisen, was Sie uns glauben machen wollten.«

Wenn er so sprach, mußte ihm bis zur Stunde verborgen geblieben sein, daß er sich nicht mehr im Besitz dessen befand, woran ihm gelegen war. Er glaubte jedenfalls, noch alle Trümpfe in Händen zu haben.

Wie dankbar war Klaus Ruth für ihr energisches Handeln.

Ida atmete auf einmal tief auf und sagte, den Vater groß ansehend, ruhig und bestimmt:

»Du wirst dich an den Gedanken gewöhnen müssen, Vater, daß *wir* Gravenstein verlassen müssen und nicht Klaus. Du irrst dich, wenn du annimmst, er sei ein Betrüger. Ich weiß, daß dieser Mann Klaus Weyersberg ist. Und wenn Hunde reden könnten, würde es dir Jerry bezeugen. So, wie der ihn begrüßt hat, wie der zu ihm aufsieht und ihm gehorcht, so gehorcht ein Hund nur seinem Herrn. Bitte versuch dich dareinzufügen, daß wir als Erben hier nicht mehr in Frage kommen.«

Frau Maria sah ihre Tochter mit strahlenden Augen an. Gottlob, sie hatte sich bereits in das Unvermeidliche gefunden.

Aber der Vater bekam einen roten Kopf, und in seinen hervorquellenden Augen lag maßlose Wut.

»Halte den Mund und kümmere dich nicht um Dinge, die dich nichts angehen!« schrie er sie an und schlug mit der Faust auf den Tisch.

Klaus winkte Ida verstohlen zu, sie möge schweigen.

Kurt Weyersberg beruhigte sich gewaltsam. Er sagte

sich, er müsse diplomatischer vorgehen, dürfe sich nicht so von seinen Empfindungen hinreißen lassen. Deshalb sagte er nach einer Weile:

»Sie müssen mir verzeihen, Herr Doktor, wenn mich die Erregung übermannt; es ist ja schließlich keine Kleinigkeit, um die es sich handelt. Wenn Sie wirklich Klaus Weyersberg sind und ich Ihnen mit meinem Verdacht unrecht tue, dann bin ich bereit, Ihnen Abbitte zu leisten. Aber wie gesagt, erst müssen Sie Beweise dafür erbringen, daß Ihre Behauptungen auf Wahrheit beruhen.«

Klaus durchschaute seinen Gegner. Weil dieser glaubte, ihn bereits mattgesetzt zu haben, weil er glaubte, er habe ihm den Boden unter den Füßen weggerissen, versuchte er jetzt einzulenken. Wenigstens zum Schein.

Ganz ruhig erwiderte er: »Die Zukunft wird es lehren, ob Sie mir abbitten werden, was Sie im ersten Groll gesagt haben. Lassen wir die Sache für den Augenblick ruhen. Wenn alles entschieden ist, werden wir weitersehen. – Ich nehme an, daß Herr Justizrat Frensen, den ich, wie ich bereits sagte, noch heute aufsuchen werde, mir raten wird, hier in Gravenstein zu bleiben, sobald ich Ihnen meine Beweise vorgelegt haben werde. In diesem Fall müßte ich um weitere Gastfreundschaft bitten, wenn ich heute abend zu Ihnen zurückkehre.«

Eine leichte Verneigung begleitete diese Worte.

Kurt Weyersberg zuckte etwas ironisch die Achseln.

»Ich enthalte mich vorläufig jeder Äußerung.«

Die Mahlzeit wurde heute schneller als sonst beendet. Da Kurt Weyersberg dem schweren Burgunder wieder ziemlich unmäßig zugesprochen hatte, wurde er so müde, daß er auf die Verbrennung des Passes vorläufig noch verzichtete und sich in sein Schlafzimmer zurückzog.

Klaus und Ruth verständigten sich durch einen Blick, daß jetzt die beste Gelegenheit sei, sich im Park zu treffen.

Ida aber legte den Arm um ihre Mutter und sagte bittend:

»Wenn du nicht sehr müde bist, Mutter, möchte ich dich bitten, mir eine Weile Gesellschaft zu leisten, ich habe etwas Wichtiges mit dir zu besprechen.«

Es war lange nicht mehr vorgekommen, daß Ida ihre Mutter so zärtlich umfaßte, daß die alte Dame ganz glücklich und überrascht zu ihr aufsah.

»Wie kann ich denn müde sein, wenn du mir etwas zu sagen hast, mein Kind«, entgegnete sie leise.

Arm in Arm wanderten Klaus und Ruth unter den Bäumen des Parkes einher.

Ihrer beider Herzen waren übervoll. Was hatte sich nicht alles inzwischen ereignet, wie mancherlei hatten sie einander mitzuteilen.

Ruth empfand es als eine unbeschreibliche Wohltat, sich von allem freireden zu können, was ihr auf der Seele lag. Nichts verschwieg sie dem Geliebten. Sie sprach von dem Entsetzen, das sie empfunden, als sie den Raub des Onkels entdeckte; von ihrer Aufregung, als sie ihm nachgeschlichen war; von dem, was ihre Brust durchzittert hatte, als sie, Gewalt gegen Gewalt setzend, schnell entschlossen den Paß an sich gebracht hatte.

Klaus drückte sie tief gerührt an sich.

»Ruth, Ruth, du kannst nicht ermessen, welchen Dienst du mir geleistet hast. Wäre es dem Onkel gelungen, den Paß zu vernichten, dürfte es schwer geworden sein, meine Identität zu beweisen.«

Unter Tränen lächelnd, sah sie zu ihm empor.

»Ach Klaus, Klaus!«

Mehr vermochte sie nicht zu sagen.

Erst nach einer Weile nahm sie wieder das Wort und sprach davon, wie froh sie gewesen sei über das Eintreffen des Gutsnachbarn, der das Angebot gemacht habe, ihm die Wiese abzukaufen, und daß die Verhandlungen von ihr hinausgezögert worden seien, um den Zeitpunkt hinauszuschieben, da der Onkel die Entwendung merkte und ihr einen schrecklichen Verdacht vielleicht ins Gesicht schleuderte.

Klaus lächelte zu ihren Worten. »Ob er das wagen wird? Nun, jedenfalls soll dich das nicht anfechten. Übrigens, was diese Wiese betrifft, mein Vater wollte sie schon damals erwerben, als ich noch zuhause war; aber er konnte sie damals nicht bekommen.«

Sie nickte.

»Das sagte uns auch der Gutsnachbar. Ich habe auch nicht nur für den Ankauf plädiert, weil ich Zeit gewinnen wollte, sondern ich halte den Kauf wirklich für vorteilhaft, denn Gravenstein wird dadurch abgerundet.«

Lächelnd sah er auf sie herab.

»Du wirst mir wohl mit manchem guten Rat zur Seite stehen müssen, meine Ruth, wenn ich hier erst die Zügel in die Hand nehmen kann.«

»Gottlob, daß ich mich auch dann noch ein wenig nützlich machen kann, sonst würde ich mir sehr überflüssig vorkommen.«

Er sah ihr tief in die Augen.

»Keine Sorge, das Gefühl, überflüssig zu sein, werde ich dir gründlich nehmen. Aber, meine Ruth, wir haben uns ja kaum sprechen können nach meiner Heimkehr, auch ich habe inzwischen allerlei Interessantes erlebt. Weißt du, was deine Cousine jetzt mit deiner Tante besprechen wird?«

Fragend sah sie zu ihm auf.

»Nun?«

»Sie wird ihr beichten, daß aus der törichten Iduna eine sehr vernünftige und brave Ida geworden ist.«

Ruths Augen strahlten.

»Ist das wirklich wahr?«

»Ja! Eine wundersame Wandlung ist mit ihr vorgegangen. Anfänglich suchte sie durch eine kühne Attacke auf mich ihre Position zu halten. Aber als sie hierin eine Enttäuschung erlebte, da ...« Und nun erzählte er ausführlich, wie sie sich auf sich besonnen und wie auf einmal ihr Verlangen nach Hans Holl erneut erwacht sei.

Ruth war sehr glücklich über diesen Bericht. Sie sagte lächelnd:

»Ich habe immer daran geglaubt, daß Iduna – nein, sie soll nun Ida heißen – wieder ein vernünftiges Menschenkind werden würde, sobald sie über ihre ›Reiche-Erbin-Torheiten‹ hinauskäme. Für Tante Maria freut es mich besonders, daß es nun soweit ist. – Wie glücklich wird sie sein, ihr Kind wiederzuhaben. Hast du ihr übrigens gesagt, wie es um uns beide steht?«

Er schüttelte den Kopf.

»Nein, das weiß noch kein Mensch, und – ich überlasse es dir, später die nötigen Erklärungen zu geben. Erst muß ich anerkannter Erbe von Gravenstein sein. Ein Weilchen muß ich noch Geduld haben, und auch du, mein geliebtes Herz.«

Ihre Augen strahlten ihn an, und ein schelmisches Lächeln spielte um ihren Mund.

»Ich habe keine Eile, daß es die andern erfahren, wie glücklich ich bin.«

Entzückt sah er sie an.

»Wenn du wüßtest, was es mich kostet, so kühl und fremd neben dir hergehen zu müssen, wo ich dich am liebsten nicht mehr aus meinen Armen ließe.«

Er zog sie näher an sich. Auge in Auge, Hand in Hand standen sie da. Mehr gönnte Klaus sich nicht, aber es wurde ihm schwer, sich zu beherrschen, zumal er sah, daß schrankenlose Liebe ihm aus Ruths Augen entgegenlachte.

Irgendwo schrie ein Vogel.

Sie fuhren auf aus ihrer Versunkenheit. Die Gegenwart hatte sie wieder.

Sich mit der Hand über das Gesicht fahrend, sagte Ruth:

»Du mußt in die Stadt, Klaus, um deinen Paß bei dem Justizrat in Sicherheit zu bringen. Ich habe Angst, unbeschreibliche Angst. Mir ist, als würde Onkel Kurt auf dem beschrittenen Pfad des Unrechts weitertaumeln.«

»Kind, du siehst Gespenster.«

»Nein, nein! So würdest du nicht sprechen, hättest du gesehen, was ich gesehen habe. Welcher wilde Triumph in seinen Augen aufleuchtete, als er den Paß in Händen hielt. Mir ist, als wäre ihm jedes Mittel recht, das ihm dazu verhilft, das Erbe nicht wieder herausgeben zu müssen.«

»Er wird es müssen. Und gerade weil auch ich ihm das Schlimmste zutraue, halte ich es für unerläßlich, nach Gravenstein zurückzukehren. Und jetzt keine weitere Angst und Unruhe. – Wie spät ist es übrigens? Drei Uhr! Dann ist keine Zeit mehr zu verlieren. Ich werde mir ganz einfach das Auto vorfahren lassen.«

Sie lachte ein wenig.

»Das will doch lieber ich beordern, Klaus; am Ende verweigert man dir vorläufig noch den Gehorsam.«

»Das sind ja schöne Aussichten für die Zukunft, Ruth, wenn die Frau mehr zu sagen hat als der Mann«, neckte er.

Sie sah ihn schelmisch an.

»Mich dünkt, dieser Mann wird sehr schnell die Oberhand gewinnen, ich bin jedenfalls darauf gefaßt.«

Er lachte hellauf.

»So geh, Ruth, und laß den Wagen vorfahren.« Sie nickte ihm zu und eilte davon.

Als Klaus am Haus ankam, stand der Wagen schon bereit. Der Chauffeur öffnete den Schlag, und ein Diener brachte Hut und Mantel für Klaus. Auch das hatte Ruth umsichtig angeordnet.

Frau Maria und Ida saßen indessen innig umschlungen auf dem Diwan des Wohnzimmers, und Ida legte ein volles Geständnis ab über all ihre Torheiten, über den wohltätigen Einfluß, den Klaus auf sie ausgeübt hatte, über ihre völlige Umwandlung und – über ihren Vorsatz, sich nachher mit Hans Holl zu treffen und ihn um Verzeihung zu bitten. Ach, wie wohl tat es der so lange vernachlässigten Mutter, daß sie ihr Kind wieder in den Armen halten, daß sie es trösten und streicheln durfte.

Lieb und gut redete sie der Tochter zu, ihr Hoffnung gebend, daß Hans Holl sie wieder voll Liebe an sein Herz nehmen und ihr alles verzeihen würde. Tiefste Dankbarkeit Klaus gegenüber, der Ida endlich zur Vernunft gebracht hatte, erfüllte ihr Herz. Sie bangte nicht vor der Zukunft, und das sagte sie auch der Tochter. Diese streichelte das Haar der Mutter.

»Du brauchst auch nicht bange zu sein, Mutter; Klaus hat mir versprochen, uns in jeder Weise zu helfen. Er hat sogar Verständnis für Vaters sinnlose Wut. Menschen wie er, sagte er, müssen sich in solchen Fällen austoben. Und wir wollen ihn ruhig austoben lassen.«

Frau Maria seufzte.

»Es wird uns auch nichts anderes übrigbleiben. Aber – da du mich so offen in dein Herz blicken läßt, muß auch ich dich in das meine blicken lassen, Ida. Zwischen Vater und mir ist vieles anders geworden. Ich habe ihn erst in der letzten Zeit richtig kennengelernt, und – ich kann ihm weder Hochachtung noch Liebe mehr entgegenbringen. Er hat mich, seit wir in Gravenstein sind, nur noch mißachtend behandelt, hat stets hochmütig über mich hinweggesehen. Und ich war doch gut genug für ihn in der Zeit, da wir arm waren und gemeinsam an unseren Sorgen trugen. Anfänglich hat es mir weh getan, mich innerlich von ihm loslösen zu müssen. Aber jetzt ist er mir fast gleichgültig geworden, und – nur meine Pflicht wird mich noch an seiner Seite festhalten, nichts als meine Pflicht.«

Ida sah die Mutter mitleidig an.

»Ich darf nicht auf Vater schelten, Mutter; war ich doch selbst in meinem törichten Wahn kalt und lieblos zu dir. Ich bin genauso garstig zu dir gewesen wie Vater, und das tut mir jetzt bitter leid. Verzeih mir, gute Mutter; verzeih mir und gib mir deinen Segen mit auf den Weg zu Hans. Dann wird es mir leichter gelingen, ihn zu bewegen, mir zu verzeihen.«

»Mein Segen ist immer und überall bei dir, meine Ida; er fehlte dir auch damals nicht, als du nichts mehr von mir wissen wolltest. Ach, wie heiß habe ich darum gebetet, du möchtest all deine Torheiten von dir werfen. Dies Gebet hat Gott erhört. Was eine Mutter von ihm erbittet mit der ganzen Innigkeit ihres Herzens, das erfüllt er auch.«

Viel hatten sich Mutter und Tochter noch zu sagen, und es war für beide eine Feierstunde. Alles wurde zwischen ihnen ausgelöscht, was nicht zwischen Mutter und Kind gehört. Erst gegen halb vier Uhr, als Ruth in das Zimmer trat, lösten sie sich voneinander.

Ida erhob sich und trat auf Ruth zu. Ihr die Hand entgegenstreckend, sagte sie:

»Ruth, auch zu dir bin ich oft sehr häßlich gewesen, habe dir dein nicht leichtes Amt noch mehr erschwert, weil ich mich im Innern immer vor dir geschämt habe. Ich habe von jeher gewußt, daß du ein viel besserer, wertvollerer Mensch bist als ich, aber es war immer ein Zwang in mir, dich zu verkleinern, zu demütigen, gerade weil ich fühlte, daß ich dir das Wasser nicht reichen konnte. Ich habe soeben meine Mutter für mein häßliches Wesen um Verzeihung gebeten, eine Mutter verzeiht ihren Kindern viel – alles.«

Sie schwieg, und nach einer Weile fuhr sie fort: »Du wirst mir nicht so leicht verzeihen können, aber ich bitte dich herzlich, es zu versuchen. Ich bin jetzt ebenso arm wie du, Ruth, und das geschieht mir recht. Ich habe es nicht anders verdient. Aber – du wirst es vielleicht nicht glauben – es ist wie eine Erleichterung für mich, das Wissen, daß ich nun wieder arm bin. Willst du gut zu mir sein, Ruth, und nicht Böses mit Bösem vergelten?«

Ruth bekam feuchte Augen. Sie nahm Ida fest in ihre Arme und sagte herzlich:

»Ich habe dir nie etwas nachgetragen, ich habe immer gewußt, daß dir in deiner Haut selbst nicht wohl war, sonst hättest du mir nicht weh getan. Frage Tante Maria, ob ich ihr das nicht immer zum Trost gesagt habe. Ich freue mich sehr, daß du zu deiner Mutter zurückgefunden hast. Du wirst nun wissen, daß der Platz am Herzen einer Mutter der schönste Platz auf der ganzen Welt ist, vielleicht der einzige, an dem wir nichts finden als schrankenloses Aufgehen in unseren Wünschen. Ich freue mich auch, daß du mir entgegenkommst, Ida; fast muß ich dich bewundern, daß du die Kraft gefunden hast, so schnell mit allen Torheiten fertig zu werden.«

Die beiden Cousinen küßten sich herzlich und sahen sich mit feuchten Augen an.

Dann verabschiedete sich Ida, sie wollte sich fertigmachen, um an den Kreuzweg zu gehen. Absichtlich kleidete sie sich sehr schlicht und einfach, aber sie verwandte doch sehr große Sorgfalt – denn sie wollte Hans gefallen und sein Herz zurückerobern. Dann war es Zeit für sie, aufzubrechen.

21

Als Klaus nach vollbrachter diplomatischer Mission das Fidesserhaus verlassen hatte, versuchten Winnie und Charlie wie zwei Verschwörer, Hans Holl mit seiner Schwester zu isolieren. Aber es gelang zunächst nicht, ihn von der Terrasse fortzulocken. Er fand es sehr schön in dem bequemen Liegestuhl und hatte keine Lust, mit im Garten herumzubummeln. Erst kurz vor der Mittagstafel wurde Charlie ziemlich deutlich, zog ihn aus dem Liegestuhl und meinte, es sei geraten, durch ein wenig Bewegung für den nötigen Appetit zu sorgen.

Hans hätte nun zwar der Wahrheit gemäß behaupten können, daß es ihm an Appetit nicht fehle. Aber er war nun einmal wieder auf den Füßen, und so ließ er sich von Charlie fortziehen.

»Lieber Herr Doktor, verzeihen Sie mir, daß ich Sie gestört habe, aber ich habe von Fräulein Trude den Auftrag, Sie hinüber an den Gartenzaun zu schicken; sie behauptet, Ihnen etwas sehr Wichtiges mitteilen zu müssen.«

Hans ließ seinen Blick zum Gartenzaun schweifen und sah dort tatsächlich seine Schwester stehen. Er mußte lachen.

»Ach, deshalb haben Sie schon verschiedentlich versucht, mich flottzumachen?«

Charlie nickte.

»Ah, dann verzeihen Sie meine Begriffsstutzigkeit, ich gehe sofort zu Trude hinüber. Vielen Dank für Ihre Bemühungen.«

»Bitte sehr, gern geschehen.«

Dann kehrte Charlie auf die Terrasse zurück und ließ sich befriedigt in den leergewordenen Liegestuhl fallen, von wo aus er sich vergnügt mit Trudes Eltern unterhielt. Winnie schien in ein sehr interessantes Gespräch über Kunstgeschichte mit Georg Holl vertieft zu sein, und Fritz Holl war mit einem Fotoapparat beschäftigt, mit dem er vorhin einige Aufnahmen gemacht hatte. Er wollte diese mit nach Hause bringen, um seiner vorerst noch heimlichen Braut, der kleinen Lehrerin, diese Bilder zu zeigen.

Die Eltern sahen ihm dabei zu, und Charlie fragte ihn allerlei, weil die Aufnahmen, die er mit seinem teuren Apparat bis jetzt gemacht hatte, zumeist mißlungen waren.

Inzwischen war Hans bei Trude angekommen.

»Du wolltest mich sprechen, Trude?«

Sie hängte sich bei ihm ein und ging mit ihm auf und ab.

»Ja, Hans, etwas sehr Wichtiges habe ich dir zu sagen. Du darfst dich aber nicht darüber aufregen.«

Er zuckte empor, und seine Augen bohrten sich tief in die ihren.

»Trude, du willst mir doch nichts von Ida sagen?«

»Doch, Hans, gerade von ihr. Weißt du, als wir vorhin hier denselben Weg gingen, vom Tennisplatz herüber, da – nun ja, da hat hier draußen am Zaun Ida gestanden und heimlich hereingesehen, weil – ach, Hans – weil sie so große Sehnsucht gehabt hat, dich einmal wiederzusehen.«

Das Blut stieg ihm in die Stirn, und bitter sagte er:

»Wollte sie sich an ihrem Opfer weiden?«

Trude drückte seinen Arm an sich.

»Nein, nein, ach nein, Hans! Weißt du, du hast ganz

recht gehabt, wenn du sagtest, sie liebe nur dich allein. Es ist wirklich so, Hans, und sie hat Doktor Horvath vorhin hierhergeschickt, um dies durch mich sagen zu lassen, daß – ja – daß sie dich herzlich bittet, heute nachmittag um vier Uhr an den Kreuzweg zu kommen.«

Er wurde todblaß und sah starr vor sich hin.

»Will sie wieder ihr Spiel mit mir treiben? Trude, du hast mir doch versprochen, ich sollte sie hier nicht zu sehen bekommen!«

Aber nun legte Trude sich ins Zeug; sagte ihm alles, was geschehen war und wie sehr sich Ida gewandelt habe.

Sie wurde ein beredter Anwalt ihrer Klientin. Geradezu mit feurigen Zungen wußte sie zu reden, und so gelang es ihr allmählich, die Eiskruste zu schmelzen, die um des Bruders Herz lag.

Sie atmete befriedigt auf, als er schließlich die Zusage gab, mit Ida sprechen zu wollen, und sich erkundigte, wie er zu besagtem Kreuzweg gelange.

Sie beschrieb alles ganz genau:

»Du hast höchstens zwanzig Minuten zu gehen, Hans; immer auf dem Weg, der durch den Wald führt. Den gehst du so weit, bis ihn ein anderer Weg kreuzt. Dort wirst du Ida um vier Uhr treffen. Es braucht niemand davon zu wissen, nur Charlie ist eingeweiht, weil er mir doch helfen sollte. Wenn die Eltern nach Tisch ihr Nickerchen machen und wir alle zum Tennisplatz gehen, verschwindest du stillschweigend und gehst zum Kreuzweg. Brauchst dann erst zum Tee wieder zurück zu sein, um fünf Uhr, ich sorge schon für eine Erklärung. Ach, Hans, wie ich mich freuen würde, wenn du doch noch glücklich werden könntest.«

Es zuckte um seine Lippen.

»Ich habe ihr aber leider nichts zu bieten, und sie wird sehr verwöhnt sein.«

»Darüber sollst du dir keine Sorgen machen. Klaus Weyersberg hat mir gesagt, er würde Ida und ihre Eltern nicht in Not kommen lassen und er wird irgendwie auch dazu helfen, daß ihr beiden heiraten könnt. Glaube mir, es wird keine vernünftigere und bescheidenere Frau in Zukunft geben als Ida.«

Bei der Rückkehr zur Terrasse entging es Trude nicht, daß Winnie und ihr Bruder Georg sich nach wie vor sehr lebhaft miteinander unterhielten. Sie bemerkte aber auch, daß beider Augen ungewöhnlich hell strahlten.

Ein Gebet stieg aus ihrem Herzen empor: Winnie und Georg – Hans und Ida ... Ach, und wenn dann auch Fritz seine kleine Lehrerin heiratete, wie schön würde das sein!

Und Charlie – seine Augen ruhten gerade mit dem Ausdruck innigster Liebe auf ihr –, sie erweiterte darum eiligst ihr Gebet, indem sie aus tiefster Seele hinzufügte: und Charlie und Trude!

Ob es der Himmel erhören würde, dieses Gebet?

Und als wollte Charlie ihr auf diese heimliche Frage Antwort geben, trat er zu ihr heran, faßte ihre Hand und sah ihr in die Augen.

»Nun, Fräulein Trude, haben Sie ein wenig Vorsehung gespielt?«

»So gut ich konnte, Charlie; aber ich weiß nicht, ob ich es recht gemacht habe.«

»Ich traue Ihnen in solchen Dingen ein großes Talent zu.«

»Wie meinen Sie das?«

»Es ist, wie mich dünkt, in Ihre Hand gegeben, glücklich zu machen. Wenn Sie dieses Talent auch ein wenig an mir erproben wollten.«

Sie wurde glühend rot, wich aber seinem Blick nicht aus und sagte leise:

»Wenn ich das könnte, wie gern wollte ich es tun.«

»Niemand außer Ihnen kann das tun, Trude!«

Ihre Augen wurden feucht. Aber da wurde Charlie sehr zu seinem Leidwesen gerufen.

»Immer wenn es am schönsten ist, kommt einem etwas dazwischen«, sagte er ärgerlich und ging davon.

Aber er nahm sich fest vor, Herrn Holl und seine Frau nicht eher fortzulassen, als bis sie ihm gestattet hatten, um Trude zu werben.

Hans saß wieder in seinem Liegestuhl, und seine Augen blickten versonnen ins Weite. Er dachte an Ida, an alles, was Trude ihm von ihrer Wandlung erzählt hatte.

Noch war ein leises Zagen in seinem Herzen. Würde diese Wandlung anhalten? Würde Ida nach dem luxuriösen Leben, das sie geführt hatte, in bescheidenen Verhältnissen zufrieden sein können. Und er hoffte doch auch voranzukommen. Er hatte das Wohlwollen seiner Vorgesetzten errungen, man hatte ihm bereits Andeutungen gemacht, daß er demnächst zum Oberingenieur befördert würde. Dann bekam er ein wesentlich höheres Gehalt.

Dann kam auch wieder der Stolz in ihm hoch, der tief gekränkte Stolz. Der wollte sein Herz verhärten, wollte sich auflehnen dagegen, daß er ihr wieder gut genug erschien, nun da sie von der erträumten Höhe herabgestürzt war. Würde es nicht eine Genugtuung für ihn sein, sie zurückzuweisen, wie sie ihn zurückgewiesen hatte? Aber das wurde niedergezwungen durch das weiche, gute Gefühl, durch seine Liebe, die noch genauso tief und stark war wie damals, als er mit ihr den ersten Kuß getauscht hatte.

Inzwischen war die Tischzeit herangerückt, und man begab sich in das Speisezimmer. Wieder fanden sich Winnie und Georg Seite an Seite. Bei Tisch fragte Winnie ihn, warum er die juristische Laufbahn einzuschlagen beabsichtige, warum er nicht lieber Rechtsanwalt werden wolle. Er lächelte ein wenig.

»Das wäre mir allerdings lieber, aber – als Rechtsanwalt braucht man Geld, um eine Praxis gründen zu können, um über die erste Zeit hinwegzukommen. Ich aber muß Geld verdienen, damit ich meine Eltern so schnell wie möglich entlasten kann. Meine Brüder sind ja schon so weit, daß sie die Eltern nicht mehr brauchen, und ich möchte auch möglichst bald soweit sein. Dann haben die Eltern nur noch für Trude einzustehen.«

Winnie sah lächelnd zu Trude und Charlie hinüber, die ebenfalls nebeneinander saßen.

»Sehen Sie doch bitte einmal da hinüber – betrachten Sie meinen Bruder und Trude. Fällt Ihnen da nichts auf? Ich glaube nicht, daß Trude noch lange auf ihre Eltern angewiesen sein wird.«

Georg sah mit seinen ernsten, klugen Augen zu den beiden hinüber, die einander strahlend ansahen. Er atmete tief auf.

»Was Sie da andeuten, mein gnädiges Fräulein, wage ich kaum zu glauben. Es wäre ein sehr großes Glück für meine kleine Schwester, nicht etwa weil Ihr Bruder ein vermögender Mann ist, denn Trude würde in den bescheidensten Verhältnissen glücklich sein können, sondern weil Ihr Bruder ein so prächtiger Mensch ist. Was aber würden Sie dazu sagen, wenn Ihr Bruder sich wirklich eine so arme Frau aussuchen würde?«

Mit großen, leuchtenden Augen sah Winnie ihn an.

»Pekuniäre Sorgen sollen, wie man mir einmal gesagt hat, die Liebe zum Fenster hinausjagen. Aber hier wären solche Sorgen nicht zu befürchten, Charlie hat genug für beide. Das ist die Hauptsache, sofern sie sich lieben. Und daß Trude meinen Bruder liebt, weiß ich so sicher, wie ich weiß, daß Charlie Trude liebt. Und ich werde Trude sehr gern als Schwester aufnehmen; sie ist ein liebes, gutes Geschöpf und wird meinen Bruder glücklich machen.«

»Es ist sehr schön, daß Sie so sprechen, und es freut mich sehr für meine Schwester.«

Winnie war das Herz übervoll. Sie wußte, fühlte, daß sie Georg liebte, wie sie noch keinen Mann geliebt hatte, und zum ersten Mal wußte sie auch bestimmt, daß, wenn es ihr gelang, Georg zu erobern, sie nicht zu fürchten brauchte, daß er sie ihres Geldes wegen heiraten würde. Das war ein Mann, der immer selbst für sich einstand. Aber wie beglückend für sie, falls sie seine Liebe erränge, ihm helfen zu können, sich als Rechtsanwalt niederzulassen. Vorläufig war es aber leider noch nicht soweit. Er sah sie zwar oft mit interessierten Blicken an, aber es erschien ihr ausgeschlossen, daß er sie ebenso lieben lernte, wie sie ihn in ihr Herz geschlossen hatte.

Georg interessierte sich aber doch sehr stark für Winnie. Sie hatte ihn schon beim ersten Zusammentreffen gefesselt durch ihre kluge, natürliche Art, durch ihre schlichten und vernünftigen Ansichten. Wie sehr er selbst dazu beigetragen hatte, daß sie ein so liebenswerter Mensch geworden war, ahnte er nicht. Es kam ihm vorläufig noch gar nicht in den Sinn, daran zu denken, daß dieses reiche, liebenswürdige Mädchen geneigt sein könne, seine Frau zu werden.

Nach Tisch, als die Eltern Holl sich zu einer kurzen Mittagsruhe zurückziehen wollten, ließ Charlie die andern ruhig zu den Tennisplätzen aufbrechen. Er blieb noch ein Weilchen bei den alten Herrschaften sitzen, die heute am liebsten auf ihr Mittagsschläfchen verzichtet hätten, weil ihnen jede Minute dieses schönen Tages kostbar erschien. Aber ihre Kinder hatten darauf bestanden, daß sie ruhen müßten. Sie vertrauten daraufhin Charlie an, daß sie, statt ein Nickerchen zu machen, viel lieber draußen im Sonnenschein auf der Terrasse verweilen möchten. Charlie war sofort bereit, ihnen dazu zu verhelfen.

»Aber vorher müssen Sie mir einige Minuten Gehör schenken.«

Dazu waren nun wieder die Eltern gern bereit, und Vater Holl sagte lächelnd:

»Wir sind ganz Ohr, Mr. Longwy.«

Aber die alten Leute waren nicht gefaßt auf das, was Charlie ihnen jetzt kurz und bündig sagte:

»Meine sehr verehrten Herrschaften, ich liebe Ihre Tochter Trude und möchte sie zu meiner Frau machen. Zwar weiß ich noch nicht, ob sie damit einverstanden ist, aber ich glaube, daß sie mir wohlgesinnt ist, obwohl ich nicht gerade ein berückendes Äußere habe. Damit ich nun ohne alle Unruhe und mit allen Vollmachten ernsthaft um sie werben kann, bitte ich Sie um Ihre Einwilligung. Ich fühle mich nämlich nicht imstande, ihr noch lange meine Gefühle zu verschweigen. Und – das sage ich auch gleich, lange auf eine Hochzeit warten kann und will ich ebenfalls nicht. Ich habe Trude nötig wie das liebe Brot, ohne sie bin ich nur noch ein halber Mensch. Am liebsten ließe ich sie überhaupt gar nicht mehr fort aus dem Fidesserhaus, aber das wird ja wohl nicht gehen. Wenn sie meine Braut ist, muß sie selbstverständlich bis zur Hochzeit ins Elternhaus zurückkehren. Ich werde dann wohl jeden Tag auf einen Rutsch nach Kassel kommen müssen, damit ich mir eine Auffrischung holen und mich überzeugen kann, daß Trude wohlauf und munter ist. So – und nun können Sie reden, meine sehr verehrten Herrschaften, aber Sie müssen mir versprechen, daß Trude vorläufig kein Wort von meiner Werbung erfährt.«

Fassungslos hatten Trudes Eltern zugehört. Unwillkürlich faßten sie sich beide an den Händen. Als er endlich fertig war, liefen Frau Holl die hellen Tränen über das Gesicht. Ihre Trude, ihr kleines Mädchen, sollte die Frau dieses reichen, vornehmen Mannes werden, sollte als Herrin hier in dieses wunderschöne Haus einziehen.

Frau Holl konnte kein Wort hervorbringen; sie sah Charlie nur halb lachend, halb weinend an und griff nach seiner Hand. Die andere ergriff der Rechnungsrat, während er erregt hervorstotterte:

»Das ist ja ein unbeschreiblich großes Glück für unsere Tochter, Mr. Longwy; Sie können das kaum ermessen. Arme Mädchen finden heutzutage selten Männer. Und nun soll unsere kleine Trude einen Mann bekommen, der sie so lieb hat wie Sie?! Was sollen wir alten Leute dazu sagen? Wir können nur die Hände falten, dem lieben Gott danken und ihn bitten, daß er Ihnen Trudes Herz zuwendet. Denn, sehen Sie, lieber Mr. Longwy, ohne Liebe heiraten die Hollkinder nun mal nicht. Das steht fest.«

Charlie drückte die Hände der alten Herrschaften und küßte die der Mutter.

»Das weiß ich, und gerade das ist das schönste. Sie sollen mir auch nur Ihren Segen geben und Ihre Einwilligung, daß ich Trude zu meiner Frau machen darf, sofern sie es will.«

»Dazu geben wir von Herzen unseren Segen, lieber Mr. Longwy.«

Charlie sprang auf. Seine Augen strahlten, sein rotblonder Haarschopf bäumte sich auf, seine breite Brust dehnte sich, und ein frohes Lächeln lag auf seinem guten Gesicht.

»So, jetzt halte ich es hier aber nicht mehr aus, verzeihen Sie, ich muß auf den Tennisplatz. Aber erst bringe ich Sie noch auf die Terrasse und wickle Sie auf den Liegestühlen in warme Decken, damit Sie ein behagliches Ruhestündchen im Sonnenschein genießen können. Zum Tee sind wir alle wieder hier.«

Er schleppte die Decken herbei, verstaute die beiden alten Leute, legte ihnen Kissen unter den Kopf, lachte ihnen zu und sprang mit großen Sätzen davon. Strahlend sahen sich die Eltern an.

Sie hielten sich an den Händen und träumten von dem Glück ihrer Tochter. Schlafen mochten sie nicht; hier war alles viel zu schön, um nur eine Sekunde zu verschlafen.

Als Charlie auf dem Tennisplatz ankam, war schon ein Spiel im Gange. Winnie und Georg spielten gegen Trude und Fritz. Hans saß abseits – schon auf dem Sprung, nach dem Kreuzweg zu verschwinden.

Lachend winkte Trude Charlie zu und flog hin und her, um die Bälle aufzufangen und zurückzuwerfen.

Charlie wußte, daß Hans wie auf Kohlen saß, und operierte so geschickt, daß er jetzt unauffällig verschwinden konnte.

Bis zum Ende dieses Spieles durfte Trude mithalten, dann nahm ihr Charlie ruhig und bestimmt das Rakett aus der Hand und sagte:

»Jetzt ist es genug, mein Kind. Hier schnell in den Mantel geschlüpft und sich artig dorthin in die Sonne auf den Stuhl gesetzt.«

»Dann kann ja Hans für Trude einspringen«, meinte Fritz.

Aber als sie sich nach Hans umsahen, war dieser verschwunden.

»Hans macht inzwischen einen Waldspaziergang, ihr müßt zu dritt spielen, wenn Charlie nicht mithalten will«, meinte Trude.

»Ausgeschlossen, ich habe Familiensorgen und muß mich ihnen widmen«, protestierte Charlie.

So spielten die andern zu dritt weiter, und Charlie konnte sich ganz ungestört Trude widmen.

22

Inzwischen war Hans Holl auf dem Weg zum Rendezvousplatz, wo er Ida treffen sollte. Er kam reichlich früh; es war zehn Minuten vor vier Uhr, als er auf dem Kreuzweg ankam. Wartend ging er auf und ab, und die Zeit wurde ihm fast unerträglich lang. Endlich sah er eine schlanke Frauengestalt auf dem Weg von Gravenstein herankommen. Dem ersten Impuls folgend, wollte er ihr entgegeneilen, aber dann bannte ihn doch wieder sein Stolz an die Stelle, wo er sich befand. Er war sehr blaß, und seine Augen brannten.

Ida kam immer näher, und immer ängstlicher und flehender sah sie in sein Gesicht. All ihre lange unterdrückte Liebe wurde lebendig. Unwillkürlich hob sie flehend die Hände zu Hans empor. Erst jetzt wurde ihr völlig klar, was sie ihm angetan hatte, jetzt, da sie in sein zerquältes, blasses Gesicht sah.

Sie blieb einige Schritte von ihm entfernt stehen. Sie krampfte die Hände zusammen, und ihre Lippen bebten. Wieder hob sie flehend die Hände und sah Hans mit feuchtschimmernden Augen an.

»Hans, vergib!« sagte sie leise, ganz gebrochen und gedemütigt. Da konnte er nicht mehr an seinen verletzten Stolz denken, nicht mehr an das, was er gelitten hatte. Vor ihm stand die Frau, die er liebte, treu und unwandelbar.

Er breitete die Arme aus: »Ida!«

Aufschluchzend lief sie in die sich ihr entgegenstrekkenden Arme. Er umfing sie mit festem Druck; wie einer, der lange gedurstet hat, preßte er seine Lippen auf die ihren, und sie küßten sich, wie sie sich das erstemal geküßt hatten. Vielleicht noch heißer, inniger und glückseliger als damals, denn inzwischen war ihre Liebe durch Schmerzen vertieft und geläutert.

Nach langer Zeit richtete sich Ida auf und sah Hans flehend an.

»Wirst du mir verzeihen, wirst du alles vergessen können, Hans?«

»Schweig, sei ganz still! Das alles ist vorüber, wir wollen nie mehr davon sprechen. Du warst krank, meine Ida, jetzt bist du wieder genesen, und nun wollen wir ein neues Leben beginnen. Aber bedenke wohl, es wird ein sehr bescheidenes Leben sein, du wirst viel vermissen.«

Besorgt sah er bei diesen Worten auf sie herab.

»Lieber mit dir hungern, als ohne dich ein Leben in Luxus führen. Ich habe immer empfunden, daß ein Dasein ohne dich für mich unerträglich ist. Nur wollte ich es mir nicht eingestehen. So schlecht war ich geworden, Hans, weil ich dich von mir gewiesen hatte. Ich habe mich selbst verabscheut. Es war, als sei mein guter Geist von mir gewichen. Du sollst dich aber nicht mehr zu beklagen haben, jetzt bin ich wirklich wieder gesund an Leib und Seele. Und – glücklich bin ich, Hans, unbeschreiblich glücklich, weil ich dich wiederhabe.«

Sie küßten sich abermals so heiß und innig, als müßten sie alles nachholen, was sie bis zur Stunde versäumt hatten.

»Ich muß es wenigstens einmal sehen, dieses Gravenstein, das dich mir genommen hatte.«

»Ja, Hans, sieh es dir nur an, es liegt schön und friedlich da, aber es herrscht Unfrieden darinnen. Deshalb möchte ich auch nicht, daß du mich jetzt zu den Eltern begleitest. Du weißt ja, daß mein Vetter Klaus zurückgekehrt ist. Vater erstickt fast vor Groll, daß er das Erbe wieder hergeben muß, das er ja eigentlich noch gar nicht besessen hatte.

Mutter weiß, daß ich jetzt bei dir bin, und ihr Segen ist mit mir. Aber Vater können wir jetzt nicht mit unserer Liebe kommen, ich fürchte, er würde sehr wenig Interesse dafür haben.«

»So komm mit mir zum Fidesserhaus, dort sind die Meinen, und ich will dich ihnen als meine Braut vorstellen.«

Sie schmiegte sich zärtlich und hingebungsvoll an ihn.

»Sei nicht böse, wenn ich dir jetzt nicht folge. Ich fürchte, alle würden mir einen schlechten Empfang bereiten und – leider zu Recht.«

»Kein böses Wort, kein scheeler Blick soll dich treffen, Ida, dafür stehe ich ein. Meine Leute wissen, wie sehr ich um dich gelitten habe, sie werden mir deshalb mein zurückerobertes Glück gönnen.«

»Trotzdem bitte ich, daß ich dich jetzt nicht begleiten muß. Ich will nicht, daß man deine Braut mit vorwurfsvollen Augen empfängt. Morgen vormittag, wenn ihr fort seid, gehe ich allein zum Fidesserhaus. Es wird ein Bußgang sein, denn ich habe nicht nur Trude, sondern auch Winnie und Charlie vieles abzubitten. Ich war sehr häßlich zu ihnen allen. Dafür muß ich erst Verzeihung erhalten. Dann habe ich auch den Mut, vor deine Eltern zu treten. Glaube mir, es ist besser so. Ich werde Winnie und Charlie bitten, daß sie euch alle noch einmal zu sich herausbitten, und dann können wir Verlobung feiern. Inzwischen wird sich auch die Lage auf Gravenstein geklärt haben. Klaus ist heute nachmittag in die Stadt gefahren, zum Rechtsbeistand seines verstorbenen Vaters. Dort wird er mit dem Justizrat alles Nötige besprechen. Wenn er als rechtmäßiger Erbe anerkannt ist, dann wird wohl auch Vater sich fügen müssen. Will's Gott, können wir dann ohne diese Sorgen und Beunruhigungen unser Verlobungsfest feiern. Ist es dir recht so?«

Er zog sie an sich.

»Ich sehe ein, Ida, daß es so richtiger ist. Aber – das mußt du mir versprechen, mit der Hochzeit wollen wir nicht lange warten. Ich sehe mich gleich nach einer hübschen kleinen Wohnung für uns um. Und es wird schon gehen, Ida, ich werde vorwärtskommen und dir mit der Zeit ein besseres Leben bieten können.«

»Ich bin ganz beruhigt, Hans, wir richten uns ein. Was ich persönlich brauche, habe ich für lange Zeit im Vorrat, und ich werde sparsam damit umgehen. Und arbeiten will ich – ich freue mich auf Arbeit, denn nur, wenn man Arbeit hat, kann man froh sein.«

Seine Augen strahlten sie an.

»Wie froh macht es mich, dich so reden zu hören, meine Ida!«

Sie küßten sich wieder. Und dann kamen sie am Vorwerk vorbei. Ida erklärte Hans, daß die Mutter sich immer nach diesem Häuschen gesehnt habe, sie wäre darin sicher glücklicher geworden als im Herrenhaus.

Hans betrachtete das Haus.

»Kann ich mir denken, es würde zu deiner guten Mutter passen, es ist sehr hübsch und freundlich.«

Sie gingen weiter, hatten sich noch viel zu sagen und

standen, viel zu früh, am Parktor, von wo aus Hans das Gravensteiner Herrenhaus sehen konnte. Mit großen Augen blickte er hin.

»Ein schöner alter Herrensitz! Du wirst viel entbehren müssen, Ida.«

»Das ist längst überwunden, Hans. Wenn Gravenstein auch noch so schön ist – du warst nicht dort. Wie hätte ich da glücklich sein können!«

Es war an der Zeit, sich zu trennen. Hans mußte zum Fidesserhaus zurück, und Ida wurde daheim zum Tee erwartet. Schnell verabredeten sie, daß sie sich schreiben wollten, bis sie sich wiedersehen würden.

»Jeden Tag erhältst du einen Brief von mir, lieber Hans!«

»So häufig werde ich dir nicht schreiben können, Ida, aber sooft ich kann, werde ich es tun.«

Noch einmal umarmten und küßten sie sich, sahen sich in die Augen, sich fest bei den Händen haltend. Dann riß Ida sich los und schritt durch das Parktor.

Hans blieb stehen, bis sie verschwunden war. Sie wandte sich noch einmal um und winkte ihm zu. Da atmete er wie erlöst auf. Er konnte noch gar nicht so recht an sein Glück glauben, aber viel zuversichtlicher als zuvor eilte er zum Fidesserhaus zurück.

Als Ida das Herrenhaus betrat, sah sie gerade Ruth die Treppe herabkommen.

»Ist Vater schon wach?«

»Nein, Ida, er schläft noch immer, ich habe gerade an seiner Schlafzimmertür gelauscht; er schnarcht fürchterlich.«

Sie mußten beide lachen. Ida umfaßte Ruth, küßte sie herzlich und sagte tiefbewegt:

»Du sollst es wissen, Ruth, Hans Holl hat mir verziehen, und alles ist wieder gut. Näheres erzähle ich dir später, jetzt will ich schnell noch zu Mutter und ihr mein Glück verkünden, das ich wahrlich nicht verdient habe. Bitte warte noch ein wenig, ehe du zum Tee rufst. Das wolltest du doch tun?«

»Nein, ich wollte erst noch auf dich warten und habe Onkel deshalb noch nicht geweckt. Geh ruhig zu deiner Mutter, sie wird sich sehr freuen. Ich wecke Onkel dann nach einer Weile; bis er herunterkommt, seid ihr dann auch zur Stelle. Alles Glück, Ida, zu deiner Verlobung – die hat doch nun stattgefunden?«

»Ich danke dir – ja, ich bin verlobt. Hans war unglaublich lieb und gut. Aber vorläufig sprich noch nicht darüber. Morgen will ich erst mit den Bewohnern des Fidesserhauses Frieden schließen, und wir wollen auch noch warten, bis die Erbschaftsgeschichte hier geregelt ist. Also, bis nachher, Ruth!«

Sie nickten sich lächelnd zu, und Ida sprang die Treppe empor. Ruth blieb eine Weile stehen und sah ihr lächelnd nach. Wie sehr hatte Ida sich zu ihrem Vorteil verändert.

Aber dann flog ein Schatten über ihr Gesicht. Weder Ida noch Tante Maria durften wissen, daß der Onkel den Paß entwendet hatte, um ihn zu vernichten. Nun mußte sie also den Onkel wecken. Sie würde dafür sorgen, daß er gleich zum Tee kam. Aber danach, das wußte sie, würde ihn nichts davon abhalten, seinen verbrecherischen Plan auszuführen. Nur würde ihm das nun doch nicht möglich sein, gottlob nicht. Aber wie würde er sich verhalten, wenn er merkte, daß der Paß verschwunden war? Nun war die Entdeckung nicht länger hinauszuschieben. Aber – eine Weile würde er vorläufig noch mit dem durch ein Streichholzende verstopften Schloß zu tun haben. Und bis dahin war Klaus wohl wieder zurück. Ruth hatte Angst vor dem Onkel.

Langsam stieg sie die Treppe wieder hinauf und klopfte an seine Schlafzimmertür. Sie mußte aber einige Male klopfen, bis drinnen endlich die Schnarchtöne verstummten und eine verschlafene Stimme rief:

»Was denn, was ist denn los?«

»Es ist Teezeit, Onkel Kurt. Bitte komm herunter.«

Ein ärgerliches Gemurmel ertönte und dann ein heiseres:

»Ich komme gleich!«

Ruth ging wieder hinab. Sie ging erst noch an das Portal und sah sehnsüchtig zum Parktor. Da kroch etwas, mit dem kurzen Schwanz eifrig wedelnd, die Treppe herauf und an sie heran. Es war Jerry, der kläglich zu ihr aufsah. Der kleine Strolch wußte ganz genau, wenn er diese Jammermiene aufsetzte, dann kraulte ihn mitleidig Ruths kleine, weiche Hand, und das gefiel ihm. Es geschah auch, was er erwartet hatte. Ruth beugte sich zu ihm nieder, kraulte ihn und sagte leise und freundlich:

»Er wird ja bald wiederkommen, Jerry, Herrchen kommt bald.«

Das Schwänzchen Jerrys wackelte geschwind und aufgeregt hin und her. Als Ruth ihn dann aber fortwies, gehorchte er sofort.

Ruth ging in die Halle zurück und ließ den Gong ertönen. Dann begab sie sich an den Teetisch.

Obwohl der Onkel erst aus dem Schlaf geweckt worden war, kam er als erster an den Teetisch. Sein Gesicht war stark gerötet, seine Augen stierten. Ruth mußte daran denken, daß er eigentlich den schweren Burgunder gar nicht trinken dürfe, weil ihm der Wein fast nie bekam. Doch sie wagte nicht, etwas zu sagen, denn als Tante Maria es einmal ganz behutsam getan hatte, hatte er sie zornig angefahren: sie möge sich um ihre eigenen Angelegenheiten kümmern und ihm diesen harmlosen Genuß nicht vergällen.

Tante Maria hatte ihr danach gesagt, der Arzt habe ihm schwere Weine strengstens verboten.

Ärgerlich blickte sich Kurt Weyersberg um, nach einem Anlaß suchend, zanken zu dürfen.

»Wo ist denn Tante Maria und Iduna? Es ist doch schon Viertel nach fünf! Ich habe keine Zeit, lange zu warten, ich habe noch zu arbeiten. Schenk ein! Hoffentlich ist es noch schön warm im Arbeitszimmer.«

»Ja, Onkel Kurt, der Diener hat ab und zu nachgelegt. Und Tante und Ida werden gleich hier sein.«

»Du weißt doch, daß sie Iduna heißt, also richte dich danach.«

Ruth antwortete nicht. Sie machte ihm schweigend den Tee in seiner Tasse zurecht, so wie er es liebte: mit einem tüchtigen Schuß Rum.

Zum Glück traten nun Tante Maria und Ida ein, beide mit verklärten Gesichtern. Sie entschuldigten sich, aber er ärgerte sich, daß sie so glücklich aussahen.

»Ihr seht ja so aus, als hättet ihr das große Los gewonnen. Na, dann habt ihr euch wohl zu der Erkenntnis durchgerungen, daß dieser Herr Doktor Horvath ein Schwindler ist. Wo steckt er denn?«

»Du weißt doch, er ist zur Stadt gefahren.«

»Gefahren? Womit ist er denn gefahren?«

»Mit der kleinen Limousine«, sagte Ruth schnell.

Er schlug auf den Tisch. »Wer hat ihm denn das erlaubt? Frechheit – einfach, ohne zu fragen, mit der Limousine davonzufahren. Was denkt sich denn der Herr?«

»Er fragte mich, ob er einen Wagen bekommen könne. Da habe ich die Limousine vorfahren lassen, da du schon schliefst und ich dich nicht stören wollte.«

»Er hätte doch zu Fuß gehen können, so wie er angekommen ist. Aber so sind diese Hungerleider. Reicht man ihnen den kleinen Finger, nehmen sie gleich die ganze Hand.«

Furchtlos sah Ida ihren Vater an.

»Es wird sich herausstellen, Vater, wer das Recht hat, über die Wagen zu verfügen.«

Wütend sah er sie an.

»Ihr Weiber seid alle verrückt nach diesem Mann. Könnte dir vielleicht passen, ihn zu heiraten, was?«

Ein leises Lächeln zuckte um Idas Mund.

»Keine Sorge, Vater, er ist nicht mehr zu haben, sein Herz ist schon vergeben.«

Zum Glück merkte niemand, daß Ruth bei diesen Worten sehr rot wurde.

»Na, ich hätte es ihm auch nicht raten wollen, die Hand nach dir auszustrecken. Ein reiches Mädchen wie du muß auch einen reichen Mann heiraten.«

Ida antwortete nicht; sie dachte aber daran, daß der Vater ihr mit solchen Worten den Kopf verdreht hatte.

Schweigend wurde der Tee eingenommen. Dann erhob sich Kurt Weyersberg.

»Ich gehe jetzt in mein Arbeitszimmer, ich habe wichtige Arbeiten zu erledigen und wünsche, nicht gestört zu werden.«

Dabei tastete er nach seinem Schlüsselbund und ging davon. Ruth sah ihm nach und atmete tief auf.

Die drei Damen fühlten sich wie befreit und besprachen nun lebhaft Idas Verlobung. Frau Maria war glücklich, ihre Tochter wieder zufrieden und glücklich zu sehen.

Ruth allerdings war nicht mit ihrer ganzen Aufmerksamkeit bei diesem Thema, immer wieder lauschte sie unruhig hinaus.

23

Kurt Weyersberg war schnell zu seinem Arbeitszimmer hinübergegangen. Gleich nach seinem Eintritt schloß er es hinter sich ab. Dann ging er zum Kamin und schürte das Feuer, damit es hell brennen sollte. Als die Flammen hochschlugen, blitzten seine Augen befriedigt auf. Nun zog er seinen Schlüsselbund heraus und suchte den Schreibtischschlüssel. Aufatmend steckte er ihn in das Schloß des Faches, wo er den Paß verwahrt hatte. Aber – was war das? Der Schlüssel ließ sich nicht hineinschieben, nicht einmal bis zur Hälfte. Ärgerlich vor sich hinfluchend, versuchte er es immer wieder – allein er bekam den Schlüssel nicht hinein.

Ratlos stand er da. Er mußte doch das Fach aufbekommen.

Jemand zu Hilfe zu rufen war ausgeschlossen, er mußte selbst das Hindernis finden. Wütend beugte er sich herunter, suchte in das Schlüsselloch hineinzusehen, konnte aber nichts entdecken. Denn das winzige Holzstückchen hatte sich bei seinen Versuchen in den Hohlschlüssel hineingeschoben, sich fest eingeklemmt und bildete jedesmal ein Hindernis, sooft er den Schlüssel in das Schloß zu stecken versuchte. So hatte sich Ruths kleines Manöver noch glänzender bewährt, als sie gedacht hatte.

Immer wieder versuchte er sein Glück. Der Schweiß rann ihm bereits von der Stirn. Er fluchte schauderhaft vor sich hin, aber das half alles nicht, er bekam das Fach nicht auf.

Eben rief der Gong zum Abendessen. Wütend warf er den Schlüsselbund hin, ohne zu bemerken, daß dabei ein kleines, winziges Stück von einem Streichholz aus dem Hohlraum des Schlüssels herausfiel. Durch das Aufschlagen der Schlüssel hatte es sich gelockert und lag nun neben dem Schlüsselbund. Kurt Weyersberg nahm es und schob es, leise vor sich hinfluchend, in die Tasche, nicht ahnend, daß er jetzt sein Ziel mühelos hätte erreichen können. Er trocknete sich die Stirn; nun gut, er würde sich nach dem Abendessen ein Werkzeug verschaffen, womit er den Schreibtisch öffnen konnte.

Jetzt eilte er in sein Ankleidezimmer, erfrischte sich ein wenig und machte sich schnell zu Tisch fertig, nicht ahnend, daß Ruth ihn, hinter der Treppe verborgen, aus seinem Arbeitszimmer hatte kommen sehen. Sein erhitztes, ärgerliches Gesicht schien ihr zu beweisen, daß er das Schloß noch nicht aufbekommen hatte.

Leise begab sie sich ins Speisezimmer, wo sie mit Klaus zusammentraf, der wieder zurückgekehrt war. Sie hatten sich noch nicht sprechen können. Aber nun fragte Klaus hastig, ob inzwischen etwas geschehen sei. Sie sagte ihm, daß der Onkel anscheinend das Schloß noch nicht habe öffnen können.

Dann fragte Ruth hastig, ob bei dem Justizrat alles gutgegangen sei. Er erwiderte ihr, daß alles in Ordnung kommen würde.

»Der Justizrat läßt dich herzlich grüßen. Du sollst ganz unbekümmert sein, er wird den Paß gut in seinem Tresor verwahren. Außerdem hat er mir noch gesagt, daß ja auch mein Namenszug, daß überhaupt meine Handschrift deutlich für mich sprechen müßte. Er besitzt verschiedene Schriftstücke von mir, die vor meiner Abreise entstanden sind, und meine Handschrift hat sich nicht in dem Maße verändert wie mein Aussehen. Also, sei ganz ruhig, morgen leitet er alles Nötige in die Wege. Aber – morgen früh werden wir uns nicht sprechen können, denn ich gehe bereits um vier Uhr mit Kurt Weyersberg auf die Jagd, ich habe mir vorhin ein Gewehr ausgesucht.«

Ruth beschlich plötzlich ein unheimliches Gefühl. Sie sah Klaus mit großen, bangen Augen an.

»Willst du nicht lieber absagen, Klaus?«

Er erfaßte lachend ihre Hand und drückte sie.

»Nicht nervös werden, Ruth, was denkst du? Hast du Angst, daß dieser Mann mir an das Leben will? Damit wäre die Erbfrage freilich günstig für ihn gelöst – aber es ist doch etwas anderes, ob man einen Paß entwendet, um ihn zu verbrennen, oder einen Menschen umbringt. Offen gesagt, diesen Mut traue ich ihm nicht zu. Nein, nein, so schwarz wollen wir die Sache doch nicht sehen. Wenn er das Schloß bis jetzt noch nicht aufbekommen hat, wird sich das kleine, so klug von dir hineinpraktizierte Hindernis so festgesetzt haben, daß er es heute abend überhaupt nicht mehr herausbekommt. Zu Hilfe wird er kaum jemand herbeirufen, weil der, der das Schloß aufbräche, auch den Paß erblicken müßte. Das wird er vermeiden. Er wird dann wahrscheinlich morgen mit irgendeinem Handwerkszeug das Schreibtischfach zu öffnen versuchen.«

»Er hat, wie es scheint, tüchtig bei der Arbeit geschwitzt«, sagte Ruth, durch Klaus' Worte beruhigt.

»Das wird ihm nicht schaden, er hat ja lange genug dich für sich arbeiten lassen«, sagte Klaus mitleidlos und fuhr dann hastig fort: »Also, morgen früh sehen und sprechen wir uns nicht, aber ich werde gegen acht Uhr am Kreuzweg sein; bis dahin sind wir bestimmt von der Jagd zurück.«

Sie nickte ihm zu und trat von ihm zurück, denn sie hörten Mutter und Tochter kommen, die Klaus herzlich begrüßten.

»Nun, Ida – wie war es am Kreuzweg?« fragte Klaus.

»Alles gut, Klaus – ich bin sehr glücklich. Das verdanke ich dir. Aber Vater folgt uns auf dem Fuß – wir sprechen nachher noch darüber.«

Und wirklich trat nun der Vater ein. Man setzte sich zu Tisch.

Mit einem halb zornigen, halb spöttischen Blick sah Kurt Weyersberg auf Klaus.

»Ah, Herr Doktor, da sind Sie ja wieder! Ich habe nicht

geglaubt, daß Sie noch einmal nach Gravenstein zurückkommen würden.«

Klaus wollte jede unnötige Reibung vermeiden, schon der Damen wegen.

»Wir haben uns doch für morgen früh zur Jagd verabredet. Ich wollte Wort halten«, erwiderte er, sich leicht verbeugend.

»Hm! Sehr schön. Haben Sie sich schon ein Gewehr ausgesucht? Ich hatte den Waffenschrank aufgeschlossen.«

»Ja, ich habe mein eigenes Jagdgewehr gewählt, das ich vor meiner Expeditionsreise benutzte. Ich fand es in tadelloser Ordnung.«

Ein wütender Blick zuckte aus den Augen des alten Herrn zu ihm hinüber.

»Sie wollen Beweise vortäuschen, Herr Doktor, aber Beweise dieser Art gelten nicht.«

»Ganz recht, ich erwähnte das auch nur beiläufig.«

»Was hat denn der famose Herr Justizrat zu Ihrer Absicht gesagt, sich das Erbe anzueignen?«

»Er wird morgen alles in die Wege leiten.«

»Wird ein bißchen schwierig werden. Na, wie gesagt, beweisen Sie, daß Sie Klaus Weyersberg sind, dann muß ich wohl klein beigeben.«

»Ich freue mich, Sie so einsichtig zu sehen.«

»Den Teufel auch – lassen Sie mich in Ruhe!« schrie Kurt Weyersberg wütend auf.

Klaus verneigte sich abermals und begann sich mit den Damen zu unterhalten. Kurt Weyersberg beteiligte sich nicht am Gespräch, er nahm hastig seine Mahlzeit ein, dann erhob er sich und sagte, er habe noch zu arbeiten. Er wolle außerdem früh schlafen gehen, damit er morgen zur Jagd frisch sei.

»Also, punkt vier Uhr in der Halle!« rief er Klaus zu und verschwand. Dieser sah sinnend hinter ihm her, und Ruth gleichfalls. Ihr kam wieder das unheimliche Gefühl, als liege ein Unglück in der Luft, und sie konnte sich der Angst nicht erwehren, daß bei der Jagd eine Gefahr auf Klaus lauere.

Es hielt sie nicht in dem Zimmer, wo sie jetzt sowieso überflüssig war, denn sie wußte, daß Klaus jetzt Mutter und Tochter klarmachen wollte, wie er für ihre Zukunft zu sorgen gedenke. Sie erhob sich mit einem verständnisvollen Blick zu Klaus hinüber.

»Ich habe noch einiges im Haushalt zu ordnen und bitte daher, mich zu entschuldigen.«

Damit verließ sie das Zimmer.

Klaus ahnte, daß Ruth abermals einen Wachtposten beziehen würde und ließ sie gewähren. Bei der Aussprache mit Mutter und Tochter brauchte er sie nicht.

Er ergriff jetzt Idas Hand und sah sie lächelnd an.

»Also, dein Glück hast du dir zurückerobert, Ida?«

»Ja, Klaus, es ist gottlob alles wieder gut zwischen Hans und mir. Morgen vormittag gehe ich zum Fidesserhaus und bitte die drei Menschen dort um Verzeihung für alles, was ich getan habe. Sie sollen wissen, wie sehr ich mich gewandelt habe, und erst, wenn ich ihre Verzeihung erlangt habe, werde ich Winnie bitten, Hans, seine Eltern und seine Brüder noch einmal zu sich einzuladen, damit ich meine Verlobung mit Hans feiern kann.«

Er schüttelte lächelnd den Kopf.

»Nein, Ida, das kommt gar nicht in Frage. Deine Verlobung wird hier in Gravenstein gefeiert, du brauchst dich nicht zu fremden Menschen zu flüchten. Als meine Cousine hast du hier Heimatrechte.«

Frau Maria erfaßte weinend seine Hand.

»Sie sind sehr, sehr gut, lieber Herr Doktor.«

»Wollen Sie mich noch immer steif Herr Doktor nennen? Ich möchte sehr gern ›Tante Maria‹ zu Ihnen sagen, denn ich habe von Anfang an gefühlt, daß wir uns gegenseitig sehr sympathisch sind.«

»Darf ich Sie dann mit ›Klaus‹ anreden?«

»Ja, aber verbunden mit dem verwandtschaftlichen Du. Solange es der Onkel hört und noch nicht zur Vernunft gekommen ist, reden Sie mich noch mit ›Herr Doktor‹ an, damit er nicht ärgerlich wird. Ihm wird ja auch nichts anderes übrigbleiben, als mich anzuerkennen, aber vorläufig ist er noch nicht soweit. Also – liebe Tante Maria, auf gute, treue Verwandtschaft.«

Sie drückte krampfhaft seine Hand.

»Lieber, guter Klaus, du hast meiner Ida schon so herrlich geholfen, ich hoffe, daß du auch Onkel Kurt zur Vernunft bringen wirst.«

Er nickte ihr zu.

»Leider hat er es mir bisher unmöglich gemacht, einen verwandtschaftlichen Ton zwischen uns anzuschlagen. Er wird sich erst den vollen Beweisen fügen.«

Mit Absicht sprach Klaus nicht von dem verbrecherischen Anschlag Kurt Weyersbergs auf seinen Paß. Er wollte Ida nicht noch einmal ihr Glück erschweren. Die Damen sollten, wenn er es fügen konnte, nie erfahren, wie weit die Gier nach dem Erbe Kurt Weyersberg getrieben hatte. Aber er wollte ihnen wenigstens die Sorge um die Zukunft vom Herzen nehmen.

Zunächst wandte er sich an Ida.

»Also, liebe Ida, wenn du deinen Bußgang zum Fidesserhaus hinter dir hast, werde ich mit dir nach Kassel fahren. Dein Vater soll vorläufig nichts davon wissen, denn er wird wahrscheinlich in nichts einwilligen. Aber wir wollen trotzdem schon alles in die Wege leiten, damit du nicht mehr lange auf dein Glück zu warten brauchst.«

Ida strahlte Klaus an. Doch dieser fuhr ruhig fort: »Mein Vater hat, wie ihr wißt, mir außer Gravenstein ein großes Vermögen hinterlassen. Ich gedenke einen Teil dieses Vermögens in der Industrie anzulegen und werde mit Hans Holl besprechen, ob er sich mit einem Kapital, das ich ihm zur Verfügung stelle, selbständig machen oder damit in einen bereits bestehenden Betrieb eintreten will. Ich halte die drei Hollsöhne für so tüchtige Kerle, daß ich das unbesorgt riskieren kann. Mein Geld ist dann bestens angelegt, und – ich verhelfe dir und deinem künftigen Mann zu einem besseren Start. Ich will nicht, daß du dadurch, daß ich plötzlich von den Toten auferstanden bin, einer sorgenvollen Zukunft entgegengehen sollst. Nein – bitte unterbrich mich noch nicht. Ich habe mir alles reiflich überlegt. Also, das Nähere bespreche ich mit Hans Holl, sobald wir in Kassel sein werden. Bist du damit einverstanden?«

Ida erhob sich schnell, Tränen der Freude und des Glückes in den Augen, und nahm seinen Kopf in beide Hände:

»Klaus – du hast mir immer sehr imponiert, und ich

weiß ohnedies, daß ich dir großen Dank schuldig bin. Aber was du jetzt für mich tun willst – ach, Klaus ...!«

Sie schluchzte auf und küßte ihn voller Dankbarkeit.

Er faßte sie bei den Schultern und lachte sie an.

»Nun beruhige dich, Ida. Und was deine Eltern betrifft, folgendes: Tante Maria, du hast mir im Anfang meines Aufenthaltes hier anvertraut, daß du viel lieber in dem kleinen Vorwerkshaus leben möchtest als hier im Herrenhaus – nun, deinen Wunsch zu erfüllen hatte ich mir gleich vorgenommen. Es trifft sich gut, daß der Vorwerkspächter mit seiner Frau zu seiner verheirateten Tochter in die Stadt ziehen und gern von seinem Pachtvertrag loskommen möchte. Somit wird das Vorwerksgut frei, und ihr könnt bald dorthin übersiedeln. Bis das alles in die Wege geleitet ist, bleibt ihr jedoch meine Gäste in Gravenstein. Ich denke, Onkel Kurt findet drüben wieder etwas Arbeit, nicht zuviel, aber doch genug, um seine Tage ausfüllen zu können. Ich werde euch die Pacht so billig berechnen, daß ihr gut existieren könnt. Wenn Onkel sich erst damit vertraut gemacht hat, daß ihm das Erbe verloren ist, wird er sich schon in die bescheideneren, aber doch sorglosen Verhältnisse hineinfinden. Meinst du nicht?«

Tante Maria konnte nicht reden, die Tränen stürzten ihr aus den Augen. Und Ida weinte vor Freude, daß nun auch die Eltern geborgen waren, mit. Die beiden Damen drückten Klaus krampfhaft die Hände.

Klaus lenkte schnell ab, es war ihm peinlich, wenn ihm jemand dankte.

»Ich habe Justizrat Frensen schon vor einiger Zeit den Auftrag gegeben, einen Verwalter einzustellen, und er hat auch bereits einen sehr tüchtigen Mann ausfindig gemacht, der am l. Juli sein Amt antreten soll.«

Ida erschrak.

»Ach – was wird dann aus Ruth?«

Klaus freute sich, daß sie an die Cousine dachte, und es zuckte um seinen Mund. Aber verraten wollte er doch noch nichts von seinen Beziehungen zu ihr. So sagte er nur:

»Auch für sie wird gesorgt werden. Sie hat Gravenstein so tüchtig verwaltet, daß sie ihren Posten an sich weiterbehalten könnte, aber es geht mir nicht ein, daß eine junge Dame mir die Arbeit abnehmen soll, und – ich halte es außerdem für sehr gesundheitsschädlich, wenn sie weiterhin so angestrengt arbeiten soll. Sie soll eine Position bekommen, in der sie besser aufgehoben ist.«

Das klang sehr ruhig und sachlich. Tante Maria sah ihn dankbar an.

»Aber wir können dir doch nicht so viele Opfer auferlegen, Klaus. Und wenn wir wirklich auf das Vorwerk kommen, dann findet Ruth doch bei uns ein Plätzchen, zumal Ida uns nun bald verlassen wird.«

Er schüttelte energisch den Kopf.

»Nein, nein, ganz offen, Tante Maria, dein Gatte würde voraussichtlich die Gelegenheit ergreifen, Fräulein Falkner wieder alle Arbeit aufzubürden. Und ich finde es sehr heilsam für ihn, wenn er selbst wieder etwas zu tun bekommt. Dieser Müßiggang zeitigt nur Übles.«

Sie seufzte auf.

»Hast schon recht! Er hat sich viel wohler gefühlt, als er tüchtig arbeiten mußte. Nur, ich möchte Ruth nicht gern allein lassen, sie fürchtet sich vor dem Alleinsein und arbeitet lieber über ihre Kraft, um nicht allein sein zu müssen.«

»Das kann ich sehr gut verstehen, aber – sie soll nicht einsam werden, du wirst sie immer in der Nähe behalten.«

Er besprach nun noch allerlei Einzelheiten mit den Damen und bat sie, vorläufig noch nichts über seine Pläne zu verraten.

Als Ruth an diesem Abend Klaus und Mutter und Tochter verlassen hatte und in die Halle hinaustrat, sah sie Onkel Kurt aus dem Souterrain heraufkommen, einen hölzernen Kasten unter dem Arm. Sie erkannte sogleich den Handwerkszeugkasten und wußte sofort, daß er das Schreibtischfach noch nicht aufbekommen hatte. Er wollte es jetzt wohl mit einem Werkzeug versuchen.

Als er sie stehen sah, zog sich seine Stirn zusammen.

»Verdammte Wirtschaft, ich bekomme meinen Schreibtisch nicht auf, ich mußte mir Werkzeug holen«, sagte er hastig.

»Laß das doch einen der Leute machen, Onkel Kurt«, suchte Ruth harmlos zu erwidern.

»Nein, nein, die sind mir zu umständlich, und ich mag nicht warten, da ich noch zu tun habe. Wo willst du denn hin?«

»Zu Bett, Onkel Kurt, morgen früh muß ich um fünf heraus.«

Er lachte heiser.

»Ich schon um vier, um mit dem Herrn Doktor auf die Jagd zu gehen.«

Wieder beschlich Ruth ein unbehagliches Gefühl, als er von der Jagd sprach, aber sie bezwang sich.

»Dann Weidmannsheil, Onkel Kurt! Und gute Nacht!«
Er eilte schon davon.
»Gute Nacht!«
Aber Ruth ging nicht die Treppe hinauf, sie lauschte und vernahm, daß der Onkel sein Arbeitszimmer betrat und – daß er hinter sich abschloß.
Schnell huschte sie, so leise sie konnte, über den glatten, mit breiten roten Teppichläufern bekleideten Fußboden zur Tür des Arbeitszimmers. Als sie sich zum Schlüsselloch niederbeugte, sah sie den Onkel im hellen Lampenlicht vor dem Schreibtisch stehen. Er hatte den Werkzeugkasten geöffnet und schien nach einem passenden Werkzeug zu suchen, mit dem sich die Tür zu dem Fach öffnen ließe. Als er das richtige gefunden hatte, versuchte er, die Tür damit aufzubrechen, aber das gelang nicht so leicht. Er holte deshalb den Schlüsselbund aus der Tasche, suchte den Schlüssel, der nun kein Streichholzende mehr enthielt, und wollte gleichzeitig mit dem Werkzeug operieren und versuchen, den Schlüssel hineinzustecken.
Ruth hörte ihn einen leisen, überraschten Ruf ausstoßen, denn zu seiner Verblüffung ließ sich der Schlüssel jetzt leicht und mühelos einführen. Er warf das Werkzeug hin und schüttelte verwundert den Kopf, war aber sehr froh, daß sich das Schloß nun ohne weiteres öffnen ließ.
Ruth wartete mit größter Unruhe darauf, was nun geschehen würde. Sie sah, daß er einen roten Kopf bekam und wie entgeistert in das Fach hineinstarrte, in dem sich kein Paß mehr befand. Hastig tastete er in dem Fach herum, beugte sich hinab und sah hinein. Dann warf er

erregt den gesamten Inhalt heraus und streute alles auf den Schreibtisch. Mit zitternden Händen durchwühlte er alles – aber er fand selbstverständlich nicht, was er suchte.

Mit einem halberstickten Wutschrei fiel er in einem Sessel zusammen und starrte, den Kopf auf die Hand stützend, in das leere Fach. Dann sprang er auf, schimpfte und fluchte vor sich hin und lief unruhig im Zimmer auf und ab.

»Wer hat das getan? Wer hat das getan?« rief er wütend vor sich hin.

Kurt Weyersberg zergrübelte sich den Kopf, wer den Paß aus seinem Schreibtisch genommen haben könnte. Seltsamerweise verfiel er nicht auf Ruth. Er gelangte endlich zu der Ansicht, daß Klaus Weyersberg selbst sich den Paß wiedergeholt haben müßte. Wahrscheinlich hatte er den Verlust entdeckt, und – sein Verdacht war wohl auf ihn gefallen. So hatte er wohl, in sein Arbeitszimmer eindringend, mit einem Nachschlüssel den Schreibtisch geöffnet – deshalb hatte nachher auch das Schloß nicht funktioniert! Wann mochte er hier gewesen sein? Zum Teufel auch, daß allerlei ihn daran gehindert hatte, den Paß zu verbrennen! Nun war alle Mühe umsonst gewesen! Dieser schlaue Mann hatte sich unverzüglich sein Eigentum wiedergeholt, als er den Verlust bemerkt hatte. Das konnte, wie Kurt sich überlegte, nur geschehen sein, als er seinen Mittagsschlaf gehalten hatte. Nun war der Paß fort, und Klaus hatte wieder den Beweis in den Händen, daß er der richtige Erbe war.

Ruth, deren Herz vor Angst und Unruhe bis zum Hals klopfte, schrak plötzlich von der Tür zurück, weil der Onkel wieder aufsprang und zur Tür ging. Er mußte es sich wohl anders überlegt haben, denn er kam nicht heraus. Angstvoll schlich sie sich wieder zur Tür; ihr war, als müsse sie ihm vom Gesicht ablesen können, was er nun vorhatte. Als sie wieder durch das Schlüsselloch sah, erschrak sie bis ins Herz hinein, denn der Onkel stand mit einem grauenvoll verzerrten Gesicht wieder am Schreibtisch und hielt sein Gewehr in der Hand, das er schon vor dem Abendessen aus dem Waffenschrank geholt hatte. Mit starren Augen prüfte er es, lud es sorgfältig und legte es dann wie zur Probe an, indem er wie auf einen unsichtbaren Feind zielte. Einen furchtbaren Ausdruck hatten seine Züge. Ruth krampfte zitternd die Hände zusammen. Hätte sie ihm ins Herz sehen können, wäre sie noch mehr erschrocken. Denn Kurt Weyersberg war in seiner blinden Wut und in der Gier, sich das Erbe zu erhalten, auf den furchtbaren Gedanken gekommen, morgen auf der Jagd Klaus Weyersberg zu erschießen. Selbstverständlich mußte ein Unfall vorgetäuscht werden. Jedenfalls war er entschlossen, sein Erbe zu verteidigen. Es fiel ihm ein, daß Wilderer sich im Forst herumtrieben und viel Wild erlegt hatten. Diesen Wilderern mußte man die Schuld zuschieben, wenn Klaus Weyersberg getötet wurde. Ihn selbst durfte nicht einmal der Schein eines Verdachtes treffen, und wer sollte ihn auch verdächtigen? Der Mordwille war so groß und stark in ihm, daß er vor nichts mehr zurückschreckte. Er wollte endlich seine Ruhe wiederhaben und sich ungestört seines Erbes freuen können. Und wenn Klaus Weyersberg tot war – endlich tot, dann war er der einzige unbestrittene Erbe.

Daß allein schon deshalb ein Verdacht auf ihn fallen würde, sah er in seiner Verbohrtheit nicht ein.

Erschöpft von der furchtbaren Aufregung, die ihn schüttelte, fiel er wieder in den Sessel, legte das Gewehr von sich und starrte mit verzerrtem Gesicht darauf. Dann stützte er den Kopf in beide Hände und starrte grübelnd vor sich hin.

Er überlegte hin und her, wie die Tat auszuführen sei, ohne daß er irgendwie belastet erschien.

Was er vorhatte – tun wollte, wie viele hatten das nicht vor ihm getan!

Ein grimmiges Lächeln verzerrte sein Gesicht.

Der Krieg hatte die Welt das Morden gelehrt. Millionen waren dahingerafft, und niemand fragte nach ihnen.

Hatte nicht jeder Starke das Recht, den Gegner zu vernichten, der sich zwischen ihn und sein Glück stellte?!

Mehr wollte er nicht tun, und keinerlei Gewissensbisse sollten ihn deswegen quälen.

Warum war Klaus Weyersberg wiedergekommen? Ihm zu rauben, ihm zu entreißen, was er fest in Händen hielt!

Niemals sollte ihm das gelingen! Niemals!

Denn morgen in der Stille des verschwiegenen Waldes ...

Er lachte grimmig vor sich hin.

Seltsam, er fühlte keine Angst, empfand keine Furcht vor dem, was er plante. Spielend leicht würde es sein, Klaus Weyersberg niederzuschießen.

Sie würden beide ihren Stand beziehen, auf die Rehböcke in dem stillen, menschenleeren Wald warten!

Dann würde er seinen Stand heimlich verlassen, sich an

Klaus heranschleichen, bis man ihn aufs Korn nehmen konnte ...

Er war ein guter Schütze, fehlte selten – eventuell jagte man der ersten Kugel eine zweite hinterher!

Man konnte dann, tat es not, ein großes Geschrei erheben! Wilderer seien ihnen gefolgt. – Als die sich entdeckt gesehen, hätten sie geschossen.

Selbstverständlich hätte er die Schüsse erwidert. Denn das Fehlen der Geschosse mußte erklärt werden.

Er würde sagen: ob er getroffen, wisse er nicht. Zwei oder drei Kerle seien es gewesen ... ihre Gesichter geschwärzt ... sie zu erkennen sei er nicht imstande gewesen ...

Kurt Weyersbergs Gesicht bekam den Ausdruck spöttischer Überlegenheit.

Ihm würden die Worte so glatt von den Lippen gehen, daß niemand an ihnen zweifeln könnte.

Und wie laut würde er den Toten beklagen! Niemand würde auf den Gedanken kommen, daß seine Trauer nicht echt sei!

Wenn jemand, der eine dunkle Tat verübt hatte, entdeckt wurde, hatte er es sich meistens selber zuzuschreiben, weil er irgend etwas nicht genau bedacht, weil er eine Dummheit begangen hatte.

Ihm würde das allerdings nicht passieren! – Ihm nicht! Bis auf den I-Punkt würde alles stimmen! Unverrückbar würde seine Aussage sein!

Niemand konnte ihm dann etwas anhaben!

So saß er noch lange. Ruth sagte sich, daß es jetzt nichts weiter am Schlüsselloch zu entdecken gäbe. Aber mochte Klaus sie auslachen, soviel er wollte, dieser Mann da drinnen sann auf Schlimmes. Tat sie ihm Unrecht, wollte sie es ihm abbitten – aber sie mußte etwas tun, um Klaus zu schützen, irgendwie mußte sie diesen Mordplan vereiteln, wenn er wirklich bestand. Aber wie? Sollte sie versuchen, Klaus abzuhalten, mit auf den Anstand zu gehen? Er würde über ihre Angst und Unruhe lachen, und auf einen vagen Verdacht hin konnte sie den Onkel nicht gut anklagen. Alles, was sie in ihrer Angst und Sorge um Klaus belauscht hatte, konnte eine andere, harmlose Erklärung finden.

Sie begab sich auf ihr Zimmer und grübelte genauso intensiv darüber nach, wie sie ein Verbrechen verhüten könnte, wie Kurt Weyersberg darüber nachgedacht hatte, wie er es ausführen könnte. Schließlich hatte sie sich einen Plan gemacht, und das beruhigte sie etwas. Sie wußte genau, wo der Jagdstand war, wußte, wo der Onkel immer seinen Stand hatte. Sie konnte diesen beobachten, ohne daß er eine Ahnung davon hatte, und damit die Gefahr von Klaus abwenden, wenn wirklich eine bestand.

Nun wurde sie etwas ruhiger. Sie ging noch einmal hinunter, um der Tante, Ida und Klaus gute Nacht zu wünschen. Sie saßen noch zusammen, Luftschlösser bauend und nicht ahnend, welches Unheil über Gravenstein heraufzuziehen drohte.

Es gelang ihr schließlich noch, als man zur Ruhe ging, Klaus einige Wort zuzuflüstern.

»Versprich mir, daß du morgen früh sehr vorsichtig bist.«

Er nickte ihr lächelnd zu.

»Ich verspreche es dir. Sei doch ruhig.«

So schieden sie voneinander, und jeder suchte sein Zimmer auf.

Ruth stellte ihren Wecker genau auf drei Uhr. Nur so lange wollte sie schlafen; sie war sicher, daß der Wecker sie rechtzeitig munter machen würde.

24

Fest war Ruths Schlaf nicht, sie wachte von selbst auf, als es noch nicht ganz drei Uhr war. Schnell erhob sie sich, kleidete sich an und verzehrte dabei eine halbe Tafel Schokolade. Dann steckte sie ihre Taschenlampe zu sich, denn es war noch dunkel, und schlich aus dem Hause. Nun stand sie draußen im Freien. Sie hatte einen weiten Weg bis zu den Jagdständen, einen Weg von mindestens einer Stunde. Als sie das Parktor passiert hatte, kam im Dunkeln etwas auf sie zugesprungen. Es war Jerry. Sie schloß ihn in die Arme.

»Guter Jerry, wachst du auch über Herrchen? Aber sei ruhig, leg dich schlafen, ich passe schon auf, daß ihm kein Leid geschieht«, sagte sie leise.

Sie nahm den Terrier mit zum Vorwerk und schickte ihn energisch an seinen Ruheplatz.

Jerry entfernte sich folgsam, nachdem Ruth ihm das Fell gekrault hatte. Sie selber ging mit ruhigen, festen Schritten weiter, immer tiefer in den Wald hinein. Sie kannte keine Furcht.

So erreichte sie schließlich die Jagdstände. Absichtlich

hatte sie sich Zeit gelassen, denn sie wußte, daß die Männer ihr erst in einer Stunde folgen würden. Sie hatte aber viel zeitiger aufbrechen müssen, weil sie schon längst fort sein wollte, wenn diese sich auf den Weg machten.

Es fing an zu dämmern. Ruth setzte sich auf eine Baumwurzel, sah in das Frühlichtgrau und wartete.

Als es heller wurde, betrachtete sie sich die Umgebung genau. Da war also Onkel Kurts Jagdstand, von hier aus schoß er das Rehwild. Etwa fünfzig bis sechzig Meter weiter befand sich der nächste Stand – den würde aller Wahrscheinlichkeit nach Klaus einnehmen. Ruth sah sich prüfend die Strecke an, schritt sie ab und betrachtete jeden Baum sehr aufmerksam. Und von jedem Baum aus versuchte sie, den Stand Klaus Weyersbergs zu erspähen. Das gelang eigentlich nur von zwei Bäumen aus, die zwischen den beiden Ständen aufragten. Wollte der Onkel wirklich Klaus heimlich beschleichen und ihm nach dem Leben trachten, dann konnte das nur geschehen, wenn er hinter einem dieser beiden Stämme Deckung suchen würde. Nur dann konnte er, unbemerkt von Klaus, auf diesen anlegen. Ruth wurde gewissermaßen in ihrer Angst und Sorge um den geliebten Mann hellseherisch. Jeder Nerv an ihr bebte vor heimlicher Aufregung. Sie spürte instinktiv, daß Klaus Gefahr drohte, und wollte daher alles tun, was in ihrer Macht stand, um diese Gefahr zu beseitigen.

Nach gründlicher Sondierung des Terrains kletterte sie behend und elastisch auf den einen der beiden Bäume, der dem Stand von Klaus am nächsten war. Gottlob war das Laub schon dicht genug, sie zu verbergen. Sie setzte sich auf einen der dicken Äste, so daß sie von unten nicht zu sehen war. Sie jedoch konnte von ihrem Platz aus sowohl den Stand des Onkels beobachten als den, der wahrscheinlich von Klaus bezogen wurde. Das wichtigste war jedenfalls, daß sie den Onkel im Auge behielt.

Qualvoll dieses Warten! Zu Ewigkeiten dehnten sich die Minuten.

Plötzlich schoß ihr ein Gedanke durch den Kopf, der sie furchtbar erregte.

Sollte der Onkel mit der Ausführung seines Planes nicht gewartet haben, bis er und Klaus hier eintrafen?

Aber dann fiel ihr ein, daß sie ja keinen Schuß gehört hatte!

Tat sie vielleicht gut daran, den beiden Herren entgegenzugehen? Selbstverständlich in sicherer Deckung ...

Schon wollte sie sich von ihrem luftigen Sitz herabschwingen, als sie plötzlich Männerstimmen hörte. Gleich darauf sah sie auch die beiden Männer in ihrem Blickfeld auftauchen. Dann trennten sie sich ganz in ihrer Nähe, um jeder an seinen Platz zu gehen.

Ruth hatte richtig vermutet. Klaus begab sich auf den entferntesten Stand, während der Onkel auf den zuschritt, den er stets einzunehmen pflegte.

Zu ihrer Befriedigung nahm Ruth wahr, daß Klaus sich häufig umwandte und dem Onkel nachblickte.

Dieser schien jedoch die Absicht zu haben, ohne Säumen seinen Stand zu erreichen.

Ruth betete inbrünstig, der liebe Gott möge helfen, daß ihre Sorge und Angst überflüssig wären. Noch einen Blick warf sie auf Klaus, sah, daß er seinen Stand erreicht hatte und sein Gewehr schußbereit machte.

Ruth wandte all ihre Aufmerksamkeit Onkel Kurt zu, und sie bemerkte sehr wohl, wie unruhig und nervös er war. Seine Blicke spähten unablässig umher; er merkte augenscheinlich, daß er von seinem Stand aus Klaus nicht sehen konnte. Aber das war auch das einzig Verdächtige an seinem Gebaren. Ruth wollte sich schon selbst auszanken, daß sie Gespenster gesehen habe. Aber plötzlich hätte sie fast laut aufgeschrien, denn sie sah, daß Kurt Weyersbergs Gesicht auf einmal wieder den gleichen mordlustigen Ausdruck annahm wie gestern abend. Galt dieser Ausdruck nur dem Wild, das er erlegen wollte? Aber nein – Vater im Himmel –, jetzt verließ er, langsam heranschleichend, seinen Stand, immer hinter einem der Bäume Deckung suchend und nach Klaus ausspähend. Ruth war jetzt angespannteste Energie, keinen Blick wandte sie von dem Onkel. Langsam kam er näher. Jetzt war er an dem ersten Baum, von dem aus er Klaus sehen konnte. Er verbarg sich sorgfältig hinter dem Stamm, damit sein Opfer ihn nicht erspähen konnte. Aber dieser Baum schien ihm noch zu weit entfernt zu sein. Er schlich also weiter. Sein Gesicht war verzerrt. Nun kam er dicht heran an den Baum, auf dem Ruth ihren Platz hatte. Diese zitterte an allen Nerven. Es galt das Leben des Geliebten, das wußte sie, fühlte sie mit unzweifelhafter Gewißheit. Jetzt hatte Kurt Weyersberg den Baum erreicht, auf dem sie saß und jede seiner Bewegungen belauerte. Vorsichtig suchte er Deckung hinter dem dicken Baumstamm, und – nun hob er leise und langsam das Gewehr und legte an. In diesem Moment sprang Ruth mit einem lauten Aufschrei vom Baum.

»Klaus, halt ein!« schrie sie, so laut sie konnte.

Zugleich aber schlug sie das Gewehr, das der Onkel in Anschlag gebracht hatte, mit der geballten Faust empor.

Der Schuß krachte durch die Waldesstille. Wieder schrie Ruth auf und umklammerte mit aller Kraft das Gewehr des Onkels, um ihn zu hindern, noch einmal zu schießen.

Er rang mit wutentstelltem Gesicht mit ihr, aber schon hörte sie schnelle Schritte. Klaus eilte mit großen Sätzen herbei, in fiebernder Angst um Ruth. Mit festem Griff packte er das Gewehr Kurt Weyersbergs und entwand es ihm. Dieser keuchte vor Wut und Aufregung, aber Klaus sah ihn drohend an.

»Ah, also so wollten Sie mich aus dem Weg schaffen?«

Kurt Weyersberg sah Klaus mit hervorquellenden Augen an, er sah, daß dessen Gesichtshälfte mit einem dünnen Blutgerinsel bedeckt war. Auch Ruth bemerkte das jetzt, schrie abermals auf, und nun war es mit ihrer Kraft vorbei. Sie glitt zu Boden – zum ersten Mal in ihrem Leben von einer Ohnmacht befallen. Klaus sah Kurt Weyersberg drohend an.

»Wehe Ihnen, wenn Sie ihr etwas getan haben!«

Er hob in jäh auflodderndem Zorn die Hand, die Kurt Weyersbergs Gewehr hielt. Dieser wollte, sinnlos vor Wut, sich auf ihn stürzen, um ihm das Gewehr zu entreißen, aber plötzlich schwankte er, sah mit starren Augen auf Klaus – und fiel steif zu Boden.

Klaus kümmerte sich jedoch zunächst um Ruth – als diese die Augen wieder aufschlug, richtete sie sich auf.

»Du blutest, Klaus«, rief sie herzzerreißend.

Da merkte er erst, daß er eine leichte Wunde abbekommen hatte. Kurt Weyersbergs Geschoß war dicht über ihm in den Baum geschlagen, und ein Stück Baumrinde, die abgesprengt worden war, hatte ihn an der Schläfe verletzt, aber zum Glück nur leicht.

Angstvoll sah Ruth ihn an.

»Du blutest!« sagte sie noch einmal und streckte die Hand nach ihm aus.

Er schüttelte den Kopf.

»Es ist nichts. Ein Baumsplitter, den das Geschoß loslöste, riß mir die Haut auf. Sei ruhig, Ruth. Nun mußt du tapfer sein – wie bisher. Ich ahne schon, daß ich dir mein Leben verdanke, denn das Geschoß war sicherlich für mich bestimmt. Du hattest recht – es sollte mir ans Leben gehen. Aber nun wollen wir sehen, was mit dem da geschehen ist.«

Er drehte Kurt Weyersberg um und sah in dessen blaurotes Gesicht, aus dem die Augen starr hervorsahen. Schaum stand ihm vor dem Mund.

»Mir scheint, es handelt sich um einen Schlaganfall. Das Mißlingen seiner Tat sowie der furchtbare Wutanfall haben ihn niedergeworfen.«

Mit Grauen sah Ruth auf den Onkel herab. Sie warf sich schluchzend an Klaus' Brust.

»Mein Gott, wie schrecklich! Klaus, ich kann ihn nicht bedauern, er wollte dich töten. Wenn es mir nicht gelungen wäre, das Gewehr emporzuschlagen, wärst du sein Opfer geworden. Nein, ich kann ihn nicht bedauern.«

Er streichelte ihr Haar und preßte sie fest an sich. Nach einer Weile sagte er dann:

»Tapfer, meine Ruth! Du warst es doch bis jetzt. Wir müssen Hilfe herbeiholen, er lebt noch. Wirst du bis zum Vorwerk laufen können?«

Sie nickte.

»Es wird schon gehen, Klaus, es muß gehen. Willst du bei ihm bleiben?«

»Ja! Ich kann ihn doch nicht allein lassen, trotz allem. Aber warte einen Augenblick. Was sagen wir den Leuten? Tante Maria und Ida dürfen nicht erfahren, daß er mich umbringen wollte. Es würde einen düsteren Schatten auf ihr Leben werfen. Wie vertuschen wir das?«

Sie strich sich über das Haar und sah ihn mit ihren schönen Augen liebevoll an.

»Ich weiß, Klaus, wir sagen einfach, er hat einen Schlaganfall bekommen, gleich nachdem ihr hier angekommen seid. Ich war auf dem Weg zu den Feldern und kam, um Hilfe zu holen, herbei. Aber – deine Wunde?«

Er zog ein Taschentuch hervor, um das Blut zu stillen.

»Die ist nicht der Rede wert; sorge dich nicht!«

»Aber wie erklären wir sie?«

»Ich habe mich an einem Zweig gerissen, als ich ihm zu Hilfe kommen wollte.«

»Gut, dabei bleiben wir, Klaus. Ach, lieber Vater im Himmel, wie danke ich dir, daß ich diesen Mord verhüten konnte.«

Aufs neue aufweinend, umfaßte sie Klaus und küßte ihn zärtlich auf den Mund.

Dann machte sie sich los, denn Kurt Weyersberg stöhnte auf.

»Geh, Ruth, man soll einen Wagen vom Vorwerk herüberschicken. Du kehrst vom Vorwerk aus sofort nach Hause zurück und bereitest die beiden Damen vor. Aber nichts von der Wahrheit, und noch eines – der Arzt soll mit dem Auto geholt werden.«

»Ja Klaus, ich mache schon alles recht.«

Besorgt strich er über ihr blasses Gesicht.

»Meine arme Ruth, das war zuviel für dich. Du mußt

mir alles erzählen, wie du hierherkamst, mich zu retten. Jetzt aber müssen wir zunächst für den Kranken sorgen.«

Inbrünstig preßte sie ihre Lippen auf seine Hand. Das war so ganz der großmütige, vornehm denkende Klaus, den sie so liebte. Selbst diesem Mann, der ihm nach dem Leben getrachtet hatte, versagte er seine Hilfe nicht.

Er zog die Hand erschrocken zurück, aber sie sprang nun davon und lief in Eile zum Vorwerk. Zwar war ihr, als trügen sie ihre Füße nicht hundert Schritt, aber das wurde besser beim Laufen. Ihre Kräfte wuchsen, denn sie wußte Klaus nun geborgen. Während des ganzen Weges bis zum Vorwerk sagte sie immer vor sich hin:

»Ich danke dir, Vater im Himmel! Ich danke dir, Vater im Himmel!«

Auf dem Vorwerk war schon alles munter, und ihr Alarm brachte alles auf die Beine. Ein Wagen, der bereitstand, um Milch zur Stadt zu fahren, setzte sich gleich in Bewegung, um den kranken Herrn zu holen. Ruth ging nun etwas langsamer zum Herrenhaus zurück. Jerry schickte sie in den Wald.

»Such Herrchen!« sagte sie, und Jerry sprang bellend davon und fand mit dem untrüglichen Instinkt des Hundes seinen Herrn.

Er eilte dem Wagen voraus.

Als Ruth im Herrenhaus anlangte, waren Tante Maria und Ida noch nicht wach. Ruth telefonierte erst mit dem Arzt und sagte ihm, daß sie das Auto schicken würde. Dann beorderte sie den Wagen. Nun erst begab sie sich in das Schlafzimmer der Tante, um ihr schonend die Kunde zu bringen, daß ihr Gatte auf der Jagd einen Schlaganfall erlitten habe.

Tante Maria weinte aufgeregt, und die Gute machte sich heftige Vorwürfe, daß sie ihrem Gatten in letzter Zeit so fremd geworden war.

Als Ruth dann Ida beiläufig erzählte, Klaus habe eine kleine Wunde an der Schläfe, weil er sich an einem Baumzweig gerissen habe, stieg in dieser für einen Moment ein vager Verdacht auf, daß hier etwas vertuscht werden solle. Sie kam der Wahrheit auch ziemlich nahe, wehrte sich aber entsetzt dagegen.

In Eile wurde alles für die Aufnahme von Kurt Weyersberg gerichtet. Als man ihn brachte, traf auch der Arzt schon ein, der nach sorgfältiger Untersuchung einen Schlaganfall konstatierte. Noch lebte Weyersberg, aber er war bewußtlos. Alles, was getan werden konnte, wurde selbstverständlich getan. Niemand außer Ruth und Klaus wußte, daß dieser Schlaganfall den Kranken vor viel Schlimmerem bewahrt hatte.

Ida war Klaus mit blassem, angstvollem Gesicht entgegengetreten. Ihre Augen hatten sich in die seinen gebohrt, hatten die kleine Wunde an seiner Stirn betrachtet.

»Klaus, bitte die Wahrheit, was ist geschehen?« stieß sie, heiser vor unterdrückter Erregung, hervor.

Klaus erkannte sofort, daß sie das Entsetzliche ahnte, aber er sagte sich, daß sie es nie erfahren dürfe, sollte ihr Glück nicht abermals gefährdet werden. Er ergriff ihre beiden Hände mit festem Druck, sah sie groß und ruhig an und sagte:

»Hat Ruth dir noch nichts erzählt? Also, wir hatten uns beim Gang durch den Wald ein bißchen wegen der Erbschaftsgeschichte gezankt, waren aber schon wieder ganz ruhig geworden, als wir bei den Jagdständen anlangten.

Wir trafen gerade mit Ruth zusammen, die auf die Felder wollte, da, kurz bevor wir unsere Stände aufsuchen wollten und noch ein Weilchen im Gespräch mit Ruth zusammen standen – fiel dein Vater plötzlich hin. Als ich mich zu ihm niederbeugte, erkannte ich, daß er einen Schlaganfall erlitten hatte.«

Ida las ihm jedes Wort vom Mund.

»Ist das alles wirklich wahr, Klaus?«

»Aber ja – was denkst du nur? Komm doch zu dir! Ich kann dir nichts anderes sagen.«

Ida fiel unter seinem ruhigen Blick ein Stein vom Herzen. Sie schämte sich plötzlich des Verdachtes, den sie auf den Vater geworfen hatte, und lehnte aufweinend ihren Kopf an des Vetters Brust.

»Ach, Klaus, es war eine so entsetzliche Angst in mir, als ich deine Verwundung entdeckte, als müsse etwas Grauenvolles geschehen sein.«

Er drückte ihren Kopf mitleidig an sich.

»Ich beugte mich in Sorge um deinen Vater zu plötzlich und unvorsichtig nieder und riß mich an einem Baumzweig; das ist alles. Nun sei vernünftig, Ida, und gehe zu deinem Vater, vielleicht kommt er doch noch zu sich.«

Der Arzt hatte Klaus gesagt, daß der Kranke kaum den Abend dieses Tages überleben werde, wahrscheinlich werde ein zweiter Anfall das Ende rasch herbeiführen.

Während Mutter und Tochter sich um den Gatten und Vater mühten, saß Klaus mit Ruth im Wohnzimmer. Er hatte sie energisch in einen behaglichen Lehnstuhl gedrückt und eine warme Decke um sie gebreitet.

»Jetzt bleibst du ruhig sitzen, Ruth.«

»Was denkst du, Klaus, ich muß hinaus auf die Felder.«

»Das unterbleibt in Zukunft, ein für alle Mal. Du schläfst dich jetzt jeden Morgen aus, und draußen sehe ich nach dem Rechten, bis ein Verwalter zur Stelle ist. Ich will keine kranke, abgearbeitete Frau bekommen, hörst du?«

Das klang sehr streng, aber seine Augen ruhten mit so viel Güte und Zärtlichkeit auf Ruths noch immer sehr blassem Gesicht, daß sie sich willig alles gefallen ließ, was er bestimmte. Sie lächelte ihm zu.

»Hast du eine Ahnung, wieviel überschüssige Kraft in mir ist, Klaus, aber – was heute morgen geschah, das war selbst für mich zuviel.«

Und sie schauerte zusammen.

Er ergriff ihre Hand.

»Fühlst du dich stark genug, mir nun alles zu erklären? Ich weiß nur, daß – er – mich ermorden wollte, daß du sein Gewehr beiseite drücktest oder vielmehr in die Höhe schlugst und daß infolgedessen der Schuß über meinen Kopf in den Baum eindrang. Ich hörte dich aufschreien, sah dich mit ihm ringen um das Gewehr und sah erst dich, dann ihn fallen. Nun sage mir alles, was ich noch nicht weiß.«

Sie berichtete ihm, was sie in ihrer Angst und Sorge am Schlüsselloch erlauscht hatte und wie sie den Entschluß gefaßt habe, früher als die Männer bei den Jagdständen zu sein, um dort das Terrain zu sondieren. Wie sie dann auf dem Baum gesessen und den Onkel mit mordgierigen Blicken herbeischleichen gesehen, wie sie vom Baum herabgesprungen sei, Klaus die Warnung zugerufen und das Gewehr hochgeschlagen habe.

»Das andere weißt du, Klaus, und nicht wahr, wenn so

etwas hinter einem liegt, dann darf man schon ein wenig schwach sein?«

Er kniete neben ihr nieder, nahm sie in seine Arme und küßte sie heiß und innig, wieder und immer wieder. Sie hielt ganz still, und ein süßer Schauer rann durch ihre Adern.

»Jetzt habe ich mit niemandem mehr um mein Erbe zu kämpfen, Ruth, jetzt darf ich dich unbesorgt in meine Arme nehmen. Dir danke ich mein Leben – nun nimm es auch zu eigen für alle Zeit. Ich liebe dich, meine Ruth, ich liebe dich innig und uneingeschränkt. Du gehörst zu mir. Wir beide werden nie mehr einsam sein, solange wir uns haben.«

»Mein Klaus, wie dankbar bin ich dem Schicksal, daß es mich ausersehen hat, dein geliebtes Leben erhalten zu dürfen.«

Sie blieben, in ihr Glück versunken, beieinander, während oben in seinem Schlafzimmer Kurt Weyersberg mit dem Tode rang. Mutter und Tochter kamen nicht herunter. Ruth und Klaus nahmen heute die Mahlzeit allein ein, und wenn auch der Gedanke an den Sterbenden noch einen leisen Schatten auf ihr Glück warf, so war es doch nur ein Schatten, von dem sie wußten, daß er vergehen würde.

25

Nachdem sie zusammen ihr Frühstück eingenommen hatten, faßte sich Charlie ein Herz und sagte plötzlich zu Trude:

»Schön, nun können wir bald heiraten!«

Sie sah ihn mit großen Augen an, stützte sich auf seine breiten Schultern und sagte mit auffallendem Farbwechsel:

»Aber Charlie, was soll denn das heißen?«

Langsam ließ er sie herab, nahm ihren Kopf zärtlich und behutsam in seine großen Hände und küßte sie fest und innig auf den Mund.

Sie hielt ganz still, zitterte ein wenig und atmete tief, als er sie langsam wieder freigab.

»Aber Charlie – wer denn – wie denn – was denn?« stotterte sie verlegen und ihm doch glückselig in die Augen blickend.

»Wer denn? Du und ich, selbstverständlich! Wie denn? Wunderschön, süße Trude.

Und was denn? Hochzeit – und sehr bald.«

Sie schluckte krampfhaft auf, wollte etwas sagen und konnte es doch nicht, und plötzlich schossen ihr die Tränen in die Augen.

»Ach, Charlie!«

»Soll das ein Korb sein?«

Nun mußte sie unter Tränen lachen.

»Nein, nein! Aber – das kommt so plötzlich!«

»Na, ich danke; mir hat es lange genug gedauert.«

»Aber – soll das wirklich ein ganz richtiger Heiratsantrag sein?« fragte sie schelmisch.

Er küßte sie noch einige Male fest auf den Mund.

»So, merkst du es nun, du kleine dumme Trude?«

»Ich weiß doch nicht!«

»Schön, wiederholen wir diese höchst angenehme Prozedur, bis du begreifst.«

Und er küßte sie anhaltend und ausdauernd, bis sie um Gnade flehte.

»Hast du nun begriffen, Trudelein?«

»Aber, du – Sie – du hast doch noch gar nicht gefragt, ob ich dich will«, neckte sie im Übermaß ihres großen Glücks.

»Nein? Ich dachte! Aber im übrigen, das tut nicht viel zur Sache. Ich habe die Einwilligung deiner Eltern, und wenn du nicht gutwillig ja sagst, wirst du zwangsweise mit mir verheiratet.«

Sie lachte und weinte durcheinander.

»Ach, Charlie – die Eltern wissen es schon?«

»Selbstverständlich, bei einem so widerspenstigen Gör muß man doch sichergehen. Trude, süße Trude, bist du mir auch ein bißchen gut?«

»Ach, guter lieber Charlie, sehr, sehr lieb habe ich dich.«

Er schluckte krampfhaft die Rührung hinunter und sagte streng: »Na, dann bin ich nur neugierig, wann ich endlich einen Kuß von dir bekomme?«

»Aber, Charlie – du hast doch in einem fort ...«

»Ja, ich! Aber du noch nicht, du hast bis jetzt immer nur stillgehalten.«

Sie wurde sehr rot.

»Ach – und – nun soll ich?«

Er stellte sich erwartungsvoll vor sie hin und nickte

nur. Und da konnte sie gar nicht anders, sie mußte ihn beim Kopf nehmen und herzlich und innig küssen. Andächtig hielt er still, und als sie aufhören wollte, sagte er nur, ohne seine Stellung zu verändern:

»Weiter, immer weiter, noch viel mehr!«

Sie mußte ihm den Willen tun, und da nahm er sie wie ein Kind in seine Arme und setzte diese »Prozedur« mit Eifer fort. Dabei wurde er durch Winnie gestört, die die Treppe herabkam.

Lachend sah sie auf die beiden überglücklichen Menschen.

»Was ist denn das?«

Charlie trug Trude vor sie hin, stellte sie auf ihre Füße und sagte väterlich:

»So, Kleines, nun sage der guten Tante Winnie, was hier geschehen ist.«

Trude fiel Winnie um den Hals.

»Ach, Winnie, du weißt ja, wie lieb ich ihn habe und daß man alles tun muß, was er will. Er ist nämlich ein Despot.«

Da wurde sie gleich wieder von Charlie in die Arme genommen, und während Winnie ihren Glückwunsch vorbrachte, küßte er seine Trude, bis plötzlich der Diener John vor ihnen stand, der ahnungslos in die Halle gekommen war.

»John, sieh dir das an – das ist meine künftige Frau!«

John strahlte über das ganze Gesicht und gratulierte feierlich.

Als das geschehen war, schob Charlie seine Hand unter Trudes Arm und zog sie mit sich fort.

»Winnie, du kannst dir wohl denken, daß ich jetzt mit

Trude allerlei zu besprechen habe. Bitte schreibe gleich nach Kassel, daß ich Trude morgen hinbringe. Denn jetzt muß sie ins Elternhaus zurück.«

Trude jammerte leise.

»Still bist du! Heimgeschickt wirst du, so gehört sich das. Ist schon alles mit deinen Eltern besprochen.«

Dann führte er Trude fort, hinaus in den Sonnenschein, in das Glück hinein.

Winnie sah ihnen mit einem Lächeln nach.

Die haben es gut, dachte sie, und ihre Sehnsucht flog zu Georg Holl.

Eben wollte sie die Treppe hinaufsteigen, als das Telefon klingelte. Klaus Weyersberg meldete sich. Und von ihm erfuhr Winnie, daß Kurt Weyersberg im Wald einen Schlaganfall erlitten habe und man für sein Leben fürchten müsse.

»Ida wollte heute eigentlich zum Fidesserhaus kommen, um Ihnen allen mancherlei zu sagen, was sie auf dem Herzen hat. Sie kann jedoch jetzt nicht abkommen, da sie ihren Vater nicht verlassen will.«

Winnie hatte nie Sympathie für Kurt Weyersberg gehabt, aber selbstverständlich bedauerte sie seine schwere Erkrankung und wünschte gute Besserung.

»Ich wollte soeben nach Kassel schreiben. So Trauriges sich bei Ihnen zugetragen hat, so Freudiges habe ich zu melden. Mein Bruder hat sich mit Trude Holl verlobt. Ich freue mich sehr, daß sie einig sind.«

»Das freut auch mich von Herzen, Miß Longwy. Bitte vorläufig unser aller herzlichen Glückwunsch. Sobald wie möglich holen wir das persönlich nach.«

»Alles Gute, Herr Doktor! Und bitte übermitteln Sie

den Damen den Ausdruck unserer herzlichsten Teilnahme; wir lassen baldige Besserung wünschen.«

Langsam ging Winnie die Treppe hinauf in ihre Zimmer und berichtete nun ausführlich nach Kassel, was man ihr aufgetragen hatte.

Nach einer Stunde – oder war mehr Zeit verstrichen? – ließ sich das Brautpaar wieder blicken.

Winnie erzählte den beiden, was sie aus Gravenstein gehört hatte, und fügte hinzu, daß sie – wenn auch inoffiziell – dorthin gemeldet habe, was hier im Hause vorgefallen sei.

Trude wurde ein wenig rot. Aber ihre Verlegenheit war bald verschwunden.

Merkwürdig, wie rasch sie sich überhaupt in alles fügte. Sie hatte sich bereits vollständig mit dem Gedanken ausgesöhnt, nach Kassel zurückzukehren, hatte das um so leichter getan, da Charlie ihr zugesichert hatte, daß er jeden Tag nachsehen würde, wie es ihr ginge. – Übrigens solle auch Winnie häufig mitkommen, um mit Trude die Aussteuer aussuchen zu helfen.

»Ich werde selbstverständlich meistens mit dabei sein, Trudelein, denn ich will, daß du dir nur das Schönste und Beste anschaffst.«

Sogleich begann er aufzuzählen, was Trude alles haben müsse. Die sah ihn fassungslos an und sagte kleinlaut:

»Ach, Charlie, soviel Geld haben meine Eltern ja gar nicht, um all diese kostbaren Dinge anschaffen zu können.«

»Wozu brauchen wir deine Eltern? Ich suche für meine Frau selbst aus, was mir gefällt, verstanden! Ich kenne doch eure Verhältnisse, und da ich Geld genug habe, wäre es doch blühender Unsinn, wollte ich das nicht alles bezahlen.«

Sie fiel ihm um den Hals.

»Guter Charlie, darf ich das denn annehmen?«

»So ein Unsinn, meine Frau wird doch tragen dürfen, was ich für sie kaufe.«

»Noch bin ich nicht deine Frau.«

Er sah sie zärtlich an.

»Leider! Aber wenn du denkst, du darfst all die schönen Sachen schon tragen, ehe du meine Frau bist, dann bist du im Irrtum. Und deshalb muß schleunigst geheiratet werden, mein Schatz – wir sagen drüben in England für so etwas: ›Sweetheart‹. Also, wie gesagt, es muß schnellstens geheiratet werden.«

»Muß es?«

»Selbstverständlich! Oder denkst du, ich will monatelang jeden Tag nach Kassel fahren? Ausgeschlossen! Gleich morgen melden wir unsere standesamtliche Eheschließung an. Wird immerhin drei Wochen dauern, bis wir Mann und Frau sind.«

Trude schrie auf.

»In drei Wochen schon – Charlie, das geht doch nicht.«

»Es wird gehen, und es muß gehen!«

»Aber Charlie ...«

»Rrrruhe!«

Sie mußte lachen.

»Also, wenn du kein Despot bist!«

Finster zog er die Brauen zusammen, zog sich eine Strähne seines rotblonden Haares in die Stirn, sah sie drohend an und sagte mit Grabesstimme:

»Bin ich! Du sollst das schon spüren! Einfach erbarmungslos werde ich dich tyrannisieren. Was sagst du dazu?«

Sie umfaßte ihn und schmiegte sich an ihn.

»Herrlich werde ich das finden, Charlie.«

Er zerdrückte sie fast vor Wonne.

Gegen Abend dieses Tages hauchte Kurt Weyersberg seinen letzten Seufzer aus. Er war nicht wieder zu Bewußtsein gekommen. Und dank Klaus' und Ruths Schweigen war es Mutter und Tochter möglich, den Gatten und Vater zu betrauern.

Zu seiner Beerdigung, die Klaus der beiden Damen wegen mit aller Feierlichkeit stattfinden ließ, traf außer den Geschwistern Longwy auch Familie Holl ein. So wurde es Ida möglich, ihre Bitte um Verzeihung bei Trude und den Geschwistern anzubringen; sie wurde ihr restlos gewährt. Hans hatte seinen Eltern bereits Mitteilung gemacht von Idas Wandlung und seiner Verlobung mit ihr, und sie wurde auch von ihnen herzlich aufgenommen.

Nach der Beerdigung blieben die Herrschaften einige Stunden in Gravenstein. Diese Zeit benützte Klaus, mit Hans Holl und Ida alles Nötige zu besprechen. Hans Holl war fassungslos über das von Klaus gemachte Angebot. Er wollte es erst ablehnen, aber Klaus machte ihm klar, daß er ihm gewissermaßen einen Gefallen tun würde, da er auf diese Weise einen Teil seines Vermögens nutzbringend anlegen könne. Und so entschloß sich Hans, schon Idas wegen, gleich am nächsten Tag mit seinem Chef zu sprechen. Der Betrieb sollte vergrößert werden, und man hatte Hans mitgeteilt, daß er zum Oberingenieur befördert werden solle, da er in seinem Fach ungewöhnlich tüchtig sei. Nun wollte er das ihm von Klaus zur Verfügung gestellte Kapital seinen Chefs anbieten, um dadurch eine noch bessere Position zu bekommen. Und so geschah es auch.

Die offizielle Trauerzeit um Idas Vater würde es ohnedies nötig machen, daß man die Hochzeit eine Weile verschob. Inzwischen sollte Ida sich in aller Stille ausstatten, Hans sollte eine passende Wohnung suchen, und Klaus wollte Ida deren Ausstattung zum Hochzeitsgeschenk machen. So war auch für dieses junge Paar alles bestens geregelt.

Klaus zögerte nun nicht länger, seine Verlobung mit Ruth bekanntzugeben. Das erregte großes Erstaunen, aber alle gönnten der tüchtigen Ruth ihr Glück. Und Klaus ebenfalls.

Klaus und Ruth sahen sich leuchtenden Auges an. Ihre Liebe hatte schon eine harte Prüfung bestehen müssen, aber sie wußten beide, daß ihr Glück Bestand haben würde für alle Zeit.

Drei Wochen später – Charlie hatte das tatsächlich durchgesetzt – wurde im Fidesserhaus seine und Trudes Hochzeit gefeiert. Trude war mit Winnies und Charlies Hilfe reizend ausgestattet worden und sah in all den schönen Sachen entzückend aus.

In der der Hochzeit vorausgehenden Zeit hatten Winnie und Georg fast täglich Gelegenheit gehabt, zusammenzusein, und die Sympathie für Winnie hatte sich in Georgs Herzen bald in herzliche Liebe verwandelt. Beim Hochzeitsfest Charlies und Trudes sagte Georg Holl

Winnie, daß er sie liebe, aber sie müsse noch einige Zeit Geduld haben, ehe er an eine Verheiratung denken könne. Er wollte es erst noch zum Amtsrichter bringen. Da sagte ihm aber Winnie, wenn er sie sehr glücklich machen wolle, möge er von ihr das dazu nötige Geld annehmen und sich eine Rechtsanwaltspraxis gründen. Er wehrte sich anfänglich gegen dieses Anerbieten, aber sie fand die rechten Worte, um ihn zu überzeugen, daß es Unsinn sei, wenn es zwischen ihnen in Zukunft heißen solle »mein und dein« und nicht »unser«. Aber wenn es ihn gar zu sehr bedrücke, könne er das Geld als Darlehen betrachten und es ihr später zurückzahlen. So einigten sie sich. Als Justizrat Frensen davon hörte, daß Georg Holl eine Praxis suche, bot er ihm an, die seine zu übernehmen, er wolle sich sowieso bald zur Ruhe setzen. Das fanden Winnie und Georg herrlich; so blieb Winnie in der Nähe ihres Bruders, und Georg in der Nähe seiner Schwester.

Justizrat Frensen hatte inzwischen erreicht, daß Klaus ohne jeden Vorbehalt in sein Erbe eingesetzt wurde. Gleich darauf meldete Klaus sein und Ruths Aufgebot an. Sie wollten nicht lange mehr getrennt sein. Tante Maria sollte künftig in Gravenstein bleiben, sollte ihre Zimmer behalten und Ruth mit zur Hand gehen. Der neue Verwalter war bereits eingetroffen und übernahm die Verwaltung des Vorwerks mit. Ruth behauptete, daß sie nun ein sträflich faules Leben führe, da sie jetzt jeden Tag schlafen könne, solange sie wolle.

Als Charlie mit seiner jungen Frau von der Hochzeitsreise heimkehrte, fand die Vermählung von Klaus und Ruth statt. Da auch diese Hochzeitsfeier, wie die von Trude und Charlie, in aller Stille stattfand, konnten auch Ida und ihre Mutter daran teilnehmen, denn man war sozusagen ganz in der Familie, nur der Justizrat und seine Gattin waren fremd.

Die nächste Hochzeit, die stattfand, war die von Winnie und Georg Holl. Winnie hatte eine hübsche Villa gekauft und diese mit den aus ihrem Elternhaus stammenden und nach dem Fidesserhaus geschafften Möbeln auf das behaglichste ausgestattet.

Die letzte der Bräute, die Kranz und Schleier tragen konnte, war Ida. Auch sie besaß, dank Klaus' Hilfe, ein reizendes Heim in Kassel, und auch ihr und ihrem Gatten blieb wie den andern das Glück treu. Ida und Hans kamen an freien Sonntagen häufig zum Fidesserhaus oder nach Gravenstein heraus. Idas Hochzeit wurde in Gravenstein gefeiert, das hatten sich Ruth und Klaus nicht nehmen lassen.

Nun waren Klaus und Ruth allein, denn Tante Maria zog sich meist in ihre Zimmer zurück.

Obzwar ein Verwalter in Gravenstein überall nach dem Rechten sah, so legte die junge Herrin von Gravenstein dennoch nicht die Hände in den Schoß. Sie war auch jetzt eine gute Hausfrau und Gutsherrin. Wenn sie Seite an Seite mit ihrem Gatten über die Felder und durch die Wälder ritt, bemerkten ihre scharfen Augen sofort alles, was nicht ganz in Ordnung war.

Klaus neckte sie dann ein wenig, aber er war doch sehr stolz auf sie, und wenn er sie später daheim vom Pferd hob, drückte er sie fest an sich und flüsterte ihr zärtlich zu:

»Meine süße, kleine Gutsherrin, wie glücklich machst du mich!«

Beider Augen tauchten dann tief ineinander in seliger Versunkenheit. Dann kam Jerry herbei und sprang an ihnen empor, bis er von beiden geliebkost wurde.

Arm in Arm schritt das junge Paar ins Haus, und Ruth schmiegte sich in dem beglückenden Gefühl des Geborgenseins an ihren Gatten.